Chère Laurette

MICHEL DAVID

Chère Laurette

Tome 2

À l'écoute du temps

www.quebecloisirs.com

UNE ÉDITION DU CLUB QUÉBEC LOISIRS INC.
© Avec l'autorisation des Éditions Hurtubise HMH
© 2008, Éditions Hurtubise HMH ltée
Dépôt légal — Bibliothèque et Archives nationales du Québec, 2008
ISBN Q.L. 978-2-89430-897-4
Publié précédemment sous ISBN 978-2-89647-109-6

Imprimé au Canada

Si vous revenez de ces jours grisailles
Où je construisais votre souvenir
Seconde à seconde et près d'en finir
Tout se défaisait sous les doigts du temps

Gilles Vigneault
Au temps de dire

Les principaux personnages

LA FAMILLE MORIN-BRÛLÉ

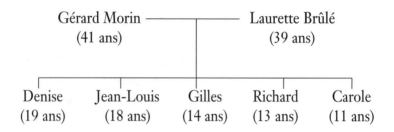

Gérard Morin ——————— Laurette Brûlé
(41 ans)   (39 ans)

Denise   Jean-Louis   Gilles   Richard   Carole
(19 ans)   (18 ans)   (14 ans)   (13 ans)   (11 ans)

LA FAMILLE MORIN

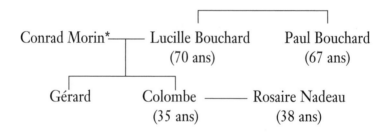

Conrad Morin*—— Lucille Bouchard   Paul Bouchard
                            (70 ans)   (67 ans)

      Gérard   Colombe ————— Rosaire Nadeau
                            (35 ans)   (38 ans)

LA FAMILLE BRÛLÉ

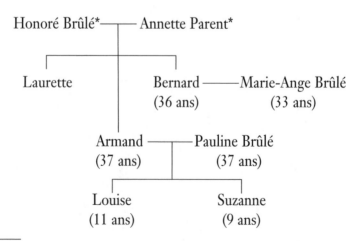

Honoré Brûlé*——— Annette Parent*

      Laurette   Bernard ———Marie-Ange Brûlé
                                    (36 ans)   (33 ans)

              Armand ———— Pauline Brûlé
              (37 ans)   (37 ans)

          Louise   Suzanne
          (11 ans)   (9 ans)

---

* Décédé.

LA FAMILLE GRAVEL

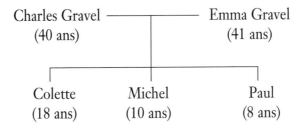

Charles Gravel ———————— Emma Gravel
(40 ans)   (41 ans)

Colette   Michel   Paul
(18 ans)   (10 ans)   (8 ans)

Chapitre 1

La famille Morin

— Maudit verrat, qu'il fait chaud aujourd'hui! se plaignit à haute voix Laurette Morin en se laissant tomber dans sa vieille chaise berçante en bois qui craqua sous son poids imposant.

La femme, vêtue d'une vieille robe fleurie bleue, but une gorgée de cola et s'alluma une cigarette avant de songer à soulever son large postérieur pour repousser sa chaise plus près du mur de brique décolorée de la vieille maison de la rue Emmett dont elle occupait le rez-de-chaussée avec sa famille depuis maintenant vingt ans. Ce simple effort suffit à lui couvrir le front d'une sueur abondante qu'elle s'empressa d'essuyer avec un mouchoir tiré de la poche de sa robe. Une résille recouvrait les bigoudis sur lesquels étaient enroulés ses cheveux bruns.

Depuis deux jours, le soleil d'août se dissimulait sous une importante couverture nuageuse. Cet épais édredon gris sale rendait l'air irrespirable dans le quartier. La suie émise par les cheminées de la Dominion Rubber de la rue Notre-Dame collait à la peau et les odeurs entêtantes de cette usine se mêlaient à celles de la Dominion Oilcloth. Depuis le début de cet été 1952, on n'avait pas connu une humidité aussi écrasante.

En cette fin de vendredi après-midi, la petite rue Emmett, qui reliait les rues Fullum et Archambault, au sud de la rue Sainte-Catherine, semblait étrangement calme, comme assommée par la chaleur dégagée par l'asphalte surchauffé. À faible distance à l'ouest, on pouvait voir une section de la structure métallique du pont Jacques-Cartier. Pas un brin d'herbe nulle part pour reposer l'œil de toute cette grisaille. Même si les cinq maisons délabrées à un étage, situées du côté sud de la rue, profitaient un peu de l'ombre créée par les vieilles maisons à deux étages qui leur faisaient face de l'autre côté de la rue étroite, il n'en restait pas moins que la mère de famille étouffait. Assise devant la porte ouverte de son appartement, elle fixait d'un œil morne l'unique escalier extérieur situé de l'autre côté de la rue, à deux pas du restaurant-épicerie Brodeur qui occupait le coin.

Un gros camion passa en grondant sur Fullum. Il fut suivi par un taxi Vétéran jaune et noir qui tourna sur la petite artère et vint s'arrêter doucement le long du trottoir, près de Laurette Morin.

— Puis, madame Morin, est-ce qu'il fait assez chaud à votre goût? lui demanda le chauffeur, un grand homme maigre, en claquant la portière du véhicule dont il venait de s'extraire.

— Parlez-moi en pas, répliqua sa voisine d'une voix éteinte. On crève.

— Découragez-vous pas, madame Morin, fit une voix sèche en provenance de la fenêtre juste au-dessus d'elle. On va finir par avoir un bon orage qui va nettoyer tout ça.

En entendant cette voix, Laurette leva la tête pour voir Emma Gravel penchée à la fenêtre de son salon. L'épouse du chauffeur de taxi était une femme minuscule dont la petite figure pointue était encadrée par une épaisse chevelure noire. Charles Gravel, planté au bord du trottoir, souleva sa casquette pour s'éponger le front avant de se diriger vers la porte voisine de celle des Morin.

L'homme ouvrit et se mit en devoir d'escalader l'escalier intérieur qui permettait d'accéder à son appartement.

— Maudit que j'aimerais ça être mince comme vous, madame Gravel, déclara Laurette pour se montrer aimable. Il me semble que j'aurais moins chaud.

— Dites pas ça, madame chose, reprit la voisine. Mon mari passe son temps à dire que j'ai l'air pauvre parce que je suis trop maigre.

Le mince sourire qui apparut sur les lèvres de Laurette révéla qu'elle pensait la même chose.

— J'y pense tout à coup en vous regardant d'en haut, reprit Emma Gravel. Dites-moi pas que vous vous êtes fait donner une Toni aujourd'hui ?

— Ben oui. Je peux pas dire que j'ai choisi ma journée pour me faire donner un permanent, moi, se plaignit Laurette. Mais ça faisait deux semaines que j'avais demandé à madame Rocheleau de passer. Quand elle est arrivée à matin pour me friser, je pouvais pas lui dire non.

— Vous en avez eu de la grâce de vous faire faire ça en pleine chaleur comme aujourd'hui, la plaignit la femme du chauffeur de taxi. Moi, je me trouve chanceuse de friser naturel et de pas avoir besoin de permanent. Bon, c'est bien beau tout ça, mais il faut que je vous laisse. Je dois aller servir à souper à mon mari. Je pense qu'il va retourner faire du taxi à soir.

La tête chafouine de la voisine disparut de la fenêtre comme celle d'une souris rentrant dans son trou. Sa dernière remarque était parvenue à mettre Laurette Morin de mauvaise humeur.

— Friser naturel ! Friser naturel ! grommela-t-elle à mi-voix. Elle en a du front, la Gravel, de venir me dire ça en pleine face. Juste à la voir, on voit ben qu'elle frise autant que de la corde de poche… Elle a l'air d'un sac d'os avec une moppe sur la tête, bonyeu !

La mère de famille fut tirée de sa mauvaise humeur par les cris excités de trois petites filles demeurant au-dessus du restaurant, en face, qui venaient de descendre l'escalier extérieur. Elles s'étaient mises à jouer à la corde à danser, malgré la chaleur étouffante. Elles étaient probablement les seules enfants du quartier à ne pas avoir cherché refuge au carré Bellerive de la rue Notre-Dame ou au parc Frontenac, coin Sainte-Catherine et Frontenac.

À leur vue et aux éclats de leurs voix, Laurette devint soudainement nostalgique. Fermant à demi les yeux, elle se revit petite fille, sur le trottoir inégal de la rue Champagne, une trentaine d'années plus tôt. À cette époque-là, elle ne craignait pas la chaleur non plus. Elle s'amusait avec les sœurs Cholette et Suzanne Tremblay, sa meilleure amie. Elle était alors infatigable et pouvait jouer à la marelle et à la corde à danser durant des heures. Un vague sourire apparut sur la figure de la grosse femme à l'évocation de ces souvenirs de jeunesse.

L'été, à la fin de l'après-midi, elle quittait ses amies pour se rendre au coin des rues Dufresne et Sainte-Catherine et y attendre le retour de son père. Après être allé décharger les blocs invendus à la glacière de la rue Joachim, le livreur de glace à l'épaisse moustache noire s'arrêtait toujours au coin de la rue pour laisser monter sa fille à ses côtés. Laurette avait encore en mémoire cette odeur de bran de scie mouillé mêlée à celle du crottin de cheval qui imprégnait le véhicule de son père. La vieille voiture blanche tirée par Prince venait s'immobiliser lentement devant la porte cochère jouxtant le 2429, rue Champagne, une petite artère située entre Sainte-Catherine et De Montigny qui reliait les rues Dufresne et Poupart. Elle s'empressait alors d'aller ouvrir pour permettre à son père de pénétrer dans la cour au fond de laquelle était construite l'écurie.

Des rires tirèrent Laurette de ses souvenirs. Elle ouvrit les yeux et aperçut sa fille Carole en compagnie de Mireille Bélanger et de Diane Roy sur le seuil de sa porte. Les trois fillettes s'étaient réfugiées sur le balcon de la cour arrière des Morin depuis le début de l'après-midi pour mettre au point ce qu'elles appelaient une « séance ». Carole, la plus grande des trois, avait convaincu les deux autres de faire payer avec des épingles à linge le droit d'entrée à la représentation offerte le lendemain après-midi dans la cour des Morin. La cadette des Morin avait des traits fins mis en valeur par une épaisse chevelure châtain, coiffée en queue de cheval, et elle ne manquait pas de caractère.

— Bonjour, madame Morin, la saluèrent poliment les deux visiteuses avant de s'éloigner.

— Bonjour, les filles.

Au moment où Carole allait disparaître à l'intérieur de la maison, sa mère l'arrêta.

— Quelle heure il est ? lui demanda-t-elle.

Sa fille de onze ans se tourna pour regarder l'horloge murale de la cuisine, au fond du sombre appartement.

— Quatre heures et demie, m'man.

— Commence à mettre la table.

— Qu'est-ce qu'on va manger pour souper ? Il y a rien sur le poêle.

— Il fait trop chaud pour faire cuire quelque chose sur le poêle, déclara sa mère en s'essuyant le front encore une fois avec son mouchoir. On va faire des sandwichs aux tomates. Mets juste le pain, la mayonnaise et des tomates sur la table.

— OK.

— Est-ce que Gilles est dans la cour en arrière ?

— Non. Je l'ai pas vu.

— Lui et ses maudits livres, pesta sa mère. Je vais te gager qu'il est encore allé traîner à la bibliothèque municipale et il voit pas le temps passer. Je lui ai pourtant dit cent fois que je voulais qu'il soit ici dedans pour quatre heures. Et Richard, lui?

— Je l'ai vu tout à l'heure dans la grande cour avec André Lévesque.

— Qu'est-ce qu'ils faisaient tous les deux?

— Ils avaient l'air de réparer le bicycle d'André.

— C'est correct. Si tu le vois en arrière, dis-lui de pas s'éloigner. On va souper dans pas longtemps… Tu serais fine si tu m'apportais un verre de Kik en attendant, ajouta Laurette en tendant à sa cadette son verre vide.

Carole rentra et revint un moment plus tard. Elle tendit un verre de cola à sa mère avant de s'esquiver à l'intérieur de l'appartement. Pendant un bref instant, Laurette Morin se demanda si elle ne serait pas mieux assise à l'arrière de la maison. Mais elle eut encore plus chaud à la seule pensée de se retrouver assise sur l'étroit balcon encastré entre les deux vieux hangars qui marquaient la limite entre sa cour et celle des Paré, d'un côté, et des Bélanger, de l'autre. Les trois cours n'avaient qu'une vingtaine de pieds de profondeur et n'étaient séparées de la grande cour commune des résidants des six immeubles vétustes de la rue Notre-Dame que par une clôture en planches grises vermoulues. À bien y penser, se retrouver assise derrière l'escalier qui menait chez les Gravel avec, en prime, l'odeur des poubelles… Non, merci! Elle préférait mille fois le trottoir surchauffé. C'était moins étouffant et, en plus, elle pouvait voir, de temps à autre, des gens passer sur la rue Archambault.

Elle aurait bien aimé occuper l'appartement des Bélanger, ses voisins de droite. Ces derniers avaient une bien meilleure vue que les Morin sur la rue Archambault. Ils occupaient la première maison de la rue Emmett, juste en face du restaurant Brodeur. Quand le père Bélanger était décédé une dizaine d'années auparavant, Laurette s'était empressée d'appeler Armand Tremblay, le fondé de pouvoir de la compagnie Dominion Oilcloth à qui appartenaient les cinq maisons situées du côté sud de la rue. Ce dernier avait mis fin à tous ses espoirs en lui apprenant que l'appartement ne serait pas libéré par la veuve puisque son fils et sa famille venaient vivre avec elle. Au fond, cela avait été une bonne chose parce que les Grenier, les locataires à l'étage, étaient, selon Catherine Bélanger, «une vraie bande de sauvages». S'il avait fallu qu'ils vivent au-dessus de chez elle, elle serait devenue folle depuis longtemps.

Ah! c'était autre chose à l'époque de sa jeunesse sur la rue Champagne. Il y avait là seulement du bon monde, des gens qui savaient se tenir et rester à leur place. Pourtant, c'était le même quartier. Il fallait croire qu'au nord de Sainte-Catherine, c'était une autre classe de monde.

Laurette ferma à demi les yeux et replongea avec plaisir dans ses souvenirs.

Elle était née et avait toujours vécu dans ce quartier. Quand on l'appelait le «faubourg à m'lasse» avec un petit air méprisant, elle ne comprenait pas. Les gens du voisinage qu'elle avait connus et côtoyés n'étaient peut-être que de pauvres ouvriers, mais ils étaient fiers et ne vivaient pas de la charité publique. Même au plus fort de la Grande Crise, comme beaucoup de voisins, son père s'était débattu et était parvenu à gagner suffisamment pour faire vivre sa femme et ses trois grands enfants. Ils n'étaient pas riches chez les Brûlé, mais ils n'avaient jamais rien demandé à personne.

En pensée, elle revit son père et sa mère en train de veiller paisiblement sur le balcon de leur appartement de la rue Champagne par une chaude soirée d'été… au moment où elle arrivait, poussant un landau, en compagnie de Gérard. Seigneur ce que le temps passait rapidement! Il lui semblait que c'était hier…

Des claquements de talons hauts sur le trottoir incitèrent la mère de famille à tourner la tête vers la rue Archambault. Elle aperçut sa fille aînée en train de traverser devant le restaurant.

À dix-neuf ans, Denise était une jeune fille agréable à regarder. Sans être une beauté, elle ne passait pas inaperçue. Son visage aux traits réguliers était soigneusement maquillé et mis en valeur par son épaisse chevelure brune. Ses lèvres minces laissaient supposer un caractère volontaire. En réalité, elle avait hérité du tempérament assez placide de son père.

— Est-ce que le souper est prêt? demanda-t-elle sur un ton impatient en posant le pied sur le trottoir devant l'appartement familial. J'ai pas grand temps. Je recommence à six heures et demie.

— Je t'attendais pas pantoute pour souper, toi, lui fit remarquer sa mère en s'extrayant difficilement de sa chaise berçante. D'habitude, tu vas manger des patates frites à la salle de pool, le vendredi.

Elle replia sa chaise berçante, la déposa derrière la porte d'entrée et suivit sa fille dans le couloir où cette dernière venait de se débarrasser de ses souliers à talons hauts avec un soulagement évident.

— Je le sais ben, m'man, reconnut sa fille. Mais aujourd'hui, on crève. J'avais pas le goût d'aller manger là. Avec les poêles qui chauffent, ça aurait été pire que ce que j'ai eu à endurer toute la journée chez Woolworth. En plus, il y a presque pas de place pour s'asseoir et j'ai mal aux pieds. J'aimais mieux venir manger à la maison, même si j'ai juste une heure et quart avant de retourner travailler, ajouta-t-elle en entrant dans sa chambre pour y déposer sa bourse.

Denise Morin était vendeuse au Woolworth de la rue Sainte-Catherine depuis deux ans. Le magasin était situé entre les rues Dufresne et Poupart. Pour un salaire hebdomadaire de quinze dollars, la jeune fille devait travailler soixante heures par semaine et supporter, en plus, les mains baladeuses du gérant, Antoine Beaudry. Le quadragénaire un peu déplumé était tout émoustillé par ses deux jeunes vendeuses et ne perdait jamais une occasion de les frôler. Denise n'en avait jamais soufflé mot à son père de peur qu'il aille demander des comptes à son patron, ce qui lui aurait fait perdre son emploi à coup sûr.

— J'avais prévu de faire des sandwichs aux tomates, lui dit sa mère en arrivant dans la cuisine.

La jeune fille sortit de sa chambre et se dirigea immédiatement vers le vieux réfrigérateur Bélanger acheté d'occasion quelques années auparavant.

— C'est correct, consentit-elle en se versant un verre de cola avant de venir s'asseoir à la table de cuisine. De toute façon, c'est vendredi et on peut pas manger de viande.

Les couverts avaient déjà été disposés par Carole sur la nappe plastifiée à larges fleurs jaunes.

— Est-ce qu'on soupe déjà ? demanda Carole en apparaissant subitement devant la porte moustiquaire donnant sur la cour.

— Non. On va attendre ton père, répondit Laurette. C'est Denise qui doit se dépêcher de souper avant de retourner travailler.

La mère de famille poussa vers sa fille une tomate rouge et le pain tranché déposés près d'elle sur la table. Elle se leva pour prendre un sac de biscuits Village acheté la veille chez Oscar, à la biscuiterie située en face de l'église paroissiale.

— J'espère que vous sortez pas ces biscuits-là pour moi, protesta Denise en tranchant une tomate. Je les haïs à mort. Ils sont épais et ils goûtent rien. C'est comme manger du carton. Pourquoi vous achetez cette sorte-là au lieu des biscuits sandwich ?

— Parce qu'ils bourrent et parce que les autres coûtent deux fois plus cher, répondit sèchement sa mère avant de reprendre sa place au bout de la table.

Pendant que sa fille préparait son sandwich, Laurette jeta un coup d'œil autour d'elle pour s'assurer que le grand ménage du vendredi effectué durant l'avant-midi était encore bien apparent. Comme elle le répétait souvent aux siens : « C'est pas parce qu'on reste dans une vieille cabane qu'on va vivre dans la crasse. On n'est pas des cochons. »

L'unique fenêtre et les carreaux de la porte ouvrant sur le balcon arrière ne laissaient pénétrer qu'une maigre lumière dans la cuisine aux murs peints en jaune. Au début du printemps, le nouveau téléphone mural noir avait été installé près des armoires. Le vieux réfrigérateur et le poêle à huile étaient impeccables, côte à côte, au fond de la pièce au centre de laquelle étaient placées une table rectangulaire en bois blanc et sept chaises assez inconfortables. Deux chaises berçantes et une radio complétaient l'ameublement de la pièce.

La ménagère exhala un soupir de satisfaction en constatant que le linoléum gris aux dessins à demi effacés par l'usure, lavé et ciré le matin même, ne portait aucune trace de pas.

La porte de la clôture claqua bruyamment et des pas précipités se firent entendre sur le balcon.

— Tiens ! V'là l'énervé, laissa tomber Laurette en tournant la tête vers la porte moustiquaire.

Au même moment, Richard, son fils de treize ans, entra dans la cuisine sans se soucier de la porte moustiquaire qui claqua derrière lui.

— Stop ! lui cria sa mère. Ôte tes souliers avant de marcher sur mon plancher propre, lui ordonna-t-elle.

— Ils sont pas sales, m'man.

— Laisse faire et fais ce que je te dis, toi! Et détache les lacets de tes *running shoes*, sans dessein! ajouta-t-elle en voyant que son fils essayait de retirer ses souliers de course avec ses pieds, sans se pencher. J'ai pas envie de t'en acheter une autre paire quand l'école va recommencer.

Le fils obéit à contrecœur et se pencha pour retirer ses chaussures. Le garçon était maigre et nerveux. Sa figure mince aux traits mobiles était affublée d'oreilles largement décollées et surmontée d'une tignasse châtain de cheveux rebelles qu'aucun peigne ne parvenait vraiment à discipliner.

— As-tu fait ta chambre, comme je te l'avais demandé, avant d'aller jouer dehors avec le petit Lévesque? lui demanda sa mère au moment où il se relevait.

— Ben oui, m'man. Ça fait longtemps.

— J'espère pour toi que tu t'es pas contenté de garrocher toutes tes cochonneries en dessous du lit, comme d'habitude, le menaça sa mère. Je suis pas encore allée voir, mais Gilles va me le dire quand il va revenir.

Le 2318, Emmet était un appartement de cinq pièces et demie traversé en son centre par un étroit couloir partiellement obstrué par une vieille fournaise. Le côté droit était occupé par une chambre double. La chambre avant, dotée d'une fenêtre s'ouvrant sur le trottoir, était occupée par Jean-Louis, l'aîné des garçons, tandis que ses deux jeunes frères partageaient celle du fond. En face, de l'autre côté du couloir, les parents occupaient l'autre chambre. Une étroite salle de bain séparait cette pièce de la dernière chambre donnant sur l'arrière de la maison. C'était là le domaine de Denise et de sa jeune sœur. Il y avait eu un temps où la famille Morin avait un salon à l'avant, mais on avait dû rapidement transformer cette pièce en chambre à coucher avec la venue des derniers enfants.

— Ah ! lui, s'il est pas content, il a juste à aller coucher dans la chambre de Jean-Louis, rétorqua l'adolescent en affichant un air frondeur.

— En attendant, mets tes *running shoes* sur le balcon ; ils puent.

Richard s'exécuta de mauvaise grâce avant de revenir se planter debout près de la table de cuisine.

— Est-ce qu'on mange ? J'ai faim, moi.

— Même si t'as faim, tu vas attendre les autres, répondit sèchement sa mère en tournant la tête vers le couloir où venait de paraître son fils Gilles.

— Moi aussi, j'ai faim, fit l'adolescent de quatorze ans qui avait entendu son jeune frère.

— D'où tu sors, toi ? l'apostropha sa mère.

— Je vous l'ai dit à midi, m'man, que j'allais à la bibliothèque.

— T'as tout de même pas passé là tout ton après-midi ? fit sa mère, soupçonneuse.

— Ben non, répondit son fils, agacé. Mais ça prend au moins une heure pour marcher jusqu'à Amherst et Sherbrooke et une autre pour revenir.

— Tu le sais que je veux pas te voir aller traîner au parc Lafontaine, en face, dit sa mère sur un ton sans appel.

— Oui, je le sais, répliqua Gilles. Je suis pas allé là, non plus.

Légèrement plus grand que son jeune frère, Gilles avait un visage rond et ouvert et, depuis le début de l'été, il arborait fièrement une brosse.

— J'ai attendu une heure chez Tougas pour avoir le maudit bicycle, poursuivit l'adolescent. Poirier était parti avec la clé du hangar. Quand on l'a sorti de là, on a vu qu'il avait un *flat*. Il a fallu que je le répare avant de revenir si je voulais passer des commandes à soir.

— Où est-ce que tu l'as laissé ? lui demanda sa mère.

— Dans la cour.

— Est-ce que ça veut dire que tu travailles à soir?

— À partir de six heures, se contenta de répondre son fils en prenant place à table. Si je soupe pas tout de suite, je serai pas à temps chez Tougas.

À la fin des classes, Gilles avait fait des pieds et des mains pour se trouver un emploi d'été, dans l'intention de se faire un peu d'argent de poche. Il désirait se payer des vêtements neufs. Il n'arrêtait pas de dire à son frère Richard qu'il était « tanné d'avoir les guenilles de Jean-Louis et de faire rire de lui parce qu'il était toujours habillé comme un quêteux ». L'adolescent exagérait à peine. Il portait les vieux vêtements de son frère aîné depuis plusieurs années, vêtements que Richard achevait d'user à son tour lorsqu'ils ne lui allaient plus.

Gilles n'était pas particulièrement vaniteux. Cependant, il se gardait bien de révéler à son confident que son but principal était de séduire Nicole Frappier de la rue Archambault. Il rêvait de cette adolescente à la séduisante chevelure blonde et bouclée depuis plusieurs mois sans oser l'approcher. Comme elle ne le regardait même pas quand il la croisait, il en avait conclu qu'elle le trouvait trop miteux avec son vieux pantalon brun et ses chemisettes décolorées.

Malheureusement, toutes ses démarches pour se trouver un emploi régulier avaient échoué. Ses espoirs d'effectuer des livraisons pour la fruiterie Laurencelle ou la pharmacie Charland avaient été vains. Seul le propriétaire de l'épicerie Tougas de la rue Sainte-Catherine avait accepté de l'engager comme livreur, mais à temps partiel, lorsque son livreur était débordé. Par conséquent, l'adolescent n'avait du travail que durant la journée du samedi et, parfois, le vendredi soir lorsque Vincent Poirier avait trop de commandes à livrer. Tougas lui donnait un dollar par soirée de travail et deux dollars pour la journée de samedi. Trois dollars représentaient une belle somme, mais il fallait tenir compte que sa mère s'accaparait de la moitié de son salaire «pour sa pension», disait-elle, ce qui était loin de lui plaire.

— Mange tout de suite d'abord, fit sa mère en allant chercher d'autres tomates dans le réfrigérateur. Et vous autres aussi, ajouta-t-elle à l'intention de Richard et de Carole, qui venait d'entrer dans la pièce. Jean-Louis viendra pas souper, il a apporté son lunch à l'ouvrage.

Laurette regarda ses enfants s'attabler en essuyant la sueur qui perlait sur son front.

— Moi, je souperai toute seule avec votre père, ajouta-t-elle. Carole, tu te feras aider par Richard pour remettre de l'ordre dans la cuisine quand vous aurez fini de souper. Moi, je sors ; j'en peux plus. Il fait trop chaud ici dedans.

— Aïe, je suis pas une fille, moi ! protesta son jeune fils.

— Toi, si tu veux pas aider à remettre de l'ordre dans la cuisine après le souper, t'as juste à aller manger ailleurs, le rembarra sa mère d'une voix cinglante.

Sur ces mots bien sentis, la mère de famille retourna s'asseoir à sa porte après avoir déposé sa chaise berçante sur le trottoir. En levant la tête, elle remarqua que le ciel s'était encore assombri. Charles Gravel sortit au même moment de la maison. Lui aussi eut le réflexe de regarder vers le ciel avant d'ouvrir la portière de son taxi.

— On va pourtant y goûter, prédit-il. J'espère que votre mari est revenu de travailler, madame Morin.

— Pas encore, répondit Laurette, mais il devrait pas trop tarder.

Au moment où la Chevrolet jaune et noire s'engageait sur la rue Archambault, Denise apparut à la porte, prête à retourner au travail.

— Tu ferais mieux de prendre un parapluie, lui conseilla sa mère. Il est à la veille de mouiller.

— Je l'ai laissé au magasin, se contenta de dire la jeune fille, avant de traverser la rue Emmett. Je vais me dépêcher.

Moins de cinq minutes plus tard, Laurette vit passer Gilles sur la rue Archambault, en provenance de la grande cour commune située à l'extrémité de l'artère. L'adolescent était debout sur le pédalier de l'antique CCM noire, uniquement occupé à essayer de prendre de la vitesse. La lourde bicyclette prêtée par le propriétaire de l'épicerie était munie d'un large panier métallique à l'avant et produisait des grincements qu'on entendait de loin. À voir le cycliste s'échiner de la sorte, il était évident qu'il devait déployer une bonne dose d'énergie pour faire avancer cette antiquité.

En voyant Gilles passer à quelques dizaines de pieds d'elle, Laurette eut envie de lui rappeler de faire attention en traversant les rues, comme elle le faisait chaque fois qu'il partait travailler. Quand elle se décida à ouvrir la bouche pour le mettre en garde, il avait déjà disparu. Elle haussa les épaules et s'alluma une cigarette avant de tourner la tête vers la rue Fullum.

— Veux-tu ben me dire, bonyeu, ce qu'il niaise à soir ? dit-elle à mi-voix avec humeur en parlant de son mari. Il est passé six heures. Ça fait plus qu'une heure qu'il a fini. Où est-ce qu'il est encore allé traîner, lui ?

— Est-ce que c'est à moi que vous parlez, m'man ? demanda sa cadette qui venait d'apparaître dans l'embrasure de la porte d'entrée.

— Ben non ! lui répondit sèchement sa mère. Avez-vous fini de souper, vous autres ?

— Oui. La vaisselle est même lavée.

— Bon. Dis donc à Richard d'aller au-devant de ton père. Je sais pas pantoute ce qui le retarde.

Gérard Morin finissait de travailler à cinq heures. Dix minutes plus tard, il apparaissait habituellement au coin des rues Fullum et Emmett, pressé de profiter d'un repos bien mérité après dix heures de travail à la Dominion Rubber.

— Il est déjà parti, m'man.

— Ben non. Je l'ai pas vu sortir de la maison, répliqua sa mère.

— Il est passé par la cour. Je l'ai vu partir avec Grenier et Lévesque.

— Ah ben, le petit calvaire ! Où est-ce qu'il est parti encore ?

— Il l'a pas dit.

— Lui, il va avoir affaire à moi quand il va revenir. Va voir s'il traîne pas juste dans la grande cour. Maudits enfants ! Ça écoute pas pantoute, ajouta la mère de famille en passant une main sur son front moite de sueur.

Quelques minutes passèrent. Bernard et Catherine Bélanger, les voisins des Morin ouvrirent leur porte d'entrée et s'assirent sur des coussins, sur le pas de leur porte. Laurette les salua. Mireille, l'amie de Carole, apparut à son tour.

— Mireille, va surveiller ta sœur et tes frères dans la cour, lui ordonna sa mère sans élever la voix.

La fillette disparut à l'intérieur de l'appartement sans rechigner.

— Qu'est-ce que vous voulez, m'man ? demanda Richard à sa mère en passant la tête dans l'embrasure de la porte.

— Te v'là, toi ! s'exclama sa mère. Où est-ce que t'étais encore passé ?

— J'étais pas loin, juste dans la grande cour.

— Bon. Va donc voir si tu verrais pas ton père en chemin. Je commence à être inquiète.

— Jusqu'à la Dominion Rubber ?

— S'il le faut, oui.

L'adolescent allait protester quand, tournant la tête à gauche, il aperçut son père arrêté devant la porte de la première maison de la rue Emmett.

— Mais il est là, p'pa! dit-il en pointant son père du doigt.

Laurette Morin tourna la tête vers la direction indiquée par son fils et découvrit son mari en grande conversation avec quelqu'un qu'elle ne pouvait voir sans se lever et s'avancer au bord du trottoir.

— Avec qui il parle?

Richard sortit de la maison et s'avança de quelques pas dans la petite rue avant de dire à sa mère:

— Il parle avec madame Paquin. Voulez-vous que j'aille le chercher?

— Non. Laisse faire, répondit sa mère en tournant résolument la tête vers la rue Archambault. Tu peux retourner jouer en arrière.

Le pli amer apparu subitement au coin des lèvres de la femme trahissait assez son mécontentement. Elle écrasa son mégot sur le trottoir et alluma tout de suite une autre cigarette. Tout dans son comportement disait qu'elle était la proie d'une crise de jalousie, et ses efforts pour la dissimuler aux yeux des Bélanger étaient pitoyables. Elle laissa passer une minute ou deux avant de tourner à nouveau la tête en direction de son mari, toujours debout devant la porte de la première maison de la rue. Il semblait parler à Cécile Paquin avec une animation pleine de bonne humeur. Furieuse, elle souleva légèrement sa masse imposante pour tourner sa chaise berçante de manière à bien le voir, tant pis si les Bélanger, à qui elle tournait maintenant carrément le dos, trouvaient son geste impoli.

Pas une fois, Gérard Morin ne tourna la tête vers sa femme qui rongeait son frein, trois maisons plus loin.

L'homme mince de taille moyenne avait une apparence étonnamment soignée et, dans son allure, on ne décelait aucun laisser-aller. Il était vêtu d'un pantalon gris fer et d'une chemisette bleu pâle.

Laurette fixait le profil de son mari d'un air mauvais. Il n'y avait pas de justice. La quarantaine l'avait à peine alourdi. Ses cheveux châtain clair rejetés vers l'arrière dégageaient un front qui avait à peine reculé depuis leur mariage. Ses petites lunettes à monture métallique lui donnaient un air sérieux que démentait en partie sa fine moustache. Tenant dans sa main droite le sac dans lequel il transportait son sarrau gris chaque vendredi soir, Gérard Morin ne donnait nullement l'impression d'être pressé de regagner son foyer après sa journée de travail.

Finalement, le magasinier de la Dominion Rubber sembla remarquer, sans manifester aucun plaisir, la présence de sa femme assise devant leur porte. Il salua de la main son interlocutrice et se remit en marche jusqu'à chez lui. En voyant cela, Laurette quitta immédiatement sa chaise pour le précéder dans l'appartement. Son mari ne se pressa pas pour autant d'entrer. Il prit même le temps de taquiner Bernard Bélanger avant d'aller rejoindre sa femme.

Le gros éboueur, un libéral convaincu, avait travaillé avec acharnement à l'élection de Charles Tremblay, candidat de l'équipe Lapalme durant toute la campagne électorale qui avait pris fin le 16 juillet précédent. Ce jour-là, au grand dam du voisin, Maurice Duplessis avait remporté une victoire écrasante sur ses adversaires politiques en faisant élire soixante-huit députés sur une possibilité de quatre-vingt-douze. Quand le voisin était venu l'inciter à voter rouge quelques semaines avant le jour du scrutin, Gérard Morin s'était fait beaucoup plus bleu qu'il ne l'était en réalité, uniquement pour le plaisir de le faire parler des bienfaits que les libéraux allaient apporter à la province. Évidemment, la ferveur de Bélanger disparut rapidement après la défaite amère de son candidat, mais Gérard s'amusait, chaque fois qu'il le voyait, à lui parler de son idole, Georges-Émile Lapalme.

— Avez-vous entendu la dernière nouvelle, monsieur Bélanger ? demanda-t-il à l'homme, assis sur le pas de sa porte, aux côtés de sa femme, une bouteille de bière à la main.

— Quelle nouvelle ?

— Il paraîtrait que Lapalme va démissionner.

— Arrêtez-moi ça ! s'exclama l'éboueur. Il peut pas faire ça. Même Maurice Duplessis a dit que c'était le meilleur chef que les libéraux ont jamais eu.

— Moi, vous savez, j'ai bien entendu parler pendant toute ma jeunesse de Bouchard à Saint-Hyacinthe. Il faisait la pluie et le beau temps chez les libéraux dans ce temps-là. À entendre les gens du comté, on pourrait jamais le remplacer. Aujourd'hui, il y a plus personne qui dirait ça. Ça se pourrait ben que ce soit la même chose avec Lapalme.

— En tout cas, je le croirai quand je le verrai, conclut Bernard Bélanger, la mine assombrie.

Gérard salua les voisins et entra chez lui. Il referma la porte laissée ouverte par sa femme et parcourut le couloir qui conduisait à la cuisine. En posant les pieds chez lui, l'homme avait perdu son sourire aimable. Il détestait voir sa femme la tête couverte de bigoudis et en pantoufles, assise sur le trottoir dans sa chaise berçante, en train de fumer. Il allait lui faire une remarque cinglante quand cette dernière l'apostropha dès qu'il posa un pied dans la cuisine.

— Veux-tu ben me dire, bonyeu, ce que la Paquin avait tant à te dire ?

— Si t'as dans l'idée de te mettre à crier comme une folle, lui dit-il posément en déposant son sac sur l'armoire, on va fermer les portes et les fenêtres.

— Laisse faire les portes et les fenêtres ; on crève dans la maison, rétorqua Laurette, les mains sur les hanches.

— Ce que la voisine avait à me dire te regarde pas pantoute, ajouta sèchement son mari. J'ai tout de même le droit de parler au monde sans ta permission, Laurette Brûlé.

— À part ça, comment ça se fait que t'arrives aussi tard ? Il est presque six heures et demie, poursuivit sa femme, comme s'il n'avait rien dit.

— Écoute donc ! Travailles-tu pour la police, toi ? Après ma semaine d'ouvrage, j'ai décidé d'aller boire une bière à la taverne au coin de Parthenais, si c'est ce que tu veux savoir.

— Ah ben ! Ça, c'est nouveau. Tu bois à cette heure ?

— C'est ben effrayant ! se moqua son mari. Mais inquiète-toi pas ; il y a pas de femme qui entre là-dedans. En plus, t'as pas à t'en faire, j'ai pas bu toute ma paye. J'ai bu juste une bouteille de bière.

— Il aurait plus manqué que ça ! riposta Laurette, sur un ton vindicatif.

Gérard Morin jeta un regard furieux à sa femme avant de tirer de sa poche la petite enveloppe beige contenant son salaire hebdomadaire, soit trente-cinq dollars. Il la jeta sur le comptoir avant de prendre place à table. L'homme avait dû connaître une journée exténuante pour s'être laissé aller à élever la voix. Habituellement, son calme parvenait à désamorcer les brusques accès d'agressivité de son épouse.

— Bon. À cette heure que t'as fini ton enquête, est-ce qu'on peut souper en paix ? demanda-t-il d'une voix plus posée.

Laurette s'était emparée de l'enveloppe et en avait extrait trois billets de dix dollars et un de cinq. Rassurée d'avoir constaté qu'il ne manquait rien, elle se dirigea vers le réfrigérateur.

— Qu'est-ce qu'on mange? demanda Gérard.

— Des sandwichs aux tomates.

— Rien que ça?

— Aïe! Avec cette chaleur-là, tu t'imaginais tout de même pas que j'étais pour faire chauffer le poêle pour le souper?

— Simonac! T'aurais pu au moins faire une soupe. Des sandwichs, c'est ce que je mange cinq jours par semaine, tous les midis, protesta son mari avec humeur.

Elle déposa des tomates et de la laitue au centre de la table.

— Je peux te les faire si tu veux? proposa-t-elle, se sentant soudain vaguement coupable de n'avoir pas préparé un repas plus consistant.

— Laisse faire. Je vais m'organiser, dit-il sur un ton sec en s'emparant d'un couteau.

Laurette s'assit à l'autre extrémité de la table en entreprenant de se confectionner un sandwich.

— Les enfants soupent pas?

— Ils ont mangé depuis un bon bout de temps, répondit-elle en étalant une épaisse couche de mayonnaise sur l'une des tranches de pain déposées sur son assiette. Jean-Louis a mangé à l'ouvrage. Denise est venue souper au lieu de manger à la salle de pool. Gilles est parti porter des commandes. Richard et Carole sont en arrière. Veux-tu quelque chose à boire?

— Tout à l'heure, se contenta de répondre Gérard s'apprêtant à mordre dans son sandwich.

Il y eut un long silence dans la cuisine avant que le maître de la maison reprenne la parole.

— Madame Paquin m'a arrêté en passant pour la même raison que d'habitude, laissa-t-il tomber.

— Pas encore pour son garçon? demanda Laurette, rassurée de connaître le sujet de la conversation que son mari avait eue avec la voisine.

— Oui. Elle a pas l'air de comprendre que je peux rien faire pour son Léo. Il y a pas d'ouvrage pour lui. Même s'il y en avait, je suis pas sûr que je pourrais le faire engager. Je pense qu'elle me prend pour un *foreman*.

— Elle est ben niaiseuse, elle ! Il me semble qu'elle pourrait comprendre toute seule que si tu pouvais faire engager quelqu'un, tu ferais engager un de tes gars, pas le sien, protesta Laurette, la bouche pleine.

— Pour moi, son garçon cherche pas trop fort pour se trouver de l'ouvrage, reprit Gérard. S'il voulait vraiment travailler, il aurait juste à aller se présenter à la Dominion Textile. J'ai entendu dire qu'ils engagent depuis une semaine.

— Est-ce que tu lui as dit ça ?

— Oui.

— Pour moi, la veuve tire le diable par la queue, dit Laurette en cachant mal sa satisfaction. Si elle veut manger tous les jours, il va falloir qu'elle se grouille. Ça a tout l'air qu'elle pourra pas compter sur son Léo pour la faire vivre.

— C'est possible, reconnut son mari, non sans remarquer sa joie mauvaise. Bien mal prise, elle pourra toujours se débrouiller. C'est encore une maudite belle femme. Quand elle va vouloir, elle devrait pas avoir trop de misère à se caser, ajouta-t-il pour faire rager Laurette.

Cette dernière mordit immédiatement à l'hameçon et fut incapable de dissimuler sa jalousie.

— C'est facile d'être une belle femme quand t'as pas mis au monde cinq enfants et eu deux fausses couches, répliqua-t-elle sur un ton cinglant. Quand t'as pas autre chose à faire de tes journées que d'essayer d'attirer les hommes en faisant la poupée, c'est pas fatigant pantoute. On sait ben ! les maudits hommes aiment juste ça, les guidounes.

— Fais attention à ce que tu dis, la réprimanda son mari, sarcastique. Si tu continues de même, tu vas être obligée d'aller te confesser au curé Perreault.

— Achale-moi pas avec ça, répliqua sèchement Laurette en se levant pour commencer à desservir la table.

Son mari se leva à son tour et se dirigea vers la porte moustiquaire.

— Tu veilles pas en avant, à soir ? lui demanda-t-elle.

— Non. J'ai pas envie de jaser avec les voisins.

— Si t'aimes mieux entendre Dionne avec sa maudite scie ronde toute la soirée, t'en ben libre, répliqua-t-elle, dépitée.

Pendant que Laurette débarrassait la table, le magasinier alla s'asseoir à une extrémité du balcon, le plus loin possible de la poubelle cabossée d'où émanaient certaines odeurs peu appétissantes en cette chaude soirée du mois d'août. Au loin, le roulement du tonnerre se fit entendre. L'air était comme immobile et le ciel avait pris une teinte plombée des plus inquiétantes. Le bruit strident de la scie ronde de Maurice Dionne, au fond de la grande cour, vint faire contrepoint aux cris excités des enfants en train de s'amuser de l'autre côté de la clôture.

Gérard se leva, empoigna la poubelle, dont l'odeur l'indisposait, et alla la déposer à l'extrémité de la cour, près du mur du hangar.

— P'pa, si m'man me cherche, vous lui direz que je suis ici, annonça la voix de Carole, assise sur les marches de l'escalier arrière de la maison voisine, en compagnie de Mireille Bélanger.

— C'est correct, se contenta-t-il de dire à sa cadette.

Le père de famille revint prendre place dans sa vieille chaise berçante sur le balcon. Il s'alluma avec un plaisir évident une cigarette, dont il aspira profondément la fumée. Il n'en fumait que quelques-unes par jour, mais il prenait le temps de les savourer. Pendant un moment, il se demanda si Laurette allait venir le rejoindre pour veiller avec lui sur le balcon. Il n'y tenait pas particulièrement. Il avait envie d'être seul. D'ailleurs, il savait depuis longtemps qu'elle préférait se bercer sur le trottoir, devant la porte de l'appartement, pour épier ce qui se passait autour d'elle. Elle aimait l'animation qui régnait sur les rues Emmett et Archambault et ne détestait pas discuter à tue-tête avec des voisins demeurant même de l'autre côté de la rue. Tant mieux pour elle.

Pour sa part, Gérard Morin ne s'était jamais vraiment habitué au comportement tapageur de sa femme. Sa manie de s'exprimer haut et fort en public et de s'adresser aux gens avec un sans-gêne extraordinaire l'horripilait. Cette tenue «peuple», comme le disait sa mère, avait le don de le faire grincer des dents.

Dans le passé, à la moindre remarque à ce sujet, Laurette se rebiffait et rétorquait invariablement: «Vous autres, les Morin, vous êtes juste des frais chiés.» Comme rien ne semblait pouvoir modifier le comportement de sa femme, Gérard avait fini par baisser les bras... mais pas sa mère. À ce rappel de la vieille dame un peu collet monté qui l'avait éduqué, il ne put s'empêcher de sourire.

~⌒∽

Lucille Bouchard était une véritable musicienne dans l'âme. Sa passion pour la musique l'avait poussée à devenir une excellente organiste et peut-être incitée à considérer d'un œil favorable la demande en mariage de Conrad Morin, accordeur chez Casavant. Ces deux jeunes gens, originaires de Saint-Hyacinthe, s'étaient épousés au début du siècle et avaient toujours vécu dans cette petite municipalité un peu provinciale. Ils y avaient élevé dignement leurs deux enfants, Gérard et Colombe, qu'ils avaient eu sur le tard. Chez les Morin, on n'était peut-être pas riches, mais on tenait aux belles manières et on savait se tenir. On était heureux de jouir du confort que le maigre salaire du père pouvait procurer à sa famille. Malheureusement, tout changea lorsque se produisit la grande Dépression de 1929, qui n'épargna pas la petite ville mascoutaine.

Gérard, âgé alors de dix-neuf ans, perdit son emploi de magasinier dans une petite compagnie. Il avait eu beau en chercher un autre durant plusieurs mois, il n'en avait trouvé aucun. Découragé, le jeune homme avait décidé de s'expatrier à Montréal dans l'espoir d'en dénicher un dans la métropole. La chance lui avait souri. Cet été-là, il avait trouvé un emploi de magasinier à la Dominion Rubber de la rue Notre-Dame et aussi la jeune fille qui allait devenir sa femme et la mère de ses enfants

La porte de la cour s'ouvrit avec fracas, faisant sursauter Gérard, tiré brutalement de ses souvenirs. Richard et son ami, André Lévesque, apparurent au moment où un autre roulement de tonnerre se faisait entendre.

— P'pa, est-ce que je peux aller au carré Bellerive avec André ? demanda l'adolescent.

— Il va mouiller, répondit son père.

— Quand il va mouiller, on va revenir en courant, p'pa.

— C'est correct, accepta Gérard. Faites attention en traversant Notre-Dame. Traversez au coin.

— OK, p'pa.

La porte de la clôture se referma sur un claquement sec et l'homme retrouva le calme un instant brisé par l'éruption de son fils et de son copain. Il reprit le fil de ses souvenirs.

Ses parents avaient accueilli sans aucun enthousiasme son intention d'épouser Laurette. Sa mère avait été particulièrement réticente. Lucille Morin n'aimait pas beaucoup celle que son fils avait choisie. Un peu snob, elle ne s'était pas cachée pour critiquer le manque de distinction de la jeune fille après chacune de ses rencontres avec celle que son fils fréquentait. Son père ne disait rien, mais Gérard sentait bien qu'il n'était pas loin de partager l'avis de sa femme.

Si Laurette avait senti cette réticence de ses futurs beaux-parents, elle n'en montra rien. La jeune fille manquait peut-être de distinction, mais elle possédait assez d'intelligence et d'intuition pour percevoir que ses beaux-parents la méprisaient et la considéraient comme venant d'une classe inférieure à la leur. Par exemple, elle avait eu beau demander à la mère de son fiancé de la tutoyer, cette dernière s'était entêtée à la vouvoyer, comme si elle tenait absolument à maintenir une distance entre elles.

— Veux-tu ben me dire pourquoi ta mère tient tant à me dire «vous» gros comme le bras? avait-elle fini par demander à Gérard sur un ton exaspéré.

— Pour moi, c'est parce que tu la gênes, avait répondu son futur mari après une brève hésitation.

— Je suis pas sûre de ça pantoute, avait-elle répliqué. Quand elle parle à Rosaire, le *chum* de ta sœur, ta mère lui dit «tu». On dirait qu'elle m'aime pas.

Laurette avait bien raison, ses relations avec sa belle-mère ne s'étaient jamais réchauffées et le vouvoiement était demeuré.

Après son mariage, elle aurait pu partir à leur conquête. Pas du tout. L'idée ne lui vint même pas à l'esprit. Elle s'ingénia même à les choquer chaque fois qu'elle le pouvait. On aurait juré qu'elle tirait un plaisir malsain à confronter sa belle-mère avec tout l'aplomb que lui conféraient ses «airs peuples», comme le disait Lucille avec une moue de réprobation.

Les occasions n'avaient pas manqué. Par exemple, quand les beaux-parents avaient proposé à Gérard et à sa petite famille de quitter la rue Emmett pour Saint-Hyacinthe, en 1936, parce qu'il y avait un emploi libre chez Casavant pour le jeune père de famille, Laurette avait tranché.

— Il est pas question que j'aille m'enterrer à la campagne, avait-elle déclaré sur un ton sans appel, provoquant ainsi la stupeur chez ses beaux-parents qui avaient cru rendre un grand service à son fils en le sortant du quartier défavorisé où il vivait avec les siens.

Fumer en public, sortir sans porter un corset et parler à tue-tête étaient tous des moyens utilisés par l'épouse de Gérard pour montrer à sa belle-mère qu'elle se fichait éperdument de ses airs de grande dame et que celle-ci ne lui en imposait pas. Bref, au fil des années, Lucille Morin avait dû en rabattre devant sa bru mal dégrossie parce qu'elle désirait avoir la possibilité de voir son fils quand son mari et elle avaient l'occasion de venir à Montréal.

Les années avaient passé. Conrad et Lucille avaient glissé lentement dans la vieillesse, refusant obstinément de venir vivre à Montréal, comme le suggéraient leurs deux enfants, Gérard et Colombe. Le sort allait trancher pour eux.

Un matin de septembre 1948, Lucille avait trouvé son mari mort à ses côtés, dans leur lit. L'homme de soixante-neuf ans s'était éteint durant son sommeil sans qu'elle s'en soit rendu compte. Pendant un moment, Gérard avait cru que sa mère allait devenir folle tant le choc de perdre son vieux compagnon avait été rude. Puis la vie avait pris le dessus. Un mois plus tard, Colombe et son mari, Rosaire Nadeau, étaient parvenus à persuader la vieille dame de venir demeurer chez eux. Depuis quatre ans, Gérard avait l'esprit tranquille quand il songeait à sa mère. Elle vivait maintenant en sécurité chez sa sœur.

Chapitre 2

Un vendredi soir

Un peu avant huit heures, un éclair zébra le ciel plombé, précédant de peu le roulement assourdissant du tonnerre. Quelques grosses gouttes de pluie tombèrent d'abord, comme en hésitant. Puis le ciel ouvrit soudain ses vannes. La pluie se mit alors à tambouriner rageusement sur les toits de tôle des hangars. Ce véritable déluge transforma la cour en terre des Morin en mare de boue en quelques instants. Gérard rentra dans la maison et, debout derrière la porte moustiquaire, il regarda les vieilles maisons de la rue Notre-Dame dont l'arrière donnait sur la grande cour commune. Elles disparurent presque totalement derrière une sorte de mur liquide.

Coin Archambault et Emmett, les adolescents qui traînaient devant les vitrines du restaurant-épicerie Brodeur trouvèrent vite refuge sous le balcon voisin. Ils s'amusaient à regarder la pluie danser au milieu de la rue et sur les trottoirs qui fumaient après cette journée de canicule. Déjà, l'eau entraînait vers les caniveaux les papiers gras et les mégots. Les locataires de plusieurs appartements situés au rez-de-chaussée avaient laissé ouverte leur porte d'entrée, dans l'attente de la première brise qui suivrait immanquablement cet orage estival. De leur côté, les enfants avaient quitté en rechignant leurs jeux extérieurs et attendaient avec une impatience évidente la permission de leurs parents de retourner jouer dehors.

Gérard entendit un bruit de pas dans la cuisine, derrière lui. Laurette venait de rentrer précipitamment. Aussitôt, sa femme poussa la porte moustiquaire et sortit sur l'étroit balcon protégé de la pluie par la galerie des Gravel.

— On étouffe en dedans, dit-elle en s'éventant de la main.

— T'as juste à venir t'asseoir sur le balcon, lui suggéra son mari sans trop d'enthousiasme. Il mouille pas ici.

— C'est ce que je vais faire.

Gérard n'ajouta rien. Il se contenta de se lever et de lui sortir sa chaise berçante, qu'il déposa près de la sienne.

— Carole est chez la petite Bélanger, dit Laurette en s'assoyant. Où est passé Richard?

Au même moment, plusieurs éclairs furent suivis par d'autres grondements de tonnerre. Il n'y avait toujours aucun vent.

— Au carré Bellerive. Je lui ai dit de revenir aussitôt que la pluie commencerait, expliqua Gérard.

— Le petit maudit sans-dessein! jura Laurette. Naturellement, il a attendu à la dernière minute avant de s'en revenir. À part ça, tu le sais que j'aime pas ça pantoute le voir aller traîner là, ajouta-t-elle, mécontente. C'est plein de robineux. J'aime mieux le voir jouer dans la grande cour.

Elle venait à peine de terminer sa phrase qu'elle entendit des cris joyeux en provenance de la grande cour. La porte de la clôture fut repoussée brutalement pour livrer passage à l'adolescent, dégoulinant, mais hilare. Il referma la porte à la volée et se précipita sur le balcon.

— Espèce d'innocent! l'accueillit sa mère. T'es pas capable de te servir de ta tête et de voir qu'il va y avoir un orage!

— Je fondrai pas, m'man, protesta le garçon.

— Enlève tes *running shoes* avant d'entrer et cochonne-moi pas mon plancher. Tu m'entends ? Va te changer.

Son fils obéit et pénétra dans la maison après avoir retiré ses souliers de course.

— J'espère que Gilles est assez fin, lui, pour rester en dedans par un temps pareil, déclara Laurette à son mari.

— Tu sais ben que Tougas le laissera pas aller porter des commandes s'il mouille à boire debout.

Le silence retomba sur le balcon. Le mari et la femme entendirent les voisins d'à côté s'installer à leur tour. Ils ne pouvaient les voir à cause du hangar qui leur obstruait la vue. Au-dessus de leurs têtes, la voix d'Emma Gravel s'éleva pour réprimander l'un de ses fils. La pluie tombait toujours aussi dru, mais les éclairs et le tonnerre avaient cessé. Tout le monde attendait avec une impatience mal dissimulée la première brise rafraîchissante qui ferait disparaître l'écrasante humidité qui rendait l'air irrespirable.

Peu après huit heures, Carole venait à peine de rentrer dans l'appartement quand Gérard et Laurette entendirent les grincements métalliques de la bicyclette de Gilles. Ce dernier entra dans la cour en poussant devant lui le vieux vélo de l'épicerie Tougas.

— Ma foi du bon Dieu, t'es trempé comme une soupe ! s'exclama sa mère en voyant l'adolescent dégoulinant. Des plans pour attraper ton coup de mort !

— Mets-le dans le hangar et barre la porte pour pas te le faire voler, lui recommanda son père d'une voix posée, sans relever ce que sa femme venait de dire.

— Est-ce que Tougas t'a obligé à aller porter des commandes même s'il mouillait aussi fort ? demanda Laurette.

— Ben non, m'man, répondit son fils avec un certain agacement en posant les pieds sur le balcon. Il a pas voulu, même si ça me dérangeait pas. Il m'a même dit que je pouvais partir plus de bonne heure. Mais demain, on va avoir une vraie journée de fou avec toutes les commandes qui sont en retard.

— Va te changer et salis rien.

— Correct. J'ai vu Jean-Louis qui descendait Archambault. Il est à la veille d'arriver.

— Pauvre lui, il va être tout mouillé, fit remarquer Laurette avec la voix chargée d'une compassion qu'elle n'avait pas manifestée à l'endroit de ses deux autres fils.

— Il avait son parapluie, lui fit remarquer Gilles. Il est pas en chocolat, le grand, il fondra pas.

— Tu sauras qu'un parapluie, ça protège pas tout, lui déclara sa mère sur un ton sans appel. Comme je le connais, ton frère sera pas content en arrivant. Il tient à son linge, lui. Il aime ça être habillé comme un vrai monsieur.

Gérard ne dit rien, mais jeta un regard agacé à sa femme. Ce n'était un secret pour personne dans la famille que son aîné était son préféré. Jean-Louis était son « chouchou » à qui elle avait toujours passé tous les caprices. À dix-huit ans, il était étalagiste depuis six mois chez Dupuis frères. Il payait une pension à ses parents, comme sa sœur Denise. Par contre, il était l'unique membre de la famille à occuper seul une chambre, une chambre dont la fenêtre donnait sur la rue Emmett en plus. Même s'il s'agissait d'une pièce communicante avec celle de ses frères, il ne jouissait pas moins d'un statut privilégié.

— Bonsoir m'man, bonsoir p'pa, fit une voix à travers la porte moustiquaire.

— Bonsoir, répondirent en même temps Laurette et Gérard.

La porte s'ouvrit pour livrer passage à un jeune homme de taille moyenne aux cheveux bruns soigneusement séparés par une raie. Son visage aux traits fins était barré par une fine moustache et éclairé par des yeux pers. Son veston beige portait des traces de gouttelettes de pluie et le bas de son pantalon brun était mouillé. Jean-Louis Morin desserra sa cravate brune.

— J'espère que cette eau-là gâchera pas mon *coat*, dit-il à sa mère.

— Ça me surprendrait, voulut le rassurer Laurette en regardant le veston. Ça va sécher.

— Mes pantalons…

— Laisse faire. Je vais te les repasser tout à l'heure. Ils vont être parfaits demain matin. As-tu faim?

— Merci, m'man. J'ai trop chaud pour avoir envie de manger. Je vais aller me laver et me coucher.

Le silence revint sur le balcon des Morin et l'obscurité tomba peu à peu. Une petite brise se leva enfin, chassant un peu de l'humidité qui rendait l'air étouffant depuis quelques jours. Durant de longues minutes, le couple ne se préoccupa que de profiter du léger rafraîchissement apporté par l'orage. Maintenant, ce dernier avait cédé la place à une pluie fine et régulière.

— Je pense ben que c'est parti pour la nuit, dit Gérard d'une voix neutre.

— Si ça peut nous apporter un peu de temps frais, tant mieux, fit sa femme. Quelle heure il est?

Gérard regarda sa montre.

— Presque neuf heures moins quart.

— Carole! Carole! appela Laurette en tournant la tête vers la droite.

— Oui, m'man, répondit une voix du balcon voisin dissimulé par le hangar.

— Rentre, il est presque neuf heures. Laisse un peu souffler monsieur et madame Bélanger.

— Elle nous dérange pas, madame Morin, fit une voix polie.

— Vous êtes ben fine de l'endurer, madame Bélanger, mais il est l'heure qu'elle rentre se coucher.

— J'arrive, m'man, fit Carole.

Au même moment, le bruit d'une vive altercation en provenance des chambres des garçons fit sursauter Laurette.

— Bon. Qu'est-ce qui se passe encore ? demanda-t-elle d'une voix excédée. On n'est jamais capable d'avoir une minute tranquille dans cette maison de fous.

Quand elle vit que son mari allait quitter sa chaise pour aller voir ce qu'il se passait, elle se leva avant lui en lui faisant signe de ne pas bouger.

— Laisse faire.

Elle pénétra dans la maison, traversa la cuisine et se dirigea vers les chambres de ses fils. La porte de chacune des pièces communicantes donnait sur l'étroit couloir. Toutes les deux étaient largement ouvertes. En passant devant la première, Laurette aperçut sans surprise Gilles, confortablement installé contre ses oreillers dans le lit qu'il partageait avec son frère Richard. L'adolescent lisait un Tintin emprunté à la bibliothèque municipale sans se soucier le moins du monde de la dispute qui avait lieu dans la chambre voisine.

La mère de famille fit quelques pas de plus dans le couloir et découvrit un Jean-Louis, blanc de rage, tentant d'expulser par la force son jeune frère cramponné des deux mains au rebord de la fenêtre ouverte sur le trottoir de la rue Emmett. Le cadet ruait avec une belle énergie et refusait absolument de quitter la chambre de son grand frère qui venait de passer son pyjama bleu nuit.

— Voulez-vous ben me dire ce que vous avez à crier comme des perdus ? leur demanda sèchement leur mère en pénétrant dans la chambre.

— Ce petit maudit baveux-là veut pas s'en aller dans sa chambre, s'insurgea Jean-Louis.

— Qu'est-ce que tu fais là, toi ? demanda Laurette à son jeune fils. Ta chambre est au fond, pas ici. Décolle !

— Il veut fermer les jalousies et on étouffe nous autres, au fond. Il y a pas d'air qui entre, expliqua Richard sans lâcher prise.

— On n'est pas pour laisser les persiennes ouvertes, m'man, protesta l'aîné. Tout le monde peut nous voir en passant sur le trottoir.

— Puis après, niaiseux ! s'exclama son cadet. On n'est pas tout nus. Puis toi, t'as ton maudit pyjama… Est-ce que t'as peur que le monde se mette à rire de toi s'ils te voient ça sur le dos ?

Les deux pyjamas de Jean-Louis n'avaient jamais cessé de susciter des commentaires depuis qu'il se les était procurés au début du printemps précédent. Lui, si près de ses sous, avait dépensé de l'argent pour s'acheter ces vêtements de nuit que personne n'avait jamais portés dans la famille. Immédiatement, l'envie s'était mêlée au sarcasme et à la surprise chez les Morin. On avait été sidéré qu'il ait payé si cher pour des vêtements que personne ne pouvait voir !

Quand le jeune homme avait montré ses achats à ses parents, son père n'avait pu s'empêcher de lui demander pourquoi il avait gaspillé son argent pour de pareilles « niaiseries ». Son aîné, sûr de l'appui inconditionnel de sa mère, s'était contenté de lui dire qu'ils étaient en solde et que bien des hommes en portaient pour dormir. Il avait même ajouté que c'était plus sain de dormir dans un pyjama que dans des sous-vêtements dans lesquels on avait transpiré toute la journée. De plus, c'était plus beau de voir quelqu'un dans un pyjama que dans une « combinaison à panneau », avait-il conclu avant de se retirer plein de dignité dans sa chambre à coucher. Finalement, il avait fallu s'habituer à le voir tantôt dans son pyjama bleu, tantôt dans son pyjama rouge vin après sa toilette du soir ou à la table, le matin, au déjeuner.

— Pense un peu à tes frères, dit Laurette à son aîné sur un ton raisonnable. Oublie pas qu'ils ont pas de fenêtre dans leur chambre, eux autres. Quand les jalousies sont fermées, ils ont pas mal moins d'air.

— Je le sais ben, m'man, reconnut le jeune homme. Mais n'importe qui peut entrer par la fenêtre ou ben cracher sur nous autres en passant devant. La fenêtre est à la hauteur du trottoir.

— Si t'es trop pissou pour te battre, le provoqua Richard en ne lâchant toujours pas prise, on va te défendre, nous autres.

Cette dernière remarque eut le don de faire rager encore plus l'étalagiste qui secoua de plus belle son cadet pour lui faire lâcher l'appui-fenêtre auquel il se cramponnait. En représailles, Richard chercha à l'atteindre avec une ruade en criant qu'il lui faisait mal. Au moment où leur mère allait se décider à intervenir pour faire cesser ce pugilat entre les deux frères, le père apparut dans l'encadrement de la porte.

— Ça va faire, vous deux! ordonna-t-il en élevant à peine la voix. On vous entend jusqu'en arrière. Regardez les jeunes de l'autre côté de la rue, dessous le balcon, ils rient de vous autres à vous voir vous chamailler. Toi, lâche-le, ordonna-t-il à Jean-Louis, qui s'empressa de s'exécuter. Richard, va-t'en dans ta chambre et que je t'entende plus.

— Mais p'pa, il…

— Je t'ai dit, dans ta chambre! répéta son père en élevant un peu plus la voix.

L'adolescent, en sous-vêtement et torse nu, s'empressa d'obtempérer et se précipita vers son lit. Jean-Louis ferma les persiennes qu'il assujettit avec un crochet. Satisfait d'avoir rétabli la paix, le père de famille retourna s'asseoir sur le balcon sans ajouter un mot. À l'instant où elle s'apprêtait à suivre son mari, Laurette crut apercevoir quelque chose sous le lit de la pièce voisine. Elle s'avança de quelques pas et se pencha un peu.

— Qu'est-ce qui traîne en dessous du lit ? demandat-elle aux deux occupants de la seconde chambre.

Gilles ne leva pas le nez de sa bande dessinée, persuadé que la question s'adressait à son jeune frère.

— Aïe! C'est à toi aussi que je parle! fit sa mère en haussant le ton.

— Quoi? Qu'est-ce qu'il y a?

— Lâche ton maudit livre et sors-moi ce qui traîne en dessous de ton lit.

Richard ne broncha pas. Après avoir poussé un soupir d'exaspération, Gilles abandonna son *Tintin*, quitta son lit et se mit en devoir de tirer de sous le lit un imposant assortiment de vêtements sales mêlés à de vieux journaux et à des bouts de bois de différentes longueurs.

— C'est à qui, ces cochonneries-là ? demanda Laurette sur un ton accusateur.

— Comme si vous le saviez pas, m'man, intervint Jean-Louis d'une voix fielleuse.

Gilles ne dit rien et reprit place dans son lit pendant que son jeune frère adressait un regard assassin à son aîné.

— Je veux que ce tas-là disparaisse avant que les lumières s'éteignent, vous m'entendez? Si je retrouve une seule traînerie dans votre chambre demain matin, j'en connais un qui va avoir une claque sur une oreille. C'est clair?

Sur ce, Laurette quitta la chambre et alla rejoindre son mari sur le balcon. Richard sortit de son lit et se mit à effectuer un tri dans le tas constitué par Gilles. Il prit ses vêtements sales et les jeta dans la vieille laveuse Beatty rangée dans une encoignure de la pièce. Ensuite, il tenta d'enfouir les autres objets dans l'un des deux tiroirs de la commode dont il partageait l'usage avec Gilles. Malgré tous ses efforts, il ne parvint pas à tout y mettre. Pendant un instant, il songea à glisser quelques-uns de ses trésors récupérés dans l'un des tiroirs de son frère, mais ce dernier s'en serait vite aperçu le lendemain matin et les aurait probablement jetés avant qu'il ait la possibilité d'intervenir.

Gilles dut deviner le cours de ses pensées parce qu'il lui dit soudainement :

— Si t'as pas de place, va en porter dans la cave.

— T'es pas malade, toi! s'exclama son frère. Les rats vont les manger.

— C'est ça ou la poubelle, intervint Jean-Louis, occupé à tailler sa fine moustache devant un petit miroir.

— Toi, le *stool*, mêle-toi de tes maudites affaires, le rabroua Richard avec humeur.

Finalement, le tas disparut et le cadet des frères Morin reprit place dans le lit. Lorsque Gilles éteignit le plafonnier quelques minutes plus tard, Richard lui murmura à l'oreille :

— Tu vas voir comment le grand tata va se lever de bonne humeur demain matin.

— Qu'est-ce que t'as encore fait ? chuchota Gilles.

— Laisse faire. Tu vas voir.

Lorsque Jean-Louis éteignit à son tour la lumière de sa chambre, Richard attendit plusieurs minutes avant de se lever. Il sortit de la pièce sans faire de bruit et alla dans la cuisine. Il ouvrit la porte menant à la cave et fouilla dans un sac suspendu à un clou. Il revint ensuite dans la chambre sur le bout des pieds. Malgré l'obscurité, il se glissa dans la chambre de son frère aîné sur le lit duquel il déposa quelque chose. Lorsqu'il reprit sa place à côté de Gilles, il eut du mal à retenir un gloussement de satisfaction.

Une heure plus tôt, le gérant du magasin Woolworth, Antoine Beaudry, avait quitté la caisse pour aller verrouiller la porte du magasin. À l'extérieur, les passants se faisaient plus rares, même si on était un vendredi soir. La pluie semblait avoir chassé les moins braves. Les violentes averses du début de la soirée avaient lavé la façade rouge du magasin. La lumière diffusée par les lampadaires de la rue Sainte-Catherine faisait luire les flaques d'eau sur le trottoir inégal. Un tramway jaune luisant de pluie stoppa dans un crissement strident au coin de Dufresne, en face de la pharmacie Charland. De l'autre côté de la rue, le vieux Chinois, propriétaire de la blanchisserie voisine de la succursale de la banque d'Épargne, était occupé à coller du papier kraft dans sa vitrine.

— On ferme, les filles, annonça le gérant à ses deux jeunes vendeuses. Pendant que je fais la caisse, Lise, passe un coup de balai dans les allées. Toi, Denise, remets de l'ordre dans le comptoir des bijoux. C'est tout à l'envers.

Les deux jeunes femmes s'activèrent pendant que le petit homme au crâne partiellement dénudé comptait l'argent tiré de la caisse et le déposait dans un sac en toile. De temps à autre, il levait les yeux pour suivre d'un regard libidineux ses deux jeunes employées.

À l'extérieur, l'orage s'était finalement calmé. Une pluie fine avait succédé aux trombes d'eau qui s'étaient abattues sur la ville quelques minutes plus tôt. Soudainement, l'homme fut tiré de ses pensées inavouables par des coups frappés à la vitrine du magasin.

— Bon. Qu'est-ce qu'il veut, lui? s'écria le gérant en prenant un air de matamore que sa petite taille ne justifiait guère. Il voit pas que c'est fermé?

— C'est mon *chum*, monsieur Beaudry, dit Lise Paquette en cessant un instant de balayer. Il veut juste me faire savoir qu'il m'attend.

— J'espère que ton père sait qu'il vient te chercher? fit remarquer le gérant d'une voix pleine de sous-entendus.

— Inquiétez-vous pas pour ça, déclara la jeune fille. Mon père est au courant.

Antoine Beaudry jeta un regard à sa montre avant de lui dire:

— Il est presque neuf heures. Tu peux t'en aller si tu veux.

Cette autorisation de quitter ne serait-ce que quelques minutes avant l'heure était si peu dans les habitudes de leur patron que les deux jeunes filles en furent un instant interloquées. C'était bien la première fois qu'il accordait une telle faveur.

Lise Paquette se dirigea immédiatement vers la petite pièce située à l'arrière du magasin de variétés dans le but de ranger son balai et de prendre son parapluie. Denise fit tout de suite quelques pas dans la même direction.

— Où est-ce que tu t'en vas? lui demanda sèchement Beaudry.

La jeune vendeuse, surprise, s'immobilisa au milieu de l'allée.

— Ben. Vous venez de dire qu'on pouvait partir.

— Pas toi. J'ai dit ça à Lise. Toi, t'as ton comptoir à remettre en ordre, précisa-t-il sur un ton sec.

Denise Morin retourna au comptoir des bijoux de pacotille vendus par Woolworth, en proie à un malaise évident. Elle ne voulait pas demeurer seule dans le magasin avec le gérant. Elle commençait à le connaître et l'occasion serait trop bonne pour lui de se permettre certaines privautés. Affolée, elle chercha une issue à la situation.

Antoine Beaudry, l'air content de lui, quitta la caisse et alla insérer la clé dans la serrure, prêt à ouvrir à Lise dès qu'elle se présenterait pour sortir. Quand la jeune vendeuse passa près de Denise, cette dernière lui demanda sur un ton qu'elle voulait naturel :

— Est-ce que vous allez m'attendre tous les deux pour aller boire un Coke ? Il est déjà neuf heures moins cinq. Il me reste juste cinq minutes à faire.

Lise dut sentir la panique dans la voix de sa camarade parce qu'elle s'immobilisa, hésitante, à quelques pas de la porte pour se tourner vers elle.

— Envoye ! Tu sors ou tu sors pas ? fit le gérant, impatient. J'ai ma caisse à faire, moi.

Antoine Beaudry, incapable de dissimuler sa mauvaise humeur, lui déverrouilla la porte avec brusquerie pour la laisser rejoindre son petit ami. Il la referma bruyamment derrière elle. Lise Paquette sortit du magasin.

— Je pourrais peut-être rentrer plus de bonne heure demain matin, proposa Denise d'une voix un peu tremblante.

— Je pense que t'es mieux de tout placer avant de partir, lui dit le gérant en s'approchant d'elle. Qu'est-ce que t'as ? T'es pas ben avec moi ? demanda-t-il en s'approchant d'elle avec des intentions évidentes.

— C'est pas ça, monsieur Beaudry, se défendit la jeune vendeuse en reculant de quelques pas pour éviter ses mains baladeuses, mais si je finis plus tard que neuf heures, mon père va s'inquiéter et il va venir me chercher, ajouta-t-elle.

— Si t'étais plus fine avec moi, tu le regretterais pas, suggéra Antoine Beaudry, le visage rouge d'excitation, en contournant le comptoir derrière lequel elle avait trouvé refuge.

Au moment où l'homme allait poser la main sur la taille de la jeune fille, des coups répétés à la vitrine le firent sursauter. Beaudry tourna brusquement la tête et aperçut Lise Paquette et son ami plantés devant la vitrine.

— Qu'est-ce qu'elle veut encore, elle? s'écria-t-il de fort méchante humeur en retournant vers la porte à pas précipités.

Il ouvrit la porte du magasin.

— Qu'est-ce qu'il y a? demanda-t-il sur un ton rogue.

— Je voulais juste dire à Denise que nous l'attendons devant la porte.

— Ce sera pas long, elle a presque fini, dit-il sèchement avant de lui refermer la porte au nez.

Le gérant, dépité parce que dérangé dans ses projets, revint à sa caisse enregistreuse en jetant un regard hostile à son employée.

— Grouille-toi qu'on en finisse, ordonna-t-il à Denise, l'air mauvais. J'ai pas envie de passer la nuit dans le magasin à t'attendre.

Moins de cinq minutes plus tard, la jeune vendeuse quitta l'endroit après avoir salué son patron qui ne lui répondit que par un grognement. Elle rejoignit Lise et son copain qui l'avaient attendue patiemment près de la porte, bien en vue du gérant, sous leur grand parapluie noir.

— Fais-moi plus jamais ce coup-là, Lise Paquette! s'exclama Denise en ouvrant son propre parapluie. Laisse-moi plus jamais toute seule avec lui.

— Si ce vieux cochon-là vous fatigue tant que ça, voulez-vous que je l'attende pour lui casser la gueule? proposa Alain Roy, une jeune homme fier de sa musculature.

— Ce serait fin, ça! s'écria son amie. Des plans pour nous faire perdre notre *job*. Laisse faire, on est capables de se défendre toutes seules.

Tous les trois se dirigèrent vers la salle de billard voisine pour boire une boisson gazeuse.

Une heure plus tard, sa collègue et son ami acceptèrent de lui tenir compagnie jusqu'à chez elle. La jeune fille avait été passablement secouée par la scène qui s'était produite au magasin, mais elle n'en dit pas un mot à la maison par crainte de la réaction de ses parents. Elle n'avait vraiment pas envie de se chercher un autre emploi.

Chapitre 3

Un commentaire désobligeant

Le lendemain matin, un peu avant sept heures, Richard Morin fut le premier réveillé. Il se glissa sur la pointe des pieds dans la chambre de son frère aîné, prit ce qu'il avait déposé à la tête du lit du dormeur et réintégra en douce sa chambre après être allé remettre cet objet dans le sac suspendu derrière la porte de la cave. Il allait se remettre au lit quand le gros réveille-matin de Jean-Louis se mit à sonner. Ce dernier remua à peine malgré le bruit infernal de son Westclock.

— Aïe! lève-toi! lui cria Gilles de la chambre voisine en se soulevant sur un coude dans son lit. Tu vas réveiller toute la maison avec ton maudit cadran.

— C'est vrai, ça! renchérit hypocritement Richard qui venait de réintégrer son lit. Il va falloir qu'il s'en achète un deuxième si ça continue, juste un, c'est pas assez. Il y a jamais moyen de le réveiller le matin.

Soudain, le visage de Gilles se crispa et prit un air de profond dégoût.

— Maudit! ça sent ben mauvais ici dedans, se plaignit-il en se dépêchant de coller un bout de la couverture contre son nez. Ça donne mal au cœur.

— En tout cas, c'est pas moi, protesta Richard. Je me suis lavé les pieds hier soir avant de me coucher.

Gilles ne l'écoutait déjà plus. Il tourna le dos à son jeune frère, enfouit sa tête sous son oreiller et se rendormit presque aussitôt. Pendant ce temps, Jean-Louis avait fini par émerger suffisamment du sommeil pour éteindre à tâtons son réveille-matin. Richard le guettait sournoisement. Il le vit demeurer étendu sur le dos dans son lit, durant un long moment, sans bouger. Un mince sourire illumina la figure de l'adolescent quand il s'aperçut que son frère aîné venait de s'asseoir brusquement en reniflant. Lorsqu'il le vit se lever et se diriger vers les persiennes pour les ouvrir, il décida de quitter son lit à son tour pour se diriger vers la cuisine. Il entra dans la pièce au moment même où sa mère y pénétrait dans l'intention de préparer le déjeuner de Jean-Louis. Comme tous les samedis, les autres membres de la famille ne se lèveraient qu'une heure plus tard.

— Qu'est-ce que tu fais debout si de bonne heure ? lui demanda sa mère, apparemment peu enchantée de le voir venir troubler un déjeuner qu'elle s'apprêtait à prendre en tête à tête avec son aîné.

— Comment voulez-vous que je dorme avec le cadran que le grand tata a laissé sonner pendant au moins cinq minutes ? fit Richard en essayant de discipliner ses cheveux du bout des doigts.

— C'est pas de sa faute, ton frère dort comme une souche.

— En tout cas, j'ai faim, déclara l'adolescent en prenant place à table.

— Je vais faire de la soupane dans cinq minutes, annonça Laurette en ouvrant la porte du garde-manger.

— OK, m'man.

Enveloppée dans sa vieille robe de chambre en chenille rose et la tête toujours emprisonnée dans une résille retenant ses bigoudis, Laurette déposa la boîte rouge et noir de gruau Quaker sur le comptoir. Au lieu de sortir une marmite, elle préféra pousser la porte moustiquaire et sortir un instant sur le balcon arrière. Elle y resta à peine une minute avant de rentrer.

— Ça va être une belle journée, déclara-t-elle comme pour elle-même. Il fait frais et il y a pas un nuage. Ça, c'est ce que j'appelle un beau samedi.

Richard, assis à un bout de la table de cuisine, ne dit rien. Sa mère avait son humeur joyeuse du samedi, sa journée préférée de la semaine. Il la vit préparer le gruau sans même consulter la recette tant elle était habituée de le faire trois ou quatre fois par semaine.

La porte de la chambre de Jean-Louis s'ouvrit et le jeune homme entra à son tour dans la cuisine en traînant les pieds et en affichant une mine de papier mâché.

— Mon Dieu ! T'as pas l'air dans ton assiette à matin, dit sa mère à mi-voix pour ne pas réveiller les autres membres de la famille encore au lit.

— Je sais pas ce que j'ai, dit le jeune homme. J'ai mal au cœur. J'ai une senteur écœurante dans le nez. C'est comme si j'avais dormi toute la nuit à côté d'un rat mort.

— Va te raser et te laver, ça va te faire du bien, lui conseilla sa mère, compatissante. En attendant, je vais te faire cuire deux œufs avec des toasts.

— Faites pas ça, m'man. J'ai pas faim pantoute.

Toujours assis à la table de cuisine, Richard réprima avec peine un sourire de triomphe.

— S'il veut pas de ses œufs, je peux les manger à sa place, moi, offrit-il, alléché.

— J'en ferai pas cuire si ton frère en veut pas, trancha Laurette. Je suis pas pour commencer à dépenser une douzaine d'œufs tous les matins pour le déjeuner. Ça coûte trop cher.

L'adolescent eut du mal à réprimer son envie de crier à l'injustice. Il parvint à se contenir et se leva de table en annonçant :

— D'abord, je vais aller m'habiller pendant que le gruau cuit.

— C'est ça et essaye de pas réveiller tout le monde.

Richard retourna dans sa chambre, partagé entre la joie de s'être vengé et la colère de ne pas jouir des mêmes privilèges que son grand frère. Il s'habilla en faisant suffisamment de bruit pour réveiller Gilles, qui finit par sortir la tête de sous son oreiller.

— Il est quelle heure? demanda-t-il à son cadet en se grattant le cuir chevelu.

— Sept heures et quart.

— Le grand a fini par se lever? demanda-t-il en tournant la tête vers le lit vide de Jean-Louis, dans la pièce voisine.

— Ouais, opina Richard avec un grand sourire. Tu devrais lui voir la face à matin. Je te dis qu'il est pas beau à voir. Il a mal au cœur, le chouchou à sa moman.

— Comment ça?

— Ben. Peut-être parce qu'il a passé la nuit à renifler mes vieux bas sales?

— Hein!

— Hier soir, j'ai attendu qu'il dorme et je suis allé accrocher mes bas sales à la tête de son lit, expliqua Richard. Comme il dort dur, il s'est pas réveillé de la nuit et il a pu les sentir à son goût toute la nuit.

— Ah! Je viens de comprendre, c'était ça la senteur de charogne qui m'a donné mal au cœur quand je me suis réveillé.

— Exagère pas, protesta son jeune frère. C'était juste mes bas sales.

— En tout cas, c'est grave ce que t'as fait là, déclara Gilles en adoptant un air faussement scandalisé. Des plans pour nous empoisonner tous les trois, innocent!

— Ça lui apprendra à m'écœurer, déclara son jeune frère avec une joie mauvaise avant de retourner dans la cuisine après avoir endossé une chemisette et son vieux pantalon.

Il était bien connu chez les Morin que Richard puait atrocement des pieds. Sa mère avait eu beau tenter toutes sortes d'expériences pour enrayer le fumet que les pieds de son cadet dégageaient, elle n'était parvenue à aucun résultat tangible. L'unique remède semblait consister à lui faire abandonner ses souliers et ses chaussettes sur le balcon et à l'obliger à se laver les pieds deux fois plutôt qu'une chaque soir. Mais il fallait bien entreposer les chaussettes sales quelque part. Il était hors de question qu'elles se retrouvent mêlées aux vêtements sales que chacun déposait durant la semaine dans la laveuse rangée dans la chambre des garçons. Laurette avait exigé qu'ils soient placés dans un sac hermétiquement fermé suspendu à l'arrière de la porte conduisant à l'escalier de la cave.

— Avec un peu de chance, les rats vont avoir tellement mal au cœur en sentant ça qu'ils oseront pas entrer dans l'appartement, avait alors déclaré Denise en fronçant le nez avec un air de profond dégoût.

Jean-Louis ne revint dans la cuisine qu'au moment où Richard finissait de manger. Le jeune étalagiste, rasé et soigneusement coiffé, embaumait l'Old Spice. Il avait noué sa cravate et avait déjà endossé son veston. Il s'assit devant la tasse de café que sa mère venait de lui servir.

— T'es sûr que tu veux pas déjeuner ? lui demanda-t-elle.

— Non, merci, m'man.

— Vas-tu mieux, au moins ?

— Oui. Je suis correct, répondit-il avant de boire la moitié du contenu de sa tasse. Ce qui m'a donné mal à la tête et mal au cœur, c'est une senteur écœurante qu'il y avait dans ma chambre. Je sais pas d'où elle venait, mais ça sent plus rien à cette heure.

— Bon. Tant mieux, fit Laurette, soulagée. Ça devait venir de dehors. Pendant que j'y pense, j'arrêterai peut-être te dire un petit bonjour à midi, en passant.

— Ça se peut que vous me voyiez pas, la prévint son fils en réprimant difficilement un rictus d'agacement. Des fois, mon *boss* m'envoie travailler en haut, dans les bureaux. Si vous me voyez pas, demandez pas à me parler, monsieur Boudreau aime pas ça quand on se fait déranger pendant l'ouvrage.

— Inquiète-toi pas, le rassura sa mère.

— Bon. Il faut que j'y aille sinon je vais arriver en retard. On dirait qu'il y a pas mal moins de petits chars le samedi matin de bonne heure.

Sur ce, Jean-Louis se leva, embrassa sa mère sur une joue et prit sur le comptoir le sac de papier brun dans lequel elle avait placé son repas du midi. Il l'enfouit dans un porte-documents et quitta la maison. Quelques minutes plus tard, Gérard fit son apparition dans la pièce, précédant de peu ses trois autres enfants.

L'air affairée et pressée, Laurette déposa sur la table le vieux grille-pain à deux portes, un pain Weston et un pot de beurre d'arachide.

— Il y a aussi de la soupane, annonça-t-elle. Elle est sur le poêle. Vous avez juste à vous servir.

— Qu'est-ce qu'on va avoir pour notre lunch? demanda Gilles.

— Il y a une boîte de Paris-Pâté ouverte dans le frigidaire et il reste aussi du *baloney*.

Sur ce, la mère de famille prit son paquet de cigarettes, qu'elle déposait chaque soir sur le réfrigérateur, et l'ouvrit. Aussitôt, son visage refléta un air de doute profond.

— Bout de viarge! Fumes-tu mes cigarettes, toi? demanda-t-elle à son mari occupé à beurrer une rôtie.

Gérard leva la tête et la regarda, surpris.

— Pourquoi tu me demandes ça ? Tu sais ben que j'aime pas pantoute tes Sweet Caporal. Je trouve qu'elles goûtent rien. J'aime mieux mes Player's.

— C'est drôle en maudit, cette affaire-là ! s'exclama sa femme. Je suis presque certaine d'en avoir fumé juste deux dans mon paquet avant de me coucher hier soir. À matin, il y en a cinq de parties, précisa-t-elle en allumant sa première cigarette de la journée après avoir jeté un regard de suspicion aux siens assis autour de la table.

— En tout cas, c'est pas moi. protesta Gérard. Je viens juste de me lever.

— C'est pas Jean-Louis non plus ; il fume pas, ajouta Laurette d'une voix pensive.

— C'est sûr, il serait obligé de payer ses cigarettes, fit remarquer Richard d'une voix perfide.

Même si l'adolescent avait terminé son repas depuis plusieurs minutes, il traînait encore à table.

— Moi, je fume pas, déclara Denise.

— Moi non plus, fit Carole en adoptant un air dégoûté.

— Il manquerait plus que ça, dit leur mère. En tout cas, si jamais j'en poigne un à me voler des cigarettes, ajouta-t-elle sur un ton menaçant, il va le regretter. Il va manger une claque par la tête dont il va se souvenir.

À sa façon de s'adresser à Gilles et à Richard, il était évident que les deux adolescents venaient en tête de liste des suspects. Il fallait donc s'attendre à ce qu'ils deviennent les objets d'une étroite surveillance. La mère de famille se leva après avoir écrasé son mégot de cigarette dans le cendrier et elle disparut dans sa chambre à coucher. Gilles et Denise se partagèrent les tranches de *baloney* et se confectionnèrent des sandwichs pendant que leur père s'emparait de la bouilloire et allait verser l'eau chaude dans le lavabo de la cuisine dans l'intention de se raser.

— Oubliez pas de faire vos lits avant de partir, cria Laurette à la cantonade au moment de s'enfermer dans la salle de bain.

Avant d'aller chercher sa bicyclette dans le hangar, Gilles alla dans la chambre qu'il partageait avec son frère.

— Envoye ! Viens m'aider à faire le lit, ordonna-t-il à son cadet.

— Il y a pas le feu, rouspéta l'autre.

— Grouille-toi. Je dois être chez Tougas dans dix minutes.

Les deux adolescents replacèrent tant bien que mal les couvertures et les oreillers avant de ramasser les vêtements qui traînaient sur le parquet. Au moment où Richard allait quitter la pièce, son frère l'attrapa par un bras.

— T'es ben tata, toi, de piquer toutes ces cigarettes-là à m'man ! l'apostropha-t-il à mi-voix. Comme si elle était pas pour s'en apercevoir ! La prends-tu pour une niaiseuse ? Même si elle les roule elle-même, elle les compte, tu sauras.

— Aïe, lâche-moi ! protesta Richard en repoussant son frère. Je gagne pas d'argent comme toi, moi. Je peux pas m'en acheter.

— Je t'en ai donné deux hier matin, lui fit remarquer Gilles, qui fumait en cachette depuis le début de l'été.

— J'en n'ai pas eu assez.

— Ouais, c'est fin, ça. À cette heure, à cause de toi, on va avoir la mère sur le dos et elle va fouiller dans nos affaire tout le temps.

— Tu t'énerves pour rien, voulut le calmer Richard. T'as juste à continuer à cacher ton paquet dans le hangar. Elle y va presque jamais parce qu'elle a peur des rats.

Gilles haussa les épaules et quitta la pièce. Il traversa l'appartement et sortit par la porte arrière pour aller chercher la vieille bicyclette de l'épicerie Tougas. Au moment de sortir de la cour en la poussant devant lui, il se promit de cacher ses cigarettes ailleurs que dans le hangar pour éviter que son jeune frère ne profite un peu trop de la situation durant ses absences.

Alors qu'il enfourchait le gros vélo noir et se mettait à pédaler pour quitter la grande cour, il aperçut devant lui sa sœur Denise en train de traverser la rue Archambault, juchée sur ses souliers à talons hauts.

— Veux-tu un *lift*, la grande, lui proposa-t-il en ralentissant à sa hauteur.

— Es-tu malade, toi ?

— Il y a de la place dans le panier, fit Gilles à demi sérieux.

— Me vois-tu assise là-dedans ? Laisse faire. J'aime mieux marcher.

— Comme tu voudras, fit le jeune livreur de bonne humeur en se mettant à pédaler avec plus de vigueur.

Denise le vit disparaître au coin de la ruelle Grant.

Un peu avant dix heures, Laurette entra dans la cuisine. Elle avait enlevé ses bigoudis et coiffé sa nouvelle permanente sur laquelle elle avait posé un petit chapeau bleu orné d'une aigrette. Vêtue d'une robe bleu marine à col blanc qui la boudinait un peu, elle portait un grand sac à main en cuir noir qu'elle déposa sur un coin de la table avant de l'ouvrir. Son mari cessa un moment de lire *La Patrie*, qu'il avait étalée devant lui sur la table, pour la regarder par-dessus les verres de ses lunettes.

— Bon. J'y vais, lui annonça-t-elle en vérifiant si elle avait bien rangé son porte-monnaie, son paquet de cigarettes et son briquet dans son sac. Il y a un reste de spaghetti dans le frigidaire pour le dîner.

Gérard se contenta de grogner quelque chose avant de replonger dans sa lecture. Laurette lui adressa un vague signe de la main avant de quitter la maison. En refermant la porte d'entrée derrière elle, elle aperçut Carole assise sur le pas de la porte voisine en compagnie de son amie Mireille.

— Oublie pas de faire la vaisselle et de replacer la cuisine après le dîner, lui dit-elle. Je veux pas retrouver la maison à l'envers quand je vais revenir.

— C'est correct, m'man, fit la fillette.

Il ne serait jamais venu à l'idée de Carole de demander à sa mère où elle allait en ce bel avant-midi du mois d'août. De tout temps, le samedi était la journée de congé hebdomadaire de sa mère et il n'y avait pas à revenir là-dessus. Chaque samedi matin, elle quittait invariablement le toit familial un peu après dix heures pour revenir à la maison vers quatre heures de l'après-midi, habituellement fatiguée, mais satisfaite. On aurait juré qu'elle puisait dans cette sortie la force nécessaire pour traverser les six jours suivants. Seul un imprévu pouvait la faire renoncer à ce droit qu'elle avait conquis de haute lutte.

Quand Laurette avait exigé, dès les premières semaines de son mariage, que son mari «la laisse souffler un peu», comme elle disait, en lui permettant d'aller faire du «magasinage» en solitaire le samedi après-midi, ce dernier avait refusé catégoriquement. Il ne voyait pas pourquoi sa femme irait courir les magasins toute seule, sans son mari. À ses yeux, ce genre de liberté ne convenait pas à une jeune femme mariée. Elle avait immédiatement deviné que Gérard avait consulté ses parents à ce sujet et qu'ils l'avaient encouragé secrètement à lui tenir la bride serrée.

De toute évidence, Conrad et Lucille Morin n'avaient jamais compris ce besoin de leur bru. Mais ces derniers ignoraient à qui ils avaient affaire. S'ils s'étaient imaginé qu'ils allaient venir faire la loi chez elle et mener leur fils marié par le bout du nez, ils se trompaient lourdement.

Les jours suivant le refus catégorique de son mari, la nouvelle madame Morin lui avait rendu la vie si misérable qu'il lui avait offert de lui-même de l'accompagner le samedi suivant dans sa tournée des magasins de l'ouest de la ville. Elle avait accepté sans trop d'enthousiasme tout en se rendant compte qu'elle avait tout de même marqué un point. Elle savait que Gérard détestait hanter les magasins et qu'il s'était résigné à un lourd sacrifice en l'accompagnant durant ce qu'il considérait comme son unique véritable journée de congé de la semaine. Laurette avait su alors faire preuve d'assez de ruse pour se montrer reconnaissante à son endroit après une épuisante journée de lèche-vitrine.

Le samedi suivant, Gérard avait baissé pavillon sans aucune honte. Quand sa femme avait commencé à le houspiller après le déjeuner pour qu'ils partent, il avait refusé tout net de l'accompagner.

— Vas-y toute seule ! avait-il sèchement déclaré. Tu t'imagines tout de même pas que je vais passer mes samedis à te suivre dans tous les magasins de la ville. J'ai autre chose à faire.

C'est ainsi que cette sortie hebdomadaire arrachée de haute lutte était devenue un droit auquel Laurette tenait comme à la prunelle de ses yeux. Elle était la manifestation tangible de son indépendance. Elle était certaine d'être enviée par toutes les femmes mariées de son entourage qui ne parvenaient jamais à se libérer du joug étouffant de leur famille.

— Je vois vraiment pas pourquoi, ma fille, vous tenez tant à courir les rues toute seule, avait fini par lui faire remarquer sa belle-mère, peu après la naissance de Denise.

— C'est juste pour montrer que je suis pas l'esclave de personne dans cette maison, madame Morin, avait rétorqué une Laurette vindicative.

— Mais vous avez un mari, un enfant et...

— Puis après ? Ils sont encore là quand je reviens à la fin de l'après-midi.

— Mais vous avez pas peur de donner des idées à Gérard ? Vous savez, un homme tout seul, à rien faire, il peut chercher à aller voir ailleurs.

— Ah ! vous savez, madame Morin, votre Gérard est pas un trésor, avait rétorqué la bru sur un ton impudent. Je pense pas que toutes les femmes du coin vont se battre pour lui mettre la main dessus.

Lucille Morin s'était gourmée en entendant les paroles de sa bru et n'avait plus jamais tenté de la faire revenir sur sa décision d'abandonner sa petite famille chaque samedi. Par ailleurs, Gérard avait fini par s'habituer assez rapidement à cette journée de congé hebdomadaire qui lui permettait de se reposer dans la maison sans avoir à supporter les sautes d'humeur de sa femme.

~~~~~

Ce matin-là, Laurette emprunta la rue Fullum jusqu'au coin de Sainte-Catherine. Elle traversa la rue et alla attendre le tramway en face du presbytère de la paroisse Saint-Vincent-de-Paul. Quand le tramway jaune à bande rouge vin s'arrêta au milieu de la rue, elle se hissa péniblement à bord du véhicule dans lequel n'avaient pris place que quelques voyageurs. Elle trouva sans mal un siège en osier sur lequel elle se laissa tomber avec un plaisir non dissimulé. Les portes se refermèrent et le tramway se remit en marche vers l'ouest en faisant entendre une sonnerie.

Le nez collé à la vitre, la mère de famille regarda défiler les rues que le tramway croisait. En ce samedi matin d'été, la circulation ne s'alourdit que quelques rues à l'ouest de De Lorimier. Des automobilistes cherchaient à rejoindre les guérites vertes situées à l'entrée du pont Jacques-Cartier. À Papineau, Laurette quitta son siège et s'approcha de la sortie. Elle descendit, comme chaque semaine, au coin de la rue Amherst. À son avis, les magasins de la rue Sainte-Catherine ne commençaient à avoir un peu d'allure qu'à partir de cet endroit. Avant, il n'y avait que des petites boutiques sans grand intérêt pour une connaisseuse de sa trempe.

En posant le pied sur le trottoir, elle décida de visiter les magasins du côté sud de la rue avant midi et de revenir en examinant les marchandises des commerces établis sur le côté nord après avoir mangé dans un petit restaurant près de chez Eaton, le point le plus éloigné où elle se rendait habituellement.

Quelques minutes plus tard, elle s'immobilisa durant un long moment devant la vitrine d'une boutique de vêtements pour dames. Quand elle poussa la porte, une vendeuse âgée d'une cinquantaine d'années à l'air revêche ne put réprimer un rictus d'agacement en l'apercevant. Une jeune collègue voulut se diriger vers Laurette, mais elle posa une main sur son bras et lui fit signe de la tête de ne pas bouger. Elle allait s'occuper d'elle.

De toute évidence, l'employée la plus ancienne connaissait cette cliente depuis plusieurs années et elle ne se souvenait pas l'avoir jamais vue acheter le moindre vêtement. Pourtant, après chacune de ses visites, il fallait compter plusieurs minutes de travail pour replacer correctement les vêtements sur les cintres. Elle touchait à tout, palpait les tissus et s'exclamait à mi-voix sur les prix exorbitants. Si une vendeuse ne s'avançait pas assez rapidement vers elle pour s'enquérir de ses besoins, elle se fâchait en disant haut et fort qu'on ne respectait pas la clientèle dans cette boutique. Par contre, si l'employée faisait montre d'un peu trop de zèle, elle se plaignait d'être harcelée.

La vendeuse expérimentée se dirigea lentement vers Laurette, un mince sourire de commande plaqué sur le visage.

— Vous cherchez quelque chose en particulier, madame? lui demanda-t-elle sans la moindre trace de chaleur dans la voix.

— Je sais pas trop, répondit Laurette, prise de court.

— Une robe peut-être?

— J'ai pas encore eu le temps de les regarder, lui fit remarquer Laurette avec une certaine brusquerie.

— J'ai bien peur, madame, que nous n'ayons pas votre taille en magasin, fit l'employée, perfide.

Le coup porta. Le visage de Laurette rougit sous l'insulte et elle jeta un regard furieux à la grande femme maigre qui se tenait devant elle, les lunettes retenues par une chaînette.

— Comment ça, pas ma taille? demanda-t-elle d'une voix menaçante.

— Vous portez bien du vingt ans, non?

— Non, madame! Du dix-huit ans! s'emporta Laurette, furieuse.

— Malheureusement, nous ne tenons pas en magasin les tailles fortes, fit l'autre en en rajoutant. Je suis vraiment désolée.

Folle de rage, la mère de famille tourna les talons et quitta la boutique en claquant la porte derrière elle. Cette remarque fielleuse de la vendeuse venait de gâcher sa journée.

— La maudite vieille vache ! dit-elle à mi-voix, les dents serrées, en sortant du magasin. Un peu plus et je lui sautais dans la face ! Tu parles d'une écœurante. « Forte taille » ! Je suis pas grosse pantoute. Ça a l'air d'un vrai brochet et ça vient rire du monde normal !

Cette remarque de la vendeuse avait tout de même fait mouche. Toute sa sérénité avait soudainement disparu. Les mots « forte taille » étaient parvenus à semer une sourde inquiétude chez elle. Durant le reste de l'avant-midi, elle s'arrêta à plusieurs reprises devant les vitrines des grands magasins non pas tant pour y admirer les marchandises exposées que pour y examiner de près sa silhouette. Elle se scrutait alors de face et de profil, rentrant le ventre, redressant les épaules et relevant le menton. Lorsque des gens approchaient de l'endroit où elle se tenait, elle s'empressait de se remettre en marche, incapable de juguler sa mauvaise humeur. Quand elle se retrouvait seule, elle s'adressait à elle-même.

— Viarge ! Je suis pas si pire que ça. J'ai pas encore quarante ans. Je suis encore ben présentable. J'ai peut-être une couple de livres de trop, pis après ! C'est pas un crime ! Je suis juste un peu grassette, bonyeu ! Il y a ben des hommes qui aiment ça, une femme ben en chair. C'est tout de même pas de ma faute si j'ai pris une livre ou deux après chacun des enfants.

Mais Laurette sentait que sa journée était irrémédiablement gâchée et cela la mettait dans tous ses états. Si elle s'était laissée aller, elle serait retournée à la boutique de lingerie féminine pour étrangler lentement la vendeuse.

Un peu avant midi, elle allait passer devant la Pharmacie Montréal sans s'arrêter quand elle se rappela soudain y avoir déjà vu des pèse-personne mis au service du public.

Elle entra et se mit à arpenter les allées, à la recherche des appareils. Elle en découvrit finalement deux, côte à côte, à gauche de la porte d'entrée. Si elle se fiait à l'écriteau fixé au mur au-dessus de chacun, il suffisait de glisser cinq cents dans la fente et de monter sur le pèse-personne pour connaître son poids avec une exactitude incontestable.

Laurette ouvrit sa bourse et fouilla fébrilement dans son porte-monnaie à la recherche d'une pièce de cinq cents. Quand elle l'eut trouvée, elle jeta de rapides regards autour d'elle pour s'assurer qu'aucun curieux n'était assez proche de l'appareil pour voir le poids s'afficher lorsqu'elle monterait dessus. Rassurée, elle glissa la pièce dans la fente et monta précautionneusement sur le pèse-personne. Elle pencha vite la tête pour regarder défiler les chiffres au bout de ses pieds... Ces derniers s'arrêtèrent et ne bougèrent plus. Deux cent cinq livres! Deux cent cinq livres!

— Voyons donc, calvaire! Cette maudite bébelle-là marche pas! Deux cent cinq livres! J'ai jamais pesé ça de ma vie!

Elle enleva ses souliers et se souleva un peu sur le bout des pieds dans une ultime et vaine tentative pour alléger son poids. L'aiguille indiqua résolument deux cent cinq. À ce moment-là, elle aperçut du coin de l'œil une employée vêtue d'un sarrau blanc qui venait dans sa direction en affectant un air affairé. Laurette s'empressa de descendre du pèse-personne et remit ses souliers après s'être assurée que les chiffres avaient bien disparu.

— Madame! héla-t-elle l'employée en lui faisant un signe pour attirer son attention.

— Oui, madame, dit la jeune femme sur un ton aimable en s'approchant.

— Est-ce que ça se pourrait que votre balance marche pas? demanda Laurette, pleine d'espoir.

— Ça peut toujours arriver, répondit-elle. Vous avez mis cinq cents et…

— Non, l'interrompit-elle. Pour ça, c'est correct. Mais je parlais des chiffres. Est-ce que ça arrive qu'elle marque pas les bons chiffres?

Un éclair de compréhension passa dans le regard de l'employée qui eut tout de même du mal à retenir un petit sourire.

— Bien sûr, madame. Ça peut arriver. Après tout, c'est juste une machine. Mais ordinairement, elle est assez fiable. Mais si vous pensez qu'elle fonctionne mal, vous pouvez toujours essayer l'autre, à côté. Ça me surprendrait que toutes les deux fonctionnent pas.

— Merci, madame, fit Laurette en s'éloignant déjà.

— Si elle s'imagine que je vais vider mon portefeuille dans ses maudites machines pour me faire dire que je suis grosse, elle peut ben aller chez le diable, marmonna-t-elle pour elle-même.

La mère de famille quitta la pharmacie, en proie à une furieuse envie de fumer pour calmer ses nerfs. Elle fit même le geste d'ouvrir son sac pour en extirper son étui rempli de Sweet Caporal et son vieux briquet Ronson. Elle s'arrêta juste à temps. Fumer dans la rue était le meilleur moyen de passer pour une femme de mauvaise vie. Une femme qui se respectait ne faisait pas ça. Contrariée au-delà de toute expression, les nerfs à fleur de peau, elle referma brutalement son sac. Elle poursuivit son chemin, perdue au milieu de la foule qui avait progressivement envahi les trottoirs de la rue Sainte-Catherine en ce beau samedi estival. Elle marchait maintenant au centre du trottoir en évitant soigneusement de s'approcher des vitrines pour ne pas avoir à regarder son reflet. L'heure du dîner était venue et elle avait faim en plus d'avoir envie de fumer.

Sans plus se préoccuper des magasins, elle accéléra le pas pour arriver plus rapidement au petit restaurant où elle dînait habituellement le samedi midi. Quand elle pénétra dans l'endroit quelques minutes plus tard, elle poussa un soupir de soulagement. Elle se dirigea immédiatement vers un box vide où elle s'assit. Elle déposa sa bourse près d'elle et s'empressa de retirer discrètement sous la table ses souliers qui lui blessaient les pieds. Elle s'alluma une cigarette au moment même où une serveuse lui tendait un grand menu cartonné après avoir déposé un napperon et un verre d'eau devant elle. Cette dernière lui laissa le temps de choisir ce qu'elle désirait manger en allant aussitôt prendre la commande d'un couple d'âge mûr assis dans un box voisin.

Un peu plus loin, une jeune fille se planta devant le *juke-box* installé au bout du long comptoir en formica rouge. Durant un long moment, elle s'abîma dans la consultation des chansons offertes avant de glisser une pièce de monnaie dans l'appareil. Immédiatement, la voix sirupeuse de Georges Guétary chantant *La route fleurie* s'éleva dans le restaurant.

Laurette lança un regard courroucé à la jeune fille lorsqu'elle passa près d'elle pour regagner son siège. Non seulement elle était jeune et mince, mais de plus, elle aimait un chanteur dont elle-même ne pouvait souffrir la voix. Tout pour se faire haïr. Elle aurait pu au moins choisir Luis Mariano ou Jean Lalonde…

Elle ouvrit le menu et le consulta en finissant de fumer sa cigarette. Habituellement, le choix était facile à effectuer. Elle commandait toujours un Coke, un *club sandwich* servi avec des frites et une salade de chou. Un gros morceau de gâteau au chocolat constituait ensuite son dessert préféré. Elle n'était pas riche, loin de là, mais elle pouvait s'offrir cette petite gâterie hebdomadaire.

À ses yeux, c'était là son unique et bien maigre salaire pour avoir rempli son rôle de servante à la maison durant toute la semaine. Comme elle gérait le budget familial, il lui était facile de distraire quelques sous des pensions versées par Denise et Jean-Louis pour se payer ce petit luxe.

Elle vit la serveuse la lorgner du coin de l'œil. Il était évident qu'elle attendait de la voir refermer le menu pour s'approcher d'elle et s'enquérir de ce qu'elle voulait manger. Toujours en proie à sa mauvaise humeur, Laurette ne broncha pas et l'ignora ostensiblement. Elle était comme hypnotisée par l'image appétissante du *sunday* qui ornait la dernière page du menu. Le front sillonné par des rides profondes, elle semblait plongée dans un dilemme déchirant.

« Si elle avait fermé sa gueule, elle, je serais pas poignée comme ça, se dit-elle en songeant à la vendeuse de lingerie pour dames. Là, si je commande ce que j'aime, je vais passer pour une grosse cochonne… Maudit que ça m'enrage ! J'ai faim, moi ! »

— Pour vous, madame ?

Laurette sursauta. Elle n'avait pas vu la serveuse s'approcher de sa table et attendre, son bloc-notes à la main, prête à écrire ce que cette cliente désirait commander. Pendant un instant, elle balança entre la gourmandise et la sagesse. Puis, la mort dans l'âme et la rage au cœur, elle laissa tomber :

— Apportez-moi une patate frite, un morceau de gâteau au chocolat et un Coke.

Quand la serveuse déposa devant elle un verre de Coke et une assiette de frites quelques minutes plus tard, Laurette ne put s'empêcher de s'exclamer :

— Maudit verrat, il y en a pas gros !

La jeune femme se contenta de lever les épaules avant de s'éloigner.

— Elle, cette maudite air bête là, elle aura pas un gros *tip*, se dit Laurette, vindicative.

La serveuse ne revint vers sa cliente grincheuse que quelques minutes plus tard pour lui laisser une portion fort respectable de gâteau et l'addition.

Laurette nettoya consciencieusement son assiette. Quand elle quitta la table pour aller régler son addition, elle ne laissa en pourboire que cinq cents.

— Ça leur apprendra à voler le monde, se dit-elle. Il y avait presque rien dans mon assiette.

Elle sortit du restaurant avec l'impression de n'avoir rien mangé, d'avoir le ventre vide. Cela la rendit encore plus hargneuse. Le soleil à son zénith dardait maintenant ses rayons sur l'asphalte et la chaleur avait singulièrement augmenté en moins d'une heure. À présent, la rue Sainte-Catherine était sillonnée par des tramways bondés de passagers dont les conducteurs ne cessaient de faire sonner la cloche pour mettre en garde les automobilistes trop téméraires qui venaient leur couper la voie. Des piétons se glissaient entre les véhicules pour traverser la rue, accompagnés par un concert de coups d'avertisseurs rageurs. Un peu étourdie par tout ce bruit, Laurette s'immobilisa un moment avant de se mettre en route.

— Bonyeu, j'ai presque rien mangé! Ça me surprendrait pas pantoute que j'aie commencé à perdre du poids, se dit-elle pour se remonter le moral. Il me semble que je me sens déjà moins pesante. En tout cas, ce qui est sûr, c'est que je suis ben trop faible pour passer mon après-midi à magasiner comme d'habitude.

Elle s'arrêta brusquement au coin de Saint-Denis, incapable de décider si elle poursuivait sa tournée des magasins ou si elle rentrait. Quand elle se rendit compte que les badauds devaient la contourner pour poursuivre leur route, elle se rapprocha d'une vitrine

74

qui lui renvoya son image. Elle y jeta un bref regard en biais.

— Viarge ! Ça paraît même pas ! murmura-t-elle, déçue de constater le peu de changement provoqué par la privation qu'elle venait de s'imposer.

La mère de famille décida alors de rentrer chez elle, même si l'après-midi venait à peine de commencer. Elle traversa la rue Sainte-Catherine et attendit durant quelques minutes le tramway qui allait la ramener dans l'est de la ville. Les usagers furent nombreux à le prendre d'assaut lorsqu'il s'immobilisa en grinçant au milieu de la rue. Laurette dut jouer des coudes pour parvenir à grimper dans le véhicule surpeuplé.

Même si les vitres du tramway avaient été abaissées, l'air était étouffant à l'intérieur. Quand il se remit en marche, Laurette dut s'agripper au dossier d'un siège occupé par un jeune homme et sa compagne. Pendant un bref moment, elle eut l'impression que ce dernier allait se montrer galant et lui céder sa place. Ce ne fut qu'une illusion. Le passager ne bougea pas d'un pouce et elle dut demeurer debout et se cramponner tant bien que mal durant tout le trajet. Bousculée par les autres voyageurs et maintenant difficilement son équilibre, elle finit tout de même par arriver à la rue Fullum où elle s'empressa de descendre.

Quelques minutes plus tard, Laurette, exténuée, poussa la porte d'entrée de son appartement de la rue Emmett avec un réel soulagement. Personne dans la maison. On n'entendait que les cris excités des enfants qui s'amusaient dans la grande cour arrière, au-delà de la clôture des Morin. Elle retira ses souliers sans se pencher et enleva son chapeau. Elle allait entrer dans sa chambre à coucher quand Gérard apparut derrière la porte moustiquaire.

— Tu reviens ben de bonne heure? fit-il, surpris de la trouver debout dans le couloir alors qu'il n'était qu'une heure et demie de l'après-midi.

— J'ai mal à la tête, lui expliqua sa femme. Est-ce qu'il reste des aspirines?

— Non, mais il y a des madelons dans la pharmacie de la salle de bain.

— Je vais en prendre deux et aller m'étendre une heure, déclara-t-elle. Où sont les enfants?

— Carole est chez les Bélanger. Richard est parti se baigner au bain Quintal.

— Toi, qu'est-ce que tu faisais?

— Je viens de finir de mettre un peu d'ordre dans le hangar.

Sans rien ajouter, elle disparut dans sa chambre à coucher dont elle referma la porte derrière elle. Épuisée par les émotions vécues durant l'avant-midi, elle retira sa robe de sortie et son chapeau et s'endormit rapidement après avoir avalé deux comprimés d'analgésique.

Un peu après quatre heures, le claquement d'une portière d'auto réveilla Laurette. Un coup d'œil vers la fenêtre lui apprit qu'il s'agissait de Charles Gravel qui venait de descendre de son taxi. Elle entendit ensuite la voix de Gérard s'adressant au chauffeur. Comme elle connaissait les deux hommes, ils en avaient pour un bon moment à discuter de politique. Depuis la réélection facile de Duplessis le mois précédent, Lapalme, le chef du parti libéral, était devenu leur tête de Turc préférée.

Elle s'habilla avant d'aller dans la cuisine où elle se prépara une tasse de café. Elle s'alluma une cigarette pour s'aider à reprendre contact avec la réalité. Pendant que l'eau bouillait, elle sortit des pommes de terre, s'assit à table et commença à les éplucher.

— Qu'est-ce qu'on mange à soir, m'man? demanda Carole en s'approchant de la moustiquaire de la porte arrière.

— Du pâté chinois, répondit sa mère d'une voix lasse. Viens m'aider à éplucher les patates.

La petite fille entra dans la cuisine, prit un couteau dans un tiroir et vint s'asseoir en face de sa mère l'air maussade. Le silence inhabituel de sa cadette alerta Laurette qui finit par lui demander :

— Qu'est-ce qui se passe? Je gage que tu t'es encore chicanée avec la petite Bélanger.

— Ben non, m'man, répondit Carole d'une voix peu convaincante.

— Comment ça se fait que vous êtes pas ensemble d'abord?

— Ben…

— Ben quoi? insista Laurette.

Elle était habituée aux chamailleries entre les deux amies qui se disputaient au moins une fois par semaine. L'une et l'autre avaient un fort caractère et chacune cherchait à imposer sa volonté, ce qui n'allait pas sans heurt. La brouille ne durait jamais plus que quelques heures et, souvent, avant même que les parents s'en rendent compte, elles étaient de nouveau ensemble en train de jacasser et de planifier un jeu ou une saynète.

— Tout à l'heure, on a fait notre séance dans la cour avec Diane. On a eu cinq enfants qui ont payé trois épingles à linge chacun pour la voir.

— Puis?

— On s'est chicanées. Mireille voulait pas que je garde la moitié des épingles parce que je fournissais le rideau.

— Quel rideau?

— Le rideau qui faisait le décor, m'man, expliqua la fillette avec une certaine impatience.

— Et qu'est-ce que t'avais pris pour faire ce rideau-là, toi ? demanda sa mère, soudainement soupçonneuse.

— Ben…

— Pas un de mes draps, j'espère ?

— Oui, mais j'y ai fait ben attention.

— Mon effrontée ! s'emporta Laurette. Je t'ai déjà dit que je voulais pas que tu touches aux draps. Va me le chercher. Si tu l'as déchiré, tu vas en manger une.

Carole quitta la table et disparut dans la salle de bain où la literie était rangée dans une armoire suspendue au-dessus de l'antique baignoire. Elle revint dans la cuisine et déposa le drap devant sa mère. Elle l'avait replié avec le plus grand soin. Laurette se leva et l'examina minutieusement avant de le remettre à sa fille.

— Replie-le et remets-le dans l'armoire, lui ordonna-t-elle sèchement. Tu te coucheras à sept heures à soir pour t'apprendre à écouter quand je te parle.

⁓

Un peu avant six heures, tous les membres de la famille Morin s'attablèrent pour l'un des rares repas pris en commun durant la semaine. Le plus souvent, Jean-Louis ou Denise arrivait du travail après les autres et mangeait seul. Quand tout le monde était réuni autour de la table, c'était un signe que la fin de semaine était vraiment commencée.

Jean-Louis était entré dans la maison en même temps que sa sœur aînée quelques minutes auparavant. Tous les deux avaient posé le même geste dès leur arrivée. Ils avaient tiré de leur enveloppe de paye les sept et huit dollars de leur pension hebdomadaire qu'ils avaient laissés sur le comptoir, près de leur mère occupée à faire rôtir le bœuf haché qui entrerait dans la confection de son pâté chinois. Peu après, Gilles les imita en tendant un dollar et quart à sa mère. Laurette, d'humeur toujours ronchonne, l'arrêta net au moment où il tournait les talons.

— Whow! Il manque vingt-cinq cents.

— Non, m'man. C'est la moitié de ce que le bonhomme Tougas m'a donné.

— Comment ça, la moitié? T'as travaillé hier soir et toute la journée aujourd'hui. Ça fait trois piastres pas deux piastres et demie.

— Il m'a donné juste deux piastres et demie. Il m'a dit que j'ai pas porté des commandes toute la soirée hier parce qu'il mouillait. Ça fait qu'il m'a payé juste cinquante cents pour hier soir.

— Tu parles d'un écœurant! s'exclama sa mère. Attends que je lui parle dans la face, lui! ajouta-t-elle, mauvaise. Si c'est pas profiter du pauvre monde, je me demande ben ce que c'est.

— C'est ça, m'man, allez l'engueuler. Comme ça, il va me sacrer dehors et j'aurai plus d'ouvrage.

— T'as eu au moins des *tips*, reprit sa mère, retrouvant un ton plus calme.

— Vingt cennes, mentit Gilles qui avait reçu trois fois plus de pourboires.

— Dépense pas cet argent-là pour toutes sortes de niaiseries, tu m'entends? L'école commence dans deux semaines et tu vas en avoir besoin pour payer tes affaires.

— Quelles affaires?

— Tu vas avoir besoin de souliers neufs, de cahiers, de crayons, d'une règle, de plumes…

— Parce que c'est moi qui vais être obligé de payer tout ça? s'exclama Gilles, outré.

— C'est normal, non? Toutes ces affaires-là, c'est toi qui vas t'en servir, répliqua sa mère sur un ton définitif.

— Avoir su, j'aurais fait comme Richard et j'aurais passé mon été à jouer.

— T'es plus vieux que lui, lui fit remarquer sa mère.

— J'ai juste un an de plus que lui.

— C'est ça, acquiesça-t-elle. L'année passée, t'as joué pendant tout ton été. Cet été, t'as travaillé juste un peu pour nous aider. Ici dedans, tout le monde fait sa part.

Peu convaincu de la justesse des vues de sa mère, l'adolescent, de mauvaise humeur, gagna sa chambre où il retrouva Richard, étalé sur la vieille couverture grise utilisée comme couvre-lit. Il trouvait injuste d'avoir à payer avec son argent des choses que ses parents avaient toujours achetées pour lui.

Depuis le début des vacances, il ne rêvait que d'une chemise blanche et d'un pull-over vert bouteille exposés dans la vitrine d'un magasin de vêtements pour hommes situé sur la rue Sainte-Catherine, près de Papineau. Il n'y avait pas eu une semaine où il ne s'était pas arrêté devant cette vitrine pour admirer cet ensemble qu'il jugeait des plus chics. Cent fois, il s'était imaginé paradant, ainsi vêtu, rue Archambault. Il ne faisait aucun doute dans son esprit que la belle Nicole Frappier allait le trouver absolument irrésistible en le voyant aussi bien habillé.

— Moi, je suis écœuré! dit-il à son jeune frère en se laissant tomber sur le lit. Tout mon argent va servir juste à acheter des affaires d'école, à cette heure.

— Au moins, toi, t'as un peu d'argent, lui fit remarquer Richard, qui n'avait jamais un sou en poche.

— À part ça, qu'est-ce que tu fais là? lui demanda Gilles, peu habitué à le voir à ne rien faire à cette heure de la journée.

— J'attends le souper, répondit l'autre en lui indiquant du menton leur grand frère Jean-Louis qui leur tournait le dos dans la chambre voisine.

— Qu'est-ce qu'il fait ? chuchota Gilles.

— Devine, fit Richard, narquois. Il compte son argent, comme tous les maudits samedis soirs. Ça fait peut-être dix fois qu'il le recompte. Notre gratteux doit penser qu'il s'en est fait voler, ajouta-t-il. Un vrai serre-la-cenne !

Aux yeux de ses jeunes frères, l'aîné était un pingre de la pire espèce. Il ne dépensait jamais un cent sans avoir une raison impérieuse de le faire. Il ne fumait pas et ne s'offrait jamais une sortie. Il ressemblait de plus en plus à l'écureuil inquiet dont l'unique plaisir consiste à faire des provisions. Les vêtements étaient les seules dépenses qu'il s'autorisait. Quand quelqu'un l'approchait pour un petit emprunt, il déclarait tout net ne pas avoir un sou à prêter. Ses billets de tramway et sa pension représentaient l'essentiel de ses déboursés hebdomadaires. Sa mère avait beau répéter qu'il n'était que « très prudent », ses frères et sœurs étaient beaucoup moins tendres à son sujet et ne rataient jamais une occasion de se moquer de sa ladrerie.

— Il a l'air d'avoir tout un motton, chuchota Richard, envieux. Je voudrais ben savoir combien il a.

— Ça t'avancerait à quoi ?

— Je sais pas.

— Toi, si tu penses que tu pourrais lui voler quelque chose, t'es mieux de t'ôter cette idée-là de la tête, l'avertit son frère qui, par le fait même, sentait ses pauvres économies menacées. Si jamais il lui manque une cenne dans son magot, il va t'arracher un bras.

— Ben non, protesta Richard, faussement indigné. Je veux pas le voler. Je voudrais juste savoir combien il a. Je suis certain qu'il doit pas avoir loin de cinquante piastres. As-tu déjà pensé à tout ce qu'on pourrait s'acheter avec autant d'argent. Je comprends pas pourquoi il va pas le mettre à la banque, comme m'man lui dit souvent.

— Tu le sais ben. Il a peur de se le faire voler.

— Souper! cria Denise, debout au bout du couloir. Dépêchez-vous. On vous attendra pas.

Richard se précipita hors de la chambre. Dans la pièce voisine, Jean-Louis se rendit compte que Gilles n'était pas encore sorti. Alors, il fourra dans l'une des poches de son pantalon le porte-monnaie dans lequel il déposait ses économies. Il prit ensuite la direction de la cuisine. Quand il fut certain d'être seul, Gilles souleva un coin du matelas et prit l'enveloppe dans laquelle il dissimulait son argent. Il y mit sa paie, ne gardant dans ses poches que la somme de ses pourboires. Après avoir dissimulé l'enveloppe au même endroit, il rejoignit les siens autour de la table.

Denise aida sa mère à servir les assiettes avant de venir s'asseoir près de Carole. Le repas frugal se prit dans un silence presque complet. Il faisait chaud dans la cuisine, même si la porte moustiquaire et la fenêtre ouverte laissaient entrer l'air extérieur. Laurette avait pris sa place habituelle, à une extrémité de la table. Les plis amers de chaque côté de sa bouche disaient assez dans quel état d'esprit elle était.

— Êtes-vous malade, m'man? demanda Denise en regardant la petite portion de hachis parmentier qu'elle avait déposée dans son assiette.

— Non. J'ai juste mal à la tête, mentit-elle.

— Encore? demanda son mari qui se souvenait qu'elle était rentrée à la maison plus tôt que d'habitude à cause d'une migraine.

— Bonyeu! J'ai tout de même le droit d'avoir mal à la tête de temps en temps! éclata la mère de famille.

— OK. Énerve-toi pas, fit Gérard d'une voix apaisante.

En vérité, Laurette était la proie d'une faim dévorante. Si elle s'était écoutée, elle se serait servie une portion trois fois plus grosse que celle qu'elle avait déposée dans son assiette. De plus, elle était tiraillée par une seule envie, imiter les siens assis autour de la table. Elle salivait rien qu'à les voir étaler du beurre sur des tranches de pain qu'ils avalaient pour accompagner le plat principal.

Mais, avant de s'endormir au début de l'après-midi, elle s'était juré de perdre du poids avant son quarantième anniversaire de naissance, le 3 octobre. Elle allait retrouver sa ligne de jeune fille. À ce moment-là, plus personne ne la traiterait de « grosse ». Son mari allait regarder un peu moins les voisines pour s'occuper un peu plus d'elle. C'était fini, elle ne se laisserait plus aller. Elle allait manger moins, c'était promis. Finies les croustilles, le chocolat et les desserts. Plus question de manger avant de se mettre au lit le soir. Dans un mois et demi, elle allait être presque aussi maigre qu'Emma Gravel, la voisine du dessus. Les gens allaient même lui demander si elle n'était pas malade en la voyant maigrir si rapidement. À cette seule pensée, un mince sourire se dessina sur son visage.

La dernière bouchée de son hachis avalée, Laurette s'empressa de se verser une tasse de thé et de s'allumer une cigarette pendant que les siens mangeaient leur dessert. Ses deux filles l'aidèrent ensuite à laver la vaisselle et à ranger la cuisine. Quand elle vit Jean-Louis quitter la pièce, sa mère lui demanda :

— Qu'est-ce que tu fais à soir ?

— Pas grand-chose, m'man, répondit le jeune homme. J'ai rapporté un livre de la *job*. Je pense que je vais le lire, tranquille, dans ma chambre.

— Où est-ce que vous pensez aller, vous deux ? fit la mère de famille en voyant ses deux plus jeunes fils se diriger vers la porte.

— Ben, on s'en va jouer dehors, fit Richard, comme si cela allait de soi.

— Il est déjà presque sept heures, déclara Laurette. Vous allez prendre votre bain et vous nettoyer pour la messe de demain matin.

— Il fait encore clair dehors, protesta Gilles en montrant la fenêtre.

— Je le sais. Je suis pas aveugle, lui fit remarquer sa mère sur un ton cinglant. Vous jouerez demain. Je fais bouillir un canard d'eau sur le poêle. Tu seras le premier à te laver.

— Est-ce qu'on peut au moins attendre l'eau chaude sur le balcon ? demanda Richard sur un ton frondeur.

— Oui. Tu peux. Mais parle-moi sur un autre ton sinon tu vas recevoir une claque sur les oreilles, tu m'entends ?

L'adolescent vit son père, installé dans sa chaise berçante sur le balcon, tourner la tête vers la cuisine. Il ne répliqua pas. Il se contenta de pousser la porte moustiquaire et de sortir à l'extérieur pour se mettre à l'abri de la mauvaise humeur de sa mère. Gilles le suivit.

— Toi, où est-ce que tu vas ? demanda Laurette à Denise en train de se poudrer le nez devant le petit miroir installé au-dessus du lavabo.

— Colette Gravel m'a demandé d'aller avec elle au Bijou. Il y a un film avec Gregory Peck. Je rentrerai pas tard.

À dix-huit ans, Colette Gravel, une rousse pétillante au visage rond agréable à regarder, était l'aînée des trois enfants du chauffeur de taxi qui vivait au-dessus des Morin. Elle travaillait chez Carrière, rue Notre-Dame, depuis près de deux ans et son unique plaisir était le cinéma. Sans être amies, les deux jeunes filles s'entendaient bien et il leur arrivait d'aller au cinéma ensemble.

— Je pense que c'est elle qui vient de sortir, fit remarquer Carole en entendant claquer la porte voisine.

— Bon. J'y vais avant qu'elle soit obligée de sonner, fit Denise en se dirigeant déjà vers la porte d'entrée.

— Prends ta veste, lui conseilla sa mère. Tu vas être contente de l'avoir quand tu vas attendre le petit char à la fin de la soirée.

Quand Laurette sortit sa chaise berçante sur le trottoir quelques minutes plus tard, après s'être assurée que Gilles prenait bien son bain, elle croyait bien retrouver Gérard. Il avait quitté le balcon à l'arrière de la maison quelques instants auparavant pour aller s'asseoir sur le pas de la porte. Pourtant, à son arrivée, elle le découvrit debout, sur le trottoir d'en face, en grande conversation avec Marcel Rocheleau, un vendeur de meubles chez Living Room Furniture, un magasin de meubles de la rue Sainte-Catherine. Elle ne put réprimer une grimace en jetant un regard noir à ce voisin âgé d'une trentaine d'années qui demeurait à l'étage, au-dessus du restaurant Brodeur, avec sa femme Simone et ses trois jeunes enfants.

Elle éprouvait envers cet homme une antipathie naturelle depuis que des voisines lui avaient appris qu'il battait parfois sa femme. Lorsqu'elle l'apercevait, toujours tiré à quatre épingles, les cheveux brillants de Brylcream et le verbe haut, elle serrait les dents. Catherine Bélanger, la voisine de droite, lui avait même chuchoté, scandalisée, que le Beau Brummel privait les siens du strict nécessaire pour aller courir les clubs de nuit les fins de semaine. On l'avait vu plusieurs fois au Mocambo avec une autre femme que la sienne.

Gérard Morin discuta encore un peu avec Marcel Rocheleau avant de revenir s'asseoir sur le pas de la porte. Pour sa part, le vendeur fit quelques pas et pénétra chez Brodeur.

— Lui, je peux pas le sentir, dit Laurette, l'air mauvais.

— Qu'est-ce que t'as contre lui ? lui demanda Gérard à voix basse. Il t'a rien fait.

— Laisse faire. Il a l'air d'un petit roquet avec sa petite boucle et sa chemise blanche. C'est un couailleux. Il paraît même qu'il bat sa femme.

— Ça, ça nous regarde pas, dit abruptement son mari.

— En tout cas, je lui conseille pas de lever la main sur elle devant moi parce que je te garantis que je vais lui faire avaler sa petite boucle, moi, précisa Laurette sur un ton menaçant.

L'obscurité descendait doucement et une faible brise agréable avait chassé les odeurs entêtantes émises par la Dominion Rubber. Pendant un long moment, les Morin se turent, profitant du calme de cette belle soirée estivale. Les Bélanger et les Daudelin, leurs voisins immédiats, s'étaient aussi installés sur le trottoir avec leurs plus jeunes enfants. Pendant que Gérard regardait ce qui se passait devant le restaurant-épicerie Brodeur où une demi-douzaine d'adolescents faisait du chahut, sa femme tentait de comprendre ce que madame Henripin de la rue Archambault racontait à Pauline Daudelin, sa voisine de gauche. Elle finit par y renoncer et tourna son attention vers deux grandes adolescentes, assises sur les premières marches de l'escalier extérieur qui menait aux étages au-dessus de chez Brodeur. Elles taquinaient les garçons qui rivalisaient pour s'attirer leurs bonnes grâces.

— Si j'étais leur mère, j'endurerais pas ça, finit-elle par dire à son mari. Je voudrais ben voir Carole se tenir comme ça, moi. Je te dis que j'irais la chercher par le chignon pour la ramener à la maison.

— C'est qui, ces filles-là ? demanda son mari.

— Les petites Payette. Deux vraies excitées !

— M'man, on a fini de se laver, dit Richard, qui venait d'apparaître derrière son père, dans l'encadrement de la porte d'entrée.

— C'est correct. Lavez votre bain et laissez rien traîner dans la salle de bain. Est-ce que Jean-Louis veut prendre son bain, lui aussi ?

— Je le sais pas. Je lui ai pas demandé.

— Demande-lui. S'il le prend pas, je vais y aller à sa place. Fais-moi bouillir de l'eau en passant.

L'adolescent disparut un instant avant de revenir pour lui dire que Jean-Louis lui laissait sa place. Laurette attendit quelques minutes avant de rentrer. Il faisait maintenant noir et l'unique lampadaire de la rue Emmett venait de s'allumer. Gérard décida de rentrer à son tour dans la maison. Il se leva, replia la chaise berçante laissée par sa femme sur le trottoir et la remisa dans le couloir avant de fermer la porte derrière lui.

Lorsque Denise rentra un peu après onze heures, elle trouva l'appartement plongé dans l'obscurité. Toute la famille était déjà au lit et dormait, du moins en apparence. Elle enleva ses chaussures à talons hauts pour ne pas faire de bruit et se glissa dans sa chambre où elle passa ses vêtements de nuit sans allumer pour ne pas réveiller Carole.

Pourtant, sa mère ne dormait pas encore. Elle venait de se retourner pour la centième fois quand Gérard finit par lui demander d'une voix agacée :

— Sacrifice ! Achèves-tu de tourner ? Si t'arrêtes pas de grouiller, j'arriverai jamais à m'endormir.

Laurette ne lui répondit pas. Elle ne parvenait pas à trouver le sommeil, taraudée qu'elle était par la faim. Avant de se mettre au lit, les enfants avaient pris une collation, comme tous les samedis soirs, en prévision du jeûne qu'ils devraient respecter jusqu'au lendemain midi pour pouvoir aller communier le dimanche matin, à la messe. L'odeur des rôties l'avait fait saliver et elle avait dû faire preuve d'une force de caractère peu commune pour résister à la tentation d'en manger une ou deux.

— Tu manges pas ? lui avait demandé son mari, étonné de la voir s'allumer une cigarette pour accompagner la tasse de thé qu'elle venait de se verser. Arrête de fumer et mange un morceau. T'as presque rien mangé au souper.

— J'ai pas faim, s'était-elle contentée de répondre sur un ton rogue pendant que son mari et ses enfants tartinaient de beurre d'arachide ou de confiture de fraises leurs rôties.

Stoïque jusqu'à la fin, elle avait attendu que tous aient terminé leur collation pour les aider à tout ranger. Elle s'était ensuite mise au lit en souhaitant que le dicton « Qui dort dîne », si cher à sa mère, soit bien vrai. Eh bien, non ! Elle constatait que pour bien dormir, il faut avoir l'estomac plein, ce qui n'était pas son cas. Par conséquent, le sommeil la fuyait et elle ne cessait de se retourner dans le lit conjugal, à la recherche d'une position plus confortable.

Les minutes puis les heures passèrent lentement, trop lentement. Impossible de s'endormir. Toute vie avait fini par fuir les rues Emmett et Archambault. Il y eut bien quelques éclats de voix avinées vers deux heures du matin, mais elles provenaient de deux passants qui semblaient avoir un peu trop fêté. Laurette dut s'assoupir à un moment donné, mais elle sursauta, réveillée brutalement par les miaulements d'une chatte en chaleur. Elle tourna la tête vers le réveil : deux heures quarante-cinq. À ses côtés, Gérard émit un grognement. Elle décida soudain de se lever. Elle glissa ses pieds dans ses pantoufles, endossa sa robe de chambre et quitta la pièce dont elle referma la porte sans faire de bruit. Avant d'allumer le plafonnier de la cuisine, elle prit la peine de fermer la porte de la chambre des filles qui ouvrait sur cette pièce.

Elle s'assit à table et alluma une cigarette qu'elle éteignit presque aussitôt. Elle avait envie de manger, pas de fumer.

Dans un éclair de lucidité, elle reconnut qu'elle ne pouvait pas continuer à se priver comme ça : elle allait devenir folle. Elle allait prendre les moyens pour maigrir, elle se l'était promis. Au lieu d'atteindre son poids de jeune fille au début d'octobre, disons qu'elle allait se laisser jusqu'aux fêtes pour y arriver… Ça lui donnait quatre mois. À bien y penser, elle n'avait qu'à manger un peu moins à chaque repas ou à ne rien avaler entre les repas pour y arriver facilement, sans se priver comme une folle. Cette graisse-là, il lui avait fallu vingt ans pour qu'elle l'envahisse. C'était certain qu'elle ne pourrait pas s'en débarrasser en quelques semaines.

— Je suis ben niaiseuse ! se dit-elle à mi-voix. Je serai ben avancée si je me rends malade à force de me priver.

À bien y penser, elle réalisa que manger là, maintenant, ce n'était pas manger entre les repas puisque le dimanche matin, personne ne déjeunait à cause de la communion. Au fond, c'était son déjeuner. Pendant un moment, elle hésita, taraudée par un vague remords. Si elle mangeait à cette heure, elle ne pourrait pas aller communier parce que minuit était passé depuis longtemps.

— Puis après ! dit-elle. On n'est pas obligé d'aller communier tous les dimanches, bout de viarge !

Étant ainsi parvenue à faire taire sa mauvaise conscience, Laurette se leva, sortit un pain de la huche et se confectionna un sandwich avec deux tranches de *baloney* sur lesquelles elle étala une épaisse couche de moutarde. Comme il n'était pas question de se préparer une tasse de thé à cette heure de la nuit, elle se versa un grand verre de cola pour faire descendre le tout. Quand elle eut avalé la dernière bouchée de son sandwich, Laurette poussa un profond soupir de satisfaction avant de tout ranger. Elle retourna se mettre au lit et dormit comme un loir jusqu'au matin.

Chapitre 4

Un dimanche comme les autres

Comme tous les dimanches matin, Jean-Louis et son père se préparèrent à quitter l'appartement à huit heures quarante-cinq. Ils avaient l'habitude d'assister à la basse-messe officiée par l'abbé Laverdière dans la chapelle érigée à droite de l'église de la paroisse Saint-Vincent-de-Paul. Le célébrant avait la réputation justifiée d'expédier cette messe en trente minutes, ce qui était loin de déplaire au père et au fils.

— Est-ce qu'on peut y aller avec vous autres? demandèrent Gilles et Richard en même temps.

— Il en est pas question. Vous deux, vous venez à la grand-messe avec nous autres, trancha leur mère.

Depuis plusieurs mois, les deux garçons faisaient des pieds et des mains pour accompagner leur père et leur frère aîné à la première messe du matin dans l'intention d'échapper à la grand-messe de dix heures célébrée par le curé Damien Perreault dont les sermons interminables avaient le don de les ennuyer prodigieusement. Jusqu'à présent, toutes leurs tentatives avaient échoué face à la détermination de leur mère qui voulait les avoir à l'œil durant la cérémonie religieuse.

Les deux frères essayaient encore par principe, mais leur espoir de réussir avait bel et bien disparu. Maintenant, ils tentaient surtout de trouver un moyen de ne pas pénétrer dans le temple en même temps que leur mère et leurs deux sœurs de manière à pouvoir s'asseoir dans les derniers bancs, à l'arrière. Ainsi, ils pourraient s'esquiver en catimini dès la fin de la lecture de l'évangile. Pour y parvenir, il leur fallait d'abord échapper à la surveillance de leur mère, ce qui était loin d'être aisé.

Aux yeux des deux adolescents, toutes les ruses étaient permises pour écourter un office religieux dont la longueur leur semblait inhumaine et, surtout, inutile. Ils en avaient déjà expérimenté quelques-unes avec un certain succès. Les trucs du lacet cassé en route ou du robinet qu'on a oublié de fermer en quittant la maison avaient été excellents, mais ils présentaient l'inconvénient de ne pouvoir être utilisés plus qu'une fois. Par ailleurs, ils répugnaient à feindre une migraine ou la grippe pour échapper à la messe parce qu'au début du printemps précédent cela leur avait coûté de passer une journée complète au lit à absorber toutes sortes de médicaments au goût détestable.

Bref, les deux jeunes avaient dû attendre une heure de plus avant de pouvoir se débarrasser de ce qu'ils considéraient comme une pénible corvée. À peine Gérard et son fils aîné étaient-ils revenus de l'église que Laurette donna le signal du départ.

— Je veux pas vous voir partir à courir sur la rue comme deux fous, les avertit-elle sévèrement. Vous nous attendez à la porte de l'église et vous vous assoyez avec nous autres, dans le même banc. Vous m'entendez ?

— Ben oui, m'man, fit Richard, exaspéré.

— Je veux aussi vous voir aller communier. Moi, je peux pas y aller à matin parce que j'ai dû prendre des pilules, mentit-elle, mais vous autres, vous avez pas de raisons de pas y aller.

— Ben, on n'est pas obligés d'aller communier chaque fois qu'on va à la messe, protesta Richard.

— Non, c'est vrai, reconnut sa mère. Mais si t'es pas en état de grâce, t'as juste à aller à la confesse le vendredi après-midi.

L'adolescent comprit tout de suite la menace. Il n'était pas question qu'il aille passer une partie du vendredi après-midi à l'église pour se confesser.

— Je le sais, se contenta-t-il de dire avant de faire signe à Gilles de marcher à ses côtés sur le trottoir plus large de la rue Fullum pendant que leur mère marchait derrière eux, encadrée par Denise et Carole.

En ce dernier dimanche d'août, le soleil brillait de tous ses feux dans un ciel dégagé de tout nuage. La journée promettait d'être chaude. Les cloches de l'église sonnèrent au moment où Laurette Morin et ses enfants tournaient au coin de Sainte-Catherine après avoir longé la petite clôture en fer forgé noir qui protégeait le maigre parterre gazonné du presbytère, un édifice carré d'un étage en pierre et en brique. Déjà, plusieurs fidèles montaient la douzaine de marches qui permettaient d'accéder aux portes du temple. Avant d'entrer, Laurette et Denise vérifièrent de la main si leur chapeau était bien en place pendant que Carole ajustait son béret bleu marine.

— Écrase un peu tes cheveux avec ta main; ils relèvent de partout, ordonna Laurette à Richard.

L'adolescent avait eu beau mouiller abondamment sa chevelure avant de partir de la maison, les mèches indisciplinées avaient relevé la tête dès qu'elles avaient séché un peu. Gilles tira la porte et laissa passer sa mère et ses sœurs devant lui.

L'église Saint-Vincent-de-Paul était imposante. Ses murs et ses parquets étaient recouverts de marbre. Sa voûte illustrée de scènes bibliques était soutenue par d'énormes piliers du même matériau. Elle était largement éclairée par les longs vitraux colorés et sentait l'encens. De chaque côté, il y avait trois confessionnaux en bois foncé où plusieurs générations de paroissiens étaient venues s'agenouiller pour demander le pardon de leurs fautes. À l'avant, le chœur était protégé par une sainte table. Flanqué d'un autel dédié à la Vierge et d'un autre consacré à Saint-Vincent-de-Paul, l'autel principal était installé en haut d'une demi-douzaine de larges marches. L'endroit dégageait une majesté qui incitait au recueillement. Au moment où Gilles refermait la porte derrière lui, l'organiste plaquait les premiers accords d'un hymne que la chorale paroissiale allait entonner quelques minutes plus tard, durant le service divin. Maintenant, des fidèles de plus en plus nombreux envahissaient les lieux.

La mère de famille se dirigea vers l'allée centrale en poussant les siens devant elle.

— On va se mettre en avant, chuchota-t-elle.

— On n'est pas obligés d'aller se mettre dans les premiers rangs, protesta Denise à voix basse au moment où elle s'arrêtait devant le bénitier pour y tremper le bout des doigts avant de se signer.

— Tu sais ben que j'haïs ça rien voir de la messe, répliqua sa mère sur le même ton en imitant le geste de sa fille.

— Est-ce qu'on est obligés d'aller s'asseoir avec vous autres ? demanda Gilles.

— Envoyez ! Avancez, se contenta de répondre Laurette en leur indiquant la large allée qui s'ouvrait devant eux. On se fait regarder.

Toute la famille s'avança. La mère de famille s'arrêta finalement près du cinquième banc, à l'avant de l'église, et fit signe à ses filles de passer devant elle. Chacune fit une génuflexion avant de se glisser sur le banc. Laurette s'installa au centre et ses garçons prirent place à sa gauche. Comme les autres fidèles, tous s'agenouillèrent un instant avant de s'asseoir en attendant le début de la messe. Peu à peu, les bancs voisins se remplissaient de paroissiens.

Laurette venait à peine de s'asseoir quand le curé Perreault apparut dans le chœur, vêtu de sa soutane noire et d'un simple surplis. Le grand et imposant quinquagénaire n'avait pas encore revêtu ses habits sacerdotaux. Il adressa un sourire un peu contraint à l'un de ses marguilliers installé sur le premier banc avec sa famille, puis son mince sourire s'effaça brusquement et les traits de son visage se durcirent en reconnaissant Laurette Morin, assise quelques bancs derrière. Le prêtre s'empara du missel oublié sur la sainte table et se retira dans la sacristie afin de se préparer pour la célébration de la messe.

Le changement d'expression du pasteur de la paroisse n'avait pas plus échappé à Laurette qu'à Denise. Cette dernière se pencha vers sa mère pour lui murmurer :

— Avez-vous remarqué l'air bête de monsieur le curé, m'man, quand il nous a regardés ?

— Tu te fais des idées, répondit Laurette, agacée que sa fille se soit aperçue du changement d'expression du prêtre en l'apercevant.

En fait, elle connaissait parfaitement la raison de l'hostilité mal déguisée du curé de la paroisse à son endroit. Elle trouvait son origine dans la visite qu'elle avait effectuée le printemps précédent au presbytère alors qu'elle était venue se procurer un certificat de naissance dont Jean-Louis avait besoin.

95

Le curé Perreault était un prêtre hautain et intransigeant qui dirigeait avec une poigne solide les destinées de sa paroisse depuis près de dix ans. Les abbés Laverdière et Dufour, ses deux vicaires, avaient vite appris à craindre ses sautes d'humeur. Avec lui, pas de compromis possible avec la morale et le respect des consignes. Ce grand ecclésiastique au ventre avantageux et à la voix puissante savait intimider son monde. Fils unique d'une famille aisée d'Outremont, il était convaincu depuis longtemps que l'archevêché gaspillait ses dons exceptionnels d'organisateur et d'administrateur en le maintenant à la tête de cette paroisse défavorisée. Il attendait un poste à la hauteur de ses compétences avec une impatience mal déguisée.

Un mardi après-midi du mois d'avril, Laurette Morin, vêtue de son manteau de lainage noir, était venue sonner à la porte du presbytère. La servante l'avait introduite dans l'un des cubicules utilisés comme bureaux. Un moment plus tard, elle avait vu Damien Perreault entrer dans la pièce et s'asseoir derrière le bureau, sans se donner la peine de faire preuve de la moindre amabilité.

— Qu'est-ce que je peux faire pour vous? lui avait-il demandé sans préambule.

— Je voudrais avoir le certificat de naissance de mon garçon Jean-Louis Morin, monsieur le curé, avait répondu une Laurette un peu froissée d'être reçue aussi froidement.

— Il est né en quelle année, votre garçon? avait questionné le prêtre en se levant, déjà prêt à aller chercher l'un des registres noirs qu'elle apercevait dans le coffre-fort dont la porte était ouverte derrière le prêtre.

— Le 15 juin 1934, monsieur le curé.

Le curé Perreault était allé chercher le bon registre dans la voûte, l'avait déposé sur le bureau et l'avait ouvert à la bonne page avant de s'asseoir. Il s'était mis ensuite à remplir un formulaire qu'il avait finalement signé et estampillé avec le sceau de la paroisse.

— C'est cinquante cents, avait-il annoncé en pliant le formulaire et en le glissant dans une enveloppe blanche.

Laurette avait pris son porte-monnaie dans son sac et en avait tiré deux vingt-cinq cents qu'elle avait déposé sur le bureau. Ce ne fut qu'au moment où sa paroissienne glissait l'enveloppe dans son sac que l'ecclésiastique avait consenti à lui adresser à nouveau la parole et à se faire un peu plus chaleureux.

— Depuis combien d'années vivez-vous dans la paroisse ? avait-il demandé.

— Je suis venue au monde ici, sur la rue Champagne, monsieur le curé, avait fièrement répondu Laurette. Mon père et ma mère ont toujours resté sur la rue Champagne.

— Vous avez plusieurs enfants ?

— Cinq, monsieur le curé.

— Ils ont quel âge ?

— Les deux plus vieux ont dix-neuf et dix-huit ans. Les trois autres ont quatorze, treize et onze ans. J'en ai aussi perdu deux en cours de route, avait-elle ajouté.

À ce moment de la conversation, Laurette s'était attendue à des félicitations de la part du prêtre pour une si belle famille, mais il n'en fut rien. Bien au contraire. Damien Perreault l'avait dévisagée durant un bref moment par-dessus ses lunettes à monture de corne avant de demander sur un ton sec :

— Quel âge avez-vous, madame Morin ?

— Trente-neuf ans, monsieur le curé.

— Et vous êtes mariée depuis ?

— Le 15 novembre 1932. On va fêter cet automne notre vingtième anniversaire de mariage, avait-elle précisé, très fière.

Le visage du curé Perreault s'était alors fermé et avait pris une expression sévère.

— Si je comprends bien, madame, vous avez même pas encore quarante ans et vous empêchez la famille depuis plus d'une dizaine d'années? lui avait-il reproché d'une voix mordante.

— Comment ça, j'empêche la famille? avait répliqué Laurette, insultée, en se levant.

— Vous avez pas eu d'enfants depuis?

— Depuis mars 1941, si vous voulez tout savoir, avait répondu d'une voix cinglante la paroissienne à qui la moutarde commençait à monter sérieusement au nez.

— Savez-vous, ma bonne dame, que vous êtes en état de péché mortel? avait repris Damien Perreault qui s'était levé à son tour. L'Église permet pas d'empêcher la famille. Le rôle de la femme mariée est de mettre au monde et d'éduquer des enfants. Ne pas le faire, c'est vivre dans l'impureté et se conduire en femme de mauvaise vie.

En entendant ces paroles, le visage de Laurette Morin était devenu rouge et elle avait perdu toute retenue tant elle était en colère.

— Une femme de mauvaise vie! s'était-elle exclamée, hors d'elle-même. Ah ben, maudit verrat, par exemple! J'aurai tout entendu dans ma chienne de vie! Et les cinq enfants que j'ai eus, c'est pas assez, je suppose?

— Non, madame, c'est pas assez, avait répondu le prêtre sur le même ton, apparemment peu impressionné par sa colère.

— J'ai même pas encore quarante ans et je suis toute défaite! avait ajouté Laurette.

— Madame, mettre au monde, c'est votre devoir de bonne chrétienne.

— Bâtard! c'est ben beau mettre au monde, mais il faut les nourrir et les habiller, ces enfants-là et ça, ça se fait pas avec des prières, avait-elle rétorqué d'une voix mordante. On dirait que vous comprenez pas ça.

— Quand vous viendrez vous confesser, avait repris le curé, imperturbable, je vous refuserai l'absolution et vous ne pourrez pas communier tant que vous vous soumettrez pas aux règlements de l'Église.

— Ben, ça me dérange pas pantoute, avait rétorqué la paroissienne d'une voix mordante. S'il le faut, j'irai me confesser à Saint-Eusèbe. Vous me ferez pas croire que je trouverai pas un prêtre capable de comprendre une mère de grosse famille.

Sur ces mots bien sentis, Laurette avait tourné les talons et quitté le presbytère en claquant la porte derrière elle.

⁂

C'était sûrement de cette scène désagréable dont le curé Perreault s'était rappelé en voyant Laurette Morin entourée de ses enfants, ce dimanche matin-là. Quelques minutes plus tard, le célébrant entra dans le chœur en compagnie de ses deux servants de messe. Il enleva sa barrette, s'inclina lentement devant le tabernacle et monta à l'autel. La chorale, regroupée dans le jubé, entonna le chant d'entrée et la grand-messe commença. La mère de famille ferma les yeux. Elle fit un effort méritoire pour se recueillir. Durant plusieurs minutes, elle se laissa bercer par les répons en latin chantés d'une voix forte par le prêtre.

— Regarde! chuchota Richard, en poussant son frère du coude pour attirer son attention.

— Quoi?

— La Frappier est en arrière, de l'autre côté de l'allée. Elle arrête pas de te regarder depuis le commencement de la messe, dit-il à son frère en tournant la tête vers l'arrière.

— Hein?

— Regarde.

Le cœur de l'adolescent se mit à battre à coups redoublés et il rougit. Gêné, il hésita un bon moment à se tourner pour adresser un sourire timide à celle qui le reluquait, selon son frère. À l'instant où il se décidait à le faire, il sentit son frère sursauter à ses côtés.

— Ayoye! se plaignit ce dernier en se tenant le bras droit.

Il avait attiré l'attention de sa mère avec ses chuchotements et elle venait de lui pincer le bras pour le rappeler à l'ordre.

— Ferme ta boîte et suis la messe! lui ordonna-t-elle, les dents serrées.

— J'ai mal au cœur, mentit le garçon. Est-ce que je peux sortir?

— Tu peux pas avoir mal au cœur; t'as rien mangé à matin, répliqua sèchement sa mère. Si tu sors, tu vas passer l'après-midi dans ta chambre. Ça va te guérir, je t'en passe un papier.

Le visage de Richard se renfrogna, mais il se le tint pour dit. Il fit en sorte de ne pas attirer l'attention de sa mère durant le reste de la cérémonie religieuse. À la sortie de l'église, il s'empressa cependant de s'enquérir auprès de son frère s'il avait bien vu que Nicole Frappier n'arrêtait pas de le regarder.

— T'es malade, toi! répliqua Gilles avec humeur. Je l'ai *checkée* tout le long de la messe, elle m'a pas regardé une fois.

À dire vrai, l'adolescent avait trouvé le moyen de regarder brièvement la jeune fille blonde à deux ou trois reprises durant la messe, prêt à lui sourire au moindre encouragement de sa part, mais cette dernière l'avait ignoré superbement, comme d'habitude. Il n'aurait plus manqué que son frère aille raconter aux autres membres de la famille qu'une fille le trouvait à son goût et lui faisait de l'œil quand c'était faux.

Après la messe, la famille Morin revint rapidement à la maison. Dès son arrivée à l'appartement, Laurette décida de servir le dîner tôt parce que tous les siens disaient mourir de faim. Elle servit le bouilli de légumes qu'elle avait mis au feu au début de l'avant-midi. Toujours décidée à perdre du poids, la cuisinière bouda le dessert et le remplaça par une tasse de thé.

Après le repas, la routine du dimanche après-midi s'installa.

— Essayez de pas faire trop de bruit, demanda Gérard avant de se retirer dans sa chambre pour faire sa longue sieste dominicale.

Denise alla s'installer sur le balcon arrière pour entreprendre la lecture du Delly que sa collègue, Lise Paquette, lui avait prêté quelques jours auparavant. Elle fut rejointe par Gilles avec un *Spirou* emprunté à la bibliothèque municipale. Au moment où Jean-Louis partait pour aller écouter la fanfare du parc Lafontaine, Carole sortit de la maison à son tour pour aller jouer dans la cour des Bélanger avec Mireille avec qui elle avait déjà fait la paix. Par ailleurs, personne ne s'inquiéta de savoir où Richard était passé.

Quand tous eurent quitté la cuisine, Laurette prit le journal de la veille et l'étendit sur la table. Elle répandit dessus le contenu d'une boîte de tabac Sweet Caporal pour le faire sécher quelque peu. Armée du tube métallique avec lequel elle confectionnait ses cigarettes, elle entreprit de faire les deux cents cigarettes représentant sa consommation hebdomadaire. Après avoir coupé le surplus de tabac à chacune des extrémités de chaque cigarette, elle plaçait cette dernière avec soin dans la boîte métallique.

Il lui fallut près de deux heures pour venir à bout de cette tâche fastidieuse. Au milieu de l'après-midi, elle rangea tout, se versa un grand verre de cola et sortit sa vieille chaise berçante sur le trottoir pour profiter enfin de la belle température.

Laurette n'était pas la seule habitante du quartier à souhaiter profiter de ce beau dimanche après-midi ensoleillé. Les voisins d'en face, à l'étage, avaient également envahi leur long balcon commun. Des enfants se poursuivaient sur les trottoirs de la rue Archambault en criant. Trois hommes, debout devant la porte du restaurant-épicerie Brodeur, discutaient en buvant une boisson gazeuse, alors qu'on entendait une mère en colère appeler son fils.

À peine assise, Laurette songea que Gérard allait bientôt se lever. Il viendrait peut-être s'asseoir sur le pas de la porte avant l'heure du souper, comme il le faisait parfois après sa sieste du dimanche.

— Maudite vie plate! se dit-elle. On fait toujours la même chose. Avec lui, c'est toujours la même routine. Jamais de surprise. Il y a juste deux choses qui l'intéressent: son journal et son maudit hockey. Quand on sort, c'est pour aller veiller chez Armand ou Bernard.

Gilles et deux de ses amis venaient de commencer à se lancer une balle bleu, blanc, rouge, debout au milieu de la rue Emmett.

— Fais attention d'attraper quelqu'un avec ça! le mit en garde sa mère d'une voix forte.

Des voisins, assis sur le pas de leur porte ou sur des chaises de cuisine posées sur le trottoir, jetèrent un coup d'œil vers les trois adolescents sans rien dire. En face, une dispute s'éleva brusquement, tirant Laurette de son ennui.

Les éclats de voix provenaient de l'un des appartements situé à l'étage dont la porte était grande ouverte. Un homme criait à tue-tête et ses cris étaient accompagnés par des pleurs d'enfant. Les voisins avaient immédiatement cessé de parler et tendaient visiblement l'oreille pour entendre ce qu'il se passait. Deux jeunes, assis sur les premières marches de l'escalier, levaient la tête pour chercher à identifier les auteurs de cette violente querelle.

— Veux-tu ben me dire ce qui se passe ? demanda un Gérard Morin, mal réveillé, en apparaissant dans l'embrasure de la porte d'entrée.

Du bout des doigts, le mari de Laurette replaça ses cheveux avant de déposer sur le seuil le coussin brun sur lequel il avait l'habitude de s'asseoir.

— D'après moi, c'est encore le fou à Rocheleau qui pique une crise, déclara Laurette. Il gueule après sa femme et il fait pleurer ses petits. Moi, cet agrès-là, si je lui mets la main dessus, il va avoir des raisons de crier, je te le garantis.

— En tout cas, c'est pas Rocheleau qui m'a réveillé, c'est ta voix, lui reprocha son mari.

— Pourtant, j'ai pas parlé fort, se défendit Laurette. J'ai juste dit à Gilles de faire attention au monde en jouant à la balle dans la rue.

Les éclats de voix en provenance de chez les voisins d'en face cessèrent soudainement et, quelques minutes plus tard, les gens virent Marcel Rocheleau sortir de chez lui, vêtu d'un veston beige et ajustant sa petite boucle verte. Les deux jeunes assis dans l'escalier se déplacèrent pour le laisser passer. L'homme salua Gérad Morin d'un bref signe de tête et poursuivit son chemin sur la rue Emmett, en direction de Fullum.

— Tiens ! Le roquet s'en va japper ailleurs, fit remarquer méchamment Laurette en jetant un regard méprisant au vendeur de Living Room Furniture.

Son mari se contenta se lever les yeux au ciel sans rien dire. Un instant plus tard, la mère de famille s'apprêtait à allumer une cigarette qu'elle venait de tirer de son étui quand elle vit son Richard dévaler la rue Archambault en direction de la grande cour, monté sur une bicyclette munie de gros pneus.

— Richard! lui cria-t-elle en se levant précipitamment. Viens ici!

L'adolescent, surpris, freina brutalement et fit un demi-tour assez acrobatique pour revenir vers sa mère devant laquelle il s'arrêta.

— D'où est-ce que ça sort, ce bicycle-là? lui demanda-t-elle sur un ton rogue, les mains plantées sur ses larges hanches.

— C'est un bicycle baloune.

— Je le vois ben, je suis pas aveugle!

— Je l'ai loué chez Lizotte, au coin de Poupart, précisa son fils, tout fier de son vélo de location.

— Où est-ce que t'as pris l'argent pour louer ça?

— J'ai fait une commission au bonhomme Boudreau, en arrière.

— Monsieur Boudreau, le reprit sèchement sa mère.

— À monsieur Boudreau, répéta Richard, agacé d'être repris devant les voisins qui écoutaient. Je suis allé lui chercher ses remèdes à la pharmacie Charland.

— Il t'a donné combien?

— Vingt-cinq cents. C'est ce que Lizotte charge pour louer un bicycle une heure.

— T'aurais pu venir demander la permission, lui fit remarquer sa mère d'une voix sévère.

— Oui, mais là, si je continue à vous parler, je me sers pas de mon bicycle. Je paie pour rien.

— Ah! disparais, maudite tête à claques! fit sa mère en lui faisant signe de déguerpir.

Le garçon ne se fit pas répéter l'invitation. Il partit en poussant un cri triomphal.

— Je sais pas ce qu'on va faire avec celui-là, dit Laurette en le voyant disparaître sur la rue Archambault.

Elle se rassit et jeta un coup d'œil vers son mari.

— Naturellement, toi, tu dis rien, lui reprocha-t-elle.

— Il y a rien à dire, dit Gérard avec mauvaise humeur. Simonac! t'es pas obligée d'attirer l'attention des voisins chaque fois que tu mets les pieds dehors.

Son mari se leva, s'empara de son coussin et rentra dans la maison. En s'étirant le cou, Laurette le vit traverser l'appartement et pousser la porte moustiquaire de la cuisine pour s'installer sur le balcon à l'arrière de la maison. Elle se borna à hocher la tête et entreprit de parler à Emma Gravel qui venait d'apparaître à sa fenêtre, à l'étage.

Après le souper, Gérard proposa à sa femme d'aller passer la soirée chez son frère Bernard habitant toujours le même appartement de la rue Logan. Leur dernière visite datait déjà de quelques semaines.

— Une petite marche nous ferait du bien, ajouta-t-il pour la persuader.

— Ce qui va surtout me faire du bien, c'est d'avoir quelqu'un à qui parler, rétorqua Laurette.

Son mari fit comme s'il n'avait pas compris l'allusion.

— Je pense que tu m'as pas parlé deux minutes durant toute la fin de semaine, précisa-t-elle, vindicative.

— Qu'est-ce que tu veux que je te dise? On vit ensemble depuis vingt ans, cybole! Il me semble que ce qu'on avait à se dire, on se l'est déjà dit.

— C'est pas une raison! déclara-t-elle, péremptoire. Je suis pas un chien ni une servante ici dedans et…

— Bon. OK. Monte pas sur tes grands chevaux! De quoi tu veux qu'on se parle? demanda Gérard en montrant de la bonne volonté.

— De n'importe quoi.

— C'est correct. Puis ? Est-ce qu'on y va ou on y va pas chez ton frère ? Si on y va pas, je retourne m'asseoir sur le balcon, en arrière.

— On va y aller, mais je t'avertis que si Marie-Ange commence à me parler de ses maudites maladies, on va décoller de bonne heure. Je me tanne vite de l'entendre se plaindre.

— De toute façon, on reviendra pas tard, tint à préciser son mari. Je me lève de bonne heure demain matin.

Laurette aimait bien son frère Bernard, employé de la Dominion Textile depuis près de vingt-deux ans. C'était un gros homme, un bon vivant adorant rire et bien manger. Elle avait toujours été étonnée de constater à quel point il s'entendait bien avec sa femme, Marie-Ange. On ne pouvait pourtant imaginer deux êtres plus différents. Cette grande femme maigre qui dépassait son mari d'une demi-tête était une hypocondriaque dont l'unique sujet de conversation était ses maladies, surtout imaginaires. Laurette avait de la peine à la supporter plus que quelques heures tant elle la trouvait déprimante. Elle avait accepté la sortie proposée par son mari, attirée surtout par la perspective de jouer quelques parties de Romain cinq cents.

La mère de famille mit un peu de rouge à lèvres, prit un léger lainage et se déclara prête à partir.

— On te laisse la maison, dit-elle à Denise qui venait de replonger dans son Delly. Oublie pas d'envoyer les trois jeunes se coucher à neuf heures et demie. On restera pas tard chez ton oncle.

Bernard Brûlé et sa femme habitaient depuis près de dix ans un petit appartement au premier étage d'une vieille maison en brique de la rue Logan. L'immeuble était tout de même moins vétuste et mieux entretenu que celui habité par les Morin.

À son arrivée chez les Brûlé, le couple découvrit qu'il avait été précédé de peu par Armand Brûlé et son épouse Pauline. Ils avaient eu la même idée que les Morin. Après le repas du soir, ils avaient laissé leurs deux filles à leur appartement de la rue d'Iberville pour venir jouer aux cartes chez Bernard. La présence du second frère de Laurette eut toutefois un effet bénéfique sur la soirée puisque Marie-Ange n'eut guère l'occasion de parler de ses maladies. On joua avec enthousiasme au Romain cinq cents avec une équipe de relève et la cuisine des Brûlé retentit toute la soirée de joyeuses exclamations et d'accusations plus ou moins erronées de jouer « fessier ».

À onze heures, les Morin prirent congé de leurs hôtes après avoir invité les deux frères Brûlé et leurs compagnes à venir les visiter.

— Ça fait du bien de se changer les idées, dit Laurette en marchant à petits pas aux côtés de son mari sur le trottoir inégal de la rue Fullum.

— Tant que ton frère Armand nous parle pas trop de sa *job* chez Molson, ça s'endure.

Armand Brûlé adorait son emploi à la compagnie Molson de la rue Notre-Dame et devenait intarissable quand il abordait ce sujet.

— C'est vrai qu'il est aussi fatigant avec ça que Marie-Ange avec ses maudites maladies, reconnut Laurette avec un petit rire. Une chance que Pauline lui met le holà de temps en temps. Avec eux autres, il y a pas à se poser de questions pour savoir qui porte les culottes dans le ménage, ajouta-t-elle.

— Ils doivent se dire la même chose quand ils nous voient, fit Gérard, sarcastique.

— Comment ça ? demanda sa femme.

— C'est facile de deviner qui mène chez nous.

— C'est qui, d'après toi ?

— Toi, laissa tomber son mari en riant.

— Whow! Gérard Morin, protesta sa femme. Tu feras jamais croire à personne que t'es le genre d'homme à se laisser mener par le bout du nez par sa femme.

— Je suis pas sûr de ça pantoute, répliqua ce dernier, mi-sérieux.

— Viarge! J'aurai tout entendu! s'exclama Laurette avec une bonne dose de mauvaise foi. Il y a pas plus douce que moi.

— Ben voyons! se moqua gentiment son mari.

Le couple ne trouva plus rien à se dire jusqu'à la maison. Ce soir-là, ils se mirent au lit en songeant qu'une autre semaine de travail allait débuter le lendemain matin.

Chapitre 5

La rentrée des classes

Le mois de septembre s'installa doucement, annonciateur du retour en classe des enfants au lendemain de la fête du Travail. Pourtant, on aurait juré que la nature avait oublié que c'était la fin des vacances scolaires parce que le temps demeurait aussi beau et chaud que durant le mois précédent.

La veille de la rentrée scolaire, Laurette procéda à l'examen des vêtements que les trois plus jeunes devraient porter pour retourner à l'école. Comme chaque automne, elle ne put que constater à quel point ses enfants avaient grandi durant l'été. Par conséquent, certains vêtements n'allaient plus, ce qui eut le don de mettre la mère de famille de fort mauvaise humeur.

— Bout de viarge, ça a pas d'allure! s'exclama-t-elle en tenant le costume bleu de Carole devant l'adolescente de onze ans plantée au garde à vous devant elle. Ma foi du bon Dieu, arrête de grandir! Bonyeu, on dirait que tu fais exprès! Regarde ta robe d'école. Il va falloir que je défasse encore le bord pour l'allonger. C'est la dernière fois que je peux faire ça. Il y a plus de matériel.

— Ben, m'man, c'est pas de ma faute, protesta la cadette de la famille.

— Laisse faire le « ben, m'man » et va cirer tes souliers sinon les sœurs vont te chicaner demain matin. Une affaire pour mal commencer l'année.

— Et nous autres, m'man ? demanda Gilles en entrant dans la cuisine, suivi de près par Richard. Nos *running shoes* sont usés jusqu'à la corde. Les miens sont percés, ajouta-t-il en montrant la semelle trouée de l'une de ses chaussures à sa mère.

— Je le vois ben ! s'écria Laurette, impatiente. J'ai passé l'été à vous répéter d'y faire attention, mais comme d'habitude vous m'avez pas écoutée. Regardez-vous, à cette heure ! Il va encore falloir que j'aille vous acheter des souliers neufs chez Yellow demain, après l'école. Avec quel argent, vous pensez ? Il pousse pas dans les arbres, cet argent-là.

— Moi, en tout cas, mes pantalons sont ben trop courts, intervint Richard à son tour. Je suis pas pour aller à l'école avec ça, ajouta-t-il en lui montrant le vieux pantalon brun porté les années précédentes par ses frères Gilles et Jean-Louis. Tout le monde va rire de moi.

— Toi, viens pas me fatiguer ! le coupa sa mère sur un ton sans réplique. Je vais d'abord commencer par vous acheter des souliers. Tes pantalons sont pas déchirés. Ils peuvent *toffer* encore un bout de temps. On n'est pas pour les jeter parce qu'ils te montent un peu au-dessus des chevilles. T'auras juste à les descendre, ça paraîtra pas.

Ce soir-là, après le souper, la mère de famille exigea que chacun des trois écoliers se lave à fond avant de se mettre au lit.

— Et oubliez pas de vous laver derrière les oreilles, précisa-t-elle.

— Tu vas avoir toute une *job* à faire, Les Oreilles, se moqua Jean-Louis en s'adressant à Richard.

Celui-ci, qui n'acceptait pas qu'on se moque de ses grandes oreilles décollées, voulut s'élancer contre son grand frère.

— Richard, va te laver, intervint son père en levant les yeux du journal qu'il était en train de lire.

— Vous l'avez entendu, p'pa. Le grand niaiseux m'a appelé Les Oreilles, dit-il, fou de rage.

— Va te laver, répéta son père sur un ton plus sévère. Toi, ajouta-t-il à l'endroit de l'aîné, laisse ton frère tranquille et arrête de le faire enrager pour rien.

À neuf heures, Laurette ordonna aux trois écoliers d'aller se coucher.

— Pourquoi on peut pas veiller jusqu'à neuf heures et demie comme d'habitude? se rebella Richard. On s'est couchés à cette heure-là tout l'été et on se levait pareil le matin.

— Pendant l'école, c'est neuf heures, pas une minute de plus, trancha sa mère en lui indiquant sa chambre d'un geste péremptoire. Maintenant, disparais! Vous fermez la lumière, et pas de jasage. Vous m'entendez? Dormez!

— C'est une vraie prison, ici dedans, protesta l'adolescent avant de se diriger de mauvaise grâce vers la chambre où Gilles l'avait déjà précédé.

Richard entra dans la chambre commune en grommelant. Il y trouva Jean-Louis en train de parler à Gilles.

— Vous êtes ben chanceux de pouvoir encore aller à l'école, dit le jeune homme d'un air convaincu. Moi, j'ai lâché après ma septième année et j'aurais jamais dû faire ça. Si mon oncle Rosaire avait pas connu quelqu'un qui travaillait chez Dupuis, je serais encore en train de nettoyer chez Laurencelle.

C'était la première fois que Gilles entendait son frère aîné regretter d'avoir abandonné trop tôt l'école. Il semblait avoir oublié qu'il avait préféré le monde du travail aux études autant par manque de talent que par soif de gagner de l'argent. Jean-Louis avait redoublé sa quatrième et sa cinquième et il n'avait obtenu son certificat de septième année que de justesse. Évidemment, dans ces conditions, poursuivre en huitième à l'école Jean-Baptiste-Meilleur de la rue Fullum était hors de question.

— C'est sûr que tu pouvais pas continuer à aller à l'école, fit Richard, qui n'avait pas oublié que son frère l'avait insulté quelques minutes auparavant. T'étais rendu plus vieux que les professeurs. En plus, tu nous as déjà dit toi-même que t'avais lâché l'école parce que t'étais écoeuré d'être tout le temps cassé. Ça fait que viens pas essayer de te plaindre aujourd'hui.

L'aîné fit comme s'il n'avait pas entendu la remarque.

— En tout cas, c'est pas toi qui retournes à l'école Champlain demain matin. Moi, ça me tente pas pantoute d'aller me faire écœurer là toute l'année.

Jean-Louis se contenta de hausser les épaules.

— Bon. Sors de notre chambre et laisse-nous dormir, ordonna-il à son grand frère en se glissant sous la couverture grise de son lit.

⁓

Le lendemain matin, les trois plus jeunes se levèrent dès six heures et demie, au moment même où leur père partait pour le travail. Jean-Louis venait à peine de s'attabler pour déjeuner quand ils envahirent la cuisine, impatients de manger.

— Le gruau a pas fini de cuire. Allez d'abord vous habiller, leur ordonna leur mère qui finissait de fumer sa première cigarette de la journée pendant que Jean-Louis mangeait ses rôties.

En maugréant, ils retournèrent dans leur chambre pour s'habiller avant de revenir dans la pièce. Ils étaient si énervés que Laurette dut élever la voix à plusieurs occasions pour les calmer. Après le repas, elle envoya Gilles et Richard mettre de l'ordre dans leur chambre et elle entreprit de coiffer Carole.

— Arrête de grouiller comme un ver à chou, lui ordonna sa mère, sinon tu vas faire tes tresses toute seule. Tu m'entends ?

— Je vais arriver en retard, se plaignit l'adolescente. Mireille m'attendra pas pour aller à l'école.

— Ben non, fit sa mère. Il est même pas encore huit heures. Calme-toi donc les nerfs. Vous autres, les garçons, ajouta-t-elle en se tournant vers ses deux plus jeunes fils, allez vous donner un coup de peigne et débarbouillez-vous le visage. Vous avez pas l'air propre.

— On peut pas entrer dans la salle de bain ; le grand est encore là à se regarder dans le miroir, dit Gilles, impatient.

— S'il continue comme ça, il va finir par se donner mal au cœur à force de se regarder la face, renchérit Richard.

Au même moment, Jean-Louis sortit des toilettes, soigneusement coiffé et la cravate impeccablement nouée. Il prit son veston déposé sur le dossier d'une chaise et il l'endossa avant de s'emparer du sac dans lequel sa mère avait déposé son repas du midi.

— Oubliez pas vos bulletins avant de partir, rappela Laurette.

Moins de cinq minutes plus tard, il ne resta plus dans la maison que Laurette et Denise qui, les yeux encore gonflés de sommeil, venait de s'asseoir au bout de la table.

— Ils sont ben énervés à matin, se plaignit la jeune fille. Il me semble que ça fait des heures que je les entends crier. Pas moyen de dormir.

— Tu sais ben qu'ils sont toujours comme ça le premier matin d'école, se sentit obligée de lui expliquer sa mère. T'étais comme ça quand t'allais à l'école, toi aussi.

— Je me souviens pas de ça, reconnut la jeune fille en plaçant deux tranches de pain dans le grille-pain placé sur la table.

Laurette ne dit rien, profondément heureuse à l'idée de se retrouver enfin seule, quelques minutes plus tard, dans son appartement. Enfin la paix! Ses vraies vacances commençaient ce matin-là. Elle avait fini de voir ses enfants entrer et sortir de la maison à tout moment. Plus de crises à régler. Plus d'inquiétude à se faire. Elle saurait où ses enfants se trouvaient. Ils allaient être à l'école. La sainte paix! À compter de ce matin, sa vie allait être réglée par l'heure des repas à préparer et des leçons à faire apprendre.

Quelques minutes plus tôt, Mireille Bélanger était venue chercher Carole pour faire route avec elle vers l'école Sainte-Catherine située à côté du couvent des dames de la Congrégation Notre-Dame. Les deux écolières longèrent la rue Archambault jusqu'à la ruelle Grant qui débouchait sur la rue Dufresne, à quelques pas de l'entrée de la cour de l'école.

Ce matin-là, les deux adolescentes découvrirent l'institution inchangée depuis le mois de juin précédent. Les élèves, vêtues de leur costume bleu au collet rond et blanc, pénétraient par petits groupes dans la cour par l'entrée située rue Dufresne. Les deux amies repérèrent des camarades qu'elles s'empressèrent d'aller rejoindre en poussant des cris de joie. Elles n'avaient pas revu la plupart d'entre elles depuis la fin des classes.

Le visage imperturbable, les religieuses de la congrégation Notre-Dame patrouillaient la cour, deux par deux, les mains enfouies dans les vastes manches de leur robe noire. Leur haute cornette d'une blancheur étincelante les grandissait.

À huit heures trente, une vieille religieuse sonna la cloche. Le silence tomba immédiatement sur la cour. La directrice, une grande religieuse à l'air sévère, apparut sur la première marche de l'escalier. Elle attendit que les surveillantes aient fait avancer vers elle les quelques centaines d'élèves qui allaient fréquenter son institution cette année-là pour leur souhaiter la bienvenue. Malgré le bruit de la circulation intense de la rue Sainte-Catherine, mère Sainte-Marie avait une voix assez puissante pour se faire clairement entendre par toutes les écolières rassemblées devant elle.

— Vos vacances sont maintenant terminées, conclut-elle. Je compte sur vous pour vous conduire en vraies demoiselles et faire honneur à votre école.

Ensuite, tout se déroula très rapidement. Chaque enseignante nomma les filles qui allaient appartenir à sa classe et les invita à se regrouper devant elle avant de les entraîner à sa suite à l'intérieur du vieil immeuble en pierre grise. On avait commencé par les aînées de l'école, les écolières de septième année.

Debout l'une à côté de l'autre, Carole et son amie croisaient leurs doigts, elles priaient de toutes leurs forces d'avoir la chance de se retrouver dans la même classe de cinquième.

La petite sœur Saint-Jude ajusta sur son nez ses lunettes cerclées de métal pour consulter la liste qu'elle tenait à la main. Elle appela par ordre alphabétique les fillettes qui seraient dans sa classe. Mireille Bélanger fut nommée après Catherine Aubin et il fallut que Carole attende encore un bon moment avant d'entendre la même religieuse prononcer son nom. Son vœu le plus cher était exaucé. Elle allait être dans le même groupe que sa meilleure amie.

Quelques minutes plus tard, toutes les deux s'assirent l'une près de l'autre dans une classe qui sentait la cire à plancher et l'huile citronnée. De toute évidence, les pupitres avaient été vernis durant l'été parce qu'aucun graffiti ne venait en décorer le plateau. Le bureau de l'enseignante, disposé sur une estrade à l'avant du local, disparaissait sous des piles impressionnantes de manuels scolaires.

~~~~~

Ce matin-là, Gilles n'avait pas attendu son jeune frère pour se diriger vers l'école Champlain située coin Logan et Fullum. Richard n'était plus un bébé. Il allait entrer en sixième année et pouvait se rendre seul à l'école. Son frère avait ses amis, et lui, les siens.

Pour sa part, c'était la dernière année qu'il fréquenterait le vieil édifice de deux étages en pierre grise dont le grand escalier de la façade ne pouvait être utilisé que par les visiteurs et les enseignants. Élève de septième, l'adolescent n'était même pas certain de vouloir continuer en huitième l'année suivante. Il avait plus de facilité à apprendre que ses frères et sœurs, mais il ignorait encore ce qu'il voulait faire plus tard. En attendant, il était impatient de retrouver des copains qu'il n'avait pas vus depuis le mois de juin précédent et, surtout, de savoir qui serait son enseignant.

Si Gilles Morin avait su l'entrée fracassante à l'école que son jeune frère allait connaître, il l'aurait probablement attendu ce matin-là.

Richard avait quitté la maison cinq minutes après son frère pour rejoindre deux camarades habitant rue Notre-Dame et faire le chemin avec eux. Le bulletin roulé dans la poche arrière de leur pantalon, la cigarette au bec, les trois adolescents avaient pris la direction de l'école sans trop se presser. Au moment où ils arrivaient au coin des rues Fullum et Sainte-Catherine, ils se retrouvèrent derrière un groupe d'une dizaine de jeunes attendant un trou dans la circulation dense de ce mardi matin pour traverser l'artère commerciale.

Perdu dans le groupe, Richard aperçut alors son grand frère Jean-Louis, de l'autre côté de la rue. L'étalagiste faisait les cent pas en attendant le tramway qui allait le conduire à son travail. Il jeta immédiatement par terre ce qui restait de sa cigarette, persuadé que Jean-Louis n'aurait aucun scrupule à le dénoncer à leur mère s'il le voyait en train de fumer.

Les garçons traversèrent la rue et poursuivirent leur chemin vers l'école sans se presser et en parlant haut et fort.

— Avez-vous vu la maudite tapette qui attendait le petit char? demanda un jeune en se déhanchant et en tortillant les fesses pour faire rire ses copains.

À cet instant, les élèves longeaient la maison-mère des sœurs de la Providence.

— Où ca? demanda l'un d'eux.

— T'es aveugle, toi, se moqua celui qui venait de parler. Le gars au coin de la rue avec le *coat* brun. Il y a juste à le regarder marcher les fesses serrées pour voir, ajouta-t-il en cassant le poignet, suscitant aussitôt une tempête de rires.

Richard, qui marchait quelques pas derrière, n'avait pas entendu ce que le type à la chemise à carreaux disait, occupé qu'il était à discuter avec l'un de ses compagnons de route. Son autre camarade, lui, avait bien entendu et lui demanda :

— Dis donc, c'est pas de ton frère qu'il rit, le grand, en avant?

— Hein? De quoi tu parles? fit Richard en se tournant vers lui.

— Je viens de te demander si c'était pas ton frère Jean-Louis que le gars en avant vient de traiter de tapette?

— Qu'est-ce qu'il a dit?

L'autre se fit un plaisir de lui répéter ce que le jeune qui marchait devant eux venait de dire à ses copains pour les faire rire.

Blanc de rage, Richard ne se préoccupa pas du fait que l'autre semblait beaucoup plus costaud que lui. Il s'élança et bouscula les deux jeunes qui marchaient aux côtés du plaisantin. Il attrapa ce dernier par le col de sa chemise et le fit pivoter. Surpris par la soudaineté de l'attaque, l'adolescent demeura d'abord sans réaction.

— Qu'est-ce que tu viens de dire du gars qui avait un *coat* brun? lui demanda Richard sur un ton menaçant, un poing serré.

— Qu'est-ce que tu me veux, Les Oreilles? fit l'autre en reprenant son aplomb et en le repoussant durement. J'ai dit qu'il avait l'air d'une maudite tapette.

— C'est de mon frère que tu parles, mon écœurant! rugit Richard en se jetant sur lui les poings en avant.

Quand les camarades de l'assailli voulurent intervenir, ils trouvèrent sur leur chemin les deux amis de Richard prêts à en découdre. Ce fut une belle mêlée où de nombreux coups furent échangés de part et d'autre. Les écoliers, en route vers l'école, s'arrêtèrent et firent cercle autour des belligérants pour assister à la bagarre. Plusieurs passants se contentèrent de descendre du trottoir pour éviter la cohue et ne firent pas un geste pour intervenir.

Le malheur voulut que Hervé Magnan, l'imposant adjoint de l'école Champlain, passe à ce moment-là en compagnie de Louis Nantel, un enseignant de sixième année. Tous les deux venaient de descendre du tramway et se dirigeaient vers l'école. Sans la moindre hésitation, les deux hommes foncèrent dans la mêlée. Ils séparèrent les pugilistes sans ménagement en les secouant d'importance.

— Vous autres, allez-vous en à l'école tout de suite! ordonna l'adjoint de sa voix de stentor en s'adressant aux jeunes spectateurs. Si j'en vois encore un à traîner ici dans une minute, il va passer la semaine en retenue.

Les écoliers s'égaillèrent comme une volée de moineaux. Les amis des deux principaux belligérants trouvèrent même le moyen de s'éclipser pendant que Hervé Magnan et Louis Nantel tenaient par un bras Richard Morin et son adversaire.

— Comment vous vous appelez? demanda l'adjoint en sortant un carnet de la poche de son veston.

— Michel Cyr.

— Monsieur!

— Michel Cyr, monsieur, répéta l'autre, piteux.

— Et toi?

— Richard Morin, monsieur.

— Vous deux, les deux zozos, à l'école! rugit l'adjoint. Vous commencez bien votre année. Je vais vous casser, moi, promit-il en les poussant devant lui.

Les cheveux en bataille et le visage portant des marques de coups, les deux adolescents firent une entrée pour le moins remarquée dans la cour de l'école Champlain envahie par quelques centaines de jeunes qui attendaient le début des classes. La vue de Richard Morin et de Michel Cyr, suivis de près par l'adjoint et un instituteur, provoqua un attroupement vite dispersé par les surveillants qui patrouillaient la cour. Appuyées contre le treillis qui clôturait la cour, plusieurs mères de jeunes enfants de première année guettaient avec une certaine inquiétude les réactions de leur fils à ce premier contact avec le monde de l'éducation.

Pendant ce temps, les deux fautifs furent conduits tambour battant à deux pieds du mur de l'école. L'adjoint les plaça face au mur, avec défense expresse de bouger.

Alerté par ses copains, Gilles tenta bien de s'approcher de son frère pour savoir ce qui s'était produit, mais en pure perte. Personne ne pouvait s'approcher des deux fautifs.

La cloche sonna soudain et tout mouvement cessa immédiatement dans la cour. Les six cents écoliers se figèrent. La porte arrière de l'école s'ouvrit pour livrer passage au directeur Charles Bailly, à son adjoint et aux instituteurs qui n'étaient pas déjà dans la cour.

Après un bref coup de sifflet, l'adjoint fit signe aux élèves de se rapprocher des enseignants alignés à quelques pieds du mur de l'école. Derrière eux, Richard Morin et Michel Cyr leur tournaient toujours le dos. Les écoliers s'avancèrent en silence, laissant derrière eux les enfants de six ans dont c'était le premier jour à l'école Champlain.

Ces derniers, peu rassurés, demeurèrent près de leurs mères, au fond de la cour. Au même moment, armées de leur sourire le plus chaleureux, les deux institutrices âgées chargées des classes de première année les rassemblèrent rapidement et les firent entrer dans l'école. Les mères, rassurées, s'éloignèrent l'une après l'autre pour rentrer chez elles.

Charles Bailly attendit qu'elles aient disparu avant d'adresser quelques mots de bienvenue aux élèves rassemblés devant lui. De temps à autre, sa voix était couverte par les camions-remorques quittant leur stationnement situé sur le terrain voisin de la cour d'école. Le directeur termina son bref laïus en incitant les jeunes à être attentifs parce que chacun des enseignants rangés à ses côtés allait appeler les élèves qui appartiendraient à son groupe. On allait commencer par les garçons qui fréquenteraient les classes de deuxième année.

À tour de rôle, les enseignants nommèrent leurs élèves et les invitèrent à venir se ranger sur deux rangs devant eux. Ils les plaçaient ensuite par ordre de grandeur avant d'entraîner chaque groupe dans l'obscurité du sous-sol de l'établissement.

Peu à peu, la cour de l'école se dépeuplait. Gilles Morin savait qu'à titre d'élève de septième année il serait parmi les derniers à quitter l'endroit. Il ne savait pas trop s'il devait espérer être dans la classe d'André Comeau, réputé manquer de discipline, ou dans celle de Ludger Carbonneau, un petit homme sec dont le caractère explosif inquiétait ses élèves. Durant cette attente qui finit par lui sembler interminable, il regardait le dos de son frère, toujours debout, face au mur de l'immeuble. Il ne cessait de se demander pourquoi il en était venu aux mains avec Cyr, un élève de septième année. L'autre était beaucoup plus costaud que lui.

Les trois enseignants de sixième année prirent en charge leur groupe d'écoliers sans que l'un d'eux ait nommé Richard Morin. Ils pénétrèrent dans l'école les uns derrière les autres à la suite de leur groupe sans même jeter un regard aux deux punis.

Quand il ne resta plus que les élèves de septième année dans la cour, Gilles se rendit compte que trois instituteurs faisaient encore face à la centaine de jeunes encore sur place. Un nouvel enseignant se tenait aux côtés de Ludger Carbonneau et d'André Comeau. Soudain, il se mit à souhaiter appartenir au groupe de l'inconnu au visage rond âgé d'une trentaine d'années. Peut-être était-il meilleur ou plus intéressant que les deux autres. La chance lui sourit. Carbonneau et Comeau appelèrent chacun la trentaine d'élèves dont ils allaient avoir la charge durant l'année sans que son nom ne soit prononcé. Lorsque les deux professeurs eurent disparu dans l'école, le nouveau ne se donna pas la peine de se présenter. Il se contenta de vérifier si tous les élèves de la septième année C dont le nom apparaissait sur la liste qu'il tenait à la main étaient bien présents. Gilles était tout de même un peu dépité. Aucun de ses copains n'était dans son groupe.

Au moment d'entrer dans l'école, Gilles aperçut le directeur adjoint venir chercher son frère et Michel Cyr. L'adolescent traversa le sous-sol de l'établissement qui servait de salle de récréation les jours de pluie et il monta les vieux escaliers en bois à la suite de ses camarades jusqu'à un local du second étage. L'instituteur les fit entrer dans une classe bien éclairée par de larges fenêtres à guillotine et se mit à désigner à chacun la place qu'il occuperait toute l'année. Gilles allait s'asseoir derrière le premier pupitre de la dernière rangée. Ensuite, l'enseignant monta sur l'estrade où était installé son bureau et il écrivit son nom au tableau en grosses lettres rondes : Laurent Robillard.

L'homme s'adressa à ses élèves avec assurance, sans élever la voix. Il les prévint qu'il allait être extrêmement exigeant et que ses premières priorités seraient de leur donner le goût de l'étude et de la réussite. Il insista longuement sur la chance qu'ils avaient d'être les finissants de l'école Champlain en cette année académique 1952-1953 puisqu'ils allaient pouvoir profiter d'une heure de natation à la piscine du bain Quintal tous les mercredis après-midi et de deux heures de menuiserie tous les vendredis après-midi. C'étaient là des activités qui allaient faire envie à tous les autres élèves de l'école. Il leur distribua ensuite les manuels dont ils seraient responsables toute l'année. Ils avaient quarante-huit heures pour les munir d'une couverture sinon ils auraient vingt lignes de copie par livre non couvert. Il se lança ensuite dans une minutieuse description de la tâche qui les attendait cette année-là pour obtenir leur diplôme de septième année.

Au rez-de-chaussée, Richard passait, au même moment, un bien mauvais quart d'heure dans le bureau de Hervé Magnan. Il avait dû attendre plusieurs minutes, debout devant la porte, que ce dernier revienne d'aller conduire Michel Cyr dans sa classe.

À son retour, le directeur adjoint lui fit signe d'entrer dans la pièce. Il ne mâcha pas ses mots pour qualifier sa conduite. À aucun moment, il ne lui demanda la raison de la bagarre qui l'avait opposé à l'élève de septième année.

— Tu t'es conduit comme un sauvage, tu m'entends, Richard Morin, hurla-t-il aux oreilles de l'adolescent planté debout, immobile, devant son bureau. Je vais t'enlever le goût de refaire ça. Tends les mains, ordonna-t-il en s'approchant de lui.

L'homme à la stature imposante tira alors de la poche intérieure de son veston une épaisse lanière de caoutchouc et s'empara de l'une des mains de Richard. Ce dernier eut droit à cinq coups de « banane » sur chacune des mains, comme disaient les jeunes du quartier. Il ne proféra pas une plainte, même s'il sentait ses mains enfler et lui cuire à chaque coup.

— Ici, tu feras peur à personne, conclut Magnan en rangeant finalement sa courroie dans sa poche. Tu resteras en retenue à quatre heures jusqu'à vendredi. Chaque après-midi, quand la cloche sonnera, je veux te voir venir te placer debout devant la porte de mon bureau, face au mur. À cette heure, tu m'as fait perdre assez de temps. Arrive ! Je vais aller te conduire dans ta classe.

Les mains engourdies par les coups reçus, le cadet des Morin suivit Hervé Magnan, secrètement assez fier de ne pas avoir gémi pendant la correction qu'il venait de subir. Il monta un étage sur les talons de l'adjoint pour s'arrêter presque immédiatement à la porte de la sixième année A.

Hervé Magnan frappa. Quand l'adolescent vit Louis Nantel ouvrir, son cœur eut un raté.

— Pas lui! murmura-t-il entre ses dents. Maudit que je suis pas chanceux!

Magnan tourna brusquement la tête vers lui.

— Qu'est-ce que tu viens de dire? lui demanda-t-il, l'air menaçant.

— Rien, monsieur.

Il lui tourna alors carrément le dos pour s'adresser au gros instituteur en fin de carrière qui avait la réputation fort méritée de faire régner une discipline de fer dans son local à l'aide d'une règle métallique toujours déposée sur le coin de son bureau. Plusieurs générations d'écoliers du quartier avaient appris à leurs dépens qu'il l'utilisait fort généreusement et à tout propos.

Après avoir échangé quelques mots avec l'enseignant, le directeur adjoint avait laissé Richard seul face à son nouvel instituteur.

— Toi, la tête croche, je te conseille de te tenir le corps raide et les oreilles molles, lui dit-il avec un air mauvais. Va t'installer au deuxième pupitre, proche des fenêtres et que je t'entende pas, ajouta-t-il en s'effaçant pour le laisser entrer dans le local.

L'adolescent ne se le fit pas répéter. Son entrée suscita bien quelques murmures, mais Louis Nantel les fit cesser en frappant son bureau d'un unique coup de règle. Évidemment, avec son œil droit enflé, sa lèvre fendue et sa chemise déchirée, le nouvel arrivant ne pouvait pas espérer passer inaperçu.

~~~~~

À onze heures trente, la cloche sonna la fin de ce premier avant-midi de classe. Les élèves, heureux de retrouver momentanément leur liberté, quittèrent l'école pour aller dîner. Il faisait tellement chaud qu'on se serait cru en plein mois de juillet.

Gilles arriva à la maison en même temps que sa sœur Carole. Leur mère finissait d'étendre sa dernière brassée sur la corde à linge. La vieille laveuse Beatty avait déjà retrouvé sa place habituelle au fond de la chambre des garçons.

— Où est Richard ? demanda-t-elle en déposant son panier d'osier vide dans un coin de la cuisine avant de s'essuyer le front avec un coin de son tablier fleuri.

— Il doit s'en venir de l'école, hasarda Gilles, sans se compromettre.

— Bon. Va accrocher le panier derrière la porte de la cave, reprit Laurette à l'endroit de son fils. Toi, Carole, commence à mettre la table.

— Qu'est-ce qu'on mange à midi ? demanda Gilles,

— Des sandwichs au *baloney*. Sors aussi le beurre et la moutarde, Carole, précisa sa mère en déposant une bouteille de Kik sur la nappe cirée aux larges motifs floraux.

— Savez-vous la meilleure, m'man ? fit la fillette.

— Quoi ?

— Mireille est dans ma classe cette année. On est toutes les deux dans la classe de sœur Saint-Jude. Ça va être le *fun*. Elle est assez fine, cette sœur-là.

— J'espère qu'elle vous a pas assises une à côté de l'autre, fit remarquer sa mère. Deux pies ensemble, ça va jacasser ben plus que ça va apprendre.

— Ben non, m'man, mentit Carole de crainte que sa mère exige que sa meilleure amie soit installée ailleurs dans la classe.

— Et toi, Gilles ?

— Moi, j'ai un nouveau professeur. Il était pas là l'année passée. On sait pas comment il est. Personne le connaît.

Au même moment, Richard poussa la porte de la clôture de la cour et entra dans la maison.

— Qu'est-ce qui t'est arrivé? lui demanda Carole en l'apercevant.

Le ton emprunté par sa fille alerta Laurette qui tourna immédiatement la tête vers le nouvel arrivant. À la vue de son œil qui virait au violet, de sa lèvre enflée et de la tache de sang sur l'une de ses joues, elle pâlit.

— Veux-tu ben me dire, bonyeu, ce qui t'est arrivé encore? fit-elle en laissant tomber sur la table le pain qu'elle venait de tirer de la huche pour se rapprocher vivement de son fils.

— Rien, répondit l'adolescent.

— Viens pas me dire « rien » quand tu m'arrives avec ton linge déchiré sur le dos et le visage en sang. T'es-tu vu? On dirait que t'es passé en dessous des p'tits chars. Est-ce qu'il va falloir que j'aille à l'école pour savoir la vérité?

— Je me suis battu avec un gars, finit par avouer Richard.

— Regarde donc ça! s'exclama sa mère en examinant son visage de près. Si ça a du bon sens se faire maganer comme ça! Il y a personne qui surveille dans cette école de fous? Il y a pas de professeurs? Eux autres, ils vont m'entendre!

— C'est arrivé sur la rue, pas à l'école, avoua son fils, toujours planté devant elle, les bras ballants.

— Comment ça? Et toi, Gilles, t'es pas capable de défendre ton petit frère?

— J'étais pas là, moi, se défendit Gilles.

— D'abord, pourquoi tu t'es battu, toi? demanda Laurette en retournant toute son attention sur le plus jeune de ses fils.

Richard se dandina devant elle, l'air buté.

— Réponds quand je te pose une question! hurla-t-elle aux oreilles de son fils. Tu m'arrives avec une chemise déchirée et le visage en sang. Je veux savoir pourquoi.

— Pour rien.

— On se bat pas pour rien, maudit niaiseux!

— Ben, Jean-Louis attendait les p'tits chars au coin de Sainte-Catherine, à matin. Cyr l'a traité de tapette parce qu'il marchait les fesses serrées, qu'il disait.

— Et tu t'es battu pour ça? fit Laurette sur un ton un peu adouci.

— Ben, j'étais pas pour le laisser rire de mon frère, se défendit Richard.

— Tu parles d'un maudit insignifiant, ce Cyr-là! s'écria Laurette qui n'acceptait pas qu'on ose se moquer de son préféré.

À ce moment-là, elle ne pouvait vraiment plus blâmer son fils d'avoir défendu la réputation de son frère aîné.

— En tout cas, on dirait ben que t'en as mangé une maudite, reprit Gilles en constatant que la colère maternelle semblait s'être envolée.

— Tu regarderas la face de Cyr cet après-midi, lui suggéra Richard. Tu vas t'apercevoir qu'il est pas mal plus magané que moi. Je l'ai pas manqué, se vanta l'adolescent qui reprenait progressivement du poil de la bête.

— Je vais lui dire deux mots à Cyr, moi aussi, promit Gilles.

— Toi, calme-toi, lui ordonna sa mère en s'efforçant de paraître sévère. Vous allez pas à l'école pour passer votre temps à vous battre. Vous êtes pas des *bums*. En attendant, Richard, va te changer et lave-toi le visage à l'eau froide avant de mettre une autre chemise.

Le garçon revint dans la cuisine quelques minutes plus tard. En prenant place à table, il expliqua à sa mère:

— Magnan m'a mis en retenue toute la semaine pour ça, l'écœurant.

— Lui as-tu expliqué pourquoi tu t'étais battu ? s'enquit sa mère.

— Ben non, m'man. Ça le regarde pas.

— Je vais l'appeler, moi.

— Non. Laissez faire. J'aime mieux faire ma retenue. Je veux pas passer pour le petit garçon à sa moman et faire rire de moi par les autres.

— Si c'est comme ça, fais-la ta retenue, gnochon, et viens pas te plaindre.

— En plus, il a fallu que je tombe dans la classe du père Nantel, cette année.

— Ayoye ! le plaignit sincèrement son frère. Il paraît qu'il est bête comme ses pieds. T'es pas chanceux !

— S'il m'écœure trop, le bonhomme, je lâche l'école, fanfaronna Richard.

— Aïe ! Richard Morin ! le prévint sa mère, viens pas faire le matamore. T'iras à l'école tant qu'on te dira d'y aller. En attendant, fais-toi des sandwichs comme les autres et mange. Arrange-toi pas pour arriver en retard à l'école en plus.

Lorsque vint le moment de quitter la maison pour retourner à l'école, la mère de famille alla chercher un dollar et demi dans son porte-monnaie et tendit la somme à Gilles.

— En revenant de l'école cet après-midi, arrête chez Allard et achète six feuilles de papier brun pour couvrir vos livres, lui commanda-t-elle.

Allard était une petite mercerie située en face de l'église Saint-Vincent-de-Paul. Elle était tenue par deux vieilles dames âgées qui vendaient aussi bien du tissu et des boutons que toutes sortes d'articles scolaires et religieux.

— Pas encore du papier brun, protesta Carole. Pourquoi on couvrirait pas nos livres avec le nouveau papier qui est comme du cuir ? Il y en a de toutes les couleurs. Mireille m'a dit que sa mère en avait acheté du rouge pour couvrir ses livres à soir.

— Si les Bélanger sont riches, tant mieux pour eux autres, laissa sèchement tomber sa mère. Moi, je paierai pas ce papier-là cinquante cents la feuille quand le papier brun coûte juste quinze cents. Puis, vous autres, les garçons, traînez pas après l'école si vous voulez que je vous amène chez Yellow pour vos souliers.

— Ben, moi, je suis en retenue. Magnan va au moins me garder jusqu'à cinq heures.

— Bon. Si c'est comme ça, vous allez endurer vos vieux *running shoes* jusqu'en fin de semaine, ajouta-t-elle en faisant signe à ses enfants de partir.

⁓

Depuis que Laurette avait commencé à se priver de nourriture pour maigrir, son caractère déjà peu facile avait empiré. C'était au point que son mari lui avait dit le matin même : « Je sais pas ce que t'as depuis un bout de temps, mais t'es rendue que t'as de la misère à t'endurer toi-même. »

Gérard ne s'était même pas rendu compte que sa femme mangeait moins. Selon elle, le plus enrageant était que même si elle n'avait pas touché une seule fois à un dessert depuis plus de deux semaines, elle ne se sentait pas tellement plus légère. Elle s'était attendue à être moins à l'étroit dans ses robes, il n'en était rien. La veille, elle avait bien tenté de resserrer d'un cran la ceinture de l'une de ses robes : rien à faire. Elle étouffait au point qu'elle dut vite renoncer. C'était absolument incompréhensible. Être dans l'incapacité de constater à quel point elle avait maigri après de si dures privations l'énervait au plus haut point et la rendait irascible.

Dès que les enfants eurent franchi le seuil de la porte, la mère de famille s'empressa de se verser un grand verre de cola et elle alluma une cigarette en songeant qu'elle devait se décider à se peser. À cette seule pensée, elle avait des sueurs froides.

— Bonyeu! Si j'ai pas maigri d'au moins dix livres, je pique une crise! dit-elle à mi-voix.

Pourtant, le samedi précédent, elle avait eu l'occasion de le faire en passant devant la pharmacie Montréal. Mais la peur de gâcher son jour de congé l'avait empêchée de pénétrer dans l'établissement. Elle avait lâchement décidé de remettre cette corvée à plus tard. Encore mieux, elle aurait pu s'arrêter chez Charland, coin Dufresne et Sainte-Catherine, après avoir acheté la nourriture pour les siens la veille puisque cette pharmacie de quartier venait de se munir aussi d'un pèse-personne. Malheureusement, le propriétaire avait eu l'idée saugrenue de le placer près du comptoir où les clients devaient attendre qu'on remplisse leur prescription. Se peser sous les yeux de tout le monde était évidemment hors de question.

«Si tu penses que je vais aller faire rire de moi en montant sur cette bébelle-là devant tous les écornifleux du coin, s'était dit Laurette comme si elle parlait à Antoine Charland, le propriétaire de la pharmacie, tu me connais pas!» Bref, sa diète l'exaspérait et la rendait presque invivable.

Cet après-midi-là, vers la fin de la récréation, Gilles sauta sur l'occasion pour tenir parole quand il aperçut Michel Cyr nonchalamment appuyé contre le treillis entourant la cour de l'école. Il demanda à ses copains de l'attendre et se dirigea sans hésiter vers celui qui s'était battu avec son jeune frère le matin même. L'autre le vit arriver et chercha des yeux un moyen d'échapper à l'affrontement qui se dessinait. Il n'eut pas le temps de fuir.

— Écoute-moi ben, Cyr, lui dit-il sans élever la voix et en repoussant rudement l'autre contre la clôture. Si jamais j'entends dire que t'as traité mon frère de fifi, tu vas avoir mon poing sur la gueule. Tu vas t'apercevoir que je cogne pas mal plus fort que mon frère Richard.

— J'ai rien dit, se défendit Cyr, beaucoup moins brave quand il n'était pas entouré de ses copains.

— C'est ça. Continue à rien dire et, surtout, laisse mes frères tranquilles. Si tu touches à mon frère Richard, c'est à moi que tu vas avoir affaire.

Cyr ne répliqua pas. Gilles, satisfait, lui tourna le dos et s'apprêtait à aller rejoindre ses copains quand la cloche signala la fin de la récréation.

⁓

Lorsque Gérard Morin rentra du travail un peu après cinq heures, sa femme s'empressa de lui raconter avec une fierté mal dissimulée la bagarre dans laquelle Richard avait été impliqué pour défendre la réputation de Jean-Louis. À sa grande surprise, son mari ne partagea pas cette fierté. La vue du visage amoché de son cadet le fit même grimacer.

— Je t'envoie pas à l'école pour devenir un *bum*, dit-il sévèrement à son fils.

— Oui, mais…

— Laisse faire, le coupa son père. C'est pas avec des coups de poing et des coups de pied qu'on règle les problèmes. T'iras te coucher à huit heures pour l'apprendre. Et je veux pas un mot là-dessus à Jean-Louis. On répète pas ce genre de niaiserie-là, ajouta le père de famille mécontent avant de s'asseoir.

Laurette aurait bien voulu protester, mais le regard mauvais que lui lança son mari lui en enleva toute envie. Quelques minutes plus tard, Jean-Louis arriva à la maison et prit place à table pour souper. À la vue du visage tuméfié de son jeune frère, il ne put s'empêcher de dire sur un ton moqueur :

— Tiens ! On dirait ben que t'as rencontré ton homme.

— Toi, écœure-moi pas, se contenta de répondre Richard après avoir surpris le regard d'avertissement que lui adressait son père.

Après le repas, Laurette demanda à Denise d'aider ses frères et sa sœur à couvrir leurs livres. Elle n'avait aucune habileté pour manier les ciseaux et elle craignait de gâcher le papier acheté par Gilles l'après-midi même. Devant la pile impressionnante de manuels déposés sur la table, la jeune fille maugréa un peu.

— Mais m'man, je vais en avoir pour toute la soirée. Pourquoi ils couvrent pas eux-mêmes leurs livres ?

— Parce qu'ils vont gaspiller du papier et que ça va être fait tout de travers. Tu peux ben faire ça pour moi.

— Je vais te donner un coup de main, offrit Jean-Louis qui venait d'entrer dans la cuisine.

— Parfait, fit Laurette, satisfaite. À deux, ça vous prendra même pas une heure.

À huit heures, Richard, l'œil droit à demi fermé et la lèvre inférieure toujours enflée, se dirigea vers sa chambre. Quand son frère Gilles vint le rejoindre une heure plus tard, il ne dormait pas encore.

— Nos livres sont couverts, lui annonça-t-il. J'ai mis tes livres sur une chaise dans la cuisine.

— Correct, répondit son frère, étendu dans le noir.

— Est-ce que ton œil te fait mal?

— Non. Tu parles d'une maudite journée, ajouta Richard sur un ton dégoûté. Depuis que je me suis levé à matin, tout a pas arrêté d'aller de travers.

À ce moment-là, Jean-Louis pénétra dans sa chambre et alluma sa lampe de chevet. Les deux jeunes se turent et le sommeil finit par les emporter.

Chapitre 6

Perdre du poids

En cette fin de septembre, il était évident que l'été tirait à sa fin. Le soleil se couchait de plus en plus tôt et les belles journées chaudes appartenaient dorénavant au passé. Maintenant, les petites rues Emmett et Archambault ne retrouvaient un peu d'animation qu'à la fin de l'après-midi, quand les jeunes, de retour de l'école, dépensaient leur trop-plein d'énergie en criant et en se poursuivant dans des courses éperdues.

Durant la journée, la paix du quartier n'était troublée que par les cris du maraîcher offrant les derniers légumes de la saison ou par les tintements de la cloche agitée par le «guenillou». Ce dernier, un vieux Juif à l'air peu commode, passait en tirant une voiturette surchargée d'un bric-à-brac hétéroclite. Il se disait prêt à acheter à bon prix les vieux vêtements, les matelas et les objets métalliques. Par contre, on ne voyait plus le marchand de glace que l'apparition des réfrigérateurs avait chassé du quartier. Il avait disparu depuis quelques années en même temps que les antiques glacières. Il ne restait plus que le laitier de la laiterie Saint-Alexandre et le vendeur de la boulangerie Pom qui s'arrêtaient chaque avant-midi dans la petite rue Emmett pour desservir leur clientèle.

La veille, au moment d'éteindre la vieille radio Marconi après avoir écouté les informations, Gérard avait évoqué l'obligation d'installer bientôt les fenêtres doubles pour l'hiver.

— Pas déjà! s'était exclamée Laurette pour qui le remplacement des vieilles persiennes vertes par les contre-fenêtres était synonyme d'un emprisonnement qui allait durer plus de six mois.

— Il va ben le falloir. On est presque en octobre, avait expliqué Gérard. Tu devrais voir les arbres du carré Bellerive. La moitié des feuilles sont déjà tombées.

— Maudit que l'été a passé vite! ne put s'empêcher de s'exclamer sa femme en commençant à se préparer pour la nuit.

— Tu peux le dire, approuva son mari. Il va aussi falloir faire entrer le charbon pour l'hiver la semaine prochaine. Tu téléphoneras chez Wilson demain avant-midi pour qu'il te le livre. Pour l'huile, j'ai regardé hier. Le *drum* est encore aux trois quarts plein. On peut encore attendre pour en faire venir.

— Juste pour payer le charbon, ça va manger presque tout ce que j'ai ramassé pendant l'été, se plaignit Laurette. Il faudrait pas qu'on ait une malchance parce que, là, on serait mal pris.

— Tu dis ça tous les automnes, lui fit remarquer Gérard en se mettant au lit. Il y a pas de raison pour qu'on n'arrive pas. Jean-Louis et Denise nous paient une pension et il y a mon salaire.

Laurette ne dit rien, mais elle ne pensa pas moins que ce n'était pas avec les trente-cinq dollars de son salaire hebdomadaire auxquels s'ajoutaient les maigres pensions versées par Jean-Louis et Denise qu'elle parviendrait à nourrir et à habiller tout son monde. Il y avait tout de même des limites aux miracles qu'elle pouvait faire avec aussi peu d'argent.

Le lendemain matin, au réveil, l'humeur de la mère de famille était aussi maussade que le temps. Lorsqu'elle écarta les rideaux de sa chambre, elle ne découvrit qu'un coin de ciel gris. Gérard, Jean-Louis et les plus jeunes quittèrent un à un la maison. Bientôt, il ne resta que Denise qui commençait à travailler chez Woolworth un peu plus tard. Un peu avant de partir, elle se tourna vers sa mère qui avait entrepris, la cigarette au bec, de laver la vaisselle sale du déjeuner.

— M'man, c'est votre fête la semaine prochaine, lui rappela-t-elle. Avez-vous une idée de ce que vous aimeriez avoir ?

Laurette sursauta. C'était pourtant vrai. Dans moins d'une semaine, ce serait son anniversaire ! Elle allait déjà avoir quarante ans. Stupéfaite, elle venait de se rendre compte qu'elle n'avait pas vu filer toutes ces années.

— Quarante ans ! se dit-elle en esquissant une moue de contrariété. On rit pas.

Sans s'en apercevoir, elle était devenue une « grosse mémère », comme celles dont elle se moquait si méchamment quand elle avait vingt ans. Ce n'était pas possible ! Quarante ans, cinq enfants, de la graisse partout, des rides dans le visage et même un peu de cellulite. Déjà sur la voie irréversible de la vieillesse. Impossible de revenir en arrière et de recommencer. Ces pensées la firent grimacer et son cœur se serra.

— Puis, m'man, allez-vous me donner une idée de cadeau ? insista Denise avec un rien d'impatience dans la voix.

— J'avais complètement oublié ma fête, expliqua sa mère, sans être trop convaincante. Tu sauras, ma fille, que c'est pas la journée la plus drôle de l'année quand t'arrives à quarante ans.

— Voyons donc, m'man, vous êtes pas si vieille que ça, voulut la rassurer Denise.

Mais la voix de la jeune fille manquait singulièrement de conviction.

— C'est facile à dire à dix-huit ans. Attends d'avoir mon âge, prédit Laurette avec un air lugubre, tu vas chanter une autre chanson, je t'en passe un papier.

Le silence tomba dans la pièce, mais il ne dura qu'un bref moment.

— Sais-tu que j'haïrais pas ça avoir une balance, reprit Laurette comme si elle venait à peine d'y songer.

En fait, elle pensait sérieusement à s'en acheter une depuis quelque temps. Elle en avait assez de se demander si sa diète produisait des effets. Elle n'avait pas osé monter sur un pèse-personne depuis la dernière semaine d'août à la pharmacie parce que, chaque fois qu'elle aurait pu, il se trouvait des gens autour d'elle et elle ne voulait pas se rendre ridicule. Quelques jours auparavant, elle s'était rendu compte que la pharmacie Charland vendait de petits pèse-personne à un prix très abordable. Si elle en avait un, elle pourrait toujours le glisser sous son lit et se peser dans la plus stricte intimité.

— Une balance? fit la jeune fille, étonnée.

— Oui, une affaire qui sert à se peser.

— Ben. Vous trouvez pas que c'est un drôle de cadeau à recevoir le jour de sa fête, m'man? lui demanda son aînée.

— Pantoute. Ça peut être utile, cette patente-là, trancha Laurette. On sait jamais.

— C'est comme vous voudrez, consentit Denise en partant.

Au début de l'après-midi, il y eut une trouée dans le ciel et le soleil réchauffa un peu l'atmosphère. Recluse depuis plusieurs heures dans la maison pour faire son repassage, Laurette décida de profiter de cette embellie pour laver ses fenêtres.

— Ça va être la dernière fois avant le printemps prochain, se dit-elle en remplissant un seau avec de l'eau qu'elle avait mise à chauffer sur le poêle. Une fois que Gérard aura installé les fenêtres doubles, je pourrai plus les nettoyer.

Armée de chiffons et de son seau, la ménagère sortit sur le trottoir et monta sur le petit escabeau de trois marches qu'elle avait placé devant la fenêtre de la chambre de Jean-Louis. Elle vit une voisine entrer chez Brodeur, au coin de la rue, et elle salua madame Lozeau, la pauvre mère de jumeaux qu'elle poussait courageusement dans un landau sur le trottoir de la rue Archambault. Un peu plus loin, deux petits garçons se disputaient pour la possession d'un ballon sans que leur mère se décide à intervenir.

Laurette venait à peine de commencer à laver les carreaux que les cris d'un homme en colère en provenance de la maison d'en face la firent sursauter. Elle tourna la tête dans toutes les directions pour repérer d'où ils venaient exactement. Les hurlements continuèrent de plus belle, suivis des plaintes d'une femme et ponctués par les pleurs de jeunes enfants.

— Bout de viarge ! Qu'est-ce qu'il se passe là ? demanda Laurette à voix haute.

Intriguée, elle descendit précipitamment les marches de son escabeau et scruta de plus belle le long balcon qui courait sur la façade de la maison d'en face, à l'étage. Tout ce tumulte venait nécessairement de l'un des trois appartements dont la porte d'entrée donnait sur ce balcon.

Elle n'eut pas à s'interroger bien longtemps. Soudain, l'une des portes de palier s'ouvrit violemment pour livrer passage à une Simone Rocheleau échevelée poursuivie par son mari, furieux. Derrière le couple, les enfants, apeurés, criaient et pleuraient. Le jeune vendeur de meubles était si hors de lui qu'il ne se préoccupait nullement de savoir si des spectateurs assistaient à la scène.

— Ma maudite vache! hurla-t-il à sa femme. Je vais te montrer qui est-ce qui mène dans la maison, moi!

— Arrête, Marcel! Arrête! Tu me fais mal! cria sa femme qu'il venait d'attraper par les cheveux au moment même où elle allait se précipiter vers l'escalier pour échapper à ses coups.

Simone Rocheleau, une petite femme chétive, n'était pas de taille à faire face à son mari déchaîné. La mère de trois jeunes enfants encaissa un violent coup de poing qui la fit tomber sur les genoux. Déjà, quelques voisines, alertées par les cris, avaient ouvert leur porte et regardaient la scène sans songer à intervenir.

Quand Laurette vit le vendeur de meubles allonger un coup de pied à sa femme demeurée par terre, son sang ne fit qu'un tour. Elle laissa tomber son seau, traversa en trombe la rue Emmett et monta l'escalier qui conduisait au balcon où la scène se déroulait. Même si elle parvint à l'étage passablement essoufflée, la grosse femme se précipita sur Marcel Rocheleau. Elle l'empoigna solidement par le devant de sa chemise et le repoussa brutalement. La tête de l'homme heurta le mur de brique en produisant un son bizarre.

Pendant un bref moment, l'homme sembla un peu étourdi par le choc. Cet assaut inattendu paraissait lui avoir ôté momentanément tous ses moyens. Puis, voyant qu'il avait affaire à une femme, il tenta de la repousser des deux mains. Mal lui en prit. Il n'avait pas encore réalisé qu'il devait concéder plus d'une cinquantaine de livres à son adversaire.

— De quoi tu te mêles, la grosse? osa-t-il demander à sa voisine, tellement il était enragé.

Cette dernière remarque sur son tour de taille acheva de sortir Laurette de ses gonds. En réponse à la question, elle commença d'abord par resserrer son étreinte.

— Mon enfant de chienne! lui jeta-t-elle à la figure, les dents serrées et en le secouant d'importance. T'as pas honte de battre ta femme comme un chien devant tout le monde?

— C'est pas de tes Christ d'affaires! répondit le jeune père de famille en cherchant encore à se libérer de la poigne de la voisine.

— Ben là, mon écœurant, tu te trompes! Moi, je te laisserai pas la maganer. Si t'es assez lâche pour fesser sur une petite femme, t'essaieras de faire ça avec moi pour voir, ajouta-t-elle, menaçante. Les petits roquets comme toi, ça me fait pas peur pantoute!

Simone Rocheleau avait fini par se relever.

— Laissez faire, madame Morin. C'est pas grave, dit-elle d'une voix suppliante.

— Non, madame chose, fit Laurette avec force, en retenant toujours le voisin plaqué contre le mur. On dirait que vous comprenez pas qu'il va finir par vous tuer si vous faites rien.

La petite femme renonça subitement à discuter plus longtemps et rentra dans son appartement, probablement pour rassurer ses enfants qui n'avaient pas cessé de pleurer. Le vendeur de meubles, se rendant compte que plusieurs voisines assistaient à l'algarade, voulut encore une fois repousser Laurette en y mettant un peu plus d'énergie. Cette dernière ne broncha pas d'un pouce. Elle leva son bras droit et administra alors à l'homme qu'elle retenait toujours par le devant de sa chemise deux gifles retentissantes. Sa main s'imprima en rouge sur son visage.

— Ça, c'est pour la volée que tu viens de donner à ta femme, écœurant! prit-elle la peine de lui expliquer avec un sourire mauvais.

Puis, elle prit un nouvel élan et en administra une troisième au jeune père de famille encore passablement étourdi.

— Cette claque-là, c'est parce que tu m'as appelée «la grosse», ajouta-t-elle. La prochaine fois que tu m'appelleras comme ça, c'est mon poing sur la gueule que tu vas avoir, tu m'entends?

Là-dessus, Laurette lâcha sa victime et descendit l'escalier d'un air digne, sous les approbations tapageuses de quelques voisines.

— Vous avez ben fait, madame Morin, lui cria Emma Gravel accoudée à sa fenêtre. C'est tout ce que ça mérite, des lâches comme ça.

— C'est vrai ce qu'elle dit là, approuva bruyamment Élise Paré, sa voisine de gauche. Si mon mari levait la main sur moi, je lui arracherais la tête.

Ce soir-là, de retour à la maison, Gérard suspendit son coupe-vent au crochet derrière la porte d'entrée en disant à sa femme:

— Je sais pas ce que Rocheleau a de travers, je l'ai salué en passant, il m'a même pas regardé... Du drôle de monde quand même.

— C'est pas grave, il t'a peut-être pas vu, fit Laurette qui finissait d'éplucher des légumes.

— D'habitude, il est pas mal plus poli que ça.

Une heure plus tard, toute la famille s'attabla devant une assiette de bouilli de légumes. À ce moment-là, Laurette, trop contente d'elle-même, ne put se résoudre à continuer à se taire, elle raconta en détail l'altercation qui l'avait opposée à leur voisin d'en face. Les siens, sidérés, l'écoutèrent, bouche bée.

— T'as pas fait ça ? lui demanda finalement son mari en déposant bruyamment ses ustensiles sur la table.

— J'allais me gêner ! répondit sa femme sur un ton moqueur.

— J'aurais aimé ça être là pour voir ça, dit Richard, enthousiaste. Le bonhomme devait avoir l'air fin de se faire planter par une femme !

— Moi aussi, fit Gilles, les yeux brillants d'excitation. Ça devait être tout un *show !*

— Vous deux, fermez votre boîte, leur ordonna leur père avec humeur. Il y a rien de drôle là-dedans.

— Ben, p'pa, voulut protester l'adolescent.

Le regard d'avertissement que lui lancèrent Denise et Jean-Louis l'incita à ne pas poursuivre.

— Cybole ! Laurette, on dirait que tu fais exprès ! s'emporta Gérard. Veux-tu ben me dire ce que t'avais d'affaire à te mêler de cette chicane-là ? Ça te regardait pas pantoute ce qui se passait entre lui et sa femme.

— Ben non, fit sa femme, sarcastique. J'étais pour le laisser l'achever sans rien faire.

— Je viens de comprendre pourquoi Rocheleau m'a même pas regardé quand je lui ai dit « Bonsoir », poursuivit son mari sans tenir compte de sa remarque.

— Ça en fait toute une histoire, dit Laurette. On parle pas à un fou pareil.

— Et s'il t'avait frappée ? demanda Gérard, toujours en colère. Y as-tu pensé ?

— J'aurais ben voulu voir ça, par exemple ! dit sa femme, avec un sourire mauvais. Je lui aurais donné la plus maudite volée qu'il a jamais reçue, l'écœurant. Il y a ben assez…

Elle se tut juste au moment où elle allait avouer aux siens que le vendeur de meubles avait osé l'appeler «la grosse».

— Il y a ben assez quoi?

— Laisse faire. Je me comprends. En tout cas, je laisserai jamais un homme fesser sur une femme devant moi, tu m'entends?

— Je sais pas comment tu fais ton compte, Laurette Brûlé, mais on dirait que t'as le don de te faire remarquer partout où tu mets les pieds, conclut son mari sur un ton désapprobateur. À l'heure qu'il est, tout le monde doit raconter que la femme de Gérard Morin s'est colletée en pleine rue avec un voisin. Moi, je trouve que ça manque de classe.

— La classe! La classe! fit Laurette, moqueuse, en se levant de table. On croirait entendre parler ta mère avec la bouche pincée comme un cul de poule.

— Aïe! Respecte ma mère, lui ordonna son mari.

— On sait ben!

Sur ce, Laurette n'ajouta rien et se contenta de lui tourner le dos.

Pendant quelques jours, Gilles et Richard cherchèrent à apercevoir Marcel Rocheleau pour voir si son visage portait des marques de sa rencontre avec leur mère. Les deux jeunes étaient bien placés pour savoir avec quelle force elle pouvait appliquer une bonne taloche quand sa patience était à bout. Mais ils en furent pour leurs frais. L'homme semblait avoir changé ses habitudes. Ils ne le voyaient même plus aller chercher ses cigarettes chez Brodeur dont la porte du commerce ouvrait pratiquement au pied de son escalier.

À son réveil, le samedi matin suivant, Laurette écarta les rideaux pour voir quel temps il faisait. Le ciel était gris et le vent charriait des papiers gras sur le trottoir d'en face. Elle sortit de la chambre sans faire de bruit pour laisser son mari dormir aussi longtemps qu'il le désirait. En pénétrant dans la cuisine, elle eut le plaisir de trouver quelques paquets soigneusement emballés sur la table de cuisine.

La veille, lorsque leur mère s'était mise au lit, tous ses enfants s'étaient glissés dans la cuisine avec leur cadeau pour lui réserver cette surprise le matin de son quarantième anniversaire de naissance. Elle n'osa toucher à rien. Elle allait se diriger vers la salle de bain pour vérifier si de nouvelles rides étaient apparues sur son visage durant la nuit quand elle vit Jean-Louis entrer dans la pièce.

— Bonne fête, m'man, dit le jeune homme en embrassant sa mère sur une joue et en lui tendant l'un des paquets déposés sur la table.

— Merci, mon grand, fit sa mère en commençant à enlever le papier d'emballage qui recouvrait la boîte qu'il lui avait tendue.

— C'est pas chaud dans la maison, m'man, lui fit remarquer son fils.

— Je le sais. Je viens juste d'allumer le poêle. Ça va se réchauffer, dit Laurette qui venait de retirer de la boîte un foulard de soie noir et blanc.

— Est-ce qu'il fait votre affaire ? demanda Jean-Louis en s'assoyant à table.

— C'est en plein ce que je voulais, répondit sa mère en palpant délicatement le tissu. Il va ben aller avec mon manteau noir.

Durant les minutes suivantes, chacun des enfants vint embrasser sa mère, lui souhaiter un bon anniversaire et lui remettre un cadeau. Carole et Denise lui offrirent un pèse-personne. Richard avait rassemblé toutes ses économies pour lui acheter une brosse à cheveux tandis que Gilles fut tout heureux de lui présenter une petite trousse de maquillage.

Quand Gérard apparut dans la cuisine où tous les enfants finissaient de déjeuner, il n'y avait plus de cadeau à déballer sur la table. Pendant un moment, Laurette fut persuadée que son mari avait oublié son anniversaire et son visage exprima un vif dépit.

— Bonne fête, Laurette, lui dit-il en lui plaquant un baiser sonore sur une joue. Puis, avant que tu me dises des bêtises et que tu me traites de sans-cœur pour avoir oublié ta fête, je te donne ça tout de suite, ajouta-t-il en tirant une petite enveloppe blanche de la poche arrière de son pantalon.

— Qu'est-ce que c'est? demanda sa femme en ouvrant fébrilement l'enveloppe d'où elle sortit deux billets.

— Deux places pour le National, à soir.

— C'est pas vrai! s'exclama Laurette, tout excitée. Dis-moi pas qu'on va aller voir la Poune, Juliette Pétrie et Olivier Guimond?

— En plein ça. Des gars à l'ouvrage sont allés voir le *show* la semaine passée. Il paraît que c'est pas mal bon. Ils m'ont dit que Paul Desmarteaux et Denis Drouin sont au moins aussi drôles que les autres.

— Ah ben! Ça, c'est tout un cadeau! fit Laurette qui adorait ce genre de spectacle. Je pense que ça fait trois ans qu'on n'est pas allés au National.

— Parce que c'est pas donné, lui fit remarquer son mari.

Pendant que sa femme lui versait une tasse de café, Gérard mit deux tranches de pain dans le grille-pain. Jean-Louis, Denise et Gilles quittèrent la table en même temps. Tous les trois devaient aller travailler.

Richard suivit son frère Gilles dans leur chambre. En le voyant boutonner son vieux manteau brun, il ne put cacher son envie.

— T'es chanceux, toi, d'avoir une *job* les fins de semaine. Moi, personne veut m'engager.

— T'as juste treize ans, le raisonna son frère.

— Ouais. Mais Tougas t'a engagé, même si t'as juste un an de plus que moi. Moi aussi, je suis capable d'aller porter des commandes.

— Énerve-toi pas. Tu vas finir par te trouver de l'ouvrage, toi aussi. En attendant, si tu veux absolument te faire un peu d'argent, va demander de servir la messe au presbytère, lui conseilla Gilles. Landry, un gars de ma classe, m'a encore dit cette semaine qu'ils en avaient pas assez.

— C'est pas une vraie *job*, fit Richard, méprisant.

— Peut-être, mais ça peut te donner pas mal d'argent, surtout quand tu sers les mariages et les enterrements.

— À ta place, je sauterais sur l'occasion, intervint Jean-Louis venu chercher son Stetson déposé sur sa commode. Comme ça, tu pourrais avoir assez d'argent pour donner des cadeaux qui ont de l'allure, ajouta l'aîné, railleur.

— Aïe, le grand niaiseux! protesta l'adolescent, insulté. Tu sauras que la brosse à cheveux que j'ai donnée à m'man m'a peut-être coûté plus cher que le foulard que t'as dû avoir à moitié prix chez Dupuis parce que tu travailles là. On te connaît. Gratteux comme t'es, t'as pas dû dépenser ben gros…

Jean-Louis se borna à lui adresser une grimace, content de l'avoir fait sortir de ses gonds.

— Lui, je l'haïs, dit Richard en grinçant des dents.

— Il fait exprès pour te faire enrager, lui expliqua Gilles.

Dans la cuisine, Laurette venait de finir de boire sa seconde tasse de café et semblait hésitante sur la conduite à tenir.

— Je pense que je sortirai pas aujourd'hui, dit-elle à Gérard.

— Pourquoi?

— Ben. C'est ma fête. Vous m'avez tous donné des cadeaux. Je suis pas pour vous laisser tout seuls toute la journée.

— Justement, fit son mari. Profite de ta journée de fête pour te gâter un peu. Il mouille pas. Va magasiner. Change-toi les idées. De toute façon, on va travailler ici dedans. Richard va m'aider à ôter les jalousies et à installer les châssis doubles.

— Il va aussi falloir que tu nettoies les tuyaux du poêle et de la fournaise.

— Ben oui, comme tous les automnes.

— Dans ce cas-là, je suis peut-être mieux de rester.

— Pour quoi faire?

— Si je suis pas là, tu vas cochonner mes planchers avec la suie.

— Voyons donc, cybole! protesta Gérard. On va faire comme tous les automnes. On va étendre de la gazette à terre avant de défaire les tuyaux et on va faire attention en les transportant dans la cour pour les nettoyer.

— T'es ben sûr?

— Je te le dis, fit son mari avec une note d'impatience dans la voix. Si on salit tes planchers, on va te les laver avant que tu reviennes.

Laurette tergiversa durant quelques instants avant de se décider soudainement.

— C'est correct, d'abord. Mais je reviendrai pas tard.

Elle disparut dans sa chambre dans l'intention de se préparer à sortir. En pénétrant dans la pièce, elle retira sa robe de chambre et s'apprêtait à mettre sa robe quand elle vit ses cadeaux qu'elle n'avait pas eu le temps de ranger. Elle déposa le pèse-personne neuf sur le parquet et elle s'apprêtait à le repousser sous le lit du bout du pied quand elle eut l'idée saugrenue de se peser avant de partir. Elle hésita un bref moment avant de se décider à monter sur l'appareil. Aussitôt, il y eut un bruit d'aiguille affolée qui la poussa à pencher brusquement la tête vers le cadran placé entre ses pieds.

— Ben voyons donc, bonyeu! s'exclama-t-elle en regardant fixement le chiffre sur lequel l'aiguille venait de s'arrêter en tremblotant. C'est quoi cette maudite patente-là? Elle marche pas! Deux cent deux livres! Ça se peut pas! Ça fait six semaines que je me prive comme une folle!

La nouvelle quadragénaire eut beau déplacer ses pieds sur le pèse-personne et tenter de se mettre sur le bout des pieds pour alléger son poids, l'aiguille rouge ne bougeait pas. Elle indiquait toujours deux cent deux livres! Elle en aurait pleuré si elle n'avait pas été aussi enragée. Six semaines sans dessert! Six semaines à surveiller tout ce qu'elle mangeait pour perdre seulement trois petites livres. Il n'y avait pas de justice!

Secouée plus qu'elle n'aurait voulu se l'avouer, Laurette se précipita sur son paquet de cigarettes et, fébrile, en alluma une avant de se laisser tomber sur son lit.

— Il y a des petites qui mangent comme des défoncées, dit-elle à mi-voix, et elles engraissent même pas. Moi, juste à regarder manger les autres, je grossis. Viarge, que ça m'enrage! ajouta-t-elle en repoussant le pèse-personne sous le lit d'un coup de pied rageur.

Elle finit tout de même par se remettre sur ses pieds et entreprit de brosser ses cheveux après avoir mis sa robe.

— Pour moi, cette affaire-là est pas correcte, dit-elle comme si elle s'adressait à son miroir. Ça me surprendrait pas que ce soit pas précis pantoute, ajouta-t-elle pour se rassurer. C'est sûr que quand tu payes pas cher, ça peut pas être comme la balance des pharmacies. Qu'il y ait du monde ou pas, aujourd'hui, j'arrête à la pharmacie Montréal et je me pèse. On va ben voir. Mais je suis ben sûre que ce sera pas pantoute le même poids. Je suis pas folle, bonyeu! Je le sais, moi, que j'ai maigri ben plus que ça. Ma robe est presque rendue trop grande pour moi…

Forte de cette décision, Laurette mit un peu de fard sur ses joues, appliqua du rouge sur ses lèvres et endossa son manteau. Avant de poser son chapeau sur sa tête, elle examina soigneusement dans le miroir sa chevelure brune encore très frisée pour traquer le moindre cheveu blanc.

— J'ai une vraie tête de folle avec ce permanent-là, dit-elle en tentant d'aplatir de la main quelques boucles qu'elle jugeait trop frisées. Si j'avais de l'argent comme tout le monde, je pourrais me payer une coiffeuse au moins une ou deux fois par année. Ben non! Toujours à tirer le diable par la queue et jamais une maudite cenne pour moi.

Elle finit par s'emparer de son sac à main et sortit de sa chambre.

— Je reviens autour de trois heures, dit-elle à son mari au moment où il sortait à l'extérieur pour enlever les persiennes des deux fenêtres donnant sur le trottoir de la rue Emmett.

— Prends ton temps. Il y a rien qui presse, fit Gérard.

Comme tous les samedis, Laurette monta dans le tramway, coin Fullum et Sainte-Catherine, en direction de l'ouest, là où, selon elle, il y avait de vrais beaux magasins. Il faisait beaucoup plus frais qu'elle ne l'avait cru et un petit vent frisquet du nord charriait dans le ciel montréalais de lourds nuages. Le nez appuyé contre la vitre du tramway, Laurette se rendait bien compte qu'il y avait beaucoup moins de badauds sur les trottoirs que les semaines précédentes, ce qui n'était pas pour lui déplaire. Son humeur était aussi morose que le temps.

Assise seule sur une banquette du tramway aux deux tiers vide, elle laissa vagabonder son esprit. Elle avait quarante ans aujourd'hui. Quarante ans ! Plus de la moitié de sa vie était derrière elle. Elle cherchait à se rappeler l'apparence de sa propre mère à cet âge-là. Elle n'y parvint pas. Il ne lui venait à l'esprit que des cousines et des voisines de cet âge, et cela la déprimait. Plongée dans ses pensées, elle n'avait pas prêté attention aux rues transversales croisées par le tramway. Quand le conducteur annonça « Saint-Hubert », elle sursauta et se précipita sur la cordelette pour lui faire savoir qu'elle désirait descendre. Elle bouscula un vieux monsieur qui tardait un peu trop à lui céder le passage et descendit du véhicule.

Quelques minutes plus tard, elle traversa du côté sud de la rue pour entrer dans la pharmacie Montréal, bien décidée à en avoir le cœur net. Elle pénétra dans l'établissement d'un pas décidé et se dirigea immédiatement vers l'un des pèse-personne installés dans un coin. Le hasard voulut qu'une dame au tour de taille très conséquent soit déjà sur l'appareil. Laurette ne s'approcha pas et attendit patiemment son tour. Quand elle vit la cliente descendre avec effort du pèse-personne et s'éloigner, elle ne put s'empêcher de marmonner méchamment :

— Si j'étais grosse comme elle, j'irais pas faire rire de moi en allant me peser devant tout le monde.

Dès que la dame se fut assez éloignée, Laurette s'empressa de glisser une pièce de cinq cents dans l'appareil et monta dessus. Elle ferma d'abord les yeux, formulant une prière muette pour que le poids indiqué soit beaucoup plus bas que celui de son propre pèse-personne. Elle rouvrit les yeux et regarda où l'aiguille s'était arrêtée. Deux cent deux livres !

— Maudit calvaire ! jura-t-elle. Si ça a de l'allure !

Cette fois encore, sans descendre de l'appareil, elle retira ses souliers qu'elle repoussa du pied avec impatience. Elle était convaincue que cela allait faire une grosse différence. Rien à faire : deux cent deux livres !

— Bout de viarge ! La maudite machine ! jura-t-elle en jetant un regard furieux autour d'elle pour s'assurer que personne n'avait pu voir le chiffre indiqué par l'aiguille. Je suis pas si grosse que ça ! ajouta-t-elle pour elle-même, les larmes aux yeux.

Le cœur gros, elle remit ses chaussures et sortit de la pharmacie en coup de vent. Tout en marchant, elle finit par se calmer un peu en se disant qu'elle devait appartenir à cette catégorie de femmes dont le surplus de poids est causé par un dérèglement hormonal. Germaine Dansereau, une matrone énorme de la rue Archambault, lui avait expliqué l'été précédent que c'était son problème. Selon elle, ce cas-là était courant et il n'y avait rien à faire. Il n'existait aucune diète capable de faire perdre les livres en trop à une personne souffrant d'un dérèglement hormonal. C'était inutile de s'entêter, lui avait-elle assuré. Elle avait même juré que son médecin lui avait dit que faire un régime dans un tel cas revenait à mettre sa santé en danger. En somme, selon elle, il existait des femmes nées pour être un peu « grassettes ».

Ces pensées rassurantes eurent l'avantage d'apaiser singulièrement la mère de famille. Plus elle y songeait, plus elle se persuadait d'appartenir à cette catégorie de femmes. La meilleure preuve en était que sa diète « sévère » n'avait pratiquement servi à rien. En d'autres mots, il n'y avait rien à faire pour perdre les quelques livres qu'elle avait en trop. De plus, elle n'avait pas le droit de mettre sa santé en jeu pour redevenir mince. Après tout, elle n'était plus une jeune fille.

Tout au long de l'avant-midi, elle se répéta si souvent tout cela qu'elle parvint à se convaincre d'avoir trouvé la bonne explication. Elle finit par être tellement persuadée que, lorsqu'elle se présenta au comptoir de la cafétéria du magasin Eaton, à l'heure du midi, elle commanda sans le moindre remords un *club sandwich* et un gros *sundae*.

Après le repas, l'estomac lourdement lesté, elle poursuivit, heureuse et la conscience tranquille, la tournée de ses magasins préférés. Elle eut même la joie de saluer de la main son Jean-Louis en plein travail dans l'une des vitrines de Dupuis frères.

À son retour à la maison, Laurette était d'excellente humeur, même si une petite pluie froide s'était mise à tomber quelques minutes plus tôt. À peine venait-elle de retirer son manteau que le téléphone sonna. Gérard, occupé à lire *La Patrie*, se leva, dit quelques mots et lui tendit l'appareil.

— Bernard, se contenta-t-il de dire en posant la main sur l'écouteur. Veux-tu lui parler?

— Ben oui, fit Laurette en s'emparant de l'écouteur.

— Bonne fête, ma sœur, lui dit son frère.

— Merci. T'es ben fin d'avoir pensé à m'appeler pour me souhaiter bonne fête.

— Ben, je me suis dit qu'il fallait absolument que je t'appelle parce que ça doit pas être drôle d'être aussi vieille, ajouta-t-il en tentant de faire de l'humour. J'espère que ça te déprime pas trop.

— Pantoute, mentit Laurette en esquissant une grimace.

— En tout cas, moi, j'ai pas hâte d'avoir ton âge.

— Inquiète-toi pas, tu vas finir par l'avoir, répliqua-t-elle en se rappelant que son frère n'était son cadet que de trois ans.

— Te rappelles-tu de la fête que mon oncle Édouard avait donnée pour le quarantième de ma tante Mathilde?

— Oui. Pourquoi?

— Ben. Tu nous disais que c'était écœurant d'être aussi vieille et que, toi, t'accepterais jamais d'avoir des plis partout et de la moustache.

Il y eut un bruit de dispute au bout du fil et Laurette entendit la voix de sa belle-sœur Marie-Ange.

— Bonne fête, Laurette. Écoute pas ton frère. Il essaye d'être drôle et il l'est pas, l'innocent. Je suis pas sûre que lui, il va se rendre à quarante ans. S'il continue à être aussi haïssable, je vais l'étrangler moi-même, de mes propres mains.

— T'en fais pas avec ça, rétorqua Laurette. Je sais comment il est.

Les deux femmes discutèrent encore quelques minutes ensemble avant que Laurette trouve un prétexte pour raccrocher.

— Ouf! Elle est ben fine, mais elle était déjà repartie avec ses maudites maladies, expliqua-t-elle à son mari.

Avant de pouvoir dresser le couvert avec l'aide de Carole, elle eut encore à répondre aux bons vœux de son frère Armand et de sa femme Pauline qui avaient projeté de venir les visiter durant la soirée. Lorsque Laurette leur apprit que Gérard l'emmenait au théâtre National, ils durent changer leurs plans.

Quand Jean-Louis, Denise et Gilles rentrèrent du travail et s'attablèrent avec les autres membres de la famille pour souper, Richard quitta sa place un moment sur un signe de tête de son père. Il revint dans la cuisine, portant un magnifique gâteau au chocolat qu'il déposa cérémonieusement au centre de la table, sous les yeux éblouis de la nouvelle quadragénaire.

— Ben, voyons donc! protesta-t-elle, ravie. Vous avez fait ben trop de dépenses pour ma fête. Il est tellement beau que c'est presque un péché de le manger, ajouta-t-elle avec une lueur de gourmandise dans le regard.

— On va le manger pareil, lui annonça son mari, tout heureux des effets de sa surprise.

Denise se leva, le couteau à la main et commanda:

— On chante d'abord «Bonne fête, maman» avant que je coupe le gâteau.

— Attends, fit son père en tirant quatre petites bougies de couleur de la poche de poitrine de sa chemise. On va planter ça sur le gâteau et les allumer. Il faut d'abord que la fêtée souffle les chandelles avant de le couper.

Laurette, toute joyeuse, se leva pour souffler les bougies qui venaient d'être d'allumées. Son mari et ses enfants chantèrent ensuite. La mère de famille, les yeux humides, les écouta avec plaisir. Une fois l'air terminé, son aînée trancha de larges parts du gâteau d'anniversaire de sa mère et les servit.

— J'ai envoyé Richard acheter le gâteau à la pâtisserie après le dîner, expliqua Gérard. Je lui avais dit de le cacher dans sa chambre en attendant l'heure du dessert.

— T'es pas sérieux? demanda Laurette. C'était des plans pour qu'on le retrouve juste au printemps.

— Aïe, m'man! Exagérez pas. Notre chambre est pas si sale que ça, protesta Richard. S'il y a des affaires qui traînent, c'est à Gilles.

— J'aurais ben été capable de vous cuire un gâteau, m'man, expliqua Denise avant que la dispute ne prenne entre ses deux jeunes frères, mais je finissais trop tard de travailler.

— Tout est parfait, déclara Laurette en finissant de savourer sa part du gâteau.

Ses deux filles la chassèrent de la cuisine dès qu'elle eut fini de boire son thé.

— Vous avez congé de vaisselle, m'man. C'est votre fête. Allez vous préparer pour le théâtre.

Ce soir-là, la mère de famille profita pleinement de sa sortie. Les situations burlesques exploitées par la troupe du National la firent rire aux larmes. À son retour, un peu avant minuit, elle se glissa en silence dans sa chambre à coucher en compagnie de Gérard en prenant bien soin de ne pas réveiller les enfants qui dormaient déjà. Après avoir endossé sa robe de nuit, elle se pencha pour récupérer ses pantoufles sous le lit. À la vue du pèse-personne, elle n'éprouva aucun remords. Elle le repoussa d'un geste brusque plus loin sous le lit. Son choix était fait : le temps de la diète appartenait au passé.

Chapitre 7

Les premiers émois

Le soleil finit par disparaître presque complètement, ne laissant aux gens qu'une succession de jours gris de plus en plus froids. Les pluies fréquentes formèrent des mares boueuses dans la grande cour et entraînèrent dans les caniveaux de la rue Emmett les papiers gras et les mégots abandonnés par les passants. Les persiennes vert bouteille avaient cédé leur place aux doubles fenêtres. Avec le mois d'octobre, l'automne s'était bel et bien installé.

Il y avait maintenant si peu de vie extérieure qu'on aurait juré le quartier déserté. On voyait bien de temps à autre des gens marcher sur les trottoirs inégaux, mais ils semblaient plus pressés de se mettre à l'abri que de parler à leurs voisins. Même les jeunes enfants semblaient avoir fui cette température maussade parce que les mères préféraient les garder à l'intérieur.

Chez les Morin, il fallait désormais chauffer l'appartement durant toute la journée parce que les portes et les fenêtres, même soigneusement calfeutrées par Gérard avec de vieux chiffons découpés, n'empêchaient pas l'air froid de passer. On ne laissait plus s'éteindre le poêle et la fournaise qu'au moment de se mettre au lit, par souci d'économie. Se lever chaque matin impliquait un réel effort de volonté pour affronter la froide humidité qui régnait entre les murs de la vieille maison délabrée.

— Je suis rendue que j'ai hâte que la neige se mette à tomber, dit Laurette, bougonne, un lundi matin, en serrant contre elle les pans de sa vieille robe de chambre délavée.

— Pourquoi ? Tu trouves qu'on gèle pas assez déjà ? lui demanda Gérard en train d'allumer la fournaise installée dans le couloir.

— Non. Parce qu'à ce moment-là, on va au moins chauffer la fournaise toute la nuit. On sera pas gelés comme des cotons le matin en se levant.

— C'est ça, fit son mari sarcastique. Puis on va en arracher juste un peu plus pour payer tout le charbon que ça va prendre. On dirait que t'as oublié que toutes ces dépenses-là nous empêcheront pas de voir de la glace sur les plinthes le matin.

Laurette haussa les épaules et se mit à confectionner les sandwichs au *baloney* que son mari allait manger au dîner. Jean-Louis se joignit quelques minutes plus tard à ses parents pour déjeuner avec eux et, ce matin-là, il quitta la maison en même temps que son père. À sept heures, Laurette réveilla ses autres enfants et entreprit de tendre des cordes à travers le couloir et la cuisine pendant qu'ils avalaient rapidement leur déjeuner.

— Et que j'haïs ça des cordes à linge dans la maison, dit Denise en regardant sa mère attacher une corde, qui traversait en diagonale toute la cuisine, à un clou planté près de l'armoire.

— Si tu connais un autre moyen de faire sécher le linge quand il mouille dehors, répliqua sa mère avec mauvaise humeur, t'as juste à me le dire.

— J'en connais pas, m'man, reconnut franchement la jeune fille.

— Il y a au moins un avantage, poursuivit sa mère. Le linge sec sentira pas la Dominion Rubber ou la Dominion Oilcloth.

— Ouais, intervint Richard, mais on s'accroche la tête dans le linge, par exemple.

— T'as juste à te pencher, épais, lui conseilla Gilles.

— Épais toi-même, répliqua son jeune frère qui n'osa pas en dire plus parce qu'il avait la ferme intention de lui demander une cigarette en quittant la maison.

Peu après huit heures, Carole alla sonner chez son amie Mireille pendant que ses frères prenaient la direction de l'école Champlain. Une petite pluie froide les poussait à presser le pas. Coin Fullum, Richard s'arrêta toutefois et jeta un regard derrière lui pour s'assurer de n'être pas vu par l'une de ses sœurs.

— Passe-moi une cigarette, quémanda-t-il à Gilles en déposant son sac d'école à ses pieds.

— Non, refusa son frère sur un ton définitif. De toute façon, t'as pas le droit de fumer.

— Toi non plus, t'as pas la permission.

Les deux frères fumaient en cachette de leurs parents depuis maintenant plus d'un an avec un aplomb et un sans-gêne incroyables. Ils savaient fort bien que, s'ils se faisaient prendre, il allait leur en cuire. Leur mère les avertissait régulièrement qu'elle ne leur accorderait jamais la permission avant qu'ils atteignent seize ans et leur père partageait son point de vue.

— Je t'en ai donné deux hier, protesta Gilles. Là, il m'en reste juste une dans mon paquet.

— Aïe! Gilles Morin, prends-moi pas pour une valise, protesta son frère. Il t'en reste au moins une dizaine dans ton paquet. Je les ai comptées tout à l'heure dans la chambre.

— Parce qu'en plus, tu fouilles dans mes affaires!

— J'ai pas fouillé, le corrigea Richard. J'ai juste voulu être sûr que t'en avais assez pour m'en passer une.

— Moi, en tout cas, je suis écœuré de te fournir, rétorqua Gilles. Pourquoi tu continues pas à en piquer dans la boîte de cigarettes de m'man, comme tu faisais avant.

— Es-tu malade, toi? Je peux plus faire ça. À cette heure, elle cache sa boîte dans sa chambre. Me vois-tu aller fouiller là? La mère serait capable de m'assommer si elle me poignait à lui voler des cigarettes. Je peux juste lui en prendre une de temps en temps dans son paquet quand elle le laisse traîner. Mais ça arrive pas souvent. Envoye! Juste une.

Son frère extirpa à contrecœur une cigarette de son paquet de Player's et la lui tendit.

— Là, je veux plus que tu m'achales de la journée, OK? Fais comme moi, gagne-toi de l'argent si tu veux fumer.

— Ce sera pas long, promit Richard.

Sur ces mots, les deux frères se séparèrent.

Dans l'appartement, Laurette lava d'abord la vaisselle du déjeuner et remit de l'ordre dans sa chambre. Ensuite, elle tira la laveuse remplie de vêtements sales de la chambre des garçons dans la cuisine et entreprit de trier les vêtements souillés selon leur couleur. Quelques minutes auparavant, elle avait mis de l'eau à bouillir sur le poêle et déposé près du tordeur de la Beatty une cuvette qu'elle allait remplir d'eau tiède pour rincer le linge fraîchement lavé.

Elle alluma la radio installée sur une tablette près du réfrigérateur. La voix chaleureuse de Roger Baulu emplit la pièce et lui tint compagnie jusqu'à la fin de l'avant-midi. Estelle Caron et Gérard Paradis, des *Joyeux troubadours*, venaient à peine de finir un duo quand les enfants revinrent à la maison pour dîner. Tant bien que mal, ces derniers se frayèrent un chemin sous les vêtements suspendus aux cordes. La cuisine était si humide que les vitres des fenêtres étaient embuées.

— Je viens de finir le lavage, leur annonça leur mère en passant une main sur son front moite de sueur. Gilles, pousse la laveuse dans votre chambre. Toi, Richard, rapporte la cuvette et le *boiler* dans le hangar. Carole, mets la table pendant que j'essuie le plancher.

Quelques minutes plus tard, tous purent prendre place autour de la table pour manger un reste de spaghettis réchauffé. À la fin du repas, Richard fut le premier à se lever de table.

— Je vais arriver plus tard que d'habitude après l'école, annonça-t-il à sa mère.

— Je t'ai déjà dit que je veux pas te voir traîner dans la rue après l'école. Je veux que tu sois dans la maison à quatre heures et quart au plus tard, l'avertit sa mère.

— Là, je peux pas faire autrement, m'man, plaida son fils.

— Viens pas me dire que t'es encore en retenue, toi ? demanda Laurette, en élevant déjà la voix.

— Ben non, m'man. Je dis ça juste parce que je veux arrêter au presbytère en revenant de l'école. Il paraît qu'ils cherchent des servants de messe.

— Toi, tu veux devenir servant de messe ? demanda sa mère, ébahie.

— Ben oui. Je suis aussi capable qu'un autre de faire ça, vous saurez, s'insurgea l'adolescent en croyant que sa mère mettait ses capacités en doute.

— Je le sais, le rassura-t-elle, mais j'ai ben hâte de te voir avec une soutane et un surplis sur le dos, par exemple.

— Vous verrez ben, promit Richard en endossant son coupe-vent.

— En tout cas, sois ben poli en allant au presbytère.

Richard Morin avait un don certain pour s'attirer toutes sortes d'ennuis tant à l'école qu'à l'extérieur. Il avait un talent particulier pour se trouver toujours au mauvais endroit au mauvais moment. Évidemment, ses copains étaient tous des « queues de classe » et des « doubleurs » ainsi que sa mère les appelait avec mépris.

Après son retour remarqué à l'école Champlain au début de septembre, Louis Nantel, son professeur de sixième année, en avait fait sa tête de Turc préférée. Le gros enseignant l'avait à l'œil et ne laissait passer aucune occasion de le punir. Durant les premiers jours, l'adolescent s'était bercé de la douce illusion que l'instituteur se lasserait d'être toujours sur son dos et qu'il finirait même par l'expédier au fond de la classe avec les « sans génie » et les paresseux. Grave erreur. L'homme ne lui laissait aucun répit et l'obligeait à travailler. À la moindre distraction de sa part, la longue baguette dont il ne se séparait pratiquement jamais venait frapper son pupitre pour le rappeler à l'ordre.

— Le maudit catéchisme ! se plaignait souvent Richard à la maison. Est-ce qu'il y a quelque chose de plus plate que ça ?

— Fais attention à ce que tu vas dire, le reprenait sa mère sur un ton menaçant.

— Ben, m'man ! Pourquoi il faut apprendre tous ces numéros-là par cœur ? Il y en a presque mille. J'en ai dix à apprendre par cœur tous les soirs. Le lendemain matin, le bonhomme Nantel…

— Monsieur Nantel !

— Monsieur Nantel nous oblige à les réciter. S'il manque un mot dans la réponse ou si on la sait pas, on est obligés de copier le numéro dix fois. « Qu'est-ce que la transsubstantiation ? » avait-il lu dans son catéchisme. Voulez-vous ben me dire ce que ça mange en hiver, cette bibitte-là ? avait-il ajouté sur un ton dégoûté.

— Écoute à l'école, ils ont dû te l'expliquer, s'était contentée de répliquer sa mère. Bon. À cette heure, envoye qu'on en finisse! J'ai pas juste ça à faire, moi, te faire réciter tes leçons.

Au fond d'elle-même, Laurette n'était pas loin de partager l'opinion de son fils au sujet de la mémorisation des réponses du catéchisme. À l'époque où elle fréquentait l'école de la rue Sainte-Catherine, elle détestait le début de chaque matinée parce qu'il était consacré à la récitation des mêmes réponses du catéchisme, mémorisées tant bien que mal la veille. Les dames de la Congrégation Notre-Dame accordaient à cet exercice quotidien une importance nettement démesurée.

Bref, fait extraordinaire, après sept semaines d'école, Richard Morin n'avait eu à subir aucune autre sanction disciplinaire que la semaine de retenue imposée par Hervé Magnan lors de la rentrée, au début du mois de septembre. Cela ne signifiait surtout pas que l'adolescent était devenu subitement un ange ou qu'il avait pris goût à l'étude. Non. Il ne fallait y voir qu'une chance persistante. Il ne changeait pas. Avec une désinvolture qui n'appartenait qu'à lui, il continuait à marcher sur la ligne très mince séparant la rébellion de l'obéissance.

Lorsque la cloche annonça la fin des classes cet après-midi-là, Richard se leva immédiatement, prêt à bondir vers la porte du vestiaire dès le signal de Louis Nantel. Il était si impatient de partir qu'il ne s'aperçut pas qu'il venait de couper la parole à son instituteur en train d'expliquer au tableau une division particulièrement compliquée. Toutes les têtes se tournèrent d'un seul mouvement vers l'élève impoli, en attente de l'explosion de colère de l'enseignant. Le fils de Laurette se rendit immédiatement compte de sa bévue et se rassit vivement, les oreilles rouges de confusion. L'instituteur choisit alors de traiter l'infraction par le sarcasme.

— Je crois que MONSIEUR Morin a entendu la cloche, annonça-t-il aux élèves avec un sourire crispé en insistant lourdement sur le monsieur. Nous allons donc nous arrêter là pour aujourd'hui. Rangez vos affaires et allez vous habiller. Pendant ce temps-là, MONSIEUR le pressé va effacer les tableaux et les laver avant d'aller nettoyer les brosses. Première rangée, allez-y, commanda le gros homme lorsqu'il se rendit compte que plus aucun cahier ni manuel ne traînaient sur les pupitres.

Les élèves de la première rangée se levèrent avec un bel ensemble et se dirigèrent en silence vers la porte située au fond du local qui permettait d'accéder au vestiaire. Les écoliers des cinq autres rangées les imitèrent les uns après les autres.

— Commence le ménage, ordonna sèchement l'instituteur à Richard, demeuré assis à son pupitre. Organise-toi pour que ce soit bien propre quand je vais revenir.

Sur ces mots, Louis Nantel ouvrit la porte du local pour vérifier si ses élèves avaient bien formé deux rangs silencieux dans le couloir, à la sortie du vestiaire. À son signal, les trente écoliers se mirent en marche en direction de l'escalier où ils rejoignirent les élèves des autres classes de sixième année qui les avaient précédés. L'enseignant accompagna son groupe jusqu'à la sortie, au rez-de-chaussée, comme l'exigeaient les règlements de l'école, avant de remonter dans son local de classe.

Pendant ce temps, Richard bouillait de rage de s'être laissé prendre aussi bêtement. Ce retard bouleversait ses plans et risquait même de lui faire rater un rendez-vous important. La visite au presbytère n'était pas l'unique raison de son empressement à quitter l'école Champlain ce lundi après-midi-là. Il avait un rendez-vous important auquel il n'avait cessé de penser depuis le vendredi précédent. S'il n'était pas là au moment où elle arriverait coin Fullum et Sainte-Catherine, Monique ne l'attendrait pas, c'était certain. À cette seule pensée, le cœur lui faisait mal.

Pour cette raison, l'adolescent se précipita sur une brosse et se mit à effacer les deux tableaux couverts de chiffres avec des gestes rageurs avant de se dépêcher d'aller dans le couloir présenter les brosses couvertes de poussière de craie au tuyau de l'aspirateur central pour les nettoyer. Ensuite, il mouilla à la fontaine les deux vieux chiffons déposés en permanence au fond du placard, situé à l'avant du local. Il lava les tableaux, jeta dans la corbeille à papier les petits bouts de craie et en essuya les rebords. Quand Louis Nantel rentra dans sa classe quelques minutes à peine après avoir libéré ses élèves, il se trouva en présence d'un Richard Morin déjà vêtu de son coupe-vent bleu et prêt à partir.

— Eh bien ! On dirait que t'as travaillé vite, dit-il, un peu dépité que la sanction ait pris si peu de temps.

— Oui, monsieur.

— On peut savoir ce qui te presse tant que ça ?

— Je dois aller au presbytère pour apprendre à servir la messe, dit Richard, persuadé d'impressionner ainsi favorablement son instituteur.

— Si c'est comme ça, arrête de te traîner les pieds et vas-y, fit le gros homme en s'assoyant sur sa chaise, derrière son bureau.

Richard ne se fit pas répéter l'invitation.

— Bonsoir, monsieur, dit-il avant de refermer derrière lui la porte de la classe.

Il dégringola les marches de l'escalier intérieur qui conduisait à la porte de sortie et courut jusqu'au coin de la rue pour vérifier de loin si Monique était là. Il ne l'aperçut pas. Le cœur battant la chamade, il se mit rapidement en marche en demeurant sur le trottoir du côté ouest de la rue Fullum. Il n'y avait pratiquement plus d'élèves autour de l'école et la petite pluie qui tombait depuis le matin n'avait pas cessé.

Le vendredi précédent, à la fin des classes, il revenait de l'école, soulagé à la pensée d'être enfin arrivé au congé hebdomadaire. Il rentrait à la maison avec un unique devoir dont il se débarrasserait le soir même pour profiter pleinement de sa fin de semaine. Il venait à peine d'allumer la cigarette extorquée à un copain à l'heure de la récréation quand il avait vu, quelques dizaines de pieds devant lui, deux élèves de la sixième année B bousculer une fille d'une douzaine d'années. Ils lui avaient arraché son béret et s'amusaient à se le lancer. L'adolescente, au bord des larmes, les suppliait de le lui rendre. Richard, la cigarette au bec, n'avait pas hésité une seconde à intervenir. Il avait attrapé l'un des plaisantins par un bras et l'avait menacé de le frapper s'il ne rendait pas à la fille son béret. L'autre avait voulu s'en mêler, mais il avait changé d'idée devant l'air déterminé de l'adversaire qui semblait prêt à en venir aux coups.

— OK. Énerve-toi pas. C'était juste pour faire une farce, lui avait dit l'un des garçons en tendant sa coiffure à sa victime.

Cette dernière avait remis son béret sur sa tête. Elle avait un joli visage fin encadré de cheveux noirs et éclairé par des yeux brun foncé. Son manteau gris à demi déboutonné laissait voir l'uniforme porté par les élèves de l'école des dames de la Congrégation de la rue Sainte-Catherine.

Richard, fier d'être devenu un chevalier sans peur et sans reproche à aussi peu de frais, lui avait alors proposé de la raccompagner chez elle au cas où quelqu'un oserait s'en prendre encore à elle.

— Je suis presque rendue, lui avait-elle répondu. Je reste dans la dernière maison en pierre grise avec une tourelle, avant d'arriver à De Montigny.

— Ça fait rien, Ça me dérange pas pantoute d'aller jusque-là avec toi.

— Je sais pas si ma mère va être bien contente de me voir arriver avec un garçon, avait-elle ajouté. Elle me surveille souvent par la fenêtre quand je reviens de l'école. Je suis même sûre qu'elle me mettrait pensionnaire au couvent si elle me voyait avec un gars.

— T'auras juste à lui dire ce qui vient de t'arriver, avait plaidé Richard en prenant un air avantageux tout en écrasant son mégot de cigarette sur le trottoir.

— T'es pas sérieux. Des plans qu'elle se mette dans la tête de venir me chercher tous les jours à l'école.

— Si c'est comme ça, je vais marcher avec toi et je vais te lâcher juste un peu avant d'arriver chez vous pour que ta mère me voie pas, lui proposa l'adolescent avec aplomb. Je m'appelle Richard Morin, avait-il poursuivi en se mettant en marche à ses côtés.

— Moi, Monique Côté, s'était-elle présentée en lui offrant son plus beau sourire.

Les deux adolescents n'avaient parlé que quelques minutes, le temps que Richard fasse un bout de conduite à la jeune fille. Lorsqu'il l'avait laissée devant la maison voisine de la sienne pour ne pas être vu par la mère, il était déjà tombé amoureux de celle qu'il avait protégée. Il avait passé la fin de semaine à rêver à elle et il avait éprouvé beaucoup de difficulté de ne pas en souffler mot à son frère Gilles.

« Lui, c'est pas pareil avec sa Nicole Frappier, s'était-il dit en se rengorgeant. Il lui a jamais dit un mot. Il est trop gêné pour ça. Il va falloir que je lui explique comment faire avec les filles. Il a pas le tour pantoute. »

Bref, la fin de semaine avait été interminable aux yeux de l'adolescent qui n'avait pas cessé de chercher un moyen d'apercevoir l'objet de sa flamme durant les deux jours de congé. Samedi, son père l'avait occupé toute la journée et dimanche, il lui avait été impossible de l'apercevoir à la messe. Le lundi midi, à l'heure du dîner, il avait eu beau se précipiter sur la rue Fullum pour croiser sa Monique, il ne l'avait pas vue. Il avait même couru jusqu'à l'école des filles, coin Sainte-Catherine et Dufresne, au risque d'être vu par sa sœur Carole, mais il avait fait chou blanc. C'était pour cette raison qu'il tenait tant à quitter rapidement l'école Champlain cet après-midi-là. Il voulait la voir et lui parler avant d'aller au presbytère.

— Si le maudit gros Nantel me l'a fait manquer, il va me le payer! dit-il, rageur, en marchant en direction de la rue Sainte-Catherine.

Il parcourut la distance entre les rues Logan et De Montigny en courant. Pas de Monique Côté en vue. Il traversa la rue et se dépêcha de se rendre au coin de la rue Sainte-Catherine, bien décidé, s'il le fallait, à poursuivre jusqu'à la cour de l'école des filles. Ce ne fut pas nécessaire. Au moment où il s'arrêtait près de l'immeuble de l'Armée du Salut, il aperçut Monique en train de traverser, de l'autre côté de la rue. Tout heureux de constater qu'elle n'était accompagnée par aucune camarade, il alla à sa rencontre en lui adressant son sourire le plus charmeur. Lorsqu'elle l'aperçut, elle lui adressa un petit signe de reconnaissance qui bouleversa l'amoureux transi et lui fit rougir les oreilles.

À son grand étonnement et pour son plus grand plaisir, Monique sembla trouver tout à fait naturel qu'il propose de la raccompagner presque jusque chez elle.

— Comment ça se fait que je t'ai pas vue à midi? lui demanda-t-il, curieux.

— C'est parce que ma mère paye une demi-pension aux sœurs, répondit Monique. Je dîne avec les pensionnaires et, comme ça, j'ai pas à marcher jusqu'à chez nous.

— C'est de valeur, avoua Richard. Si t'allais dîner chez vous, on pourrait se voir le midi.

La jeune fille ne trouva rien à dire.

Ils ralentirent le pas malgré la petite bruine qui tombait. Même si le jeune couple n'avait qu'un court trajet à parcourir, Monique trouva le temps de lui parler de son institutrice et de certaines de ses copines de classe. Elle était enfant unique. Elle lui montra même la fenêtre de sa chambre qui s'ouvrait sur la rue Fullum. Elle sembla favorablement impressionnée quand il lui apprit qu'il s'en allait au presbytère pour apprendre à servir la messe.

Pour sa part, Richard ne l'écoutait que d'une oreille distraite. Il cherchait fébrilement un prétexte pour lui prendre la main, mais il n'en trouva aucun valable pour poser ce geste audacieux. Il se trouvait bête de marcher ainsi à ses côtés sans avoir le courage de la tenir par la main comme il voyait les plus grands le faire avec leur petite amie.

Quelques pas avant d'arriver à destination, il détourna les yeux un instant de sa compagne, juste à temps pour apercevoir Louis Nantel venant vers eux. L'instituteur se dirigeait d'un pas pressé vers la rue Sainte-Catherine, probablement dans l'intention de prendre un tramway pour rentrer chez lui. Il adressa au couple un regard inquisiteur en le croisant, mais ne dit rien.

— Sacrifice ! Pas lui ! murmura-t-il à Monique. C'est mon prof.

— On faisait rien de mal, se défendit la jeune fille.

— Je le sais, mais il me lâche pas à l'école, lui expliqua Richard. Bah ! au fond, ça fait rien, ajouta-t-il en reprenant son petit air bravache. Pendant que j'y pense, est-ce que je pourrais aller t'attendre à la porte de la cour de ton école, demain après-midi ?

— J'aimerais bien ça, admit Monique en rougissant un peu, mais si tu fais ça, les sœurs vont s'en apercevoir. Elles vont me punir et téléphoner à ma mère.

— Si je t'attendais devant l'église ? C'est juste assez loin pour qu'elles nous voient pas.

Monique sembla balancer un bref moment. Elle était tiraillée entre le désir de montrer à ses compagnes de classe qu'elle s'était fait un ami et la crainte de se faire prendre par une surveillante. Finalement, l'orgueil l'emporta sur la sagesse et elle accepta l'offre de son nouvel ami.

Sur ce, l'adolescente lui souhaita une bonne soirée et le quitta pour rentrer chez elle. Richard demeura devant la maison voisine jusqu'à ce qu'elle disparaisse en haut de l'escalier qui conduisait à l'appartement où elle vivait avec ses parents. Il ne se décida à faire demi-tour que lorsque la porte de palier se fut refermée sur celle qu'il attendrait sûrement le lendemain après-midi, près de son école. D'ici là, il trouverait bien une excuse pour lui prendre la main.

Chapitre 8

Une initiative

Quand l'abbé Laverdière pénétra dans le salon du presbytère, il y retrouva l'abbé Dufour. La pièce était sombre avec ses lourdes tentures en velours rouge vin et ses fauteuils recouverts d'un tissu de la même teinte. Le jeune vicaire de vingt-neuf ans était occupé à lire son bréviaire en attendant apparemment l'heure du souper. Au moment où l'aîné des vicaires de la paroisse allait s'asseoir dans l'un des fauteuils, il entendit des pas au-dessus de sa tête et s'arrêta.

— Ne me dis pas qu'il est déjà revenu? demanda-t-il à son jeune confrère en pointant un doigt vers le plafond.

— Il vient d'arriver, répondit succinctement Yvon Dufour, à voix basse, sans manifester grand enthousiasme.

— Lui as-tu parlé?

— Je l'ai salué. Mais tu le connais… C'est la même chose chaque fois qu'il revient de sa retraite annuelle. Il était de mauvaise humeur.

René Laverdière souleva les épaules de façon désinvolte et s'assit après avoir pris son bréviaire sur une petite table, au centre de la pièce.

Le curé Damien Perreault était un homme autoritaire d'un commerce habituellement assez désagréable. Cependant, à chacun de ses retours de sa retraite annuelle d'une durée d'une semaine, il affichait une mauvaise humeur encore plus pénible. Ses subordonnés anticipaient donc ces retours avec une certaine inquiétude.

— Gages-tu qu'il s'est encore fait taper sur les doigts à l'archevêché, murmura René Laverdière en réprimant difficilement un sourire espiègle.

— Voyons donc! protesta Yvon Dufour en levant le nez de son bréviaire. Pourquoi on lui aurait fait des reproches? Notre curé a pas bon caractère, c'est vrai, mais c'est pas un crime.

— On le sait pas, reprit son confrère en arborant un air finaud. On n'est pas au courant de toutes les plaintes adressées à l'archevêché. Je me suis laissé dire, ajouta-t-il en baissant encore un peu plus la voix, que l'archevêque profite souvent de la retraite des curés du diocèse pour parler entre quatre-z-yeux à ceux qui font pas son affaire. Il paraît que, dans ce temps-là, il y va pas avec le dos de la cuillère.

— En tout cas, s'il s'est passé quelque chose comme ça, on n'en saura rien. C'est pas notre bon curé qui va venir nous raconter ses problèmes, pas vrai? fit Yvon Dufour en affichant un air entendu.

— Ça dépend, répliqua René Laverdière en esquissant un petit sourire énigmatique.

En fait, les deux ecclésiastiques se doutaient bien que la principale raison de la mauvaise humeur de Damien Perreault provenait surtout de sa crainte – bien sûr, injustifiée – de retrouver sa paroisse bouleversée après son absence d'une semaine. S'il l'avait pu, il aurait téléphoné chaque jour au presbytère pour s'informer de ce qui s'était produit durant la journée à Saint-Vincent-de-Paul. Mais il n'avait pas le droit de communiquer avec l'extérieur durant la retraite. L'archevêque Paul-Émile Léger avait été très clair là-dessus. Il exigeait de ses prêtres que leur retraite annuelle soit une coupure franche et nette avec le monde extérieur.

De fait, lorsqu'il avait stationné son imposante Buick noire sous le presbytère quelques minutes plus tôt, le pasteur de la paroisse Saint-Vincent-de-Paul avait presque été étonné de retrouver l'édifice encore debout. L'imposant quinquagénaire était intimement persuadé que sa paroisse ne fonctionnait que grâce à son talent d'administrateur et à son sens de l'ordre. Avant son départ, ses subordonnés étaient toujours clairement prévenus de ne prendre aucune décision importante durant son absence.

Quelqu'un sonna à la porte et les deux prêtres entendirent les pas précipités de la servante allant ouvrir.

— C'est toi qui fais le bureau cette semaine, rappela l'abbé Dufour à son confrère en lui indiquant vaguement le couloir.

— Je le sais. Ça peut attendre deux minutes. Personne va en mourir.

Au moment où il allait se lever, il y eut soudain des pas lourds dans l'escalier.

— Le voilà, annonça René Laverdière à voix basse à son jeune confrère.

Au même moment, Damien Perreault apparut dans l'embrasure de la porte du salon. Il était encore trop tôt pour passer à table et il avait probablement l'intention d'aller dépouiller son courrier dans son bureau situé à l'avant du presbytère.

— Bonjour, messieurs, salua-t-il froidement ses deux vicaires.

— Bonjour, monsieur le curé, répondirent les deux prêtres en se levant.

— Restez assis. Rien de nouveau ?

— Non, monsieur le curé, fit Yvon Dufour. Rien de spécial.

Damien Perreault plissa soudainement les yeux et fit un pas dans le salon en direction du plus âgé de ses vicaires, comme pour mieux voir ce qu'il venait d'apercevoir. Il repoussa même sur son nez ses lunettes à monture de corne pour s'assurer que ses yeux ne le trompaient pas.

— Pour l'amour du Saint-Ciel, voulez-vous bien me dire, l'abbé, ce qu'il y a en dessous de votre nez ?

René Laverdière se passa lentement la main sur la bouche avant de répondre :

— Mais, c'est ma bouche, monsieur le curé, répondit-il avec un petit air impertinent qui fit immédiatement rougir de colère son supérieur.

— C'est pas de ça que je parle. Un peu plus haut, monsieur !

Yvon Dufour, mal à l'aise, voulut s'esquiver en douceur.

— Vous, ne bougez pas, lui intima Damien Perreault. Alors, monsieur Laverdière, est-ce que je vais finir par savoir ce que c'est ?

— Est-ce que vous voulez parler de ma moustache ? demanda le vicaire en adoptant un air innocent.

— Ah ! Vous appelez ça une moustache ! Ça a l'air de n'importe quoi, sauf d'une moustache. Eh bien, monsieur, vous voudrez bien me faire disparaître cette affaire-là de votre figure avant demain matin. Dans mon presbytère, les vicaires ne jouent pas à ressembler à des acteurs de cinéma et ne cherchent pas à se cacher le visage derrière des poils.

— Très bien, monsieur le curé, fit René Laverdière en poussant un léger soupir d'exaspération.

— Et cette fois-ci, inutile de vous plaindre à l'archevêché. On va vous répondre que votre curé a le pouvoir de vous ordonner ça. En attendant, l'abbé, ajouta-t-il d'une voix cassante, comme vous vous occupez du bureau cette semaine, il serait peut-être temps que vous vous décidiez à aller voir ce que veut le paroissien qui attend depuis un bon bout de temps dans la salle d'attente.

Sur ces mots, Damien Perreault, furieux, tourna les talons et sortit de la pièce. Un instant plus tard, les deux abbés entendirent la porte de son bureau se fermer à la volée.

— T'as vraiment le don de le faire sortir de ses gonds, le gronda amicalement Yvon Dufour en dissimulant difficilement un sourire.

— Qu'est-ce que tu veux? Il m'inspire. Il me rappelle tellement mon vieux père que je peux pas résister au plaisir de l'asticoter chaque fois que je le vois.

— Il doit s'en rendre compte. Il y a des fois où je me demande pourquoi il demande pas ton changement de paroisse.

— C'est pourtant clair. Je l'aide à gagner son ciel et, surtout, il a peur de tomber sur un vicaire encore pire que moi.

— Est-ce que ça existe cette sorte de vicaire-là? plaisanta le jeune abbé.

— Gages-tu? demanda son confrère en riant doucement. En tout cas, je vais tirer sur la corde un peu plus. Il va m'endurer avec ma moustache jusqu'à demain matin.

Derrière son air satisfait, l'abbé Laverdière dissimulait tout de même une légère inquiétude. Il avait retenu de sa passe d'armes avec son curé la phrase: «Cette fois-ci, inutile de vous plaindre à l'archevêché.» Cela ne pouvait avoir qu'une signification: Damien Perreault avait appris qu'il s'était plaint à l'archevêché du comportement tyrannique de son curé. Si c'était le cas, il n'avait pas fini de payer le prix de ce que son supérieur considérait sûrement comme une basse trahison.

Il sortit du salon et se dirigea vers la salle d'attente.

Quand Richard était arrivé au coin de la rue Fullum, il avait eu la tentation de ne pas s'arrêter au presbytère, comme il l'avait projeté. Mais il avait pensé qu'il venait d'en parler à Monique et ne voulait pas lui avoir menti. Il avait donc poussé le portillon de la petite clôture en fer forgé, monté la dizaine de marches conduisant à la porte d'entrée et sonné. Un zonzonnement lui avait appris que l'ouverture électrique de la porte avait été déclenchée. Il l'avait poussée pour se retrouver, trois pas plus loin, devant une sorte de guichet à la vitre givrée qui s'était ouvert sur la figure sévère d'une vieille dame.

— Oui ? avait-elle demandé sans aménité.

— C'est pour les servants de messe, avait répondu Richard, pas trop à l'aise.

— Qu'est-ce qu'ils ont, les servants de messe ? avait fait la dame au strict chignon en le fixant.

— Ben. Je voudrais devenir servant de messe, avait dit l'adolescent en déglutissant péniblement.

— Attends dans la salle à côté, lui avait-elle ordonné sans sourire. Je vais voir si quelqu'un peut te recevoir.

Là-dessus, la porte du guichet s'était refermée avec un bruit sec et la servante avait déclenché l'ouverture automatique de la porte de la petite salle d'attente située à sa droite. Richard était entré et demeura debout, même si une dizaine de chaises était à la disposition des visiteurs.

Prés de dix minutes plus tard, la porte s'ouvrit enfin sur l'abbé René Laverdière. L'aîné des deux vicaires de la paroisse Saint-Vincent-de-Paul avait près de quarante ans. Un nez un peu long supportait des lunettes à monture de fer. Uniquement à sa façon de coiffer vers l'avant ses rares cheveux bruns, il était visible que sa calvitie précoce le préoccupait. La présence d'une petite moustache rectiligne à la Clark Gable conférait à la figure de l'ecclésiastique un air des plus étranges. Lorsque le prêtre aperçut l'adolescent, il fronça les sourcils.

— Qu'est-ce que je peux faire pour toi? lui demanda-t-il sans l'inviter à passer dans le petit bureau voisin.

— J'ai entendu dire que vous aviez besoin de servants de messe, expliqua Richard d'une voix mal assurée. Je me suis dit que je pourrais peut-être apprendre à servir la messe.

— T'as jamais été enfant de chœur?

— Non, monsieur l'abbé.

— C'est drôle, d'habitude, ce sont des enfants de chœur qui veulent devenir servants de messe. Pourquoi veux-tu servir la messe?

Durant un bref moment, l'adolescent demeura interdit, ne sachant pas trop quoi répondre à cette question inattendue.

— Pourquoi? répéta le prêtre en le fixant d'un regard scrutateur.

— Ben. Ça me tente, mentit Richard.

— Et si monsieur le curé te payait pas pour servir la messe, est-ce que ça te tenterait encore? demanda le vicaire pour s'amuser un peu aux dépens du postulant.

— Ben là, je sais pas…

— Au moins, t'es franc, fit René Laverdière en retenant avec peine un petit rire. Tu connais les tarifs?

— Non, monsieur l'abbé.

— On va te donner vingt cents pour servir la messe de sept heures, quinze cents pour celle de sept heures et demie et dix cents pour celle de huit heures. T'auras vingt-cinq cents pour servir un mariage ou un service. Si t'apprends comme il faut, tu pourras servir la messe une semaine sur deux ou sur trois. Mais oublie pas. Nous sommes très sévères sur la ponctualité. Si t'arrives une seule fois en retard, nous allons donner ta place à un autre. T'as compris?

— Oui, monsieur l'abbé.

— Bon, en tout cas, t'es bien tombé. C'est moi qui m'occupe des servants de messe.

Richard mit quelques secondes à revenir de sa surprise tant il avait été certain que c'était l'abbé Dufour qui était chargé de la formation des servants de messe. La semaine précédente, le jeune prêtre était venu dans sa classe pour vérifier leur apprentissage du catéchisme. Il lui avait semblé gentil et pas du tout sévère comme le vicaire qu'il avait devant lui. Il avait cru, à tort, qu'il allait lui enseigner comment servir la messe. Mais il était trop tard pour reculer.

— Viens, lui ordonna l'abbé Laverdière en ouvrant la porte du petit bureau adjacent. Je vais te donner les feuilles des réponses que tu devras apprendre par cœur pour la semaine prochaine. Retiens bien les gestes que tu vas avoir à faire durant la messe. Tout est expliqué sur les feuilles. Quand tu sauras servir parfaitement la messe, je te montrerai peut-être à être cérémoniaire puis thuriféraire durant les cérémonies.

Le prêtre ouvrit le premier tiroir du bureau et en tira une liasse de feuilles qu'il lui tendit.

— Lis bien tout ce qui est écrit, insista-t-il et apprends tout par cœur. Fais aussi attention aux feuilles, je fais juste te les prêter. Je te donne une semaine pour tout apprendre. Je t'attends lundi prochain à l'église, à quatre heures et demie, pour ta première pratique. Sois surtout pas en retard, ajouta-t-il, l'air sévère. Si t'es en retard, tu seras pas servant de messe, c'est moi qui te le garantis.

Richard quitta le presbytère après avoir remercié le vicaire du bout des lèvres. À l'extérieur, l'obscurité descendait déjà. Il pressa le pas pour rentrer chez lui en se demandant s'il avait eu raison de s'arrêter au presbytère. Pendant un bref moment, il jongla même avec l'idée de ne pas apprendre à servir la messe. Mais à la seule pensée de devoir rapporter à l'abbé Laverdière les feuilles que celui-ci venait de lui prêter et d'avoir à lui expliquer pourquoi il avait changé d'avis, il renonça.

Le dimanche soir suivant, chez les Morin, Denise apprit à sa mère qu'elle avait décidé d'épargner à compter de la semaine suivante pour pouvoir s'offrir un tourne-disques. Si elle n'arrivait pas à avoir assez d'argent dans le temps des fêtes, elle l'aurait sûrement avant la fin du mois de janvier.

— Pourquoi tu veux dépenser ton argent pour une bébelle comme ça ? lui demanda Laurette en train de ranger les assiettes qui venaient d'être essuyées.

— Ben. Pour écouter de la musique, le soir, cette affaire ! répondit la jeune fille.

— Si tu veux entendre de la musique, t'as juste à allumer le radio, fit sa mère.

— La plupart du temps, vous écoutez vos programmes le soir. Je peux pas m'en servir.

— Pourquoi t'achètes pas un radio que t'installerais dans ta chambre ?

— J'aime mieux avoir un *pick-up*, fit Denise sur un ton décidé. Avec ça, je serai pas obligée d'écouter les programmes plates et les annonces que je veux pas entendre.

— C'est vrai ce que tu dis là, intervint Jean-Louis en train de feuilleter le journal de la veille, assis à la table de cuisine, mais oublie pas que tu vas être obligée d'acheter des *records*… et ils sont pas donnés.

— J'en achèterai pas des tas, expliqua la jeune fille. Peut-être un ou deux de Connie Francis et de Perry Como quand j'aurai de l'argent.

— Quelle sorte de *pick-up* tu veux acheter ? lui demanda son frère.

— Un petit portatif. J'en ai vu un nouveau annoncé. C'est un RCA Victor beige et brun. Il est pas mal beau et, en plus, il paraît que le son est pas pire.

— Celui à trente piastres ?

— Oui. Tu l'as vu, toi aussi ?

— On en vend chez Dupuis, lui annonça son frère, aussi fier que s'il était l'un des actionnaires du grand magasin. Quand t'auras ton argent, je pourrai te l'acheter si tu veux.

Leur père, assis à l'autre extrémité de la pièce, ne disait pas un mot et se contentait de les écouter en jetant un coup d'œil distrait à *La Patrie* qu'il avait pratiquement lue au complet durant la journée.

— T'es ben fin. Combien il va me coûter ?

— Ben. Tu viens de le dire : trente piastres, répondit Jean-Louis, apparemment surpris par la question de sa sœur aînée.

— T'as pas droit à une réduction parce que tu travailles là ? lui demanda Denise, surprise.

— Oui. Dix pour cent, reconnut son frère, un peu malgré lui.

— Comme ça, il me coûtera pas trente piastres.

— Aïe ! protesta Jean-Louis. Oublie pas qu'il faut que je l'achète et que je le traîne dans les p'tits chars jusqu'ici dedans. Trois piastres pour faire tout ça, c'est pas cher. De toute façon, partout ailleurs, tu vas payer trente piastres, peut-être même plus cher.

Gérard Morin leva la tête de son journal et il allait dire quelque chose quand la voix de Richard se fit entendre.

— Mais t'es ben cochon, Jean-Louis Morin ! s'exclama-t-il. Tu lui prendrais trois piastres juste pour apporter son nouveau *pick-up* dans la maison ?

— Toi, morveux, mêle-toi pas de ça, lui ordonna sa mère, toujours prête à venir au secours de son préféré. Occupe-toi de finir ton devoir.

— Mais m'man, il est écœurant! s'entêta Richard en jetant un regard dégoûté à son frère aîné.

— C'est vrai, surenchérit Gilles qui n'avait encore rien dit, concentré qu'il était sur un problème de mathématiques.

— Tes frères ont raison, trancha le père de famille. Quand Denise aura l'argent pour son *pick-up*, tu l'achèteras sans rien lui charger. Elle, quand elle t'achète ton Old Spice, elle te demande rien.

Laurette jeta un regard de reproche à sa fille avant de s'allumer une cigarette. Il était évident qu'elle la tenait pour responsable de cette scène désagréable. Denise ne dit rien et alla se réfugier dans sa chambre avec l'un de ses romans d'amour habituels, le plus souvent prêtés par sa camarade de travail.

Dans la cuisine, le silence revint. Pendant que Laurette reprisait des chaussettes, assise près du poêle à huile, Gilles, Richard et Carole finissaient leurs devoirs et leurs leçons. Jean-Louis, toujours assis à un bout de la table, continuait à lire son journal. Le père de famille se leva et alla chercher sa boîte de tabac Player's dans l'armoire. Il s'installa au bout inoccupé de la table de cuisine pour fabriquer sa provision de cigarettes de la semaine.

— En tout cas, vous autres, c'est la dernière fois que vous allez attendre le dimanche soir pour faire vos devoirs. Vous m'entendez? dit la mère de famille d'assez mauvaise humeur en s'adressant à ses trois plus jeunes. Si ça a de l'allure d'attendre comme ça à la dernière minute! La semaine prochaine, vous allez vous débarrasser de vos devoirs le vendredi, en revenant de l'école, comme d'habitude.

— Moi, je peux pas à cause de Tougas, m'man, expliqua Gilles.

— Dans ce cas-là, tu les feras le samedi soir, rétorqua sa mère. T'attendras pas le dimanche non plus.

Soudain, Richard tira de son cartable quelques feuilles brochées ensemble.

— Est-ce qu'il y a quelqu'un qui va me faire pratiquer mes réponses de servant de messe? demanda-t-il à la cantonade.

— Est-ce que c'est en latin, cette affaire-là? lui demanda sa mère.

— Ben oui, m'man.

— Moi, je suis pas capable, déclara-t-elle tout net.

— Arrive, lui dit son père après avoir poussé un soupir d'exaspération. Ça va me rappeler le temps où je servais la messe à Saint-Hyacinthe. Fais ça vite. J'ai mes cigarettes à faire et j'ai pas l'intention de manquer le commencement de la partie de hockey.

Richard s'empressa de tendre ses feuilles un peu froissées à son père qui, après une rapide consultation, se mit à lire en latin d'une voix mal assurée la première réplique du prêtre.

— *Et introibo ad altare Dei…*

— *Ad Deum qui laetificat juventutem meam,* répondit Richard sans hésiter.

Durant quelques minutes, le fils répondit aux phrases latines ânonnées par son père, mais d'une voix de moins en moins assurée.

— Si tu connais pas plus tes réponses que ça, intervint sa mère au moment où son père lui remettait ses feuilles, je te garantis que c'est pas demain la veille qu'on va te voir servir la messe.

— Il me reste encore la journée de demain pour les apprendre avant d'aller à la pratique, dit Richard.

En tout cas, je sais tout ce que j'ai à faire pendant la messe.

— Tant mieux pour toi, laissa tomber Laurette. Mais arrange-toi pas pour faire rire de toi. En attendant, enlève-moi ton sac d'école dans les jambes et va le porter dans ta chambre. Je vous l'ai dit mille fois depuis que l'école a commencé que je voulais pas voir traîner votre sac dans la cuisine quand vos devoirs étaient finis.

L'adolescent prit son sac et alla rejoindre son frère Gilles dans leur chambre.

— Viens-tu écouter la première période de hockey? demanda-t-il à son frère, étendu sur le lit, en train de lire un livre.

— Ouais. Est-ce que c'est commencé?

— Non. P'pa vient d'allumer le radio.

À l'instant, les deux jeunes entendirent la voix enthousiaste de Michel Normandin parlant du début de saison extraordinaire que connaissait Maurice Richard, la grande étoile du Canadien de Montréal. Si on se fiait aux cris des milliers de spectateurs rassemblés ce soir-là au Forum, le match opposant les Red Wings de Detroit au Canadien de Montréal promettait d'être enlevant. Il allait permettre à Gordie Howe et à Maurice Richard, les deux grandes vedettes de l'heure, de s'affronter devant une foule partisane.

Gilles et Richard s'empressèrent de retourner dans la cuisine que Jean-Louis et Carole venaient de déserter, peu intéressés à écouter une partie de hockey. La mère de famille demeura stoïque dans sa chaise berçante, occupant ses doigts à repriser tant bien que mal les vêtements des siens. L'hymne national emplit alors la pièce.

— Maudit que c'est plate, cette affaire-là, dit Laurette en parlant du hockey. Une chance qu'il y en a juste deux fois par semaine.

— Comme tu dis, fit sèchement son mari. Il y en a juste les samedis et dimanches soir. À cette heure, laisse-nous écouter tranquilles la partie.

Ses fils rapprochèrent leur chaise de la radio, comme si le fait d'être plus près de l'appareil leur permettait de mieux imaginer ce qui se déroulait sur la glace du populaire aréna de la rue Sainte-Catherine.

⁓

Le lendemain après-midi, Richard s'empressa d'aller à la rencontre de Monique Côté, laissant ses copains un peu moqueurs derrière lui. Il avait fait des confidences à quelques-uns d'entre eux pour expliquer ce qui l'empê-chait de revenir à la maison en leur compagnie après les heures de classe. Ces derniers, dissimulant mal leur envie, lui avaient demandé pourquoi il s'encombrait d'une fille.

— C'est pas de vos affaires, avait tranché l'adolescent, débordant de vanité. Vous êtes encore trop jeunes pour comprendre, avait-il ajouté pour plaisanter.

Et tout avait été dit. Les jours suivants, s'il marchait toujours avec les deux ou trois mêmes camarades le matin et le midi durant leurs déplacements entre la maison et l'école, il était dorénavant entendu que l'après-midi, à la fin des classes, il se précipitait en courant vers la rue Sainte-Catherine où il rejoignait sa petite amie.

Cinq jours après leur première rencontre, le fils de Laurette Morin avait trouvé l'excuse idéale pour prendre la main de la belle Monique. Le plus naturellement du monde, il s'était emparé de son sac d'école et avait accaparé la main ainsi libérée. Maintenant, l'adolescent ne rêvait plus que du moment où elle lui permettrait de l'embrasser.

Le lundi suivant, Richard revint rapidement au presbytère après avoir raccompagné la jeune fille jusqu'à la maison voisine de chez elle. La servante, l'air toujours aussi revêche, le fit entrer dans la salle d'attente où il retrouva deux adolescents qu'il connaissait de vue sans toutefois pouvoir les nommer. L'abbé Laverdière arriva un moment plus tard. Sans se donner la peine de les présenter les uns aux autres, le vicaire entraîna les trois futurs servants de messe au pas de charge vers l'église voisine et les conduisit dans la sacristie. Une fois dans les lieux, il leur expliqua succinctement comment ils devaient aider le célébrant à revêtir ses habits sacerdotaux.

Richard était intimidé. Pour lui, il s'agissait d'une première visite à cet endroit où tout sentait l'encens. Pendant que l'abbé Laverdière expliquait les gestes à poser, il découvrit une petite pile de bandes dessinées déposées sur une table placée près de quelques chaises. L'abbé suivit son regard.

— Ces livres-là sont pour les servants de messe qui arrivent de bonne heure. Après avoir mis leur soutane et leur surplis, ils s'assoient là et peuvent lire en attendant que le prêtre arrive. Il y a aussi là-dedans la vie de Dom Bosco et de Maria Goretti.

Ensuite, le prêtre invita les trois jeunes à le suivre dans le chœur où il leur fit répéter leurs réponses et poser les gestes qu'ils auraient à faire durant la célébration de la messe. Il leur montra aussi comment transporter le gros livre des Évangiles en ne le déplaçant pas du lutrin en bois sur lequel il reposait. Le servant de messe devait le déplacer de droite à gauche après la lecture de l'épître, après avoir exécuté une génuflexion au bas des marches conduisant à l'autel. Il expliqua aussi de quelle façon présenter les burettes durant l'offertoire. Enfin, il leur enseigna comment tenir la patène pendant la distribution de la sainte communion.

Si Richard n'était pas le meilleur des trois candidats durant cette répétition, il ne fut pas non plus le pire.

Le vicaire leur annonça finalement qu'après un dernier exercice le vendredi suivant, il les croyait prêts à remplir correctement leur rôle.

Richard eut finalement la chance de servir sa première messe la deuxième semaine de novembre. Par une étrange coïncidence, c'était le jour même du vingtième anniversaire de mariage de ses parents.

Chapitre 9

L'anniversaire de mariage

Ce matin-là, Gérard Morin fut le premier debout, quelques instants avant que son réveil ne sonne. Il sortit de la chambre à coucher sur le bout des pieds et se rendit dans la cuisine avant d'allumer une lumière. Même si la vieille fournaise du couloir alimentée au charbon était restée allumée une bonne partie de la nuit, la maison était glaciale. Bientôt, il n'aurait plus le choix : il allait devoir faire en sorte de se lever une ou deux fois durant la nuit pour l'approvisionner en combustible. Il ne serait plus question qu'elle s'éteigne.

Avant d'aller s'isoler dans les toilettes pour se raser, il alluma le poêle à huile de la cuisine et mit sur le feu une bouilloire remplie d'eau. En attendant son eau chaude, il releva les toiles qui obstruaient l'unique fenêtre de la cuisine ainsi que la vitre de la porte.

L'homme demeura un long moment debout devant la fenêtre, surpris, comme chaque année, par la première neige de la saison. Le jour n'était pas encore levé. Il faisait noir à l'extérieur, mais la lumière en provenance de la cuisine lui permit de voir que le balcon et la cour étaient recouverts de quelques pouces de neige. Sans faire de bruit, il se dirigea vers la porte avant de l'appartement et écarta un peu le rideau masquant la fenêtre. Tout était blanc. Le taxi de Gravel stationné devant la porte aussi bien que les trottoirs et la rue. Toute cette neige le fit frissonner et il alla se planter devant le poêle, prêt à saisir la bouilloire dès son premier jet de vapeur.

Quelques instants plus tard, il s'enferma dans les toilettes pour se raser et se laver. Le bruit de la porte qui se refermait réveilla Laurette. Elle se souleva sur un coude pour jeter un coup d'œil au réveil. Plus de six heures. Elle se leva, endossa sa robe de chambre, chaussa ses vieilles pantoufles informes et se rendit à son tour dans la cuisine en traînant les pieds. Son premier mouvement fut de soulever le rond du poêle pour vérifier si le brûleur n'était pas éteint tant la pièce lui parut froide. Ensuite, elle s'activa à dresser le couvert et tira du réfrigérateur les sandwichs préparés la veille pour le dîner de son mari. Enfin, elle prépara le café et alluma sa première cigarette de la journée en attendant que Gérard sorte des toilettes.

À ce moment-là, elle jeta un coup d'œil distrait à l'extérieur et constata avec un léger sursaut qu'il avait neigé durant la nuit.

— Pas déjà! s'exclama-t-elle à mi-voix. Maudit pays de misère!

Elle regarda alors distraitement le grand calendrier distribué par la laiterie Saint-Alexandre fixé au mur, près du réfrigérateur, comme pour s'assurer qu'on était bien au mois de novembre et que la neige avait le droit de tomber. 12 novembre!

— C'est pourtant vrai, on est déjà le 12, se dit-elle, émue. Ça fait vingt ans aujourd'hui.

Elle se rappela soudain qu'elle avait connu exactement le même temps, vingt ans auparavant, le jour de ses noces. Toujours debout devant la fenêtre, Laurette continua à fixer la neige qui couvrait le toit du hangar et les marches de l'escalier qui menait chez les Gravel. Elle ne put faire autrement que se remémorer ce matin du 12 novembre 1932. Il avait neigé une bonne partie de la nuit précédente.

Ce matin-là, malgré le froid, elle avait quitté à pied l'appartement de la rue Champagne au bras de son père, suivie par sa mère, ses frères et quelques parents. En cette période de crise économique, personne n'avait trouvé à redire au fait que l'on marche jusqu'à l'église pour célébrer le mariage qui allait unir Gérard Morin à Laurette Brûlé. Après s'être débarrassée de son lourd manteau de drap à son arrivée, la future épouse avait parcouru l'allée principale, toujours au bras de son père. Parvenue près de la sainte table, elle s'était assise aux côtés de son fiancé déjà arrivé.

Une vingtaine d'invités s'étaient entassés dans les bancs et le vieux curé Parenteau les avait mariés. Après la cérémonie, il n'y avait pas eu de grande réception. Un photographe de Photo-Modèle de la rue Sainte-Catherine avait pris quelques clichés de la famille rassemblée sur les marches enneigées de l'église de la paroisse Saint-Vincent-de-Paul et tous les invités s'étaient rendus à l'appartement de la rue Champagne où la mère de la mariée avait fait des prodiges pour préparer un beau repas de noces. Il y avait eu de la musique et de la danse dans le salon débarrassé de ses quelques meubles et on s'était bien amusé jusqu'à la fin de l'après-midi. Quand le soir était tombé, Gérard et Laurette, un peu intimidés, avaient remercié tout le monde avant de quitter la maison à pied pour aller s'installer dans l'appartement qu'ils occupaient encore, vingt ans plus tard, au 2318, rue Emmett.

Émue plus qu'elle n'aurait voulu l'être, Laurette songea à cette promenade au bras de son nouveau mari, sous la première neige de l'hiver 1932. Gérard n'avait obtenu que trois jours de congé de la Dominion Rubber pour l'occasion. Évidemment, à cette époque où l'argent était si rare, il n'avait pas été question de voyage de noces. Les nouveaux mariés étaient entrés chez eux au moment où l'obscurité tombait. Quel beau souvenir que cette première soirée passée en tête à tête, sans la surveillance de ses parents…

Gérard sortit des toilettes à ce moment-là. Il était déjà rasé et coiffé. Il se dirigea vers sa chambre à coucher pour finir de s'habiller. Quand il revint dans la cuisine, Jean-Louis et Richard entraient dans la pièce. Richard alla jusqu'à la fenêtre pour regarder dehors.

— Aïe! vous avez vu? demanda-t-il à la ronde. Il a neigé pendant la nuit.

— Ben oui, fit sa mère sans aucun enthousiasme en déposant une pinte de lait sur la table. Tu sais ce que ça veut dire? Tu vas aller mettre tes combinaisons. On est en hiver.

— Ah non, m'man! protesta l'adolescent. On gèle pas encore assez pour se mettre ça sur le dos.

— Tu fais ce que je te dis, répliqua Laurette sur un ton qui n'acceptait pas la contestation.

— Maudit que j'haïs mettre ça. Ça nous pique tout le temps et on passe notre temps à perdre les boutons de la dompeuse en arrière. En plus, on est tout poigné là-dedans.

— Tu seras pas si poigné que ça. J'ai mis dans ton tiroir les combinaisons que Gilles mettait l'hiver passé.

— En plus, j'ai ses vieilles combinaisons. C'est le *fun*, ajouta Richard sur un ton sarcastique.

— Elle sont encore bonnes et elles lui font plus. On n'est pas encore assez riches pour jeter du linge qui peut servir, Richard Morin.

— Et lui, je suppose qu'il va avoir des combinaisons neuves?

— Pantoute. Il va avoir les anciennes combinaisons de Jean-Louis. Puis arrête de discuter pour rien. J'haïs ça le matin! Va les mettre tout de suite pendant que je finis de mettre la table.

L'adolescent sortit de la cuisine en rechignant au moment où son père s'attablait. Quelques instants plus tard, il revint dans la pièce en tirant sur le haut de son sous-vêtement comme si le tissu le démangeait.

— J'aimerais ben connaître le nom du tata qui a inventé ça, dit-il en s'assoyant à table.

— Arrête de grimacer et de te plaindre pour rien, l'avertit sa mère. Je te garantis que tu vas les avoir sur le dos jusqu'au mois d'avril au moins et…

— Sais-tu où sont passées mes bottes? l'interrompit son mari.

— Dans une boîte, dans la cave, répondit Laurette en déposant le pot de beurre d'arachide au milieu de la table.

— On va être chanceux si les rats les ont pas à moitié mangées, fit remarquer Jean-Louis, occupé à se verser une tasse de café. C'est vrai qu'avec les bas de Richard qui traînent en haut de l'escalier, ça a dû les tenir pas mal éloignés.

— Maudit grand niaiseux! fit son frère en lui adressant une grimace.

— Pourquoi t'es debout aussi de bonne heure, toi? lui demanda son père, agacé d'avoir à le supporter aussi tôt le matin.

— Ben, p'pa, vous avez oublié que c'est à matin que je commence à servir la messe.

— À quelle heure?

— La messe de huit heures.

— Tu vas arriver en retard à l'école avec cette affaire-là, lui fit remarquer son père.

— Juste un peu, p'pa, se défendit Richard. Mais l'abbé Laverdière va me donner un billet d'excuse. Le principal dit rien quand on est en retard pour avoir servi la messe.

— Je vais aller te voir servir ta première messe, lui annonça sa mère. Aujourd'hui, c'est une journée spéciale, ajouta-t-elle, espérant ainsi faire penser à son mari à leur anniversaire de mariage qu'ils se devaient de célébrer.

Il n'y eut aucune réaction chez Gérard qui retira du grille-pain les deux tranches de pain pour les faire rôtir de l'autre côté.

— Après le déjeuner, t'iras chercher cette boîte-là, ordonna-t-il à Richard. Pendant ce temps-là, j'irai dans le hangar remplir la cruche d'huile pour le poêle. Après, tu monteras une chaudière de charbon pour la fournaise. Si on veut que le poêle et la fournaise chauffent, il va falloir reprendre l'habitude de voir à ce qu'il y en ait tout le temps dans la maison, ajouta-t-il.

— Laisse faire pour l'huile, intervint Laurette. Gilles s'en occupera avant de partir pour l'école. Il en reste au moins pour deux heures dans la cruche.

Elle faisait allusion à une cruche de vitre transparente d'une contenance de trois gallons installée sur le côté droit du poêle qui servait de réservoir pour l'alimenter.

Le silence retomba sur la pièce. À la fin du repas, le père de famille alluma sa première cigarette de la journée pendant que Jean-Louis s'esquivait pour aller faire sa toilette. Richard se chaussa et descendit précautionneusement le vieil escalier vermoulu de la cave au sol en terre battue. Dès qu'il avait ouvert la porte, une forte odeur d'humidité mêlée à d'autres senteurs d'origine suspecte avait envahi la cuisine. Comme d'habitude, l'adolescent fit beaucoup de bruit en descendant dans l'espoir de chasser les rats les plus braves qu'il savait présents dans les lieux, comme en territoire conquis.

Arrivé au pied de l'escalier, il aperçut des petits yeux rouges qui le fixaient au sommet du tas de charbon. Un frisson le parcourut des pieds à la tête. Il s'agissait de deux gros rats bruns de près d'un pied de longueur, comme on en trouvait souvent sur les quais. Ils étaient si gros que les chats les fuyaient plutôt que de leur donner la chasse. Même s'ils étaient communs dans le quartier, ils n'en inspiraient pas moins une certaine crainte parce qu'ils avaient la réputation d'être féroces et d'attaquer quand ils étaient acculés.

— Il y a deux gros rats sur le tas de charbon, cria Richard du pied de l'escalier. Qu'est-ce que je fais ?

— Lance-leur quelque chose, lui suggéra son père qui venait d'apparaître dans l'embrasure de la porte. Arrête de crier comme un perdu. Tu vas finir par réveiller toute la maison. Grouille. J'attends après mes bottes pour partir.

L'adolescent chercha nerveusement des yeux quelque chose à lancer qui soit à sa portée. Il aperçut un bout de planche dont il s'empara. Le cœur battant la chamade, il le lança de toutes ses forces vers le tas de charbon. Il rata la cible. Les deux gros rats sautèrent en arrière. Ils répondirent à cette attaque par des couinements perçants, mais ils ne s'enfuirent pas. Ils demeurèrent sur le tas de charbon, encore plus attentifs au moindre geste de l'intrus qui les avait dérangés.

— Où est-ce qu'elle est cette boîte-là ? fit Richard qui ne se décidait pas à quitter le pied de l'escalier.

— Ouvre-toi les yeux ! s'impatienta sa mère. Elle est juste à côté de l'escalier.

L'adolescent aperçut alors la boîte du coin de l'œil. Sans quitter les deux rats des yeux, il se pencha, prit la boîte et monta au rez-de-chaussée sans perdre un instant.

— Ces maudits rats-là. Il y a rien qui leur fait peur, dit-il à son père en déposant par terre la boîte dans laquelle étaient les bottes et les couvre-chaussures de toute la famille. Qu'est-ce que je fais pour le charbon?

— Tu remplis la chaudière. On en a besoin pour chauffer, ajouta-t-il, sans tenir compte de la crainte évidente de son fils.

— Es-tu rendu trop pissou pour aller chercher du charbon dans la cave? se moqua Jean-Louis qui venait de sortir des toilettes.

— Toi, personne t'a parlé! répliqua Richard en empoignant le seau vide.

Il descendit l'escalier. Arrivé sur la dernière marche, il scruta le tas de charbon en frappant son seau contre la rampe. À son grand soulagement, les rats semblaient avoir déserté les lieux. Toutefois, craignant une traîtrise de leur part, il ne s'avança vers le tas qu'avec une extrême prudence. Quand il put enfin poser la main sur la pelle, il se dépêcha fébrilement de déposer trois grandes pelletées de combustible dans sa chaudière avant de remonter l'escalier à toute allure. Au moment où il refermait derrière lui la porte de la cave, il entendit son père dire:

— À soir, en revenant de l'ouvrage, je vais m'en occuper. Je vais leur préparer des beurrées de Ratnik.

Mais Gérard Morin savait fort bien que ce poison ne parviendrait jamais à enrayer tout à fait l'invasion de ces rongeurs. C'était une lutte à recommencer sans cesse. On ignorait d'où ils venaient. Ils s'installaient aussi bien dans le hangar que dans la cave et se multipliaient dangereusement. L'important était de faire en sorte qu'ils ne pénètrent pas dans l'appartement, ce qui se produisait parfois.

Le père de famille trouva rapidement ses bottes dans la boîte, les chaussa et quitta la maison sur le coup de sept heures après avoir embrassé distraitement sa femme sur une joue. Pas un mot sur leur vingtième anniversaire de mariage. Laurette en avait le cœur lourd et maîtrisait difficilement son envie de pleurer. Si elle n'avait pas promis à Richard d'aller le voir servir la messe, elle serait retournée se coucher, au moins jusqu'au départ de Denise pour son travail.

Après avoir réveillé Gilles et Carole, elle s'esquiva dans sa chambre sous le prétexte de s'habiller et de faire son lit.

— Faites-vous à déjeuner et mettez-moi pas la cuisine à l'envers, leur ordonna-t-elle. J'ai un peu mal à la tête. Ça se peut que je m'étende un peu avant d'aller à la messe. Réveillez Denise dans une dizaine de minutes.

Là-dessus, elle disparut dans sa chambre dont elle referma la porte derrière elle.

— Pas un mot! Rien! marmonna-t-elle. Vingt ans ensemble, il me semble que ça veut dire quelque chose, bonyeu! Ben non. Moi, je suis juste une servante ici dedans. Je suis juste bonne à torcher et à faire à manger! La folle, c'est moi! Il y a jamais rien qui marche comme du monde, ajouta-t-elle en empoignant les couvertures sur le lit pour les jeter par terre.

Après avoir retapé les oreillers, elle se mit à étendre les couvertures sur le lit avec des gestes brusques. Ensuite, elle enleva sa robe de chambre puis son épaisse robe de nuit en flanellette. Elle se campa alors devant le miroir fixé au-dessus de son bureau. La vue de tous ses bourrelets la déprima encore plus.

— Regarde-toi donc, Laurette Brûlé! T'as l'air d'une grosse truie arrangée de même! ragea-t-elle. Pas un homme aurait envie de toi. Il m'aime plus. C'est sûr qu'il me trouve trop vieille, à cette heure. En plus, je suis rendue trop grosse. Il est écœuré de moi. C'est pour ça qu'il est de même. Je lui ai donné cinq enfants, murmura-t-elle en s'apitoyant sur son sort. Et c'est comme ça qu'il me remercie.

Elle se laissa tomber sur son lit, au bord du désespoir. Elle pleura de longues minutes. Le cœur serré, elle se voyait abandonnée par un mari qui ne voulait plus d'elle. Elle fut tirée de cet attendrissement sur elle-même par des coups frappés à sa porte.

— Oui. Qu'est-ce qu'il y a ? demanda-t-elle, la voix étranglée.

— Je pars tout de suite pour l'église, m'man, fit Richard sans ouvrir la porte. L'abbé Laverdière m'a demandé d'être là à sept heures et demie.

— OK.

— Vous allez venir me voir servir la messe ?

— Ben oui. Je te l'ai dit tout à l'heure. Est-ce que vous avez réveillé Denise ?

— Oui. Elle est debout.

Laurette demeura dans sa chambre, cherchant en elle-même le courage de s'habiller. Dix minutes avant la messe, elle quitta la pièce. Elle posa sur sa tête son chapeau et endossa son manteau et ses bottes sans dire un mot.

— Barrez ben les portes en partant, dit-elle aux siens avant de sortir.

À l'extérieur, même s'il était encore un peu trop tôt pour aller à l'école, de nombreux enfants avaient envahi les rues Emmett et Archambault. Ils s'amusaient avec la première neige de la saison. Certains se lançaient des boules de neige tandis que d'autres tentaient de faire un bonhomme qui, déjà, tournait au gris. Laurette, le visage fermé, se dirigea d'un pas prudent vers l'église paroissiale en prenant garde de ne pas glisser.

Quelques minutes plus tard, la mère de famille n'y retrouva qu'une dizaine de fidèles venus assister à la dernière messe du matin. Elle s'agenouilla dans l'un des premiers bancs pour que son fils puisse constater qu'elle était bien venue le voir servir sa première messe.

Laurette n'avait jamais été particulièrement fervente. Elle pratiquait sa religion parce que c'était ce qui se faisait dans son milieu. Elle ne se posait pas de questions. Ses présences à l'église étaient dictées autant par la crainte du qu'en-dira-t-on que par la peur irraisonnée des flammes de l'enfer. En d'autres mots, elle se vantait de n'avoir jamais été une grenouille de bénitier et il fallait vraiment une raison particulière pour l'attirer à l'église un autre jour que le dimanche.

Bien sûr, elle avait toujours tenu à donner le bon exemple à ses enfants en venant se confesser une fois par mois, en assistant à la grand-messe chaque dimanche et en s'imposant même une privation durant le carême. Elle leur avait appris leur prière du soir sans pour autant se sentir obligée de se plier à la récitation du chapelet en famille diffusé chaque soir, à sept heures, par le poste CKAC.

— J'ai pas besoin de monseigneur Léger pour me faire dire mon chapelet quand j'en ai envie, avait-elle rétorqué à sa belle-sœur Pauline qui trouvait étrange qu'elle ne réunisse pas les siens, chaque soir, pour cette récitation.

Quand la mère de famille quitta l'église, elle était fière de son fils. À aucun moment, le célébrant n'avait été obligé de le rappeler à l'ordre. Tout s'était bien déroulé. Elle retourna lentement chez elle, toujours aussi attentive à ne pas glisser sur les trottoirs inégaux. Maintenant, les écoliers du quartier étaient en classe et le calme de la rue Fullum n'était troublé que par de rares véhicules.

De retour à l'appartement, elle alla inspecter les chambres après avoir retiré son manteau et ses bottes. Ensuite, elle sortit son panier rempli de vêtements à repasser. Elle ouvrit sa vieille planche à repasser, prépara un bol plein d'eau pour humecter les tissus et se mit au travail. Elle n'arrêta qu'un peu avant onze heures trente pour faire rissoler des pommes de terre qu'elle servit aux enfants avec une tranche épaisse de *baloney* pour leur dîner. Dès que les jeunes furent retournés à l'école, elle alluma la radio et écouta *Jeunesse dorée* et quelques chansons interprétées par Lucille Dumont et Robert L'Herbier.

Mais rien ne semblait être capable de la distraire de sa déprime. Durant une bonne partie de l'après-midi, elle fuma cigarette sur cigarette, incapable de se décider à préparer un repas spécial pour souligner leur anniversaire de mariage.

— Je vois pas pourquoi je me désâmerais pour lui faire un repas de fête quand il est même pas capable de se rappeler du jour de notre mariage, se répétait-elle, vindicative.

Finalement, un peu après quatre heures, elle se résigna à éplucher des pommes de terre et à préparer un «pâté chinois», un mets qui revenait chaque semaine sur la table des Morin.

— Pas de dessert non plus! s'écria-t-elle en assénant une claque sur la table. Il mangera des biscuits s'il veut du sucré.

Quand Gérard rentra à la fin de sa journée de travail après être allé chercher *La Presse* chez Brodeur, en face, il s'assit dans sa chaise berçante et se mit à lire sans même demander ce qu'il y aurait à manger ce soir-là. Pour manifester son mécontentement, sa femme se mit à heurter de la vaisselle et à fermer bruyamment portes d'armoire et tiroirs.

— Enlevez-moi toutes vos cochonneries de la table, dit-elle sur un ton brusque à ses trois plus jeunes en train de rédiger leurs devoirs. Vous continuerez après le souper. Carole, dépêche-toi à étendre la nappe.

Gérard leva la tête de son journal, mais ne dit pas un mot. Il était habitué aux sautes d'humeur de sa femme. Lorsque Jean-Louis rentra, ce dernier ne put que remarquer la mauvaise humeur de sa mère.

— Qu'est-ce qu'elle a, la mère, à bourrasser comme ça ? demanda-t-il à mi-voix à Denise en la croisant dans le couloir.

— Je le sais pas ce qu'elle a, chuchota sa sœur. Elle a l'air d'être en maudit après tout le monde.

Le repas se prit dans un silence relatif.

— T'as assez bu de lait, dit sèchement la mère de famille à Gilles, qui s'apprêtait à se verser un second verre de lait.

— Ben, m'man, protesta l'adolescent.

— Il y a pas de « ben, m'man ». T'es pas un veau, bonyeu ! T'en as bu un verre, c'est assez. Il est rendu dix-huit cennes la pinte.

Gilles aurait aimé lui faire remarquer que le lait servi sur la table des Morin était un mélange beaucoup moins coûteux parce que, par souci d'économie, sa mère ne manquait jamais de mélanger chaque pinte de lait pasteurisé à une pinte d'eau dans laquelle elle avait pris soin de faire diluer du lait en poudre. Le mélange avait un goût assez particulier.

Après le repas, Denise annonça à sa mère qu'elle allait au cinéma voir un film de Jean Gabin avec Colette Gravel.

— T'es chanceuse, toi ! fit Laurette d'une voix cassante en jetant un regard mauvais à son mari. On t'a invitée à sortir, toi !

— Ben, m'man, c'est pas la première fois que je sors avec Colette, protesta sa fille.

— Laisse faire, je me comprends, la coupa sèchement sa mère. Rentre pas trop tard et faites ben attention, toutes les deux. J'aime pas ben ça te voir dehors, à la noirceur.

Quand Denise partit, Gérard alluma la radio pour écouter *Un homme et son péché*. Il sortit son tabac et s'installa à un bout de la table de cuisine sur laquelle Richard et Carole terminaient leurs devoirs. Il se mit à confectionner des cigarettes avec un reste de tabac de la semaine précédente.

— Je m'en vais m'étendre, j'ai mal à la tête, déclara Laurette sans s'adresser à personne en particulier.

Avant même que quelqu'un songe à l'interroger sur sa migraine, elle disparut dans sa chambre à coucher dont elle ne sortit pas de la soirée. Vers dix heures, Gérard vint la rejoindre et se déshabilla dans le noir pour ne pas la réveiller.

— Tu peux allumer, je dors pas, lui dit-elle sur un ton rogue.

Son mari alluma une lampe de chevet.

— Est-ce que ton mal de tête est passé?

— Un peu, mentit-elle.

— Pour moi, tu vas avoir de la misère à faire ta nuit après avoir dormi toute la soirée comme ça, lui fit-il remarquer.

— Tu sais quel jour on est? lui demanda-t-elle sans tenir compte de sa dernière remarque.

— Mardi.

— Non. Je te demande la date.

— Je le sais pas. Le 12 novembre, non?

— Ça te dit rien, cette date-là? demanda-t-elle en s'assoyant dans le lit, l'air vindicatif.

— Ben. C'est le jour où on s'est mariés, dit Gérard, désinvolte, en retirant son pantalon.

— Bâtard! explosa Laurette, hors d'elle. Ça fait vingt ans aujourd'hui qu'on est mariés et c'est tout ce que ça te fait. Pas un mot. Pas un cadeau. Rien. Il y a vingt ans, t'es allé te chercher une servante pour pas cher! Verrat! Il y a tout de même des limites à rire du monde! explosa-t-elle en se levant.

— Whow! Calme-toi les nerfs et arrête de crier, lui ordonna Gérard en élevant la voix à son tour. Prends tes pilules pour les nerfs si t'en as besoin, cybole! On n'a jamais fêté ben gros ce jour-là. Pourquoi on le ferait cette année plus que les autres années?

— Parce que ça fait vingt ans, bout de viarge! se borna à dire Laurette, toujours aussi furieuse. Vingt ans!

— Vingt ans! Vingt ans! répéta Gérard, c'est pas la fin du monde, vingt ans. Reviens-en! On vient de fêter ta fête. Où est-ce que tu veux que je trouve l'argent pour fêter ça en plus? Il faut être raisonnable.

On aurait dit que sa colère avait enlevé à Laurette tout ressort. Elle s'assit sur le bord de son lit et se mit à pleurer doucement, ce qui bouleversa beaucoup plus son mari que ses cris et ses récriminations. Il vint s'asseoir à ses côtés et passa son bras autour de ses épaules pour tenter de la consoler.

— Ah! Laisse-moi tranquille avec tes minouchages, dit Laurette en se secouant mollement.

— Voyons! Laurette, sois raisonnable. On n'a pas besoin de fêter pour se rappeler nos noces, non?

Laurette essuya ses yeux et se moucha bruyamment.

— Tu me dis jamais que tu m'aimes, lui reprocha-t-elle. Je suis comme un meuble dans la maison. On dirait que tu m'aimes plus.

— Tu le sais ben. J'ai pas besoin de te le dire, fit Gérard en la berçant doucement, incapable de prononcer ces simples mots.

— Est-ce que tu me trouves encore assez belle pour toi? osa-t-elle lui demander.

— Attends que j'éteigne la lumière, chuchota-t-il. Je vais te le prouver.

— Si tu penses que j'en ai le goût, fit-elle d'une voix peu convaincante.

La chambre fut plongée dans l'obscurité et il y eut des chuchotements et des rires vite réprimés par des «chut! pense aux enfants à côté». Ce soir-là, Laurette finit par s'endormir, mais elle allait longtemps avoir sur le cœur le fait que son mari n'avait pas souligné leur vingtième anniversaire de mariage.

Quand elle se releva quelques minutes plus tard pour fumer une dernière cigarette, elle vit la porte de la chambre des filles s'ouvrir et Carole vint la rejoindre dans la cuisine.

— Qu'est-ce que tu fais debout aussi tard? lui demanda sa mère sur un ton sévère. En plus, je t'ai dit cent fois de pas marcher nu-pieds dans la maison. Il fait trop froid. Tu vas attraper la grippe.

— J'ai oublié de vous dire, m'man, ce que l'abbé Dufour nous a dit aujourd'hui à l'école.

— Bon. Qu'est-ce que le vicaire vous a dit? demanda Laurette, peu intéressée, mais décidée à fumer sa cigarette en paix.

— Il nous a dit que ça se pouvait que le pape Pie XII nomme bientôt monseigneur Léger cardinal. Il paraît même que ça pourrait arriver avant Noël.

— Ah oui, fit sa mère, sans aucun enthousiasme.

— On dirait que ça vous fait rien, m'man, dit la fillette, déçue. Monsieur l'abbé nous a dit qu'il serait habillé tout en rouge et qu'on devrait l'appeler Éminence.

— On verra quand ce sera arrivé. En attendant, dépêche-toi d'aller te recoucher.

Laurette finit de fumer sa cigarette et écrasa soigneusement son mégot dans le cendrier avant d'éteindre le plafonnier de la cuisine.

— Cardinal! Cardinal! Ça en fait toute une affaire, ça, dit-elle à mi-voix. Il sera pas plus aimable pour tout ça.

La mère de famille se rappelait encore trop bien l'air hautain et distant de l'archevêque de Montréal quand il était venu confirmer les enfants de la paroisse. C'est à peine s'il avait daigné jeter un regard sur les parents venus le saluer après la cérémonie.

Quelques jours plus tard, la radio et les journaux annoncèrent aux Montréalais l'honneur extraordinaire que Pie XII venait de faire à l'archevêque de Montréal en le faisant accéder à la pourpre cardinalice. Si cette nouvelle ne suscita guère d'émoi chez Laurette et les siens, il en fut tout autrement dans la population de la province. Pour la première fois, un Canadien français était sacré prince de l'Église. Dans la métropole, on attendait maintenant avec impatience le retour de l'élu pour célébrer dignement l'événement.

Chapitre 10

Une mauvaise nouvelle

Les premières neiges de novembre avaient fondu dès la première apparition du soleil, mais tout était maintenant différent. Décembre était arrivé avec la première véritable tempête hivernale tombée à la fin novembre, quelques jours après le défilé du père Noël organisé chaque année par le magasin Dupuis frères. La neige avait recouvert d'une épaisse couverture blanche le paysage grisâtre du quartier. Les froids qui avaient suivi avaient alors figé dans les mares d'eau les déchets que le vent avait poussés contre le moindre obstacle.

Depuis lors, des jeunes étaient parvenus à entasser suffisamment de neige dans la grande cour pour constituer une glissoire haute de quelques pieds. Ils s'y laissaient glisser à plat ventre sur des bouts de carton en poussant des cris d'excitation. Les plus braves tentaient même de dévaler la petite pente en demeurant debout à force de moulinets des bras pour maintenir leur équilibre précaire. Dans le quartier, il régnait depuis quelques jours une joyeuse animation à l'approche des fêtes, même s'il fallait maintenant se déplacer précautionneusement sur les trottoirs mal déneigés.

À quinze jours de la fête de Noël, la rue Sainte-Catherine commençait à prendre un air de fête. Comme chaque année, la pharmacie Charland, coin Dufresne et

Sainte-Catherine, avait été la première à arborer des décorations lumineuses multicolores qui attiraient les passants vers ses vitrines. Dans l'une, on pouvait déjà admirer un magnifique arbre de Noël au pied duquel s'entassaient une dizaine de boîtes enrubannées. L'autre suscitait la convoitise de tous les enfants du quartier parce qu'on y avait suspendu un énorme bas de Noël en résille rouge qui laissait voir toutes sortes de cadeaux plus alléchants les uns que les autres. Le commerçant annonçait sur une large banderole entourée de lumières scintillantes que ce bas ferait l'objet d'un tirage le 24 décembre suivant.

Fait étrange, seuls les commerces situés du côté nord de la rue Sainte-Catherine, entre Fullum et Frontenac, étaient ornés de décorations lumineuses. Les propriétaires de la biscuiterie Oscar, du magasin de fruits Laurencelle, de l'épicerie Tougas et même de la salle de billard avaient jugé bon d'imiter le pharmacien, sans toutefois parvenir à l'égaler, loin de là. C'était tout de même moins terne que la pauvre couronne de houx suspendue à la porte de la banque d'Épargne et le petit père Noël en plastique dans la vitrine de la pâtisserie, de l'autre côté de la rue. Le pire était la blanchisserie tenue par des Chinois dont les vitrines obstruées par du papier brun donnaient le cafard.

Les mains enfouies au fond de ses poches et la cigarette au bec, Richard Morin attendait sa petite amie devant l'église Saint-Vincent-de-Paul ce jeudi après-midi-là. Il avait relevé le collet de son manteau et enlevé sa tuque pour avoir l'air plus affranchi. Il ne se gênait plus pour se vanter auprès de ses copains de sortir «sérieusement» avec Monique Côté depuis maintenant plus d'un mois. Dans son cas, sortir sérieusement était une bien grande expression puisqu'il se limitait toujours à l'attendre à la fin de chaque après-midi pour lui prendre la main et l'accompagner jusqu'à la maison voisine de celle qu'elle habitait, coin De Montigny et Fullum.

Depuis leur première rencontre, les deux adolescents avaient joui d'une chance insolente parce que leurs parents ignoraient encore tout de leur amourette. Aucune indiscrétion d'une amie ou d'une camarade n'avait mis la puce à l'oreille des parents de Monique. Très sévères, ces derniers ne toléraient aucune visite de camarades de classe à la maison et la jeune fille n'avait pas d'amie. Ils avaient bien croisé à deux ou trois reprises Louis Nantel, l'instituteur de Richard, mais l'adolescent avait jugé ces rencontres sans danger et ne s'était même pas donné la peine de lâcher la main de Monique en ces occasions, tant il était fier de montrer qu'il avait une petite amie.

Cependant, Richard risquait davantage d'être démasqué que sa petite amie. Après tout, sa sœur Carole fréquentait la même école de la rue Sainte-Catherine et aurait bien pu croiser le couple si elle n'avait pas toujours emprunté la rue Dufresne et la ruelle Grant pour rentrer à la maison. Cependant, il restait Gilles et c'était encore un pur hasard qu'il ne l'ait pas surpris au moins une fois en compagnie de sa belle.

Cet après-midi-là, quand Monique arriva, la tête protégée par une jolie tuque, l'adolescent fit quelques pas pour aller à sa rencontre.

— Tu devrais te mettre quelque chose sur la tête, lui dit-elle, maternelle, en lui voyant les oreilles rougies par le froid.

— Ben non, il fait pas si froid que ça, fit Richard en s'emparant du sac d'école de son amie.

— Vas-tu encore servir la messe la semaine prochaine ?

— Non. L'abbé Laverdière a décidé qu'on servirait la messe une semaine sur deux parce qu'on est trop de servants de messe. Il va falloir que je me trouve une autre *job*, c'est pas assez payant.

Les deux jeunes firent quelques pas en silence. Le flot des élèves en provenance de l'école Champlain était maintenant presque tari. Ils traversèrent la rue Sainte-Catherine.

— Puis, est-ce que t'as pensé à ce que je t'ai demandé ? demanda Richard.

— Oui, mais je pense pas être capable d'avoir la permission de ma mère.

L'adolescent avait demandé à Monique de trouver une raison pour s'esquiver de la maison une heure, le samedi après-midi suivant, dans l'intention, bien innocente, de déambuler dans les rues du quartier.

— Pourquoi ? demanda-t-il, dépité.

— Parce que ma mère et mon père me donneront jamais ce genre de permission-là. Le samedi, on fait le ménage à la maison. Les seules fois où je peux sortir, c'est quand ma mère ou mon père m'emmène faire des commissions.

— Maudit, t'es dans une vraie prison ! s'exclama Richard. Quand est-ce qu'on va se voir si tu peux jamais sortir de la maison ?

— Je le sais pas, avoua la jeune fille en prenant un air malheureux.

L'adolescent était si occupé à dissimuler sa vive déception qu'il n'accorda aucune attention à celui qui dut faire un écart pour l'éviter.

— Tu pourrais regarder où tu marches, coque-l'œil ! dit Gilles, moqueur, en ne faisant pas mine de s'arrêter.

Richard sursauta en reconnaissant brusquement son frère aîné qui poursuivit sa route comme si de rien n'était.

— Sacrement ! Mon frère ! jura Richard, les dents serrées. Il manquait plus que ça.

— C'est ton frère? demanda Monique, étonnée.

— Oui. Mais c'est pas un porte-panier, inquiète-toi pas. Mais il faut que j'aille lui dire de fermer sa boîte, ajouta-t-il en lui tendant son sac d'école.

— T'as peur de te faire chicaner?

— Ben non, mentit Richard en adoptant un air crâneur. Mais je voudrais pas que ma mère vienne parler à la tienne.

En l'entendant, Monique blêmit.

— Inquiète-toi pas, répéta-t-il, je vais lui parler.

Comme Monique était presque rendue à destination, il la planta là et courut derrière Gilles. Ce dernier, même s'il entendit des pas précipités derrière lui, ne se donna pas la peine de se retourner ou de s'arrêter. Son frère, un peu essoufflé, s'arrêta à ses côtés.

— Qu'est-ce que tu faisais si tard à l'école? lui demanda Richard.

— Robillard voulait me parler après l'école.

— Pourquoi tu marches si vite que ça?

— Je suis gelé et j'ai hâte d'arriver.

De toute évidence, Gilles attendait qu'il se décide à parler de la fille avec qui il était quelques instants auparavant. Après une brève hésitation, Richard se décida à demander :

— T'as vu ma blonde? Elle est pas pire, hein?

— C'est ta blonde?

— Elle s'appelle Monique. Elle est pas mal fine.

— Tant mieux.

— C'est tout l'effet que ça te fait? demanda son jeune frère, un peu dépité par le manque d'intérêt manifesté par Gilles.

— Qu'est-ce que tu veux que je te dise? Quand je t'ai vu la tenir par la main, j'ai pensé qu'elle était infirme et qu'elle pouvait pas marcher toute seule, se moqua-t-il.

— T'es ben drôle, Gilles Morin. T'es juste jaloux.

— C'est ça. Et toi, t'es un maudit beau innocent de te promener en plein hiver sans ta tuque et tes gants. Si jamais m'man te poigne déshabillé comme ça, tu vas recevoir une bonne taloche par la tête.

Richard sentit tout à coup ses doigts gourds et ses oreilles gelées et il s'empressa de tirer des poches de son manteau sa tuque et ses moufles en laine.

— J'espère que tu diras rien à m'man, dit l'adolescent, en ne précisant pas s'il parlait de Monique ou du fait qu'il se baladait sans tuque et sans gants.

— Me prends-tu pour un *stool*? se contenta de demander Gilles en tournant le coin de la rue Emmett, son frère sur les talons.

Quelques instants plus tard, les deux adolescents rentraient dans la maison.

Ce soir-là, Denise finissait d'essuyer la vaisselle du souper avec l'aide de sa sœur quand elle suggéra, sans s'adresser à personne en particulier:

— On devrait décorer un peu la maison pour Noël.

Sa mère ne dit rien. Elle se contenta de plonger de nouvelles assiettes sales dans l'eau savonneuse.

— On pourrait acheter un sapin, reprit Denise. On en a décoré un au magasin cet après-midi. Je vous dis que c'est pas mal beau quand toutes les lumières sont allumées.

— C'est vrai que ça fait longtemps qu'on n'en a pas eu, intervint Jean-Louis.

— Un arbre de Noël, ça salit partout, laissa tomber leur mère. À part ça, où est-ce qu'on l'installerait? On n'a pas de place. On n'a même pas de salon. La seule place qui reste, c'est la cuisine, et on l'aurait dans les jambes durant tout le temps des fêtes.

— Vous pourriez peut-être l'installer dans ma chambre, proposa son fils aîné en train de tourner les pages d'un volume qu'il avait rapporté du travail. Ça me dérangerait pas pantoute.

— Ben sûr, se moqua Richard qui entrait dans la pièce en portant son sac d'école. T'aurais l'arbre de Noël pour toi tout seul et ça te coûterait pas une cenne. Et nous autres, les niaiseux, on le verrait pas.

— Toi, assis-toi à table et fais tes devoirs, lui ordonna sa mère. Mêle-toi pas de la conversation.

Laurette n'avait jamais eu ce qu'on appelait «l'esprit des fêtes». Pour elle, Noël, le jour de l'An et la fête des Rois ne représentaient que des sources inutiles de dépense et, surtout, un surplus de travail. Elle détestait avoir à cuisiner d'autres plats que ceux qu'elle servait ordinairement aux siens. Confectionner des tartes et des pâtés à la viande était un véritable supplice. Comme elle n'en faisait qu'une fois par année, sa pâte était toujours dure et grise à force d'avoir été trop pétrie.

— Bonyeu! Moi, je suis pas habituée à faire de la cuisine *fancy* comme ça, disait-elle. Ma mère m'a juste montré à faire l'ordinaire, pas de la pâtisserie.

Sous ses airs bougons, elle cachait pourtant assez mal son dépit de ne pouvoir cuisiner aussi bien que les femmes de ses frères ou sa belle-mère.

En somme, elle trouvait qu'on faisait bien des embarras inutiles avec le temps des fêtes. Durant sa jeunesse, c'était bien mieux. Dans la famille Brûlé, les célébrations se limitaient à un souper du jour de l'An où on servait de la dinde. On donnait un petit cadeau à chaque enfant pour souligner l'arrivée de la nouvelle année, habituellement un vêtement, et tout était dit. Bien sûr, on assistait à la messe de minuit, la veille de Noël, mais on ne «virait pas toute la maison à l'envers», comme disait Laurette, parce qu'il fallait absolument fêter.

Tous ces «flaflas» venaient de la famille de Gérard. Chez les Morin, les fêtes de fin d'année prenaient une importance qu'elle avait toujours jugée ridicule. Jusqu'à la mort de Conrad Morin, sa femme s'était fait un devoir d'offrir un réveillon après la messe de minuit. De plus, elle avait toujours reçu les siens au jour de l'An. La maison de Saint-Hyacinthe était alors abondamment décorée et un sapin de Noël surchargé trônait dans le salon. Laurette détestait ça. Il fallait rendre les invitations reçues et on n'en finissait plus.

Évidemment, Gérard avait tenté d'instaurer toutes ces traditions dans sa propre famille malgré le peu d'enthousiasme et les réticences de sa femme. Au fil des années, cette dernière avait fini par accepter de préparer un petit réveillon sans prétention pour le retour de la messe de minuit, la veille de Noël, et un repas au jour de l'An auquel elle conviait parfois ses frères quand elle ne pouvait faire autrement. Toutefois, depuis quelques années, elle avait renoncé à l'arbre de Noël installé dans un coin de la cuisine. Selon elle, cela allait de soi dès qu'il avait fallu sacrifier le salon pour le transformer en chambre à coucher.

— On pourrait peut-être faire un spécial cette année, finit par dire Gérard en levant le yeux de son journal. On a encore une boîte de décorations dans la cave.

— Où est-ce qu'on va le mettre, cet arbre-là? demanda Laurette, bougonne. On n'a pas de place.

— Ici, à la place de ma chaise berçante.

— Ça va être le *fun* en maudit, cette affaire-là. Je vais l'avoir dans les jambes du matin au soir et il va y avoir des aiguilles partout.

— Voyons, la mère, arrête donc de te lamenter cinq minutes, la réprimanda son mari avec une certaine impatience. Pense plutôt comment ça va faire gai dans la maison.

— En tout cas, si tu décides d'en acheter un, prends-le pas trop gros, sinon on va passer notre temps à s'accrocher dedans, répliqua Laurette, mécontente.

Le silence revint dans la cuisine durant quelques instants. Au moment où Carole demandait à sa mère de lui faire réciter ses réponses de catéchisme, Gérard s'adressa à Jean-Louis, toujours penché sur son livre.

— Pendant que j'y pense, lui dit-il. Le vieux Boisvert prend sa retraite demain soir. Il va y avoir une *job* à prendre. Est-ce que ça t'intéresse? La *job* du bonhomme est pas trop dure.

— Merci, p'pa. Je pense que je vais continuer à travailler chez Dupuis, répondit Jean-Louis.

— Tu gagnerais un peu plus à la Dominion Rubber, intervint sa mère, en cessant un moment d'interroger Carole.

— Je le sais, m'man. Mais mon *boss* m'a dit qu'il y aurait une *job* d'assistant comptable de libre à la fin de janvier. C'est une *job* de bureau. J'ai l'intention d'essayer de l'avoir. Si j'ai cette *job*-là, je vais avoir un meilleur salaire sans avoir à me salir les mains.

— Mais t'as pas pantoute les études pour faire ça, lui fit remarquer son père sur un ton brusque.

Gérard Morin était mécontent de constater que son fils repoussait son offre avec un mépris évident.

— C'est pour ça que je suis allé voir monsieur Dorion, le comptable, la semaine passée, expliqua Jean-Louis qui ne semblait pas avoir remarqué le mécontentement paternel. Il m'a prêté ce gros livre-là. Il m'a dit que si j'étais capable de comprendre ce qui était expliqué là-dedans, il y avait de grosses chances qu'il me donne la *job*. J'en ai aussi parlé avec un gars qui travaille, lui aussi, aux comptes. Il m'a promis de me donner un coup de main pour avoir cette *job*-là.

— Fais à ta tête, mon gars, mais viens pas te plaindre plus tard que j'ai jamais essayé de t'aider, dit son père en retournant à la lecture de son journal pour bien montrer que, pour lui, le sujet était clos.

— Ce serait mieux payé qu'étalagiste ? demanda Laurette.

— Depuis me donnerait jusqu'à quarante piastres par semaine, m'man, dans deux ou trois ans.

— On rit pas, dit sa mère, surprise. Ça, ce serait tout un salaire ! Je t'encourage à étudier, mon Jean-Louis. Je suis sûre que t'es capable de l'avoir. C'est beau d'avoir de l'ambition dans la vie et de pas se contenter tout le temps de ce qu'on a.

Gérard saisit la critique implicite contenue dans la dernière remarque de sa femme et son visage se ferma. Après vingt-deux ans de travail à la Dominion Rubber, il ne gagnait que trente-cinq dollars par semaine, ce qui était nettement insuffisant pour faire vivre une femme et cinq enfants.

— Si c'est comme ça, reprit-il sur un ton neutre, en abaissant son journal pendant un moment, je pense que je vais avertir le petit Paquin. Il aura peut-être la chance d'avoir la *job* s'il se présente de bonne heure demain matin, à la *shop*.

Laurette dressa immédiatement l'oreille. Elle n'allait tout de même pas laisser son mari aller passer une heure ou deux avec la jolie veuve qui habitait au coin de la rue, sous le prétexte d'offrir un emploi à son fils. On ne savait jamais à quel sacrifice cette femme-là serait prête à consentir pour le remercier de s'être occupé de son Léo.

— Es-tu obligé d'aller la voir à soir ? demanda-t-elle en s'efforçant de prendre un ton indifférent.

— Ben non. Gilles, ajouta-t-il en se tournant vers l'adolescent qui venait d'entrer dans la cuisine, mets ton manteau et va dire à madame Paquin que si son gars se présente à la Dominion Rubber avant sept heures et demie, demain matin, il aurait une chance d'avoir une *job*.

— À soir?

— Ben oui, à soir, répéta son père. C'est pour rendre service aux Paquin.

— C'est correct. Je vais y aller tout de suite.

Gilles endossa son manteau, chaussa ses bottes et sortit. Au même moment, le téléphone mural sonna.

— Réponds donc au téléphone, Denise, commanda la mère à sa fille aînée, qui était debout, près de l'appareil.

La jeune fille obtempéra.

— Bonsoir, ma tante. Vous allez bien? ... Oui, c'est Denise. À qui voulez-vous parler? ... OK. Je vous le passe. P'pa, c'est pour vous, dit Denise en posant la main sur l'écouteur. C'est ma tante Colombe.

Gérard se leva et prit l'écouteur que lui tendait sa fille. Curieuse, Laurette s'était légèrement approchée de son mari pour tenter de saisir la raison de l'appel de sa belle-sœur. Cette dernière ne téléphonait que très rarement chez les Morin.

— Ça nous adonnerait mieux dimanche après-midi. On a prévu d'aller chez un des frères de Laurette demain soir, mentit Gérard. ... C'est ça. On va vous attendre, dit-il avant de raccrocher.

— Qu'est-ce que la Pincée voulait? lui demanda sa femme, agressive.

— Elle voulait juste venir faire un tour avec Rosaire, samedi soir.

— Puis?

— Je lui ai dit de venir plutôt dimanche après-midi. J'ai pas envie de manquer ma partie de hockey.

— Verrat! Qu'est-ce qui lui prend, à ta sœur? On n'a pas entendu parler d'elle depuis la fin du mois de mai quand elle est venue faire un tour avec ta mère.

— Je le sais pas. Elle l'a pas dit.

— On aurait pu être morts, et elle l'aurait jamais su.

— Exagère donc! fit son mari en retournant s'asseoir dans sa chaise berçante.

— Elle va venir avec ta mère, je suppose?

— Je le sais pas. Elle l'a pas dit non plus.

— En tout cas, j'espère qu'elle s'attend pas à ce que je la garde à souper, laissa tomber Laurette, vindicative. Je pense que ça fait au moins cinq ans qu'on n'a pas mis les pieds chez eux. Je suis même pas sûre de savoir exactement son adresse sur le boulevard Saint-Joseph. C'est vrai que c'est presque la campagne, ajouta-t-elle en exagérant.

— Peut-être qu'elle vient juste de se souvenir que ma fête était au mois d'août et qu'elle a décidé de m'apporter mon cadeau de fête, intervint Richard en commençant à ranger ses effets scolaires dans son sac.

— Pauvre petit gars! fit semblant de s'apitoyer sa mère. Avant que ta tante, la riche, pense à te donner un cadeau, les poules vont avoir des dents.

— Simonac, Laurette! Est-ce que t'achèves de manger la laine sur le dos de Colombe? Elle a oublié de faire un cadeau à Richard, c'est pas plus grave que ça. Quand tes frères oublient la fête de Gilles ou de Carole, on n'en fait pas un drame!

— C'est pas arrivé ben souvent qu'Armand ou Bernard oublie les enfants. Pour ta sœur, tu sais aussi ben que moi qu'elle a jamais donné une cenne noire à son filleul pour ses étrennes, aussi ben à sa fête qu'au jour de l'An. Si tu veux savoir ce que je pense, Gérard Morin, ta sœur est une maudite gratteuse, et son mari est pas mieux qu'elle.

Il était bien évident qu'il n'existait aucun atome crochu entre Laurette et l'unique sœur de son mari. Il fallait reconnaître que tout séparait les deux femmes. Colombe Morin avait trop de traits communs avec sa mère pour espérer trouver grâce aux yeux de sa belle-sœur. Un peu maniérée et fort soucieuse de son apparence, la femme de Rosaire Nadeau avait toujours eu du mal à se faire à ce qu'elle désignait comme le «manque de classe» de la femme de son frère. Laurette avait toujours soupçonné les deux femmes de travailler en secret à l'abaisser dans l'estime de Gérard.

En fait, il fallait comprendre que l'une avait quarante ans, était mère de cinq enfants et pourvue d'un mari sans grande ambition. L'autre, âgée de trente-cinq ans, avait épousé Rosaire Nadeau, un vendeur d'autos ambitieux, et elle n'avait pas d'enfant. Les Nadeau pouvaient être considérés comme des gens aisés dont les fins de mois n'avaient rien de commun avec celles que connaissaient les Morin. Le couple habitait un appartement dans une maison presque neuve du boulevard Saint-Joseph avec Lucille Morin, la mère de Gérard et de Colombe.

Le lendemain soir, Gérard rentra à la maison un peu plus tard que d'habitude. Il passa par la cour arrière et déposa sur le balcon un sapin un peu rabougri. À la fin de sa journée de travail, il s'était arrêté coin Frontenac et Sainte-Catherine pour l'acheter à un cultivateur qui s'installait là chaque année au mois de décembre. Gilles et Richard, alertés par le bruit des pas sur le balcon, écartèrent les rideaux de la fenêtre de la cuisine.

— Il est pas mal beau, l'arbre, p'pa, dit Richard à son père qui venait d'entrer dans la pièce en secouant bruyamment ses pieds sur le paillasson.

— On va l'installer après le souper, annonça ce dernier avec bonne humeur en enlevant son manteau.

— J'espère que tu vas le secouer comme il faut avant de l'entrer, intervint Laurette, occupée à dresser le couvert avec l'aide de Carole. J'ai lavé mes planchers aujourd'hui.

— On va faire attention. Énerve-toi pas avec ça, la rassura son mari.

Après le repas, les parents se retrouvèrent seuls avec leurs deux plus jeunes enfants. Denise, Jean-Louis et Gilles ne rentreraient de leur travail que vers neuf heures.

— On va leur faire toute une surprise, dit Gérard, enthousiaste. On va tout décorer l'arbre et l'allumer. Pendant que je l'entre, Richard, va chercher la boîte de décorations dans la cave. Fais attention de pas casser les boules.

L'adolescent descendit avec précaution dans la cave, toujours aussi attentif aux rats dont il sentait la présence dans les coins plongés dans l'obscurité. Il trouva la boîte de vieilles décorations de Noël et s'empressa de remonter au rez-de-chaussée. On cala le pied du sapin dans un vieux seau avec des briques trouvées dans le hangar. On perdit ensuite plusieurs minutes à démêler et à vérifier les lumières multicolores avant de les installer. On dépoussiéra aussi deux douzaines de boules de Noël avant de les suspendre aux branches. On termina le travail en disposant des «cheveux d'ange» et des «glaçons» argentés un peu partout dans l'arbre. Même si elle s'était promis de ne pas s'en mêler, Laurette n'avait pu faire autrement que d'aider à la décoration de l'arbre.

— Il manque l'étoile qu'on mettait en haut de l'arbre, fit remarquer Richard.

— Oui, confirma sa mère. Il manque aussi la petite crèche en carton qu'on mettait toujours au pied de l'arbre.

— On n'a pas jeté ça, assura Gérard. Richard, retourne donc voir dans la cave s'il y aurait pas une autre boîte avec des affaires de Noël dedans.

L'adolescent descendit dans la cave et en revint, moins d'une minute plus tard, avec une boîte qui sentait fortement l'humidité.

— Il y a l'étoile dedans, annonça-t-il en déposant son fardeau sur la table. Mais je pense que la crèche est finie. Le carton a l'air tout pourri.

Son père se pencha sur la boîte d'où il retira une grosse étoile blanche en plastique qu'il lui tendit. Il sortit ensuite un carton informe couvert de nombreux cernes laissés par l'humidité. Il était gondolé et informe.

— Bon. C'est correct. On va se passer de crèche cette année, déclara-t-il aux siens.

Quand le père de famille alluma l'arbre avant d'éteindre le plafonnier de la cuisine, chacun reconnut que sa présence conférait à la maison un petit air de fête très agréable.

— À cette heure, il reste juste à pas le sacrer à terre en l'accrochant, dit Laurette. Puis, regardez mon plancher de cuisine. À cette heure, il est tout sale. Je vous l'avais dit aussi.

— Cybole que t'es chialeuse! éclata Gérard. Va me chercher la *mop*. Je vais le laver, ton maudit plancher.

À leur retour à la maison, Gilles, Denise et Jean-Louis ne manquèrent pas de s'exclamer en découvrant l'arbre illuminé dans un coin de la cuisine.

— Je pense qu'il est plus beau que celui qu'on a fait au magasin, déclara Denise.

— Tant mieux, dit son père. Bon. À cette heure, on va l'éteindre. Un arbre de Noël, ça sèche vite quand les lumières sont allumées dedans et c'est dangereux de passer au feu avec ça.

L'après-midi du dimanche suivant était passablement avancé et Laurette commençait à se réjouir à l'idée que sa belle-sœur avait peut-être renoncé à leur rendre visite ce jour-là, pour une raison ou pour une autre, jusqu'au moment où la porte d'entrée de l'appartement s'ouvrit brusquement, laissant pénétrer un courant d'air glacial.

— M'man, ma tante Colombe arrive ! cria Richard.

— Ferme la porte, innocent ! Tu fais geler toute la maison, lui cria sa mère en retour.

La porte claqua et Laurette s'empressa d'aller soulever un coin du rideau qui en masquait la partie vitrée. Elle ne vit qu'une demi-douzaine de jeunes en train de se disputer la possession d'une rondelle au milieu de la rue.

Richard et Gilles s'amusaient dehors avec quelques copains depuis près d'une heure. Les adolescents avaient réquisitionné une bonne moitié de la rue Emmett et jouaient une partie de hockey endiablée. Les deux gardiens de but s'étaient confectionné des jambières avec des bouts de carton retenus par de larges élastiques. Debout entre deux morceaux de glace indiquant les limites de leurs buts, ils criaient à tue-tête pour encourager leurs coéquipiers.

— Veux-tu ben me dire où est-ce qu'il a vu ta sœur, cet énervé-là ? dit Laurette à son mari venu la rejoindre près de la porte d'entrée.

Gérard regarda plus loin sur la rue Emmett et aperçut sa sœur et son beau-frère en train de descendre d'une grosse voiture noire.

— Ils sont là, devant chez Paquin, dit-il.

Laurette regarda dans la direction indiquée. Elle aperçut alors sa belle-sœur qui avançait avec précaution sur le trottoir glissant, donnant le bras à son mari. Le couple s'arrêta un instant pour parler à Gilles venu à leur rencontre.

— Tiens, voilà Mutt and Jeff, dit Laurette, sarcastique, faisant allusion au fait que Colombe dépassait son mari d'une bonne demi-tête. Regarde-les donc faire les riches ! reprit-elle en cachant mal son envie. Ça me surprend qu'ils aient pas pensé à klaxonner en arrivant pour avertir toute la rue qu'ils étaient là. Naturellement, elle peut faire la fraîche. Elle a un nouveau manteau de mouton rasé sur le dos. Je suppose que ça va avec le cigare et le gros char de son mari.

— Arrête donc ! On dirait que t'es jalouse, simonac ! protesta son mari. Change d'air, ils arrivent.

— Trois heures et quart ! Tu parles d'une heure pour arriver chez du monde. C'est presque l'heure de préparer le souper.

Gérard et Laurette s'éloignèrent en même temps de la porte pour ne pas avoir l'air d'avoir épié l'arrivée de leurs visiteurs. Quand ils entendirent un coup de sonnette, Gérard attendit quelques secondes avant d'aller ouvrir. Colombe et Rosaire Nadeau pénétrèrent dans la maison en apportant avec eux des odeurs de cigare et de parfum.

— Ah ben ! De la grande visite ! s'exclama Laurette en s'efforçant d'afficher une bonne humeur qu'elle était loin de ressentir.

— Enlevez votre manteau et vos bottes et venez vous asseoir, fit Gérard, apparemment heureux de voir sa sœur et son beau-frère.

Les manteaux furent déposés sur le lit des hôtes qui entraînèrent leurs visiteurs vers la cuisine où l'arbre de Noël était illuminé. Pendant que Colombe prenait place dans l'une des chaises berçantes, Laurette la détaillait d'un œil scrutateur. Sa belle-sœur était toujours aussi mince et elle portait une robe qu'elle avait vue en vitrine chez Eaton le samedi précédent. Évidemment, elle avait eu le temps, elle, de se maquiller et sa permanente n'était certainement pas une Toni.

Par contre, son mari avait encore pris un peu de ventre et, même s'il n'avait pas encore quarante ans, ses tempes commençaient à blanchir. L'homme de petite taille avait les manières rondes d'un vendeur de voitures chevronné. Il avait le sourire facile et chacune de ses paroles était soulignée de la main droite dont deux doigts portaient une grosse bague.

— Où sont passés les enfants? demanda Colombe d'une voix un peu précieuse. Ils savaient pas qu'on venait cet après-midi?

— On voit ben que t'as pas d'enfant, toi, rétorqua avec plaisir Laurette. Aujourd'hui, les mononcles et les matantes sont pas importants pour les jeunes. Jean-Louis est parti étudier la comptabilité avec un gars qui travaille avec lui chez Dupuis. Denise est chez la voisine d'en haut. Carole est partie chez une amie. Quand aux deux derniers, vous avez dû les voir dehors. Ils sont en train de jouer au hockey.

Rosaire Nadeau sembla brusquement remarquer le journal plié déposé au bout de l'armoire.

— Je gage que tu suis encore l'enquête Caron, dit-il à son beau-frère.

— En plein ça, acquiesça Gérard. Je trouve que Pacifique Plante et Jean Drapeau font du maudit bel ouvrage.

— Tu penses qu'ils vont finir par nettoyer la ville. Moi, je serais surpris en maudit que les barbottes et les bordels disparaissent comme ça.

— Pourtant, s'entêta Gérard, je suis ça jour après jour dans le journal. Ils en font fermer souvent.

— J'ai des gros clients qui disent que, le plus souvent, les propriétaires sont avertis avant les descentes et que la police trouve plus personne quand elle arrive, reprit Rosaire en baissant la voix. Moi, ça m'étonnerait pas pantoute une affaire comme ça. Il doit y avoir pas mal d'argent qui change de poche, si tu comprends ce que je veux dire.

— On verra ben ce qui va arriver, reprit Gérard, peu convaincu de la véracité de ce qu'il venait d'entendre. En tout cas, après cette enquête-là, je serais ben surpris que Camilien Houde ait le front de se représenter à la mairie aux prochaines élections.

Il y eut un bref silence dans la cuisine pendant que Laurette servait à ses invités un verre de Kik Cola dans ses verres à moutarde.

— Puis, qu'est-ce que vous devenez? reprit Gérard pour relancer la conversation. Ça fait une éternité qu'on vous a vus.

Il n'avait pas vu sa sœur et son beau-frère depuis l'été précédent.

— C'est vrai que ça fait longtemps qu'on s'est pas vus, fit Colombe. On mène une vraie vie de fous. C'est comme si on restait à l'autre bout du monde et on n'arrête pas de courir.

— Ça vous a pas tenté d'amener m'man? demanda Gérard.

— Ta mère aurait ben aimé venir, mais elle se sentait pas ben après le dîner, expliqua Rosaire Nadeau. Tu sais, à soixante-dix ans, il lui arrive de temps en temps de pas être dans son assiette. Déjà, le dimanche, la grand-messe la fatigue pas mal, mais elle veut pas la manquer.

— À part ça, elle va ben? demanda Laurette, par pure politesse.

— Si elle oublie pas de prendre ses remèdes, elle est correcte, répondit Colombe.

— Et toi, Rosaire, qu'est-ce que tu fais de bon ces temps-ci ? lui demanda son beau-frère.

— J'ai pas mal de nouveau, se rengorgea Rosaire Nadeau après avoir exhalé une large bouffée de cigare.

On aurait juré que l'homme n'attendait que cette question pour enfin parler de lui.

— D'abord, j'ai acheté un garage sur la rue Beaubien, précisa-t-il, débordant de fierté.

— Dis-moi pas que tu t'es lancé dans la réparation des chars ? fit Gérard, surpris.

— Non, pantoute. J'ai acheté un garage pour vendre des chars usagés. Et j'en ai des beaux, à part ça.

— Et ça marche ?

— J'ai pas à me plaindre. Ça roule pas mal. T'as vu le char que j'ai ?

— Non, mentit Gérard qui, d'ailleurs, n'y connaissait rien.

— C'est une Cadillac 51. Un vrai salon roulant. Je te ferai essayer ça un beau jour, ajouta le beau-frère en jouant l'important.

Comme son frère et sa belle-sœur n'affichaient pas toute l'admiration qu'ils auraient dû montrer pour son mari, Colombe Nadeau ajouta :

— Mon Rosaire, c'est tout un homme d'affaires ! Je sais pas comment il fait, mais il arrête jamais. Avec lui, ça traîne pas.

— Tant mieux, dit Gérard, sans arrière-pensée.

— Tu sais pas le meilleur, reprit sa sœur en s'adressant à lui. On est en train de se faire construire une maison neuve.

— Ah oui ? Où ça ?

— Sur le boulevard Rosemont, proche de Pie IX.

— Proche du jardin botanique ?

— En plein ça, répondit Rosaire en éteignant son cigare dans le cendrier posé au centre de la table. J'avais acheté là un grand terrain, il y a deux ans. Je l'ai eu pour une bouchée de pain. Cette année, je l'ai fait diviser en trois lots. J'en ai vendu deux et avec cet argent-là, j'ai décidé de me faire bâtir une maison. Ce sera pas le grand luxe. La façade est en belle pierre et elle a deux étages. Je vais louer le haut et en bas, ça va être assez grand pour ta mère et nous autres.

— Et si un jour vous avez des enfants? demanda Laurette, perfide.

— Il y aura en masse de la place pour eux autres aussi, répondit son beau-frère.

— Je sais pas si j'aimerais ça aller rester dans ce coin-là, ajouta Laurette. Je trouve que c'est pas mal loin de tous les magasins.

— Pas tant que ça, intervint Colombe, qui avait senti la critique. L'autobus passe à la porte et c'est un coin de maisons neuves et il y a pas de senteurs d'usine autour.

Sa réplique fit mouche parce que le visage de Laurette s'assombrit.

— Le problème est pas là, reprit Rosaire en jetant un regard d'avertissement à sa femme.

— Ah! Il y a un problème, dit sa belle-sœur. Je me disais aussi...

— C'est pas la fin du monde, mais c'est pas mal embêtant, se crut obligé de préciser Rosaire. J'ai oublié de dire que mon entrepreneur devait commencer la construction au mois de septembre, mais il a eu toutes sortes de troubles avec ses ouvriers. Finalement, il a pu faire couler le solage seulement dans la dernière semaine d'octobre.

— Ça veut dire que ça fait déjà presque un mois et demi qu'il travaille dessus, lui fit remarquer un Gérard attentif. Il doit achever, non?

— Pantoute. Tu te rappelles comment il a mouillé à la fin d'octobre et au commencement de novembre? Toute cette pluie-là l'a retardé sans bon sens. Il avait promis de finir la *job* pour le 15 janvier. Il m'a téléphoné la semaine passée pour me dire qu'il pourrait pas me la livrer avant le 30.

— Bah! Pour quinze jours de plus, il y a pas de quoi en faire une maladie, dit son beau-frère pour l'apaiser.

— Calvaire! C'est là qu'on a un maudit problème sur les bras, jura le vendeur d'automobiles.

— Rosaire, surveille tes paroles! intervint Colombe, fâchée de le voir se laisser aller à jurer.

— Comment ça? demanda Laurette, soudain très attentive.

— J'ai résilié mon bail pour le 15 janvier, moi! Mon propriétaire a déjà loué notre appartement à un jeune couple. On peut pas rester là. Il faut qu'on parte pour le 15.

— Vous avez juste à entrer dans votre nouvelle maison, même si elle est pas encore finie, lui suggéra Laurette.

— L'entrepreneur veut absolument pas nous avoir dans ses jambes. En plus, c'est pas possible, le système de chauffage sera pas encore installé. Tu devrais voir ça, il y a encore rien de fait en dedans. Tout est encore sur les colombages.

— On vous offrirait ben de venir rester ici en attendant, mais comme vous le voyez…, dit Gérard en faisant un geste de la main.

Le regard furieux de sa femme l'empêcha de continuer.

— Mais non, fit Colombe en arborant un sourire contraint. On voit bien que vous manquez déjà de place pour vous autres. T'es bien fin de nous l'offrir, Gérard, mais on a déjà réglé ce problème-là. Nos amis Lacasse nous ont proposé de venir rester chez eux le temps que notre maison soit habitable. Ils restent dans un grand appartement sur le boulevard Saint-Joseph et ils ont pas d'enfant. Ils disent que nous avoir chez eux pendant quinze jours les dérangera pas.

— Comme ça, c'est parfait, fit Laurette, soulagée de ne pas être sollicitée.

— Malheureusement non, reprit sa belle-sœur en tournant la tête vers elle. Il reste ma mère.

— Qu'est-ce qu'elle a, ta mère ?

— Les Lacasse n'ont pas de place pour elle.

— Ce sont des étrangers, poursuivit son mari. On peut tout de même pas les forcer à prendre la belle-mère aussi, tu comprends ? Cette pauvre vieille va être dans la rue le 15 janvier et on sait pas quoi faire avec elle.

— Ça fait qu'on s'est dit, Rosaire et moi, reprit Colombe en se gourmant, que maman pourrait peut-être enfin compter un peu sur son seul garçon pour la recevoir pendant les deux dernières semaines de janvier.

Laurette se figea instantanément en entendant les paroles de sa belle-sœur. Sa belle-mère chez elle durant deux semaines ! De quoi devenir folle ! Elle pouvait à peine la supporter une heure quand elle venait pour l'une de ses rares visites.

— T'es pas sérieuse, Colombe ? Où est-ce que tu veux qu'on la couche ? On n'a pas de place pantoute pour elle ici dedans. On n'a même pas de salon parce qu'il a fallu en faire une chambre pour les enfants.

— En vous tassant un peu ? insista Rosaire, apparemment sérieusement embêté d'avoir à quémander une telle faveur.

— En plus, elle sera jamais capable d'endurer les enfants, reprit Laurette, comme si son beau-frère n'avait rien dit.

— Ce sont plus des bébés à l'âge qu'ils ont, lui fit remarquer Colombe, un peu acide. Elle peut…

— C'est pas ça, la coupa brutalement Laurette. Je sais pas si t'as déjà remarqué, mais on peut pas dire que ta mère a jamais ben aimé ses petits-enfants. Quand est-ce qu'elle prend de leurs nouvelles ? Quand est-ce qu'elle se dérange pour venir les voir ? Jamais. C'est comme s'ils existaient pas.

— Ma mère est comme ça, Laurette. À son âge, on la changera pas, reprit Colombe sur un ton qu'elle voulait raisonnable. À soixante-dix ans, il lui reste plus tellement d'années à vivre. Tu devrais comprendre qu'on peut pas la laisser dehors en plein mois de janvier. Elle a ses petits défauts, c'est sûr. Mais nous autres, on a été capables de l'endurer les quatre dernières années. Vous êtes bien capables d'en faire autant pendant deux semaines. Quinze jours, c'est pas la fin du monde. C'est pas si long que ça.

Pendant tout cet échange, Gérard n'avait pas dit un seul mot. Il donna une vigoureuse tape sur la table et se leva en disant :

— C'est correct. On va prendre m'man avec nous autres les deux dernières semaines de janvier.

Cette phrase de leur hôte sembla donner le signal du départ. Colombe et son mari se levèrent à leur tour, visiblement très soulagés d'avoir trouvé un endroit où héberger Lucille Morin. Même s'il était presque l'heure du souper, Laurette ne formula aucune invitation pour les retenir à manger. Le visage fermé, elle précéda ses invités dans le couloir et tendit à sa belle-sœur son manteau de mouton. Gérard aida son beau-frère à endosser le sien.

— Bon. On se revoit dans le temps des fêtes, dit Colombe au moment de partir en s'efforçant de mettre une joyeuse animation dans sa voix.

— Ben sûr, fit Laurette sans aucune chaleur en ouvrant la porte pour laisser sortir ses invités.

L'obscurité était presque totalement tombée et l'unique lampadaire de la rue Emmett venait de s'allumer. Les joueurs de hockey avaient disparu et une petite neige folle voletait dans l'air, poussée par le vent qui venait de se lever. Laurette s'empressa de refermer la porte et se dirigea d'un pas rageur vers la cuisine, sans même un regard vers son mari. Elle entendit alors des voix en provenance du balcon, à l'arrière de la maison. Elle ouvrit la porte.

— Richard, va dire à tes sœurs qu'il est assez tard et que j'ai besoin d'elles pour le souper. Où est Gilles?

— Il est parti rapporter le hockey à Saint-Onge.

— Traîne pas dehors. Il fait déjà noir. Dépêche-toi de rentrer.

Sur ce, elle claqua la porte et alla chercher les pommes de terre dans le garde-manger. Gérard avait éteint l'arbre de Noël et repris sa place dans sa chaise berçante. Il sentait que la tempête allait éclater. Il ne se trompait pas.

— On a un petit problème, fit Laurette en caricaturant la voix précieuse de sa belle-sœur. Maudit verrat! explosa-t-elle. Là, à cette heure, c'est nous autres qui l'avons sur les bras leur maudit «petit problème». On va être poignés avec pendant quinze jours, à part ça!

— C'est juste pour deux semaines, fit son mari d'une voix apaisante.

— Deux semaines avec ta mère, ça va me paraître une éternité. M'entends-tu? Où est-ce qu'on va la caser, à part ça? As-tu une idée, toi? À moins que t'aies pensé l'envoyer coucher dans la cave avec les rats…

— Parle donc avec ta tête, la tança son mari avec un début d'impatience dans la voix. Cybole! on va juste se tasser un peu. On n'en mourra pas. On va faire coucher Richard dans le couloir sur le petit lit de camp et on va demander à Jean-Louis d'aller coucher avec son frère Gilles. Comme ça, on aura une chambre pour ma mère.

— Et tu t'imagines que ta mère va accepter de coucher dans la même chambre double que des garçons de cet âge-là ? Voyons donc, bonyeu ! Tu la connais ! Elle voudra jamais.

— Ben, là…

— Ben là, reprit Laurette d'une voix sarcastique, ça veut dire qu'il va falloir mettre toute la maisonnée à l'envers pour ta sainte mère. Ça veut dire qu'il va falloir demander à Jean-Louis et à Gilles d'aller coucher dans la chambre des filles. Denise et Carole vont être obligées d'aller s'installer dans la chambre des garçons. Comme ça, ta mère va peut-être accepter de s'installer dans la chambre de Jean-Louis sans trop chialer.

— Ben, tu vois. T'as déjà trouvé comment on va s'arranger, fit Gérard.

Sa femme lui adressa un regard furieux avant de s'asseoir à table devant les pommes de terre.

— Maudite misère noire ! se plaignit-elle en commençant à les éplucher avec des gestes brusques.

— Ça va vite passer, voulut la rassurer Gérard qui sentait que sa femme commençait à se résigner à l'idée d'avoir sa belle-mère sous son toit.

— Tu peux ben parler, toi, répliqua-t-elle avec humeur. Tu seras pas ici de la journée. C'est moi, la folle, qui vais être poignée avec elle du matin au soir. En tout cas, je te garantis qu'elle est mieux de pas me taper trop sur les nerfs parce que, ta mère, tu vas la ramasser sur le trottoir avec son bagage et ça prendra pas de temps, ajouta-t-elle, menaçante.

Sur ces fortes paroles, elle se tut pendant un long moment. Quand elle parla de nouveau, ce fut pour ordonner à son mari :

— Ouvre donc la porte une minute pour faire sortir l'odeur écœurante de cigare de Rosaire. Ma foi du bon Dieu, il fume de la vraie crotte de chien. Ça pue dans toute la maison.

À l'heure du repas, l'annonce de l'arrivée prochaine de la grand-mère suscita un beau tollé de protestations chez les enfants. Si Jean-Louis n'était pas du tout heureux de partager sa chambre avec son frère Gilles, les filles n'étaient guère plus enchantées d'être transférées dans la chambre double, sous l'œil critique de leur grand-mère paternelle. Richard fut le seul à accueillir la nouvelle sans trop s'en faire.

— Je vous avertis, dit-il en affectant un air mauvais. Le premier qui me réveille pendant la nuit en accrochant mon lit dans le couloir quand il va aller aux toilettes, il va s'en souvenir.

— Arrête, la terreur, se moqua Gilles. Tu vas finir par nous faire peur.

— Et pour la pension, est-ce que ça va changer quelque chose? demanda Jean-Louis à sa mère.

— Quoi, la pension? Qu'est-ce que tu veux dire? demanda cette dernière en allumant une cigarette.

— Ben. Je paie une pension pour avoir une chambre à moi tout seul, expliqua le jeune homme. Là, Gilles va être dans ma chambre.

Son père se contenta de lever les épaules et de secouer la tête. Il refusa d'intervenir. Il laissa le soin à sa femme de régler le problème puisque c'était elle qui percevait le montant de la pension hebdomadaire de Denise et de Jean-Louis. Elle exigeait un montant un peu plus élevé de son fils parce qu'il occupait seul une chambre.

— Tu paieras le même montant que Denise, le temps que ta grand-mère va être dans ta chambre, décida Laurette après un court moment de réflexion.

Ce soir-là, au moment de se mettre au lit, la mère de famille ne put s'empêcher de dire à son mari, après avoir fait sa prière, à genoux à ses côtés :

— En tout cas, ça va faire tout un aria quand ta mère va nous arriver avec sa grosse valise.

— Il nous reste encore un bon mois avant qu'elle vienne s'installer, lui fit remarquer Gérard. Tu vas voir, ça sera pas si pire que ça. À part ça, on sait jamais ce qui peut arriver dans un mois. Il y a rien qui dit que la maison de Rosaire sera pas déjà prête. On sait jamais.

— On peut toujours rêver, conclut Laurette d'une voix où perçait nettement le plus grand scepticisme.

Chapitre 11

Décembre

Le lendemain soir, Laurette laissa ses deux filles se charger de ranger la cuisine après le souper pour aller se préparer à sortir.

— Tu pourrais ben rester tranquille à la maison à soir, lui fit remarquer son mari. On gèle dehors.

— Il faut que j'y aille, dit Laurette sur un ton décidé en finissant d'étaler un soupçon de rouge sur ses lèvres, debout devant le petit miroir installé au-dessus de l'évier. La semaine passée je suis allée à l'école pour Carole. Il y a pas de raison que j'aille pas voir les professeurs des garçons.

— Tu sais pourtant ben que l'école va t'envoyer leur bulletin même si tu y vas pas. S'il y avait quelque chose de spécial, tu peux être sûre qu'ils t'auraient téléphoné.

— Je le sais, mais c'est pas la même chose, s'entêta la mère de famille.

Assis à la table de cuisine en train de faire leurs devoirs, Gilles et Richard s'adressèrent un regard de connivence. Leur père répétait exactement ce qu'ils avaient dit à leur mère l'après-midi même.

— Bon. Je suis prête. Grouille, Gilles. Je veux pas arriver trop tard et être poignée pour attendre derrière une filée de mères. Richard, oublie pas de mettre de l'eau dans le pied de l'arbre de Noël. Il est déjà en train de

CHÈRE LAURETTE

sécher. Je passe mon temps à balayer des aiguilles de sapin dans la cuisine.

Gilles poussa un soupir de résignation. Il s'empressa d'endosser son manteau et de chausser ses bottes. Il rejoignit sa mère à la porte d'entrée. Laurette et son fils sortirent de la maison. La température extérieure était singulièrement douce en ce lundi soir de décembre. La neige s'était mise à fondre depuis le début de l'après-midi quand un vent du sud avait commencé à souffler sur la métropole.

Pendant que Gilles s'inquiétait des effets de cette fonte sur la partie de hockey qu'il se proposait de disputer avec ses copains le lendemain après-midi, après l'école, sa mère espérait ne pas avoir trop honte en entendant les commentaires que les enseignants allaient lui faire sur ses deux fils. Par chance, la semaine précédente, sœur Saint-Jude n'avait eu que de bons mots pour Carole, même si les notes de son troisième bulletin se maintenaient tout près de soixante pour cent pour un troisième mois consécutif. Elle ressemblait à sa sœur Denise. Elle n'avait pas un grand talent, mais elle était ordonnée et obéissante, ce qui plaisait toujours aux religieuses.

Pour ses garçons, c'était souvent une autre paire de manches. Elle avait connu beaucoup plus de déboires que de joies à chaque fois qu'elle s'était présentée à l'école Champlain pour rencontrer leurs instituteurs.

Jean-Louis avait toujours eu beaucoup de difficulté à l'école. Il avait beau faire des efforts, ça n'entrait pas facilement. À chacune de ses visites, elle avait dû hausser le ton pour faire comprendre à son instituteur que son Jean-Louis faisait vraiment son possible et qu'il fallait arrêter d'être continuellement sur son dos. Elle se fichait royalement que les enseignants croient qu'elle le surprotégeait. Par ailleurs, si les résultats de Gilles se maintenaient le plus souvent autour des soixante-dix pour cent, ceux de Richard étaient plutôt en dents de scie. Dans son cas, elle savait que c'était surtout une question de comportement. Depuis son entrée à l'école Champlain, il avait un don certain pour s'attirer les foudres de l'instituteur qui avait la malchance de le compter parmi ses élèves.

— J'espère juste que ton frère a pas fait le fou, dit-elle à Gilles au moment d'escalader la douzaine de marches du large escalier en pierre qui conduisait à la porte d'entrée de l'école.

La plupart des fenêtres de l'école Champlain étaient éclairées en cette soirée de décembre. Des parents, en grande majorité des mères, franchissaient, les uns après les autres, la porte d'entrée de l'institution. Arrivée sur le palier, Laurette prit tout de même un bref instant de répit pour reprendre son souffle.

— Bonyeu qu'il est raide, cet escalier-là! se plaignit-elle, essoufflée.

— Où est-ce que je vous attends, m'man? demanda Gilles en manifestant une certaine impatience.

— Attends-moi dans l'entrée. Ça devrait pas être ben long. Il est même pas encore sept heures. On devrait être parmi les premiers.

Debout devant le secrétariat, Hervé Magnan, l'imposant directeur adjoint, orientait les parents vers le local où les attendait l'instituteur de leur fils. Laurette retira d'abord son lourd manteau de drap noir tant il faisait chaud dans l'école. Après un moment d'hésitation, elle choisit d'aller voir d'abord le professeur de Gilles. Elle monta le vieil escalier intérieur en bois en soufflant et tourna à gauche. Des parents attendaient déjà, assis sur des chaises disposées près des portes de chaque local. La chance sourit à la mère de famille : elle était la première à se présenter devant la porte ouverte de la classe de Laurent Robillard. Elle trouva ce dernier assis à son bureau, penché sur le registre de son groupe.

Le jeune enseignant à la figure ronde se leva avec empressement en l'apercevant et l'invita à entrer et à s'asseoir. Heureuse de trouver un siège, Laurette s'assit lourdement et déposa son manteau sur ses genoux. Pour son plus grand plaisir, Laurent Robillard lui vanta la ponctualité et le travail sérieux de son fils en lui faisant remarquer que sa moyenne générale n'avait pas cessé d'augmenter depuis le début de l'année. Il avait atteint soixante-seize pour cent en novembre et s'était classé troisième du groupe. Il allait avoir droit à la petite épinglette couleur bronze qu'il lui remettrait le lendemain avant-midi. L'instituteur conclut en affirmant qu'il ne serait pas étonné de le voir porter les feuilles de laurier du premier de classe avant la fin de l'année. Bref, il était particulièrement satisfait du rendement scolaire de Gilles et il espérait que l'adolescent poursuivrait ses études en huitième année, à l'école Jean-Baptiste Meilleur.

— Vous verrez, madame Morin. Votre gars va aller loin dans la vie, lui prédit-il en la conduisant à la porte.

Tout heureuse de ce qu'elle venait d'entendre, Laurette remercia l'enseignant et se dirigea vers la classe de Louis Nantel que fréquentait Richard.

— Ouais! se dit-elle. Après les fleurs, je suppose que je vais recevoir le pot.

Elle dut prendre place à côté de deux mères de famille dans le couloir et attendre son tour de rencontrer le gros enseignant dont les cheveux blancs contrastaient avec ses lunettes à monture de corne. Quand vint son tour de s'asseoir face au vieil instituteur, elle eut la surprise de l'entendre dire que son Richard était en train de se replacer.

— Ses notes ont légèrement augmenté durant le mois de novembre, lui expliqua-t-il en lui tendant le bulletin jaune cartonné de son fils. Il travaille un peu mieux. Il est rendu à soixante-quatre pour cent. Je dirais même qu'il est beaucoup moins distrait qu'au début de l'année.

— Vous me surprenez pas mal, dit Laurette, enchantée d'apprendre de si bonnes nouvelles.

— C'est d'autant plus surprenant qu'il m'a l'air d'être sérieusement en amour, conclut l'enseignant avec un petit rire entendu.

— En amour ? fit la mère de famille, étonnée.

— On le dirait bien, conclut Louis Nantel en quittant sa chaise pour signifier la fin de l'entrevue. Je le rencontre souvent après l'école, sur la rue Fullum, tenant la main d'une petite fille, toujours la même.

— Ah, ben là ! Vous m'en apprenez une bonne, dit Laurette.

— Ça a pas l'air bien méchant, ajouta l'enseignant pour la rassurer.

— Mais il est ben trop jeune pour commencer à courir les filles, protesta-t-elle. Je vais tirer cette affaire-là au clair en arrivant à la maison, vous pouvez en être sûr.

Cette dernière remarque de Louis Nantel venait de gâcher sa soirée. Elle en oublia presque tous les points positifs soulignés par les instituteurs de ses deux fils. Quand elle rejoignit Gilles qui n'avait pas bougé du hall d'entrée de l'école, elle endossa son manteau et sortit à l'extérieur, le visage fermé, sans dire un mot.

— Puis, m'man, qu'est-ce que Robillard vous a dit sur moi ? demanda l'adolescent au moment où ils se mettaient en marche sur la rue Fullum.

— Il est ben satisfait de toi, avoua sa mère. T'es arrivé troisième de ta classe ce mois-ci.

— Pas vrai ?

— Oui, et je suis ben contente. Ça prouve que tu travailles fort.

La mère et le fils marchèrent en silence durant un bon moment avant que Laurette ne demande :

— Le professeur de Richard m'a dit que ton frère était en amour. Es-tu au courant de ça, toi ?

— Non.

Laurette tourna la tête vers son fils et tenta de scruter son visage à la lueur du lampadaire sous lequel ils passaient à ce moment-là.

— Tu me contes pas de menterie là ?

— Ben non, m'man, protesta Gilles, un peu mal à l'aise.

— T'essayes pas de protéger ton frère ?

— Pantoute.

— De toute façon, je vais finir par savoir ce qui se passe, conclut-elle en allongeant le pas, soudainement pressée d'arriver à la maison.

Lorsque Laurette pénétra chez elle, Carole et Richard étaient en train de ranger leurs effets scolaires dans leur sac. Leur père, installé à l'un des bouts de la table, était occupé à réparer l'une des portes du grille-pain.

— Puis ? demanda-t-il à sa femme en levant la tête vers elle.

En guise de réponse, Laurette déposa les deux bulletins devant lui. Son mari repoussa légèrement ses lunettes sur son nez et s'empara du premier relevé, consulta brièvement les notes ainsi que le rang occupé.

— Sacrifice ! C'est tout un bulletin que t'as là, dit-il, tout fier, à son fils Gilles qui entrait dans la cuisine après avoir retiré son manteau.

— Combien il a ? demanda Richard.

— Soixante-seize pour cent.

— Pour moi, t'es le chouchou de Robillard, dit-il à son frère pour le taquiner.

— Jaloux, se contenta de laisser tomber Gilles.

Leur père ne les écoutait pas, uniquement intéressé à consulter le second bulletin posé devant lui. Pendant ce temps, Laurette s'était versé une tasse de thé et allumé une cigarette sans toutefois s'asseoir dans sa chaise berçante.

— Le tiens est pas mal aussi, dit Gérard Morin à son fils cadet.

— Est-ce que j'ai une meilleure note que le mois passé, p'pa?

— Soixante-quatre au lieu de soixante et un.

Un air de profond contentement se peignit sur le visage de l'adolescent.

— Tu peux faire encore mieux d'après ton professeur, intervint sa mère.

— Je fais ce que je peux, m'man, protesta vivement Richard.

— Peut-être que tu serais meilleur si tu lâchais les petites filles, lui fit-elle remarquer, sarcastique.

— Hein?

— Il paraît que t'es en amour. Est-ce qu'il faut préparer tout de suite les noces ou on va attendre l'été prochain? demanda sèchement Laurette.

— C'est quoi cette histoire-là? demanda le père, intrigué.

— Il paraît que notre gars est en amour par-dessus la tête avec une fille, lui expliqua Laurette. Son professeur l'a vu souvent en train de la tenir par la main.

Richard jeta un coup d'œil furieux à son frère Gilles qui se contenta de lever les épaules pour lui faire comprendre qu'il n'était pour rien dans la révélation de ses amours.

— Ah ben, simonac! s'exclama Gérard. J'aurai tout entendu. Est-ce que c'est vrai ce que ta mère me raconte là?

— Ben non, p'pa, mentit l'adolescent. C'est juste une fille que les gars arrêtaient pas d'écœurer quand elle revenait de l'école. Ça fait que, des fois, je marche avec elle jusqu'à sa maison pour qu'ils la laissent tranquille. Ça me retarde même pas. Elle reste à côté de l'école Champlain.

— Ouais! Ben à partir de demain, tu la laisseras se défendre toute seule, tu m'entends? intervint sa mère. À treize ans, t'as pas d'affaire à courir les filles. Si j'entends encore dire qu'on t'a vu avec elle, tu vas avoir affaire à moi!

Richard, furieux, prit son sac d'école et sortit de la pièce. Son père prit un crayon et signa les deux bulletins avant de les tendre à Gilles qui s'apprêtait à aller se coucher à son tour.

— Tiens, rapporte le sien à ton frère.

Gilles entra dans la chambre où il découvrit son frère en train de lire d'un air boudeur un *Spirou* emprunté à la bibliothèque de la classe.

— Tiens, c'est ton bulletin, lui dit-il en lui tendant son relevé de notes. P'pa l'a signé.

— Le gros écœurant, il va me payer ça! promit l'adolescent, les dents serrées, en parlant de son instituteur. Tu parles d'un maudit *stool!*

Son frère déposa son sac d'école dans un coin de la pièce, se déshabilla et se mit au lit. Dans la cuisine, les parents éteignirent le plafonnier et ne laissèrent allumé que le sapin de Noël pour écouter à CKAC Ovila Légaré dans *Nazaire et Barnabé*. Denise vint, déjà vêtue de sa robe de chambre, se joindre à eux.

— En tout cas, pour une fois, j'ai pas eu honte en allant chercher les bulletins, déclara Laurette sur le ton de celle qui s'était acquittée d'une corvée redoutée. Il y a ben l'histoire d'amour de Richard...

— Quelle histoire d'amour, m'man? demanda Denise qui, enfermée dans sa chambre, n'avait rien entendu.

— Laisse faire. C'est une niaiserie sans importance, répondit sa mère en lui indiquant la radio qu'elle voulait écouter.

Laurette se promit tout de même d'avoir son Richard à l'œil, surtout durant les vacances de Noël qui allaient commencer dans une semaine.

Malgré son envie d'écouter les blagues racontées par Ovila Légaré, son esprit se mit à vagabonder, préoccupée qu'elle était par les tâches qui l'attendaient. Heureusement, elle avait terminé ses achats des fêtes le samedi précédent.

Avec son maigre budget, elle était parvenue à acheter des présents à son mari et à chacun de ses enfants. Il ne lui restait plus qu'à les emballer, ce qu'elle ferait le lendemain de manière à pouvoir se consacrer au ménage des fêtes et à la cuisine la semaine suivante. Il n'était pas question de déposer les étrennes sous l'arbre, dans la cuisine, à cause du manque de place. Comme chaque année, elle allait donc les dissimuler sous son lit jusqu'après le souper, la veille de Noël. Il existait au moins un avantage à avoir des enfants aussi âgés. Il n'était plus besoin de feindre la venue du père Noël.

Le lendemain matin, Richard quitta la maison en même temps que Gilles et sa sœur Carole. Il neigeait doucement et les odeurs en provenance de la cheminée de la Dominion Oilcloth étaient entêtantes. Il laissa son frère se diriger seul vers l'école pour attendre ses trois meilleurs copains au coin de Morin et Fullum. Il faisait le trajet avec eux presque tous les matins quand il ne servait pas la messe.

Il regrettait vaguement de ne pas avoir à servir la messe cette semaine-là parce qu'il aurait bien eu besoin de cet argent pour acheter un cadeau à Monique. Il ne lui restait plus un sou. Toutes ses économies étaient passées dans l'achat des cadeaux de Noël que Gilles et lui allaient offrir à leurs parents. Penser à Monique lui rappela la délation de Louis Nantel et ses traits se durcirent.

— Lui, je l'ai pas oublié, dit-il à mi-voix, les dents serrées. Il va me payer ça, et pas plus tard qu'aujourd'hui.

L'adolescent eut le temps de concocter sa vengeance pendant qu'il attendait ses camarades au coin de la rue. À leur arrivée, il leur raconta ce que leur instituteur lui avait fait et leur promit qu'il allait faire en sorte de lui faire regretter de l'avoir dénoncé à sa mère.

— Vous allez m'aider, annonça Richard à ses futurs complices.

— Aïe! protesta Alain Cholette. J'ai pas envie de manger une volée par mon père à cause de toi.

— Ben non. Il y a pas de danger, expliqua Richard. Tout ce que vous allez avoir à faire, c'est de demander de l'encre à Nantel pendant qu'il va nous faire transcrire un texte dans notre cahier de devoir. C'est toujours la même chose, le mercredi matin. Il fait toujours ça.

— Ouais. Puis s'il s'aperçoit qu'on n'a pas besoin d'encre? demanda Claude Henripin, pas très chaud, lui non plus, à l'idée de se mêler d'une vendetta entre son copain et l'instituteur.

— Il y a pas de danger. Ça fait au moins trois semaines que Nantel a pas mis d'encre dans nos encriers et, en plus, c'est toujours un élève qui fait cette *job*-là.

À l'école Champlain, tous les enseignants de la troisième à la septième année gardaient dans leur armoire un gros contenant d'encre surmonté d'un long bec verseur qu'on utilisait pour remplir les encriers individuels déposés dans le trou pratiqué à l'extrémité du tablier de chaque pupitre.

— Puis, qu'est-ce que tu vas faire? demanda Jacques Roy, curieux.

— Ça, tu le verras ben, fit Richard, l'air mauvais.

Les trois camarades promirent de faire ce qui leur était demandé, se contentant de la vague promesse de Richard de ne pas les impliquer dans une action qui pourrait leur valoir une raclée à la maison ou une correction à coups de règle de la part de Louis Nantel. Ils s'empressèrent d'oublier tout ça et prirent la direction de l'école Champlain en chahutant et en se lançant de la neige qui, maintenant, tombait de plus en plus abondamment.

Après la prière du matin et le questionnement incontournable sur les numéros de catéchisme à apprendre la veille, Louis Nantel, vêtu de son éternel veston bleu marine et de son pantalon gris, prit quelques minutes pour déplorer le fait que si peu de parents se soient déplacés la veille pour venir le rencontrer. Ses élèves sentaient bien qu'il aurait voulu en dire beaucoup plus sur le sujet et qu'il se retenait à grand peine. L'enseignant finit par clore le sujet.

— Maintenant, sortez vos cahiers de devoirs et transcrivez à l'encre le texte que je vais écrire au tableau. Oubliez pas de mettre votre transparent.

Sur ce, le gros homme se leva et, un livre à la main, entreprit d'écrire au tableau d'une belle écriture soignée un court texte d'Alphonse Daudet. Il y eut un bref brouhaha quand les adolescents soulevèrent le couvercle de leur pupitre pour sortir leur cahier de devoirs. Ils prirent leur porte-plume, y insérèrent une plume à un cent et ouvrirent leur encrier. Ils se mirent au travail sans perdre un instant pour ne pas s'attirer les foudres de leur enseignant. De temps à autre, Louis Nantel jetait un regard derrière lui pour s'assurer que tous travaillaient avec application et transcrivaient le texte qu'il écrivait au tableau.

À un moment donné, il remarqua que deux, puis trois mains s'étaient levées, accompagnées d'un «M'sieur» pressant.

— Qu'est-ce qu'il y a? finit-il par demander d'une voix impatiente en se tournant carrément face à sa classe.

— J'ai plus d'encre dans ma bouteille, répondirent trois voix presque en même temps.

— On peut dire que vous choisissez votre moment, vous trois.

Richard leva la main à son tour.

— Oui, Morin? Qu'est-ce qu'il y a? T'as plus d'encre toi non plus?

— Non, monsieur, mais j'écris vite. Si vous voulez, je peux aller mettre de l'encre dans leur encrier pendant que vous finissez le texte.

Cette soudaine bonne volonté aurait dû alerter un instituteur aussi expérimenté, mais il n'en fut rien.

— C'est correct. Fais ça vite et dérange pas les autres, accepta Louis Nantel en se retournant pour poursuivre sa tâche.

Richard ne perdit pas un instant. Il se leva, monta sur l'estrade où se trouvait le bureau de l'enseignant, alla prendre le gros contenant d'encre bleue dans l'armoire située à l'extrême droite et se dirigea vers le pupitre de Henripin. Il ajouta un peu d'encre dans son encrier. L'instituteur tourna la tête dans sa direction pendant un bref moment pour le regarder faire avant de se retourner vers le tableau pour poursuivre sa tâche. Richard répéta rapidement la même manœuvre aux pupitres de ses copains Roy et Cholette.

En revenant vers l'avant de la classe dans l'intention apparente de rapporter la nourrice d'encre dans l'armoire, il en dévissa hypocritement le bouchon. À son arrivée au pied de l'estrade, l'adolescent feignit de buter contre elle et échappa volontairement vers l'avant la grosse bouteille en plastique en poussant un cri comme s'il s'était fait mal en heurtant l'estrade.

Louis Nantel, la craie en l'air, fit un saut de cabri pour éviter bien inutilement d'être éclaboussé par toute cette encre bleue projetée vers lui. Il y eut un cri de stupéfaction dans la classe et la moitié des élèves se leva d'un même mouvement pour pouvoir constater l'étendue des dégâts.

— Maudit gnochon! hurla l'instituteur, rouge de colère. Regarde ce que tu viens de faire, dit-il à Richard en lui montrant l'estrade, le mur et surtout ses jambes de pantalon couvertes d'encre. T'es pas capable de regarder où tu mets les pieds quand tu marches? Assoyez-vous, vous autres! cria-t-il aux élèves debout à leur place.

— C'est un accident, monsieur, balbutia Richard en prenant un air pitoyable. J'ai pas fait exprès.

— Va chercher du papier dans les toilettes tout de suite et reviens m'essuyer ça! lui ordonna l'enseignant sur un ton rageur. Fais ça vite!

L'adolescent sortit de la classe et revint avec du papier essuie-tout tiré de la distributrice installée dans les toilettes.

— Essuie le mur, commanda Louis Nantel qui savait fort bien que le bois de l'estrade avait bu l'encre répandue aussi rapidement que le tissu de son pantalon.

Lorsqu'il se rendit compte que Richard ne parvenait qu'à empirer les dégâts avec son papier, il lui ordonna sèchement de jeter le papier dans la corbeille et d'aller s'asseoir. Ce dernier obéit en adoptant un air coupable des plus convaincants.

Évidemment, la rumeur de ce qui s'était produit dans le local de la sixième année C se répandit comme une traînée de poudre durant la récréation de l'avant-midi. Quand Richard abandonna ses copains au coin de la rue Morin à l'heure du dîner, il vit Gilles se dépêcher pour le rejoindre.

— Il paraît que t'as eu un accident à matin? demanda-t-il à son frère.

— En plein ça, confirma Richard, l'air désinvolte. J'ai échappé la grosse bouteille d'encre dans la classe.

— Comment t'as fait ton compte?

— Un accident, répondit Richard de façon succincte.

— Et t'as pas fait exprès, je suppose?

— Devine, répondit son jeune frère sur un ton narquois.

— Ah ben, j'en reviens pas, se contenta de dire Gilles, un peu éberlué par l'aplomb de son cadet. T'as fait ça tout seul?

— Je me suis organisé avec mes *chums* pour remplir d'encre leur encrier. Je te l'avais dit que le gros Nantel me le paierait, non? se pavana Richard.

— J'espère pour toi qu'ils vont fermer leur gueule, tes *chums*, le mit en garde son frère aîné. Si jamais il y en a un qui se vante et que Nantel en entend parler, tu vas te faire mettre à la porte de l'école.

— En tout cas, dis pas un mot de ça à la maison, exigea Richard au moment où ils s'apprêtaient à pousser la porte de la maison.

Ce midi-là, Richard fut beaucoup moins serein qu'il ne l'avait escompté. Son frère était parvenu à gâcher son plaisir de s'être vengé. Il se promit de ne pas faire de vagues jusqu'aux vacances, la semaine suivante. À son retour à l'école Champlain au début de l'après-midi, il s'empressa de faire jurer à ses copains de se taire. Par contre, il était toujours aussi décidé à fréquenter Monique Côté, si l'on peut dire, et, surtout, à lui offrir un cadeau pour Noël.

La chance lui sourit de nouveau durant la récréation de l'après-midi quand il entendit un camarade de classe dire à un voisin que son grand frère, livreur à la pharmacie Charland, s'était blessé au dos le matin même en tombant dans l'escalier de la cave. Il en avait pour un mois à ne pas pouvoir aller travailler. En entendant cela, Richard ne perdit pas une minute. Quand la cloche sonna la fin des classes, il courut jusqu'à la rue Sainte-Catherine, avertit Monique en passant qu'il ne pouvait la raccompagner chez elle et se précipita à la pharmacie.

Avec son aplomb coutumier, l'adolescent demanda au pharmacien s'il pouvait remplacer son livreur qu'il venait de perdre. Alphonse Charland, imposant dans son sarrau blanc, était debout derrière son comptoir. Il le regarda par-dessus ses lunettes et esquissa un mince sourire. Il venait de reconnaître le jeune qui était venu lui demander du travail au début de l'été précédent.

— On dirait bien que tu lâches pas, toi, fit-il remarquer à Richard. C'est toi qui es venu me demander de l'ouvrage l'été passé, pas vrai ?

— Oui, monsieur Charland, reconnut Richard, plein d'espoir.

— Tu m'as l'air pas mal jeune pour faire cet ouvrage-là, dit le pharmacien en le scrutant.

— Je vous jure que je suis capable de faire ça, promit l'adolescent.

— Si je t'engage, tu vas être obligé de porter les commandes à pied, lui fit remarquer Alphonse Charland. L'hiver, je permets pas à mon livreur de se servir de son bicycle, même quand il y a presque pas de neige.

— C'est correct, monsieur. Je marche vite et je suis capable de courir quand c'est pressé.

— Le problème, c'est que tu vas encore à l'école, ajouta l'homme, l'air songeur.

— Oui, mais l'école achève. S'il y a des commandes pressantes, je pourrais toujours aller les porter durant l'heure de dîner. En plus, je finis de bonne heure, l'après-midi.

En temps ordinaire, Alphonse Charland n'aurait pas engagé un adolescent de cet âge, surtout parce qu'il n'était pas libre toute la journée. Mais cette fois-ci, il trouva émouvant le désir de travailler de ce jeune et, de plus, il lui permettrait d'attendre le retour de son livreur attitré.

— Bon. C'est correct. Tu commences tout de suite, décida-t-il. J'ai cinq commandes en retard. Oublie pas. Fais-toi payer avant de donner la commande.

— Combien vous allez me payer? demanda Richard, sans aucune gêne.

— Cinquante cents par soir. Durant tes vacances, je te donnerai une piastre par jour.

Richard prit un air dépité qui n'échappa pas au commerçant.

— Qu'est-ce qu'il y a? Ça fait pas ton affaire?

— Ben. Chez Tougas et chez Laurencelle, ils donnent soixante-quinze cennes par soir et une piastre et quart par jour.

— Si c'est comme ça, va porter leurs commandes, trancha le pharmacien, prêt à le planter là pour retourner à son travail.

— Non, non, c'est correct. Où sont les commandes que vous voulez que j'aille porter?

— Attention de pas les échapper, le mit en garde Charland en lui tendant cinq petits sacs. Il y a là-dedans deux bouteilles de sirop. J'ai écrit l'adresse sur chaque facture.

Fier comme pas un, l'adolescent sortit de la pharmacie et s'empressa de s'arrêter à la maison pour prévenir sa mère qu'il avait un emploi pour la durée des vacances des fêtes. Il annonça du même coup qu'il ne souperait qu'en rentrant.

Ce soir-là, il fit l'envie de Gilles en lui montrant la monnaie que des clients lui avaient donnée comme pourboire.

— Tes chanceux en maudit, toi, déclara son frère. Moi, je fais même pas cinquante cennes de *tip* dans toute ma fin de semaine.

— Ouais, mais oublie pas que le bonhomme me donne juste la moitié que ce que tu gagnes chez Tougas.

— Mais tu vas travailler plus souvent que moi. Moi, je peux travailler juste le vendredi soir et le samedi.

— C'est vrai, reconnut le cadet. En plus, je vais avoir de l'ouvrage tous les jours durant les vacances.

— C'est une bonne affaire, finit par dire Gilles après un bref moment de réflexion. Comme ça, tu vas pouvoir me rembourser toutes les cigarettes que tu m'as empruntées depuis le commencement de l'été.

— Whow! Exagère pas, se défendit son frère.

Le surlendemain, après le souper, Laurette endossa son manteau pour aller faire ses achats hebdomadaires de nourriture à l'épicerie Tougas de la rue Sainte-Catherine.

— Comment tu vas rapporter ta commande? lui demanda Gérard, en levant le nez au-dessus de son journal.

— Inquiète-toi pas pour ça, répondit-elle. Si Richard peut pas me la rapporter, je la ferai livrer.

Sur ces mots, la mère de famille quitta l'appartement. Il faisait froid, mais les trottoirs étaient enfin bien dégagés.

Au coin des rues Dufresne et Sainte-Catherine, elle s'arrêta un instant devant la vitrine de la pharmacie pour tenter d'apercevoir Richard à l'intérieur. Son fils semblait être parti faire des livraisons. Elle poursuivit son chemin jusqu'à l'épicerie qui, en ce vendredi soir, était prise d'assaut par un nombre important de ménagères.

— Ça va être le *fun* encore. Je vais être poignée pour attendre pour me faire servir ma viande et ensuite à la caisse, dit-elle à mi-voix en s'emparant d'un chariot qu'elle aurait beaucoup de mal à déplacer dans les allées trop étroites de l'épicerie. Elle sortit de son sac à main sa liste d'achats et se mit en devoir de comparer les prix de différents produits avant de les déposer dans son chariot.

— Tout augmente! C'est ben effrayant! lui dit une parfaite inconnue en saisissant une boîte de petits pois près d'elle.

— Vous avez ben raison, lui concéda Laurette, en s'arrêtant un instant de calculer dans sa tête la somme que représentait déjà le contenu de son chariot. C'est à se demander comment on va faire pour nourrir les enfants.

Lorsqu'elle arriva enfin devant le comptoir du boucher, elle se rendit compte, avec mauvaise humeur, qu'il y avait une demi-douzaine de clientes devant elle.

— Bonyeu! Je vais ben passer ma soirée ici dedans! ne put-elle s'empêcher de dire à une dame qui attendait elle aussi.

— Ça peut aller plus vite qu'on pense, rétorqua l'autre. Remarquez que, moi, si j'étais celle qui a gagné la grosse dinde que Tougas a fait tirer, je me plaindrais pas d'attendre, ajouta-t-elle avec un sourire las.

Depuis cinq ou six ans, Ernest Tougas faisait tirer une dinde pour fidéliser sa clientèle. À compter du 1er décembre, il incitait tous ses clients à remplir un coupon à la caisse et à le déposer dans une boîte. Le tirage avait toujours lieu quelques jours avant Noël.

— Elle a déjà été tirée? demanda Laurette.

— Oui, madame. Il paraît que ça a été fait à l'heure du souper. Le nom est sur le gros carton, au-dessus du comptoir, précisa l'inconnue en désignant le comptoir réfrigéré derrière lequel Tougas et un boucher servaient la clientèle.

Laurette fit deux pas en avant pour mieux lire ce qui était inscrit en grosses lettres noires sur le carton orné de cloches rouges et d'angelots. Son cœur eut alors un raté. Elle venait de lire: «Madame Laurette Morin».

— C'est pas vrai! s'exclama-t-elle, folle de joie. C'est moi qui ai gagné la dinde! dit-elle assez fort pour être entendue de toutes les clientes qui se pressaient devant le comptoir. C'est ben la première fois que je gagne quelque chose!

Le propriétaire de l'épicerie leva la tête et lui adressa un large sourire en la reconnaissant. Quelques minutes plus tard, il lui remit une grosse dinde de près de vingt livres sous le regard envieux des personnes présentes dans son magasin.

Quelques minutes plus tard, elle passa à la caisse. Elle aurait bien aimé que Gilles soit présent dans l'épicerie pour transporter sa commande, mais il était parti faire des livraisons. Trop impatiente pour attendre son retour, elle retint les services d'un jeune livreur.

C'est une Laurette Morin radieuse qui rentra à la maison en compagnie de l'adolescent, qui déposa ses sacs d'épicerie près de la porte. Elle lui donna un vingt-cinq cents dans un geste d'une générosité sans précédent avant de refermer la porte derrière elle. Surprise par sa bonne humeur, Gérard lui en demanda la cause en l'aidant à transporter les victuailles sur la table de cuisine.

— Tu devineras jamais ce qui m'arrive, fit sa femme en enlevant son manteau. J'ai gagné la dinde qui était tirée chez Tougas. Regarde, elle est là, ajouta-t-elle en tirant d'un sac une dinde d'une vingtaine de livres.

— Ben, voyons donc! s'exclama son mari avec bonne humeur.

— Je gagne pas souvent quelque chose, reprit-elle fièrement, le sourire aux lèvres, mais quand ça m'arrive, ça vaut la peine en bonyeu! On va mettre la dinde dans une boîte dans le hangar, décida-t-elle et je vais la faire cuire et la désosser lundi.

— On rit pas. Il y a de la belle viande là-dedans, fit Gérard en soupesant la bête.

— Ça, avec de la bonne farce à la sarriette, ce sera pas battable, conclut sa femme en commençant à ranger ses emplettes avec l'aide de Carole.

La semaine suivante, la veille du début du long congé scolaire, Laurette se leva ce matin-là avec l'idée bien arrêtée de confectionner ses tartes et ses pâtés à la viande de manière à profiter de sa dernière journée de «sainte paix», comme elle disait. La perspective de passer une bonne partie de la journée à essayer de préparer une pâte acceptable était pourtant loin de l'enchanter. De plus, les enfants étaient si excités à la pensée des vacances toutes proches qu'elle dut élever la voix à plusieurs reprises pour les calmer durant le déjeuner.

Richard était particulièrement énervé et n'arrêtait pas de taquiner Carole pour la faire se fâcher. Après lui avoir volé la moitié d'une rôtie, il venait de jeter par terre son livre.

— Toi, si tu te calmes pas tout de suite, tu vas recevoir une claque par la tête, le menaça sa mère, à bout de patience. Va voir s'il y a rien qui traîne dans ta chambre et après, fais de l'air. Va-t-en à l'école.

— Il est même pas huit heures, m'man, protesta son fils.

— Ça fait rien. Va geler un peu dehors. Ça va te calmer les nerfs. Envoye! Disparais, je t'ai assez vu.

L'adolescent dut sentir que sa mère allait bientôt passer aux actes parce qu'il disparut rapidement dans sa chambre. Moins de cinq minutes plus tard, il reparut, portant son sac d'école.

— Mais ça sent donc ben mauvais dans l'entrée, se plaignit Carole.

— Qu'est-ce qu'il y a encore? demanda sa mère.

— Ce sont les bottes de Richard. Il a encore laissé ses souliers dedans, dit la fillette, heureuse de se venger de son frère.

— Richard! cria Laurette. Viens ici!

L'adolescent revint dans la cuisine.

— Combien de fois je t'ai dit depuis le commencement de l'hiver que je voulais pas que tu laisses tes souliers dans tes bottes quand tu les enlevais?

— Je le sais, m'man. Mais hier, j'avais pas le choix. Il y a une semelle d'un de mes souliers qui a décollé.

— T'aurais pas pu le dire hier soir, sans-dessein? Là, ton père est parti travailler. Il aurait pu te la réparer hier.

— J'y ai plus repensé en revenant de la pharmacie.

— Et là, tu vas faire quoi à l'école aujourd'hui avec ce soulier-là? Ils vont te laisser garder tes bottes dans la classe? T'as pas d'autres souliers à mettre.

— Je vais dire au bonhomme Nantel…

— À monsieur Nantel, le reprit sévèrement sa mère.

— Je vais dire à monsieur Nantel que ma semelle vient juste de décoller et il va me laisser promener en bas dans la classe.

— Ouache! fit Carole en grimaçant de dégoût, comme si cette perspective lui soulevait le cœur.

— Des plans pour qu'il pense qu'il y a un rat mort dans sa classe, intervint Gilles, qui avait assisté à toute la scène sans rien dire.

Denise, attablée, se contenta de se boucher le nez.

— Sors-moi ce soulier-là de ta botte, ordonna Laurette à Richard.

Quand elle eut en main le soulier tout éraflé dont la semelle bâillait, elle dit à son fils:

— Va me chercher le marteau et le pot de petits clous dans l'armoire.

— Je suis capable de le faire, m'man, proposa Richard.

— Laisse faire. Apporte-moi ce que je t'ai demandé. Je vais essayer de réparer ça en attendant que ton père s'en occupe à soir.

Laurette utilisa quatre tout petits clous à tapisserie pour réparer temporairement la semelle.

— À cette heure, allez-vous-en à l'école que je puisse remettre de l'ordre dans la maison.

En quelques minutes, les trois écoliers quittèrent l'appartement, suivis de près par Denise qui, depuis deux semaines, avait pris l'habitude de quitter la maison sur le coup de huit heures, même si elle ne commençait à travailler qu'à neuf heures chez Woolworth.

— Pourquoi tu pars si de bonne heure? lui avait demandé sa mère le premier jour où cela s'était produit. Ça te prend même pas dix minutes pour aller travailler.

— J'aime ça arriver un peu plus de bonne heure au magasin. Comme ça, je suis pas obligée de courir.

~~~

La jeune fille s'était bien gardée de révéler la vérité à sa mère. Depuis quinze jours, elle flottait sur un nuage.

Pour la première fois de sa vie, elle était amoureuse. Elle ne tenait pas à partager ce secret avec les membres de sa famille. Il y avait bien assez de Lise Paquette, sa camarade de travail, qui était au courant.

Au début du mois de décembre, un jeune homme au visage ouvert avait pénétré dans le magasin à l'heure du dîner, à la recherche de crayons. Denise l'avait servi et avait remarqué ses yeux bleus et ses cheveux châtains soigneusement coiffés. Son manteau déboutonné laissait voir un veston, une chemise blanche et une cravate. De toute évidence, ce n'était pas un ouvrier. Quand elle lui avait souri en lui rendant sa monnaie, il avait rougi et balbutié un remerciement avant de quitter le magasin. Puis, il avait fait son apparition chez Woolworth pratiquement chaque jour pour acheter de petites choses. Chaque fois, il s'était s'arrangé pour être servi par Denise. Dès sa troisième visite, Lise Paquette avait repéré son manège et s'était mise à taquiner sa camarade de travail sur son flirt.

Enfin, deux jours plus tard, le client s'était enhardi au point de se présenter après avoir remarqué l'absence du gérant et de l'autre vendeuse dans le magasin. Il s'appelait Serge Dubuc et était caissier à la banque d'Épargne, coin Dufresne et Sainte-Catherine. Il avait demandé d'une voix mal assurée à Denise si elle accepterait de venir boire un café ou une boisson gazeuse au restaurant voisin, pendant sa pause, à l'heure du souper.

— Je sais pas trop si je devrais, avait-elle répondu d'une voix hésitante. Je vous connais pas et…

— Envoyez donc, mademoiselle, avait-il insisté d'une voix légèrement suppliante. Il peut rien vous arriver, on va être juste à côté, à la salle de billard.

Après un bref moment d'hésitation, la fille de Laurette Morin avait accepté et les deux jeunes gens s'étaient retrouvés en train de boire un Coke au comptoir de la salle de billard voisine. Serge lui avait immédiatement plu. Il était poli, réservé et bien élevé.

À compter de ce jour-là, ils avaient pris l'habitude de se retrouver tous les matins, avant d'aller travailler, devant une tasse de café, au restaurant situé coin Frontenac et Sainte-Catherine.

Lors de ces brèves rencontres matinales, Denise avait peu à peu appris que Serge était l'enfant unique d'un couple demeurant dans une petite maison neuve à Tétreaultville. Son père, contremaître à la Vickers, l'avait faite construire quatre ans auparavant. Serge avait réussi sa douzième année et travaillait à la banque depuis trois ans. Il ambitionnait d'occuper à trente ans le poste de gérant de succursale. En attendant, il espérait quitter son emploi de caissier pour devenir moniteur l'année suivante.

— Mon frère Jean-Louis est ambitieux lui aussi, avait rétorqué la jeune fille. Il étudie pour devenir assistant comptable chez Dupuis, avait-elle ajouté, heureuse de faire voir à son nouvel ami qu'il y avait quelqu'un d'instruit chez les Morin.

Denise n'avait pas parlé de ses projets d'avenir. Depuis le début de leurs rencontres matinales, elle se sentait un peu diminuée avec sa huitième année qu'elle n'avait d'ailleurs pas réussie.

Bref, cela tournait à l'idylle entre les deux jeunes gens. Il était évident qu'ils se plaisaient, mais il restait un problème, et il était de taille. Denise ne se décidait pas à accepter l'invitation du jeune homme à aller avec lui au cinéma. Ses parents n'accepteraient jamais qu'elle sorte avec un garçon qui ne leur aurait pas été présenté. Si elle acceptait, Serge devrait obligatoirement venir la chercher à la maison.

Tout le problème était là. Depuis cette invitation, la jeune fille était tiraillée entre sa crainte de le perdre par son hésitation et la honte de lui montrer où elle demeurait. Pour la première fois de sa vie, elle réalisait à quel point l'appartement de la rue Emmett était miteux et pourrait rebuter quelqu'un vivant dans une maison neuve. Lorsqu'il se présenterait à sa porte, elle ne pourrait même pas le faire passer au salon pour l'attendre pendant qu'elle finirait de se préparer. Il devrait patienter debout dans l'entrée ou assis à la table de cuisine. Le problème lui donnait des sueurs froides et lui semblait insoluble. Angoissée, elle était certaine que son ami allait la laisser tomber d'une façon ou d'une autre.

Cette nuit-là, elle avait encore mal dormi à force de retourner dans sa tête tous les scénarios possibles. Toutefois, à son réveil, sa décision était prise. Elle n'était pas pour traîner ça durant des semaines. Tant pis pour ce qui allait arriver. Si Serge Dubuc trouvait que les Morin appartenaient à une classe trop inférieure, il la laisserait tomber et tout serait dit.

Ce matin-là, Serge l'attendait comme d'habitude devant la vitrine du restaurant et l'accueillit avec un large sourire avant de lui ouvrir galamment la porte. Dès qu'ils eurent pris place sur la banquette de moleskine rouge du restaurant, Denise ne perdit pas de temps.

— Si ça te tente toujours d'aller aux vues, on pourrait aller voir le nouveau film de Fernandel, au Bijou, dimanche soir, dit-elle comme s'ils avaient l'habitude de sortir ensemble.

— C'est certain que ça me tente, affirma le jeune caissier, rayonnant de joie. À quelle heure veux-tu que j'aille te prendre à la maison ?

— Je pense que t'es mieux de venir vers sept heures moins quart. Il va falloir que je te présente à mes parents. Tu connais mon adresse ?

— Non. Tout ce que je sais est que tu restes sur la rue Emmett.

— Le 2318. Je te préviens. Chez nous, c'est pas une maison neuve comme chez vous, prit-elle la précaution de préciser.

~~~~~

Au même moment, Laurette, enfin débarrassée de ses enfants, sortait son sac de farine pour préparer sa pâte à tarte. Elle avait mis à mijoter sur le feu le mélange de porc, de bœuf et d'oignons qu'elle allait mettre dans ses pâtés à la viande. Plus tard, elle s'occuperait de la cuisson des raisins et des dattes utilisés dans les deux sortes de tartes qu'elle servait habituellement aux siens durant les fêtes. La radio jouait en sourdine *Petit papa Noël* chanté par Tino Rossi. Elle humait avec satisfaction la bonne odeur de viande en train de cuire qui embaumait la cuisine quand un coup de sonnette la fit sursauter.

— Bon. Qui est-ce qui vient encore me déranger? s'exclama la mère de famille en s'essuyant les mains sur son tablier tout en se dirigeant vers la porte d'entrée.

Elle souleva un coin du rideau qui masquait la fenêtre de la porte pour découvrir avec surprise Cécile Paquin, tenant un paquet.

— Qu'est-ce qu'elle me veut, elle? se demanda Laurette à voix basse avant d'ouvrir la porte à la voisine.

— Bonjour, madame Morin. Je voudrais pas vous déranger, dit la veuve avec un grand sourire. Je passais juste vous remercier, vous et votre mari, d'avoir pensé à mon garçon pour l'ouvrage chez Dominion Rubber.

— Ben, restez pas dehors à geler, madame Paquin. Entrez une minute, offrit Laurette en ouvrant la porte toute grande.

— Merci. Mais juste à l'odeur, je vois que vous êtes en train de cuisiner pour les fêtes et je voudrais pas vous retarder dans votre ouvrage. Tenez. Je vous ai apporté deux tourtières que j'ai faites hier pour vous remercier. Elles seront pas aussi bonnes que les vôtres, mais des fois, c'est utile d'en avoir en trop.

— Voyons donc! protesta Laurette. Je suis pas pour vous prendre vos tourtières, même si elles ont l'air ben bonnes.

— Prenez-les, madame Morin. C'est la seule façon que j'ai trouvé pour vous remercier de vous être occupés de mon Léo, vous et votre mari.

— Enlevez vos bottes et venez au moins vous asseoir deux minutes dans la cuisine, fit l'hôtesse qui ne pouvait faire autrement puisque la voisine s'était donné la peine de lui apporter un cadeau.

Les deux femmes passèrent dans la cuisine et Laurette exigea de la visiteuse qu'elle retire son manteau avant de lui offrir une tasse de thé.

— Je vous trouve ben chanceuse d'être capable de faire de la pâte à tarte aussi belle, dit l'hôtesse à Cécile Paquin en regardant les deux beaux pâtés à la viande à la pâte toute dorée qu'elle venait de tirer du sac dans lequel la voisine les avait mis. De vraies images! Faire de la pâte à tarte, c'est ma croix, madame chose. J'ai jamais été capable d'en faire de la vraie bonne. Elle est toujours rapiécée, jamais toute feuilletée, comme a l'air d'être la vôtre. Ma mère aussi la faisait feuilletée. Je comprends rien là-dedans. C'est pourtant sa recette que je prends tout le temps, mais ça sert à rien.

— J'ai bien d'autres problèmes, mais pas celui-là, madame Morin, dit en souriant Cécile Paquin. Maintenant que Léo a une *job*, je vous dis que je trouve la vie pas mal plus facile. Quand mon Fernand est mort il y a quatre ans, il nous a pas laissé grand-chose, le pauvre homme. Après avoir payé le docteur et l'hôpital, il me restait presque plus rien.

— Pauvre vous! la plaignit sincèrement Laurette. C'est sûr que ça a pas dû être facile d'être prise toute seule pour élever un grand garçon.

Puis elle se rappela l'avoir toujours vue, la mise soignée, l'air fraîche et dispose, et son élan de pitié disparut comme neige au soleil.

— Ça vous aurait pas tenté de vous trouver de l'ouvrage? demanda-t-elle hypocritement.

— C'est ce que j'ai fait, reconnut la visiteuse.

— Et naturellement, vous avez rien trouvé? conclut Laurette après avoir bu une première gorgée de thé.

— Oh non! protesta la veuve. Pour ça, j'ai été chanceuse. J'en ai trouvé presque tout de suite et j'en ai jamais manqué depuis ce temps-là. S'il avait fallu que j'en manque, je sais pas ce que j'aurais fait pour payer les comptes, le loyer et le manger.

— Ah, ben là! vous me surprenez, reconnut franchement Laurette. Comme je vous ai toujours vu chez vous, j'étais sûre que vous travailliez pas.

— J'ai toujours travaillé pour un Juif de la rue Saint-Laurent. Je couds des uniformes à la maison.

— Chez vous? C'est pratique.

— Oui, mais je peux vous assurer que pour se faire un salaire qui a du bon sens, il faut coudre au moins dix heures par jour. Mon Juif m'apporte le matériel une fois par semaine et il vient chercher ce que j'ai cousu la semaine d'avant en même temps. Pas nécessaire de vous dire qu'il examine à la loupe chaque uniforme que j'ai fait et, s'il y a le moindre défaut, il en profite pour me donner moins. C'est pour ça que maintenant que Léo travaille, c'est pas mal plus facile. On va même s'acheter un radio pour les fêtes.

— Je vous trouve pas mal courageuse, ne put s'empêcher de dire Laurette qui avait brusquement honte de se plaindre autant, elle qui pouvait compter sur un mari et deux de ses enfants pour boucler son budget.

— Vous savez, je fais juste imiter ma mère qui s'est retrouvée veuve avec six filles sur les bras. Chez nous, sur notre petite terre de roche, en Gaspésie, il était pas question qu'on se lamente pour rien. Il fallait retrousser ses manches et travailler d'une étoile à l'autre.

Laurette se leva pour aller touiller ce qui cuisait sur le poêle.

— Bon. Je vous ai assez fait perdre votre temps, dit Cécile Paquin en se levant à son tour. Vous avez vos tourtières et vos tartes à faire. Je vous retarde.

— Ben non, protesta son hôtesse, qui ne paraissait pas du tout pressée de se mettre à l'œuvre.

— J'y pense tout à coup, dit la veuve. Aimeriez-vous que je vous montre ma recette de pâte. Ça prend cinq minutes à faire et c'est pas possible de la manquer.

— Écoutez, je voudrais pas ambitionner sur le pain béni, se défendit mollement Laurette.

— Si ça fait votre affaire, je vais vous montrer ça tout de suite et vous aurez plus jamais de misère à faire de la pâte, je vous le garantis.

— Attendez. Je vous donne un tablier, offrit Laurette en ouvrant la porte du garde-manger derrière laquelle étaient suspendus deux ou trois tabliers.

— Pour combien de tourtières et de tartes voulez-vous de la pâte.

— Une demi-douzaine de chaque va faire amplement l'affaire.

Sous les yeux émerveillés de Laurette, Cécile Paquin lui prépara toute la pâte nécessaire en un tour de main. Laurette l'examinait pendant qu'elle travaillait et se demandait quel âge sa voisine pouvait bien avoir. Sûrement un peu moins de quarante ans. La femme n'avait pas la moindre ride et avait gardé sa ligne de jeune fille. Elle était soignée sans avoir mauvais genre, reconnut-elle un peu à contrecœur.

«Pour moi, elle doit avoir un caractère de cochon pour pas avoir trouvé à se remarier», pensa-t-elle.

Après avoir saupoudré le rouleau à pâte de farine, la veuve lui montra combien cette pâte s'étalait facilement sans chercher à se déchirer ou à coller au rouleau.

— Ah, ben là! s'exclama Laurette. Je sais vraiment pas comment vous remercier. Vous venez de m'enlever toute une épine du pied. En plus, vous venez de faire mon ouvrage.

— Essayez ma recette, madame Morin, lui conseilla Cécile Paquin en endossant son manteau. Vous allez voir. Vous pouvez pas la manquer. Vous m'en donnerez des nouvelles.

— En tout cas, je vous remercie ben gros pour vos tourtières et pour votre recette.

— Ça m'a fait plaisir.

Dès que la voisine fut partie, la mère de famille s'empressa de confectionner ses six pâtés à la viande et ses six tartes. Quand les trois écoliers rentrèrent pour dîner, la maison sentait tellement bon qu'ils en furent tout excités.

— Est-ce qu'on va goûter aux tourtières pour dîner? demanda Richard.

— Es-tu malade, toi? rétorqua sèchement sa mère. Les tourtières et les tartes, c'est pour Noël et le jour de l'An, pas avant. Venez m'aider, ajouta-t-elle à l'intention de ses enfants. Les garçons, vous allez sortir le coffre en bois du hangar et le mettre sur le balcon. On va tout mettre là-dedans.

Gilles et Richard exhumèrent du hangar une grande caisse en bois qu'ils déposèrent près de la porte arrière de l'appartement.

— Moi, je vous le dis, m'man, on serait ben mieux d'en manger un peu à midi, affirma Richard. Je suis sûr qu'on va se les faire voler et on n'aura pas eu la chance d'y goûter, ajouta-t-il pour la taquiner.

— Que j'en voie un essayer de venir jouer dans le coffre! s'exclama sa mère, sans le moindre humour. Je lui arrache un bras.

Les tartes et les pâtés furent rangés dans le coffre dont on referma soigneusement le couvercle avant de rentrer dans la maison. En quelques instants, la table fut dressée et la mère de famille servit aux siens un reste de fricassée de porc de la veille.

Ce soir-là, Laurette apprit à son mari la visite de la veuve en surveillant attentivement sa réaction. Même si elle commençait à trouver Cécile Paquin sympathique, elle n'en demeurait pas moins une femme jalouse à l'affût du moindre signe d'admiration pour une autre femme chez son mari.

— Pourquoi? demanda Gérard sur un ton neutre.

— Pour nous remercier d'avoir trouvé une *job* à son gars.

— Tu lui as pas dit que j'avais rien fait de spécial pour lui. Je l'ai juste fait avertir quand il y a eu une place libre. Pas plus.

— Ben non. J'étais pas pour lui dire ça quand elle m'a même apporté deux tourtières pour nous remercier. Mais j'ai pas grand confiance. On la connaît pas, après tout, cette femme-là. Je sais pas si c'est ben propre chez eux.

— Si elles te donnent mal au cœur, ses tourtières, t'as juste à les jeter, lui suggéra son mari.

— Aïe! m'man, protesta Gilles. Moi, je suis prêt à risquer d'en manger. Si vous êtes pour les jeter…

— Whow! On va prendre une chance, répliqua sa mère sur un ton tranchant. Après tout, pourquoi elle chercherait à nous empoisonner?

Lorsque ses deux jeunes frères eurent quitté la maison pour aller porter les commandes chez Tougas et Charland, Denise, qui n'avait pratiquement pas prononcé un mot durant tout le repas, dit à ses parents:

— Un gars m'a demandé d'aller aux vues avec lui dimanche soir.

— C'est qui ce gars-là? demanda son père en baissant le son de la radio qu'il venait d'allumer.

— C'est un client du magasin, p'pa.

— Comment il s'appelle? demanda sa mère.

— Serge Dubuc. Il est caissier à la banque, au coin de Dufresne. Ça fait plusieurs fois qu'il me demande d'aller aux vues avec lui. Il a l'air ben correct.

— Est-ce qu'il reste dans le coin? reprit son père.

— Non. Il reste avec son père et sa mère à Tétreaultville.

— Et vous iriez aux vues tout seuls? demanda Laurette.

— Ben, m'man, protesta Denise. On va juste au Bijou. C'est pas au bout du monde.

— On sait jamais, ma petite fille. C'est pas mal dangereux pour une fille de sortir avec quelqu'un qu'elle connaît pas.

— Je le connais, m'man.

— Peut-être, mais nous autres, on le connaît pas pantoute.

— Ben, m'man! protesta la jeune fille.

— Il y a pas de «ben, m'man». On veut le voir, ce gars-là, avant de le laisser t'amener aux vues.

— C'est sûr, admit Denise. C'est ce que je lui ai dit quand il m'a invitée. Il est supposé venir me chercher après le souper, dimanche, conclut-elle en endossant son manteau pour aller travailler.

— C'est correct comme ça, dit son père, satisfait.

— En tout cas, j'ai assez hâte que le temps des fêtes finisse pour plus avoir à aller travailler le soir, ajouta la jeune fille en se penchant pour chausser ses bottes.

— Prends patience, ce sera plus ben long, l'encouragea sa mère.

Quand sa sœur fut partie, Jean-Louis ne put s'empêcher de faire remarquer à ses parents encore attablés :

— Ce que je comprends pas, c'est pourquoi un gars va payer pour une fille durant toute une soirée. Je suppose que son Dubuc va payer les p'tits chars, les vues et même le restaurant après. Moi, je trouve que c'est du gaspillage.

— Quand tu tomberas en amour avec une fille, tu vas comprendre, lui dit sa mère.

— Ce que tu comprends pas, c'est que c'est là que tu commences à prendre l'habitude de payer pour une fille, intervint son père, sarcastique. Après ça, t'es poigné pour le faire jusqu'à la fin de tes jours.

— Que t'es donc fin, toi ! s'exclama sa femme. Comme si t'avais jamais rien en échange de cet argent-là !

Le lendemain, dernier jour de classes, Richard ne se tenait plus d'impatience. Durant tout l'après-midi, il n'avait cessé de toucher à la petite boîte bleue au fond de sa poche de pantalon. C'était le cadeau qu'il destinait à Monique.

La veille, en quittant la maison après le souper pour aller porter des commandes de la pharmacie, il s'était empressé d'entrer chez Woolworth, situé quelques portes plus loin, avant le retour au travail de sa sœur. Il avait alors acheté un cadeau à son amie de cœur.

L'adolescent n'avait mis que cinq minutes pour repérer un petit cœur au bout d'une chaînette qui reposait sur un lit de ouate dans une boîte bleue. Quand le gérant lui avait dit qu'il valait un dollar, il avait tiré la somme de l'une de ses poches et avait payé sans sourciller, même si cela représentait tous les pourboires qu'il avait eus durant les quatre derniers soirs. Depuis, il avait accordé une attention spéciale à la boîte pour ne pas l'abîmer. Il aurait aimé pouvoir l'emballer dans du papier coloré et orner le tout d'une belle boucle de ruban rouge, mais cela avait été impossible. Le papier et le ruban étaient dissimulés dans la chambre de ses parents. Il avait donc déposé son cadeau au fond de son sac d'école en prenant bien soin de ne pas l'écraser.

Dès qu'il mit le pied à l'extérieur de l'école cet après-midi-là, il se dépêcha d'aller attendre Monique devant l'église, comme chaque après-midi. Les menaces de sa mère ne pesaient pas lourd comparées au plaisir de tenir la main de son amie de cœur. Il était là, tête nue, le manteau déboutonné, trop amoureux pour sentir le froid. Lorsqu'il l'aperçut, il alla au-devant d'elle. Il tenait dans l'une de ses mains la petite boîte bleue qu'il s'empressa de lui tendre avec une certaine maladresse.

— Qu'est-ce que c'est ? demanda son amie.

— Ouvre-la et tu vas le savoir, répondit Richard en la débarrassant de son sac d'école.

Monique retira ses gants de laine grise. Elle ouvrit la boîte et découvrit le petit cœur au bout de sa chaînette.

— Mais t'es bien fin de m'avoir acheté ça ! s'exclama-t-elle, tout heureuse que son amoureux ait pensé à lui offrir quelque chose pour Noël.

La jeune fille jeta un regard autour d'elle pour s'assurer de ne pas être vue et déposa un rapide baiser sur la joue de l'adolescent pour le remercier. Richard en fut tout retourné. Elle l'avait embrassé !

Les deux jeunes, émus, se remirent en marche vers la rue De Montigny. Avant de le quitter, Monique tira de l'une des poches de son manteau une enveloppe qu'elle lui tendit en disant :

— Attends d'être tout seul pour l'ouvrir.

— Merci. Ça va me faire tout drôle de pas te voir pendant deux semaines, ajouta-t-il, s'ennuyant déjà à cette seule pensée.

Au début de la semaine, son amie lui avait appris qu'elle serait partie durant toute la durée des vacances scolaires.

— C'est vrai, reconnut Monique. Je pars à soir pour Hull avec ma mère. On va faire le tour de mes oncles et de mes tantes et on va rester chez mon grand-père. Mon père va venir nous rejoindre. Bon. Il faut que j'y aille avant que ma mère se mette à regarder par la fenêtre pour voir ce qui me retarde. Merci encore pour ton cadeau.

À regret, Richard la laissa aller et la regarda monter l'escalier de la dernière maison, coin Fullum et De Montigny. Il attendit qu'elle eût disparu à l'intérieur pour revenir sur ses pas. De retour à la maison, il s'empressa d'aller dans sa chambre et profita du fait qu'il était seul pour ouvrir l'enveloppe que Monique lui avait remise avant de le quitter. Il y découvrit une carte de Noël avec ces simples mots qui le remuèrent profondément : «Je t'aime» précédé d'un cœur qu'elle avait dessiné. Il allait remettre la carte dans l'enveloppe lorsqu'il se rendit compte que la jeune fille avait déposé dans cette dernière une mèche de ses cheveux liés par un mince ruban blanc. Il regarda longuement la carte et les cheveux avant de dissimuler le tout dans un livre de classe qu'il enfouit dans son sac d'école.

Après le souper du dimanche suivant, Laurette houspilla les siens pour qu'ils remettent vite de l'ordre dans la cuisine avant l'arrivée du garçon qui avait invité Denise. Comme il n'y avait pas de salon, il allait devoir passer dans la cuisine. Quelques minutes plus tôt, Jean-Louis était parti, emportant son gros livre de comptabilité sous le bras. Il allait passer la soirée à étudier avec le comptable, peut-être son futur patron chez Dupuis.

— Allume l'arbre de Noël, Gilles, et éteins le radio. On s'entend plus parler ici dedans. Carole, essuie la nappe et passe le balai pendant que je finis de placer la vaisselle dans l'armoire.

— Sacrifice! On dirait que c'est le roi d'Angleterre qui va venir! s'exclama Richard.

— Pendant que j'y pense, vous autres, les jeunes, vous feriez mieux de disparaître dans vos chambres quand il arrivera. Si tout le monde se met à le dévisager, il saura pas où se mettre, ce gars-là.

— C'est une bonne idée, m'man, approuva Denise. Si tout le monde se ramasse dans la cuisine quand il va arriver, Serge va prendre peur.

— Cré maudit! Tu penses qu'il est pas plus brave que ça? se moqua son père.

— Ben, p'pa!

— Oui, c'est correct. J'ai compris. Vous avez entendu, vous autres, ajouta-t-il à l'endroit des trois plus jeunes. Au coup de sonnette, vous disparaîtrez dans vos chambres.

— J'espère qu'on va au moins avoir le droit d'écouter, protesta Richard.

— Toi, tu vas finir par avoir une claque derrière la tête si tu continues à vouloir faire le fin finaud! le prévint sa mère sur un ton menaçant.

À peine Laurette venait-elle de finir de parler qu'on sonna à la porte. Denise attendit que les trois jeunes eurent disparu dans leur chambre avant d'aller ouvrir à Serge Dubuc.

— Entre. Je vais te présenter à mes parents, dit-elle au jeune homme.

Ce dernier retira ses caoutchoucs, déboutonna son paletot et enleva son chapeau avant de la suivre dans l'étroit couloir qui conduisait à la cuisine. Denise était gênée de la pauvreté de l'appartement familial. Il ne lui avait jamais semblé aussi étriqué. Elle aurait aimé que toutes les portes des chambres soient fermées pour que son invité ne voie pas en passant le pauvre mobilier qu'elles contenaient. Même pas de salon où le faire asseoir. Quand Serge Dubuc pénétra dans la cuisine à sa suite, son père et sa mère se levèrent pour le saluer. Le jeune homme serra la main du père et de la mère de Denise en rougissant légèrement.

— Assoyez-vous une minute, offrit Laurette, favorablement impressionnée par ce grand jeune homme bien mis et bien éduqué. Enlevez votre manteau. Il fait pas mal chaud dans la maison.

— Merci, madame, fit Serge en s'assoyant à côté de Denise après avoir retiré son paletot bleu marine.

Durant quelques minutes, l'invité dut répondre aux questions de Gérard et de Laurette sur sa famille et sur lui-même.

— Bon. Il faudrait ben y aller, finit par dire Denise en se levant. On va arriver en retard.

— Reviens pas trop tard, commanda Laurette au moment où les deux jeunes gens s'apprêtaient à sortir.

— Je vais vous la ramener jusqu'à votre porte dès la fin du film, promit Serge Dubuc avec un grand sourire.

— Je vous fais confiance.

Quand Denise et son ami eurent quitté la maison, les jeunes revinrent dans la cuisine.

— Puis, qu'est-ce que t'en penses? demanda Laurette à son mari.

— Il m'a l'air d'un bon petit gars, répondit Gérard, sans trop se compromettre. De toute façon, il est pas encore question qu'il fréquente Denise. Il l'a juste invitée à aller voir un film.

— S'il commence à venir la voir les fins de semaine, m'man, est-ce que ça veut dire qu'on va être obligés de passer nos soirées enfermés dans nos chambres? demanda Richard, impudent.

— Ce serait peut-être pas une mauvaise idée pantoute, répondit sa mère. Ça te reposerait et nous aussi…

Chapitre 12

La voiture d'Armand

La veille de Noël, le thermomètre indiqua –18 °F, donnant à la glace la dureté de la pierre. Un fort vent du nord rendait le froid encore plus mordant et difficile à supporter. Pour la première fois depuis le début de l'hiver, Gérard dut surchauffer au point de faire rougir la fournaise du couloir. Les vitres des fenêtres de l'appartement mal isolé de la rue Emmett étaient totalement obstruées par le givre et une mince pellicule de glace couvrait les plinthes au bas des murs de la cuisine.

— Une chance que j'ai plus à jouer au père Noël, dit Gérard à sa femme ce soir-là. Me vois-tu en train de m'habiller dans le hangar avec un froid pareil?

— T'en es pas mort, lui fit remarquer Laurette, un peu nostalgique. Si je me souviens ben, il y a eu des veilles de Noël où on a gelé presque autant qu'à soir.

Le souper terminé, les Morin s'étaient empressés de placer sous l'arbre les cadeaux qui seraient déballés au retour de la messe de minuit. La table avait été dressée pour le réveillon. En cette fin de soirée, les enfants finissaient de se préparer pour assister à la messe pendant que leurs parents buvaient un verre de boisson gazeuse dans la cuisine uniquement éclairée par le sapin de Noël. Ils écoutaient les airs de Noël diffusés par CKAC. Après le *Jingle bell* de Perry Como et le *White Christmas* de Bing

Crosby, ils avaient eu droit à la complainte de *La Charlotte prie Notre-Dame* et au *Minuit, Chrétiens* interprété par Yoland Guérard. La soirée était calme et reposante.

— Je pense que c'est le soir de l'année que j'aime le plus, dit Laurette à son mari. Ça me rappelle tellement de beaux souvenirs.

Cette veille de Noël lui rappelait l'époque où les enfants, excités par la perspective d'avoir des étrennes dans quelques heures, étaient mis au lit dès sept heures, avec interdiction expresse de se lever. Si l'un d'eux tardait trop à s'endormir, on le menaçait d'être privé de la visite du père Noël. Après la messe, Gérard endossait en grelottant dans le hangar son vieil habit de père Noël qui sentait toujours un peu la naphtaline et il attendait que Laurette abaisse le store de la fenêtre de la cuisine pour venir sonner à la porte d'entrée en portant les étrennes dans un vieux sac de jute teint en rouge... Les enfants avaient tous cru au vieux bonhomme et en avaient voulu beaucoup à la personne qui leur avait un jour révélé la vérité. Pour Laurette, cette révélation marquait la fin de l'enfance. À cette pensée, elle en avait encore un pincement au cœur.

La mère de famille finit par quitter sa chaise pour s'avancer dans le couloir.

— On part dans cinq minutes pour l'église, annonça-t-elle d'une voix forte.

— Il est même pas onze heures, protesta Jean-Louis en se présentant à la porte de sa chambre.

— T'es libre de partir à l'heure que tu veux, répliqua sa mère. Si t'aimes mieux passer toute la messe debout, au fond de l'église, c'est ton affaire. Tu sais ben que l'église va être pleine à craquer.

— C'est correct, je vais y aller avec vous autres, fit-il, peu enthousiaste.

— Moi, j'ai pas besoin d'être là avant onze heures et demie, dit Richard en ouvrant la porte de sa chambre. L'abbé Laverdière nous a demandé de pas arriver trop de bonne heure.

— Tu vas être le dernier à partir de la maison d'abord, lui fit remarquer sa mère. Organise-toi pour que les portes soient toutes barrées avant de partir.

Richard avait enfin cessé de pester contre l'obligation d'assister à la messe de minuit dans le chœur, dans une soutane rouge aux manches à revers en velours et en surplis blanc. L'abbé Laverdière avait exigé que tous les servants de messe de la paroisse ainsi que les enfants de chœur se présentent à onze heures trente dans la sacristie, la veille de Noël. Plusieurs jeunes avaient formulé des récriminations parce qu'il allait de soi que cette prestation ne serait pas rétribuée.

Pour sa part, Richard en avait surtout contre le fait qu'il devrait porter un flambeau comme la vingtaine de jeunes qui allaient envahir le chœur. Il avait une sainte horreur d'être porte-flambeau. Cette lampe à huile fixée au bout d'un manche d'une longueur de quatre pieds était pourvue d'un globe vitré que le moindre faux mouvement déséquilibrait et faisait chuter. En d'autres mots, tenir un flambeau exigeait du porteur une attention de tous les instants, ce qui agaçait prodigieusement cet adolescent remuant.

À onze heures, Gérard, Laurette et quatre de leurs cinq enfants quittèrent la maison. La tête penchée vers l'avant pour combattre le vent glacial qui avait pris la rue Fullum en enfilade, ils pressèrent le pas pour trouver le plus tôt possible la chaleur de l'église Saint-Vincent-de-Paul. Malgré l'heure hâtive, il y avait déjà des fidèles qui se dirigeaient lentement vers le temple. Les Morin escaladèrent la douzaine de marches qui conduisaient aux portes de l'église et pénétrèrent dans les lieux, accueillis par les chants de la chorale qui procédait à une dernière répétition avant la messe.

L'église était déjà plus qu'aux trois quarts remplie. Un marguillier vint à la rencontre de la famille Morin et la conduisit jusqu'à un banc libre situé sur le côté droit.

— Bonyeu! jura Laurette à voix basse. C'est le *fun*, j'ai une belle grosse colonne en pleine face qui me cache la moitié de ce qui se passe en avant.

— Veux-tu ma place? proposa Gérard, assis au bord de l'allée.

— Laisse faire. Je verrai pas mieux.

Les chuchotements des gens étaient ponctués par le bruit des agenouilloirs qu'on laissait tomber un peu trop brusquement sur le sol en marbre. Des parents, accompagnés par leurs jeunes enfants, quittaient parfois leur banc durant quelques instants pour les amener voir de plus près la crèche édifiée devant l'autel de la Vierge, à gauche du chœur.

Depuis son arrivée, Gilles tournait la tête dans toutes les directions pour tenter d'apercevoir Nicole Frappier. Carole somnolait déjà un peu, assise entre sa mère et sa sœur Denise.

— Maudit qu'il fait chaud! se plaignit Laurette à voix basse en retirant maladroitement son manteau qu'elle étala derrière elle, sur le dossier du banc.

À la vérité, la cohue générait une telle chaleur qu'on avait qu'une envie: dormir.

— Je te l'avais dit qu'on serait mieux en arrière, fit Gérard. Là, au moins, le monde va avoir un peu d'air frais parce qu'ils vont finir par ouvrir une porte.

— C'est ça, fit Laurette avec humeur. En plein courant d'air. Une affaire pour attraper son coup de mort.

Le bedeau apparut dans le chœur et monta les marches de l'autel après avoir exécuté une rapide génuflexion en passant devant le tabernacle. Il alluma les cierges avant de descendre ouvrir les deux portillons de la sainte table. Les membres de la chorale se turent. Durant quelques minutes, il n'y eut plus que les chuchotements des fidèles.

Sur le coup de minuit, la chorale entonna le *Ça, bergers, assemblons-nous* au moment même où une douzaine de porte-flambeau sortaient de la sacristie par la porte de droite, longeaient la sainte table et pénétraient dans le chœur, suivis par les deux vicaires. Le curé Perreault clôturait cette petite procession, entouré de ses deux servants de messe.

Les porte-flambeau firent une double haie au célébrant qui alla faire une génuflexion au bas de l'autel. Lorsque le prêtre monta à l'autel, les enfants de chœur se dirigèrent, l'un derrière l'autre, vers le râtelier dans lequel ils devaient déposer les flambeaux. Le hasard voulut que Richard trébuche sur sa soutane un peu trop longue. Il fit un faux pas pour rattraper son équilibre. Immédiatement, le globe de son flambeau quitta le long manche sur lequel il reposait et alla s'écraser sur le marbre, projetant des éclats de verre dans toutes les directions.

Le curé Perreault tourna la tête vers le coupable et lui lança un regard furieux qui eut le don de faire rougir violemment les oreilles de l'adolescent. Richard alla s'asseoir avec ses compagnons en se faisant le plus petit possible.

L'incident n'avait pas plus échappé aux Morin qu'aux autres fidèles. Pour sa part, Laurette avait violemment sursauté en entendant éclater le globe vitré, mais n'avait pas vu que son fils était responsable de l'incident. Elle se contenta de chuchoter à son mari :

— Veux-tu ben me dire pourquoi ils mettent ces maudits fanaux-là au bout d'une perche ? Une fois sur deux, il y a un enfant qui l'échappe.

Gérard se contenta de lever les épaules en signe d'ignorance.

La messe dura une bonne heure. L'officiant, toujours aussi fier de sa belle voix de baryton, ne perdit pas une occasion d'accompagner les membres de la chorale dans leurs chants. Il eut cependant le bon sens d'abréger son homélie, probablement à cause de la chaleur infernale dans laquelle baignait son église. Quand le maître-chantre entonna enfin le *Minuit, Chrétiens* après l'*Ite missa est* du célébrant, les fidèles, soulagés, commencèrent à quitter les lieux en boutonnant leur manteau.

Un vent violent accueillit les gens à leur sortie de l'église. Saisis par un froid aussi vif, les fidèles ne s'attardèrent pas sur le parvis. Serrés les uns contre les autres, la tête enfoncée entre les épaules pour mieux se protéger du froid, les Morin se dirigèrent rapidement vers la rue Fullum, pressés de se retrouver à l'abri des murs de leur appartement. Le halo jaunâtre des rares lampadaires éclairait mal le trottoir où des plaques de glace se dissimulaient sous une neige fine tombée la veille.

À leur arrivée à la maison, tous les membres de la famille s'empressèrent d'enlever leur manteau et leurs bottes, soudainement tiraillés par la faim.

— Richard, allume donc l'arbre pendant qu'on met les tourtières et le ragoût à réchauffer, ordonna Laurette en déposant deux tourtières dans le four.

Au même moment, Gérard acheva de vider le reste du seau de charbon dans la fournaise.

— Gilles, va chercher une autre chaudière de charbon dans la cave, commanda le père de famille en tendant le seau vide à l'adolescent.

— Quand tu vas remonter de la cave, on va ouvrir les cadeaux pendant que le manger réchauffe dans le fourneau, ajouta sa mère.

Quelques minutes plus tard, tous les Morin se rassemblèrent dans la cuisine, près de l'arbre de Noël. Gérard remit alors à chacun de ses enfants le cadeau qui lui était destiné. Ainsi, Denise reçut des produits de maquillage; Jean-Louis, une paire de gants et une écharpe et Carole, un chandail en laine rose. Pour leur part, Gilles et Richard eurent droit à une paire de souliers neufs.

— Essayez-les tout de suite, leur suggéra leur mère. S'ils font pas, je vais retourner les changer chez Yellow après-demain.

À la vue de la paire de souliers noirs achetée par sa mère, Richard eut du mal à retenir une grimace de déception. Durant tout le mois de décembre, il n'avait pas cessé de parler de la montre Timex qu'il désirait avoir comme étrennes.

Ensuite, ce fut au tour des parents de recevoir des étrennes. Les enfants avaient tous participé, selon leurs ressources, aux achats. Laurette tira d'un emballage rouge une robe de chambre bleue en flanelle.

— Avec ça, m'man, vous allez avoir chaud tout l'hiver, dit Gilles, heureux de constater la joie de sa mère dont les traits s'illuminèrent à la vue de son cadeau.

Le père de famille reçut un briquet et un mince porte-cigarette au fini argenté.

— Vous êtes pas raisonnables, les enfants! s'exclama Gérard, content du cadeau qu'ils venaient de lui offrir.

— Bon. On a fini d'ouvrir les cadeaux, dit Laurette sur un ton décidé. On ramasse les papiers et on les jette dans la fournaise. Allez porter vos cadeaux dans votre chambre pendant que je coupe les tourtières. Traînez pas sinon vous allez manger froid.

Gilles et Richard entrèrent dans leur chambre en même temps que Jean-Louis pénétrait dans la sienne. Richard ne put se retenir d'asticoter un peu son frère aîné en le voyant ranger son écharpe et ses gants dans l'un des tiroirs de sa commode.

— Pendant que j'y pense, sais-tu que ce serait le *fun* de voir les factures des cadeaux qu'on a donnés à p'pa et à m'man, dit-il à Gilles en train de ranger sous le lit ses souliers neufs.

— Pourquoi tu dis ça?

— Ben. Ils ont été achetés chez Dupuis. Je suis pas sûr pantoute que notre frère a payé sa part. Ça me surprendrait même pas qu'il ait fait de l'argent sur notre dos. Tu le connais. Il est assez gratteux.

— Mon petit maudit baveux! s'emporta Jean-Louis debout au fond de sa chambre. Tu sauras que j'ai payé plus que toi dans ces cadeaux-là.

— Ouais, ouais! Mais on n'a pas de preuve de ça, nous autres! ricana Richard en s'empressant de se diriger vers la porte dans l'intention de regagner au plus vite la cuisine pour se mettre à l'abri de la taloche que son frère s'apprêtait à lui administrer.

— Tout le monde à table! cria Laurette en déposant une assiette devant son mari.

Tous les enfants, mis en appétit par les odeurs allé-chantes en provenance de la cuisine, s'empressèrent de prendre place autour de la table. Aidée par Denise, la mère de famille mettait dans chaque assiette une pleine louche de ragoût, des pommes de terre et un morceau de pâté à la viande.

— Est-ce que ce sont les tourtières de madame Paquin ou les vôtres? demanda Gilles à sa mère.

— Est-ce qu'elle est bonne?

— Ben oui, m'man, répondit l'adolescent avec conviction.

— Dans ce cas-là, ce sont les miennes, rétorqua sèchement sa mère. Ceux qui en veulent un autre morceau, il en reste un peu, mais je vous avertis que j'en ferai pas réchauffer d'autres. Il faut que j'en garde pour la visite de demain soir.

— Ça va être ben assez, m'man, la rassura Denise. Il y a aussi des tartes.

Pendant plusieurs minutes, il n'y eut plus dans la cuisine que des bruits de fourchettes heurtant des assiettes et des « Miam ! » de plaisir. Les Morin se concentraient sur la dégustation de ce festin qui n'avait lieu qu'une fois par année. Au-dessus de leur tête, à l'étage, on repoussait bruyamment des chaises sur le parquet. La famille du chauffeur de taxi était probablement occupée à festoyer, elle aussi.

Il était près de deux heures trente quand Laurette remarqua que tous avaient fini de manger et que certains commençaient à bâiller.

— On va laisser faire la vaisselle, annonça-t-elle. On la fera demain matin, en se levant. Donnez-moi juste un coup de main à défaire la table et on va aller se coucher.

La table fut nettoyée en un tour de main. Pendant que la mère de famille mettait le chaudron de ragoût sur le balcon, Denise essuyait la nappe plastifiée. Gérard éteignit les lumières de l'arbre de Noël avant d'aller ajouter la moitié d'un seau de charbon dans la fournaise.

— Je pense qu'on va laisser le poêle à l'huile chauffer toute la nuit en plus de la fournaise, dit-il aux siens en regardant la glace épaisse qui couvrait les vitres de la fenêtre de la cuisine.

— S'il y en a qui se lèvent avant nous autres, demain matin, qu'ils fassent pas trop de bruit en lavant la vaisselle du réveillon, recommanda Laurette avec un sourire las avant d'éteindre le plafonnier de la cuisine.

Avec cette dernière remarque, elle était certaine que les lève-tôt y penseraient à deux fois avant de se lever.

Après un coucher aussi tardif, personne ne s'éveilla avant neuf heures le matin de Noël. Quand la mère de famille parut dans la cuisine, enveloppée dans sa nouvelle robe de chambre bleue, elle découvrit son mari en train de finir de laver la vaisselle du réveillon alors que ses deux plus jeunes fils l'essuyaient.

— Si tu veux boire un café, il y en a sur le poêle, lui offrit Gérard en lui tendant une tasse.

— Ah ben, bonyeu! s'exclama-t-elle en feignant la stupéfaction. Il va falloir faire un «X» quelque part pour que je me souvienne avoir vu les hommes de la maison faire la vaisselle.

— Aïe, m'man! Exagérez pas, fit Richard. Ça nous est déjà arrivé de la faire.

— Ah oui! Quand?

L'adolescent fouilla sa mémoire pour retrouver une occasion où il avait déjà fait ce travail pendant que sa mère se versait une tasse de café et allumait sa première cigarette de la journée. Il finit par renoncer.

— En tout cas, vous êtes ben fins d'avoir lavé la vaisselle, reprit Laurette d'une voix encore ensommeillée. Je crois ben que j'ai trop mangé au réveillon. Je me suis endormie seulement à quatre heures du matin.

— Il y a pas à dire, tu vas être en forme pour recevoir tes frères, lui fit remarquer Gérard. Tu pourras même pas aller t'étendre une heure cet après-midi avant qu'ils arrivent. Tu les connais. À deux heures, ils vont être ici dedans.

— Je le sais, reconnut Laurette, sans aucun enthousiasme.

Elle prit le temps de siroter son café avant d'aller faire sa toilette et de s'habiller. Denise et Carole vinrent déjeuner un peu plus tard avant d'aller mettre un peu d'ordre dans leur chambre. Quand Laurette revint dans la cuisine, son mari était au téléphone en train de souhaiter un joyeux Noël à sa mère. Il répéta ensuite ses vœux à sa sœur et à son beau-frère.

— J'espère qu'ils ont pas trop insisté pour qu'on aille les voir aujourd'hui? fit Laurette, sarcastique, quand son mari eut raccroché.

— C'est pas le temps d'aller là, dit Gérard. Ils sont en plein barda. Il paraît que toute la maison est à l'envers. Le déménagement approche.

— On sait ben. C'est jamais le temps d'aller là, répliqua Laurette, acide. Je pense que la dernière fois qu'on est allés là, c'était l'hiver passé et on n'est même pas restés une heure. Ça a tout pris pour qu'ils nous offrent une chaise pour nous asseoir.

Gérard choisit de ne rien ajouter. Il se contenta d'allumer la radio pour écouter les informations.

Cet après-midi-là, il était à peine deux heures quand la porte d'entrée s'ouvrit avec fracas sur un Gilles tout excité.

— Veux-tu ben me dire, bout de viarge! ce que t'as à t'énerver comme ça! s'écria sa mère qui s'apprêtait à aller faire une petite sieste, même si elle redoutait l'arrivée hâtive de ses invités.

— Mon oncle Armand vient d'arriver, s'écria l'adolescent.

— Maudit verrat! Ils arrivent ben de bonne heure! fit Laurette avec mauvaise humeur. J'aurai même pas le temps de m'étendre cinq minutes. Quand on les invite à souper, ils devraient comprendre que c'est pas pour passer la journée.

— M'man, mon oncle a un char à cette heure!

— Hein! Voyons donc! dit Laurette, incrédule.

— Je vous le dis. Il est passé devant la porte. Il chauffait un gros char bleu. Il a continué sur Archambault. Quand il m'a vu, il a baissé sa vitre et il m'a dit qu'il revenait tout de suite.

— Ah ben, on aura tout vu! Armand qui a un char à cette heure, fit sa mère en se précipitant vers le rideau qui masquait la fenêtre de la porte. T'as entendu ça, Gérard?

— Pourquoi pas. Ça fait des années qu'il arrête pas de dire qu'il fait un bon salaire chez Molson.

— À quoi ça va lui servir? Il travaille tout près. Il a juste un petit char à prendre tous les matins et il débarque à la porte de Molson. Tiens, les voilà.

Une grosse Dodge 1939 venait de s'arrêter devant la porte.

— Je connais rien aux chars, dit-elle à son mari, mais on dirait ben que celui de mon frère est pas mal vieux, non?

— On le dirait, acquiesça Gérard.

Laurette vit sa belle-sœur descendre du véhicule en compagnie de Suzanne et Louise, ses deux filles âgées de neuf et onze ans.

— Fermez pas les portes si fort, calvince! dit le père aux siens qui venaient de claquer les portières de l'automobile avec un peu trop de vigueur.

Pauline Brûlé eut un soupir d'exaspération, mais elle attendit tout de même que son mari ait fini de parler à Richard et à Gilles qui s'amusaient à jouer au hockey avec deux jeunes de leur âge au milieu de la petite rue.

— Jouez un peu plus loin pour pas risquer de poquer mon char, exigea leur oncle. Si vous voyez quelqu'un s'en approcher trop, enlevez-le de là.

— OK, mon oncle, le rassura Richard. On s'en occupe.

— Bon, arrive, Armand, on gèle, commanda Pauline sur un ton sec en poussant devant elle ses deux filles.

Les quatre invités se dirigèrent vers la porte qui s'ouvrit avant même qu'ils aient sonné. Laurette et Gérard accueillirent leurs invités en leur souhaitant un joyeux Noël. Il y eut des baisers et des poignées de main échangés.

— Enlevez votre manteau et venez vous réchauffer dans la cuisine, fit Laurette, tout sourire, en feignant de ne pas les avoir vus arriver en voiture.

— Avez-vous vu mon char? demanda son frère aîné.

— Quoi? C'est à toi le char bleu qui est devant la porte? demanda sa sœur.

— Ben oui. Je l'ai acheté la semaine passée. Il m'a pas coûté cher. J'étais tanné de geler sur le bord de la rue à attendre les petits chars matin et soir. Ça fait que je me suis laissé tenter. Habillez-vous. Je vais vous montrer ça, ajouta Armand Brûlé, jovial.

— Lui et son maudit char, laissa tomber sa femme. J'ai ben peur que vous ayez pas fini d'en entendre parler. Pour vous donner une idée, on roulait si lentement en s'en venant chez vous qu'on avait le temps de voir l'heure sur les horloges dans les cuisines des maisons, ajouta-t-elle en se moquant de son mari.

— Exagère donc, calvince! Maudites femmes! jura Armand. Elles sont jamais contentes. Elle se plaignait de geler quand elle était obligée de marcher. À cette heure qu'on a un char, elle trouve le moyen de se lamenter que c'est pas assez vite.

Pendant que Gérard et Laurette endossaient leurs manteaux et chaussaient leurs bottes, Pauline conseillait à ses filles d'enlever les leurs et d'aller jouer avec leur cousine Carole qui venait d'apparaître dans le couloir. Les deux fillettes aux joues rebondies s'empressèrent d'obéir.

— Tes filles ont l'air pétantes de santé, dit Laurette en finissant de chausser ses bottes.

— Je comprends, fit Pauline. Tu devrais voir tout ce qu'elles mangent. Je suis même souvent obligée de les arrêter avant qu'elles se rendent malades.

— Bon. On peut y aller, déclara Gérard en ouvrant la porte.

Au moment où sa belle-sœur sortait de la maison en compagnie d'Armand et de Gérard, l'hôtesse dit :

— Je vous rejoins tout de suite. J'ai deux mots à dire à Denise.

Elle referma la porte et se rendit dans la chambre de son aînée.

— Tes deux petites cousines sont avec Carole dans la cuisine, chuchota-t-elle. Nous autres, on va examiner le char de ton oncle Armand. Veux-tu penser à leur offrir des beurrées tout à l'heure, même si leur mère est là. Tu les connais. Deux vraies cochonnes ! On va essayer de les bourrer un peu avec du pain avant le souper, sinon elles vont tout manger.

— Je vais essayer d'y penser, m'man.

Laurette sortit et alla rejoindre son mari et ses invités, plantés sur le trottoir, devant la Dodge bleue. Richard et Gilles avaient abandonné temporairement leurs camarades et s'étaient joints à leurs parents pour examiner la voiture.

— C'est un char pas mal vieux, ce tacot-là, hein, mon oncle ? demanda Richard en assenant une tape sur le coffre de la Dodge.

Le visage du propriétaire pâlit sous l'insulte.

— Touche pas à la peinture, tu vas la grafigner, ordonna-t-il à son neveu en lui adressant un regard furieux. C'est sûr qu'elle est pas neuve, expliqua-t-il à sa sœur et à son beau-frère en faisant un effort évident pour oublier la remarque désobligeante de son jeune neveu. C'est une Dodge 39, mais le vendeur m'a dit que c'était un curé qui l'avait avant et elle a presque pas roulé. Regardez, ajouta-t-il en leur faisant faire le tour du véhicule. Ce char-là a pas une tache de rouille et le dedans est propre comme s'il sortait du garage.

Pour prouver le bien-fondé de ce qu'il venait de dire, l'homme ouvrit les deux portières du côté du trottoir pour permettre aux spectateurs de vérifier par eux-mêmes ce qu'il venait d'avancer.

— Ça, c'est de la construction d'avant-guerre, précisa le frère de Laurette, gonflé d'orgueil. Ça roule comme un moine, beau temps mauvais temps. Embarquez, on va faire le tour du bloc. Vous allez voir comme ça roule ben.

— Est-ce qu'on peut embarquer, nous autres aussi? demanda Gilles à son oncle.

— On va être trop tassés. On en a pour cinq minutes et je vais vous faire faire un tour quand on va revenir.

Les deux hommes montèrent à l'avant du véhicule et leurs femmes trouvèrent refuge sur la banquette arrière. Après deux ou trois sollicitations, le moteur consentit à démarrer. À voir les mains crispées d'Armand sur le volant, il était évident qu'on avait affaire à un néophyte peu assuré. Le véhicule roula doucement jusqu'au coin de Emmett avant de s'engager sur la petite rue Archambault où il n'y avait aucune circulation. Le conducteur roula jusqu'à la ruelle Grant, tourna à droite vers Dufresne qu'il descendit jusqu'à la rue Notre-Dame qu'il emprunta jusqu'à la rue Fullum. Il remonta cette rue jusqu'à Emmett avant de venir s'arrêter devant la maison. La courte balade s'était faite à quinze milles à l'heure en rasant le trottoir.

— Puis, qu'est-ce que vous en pensez? demanda le propriétaire en se tournant vers ses passagers.

— Ton char a l'air de ben aller, dit Gérard, en feignant un enthousiasme qu'il était loin d'éprouver.

— Tu devrais penser à t'en acheter un, Gérard, lui conseilla son beau-frère. Je te dis que c'est plaisant en maudit de pas avoir à attendre après les petits chars pour sortir de la maison ou pour revenir.

— Je te crois facilement, concéda Gérard en s'extirpant de la voiture. C'est sûr que c'est pas mal pratique. En tout cas, merci pour le tour.

— Bon. Je te rejoins dans cinq minutes. Le temps de faire faire un petit tour à tes gars, déclara Armand Brûlé au moment où son beau-frère refermait la portière de la Dodge.

Gérard suivit les deux femmes à l'intérieur de l'appartement. Déjà, Gilles et Richard s'approchaient du véhicule, prêts à monter à bord.

Dans l'appartement, les trois adultes enlevèrent leurs lourds vêtements d'hiver avant d'aller se réfugier dans la cuisine. Avant de s'asseoir, Pauline ouvrit son sac à main et en tira une revue.

— Tiens, Laurette, dit-elle à sa belle-sœur. Je t'ai apporté un magazine où on parle de ta préférée. Il y a trois pages pleines de photos d'elle.

— De la reine?

— En plein ça.

— Mon Dieu que t'es fine d'avoir pensé à moi, s'exclama Laurette, heureuse de l'attention de sa belle-sœur.

Depuis son couronnement au mois de février précédent, Laurette éprouvait une admiration sans borne pour la nouvelle reine d'Angleterre. Elle collectionnait toutes les photos de celle qu'elle considérait comme l'une des plus belles femmes au monde. En fait, elle était fascinée par tout ce qui concernait la vie du jeune couple royal.

— Qu'est-ce que vous pensez de l'idée d'Armand de s'acheter un char ? demanda Pauline.

— Si ça lui fait plaisir, avança Gérard en faisant bien attention de ne pas critiquer son beau-frère.

— T'as raison, Gérard. C'est ben juste pour le plaisir parce qu'on n'a pas besoin d'en avoir un. J'espère juste une affaire, c'est qu'il arrête d'en parler. Depuis une semaine, on parle juste de ça dans la maison. Il est en train de me rendre folle !

Au moment où Laurette allait ajouter quelque chose, la sonnette se fit entendre. Carole, installée dans sa chambre avec ses deux cousines, sortit en trombe de la pièce pour aller répondre. Elle invita son oncle Bernard et sa tante Marie-Ange à entrer. Cet empressement de la fillette n'était pas dû au hasard. Elle savait fort bien qu'ils n'avaient pas oublié d'apporter un cadeau à leur filleule pour Noël. C'était d'ailleurs la seule enfant chez les Morin à recevoir de son parrain et de sa marraine des cadeaux le jour de son anniversaire et durant le temps des fêtes.

Laurette et Gérard s'empressèrent de se lever pour aller accueillir les nouveaux arrivés. Quand ces derniers aperçurent Pauline, Bernard lui demanda :

— Où est passé ton mari ? J'ai pas vu son char devant la porte.

— Comme ça, t'as déjà vu sa Dodge ? lui demanda Gérard.

— Oui. Mon frère est venu nous la montrer avant-hier.

— Il est parti faire un tour avec les garçons. Il est à la veille de revenir, précisa Gérard en aidant son beau-frère à retirer son paletot.

À peine les nouveaux invités venaient-ils de tendre à Carole son cadeau de Noël que la porte d'entrée s'ouvrit sur Gilles, Richard et leur oncle Armand.

— Regarde, m'man, ce que mon oncle et ma tante m'ont donné, dit Carole à sa mère en lui montrant une chemisier bleu pâle qu'elle venait de tirer d'une boîte soigneusement emballée.

— Mais c'est ben trop beau, protesta Laurette, par politesse.

— Nous autres, on a juste une filleule, dit Marie-Ange, heureuse de constater la joie de Carole.

Armand pénétra dans la cuisine à la suite de ses deux neveux après avoir enlevé son manteau qu'il avait déposé sur le lit de ses hôtes, avec les autres manteaux.

— Toujours aussi content de ton char? lui demanda son frère Bernard.

— Il est parfait, déclara Armand en affichant un air satisfait tout en s'allumant une cigarette. Il serait neuf qu'il irait pas mieux.

— En tout cas, on peut pas dire qu'il va ben vite, dit Richard en demeurant debout dans l'entrée de la cuisine.

— Pourquoi tu dis ça? lui demanda son oncle en fronçant les sourcils.

— Ben, mon oncle, je pense qu'on aurait été plus vite si on avait marché, dit l'adolescent impudent.

— Tu sauras, mon jeune, qu'un char, c'est pas une bébelle! déclara Armand Brûlé sur un ton doctoral. On chauffe pas ça en fou.

Quelques sourires s'esquissèrent sur certains visages, mais Laurette ne laissa pas le temps à son garçon de profiter de sa plaisanterie.

— Toi, fais de l'air, lui dit-elle. Tu reviendras quand ce sera l'heure de souper.

L'hôtesse servit le repas très tôt et elle dut faire deux tablées pour accommoder tout le monde.

— On va faire manger les jeunes d'abord, décréta Laurette en faisant signe aux enfants de s'attabler. Carole, assis-toi avec tes cousines. Ça vous dérange pas, Jean-Louis et Denise, de manger avec les jeunes?

— Ben non, m'man, dit l'aînée.

Son frère, qui venait de rentrer, ne dit pas un mot, mais à voir son air contrarié, sa mère devina que ça ne lui plaisait pas d'être assis avec les enfants pour ce souper de Noël. Jean-Louis avait passé l'après-midi avec un ami et venait tout juste de rentrer.

— Puis, Jean-Louis, est-ce que c'est cette année qu'on va aller aux noces? le taquina son oncle Bernard avec un bon gros rire.

— Ça me surprendrait pas mal, mon oncle, rétorqua le jeune homme, l'air sérieux. J'ai même pas encore de blonde.

— Qu'est-ce que t'attends pour t'en faire une? demanda son oncle Armand. Un beau garçon comme toi, les filles doivent te courir après.

— Je me sens pas prêt, se contenta de dire l'étalagiste.

— T'as raison, mon neveu, fit sa tante Pauline. Il y a rien qui presse. Profite de ta vie de garçon.

— C'est ce que je lui dis souvent, ajouta Laurette. Il va seulement avoir dix-neuf ans au commencement de l'été prochain. Denise, donne donc du pain à tes cousines, ajouta-t-elle en se tournant vers son aînée. Elles ont l'air d'avoir encore faim.

L'hôtesse venait de remarquer que les deux fillettes s'apprêtaient à demander une seconde assiettée de ragoût et de tourtière après avoir vidé la première en un temps record. Denise saisit le message et tendit à ses jeunes cousines des tranches de pain et du beurre.

— Gardez-vous de la place pour le dessert, les enfants, avertit Laurette en s'adressant particulièrement à ses deux nièces dont la voracité ne cessait jamais de la surprendre.

— Et toi, Denise, sors-tu sérieusement avec quelqu'un ? lui demanda sa tante Marie-Ange.

— Pas encore, ma tante, répondit la jeune fille en rougissant légèrement.

— Pas encore de cavalier ! s'exclama Bernard Brûlé. Ma foi du bon Dieu ! On n'a plus les gars qu'on avait. Si ça a de l'allure de laisser une belle fille comme ça toute seule !

— Tu fais ben d'attendre, reprit la grande femme maigre d'une voix compréhensive. Quand tu seras poignée comme nous autres pour endurer un homme du matin au soir, ce sera plus le temps de regretter.

— Comme si t'étais à plaindre, fit son mari en feignant de s'offusquer de sa remarque.

— Je me plains pas. Je dis juste qu'elle est dans les plus belles années de sa vie, rétorqua sa femme sur un ton sérieux. Elle est jeune et, surtout, elle est pas malade.

— On n'est pas pour commencer à se mettre à parler de maladie le soir de Noël, déclara Laurette en s'efforçant de prendre un ton enjoué.

Elle craignait que sa belle-sœur se mette à parler de toutes les maladies imaginaires qu'elle croyait avoir. Les invités en auraient eu pour la soirée à l'entendre se lamenter sur son pauvre état de santé.

Quand les adultes s'attablèrent, Denise aida sa mère à les servir avant de commencer à laver la vaisselle avec l'aide de Carole.

— Les filles, aidez vos cousines à faire la vaisselle, ordonna Pauline à ses filles qui s'apprêtaient à s'esquiver.

— Voyons donc, Pauline, c'est de la visite, protesta faiblement Laurette.

— Laisse faire. Avec ce qu'elles ont mangé, elles ont assez de force pour tenir un linge à vaisselle.

Après le repas, Denise et Jean-Louis acceptèrent de jouer aux cartes avec les invités. On sortit une vieille table à cartes et on forma quatre équipes qui s'affrontèrent dans des parties ponctuées d'exclamations et de rires.

À onze heures trente, Armand donna le signal du départ.

— Bon, on s'ennuie pas, mais il va ben falloir aller en faire un bout, annonça-t-il en se levant de sa chaise après avoir déposé les cartes devant lui.

À deux reprises déjà durant la soirée, ses filles étaient venues demander s'ils allaient rentrer bientôt.

— Bernard, Marie-Ange, si ça vous tente, je peux vous laisser chez vous en passant. Il a pas l'air de faire chaud dehors. Ça vous évitera de geler en marchant.

Ces derniers ne se firent pas prier et acceptèrent son offre avec plaisir.

— Bon. Je vous remercie pour vos politesses, dit Armand à Gérard et Laurette en chaussant ses bottes après avoir endossé son manteau. Je vais aller faire chauffer le char. Pressez-vous pas pour sortir, ajouta-t-il à l'endroit de son frère et des deux femmes. Ça va prendre un petit bout de temps avant que le char soit chaud.

Lorsqu'il quitta la maison, un courant d'air glacial pénétra dans le couloir.

— Sacrifice ! Ça a pas l'air chaud dehors, fit remarquer Bernard. Une chance qu'Armand va nous laisser chez nous en passant.

Quelques minutes s'écoulèrent avant que Gérard se décide à quitter la cuisine pour aller soulever le rideau masquant la fenêtre de la porte d'entrée pour voir si son beau-frère allait rentrer. Au même moment, Armand Brûlé descendait de voiture et revenait à la maison.

— Maudit calvince ! jura-t-il en soufflant sur ses doigts gourds. Le char veut rien savoir pour partir. Je pense que la batterie est à terre.

— Comment ça? lui demanda Gérard. Il me semblait que ce char-là roulait comme un moine, ajouta-t-il pour taquiner le propriétaire, morfondu.

— Batèche! Il marche ben de première classe quand il gèle pas autant. C'est sensible au froid, ces affaires-là.

— Pour moi, tu ferais mieux de lui mettre une bonne couverte chaude quand il gèle comme à soir, lui dit son frère, mi-sérieux. De toute façon, je pense qu'on est tous poignés pour marcher à soir. Ça me surprendrait que tu trouves un garage ouvert à cette heure-ci, le soir le Noël.

— Ouais! On n'a pas le choix. On va marcher.

— Ah non, p'pa! protestèrent en chœur Suzanne et Louise.

— Vous deux, pas un mot, leur ordonna Pauline, aussi fâchée que ses deux filles d'avoir à marcher par ce temps froid.

— Je vais revenir demain matin m'occuper de la Dodge, annonça Armand, la main sur la poignée de la porte. Laissez pas personne s'approcher de mon char, les jeunes, ajouta-t-il à l'endroit de Richard et de Gilles.

— C'est sûr, mon oncle, répondit Richard sur un ton sérieux. On va passer la nuit à regarder par la fenêtre pour être sûrs que personne y touche.

Laurette regarda par la fenêtre ses six invités se mettre en marche vers la rue Archambault voisine. Ils formaient une petite troupe frileuse qui se déplaçait avec précaution sur le trottoir glacé. Quand elle abandonna son poste d'observation, elle aperçut Richard debout dans le couloir.

— Toi, l'effronté, marche te coucher. Il est assez tard.

— Pourquoi vous dites ça, m'man?

— Laisse faire. Prends pas ton oncle Armand pour un fou. Il est capable de s'en rendre compte quand on rit de lui.

Jean-Louis, Gilles, Denise et Carole, fatigués, avaient regagné leur chambre. Gérard avait déjà retiré sa cravate et ses souliers après avoir éteint les lumières du sapin de Noël. La cuisine était enfumée. Tous ces adultes qui n'avaient pas cessé de fumer durant toute la soirée avaient rendu l'air pratiquement irrespirable.

— Je vais ouvrir la porte d'en arrière une minute pendant que tu mets du charbon dans la fournaise, dit Laurette. Ça va changer l'air de la maison.

Quelques minutes plus tard, le couple entra dans sa chambre pour se préparer pour la nuit.

— J'aime ben mes frères, avoua Laurette en passant sa robe de nuit, mais je te dis que quand on les reçoit, ils nous vident notre frigidaire.

— C'est vrai que Bernard et Armand ont une bonne fourchette, reconnut son mari.

— Pas juste eux autres, reprit sa femme. T'as pas vu comment les filles de Pauline mangeaient. Des plans pour se défoncer l'estomac. Si j'étais leur mère, je leur mettrais le holà, moi. Ça a pas d'allure. Ces enfants-là vont être énormes si elles continuent comme ça.

— En tout cas, c'est de valeur pour Armand. Son char m'a l'air pas mal moins bon qu'il le dit, fit Gérard en se mettant à genoux près de sa femme pour réciter leur prière du soir.

Chapitre 13

Le temps des fêtes

Le surlendemain, le ciel se chargea de lourds nuages noirs prometteurs d'une bonne bordée de neige. Au milieu de l'avant-midi, Roger Baulu, le célèbre annonceur de CKAC, lut sur les ondes un communiqué des autorités. Ces dernières incitaient les automobilistes à la plus grande prudence et recommandaient à ceux qui s'apprêtaient à prendre la route de demeurer à la maison. De fait, un peu avant midi, la température s'adoucit sensiblement et de gros flocons se mirent à tomber sur la ville.

Au presbytère de la paroisse Saint-Vincent-de-Paul, le curé Perreault venait de prendre place au bout de la longue table de chêne de la salle à manger. L'imposant quinquagénaire arborait son visage fermé habituel. Il jeta un coup d'œil à l'horloge murale : midi cinq.

— Midi et cinq ! Qu'est-ce que l'abbé Laverdière fait encore ? demanda-t-il avec impatience à Yvon Dufour.

Le jeune vicaire attendait sagement que son pasteur récite le bénédicité avant de se servir un bol de la soupe que la servante venait de déposer au centre de la table.

— Je sais pas, monsieur le curé. Je l'ai pas vu de l'avant-midi.

Damien Perreault agita la sonnette déposée près de lui pour appeler la servante.

— Madame Migneault, avez-vous vu l'abbé Laverdière ?

— Il me semble qu'il est dans sa chambre, monsieur le curé, répondit la petite dame au chignon blanc.

— Voulez-vous aller voir ce qui l'empêche de venir dîner ?

— Oui, monsieur le curé.

Le curé tambourina sur la table, contenant difficilement son impatience grandissante. Soudain, la porte de la salle à manger livra passage à un René Laverdière peu pressé en apparence de prendre place à table.

— Surtout, dépêchez-vous pas, monsieur, fit le curé, sarcastique. Nous n'avons que ça à faire, vous attendre.

— Mes excuses pour le retard, monsieur le curé. C'était un appel de l'archevêché. Ils ont appelé au moment où je m'apprêtais à descendre. Je pouvais pas raccrocher sans me montrer impoli.

Au mot « archevêché », Damien Perreault dressa immédiatement l'oreille. Qu'est-ce qu'on pouvait bien vouloir à son vicaire ? Habituellement, on passait par lui quand on avait affaire à l'un de ses subordonnés.

— Rien de grave, j'espère ? demanda-t-il sur un ton inquisiteur.

— Je sais pas, monsieur le curé, répondit l'abbé sur un ton évasif, ce qui eut le don de rendre son supérieur encore plus curieux.

Voyant qu'il ne tirerait rien de plus de René Laverdière, le curé récita le bénédicité et, après s'être signé, s'empressa de se servir un bol de soupe.

— J'espère que ce sera pas froid, fit-il remarquer sur un ton acide en jetant un regard réprobateur à son vicaire.

René Laverdière fit un clin d'œil discret à Yvon Dufour, assis en face de lui, avant de reprendre la parole.

— Je me demandais, monsieur le curé, si vous me prêteriez pas votre Buick cet après-midi, dit-il à son pasteur sur un ton léger.

Le curé de la paroisse Saint-Vincent-de-Paul sursauta légèrement en entendant ces paroles.

— Quoi ? Est-ce que je vous ai bien entendu, l'abbé ? Vous voudriez m'emprunter ma voiture ?

— Oui, monsieur le curé. Mais ne vous inquiétez pas, ce serait pas pour faire une balade. Il neige à plein ciel. Non, ce serait uniquement pour aller à l'archevêché cet après-midi.

— Vous manquez pas d'air, l'abbé ! s'insurgea le curé Perreault, estomaqué par une telle impudence. Vous prêter ma Buick ! J'aurai tout entendu ! Vous saurez que mon automobile est pas à la disposition des gens qui habitent le presbytère. Elle m'appartient en propre.

Le curé de Saint-Vincent-de-Paul ne remarqua pas le sourire malicieux que sa réponse avait provoqué chez son vicaire. René Laverdière savait très bien que son curé n'accepterait jamais de lui laisser conduire son véhicule. Sa précieuse Buick était l'objet de tous ses soins et il n'avait jamais laissé personne y toucher. Il l'astiquait au moins une fois par semaine et refusait de la stationner ailleurs que dans le garage sous le presbytère de peur qu'un passant n'égratigne sa carrosserie.

— Prenez le tramway, l'abbé, reprit-il sèchement. Ça va presque aussi vite. Il va vous déposer presque à la porte de l'archevêché… En tout cas, pas trop loin.

— J'avais pensé que vous auriez eu pitié de l'un de vos vicaires avec un temps pareil, insista Laverdière en conservant difficilement son sérieux. Mon rendez-vous est à une heure et demie. Le secrétaire du cardinal m'a laissé entendre que c'était important. Il a rien voulu me dire au téléphone, mais j'ai bien peur d'arriver en retard.

— À une heure et demie ! s'exclama le curé Perreault en levant les yeux pour consulter l'horloge murale. Mais pressez-vous, l'abbé. C'est sûr que vous allez être en retard si vous vous grouillez pas plus que ça. Vous devriez déjà être sur votre départ.

— C'est pas grave, monsieur le curé. Je serai en retard, répliqua le vicaire en prenant un air misérable. Le secrétaire me prendra quand j'arriverai. Je peux tout de même pas partir le ventre vide.

— Et vous pensez que le secrétaire va vous recevoir quand bon vous semble, s'insurgea le curé en élevant la voix. Je connais l'abbé Tremblay. Il a mauvais caractère. Si vous arrivez pas à l'heure, vous allez vous faire passer un savon dont vous allez vous souvenir, je vous le garantis.

— Sauf votre respect, monsieur le curé, je le pense pas. Je vais lui dire que je suis en retard parce que mon curé a pas voulu me prêter son auto et que j'ai dû attendre le tramway et marcher un bon bout dans la neige. Il va comprendre.

Le visage de Damien Perreault vira au rouge. Il arracha brusquement la serviette de table qu'il avait glissée entre son collet romain et son cou et la jeta sur la table. Le timide abbé Dufour, devenu subitement très nerveux, avait cessé de manger depuis un bon moment. Ses yeux ne cessaient d'aller du curé Perreault à son collègue.

— Bon. Ça va faire ! s'écria le curé en repoussant sa chaise. Arrivez, l'abbé. Je vais aller vous reconduire moi-même à l'archevêché, expliqua-t-il les dents serrées. Comme ça, vous pourrez pas dire que votre retard est dû à mon manque de compréhension.

— Dans ce cas-là, monsieur le curé, on aurait peut-être le temps de finir de manger, fit le vicaire, narquois.

— Non ! Vous avez pas le temps. Venez ! Vous ferez comme moi. Vous mangerez quand vous reviendrez.

Damien Perreault quitta la salle à manger en coup de vent. René Laverdière se leva sans se presser en arborant un petit air triomphal assez déplaisant.

— Quand je te dis qu'au fond, c'est un bon diable, notre curé, dit-il à voix basse à son confrère, en se penchant vers lui.

— Tu exagères, René, le réprimanda Yvon Dufour. Un beau jour, tu vas pourtant finir par trop tirer sur l'élastique…

— Mais non, protesta l'autre en riant. L'important, c'est que ça me fait un taxi qui me coûtera pas cher.

Le curé Perreault, l'air renfrogné, s'installa derrière le volant de sa voiture et attendit que son passager ait pris place à ses côtés après avoir ouvert la porte du garage pour démarrer. L'imposante Buick noire venait à peine de s'immobiliser au coin des rues Fullum et Sainte-Catherine que l'abbé Laverdière aperçut Richard Morin, attendant de toute évidence le tramway au coin de la rue.

— Monsieur le curé, c'est un de nos servants de messe, dit le vicaire. Vous pensez pas qu'on pourrait l'embarquer. Je trouve qu'il fait pitié à attendre comme ça, en pleine tempête.

— Mon auto est pas un tramway, l'abbé! protesta son supérieur.

— Voyons, monsieur le curé, un geste de charité chrétienne, insista l'abbé Laverdière, un peu moqueur.

Damien Perreault fit un véritable effort pour ne pas laisser éclater sa colère. Il freina et laissa l'abbé baisser la glace de sa portière pour inviter l'adolescent à monter à l'arrière.

— Secoue tes pieds avant de monter, lui ordonna le curé en tournant à peine la tête vers lui.

— Merci, monsieur le curé, dit Richard, intimidé de se retrouver assis à l'arrière d'une voiture aussi luxueuse.

Le conducteur embraya et reprit la route pendant que l'abbé Laverdière se tournait à demi vers le passager pour lui demander où il allait.

— Chez Dupuis, monsieur l'abbé.

— On peut dire que t'es chanceux que monsieur le curé te laisse monter dans sa belle voiture, reprit l'abbé sur un ton plaisant. Tu vas pouvoir raconter ça à tout le monde.

Damien Perreault n'ouvrit pas une seule fois la bouche durant tout le trajet. Depuis le départ du presbytère, les conditions routières avaient singulièrement empiré. La neige s'était intensifiée, poussée par un fort vent. La conduite automobile était devenue des plus hasardeuse. Le conducteur, les mains rivées sur son volant, avait beaucoup de mal à garder le contrôle sur la chaussée devenue extrêmement glissante. Il lui fallait surtout se méfier des usagers des tramways qui devaient s'avancer dans la rue pour emprunter ce moyen de transport. Il ne les apercevait souvent qu'à la dernière seconde.

Finalement, le curé de la paroisse Saint-Vincent-de-Paul parvint à laisser Richard devant le magasin Dupuis avant de poursuivre son chemin jusqu'à l'archevêché. Bref, à cause de la circulation n'avançant qu'au ralenti, l'abbé Laverdière n'arriva à son rendez-vous qu'avec deux minutes d'avance. Lorsqu'il mit le pied à terre, avant de refermer la portière, il demanda à son curé, avec son impudence coutumière :

— Est-ce que vous allez m'attendre, monsieur le curé ?

— Non, l'abbé. J'ai autre chose à faire. Les tramways sont pas faits pour les chiens. Fermez donc la porte avant qu'il y ait de la neige partout dans ma voiture.

Sur ces mots, l'ecclésiastique embraya et reprit tant bien que mal sa place dans le flot très lent de la circulation.

L'abbé Laverdière ne revint au presbytère qu'un peu avant l'heure du souper. Après avoir enlevé son manteau et ses bottes, il alla retrouver Yvon Dufour qui s'était, encore une fois, réfugié dans le salon pour lire son bréviaire. Ce dernier regarda son confrère avec curiosité sans toutefois oser lui demander la raison de sa convocation à l'archevêché.

René Laverdière se laissa tomber dans l'un des fauteuils en se frottant les mains pour les réchauffer.

— T'as pas eu trop de difficulté à revenir de l'archevêché ? lui demanda le jeune vicaire.

— Pas trop. Comme me l'a dit notre cher curé, les tramways sont pas faits pour les chiens, fit son confrère, sur un ton sarcastique.

— J'espère que c'était pas de trop mauvaises nouvelles ? demanda Yvon Dufour, incapable de contenir plus longtemps sa curiosité.

— Oui et non. On m'a offert un poste de professeur de latin dans un collège.

— Puis ?

— T'imagines tout de même pas que j'étais pour accepter ça, fit l'abbé Laverdière, moqueur. J'aime bien mieux demeurer vicaire ici. Au moins, je sers à améliorer le caractère de notre curé.

La tempête fit rage toute la journée et, en début de soirée, la ville de Montréal était pratiquement paralysée par la vingtaine de pouces de neige tombée en quelques heures. Quand Gérard rentra à la maison après sa journée de travail, il trouva Gilles et Carole occupés à jouer une partie de parchési sur la table de cuisine.

— Où est votre mère ? demanda-t-il en retirant son manteau couvert de neige.

— Elle vient de monter chez madame Gravel, répondit Carole. Elle est allée lui montrer à tricoter.

— As-tu pelleté le balcon en arrière ? demanda Gérard à son fils.

— Oui, deux fois, p'pa. J'ai même pelleté en avant, mais ça sert à rien, il neige trop.

— Tu peux attendre après le souper. Tu te feras aider par Richard, dit le père en se versant une tasse de café avant d'aller lire *La Presse* qu'il venait d'acheter chez Brodeur, en passant.

Quelques minutes après six heures, Richard rentra à la maison en compagnie de Denise.

— Secouez-vous comme il faut dans l'entrée pour pas mouiller tout mon plancher, leur cria Laurette qui venait à peine de descendre de chez la voisine.

Le frère et la sœur suspendirent leur manteau aux crochets fixés au mur du couloir et enlevèrent leurs bottes avant de pénétrer dans la cuisine où leur mère et Carole étaient en train de disposer les couverts sur la table.

— On dirait la fin du monde, dit la jeune fille en déposant un paquet sur le coin de la table de cuisine. On voit même pas à trois pieds en avant de nous autres en marchant.

— En tout cas, moi, j'en ai assez de ce temps-là, fit Richard qui avait l'air exténué. Après être allé porter chez Dupuis les papiers qu'il avait oubliés, j'ai pas arrêté d'aller porter des commandes. J'ai même pas fait cinquante cennes de *tip*.

— T'as voulu cette *job*-là chez Charland, tu l'as, dit Gilles. Viens pas te plaindre.

— Tu peux ben parler, toi, répliqua son frère. Tu travailles juste le vendredi soir et le samedi. Moi, c'est six jours par semaine.

— Oui, mais toi, c'est des petits sacs que tu vas porter, reprit Gilles. Moi, c'est des grosses boîtes que je dois traîner.

— Ça va faire, vous deux, intervint Gérard. À votre âge, c'est normal que vous travailliez un peu. Vous pouvez tout de même pas passer toute votre vie à jouer comme des enfants.

— Votre père a raison, déclara Laurette sur un ton tranchant. Et oubliez pas que vous me donnerez vendredi la moitié de votre paye. Vous pouvez garder vos *tips*.

— Pourquoi la moitié? s'insurgea Richard. Denise et Jean-Louis vous donnent juste une pension et gardent le reste de leur argent, eux autres.

— Ton frère et ta sœur paient leur linge quand il est fini, lui expliqua sa mère. Vous deux, quand votre linge vous fait plus ou est trop usé, il faut qu'on vous en achète d'autre. C'est à ça que votre argent sert. Bon. Assez parler pour rien. Approchez, on va souper. Ça sert à rien d'attendre Jean-Louis. Les petits chars doivent avoir de la misère à passer à cause de la tempête.

— En parlant de petits chars, reprit Richard en prenant place à table en même temps que les autres membres de la famille, j'ai pas eu à les prendre pour aller chez Dupuis.

— Viens pas me dire que t'as fait tout ce chemin-là dans la tempête? fit sa mère en déposant un plat sur la table.

— Pantoute, m'man. Monsieur le curé m'a embarqué dans son beau char noir et il m'a laissé juste devant la porte du magasin.

— Je le pensais pas *smart* comme ça, ne put s'empêcher de dire Laurette.

— Laurette! protesta Gérard en lui jetant un regard de reproche.

— En tout cas, Jean-Louis était ben content d'avoir à me payer juste un *ticket* pour les petits chars.

Durant quelques instants, on mangea en silence.

— Denise, c'est quoi le paquet que t'as laissé sur la table ? lui demanda sa mère.

— Deux *records*, m'man.

— Des *records* ? Mais t'as même pas encore de *pick-up*.

— Je le sais, m'man, mais c'est un cadeau pour le jour de l'An.

— Qui t'a donné ça ?

— Serge Dubuc.

— En quel honneur ? fit sa mère, soupçonneuse.

— Serge m'a acheté un *record* de Connie Francis et un de Perry Como parce que je lui ai dit que c'étaient les chanteurs que j'aimais le plus. Il sait que je ramasse mon argent pour m'acheter un *pick-up*.

— Ouais ! Il est fin, ce gars-là, fit remarquer Richard en intervenant dans la conversation.

— Toi, mêle-toi de tes affaires, lui dit sèchement sa mère avant de se retourner vers son aînée. Est-ce qu'il a dans l'idée de te fréquenter ? ajouta-t-elle.

— Je le sais pas, mentit la jeune fille. Mais il m'a demandé si j'accepterais d'aller souper chez ses parents le soir du jour de l'An.

— Qu'est-ce que tu lui as répondu ?

— Que j'en parlerais à mon père.

— Qui va être à ce souper-là ?

— Serge m'a dit que toute sa parenté allait être là et qu'il y aurait de la danse après le repas.

— Qu'est-ce que t'en penses, Gérard ? demanda Laurette.

Le père de famille prit un court instant avant de dire :

— Où est-ce qu'ils restent déjà ses parents ?

— À Tétreaultville, sur la rue Lebrun.

— Il viendrait te chercher dans l'après-midi et il te ramènerait à la fin de la soirée?

— Oui, p'pa. C'est ce qu'il m'a dit.

— Il va te ramener à une heure raisonnable? insista sa mère.

— Il a promis de me ramener pour onze heures et demie, m'man.

— C'est correct, décréta son père. Ta mère et moi, on te fait confiance.

〜〜〜

Le 1er janvier 1953, les Morin allèrent assister à la messe sous un soleil radieux. Il faisait froid, mais la neige tombée moins d'une semaine plus tôt n'était plus qu'un souvenir. Durant quelques jours, les chasse-neige avaient travaillé sans relâche. On avait assisté à un ballet incessant des camions de la voirie municipale chargés de neige sur les grandes artères, là où on ne se contentait pas de la repousser sur les côtés de la chaussée. On n'était pas encore parvenu à déblayer tous les trottoirs du quartier, mais ceux des rues principales avaient été nettoyés.

Tous les membres de la famille Morin eurent beaucoup de mal à se lever ce matin-là parce que la veille, ils n'avaient quitté l'appartement de Bernard Brûlé que bien après minuit. Marie-Ange et Bernard avaient tenu à les recevoir à souper avec toute la famille d'Armand. Il n'avait pas été question de quitter les lieux avant les douze coups de minuit de manière à pouvoir se souhaiter une bonne année et le paradis à la fin de ses jours.

Chez les Brûlé, on n'avait aucun talent pour chanter et pour danser. Les soirées tournaient invariablement en parties de cartes durant lesquelles on se taquinait et on s'injuriait abondamment. Évidemment, on s'informa de la

Dodge d'Armand pour le plaisir de l'entendre chanter les louanges de son véhicule.

— Une vraie merveille! avait déclaré avec aplomb l'employé de chez Molson.

— Une merveille qui part pas, par exemple, lui avait fait remarquer Gérard en arborant un air narquois.

— Comment ça, elle part pas? lui demanda son beau-frère. Tu sauras que ma Dodge part tout le temps.

— Comment ça se fait qu'elle a passé la nuit devant chez nous, à Noël? le nargua le mari de Laurette en adressant un clin d'œil aux autres.

— Calvince! C'est parce qu'on gelait ben dur ce jour-là. On voit ben que t'as pas de char, toi. Tu sauras que la mécanique, c'est sensible en maudit. Il faut ben prendre soin de ça. Il faut s'occuper de ça presque comme de sa propre femme si on veut que ce soit de service.

Cette dernière remarque avait soulevé un rire général.

Après s'être un peu moqué de l'attachement exagéré d'Armand pour sa vieille voiture, on avait discuté des nombreux incendies qui avaient ravagé les vieilles maisons surchauffées depuis une dizaine de jours à Montréal. Puis Pauline avait parlé de son intention de faire partie de la foule qui allait se rendre à la gare pour accueillir le retour triomphal du cardinal Léger dans la métropole.

Durant le repas, Gérard avait évoqué la tradition de la bénédiction paternelle au jour de l'An, tradition à laquelle son père était demeuré attaché toute sa vie. Les convives avaient senti ce que ce rappel avait de nostalgique.

— Mon père a jamais fait ça, avait dit Marie-Ange.

— Mon père non plus, avait ajouté sa belle-soeur Pauline.

— Chez nous, ce serait jamais venu à l'idée du père de faire une affaire comme ça, avait fait remarquer Armand en regardant son frère et sa sœur.

— C'est ce que j'ai toujours dit à Gérard quand il m'en parlait, avait expliqué Laurette en s'allumant une cigarette. C'est une vieillerie, cette affaire-là. Il y a plus personne qui fait ça aujourd'hui. C'est juste bon pour le monde qui vient de la campagne, d'après moi.

— Peut-être, mais c'était une belle tradition pareil, avait conclu un Gérard Morin étrangement ému à cette évocation.

À la fin de la soirée, les gens s'étaient quittés après s'être offert leurs meilleurs vœux et ils étaient rentrés chez eux aux petites heures du matin.

Le matin du jour de l'An, au retour de la messe, Gérard téléphona à sa mère et à sa sœur et à son beau-frère pour leur souhaiter une bonne année. Colombe et Rosaire l'avaient alors invité, un peu du bout des lèvres, à venir les visiter l'après-midi même en compagnie de Laurette, en précisant bien qu'ils regrettaient de ne pouvoir les recevoir avec leurs enfants à cause de leur appartement encombré de boîtes.

Quand Gérard lui fit part de l'invitation, sa femme fut loin d'être contente.

— Comme ça, les enfants sont même pas invités ! fit-elle furieuse. Et tu trouves ça normal ?

— Veux-tu arrêter de monter sur tes grands chevaux ! s'exclama Gérard. Leur maison est toute à l'envers. Ils sont en plein déménagement. Il me semble que c'est facile à comprendre.

— En tout cas, on va faire ça vite, annonça Laurette sur un ton décidé. Je laisserai pas mes enfants tout seuls toute la journée du jour de l'An, même si c'est pour faire plaisir à ta famille.

— C'est pas grave, m'man, on est capables de s'arranger tout seuls, la rassura Richard, qui avait assisté à toute la scène. C'est sûr que le temps nous paraîtrait moins long si vous nous laissez une bouteille de liqueur et un gros sac de *chips*.

Gilles et Carole hochèrent la tête pour faire comprendre à leur mère qu'ils approuvaient ce que leur frère venait de dire.

— C'est correct. Vous pouvez prendre la dernière bouteille de Kik et le gros sac de *chips* qui sont dans l'armoire, mais passez pas l'après-midi à vous bourrer comme des cochons dans les *chips*, les prévint leur mère.

— On risque pas d'être ben malades juste avec un sac pour nous trois, m'man, lui fit remarquer Richard, moqueur.

— Toi, l'effronté, t'es mieux de pas me taper trop sur les nerfs, le menaça Laurette.

Richard s'esquiva prudemment vers sa chambre.

Après le dîner, Laurette ne consentit à partir qu'après avoir supervisé la toilette et le maquillage de Denise, prête bien avant deux heures, heure à laquelle Serge lui avait promis de venir la chercher.

— J'ai rien de beau à me mettre, se plaignit la jeune fille en entrant dans la cuisine, vêtue d'une jupe noire et d'un chemisier turquoise.

— C'est du linge presque neuf que t'as sur le dos, la tança sa mère. Après tout, tu t'en vas pas chez la reine d'Angleterre. Puis, attache ton dernier bouton, t'as l'air toute dépoitraillée arrangée comme ça.

— À part ça, je trouve que mes cheveux sont pas beaux, ajouta Denise, visiblement énervée par la perspective d'être présentée aux parents de Serge Dubuc.

— Je vois pas ce que tu reproches à tes cheveux. T'as un beau *page boy*. Tes cheveux sont corrects, mais tu t'es mis un peu trop de rouge à lèvres.

La jeune fille retraita dans sa chambre pour aller vérifier dans le miroir le bien-fondé de la remarque maternelle. Laurette ne s'occupa plus de son aînée. Elle tourna plutôt son attention vers les plus jeunes en endossant son manteau.

— Mettez-moi pas la maison à l'envers pendant qu'on n'est pas là, avertit la mère de famille, sévère. On sera pas partis plus que deux heures. On va être revenus pour souper. À quatre heures, Carole, épluche des patates et fais-les cuire. On va finir de manger la dinde pour souper.

Sur ces mots, Laurette quitta l'appartement à la suite de son mari.

— Maudit qu'on gèle! dit-elle avec mauvaise humeur en relevant le collet de son manteau en drap au moment où elle posait le pied à l'extérieur. Il me semble que Rosaire aurait pu venir nous chercher avec son gros char. Pour lui, c'est une affaire d'une dizaine de minutes de partir du boulevard Saint-Joseph jusqu'à chez nous. Pour nous autres, il va nous falloir au moins une heure en petits chars pour aller là.

Après une assez longue attente coin Fullum et Sainte-Catherine, le couple monta dans un tramway mal chauffé qui le déposa au coin de Papineau. Il prit une correspondance qui les laissa sur le boulevard Saint-Joseph. Après quelques minutes de marche, Gérard sonna enfin à la porte de l'appartement de sa sœur. Ce fut sa mère qui vint lui ouvrir.

Lucille Morin était une grande femme un peu sèche au chignon gris impeccable et à la tenue un peu raide. La vieille dame avait un air un peu emprunté dans sa robe bleu marine au collet blanc en dentelle empesée. Ses petits yeux noirs, retranchés derrière ses lunettes à fine monture en acier, examinèrent sans indulgence son fils et sa bru au moment où ils franchirent la porte. Après avoir refermé la porte derrière les visiteurs, elle les embrassa sans trop d'effusions en leur souhaitant une bonne année. Elle les invita ensuite à se débarrasser de leur manteau.

— Rosaire et Colombe sont dans leur chambre, leur expliqua-t-elle. Ils achèvent de s'habiller. Venez vous asseoir dans le salon. C'est là qu'on va être le mieux. Rosaire l'a débarrassé de toutes les boîtes hier parce que Colombe et lui reçoivent deux couples d'amis à souper aujourd'hui.

Laurette adressa un regard entendu à son mari.

— Qu'est-ce qu'il a fait de ses boîtes? demanda Gérard à sa mère.

— Il les a mis dans une des chambres, celle qui lui sert de bureau.

À ce moment-là, Colombe apparut dans le salon, suivie de près par son mari. Laurette et son mari se levèrent et échangèrent des vœux avec leurs hôtes. Après s'être informé de la santé de sa mère, Gérard demanda des nouvelles de la construction de la maison du boulevard Rosemont.

— Tout avance normalement. On devrait pouvoir déménager, tel que prévu, à la fin du mois de janvier, répondit Rosaire avec bonne humeur.

Pendant ces quelques échanges, Laurette ne parla pratiquement pas. Elle continua à se taire quand Colombe, Gérard et leur mère se mirent à évoquer des souvenirs des fêtes des années passées. À quelques reprises, elle s'aperçut que Rosaire consultait à la dérobée sa montre et elle le vit même donner un coup de coude discret à sa femme.

Profitant d'un vide soudain dans la conversation, Laurette se leva en annonçant:

— Bon. On va y aller, nous autres. Les enfants nous attendent à la maison et ce serait pas normal qu'ils passent le jour de l'An tout seuls.

— Pas déjà! Ça fait même pas une heure que vous êtes arrivés, protestèrent mollement Colombe et Rosaire.

Cette dernière phrase ne les empêcha pas de quitter immédiatement le divan sur lequel ils étaient assis. Les hôtes n'insistèrent pas davantage pour retenir Laurette et son mari plus longtemps. Lucille Morin se leva à son tour, mais ne dit rien. Laurette ne put se retenir d'envoyer une flèche à ses hôtes au moment où son beau-frère lui tendait son manteau.

— Surtout que vous attendez du monde pour souper, dit-elle. Vous devez avoir encore pas mal d'affaires à préparer avant qu'ils arrivent.

Les protestations embarrassées de Colombe et Rosaire la remplirent d'aise. Il y eut échange de baisers sans chaleur avant de quitter les lieux et la porte se referma derrière le couple.

Durant quelques instants, Gérard se tut. Uniquement à sa façon de marcher, il devinait la colère de sa femme. Il la connaissait assez pour savoir qu'elle ne cherchait qu'une occasion pour la laisser éclater.

— Tu parles du monde *cheap!* finit par dire Laurette, les dents serrées. Même pas un verre de liqueur! Pas une tasse de café! Rien! Et viens surtout pas me donner comme excuse qu'ils se préparent à déménager, bonyeu! ajouta-t-elle en se tournant vers son mari.

— J'ai rien dit, protesta Gérard en relevant le col de son manteau pour mieux se protéger du froid.

— Ça se vante d'avoir les moyens et c'est même pas capable de recevoir comme du monde. Nous autres, quand ils sont venus la dernière fois, on leur a au moins servi quelque chose à boire, maudit verrat!

Elle vit que son mari hochait la tête et repartit de plus belle.

— On leur a servi à boire et j'ai même presque failli les garder à souper, à part ça! Tu viendras pas me dire qu'ils étaient pas capables de nous inviter à souper avec les petits aujourd'hui. Non. Ils aiment mieux inviter des amis, des purs étrangers, bâtard! Quand ils ont besoin d'un service, comme garder ta mère pendant quinze jours, par exemple, ils se souviennent tout d'un coup qu'ils ont de la famille.

— Qu'est-ce que tu veux? dit Gérard. On les changera pas. Ils sont comme ça.

— Ils sont peut-être comme ça, mais il y a rien qui m'oblige à les endurer. Il va faire chaud en maudit avant que je leur offre même un verre d'eau quand ils vont venir chez nous.

Le tramway arriva enfin et ils purent y trouver facilement des places en cette fin d'après-midi du jour de l'An.

Ce soir-là, Laurette fit réchauffer les restes de dinde et le dernier pâté à la viande. Ce fut suffisant pour satisfaire la famille privée de Denise et de Jean-Louis, l'une invitée dans la famille de son Serge et l'autre invité à manger chez le comptable qui l'aidait à se préparer à postuler au poste qui allait bientôt se libérer chez Dupuis frères.

Après le repas, Laurette joua au parchési avec ses enfants pendant que Gérard écoutait avec plaisir les chansons folkloriques diffusées par Radio-Canada. Permission exceptionnelle, Richard, Gilles et Carole purent veiller jusqu'à onze heures. Au moment où ils souhaitaient une bonne nuit à leurs parents, la porte d'entrée s'ouvrit sur une Denise, apparemment fatiguée.

— Ton ami t'a pas ramenée tard, lui fit remarquer sa mère,

— Un oncle de Serge s'en retournait et il nous a embarqués. On n'a pas eu à prendre l'autobus, expliqua la jeune fille en entrant dans la cuisine où ses parents étaient encore assis.

Elle retira ses souliers à talons hauts qui, de toute évidence, la faisaient souffrir.

— Puis, comment c'était? demanda Laurette. Viens nous raconter ta soirée, ajouta-t-elle, curieuse.

— Je suis pas mal fatiguée, m'man, dit la jeune fille.

— Viens t'asseoir, insista sa mère. De toute façon, tu travailles pas demain. Tu dormiras tard, si tu veux.

Un peu malgré elle, Denise dut s'asseoir et raconter sa sortie.

— Quelle sorte de monde sont les Dubuc? demanda la mère de famille, curieuse.

— Ça a l'air du bon monde, m'man. Le père de Serge est pas mal fin. Sa mère est un peu gênante, mais elle avait une belle façon.

— De quoi a l'air leur maison? intervint son père qui n'avait pas encore ouvert la bouche depuis son arrivée.

— C'est pas une maison riche, p'pa. Elle est toute petite. Mais on voit qu'elle est neuve.

— Puis, qu'est-ce que vous avez fait? demanda Laurette.

Denise décrivit en détail le menu du repas et elle raconta comment le salon avait été vidé pour permettre aux invités de danser durant l'après-midi et la soirée. Il y avait eu des chansons et des histoires. Bref, les invités avaient eu l'air de bien s'amuser.

— Comme ça, t'as eu ben du *fun?* conclut son père.

— Oui, mais j'ai trouvé ça pas mal gênant quand je suis arrivée. Tout le monde avait apporté un cadeau à la mère de Serge. Moi, j'avais rien.

— T'avais pas à te sentir gênée, tenta de la rassurer sa mère. Chaque famille a ses habitudes. Nous autres, quand on invite quelqu'un à manger, on lui fait pas payer son repas en le forçant à apporter un cadeau.

Denise se leva après avoir souhaité une bonne nuit à ses parents et fit quelques pas en direction de sa chambre.

Soudain, elle s'immobilisa, la main sur la poignée de la porte.

— Ah! Je voulais vous demander, dit-elle d'une voix peu assurée. Serge m'a dit à soir qu'il aimerait ça me fréquenter et il voudrait savoir s'il pourrait venir veiller le samedi soir.

Laurette et Gérard se jetèrent un regard de connivence. Ils en avaient parlé en quelques occasions depuis que le jeune caissier de la banque d'Épargne avait invité leur fille à l'accompagner au cinéma l'avant-veille de Noël.

— Lui as-tu expliqué qu'on n'a pas de salon où vous pourriez veiller? lui demanda son père.

— Oui, je lui ai dit. Mais il m'a répondu que ça le dérangeait pas et qu'on pourrait aller aux vues de temps en temps. Qu'est-ce que vous en pensez?

— C'est correct, accepta Gérard. Ta mère et moi, on n'a rien contre. Mais tu vas lui dire qu'il devra partir à onze heures. Il faut qu'on se lève le lendemain pour aller à la messe.

Denise remercia ses parents et pénétra dans sa chambre.

Le surlendemain, la routine reprit ses droits. Sous un ciel gris, Gérard, Jean-Louis, Denise et Richard retournèrent travailler. Cet avant-midi là, Laurette décida qu'elle avait assez vu le sapin de Noël dans un coin de sa cuisine et elle chargea Gilles et Carole de l'en débarrasser après avoir enlevé les décorations.

— Mais m'man, la fête des Rois est même pas passée, protesta son fils.

— Laisse faire la fête des Rois. Ça fait assez longtemps que je suis obligée de ramasser des aiguilles partout sur mon prélart de cuisine. C'est à matin qu'on s'en débarrasse. Tu le mettras dans la cour quand toi et ta sœur vous aurez fini de le dégarnir, on le mettra sur les poubelles demain matin.

Pour sa part, Richard était retourné livrer les commandes de la pharmacie Charland, mais il savait qu'il ne garderait plus très longtemps son emploi. Le pharmacien l'avait prévenu la veille du jour de l'An. Le livreur régulier blessé au dos avait fait savoir à son patron qu'il pourrait reprendre son travail dès les premiers jours de janvier. Étrangement, la perte de son emploi tracassait moins l'adolescent que le fait de ne pas revoir Monique qui semblait ne pas être encore revenue de chez son grand-père. Chaque soir, il se transformait en amoureux transi. Dès qu'il pouvait jouir d'une minute d'intimité dans sa chambre à coucher, il exhumait de son sac d'école la carte de Noël qu'elle lui avait donnée et il la relisait, le cœur tout en émoi.

Par ailleurs, il regrettait de plus en plus de ne plus avoir le temps de jouer au hockey dans la rue avec ses copains. Quand il voyait des jeunes de son âge en train de s'amuser lors de ses livraisons, il se demandait si ça valait la peine de perdre ses vacances pour un peu d'argent de poche. Il acceptait encore difficilement que sa mère perçoive la moitié de son maigre salaire pour lui acheter des vêtements quand il en aurait besoin. Dans quatre jours, l'école allait recommencer… Il en était au point de souhaiter que Charland lui annonce le jour même qu'il n'avait plus besoin de ses services.

Le samedi suivant, son vœu fut exaucé. Le pharmacien lui tendit sa dernière paye et le remercia à la fin de la journée. Il neigeait un peu depuis le début de l'après-midi, mais tout laissait croire que Montréal allait avoir droit à une autre bonne chute de neige.

— Je suis chanceux en maudit, pesta l'adolescent en rentrant chez lui. Juste comme je pourrais jouer au hockey demain, je vais être poigné pour pelleter.

De plus, dès son entrée dans l'appartement, sa mère le houspilla pour qu'il soupe rapidement.

— Comment ça se fait que je suis tout seul à manger? demanda-t-il, surpris.

— On a déjà soupé, fit Laurette en déposant devant lui une assiette de spaghettis.

— Vous avez soupé ben de bonne heure! s'exclama Richard, étonné.

— L'ami de ta sœur s'en vient veiller avec elle. Il faut que la cuisine soit propre quand il va arriver. Parle moins et dépêche-toi à manger qu'on puisse laver ta vaisselle.

— Ils vont veiller dans la cuisine?

— Ils sont pas pour aller veiller dans la cave, niaiseux, répondit sa sœur Carole.

— Oui, mais, p'pa, comment on va faire pour écouter notre hockey, nous autres? demanda-t-il en se tournant vers son père.

— Énerve-toi pas. On va l'écouter quand même, fit son père, aussi agacé que son fils par ce contretemps qu'il n'avait pas su prévoir.

— On pourrait peut-être ploguer le radio dans notre chambre pour l'écouter, proposa Gilles.

— Ben oui, finfin! se moqua sa mère. Ton père va aller s'enfermer toute la soirée dans votre chambre pendant qu'on va avoir du monde dans la cuisine.

— Le radio va rester sur sa tablette, dans la cuisine, déclara sans enthousiasme le père de famille.

Si Gérard avait réfléchi un instant avant d'accorder sa permission, il n'aurait jamais accepté de voir ses samedis et ses dimanches soirs de hockey mis en péril par la présence de l'ami de cœur de sa fille. Il lui aurait plutôt suggéré de l'inviter le dimanche après-midi, par exemple.

Laurette et Carole venaient à peine de terminer le lavage de la vaisselle qu'on sonna à la porte.

— Denise, va ouvrir, lui cria sa mère. C'est pour toi.

La jeune fille sortit de sa chambre où elle venait de terminer sa toilette et alla ouvrir à un Serge Dubuc, pas beaucoup plus à l'aise que lors de sa visite précédente.

— Enlève ton manteau et viens t'asseoir dans la cuisine, dit-elle à voix basse à son ami.

Ce dernier obéit et la suivit dans la pièce voisine. Il salua les parents et Denise lui présenta, un à un, ses frères et sa sœur.

— Tu nous as pas vus la première fois que t'es venu, mais on était là, dit Richard, pas du tout impressionné par l'ami de sa soeur. T'es chanceux de nous voir la face à soir. D'habitude, mon père et ma mère nous envoient nous cacher dans notre chambre quand on a de la visite. Je pense qu'ils ont honte de nous autres, ajouta-t-il pour narguer ses parents.

Serge Dubuc eut un sourire un peu embarrassé.

— Toi, t'es mieux de te tenir les oreilles molles, mon insignifiant, si t'as l'intention de veiller un bout de temps, le prévint sa mère, furieuse.

— Il manque juste mon frère Jean-Louis qui est sorti pour la soirée, déclara Denise en présentant une chaise à son ami.

La jeune fille se rendait bien compte qu'il ne pouvait y avoir de pires conditions pour recevoir Serge. Ne pas avoir un salon où se réfugier devait sûrement lui paraître très anormal, même si elle l'avait prévenu. Elle se mit soudain à craindre qu'il ne veuille plus revenir la voir. Qui pouvait endurer se faire regarder comme une bête curieuse par toute une famille pendant toute une soirée ?

Pourtant, après quelques minutes, le jeune caissier sembla prendre de l'assurance et se mit à plaisanter avec Gilles et Richard qui lui avaient demandé en riant s'il pouvait prendre tout l'argent qu'il voulait dans sa caisse.

Assise dans sa chaise berçante, Laurette se balançait doucement. Elle ne quittait guère des yeux ce garçon à la mise soignée qu'elle tentait de jauger. Son veston bleu et sa cravate grise lui donnaient un air sérieux que ne démentait pas la raie impeccable de ses cheveux. Il semblait avoir un bel aplomb et la parole facile, une fois passés les premiers moments de gêne. D'ailleurs, ce fut lui qui proposa à Laurette, Denise et Carole de jouer aux cartes après que le père de famille eut déclaré qu'il avait l'intention d'écouter le match de hockey à la radio.

Quand la voix de Michel Normandin annonça le début de la partie opposant les Rangers de New York aux Canadiens de Montréal, Richard et Gilles rejoignirent leur père près de la radio. Serge baissa instinctivement la voix pendant que les trois femmes de la maison s'attablaient pour jouer une partie de cartes avec lui. La soirée se déroula sans anicroche et les joueurs de cartes ne semblèrent pas déranger les amateurs de hockey.

À dix heures, les trois plus jeunes furent invités à aller se mettre au lit. Comme tous les soirs de radiodiffusion de hockey, Richard et Gilles se firent tirer un peu l'oreille pour obéir parce que la troisième période n'était pas terminée.

— Vous aurez juste à demander le score à votre père demain matin, trancha Laurette sur un ton sans appel. Allez vous coucher et que je vous entende pas jaser.

À leur entrée dans leur chambre, Gilles dit à son frère :

— Après tout, le *chum* de Denise est pas si achalant que ça.

— Ouais, acquiesça Richard. Il est même moins plate que Jean-Louis. On pourrait peut-être les échanger l'un pour l'autre. En tout cas, moi, j'aimerais ça avoir la même *job* que lui. Compter de l'argent toute la journée, ça doit pas être si pire que ça.

À la fin de la soirée, après le départ de l'invité de Denise, Gérard ne put s'empêcher de faire remarquer à sa femme :

— Au fond, je pense que ça a pas tellement dérangé les jeunes de pas pouvoir veiller au salon.

— Gérard Morin, il y a des fois que je te trouve pas mal niaiseux ! déclara sa femme. Aurais-tu aimé ça qu'on se fréquente dans la cuisine chez nous, avec mon père, ma mère et mes deux frères ?

— Ben non, reconnut son mari, mais nous autres, c'était pas la même chose. C'était sérieux.

— Ben oui, se moqua Laurette. Ben sérieux.

❧

Le lendemain matin, la mère de famille se leva tôt pour avoir le temps de mettre son gâteau de la fête des Rois au four avant d'aller à la grand-messe. La préparation de son gâteau aux épices dans lequel elle allait dissimuler une fève et un pois avant de le glacer au retour de la messe ne fit rien pour dissiper sa mauvaise humeur. Inquiète de l'absence de Jean-Louis, qui n'était rentré qu'à deux heures du matin, elle ne s'était endormie qu'au milieu de la nuit et ne pouvait même pas boire une tasse de café puisqu'elle voulait aller communier.

— Attends qu'il se lève, lui ! Je vais lui dire ma façon de penser ! dit-elle à mi-voix sur un ton menaçant. Il y a tout de même des limites de rentrer à n'importe quelle heure.

Quand son mari se leva une heure plus tard, elle lui demanda d'ajouter du charbon dans la fournaise. Gérard obtempéra en ronchonnant avant d'aller se raser dans les toilettes. Il revint dans la cuisine quelques minutes plus tard et s'alluma une cigarette avant de s'asseoir dans sa chaise berçante. À lui aussi, le café matinal manquait cruellement le dimanche matin.

— As-tu vu à quelle heure ton gars est rentré ? attaqua Laurette en déposant son gâteau dans le four.

— Non, je dormais.

— À deux heures du matin, maudit verrat ! Est-ce qu'il prend la maison pour un hôtel, lui ?

— C'est pas la fin du monde, temporisa Gérard, ennuyé par la perspective d'une scène imminente.

— Bonyeu, Gérard ! As-tu pensé à l'exemple qu'il donne aux autres ?

— Écoute. Il va avoir dix-neuf ans cet été. C'est plus un enfant. En plus, on sait qu'il boit pas et qu'il fume pas. Qu'est-ce que tu veux qu'il lui arrive ? Laisse-le souffler un peu. Arrête de le couver. Il a peut-être trouvé une fille...

— On sait ben. Pour toi, c'est normal. Il pourrait arriver n'importe quoi à un des enfants, tu dirais rien.

— Achale-moi pas le matin quand je viens juste de me réveiller, lui ordonna son mari en élevant la voix. Je suis pas d'humeur à t'entendre me crier par la tête.

Au même moment, Jean-Louis entra dans la cuisine. Comme chaque dimanche, il désirait assister à la basse-messe pour ne pas avoir à supporter le long sermon du curé Perreault.

— Tiens ! T'es déjà debout, toi, fit sa mère en scrutant le visage endormi de son fils.

— Je vais à la basse-messe, se contenta de dire Jean-Louis.

— Si je me trompe pas, ça t'a pas fait une nuit ben longue, lui fit remarquer sa mère d'une voix mordante.

— Je sais pas, mentit le jeune homme. J'ai pas regardé l'heure quand je me suis couché.

— Moi, je peux te le dire, reprit sa mère. Il était deux heures du matin. Veux-tu ben me dire d'où tu sortais à cette heure-là?

— De chez Jacques Cormier, avoua son fils en s'assoyant près de la table. On a travaillé toute la soirée le dernier chapitre de mon livre de comptabilité et à onze heures, on a décidé d'aller manger des hot-dogs sur la *Main*. Après, on est revenus chez eux et on a jasé un bout de temps. Quand je suis parti, les petits chars passaient plus. Ça fait que j'ai été obligé de revenir à pied.

— Où est-ce qu'il reste, ce Cormier-là? demanda son père.

— Sur Beaudry, proche de De Montigny. Ça fait une sacrifice de bonne marche.

— Il a quel âge, ce gars-là? lui demanda sa mère.

— Trente et un, trente-deux ans. Je sais pas exactement.

— Et sa femme dit rien de te voir traîner chez eux deux ou trois soirs par semaine depuis deux mois? reprit Laurette.

— Il est pas marié, m'man.

Laurette assimila l'information et n'ajouta rien. Elle ne pouvait tout de même pas reprocher à son enfant préféré d'avoir plus d'ambition que tous les autres réunis. Elle devinait qu'il ne voulait pas d'une petite vie terne comme celle de son père. Comme il n'avait jamais eu de talent, elle comprenait qu'il lui faille travailler encore plus fort que les autres pour obtenir le poste en comptabilité qu'il désirait tant.

— J'espère, en tout cas, que ça achève ces études-là, fit Gérard. On commence à trouver que tu rentres pas mal tard pour un gars de ton âge. Nous autres, on doit penser aux plus jeunes et à l'exemple que tu leur donnes.

— Oui, oui, p'pa, j'ai presque fini, déclara Jean-Louis. Dans quinze jours, je vais passer mon entrevue.

Laurette fit un signe discret à son mari de laisser tomber. Le père et le fils quittèrent la maison pour l'église quelques minutes plus tard. À leur lever, les autres furent attirés dans la cuisine par la bonne odeur du gâteau aux épices en train de cuire dans le four.

— C'est une vraie torture de nous faire sentir ça un dimanche matin quand on est obligé de jeûner, dit Denise en s'étirant.

— Vous allez pouvoir en manger au dessert à midi, dit sa mère. J'espère que vous vous rappelez que ceux qui vont trouver la fève et le pois vont être le roi et la reine de la journée et auront rien à faire jusqu'à demain matin.

— Moi, je me rappelle surtout que c'est la fin des vacances, intervint Richard, la mine soudainement assombrie. Ça me tente pas pantoute de revoir la face de Nantel demain matin.

— De monsieur Nantel, effronté, le reprit sa mère. Oui, l'école reprend demain et t'es mieux de pas faire la tête croche.

— Vous pouvez pas dire que je vous ai ben encombrée pendant les vacances, m'man, protesta l'adolescent. J'ai travaillé presque tout le temps.

— Arrête de discuter pour rien et va t'habiller. Tu vas finir par être en retard à la messe. Ah! Je viens d'y penser. Quelqu'un du presbytère a appelé hier après-midi pendant que tu jouais dehors. Tu sers la messe de sept heures la semaine prochaine.

— Maudit! La messe de sept heures! Je tombe encore sur le curé. J'haïs ça servir sa messe. Il est bête comme ses pieds, lui.

— Ferme ta boîte, Richard Morin, et va t'habiller, lui ordonna sa mère.

Au retour de la messe, Laurette glaça le gâteau et le découpa en sept parts égales qu'elle déposa sur des assiettes. Elle plaça les quatre assiettes destinées aux hommes d'un côté et elle introduisit un pois dans l'un des morceaux. Elle répéta la même opération en insérant une fève dans l'un des trois morceaux destinés aux femmes de la maison.

Quand vint le moment de manger le dessert, elle chargea Carole de procéder à la distribution.

— Il est entendu que celui qui va trouver le pois va être le roi, dit la mère. Celle qui aura la fève va être la reine. Ce sont ces deux-là qui vont dire aux autres quoi faire aujourd'hui… dans la limite du raisonnable, ben sûr, prit-elle la peine de préciser.

— Moi, ça me tente pas de jouer à ça, fit Jean-Louis en repoussant l'assiette que sa jeune sœur venait de poser devant lui.

— Tu fais partie de la famille et tu joues comme les autres, trancha sa mère.

Dès la première bouchée, Gilles mordit à pleines dents dans le pois, ce qui provoqua chez lui une grimace de douleur.

— J'ai le pois, annonça-t-il. Mais je me suis fait mal à une dent en le mordant, par exemple.

— Eh ben, moi, je vais être la reine, rétorqua sa mère en montrant la fève qu'elle venait de découvrir dans son morceau de gâteau.

Quand tous eurent mangé leur dessert, le roi et la reine distribuèrent les tâches.

— P'pa, vous allez faire la vaisselle avec Richard et Jean-Louis, annonça Gilles.

— C'est pas nouveau, fit son père avec philosophie. Chaque année, c'est la même maudite affaire. Je commence à avoir hâte que ta mère se tanne de faire ce gâteau-là. On dirait qu'elle s'organise pour que je trouve jamais le pois.

— C'est ça, plains-toi donc, fit sa femme sans la moindre trace de compassion dans la voix.

— J'espère qu'on n'a pas la table à démettre en plus, dit Jean-Louis, qui venait de se lever de mauvaise grâce.

— Non, dit la reine. Denise démet la table et Carole balaie la cuisine. À soir, pour le souper, les deux filles vont le préparer et les garçons feront encore la vaisselle.

— Et si on mange pas, est-ce qu'on est obligé pareil de laver la vaisselle ? demanda Richard en s'emparant d'un linge, prêt à essuyer.

— Ça changera rien. Tu feras le même ouvrage, lui dit Gilles.

Cet après-midi-là, Gilles ne profita guère longtemps de son règne. Une heure à peine après le repas, l'une des dents avec laquelle il avait mordu dans le pois commença à le faire souffrir sérieusement. Quand les élancements devinrent intolérables, il finit par aller voir sa mère occupée à confectionner ses cigarettes pour la semaine.

— M'man, avez-vous des pilules ? J'ai mal à une dent.

— J'ai du clou de girofle. On va en mettre sur ta gencive, dit sa mère en quittant sa chaise pour aller chercher l'épice dans l'armoire. Tiens, frotte ta gencive avec ça. Ça va te soulager.

Le roi du jour apprit rapidement que le clou de girofle n'apportait qu'un soulagement très temporaire. Il passa le reste de la journée et la soirée à se plaindre de sa dent.

— J'ai ben peur que tu sois obligé de lui faire manquer l'école demain matin pour le traîner chez le dentiste, fit remarquer Gérard à sa femme en se mettant au lit.

— J'ai regardé tout à l'heure quand je lui ai donné des pilules, il a de ben mauvaises dents. Mais j'irai pas chez le dentiste. Il coûte ben trop cher et on n'a pas les moyens de payer ça, expliqua Laurette. Madame Bélanger, à côté, m'a dit qu'à l'université, ils enlevaient les dents pour rien. Je vais lui téléphoner demain matin si Gilles va pas mieux et on ira là, même si c'est à l'autre bout de la ville.

Le lendemain matin, Gilles se leva en même temps que son père et son frère Richard qui devait aller servir la messe de sept heures du curé Perreault. Le roi de la veille avait les traits tirés de celui qui a mal dormi.

— As-tu encore mal aux dents? lui demanda sa mère en serrant frileusement contre elle son épaisse robe de chambre.

— Ça a pas arrêté de m'élancer toute la nuit, se plaignit l'adolescent.

— C'est une nouvelle façon de foxer l'école, plaisanta Richard en mangeant une rôtie qu'il venait de couvrir d'une épaisse couche de beurre d'arachide.

— Si tu veux prendre ma place, je te la donne, fit son frère en réprimant une grimace de douleur.

— Bon. Tu vas pas à l'école aujourd'hui, décida sa mère. On va régler ça cet avant-midi.

— Est-ce qu'il va falloir que j'aille chez le dentiste? demanda Gilles qui, même s'il n'y était allé qu'une seule fois quelques années plus tôt, le craignait énormément.

— Non. On va aller à l'Université de Montréal. On verra ça tout à l'heure.

Un à un, les Morin quittèrent l'appartement pour le travail ou pour l'école. Quand Carole s'apprêta à partir à son tour pour l'école Sainte-Catherine, sa mère lui dit:

— Prends la deuxième clé de la porte d'entrée. Traîne pas après l'école à midi. Vous vous ferez des sandwichs au poulet pressé pour dîner si on n'est pas encore revenus.

Un peu avant neuf heures, Laurette téléphona à sa voisine pour lui demander des renseignements à propos des soins dentaires dispensés gratuitement à l'université. Catherine Bélanger lui apprit qu'il y avait une clinique gratuite offerte aux gens par les étudiants en dentisterie. À l'entendre, les futurs dentistes étaient soigneusement supervisés par leurs professeurs.

— Ça coûte pas une cenne, madame Morin, et l'ouvrage est ben fait, conclut la voisine avant de raccrocher.

— On est chanceux, dit Laurette à son fils après avoir raccroché à son tour. À l'université, il vont te soigner gratis. Ça nous coûtera pas une cenne, expliqua-t-elle en feignant un enthousiasme qu'elle était loin d'éprouver. Envoye! Habille-toi. On y va. Ils font ça juste l'avant-midi.

Gilles avait tellement souffert depuis la veille qu'il ne résista pas. Il s'habilla et tous les deux prirent le tramway pour se rendre à la clinique universitaire. Quand la mère et l'adolescent entrèrent dans la clinique, une dizaine de clients attendaient déjà d'être soignés. Une jeune fille enregistra le nouveau patient et invita la mère et le fils à prendre place dans la salle d'attente.

Après plus d'une heure d'attente, un jeune homme vêtu d'un sarrau blanc appela Gilles et l'entraîna dans une petite salle d'examen où il l'invita à s'asseoir dans un fauteuil qu'il fit légèrement basculer.

— Ouvre la bouche, lui ordonna-t-il, avant de se mettre à examiner sa dentition en maintenant sa bouche ouverte avec une petite spatule en bois.

Peu après, un professeur d'âge mûr pénétra dans la pièce et examina à son tour les dents du jeune patient. Gilles, devenu extrêmement nerveux, serrait convulsivement les bras du fauteuil. Les deux hommes se consultèrent en chuchotant pendant un bref moment avant que le plus âgé demande à Gilles :

— Ça fait longtemps que t'es allé chez le dentiste ?

— Je me rappelle pas, monsieur.

Le professeur adressa un regard entendu à l'étudiant en dentisterie.

— Bon. On va t'arranger ça, ce sera pas long. Tu sentiras rien parce qu'on va t'endormir.

Gilles eut à peine le temps de hocher la tête que l'étudiant lui posa un masque sur le visage. Il se sentit d'abord étouffer et voulut se débattre, mais très rapidement, il perdit conscience.

Lorsque l'adolescent se réveilla, il était légèrement étourdi et un peu nauséeux. Il avait la bouche extrêmement sensible. Sa mère était debout près de lui.

— Faites-le asseoir dans la salle d'attente une dizaine de minutes avant de partir, lui conseilla l'étudiant qui avait procédé à l'extraction. Je vous suggère de…

— Qu'il attende une heure ou deux avant de boire ou de manger quelque chose de chaud, le coupa le professeur qui avait supervisé l'intervention.

L'enseignant jeta un regard d'avertissement au jeune homme qui s'apprêtait, de toute évidence, à faire une bourde en suggérant à la mère de conduire son fils régulièrement chez le dentiste. Il connaissait suffisamment le milieu d'où venait la dame pour savoir depuis longtemps qu'on n'allait chez le dentiste que lorsqu'on ne parvenait pas à arracher soi-même une dent. Payer pour faire examiner ses dents quand elles ne faisaient pas mal relevait de l'utopie pure et simple.

Quand Laurette rentra à la maison un peu après deux heures, elle trouva la fournaise du couloir presque éteinte et s'empressa d'ajouter du charbon sur les dernières braises.

— On gèle tout rond dans la maison. Il me semble que ton frère aurait pu penser à mettre du charbon dans la fournaise avant de retourner à l'école, à midi, dit-elle avec humeur à Gilles. À part ça, je meurs de faim.

— Moi aussi, m'man, dit Gilles d'une voix un peu pâteuse. J'ai même pas déjeuné à matin.

— Si t'es capable de manger, je peux te réchauffer un bol de soupe, proposa Laurette.

— J'ai encore trop mal à la bouche, dit son fils. Je pense que je vais plutôt aller me coucher un peu. J'ai presque pas dormi de la nuit.

La mère de famille le laissa aller se mettre au lit et se prépara un dîner rapide après avoir allumé une cigarette.

Gilles ne se réveilla qu'à l'heure du souper, en entendant la voix de son père de retour du travail depuis peu. Durant quelques instants, étendu sur son lit dans le noir, il explora doucement, du bout de la langue, la cavité laissée par l'extraction de sa dent malade. À sa plus grande stupéfaction, il découvrit deux, puis trois, puis quatre cavités. L'adolescent se leva et se précipita dans les toilettes pour voir dans le miroir ce qui était arrivé à ses dents. En allumant la lumière de la petite pièce, il s'aperçut dans le miroir et ne put retenir un cri de surprise.

Il avait la lèvre inférieure sérieusement enflée et, en ouvrant la bouche bien grande, il s'aperçut que l'une de ses canines avait disparu ainsi que trois molaires. Il sortit des toilettes de fort mauvaise humeur. Quand il se présenta dans la cuisine, tout le monde le regarda.

— Avez-vous vu de quoi j'ai l'air ? demanda-t-il à sa mère et à son père en montrant sa lèvre meurtrie.

— T'as une maudite belle baboune, se moqua Richard en avançant exagérément sa lèvre inférieure pour la rendre semblable à celle de son frère.

— Toi, écoeure-moi pas, répliqua son frère, furieux.

— On dirait que le dentiste lui a pincé la lèvre d'en bas avec ses pinces, dit Denise en examinant de plus près la bouche de son frère cadet.

— C'est ben possible, fit Laurette. C'est des choses qui arrivent.

— Ouais. En plus, il me manque quatre dents. J'avais mal juste à une dent et il m'en a arraché quatre. Regardez de quoi j'ai l'air à cette heure, ajouta-t-il en retroussant les lèvres au maximum.

— Ouache! Tu ressembles à une affiche de Dracula que j'ai vue dans un livre. Tu fais peur! exagéra Richard en se cachant les yeux derrière une main de façon dramatique.

— Toi, mon maudit…

— Richard, ferme-la, lui ordonna son père.

— C'est pas si pire que ça, dit Laurette à son fils. Ça paraît presque pas. L'important, c'est que t'aies plus mal aux dents.

— Mais comment ça se fait qu'il m'en a arraché autant?

— Probablement que les autres étaient plus bonnes, lui expliqua sa mère. Comme ça, ça va t'éviter d'avoir à y retourner dans un mois ou deux.

— Bon. Ça te sert à rien de te lamenter, fit son père. Elles sont parties. Approche et viens manger, si t'en es capable.

Ce soir-là, Richard attendit que son frère soit de meilleure humeur pour lui dire avant de s'endormir:

— En tout cas, c'est pas demain la veille que tu vas poigner avec les filles avec une gueule comme ça.

— Ferme donc ta gueule! lui ordonna son frère en se tournant de l'autre côté.

— Quand tu verras une fille de ton goût, tu pourras peut-être emprunter le dentier de p'pa, ajouta Richard en ricanant de plus belle.

L'unique réponse qu'il obtint fut un coup de pied sur une jambe sous les couvertures.

Chapitre 14

L'arrivée de grand-mère

La deuxième semaine de janvier, la température chuta soudainement, le thermomètre se maintint entre − 20 et − 25 °F. Un vent violent en provenance du nord cinglait la peau et coupait la respiration. La tuque enfoncée jusqu'aux yeux et les mains protégées par des moufles épaisses, les écoliers se blottissaient frileusement près des murs de leur école et tapaient du pied avec impatience en attendant la cloche qui allait leur permettre enfin d'entrer se réchauffer à l'intérieur. À l'école Champlain, comme à l'école Sainte-Catherine, la direction avait au moins eu la sagesse de suspendre les récréations à l'extérieur tant qu'il ferait aussi froid.

Curieusement, Richard Morin avait l'impression que ses amours étaient influencées par ce froid intense. Depuis la reprise des classes, Monique lui semblait étrangement moins amoureuse. Il s'était tant ennuyé d'elle durant les vacances des fêtes qu'il avait cru que son amie avait souffert autant que lui de leur séparation. Cela ne semblait pas être le cas.

Lorsqu'il l'avait revue pour la première fois, le lundi suivant la fête des Rois, il s'était précipité à sa rencontre et s'était emparé de sa main comme d'une bouée de sauvetage. Il s'était attendu à ce qu'elle montre la même tendresse et lui dise qu'il lui avait beaucoup manqué durant les quinze derniers jours. Il n'en fut rien. La jeune fille s'était contentée de s'informer de ce qu'il avait fait durant ses vacances avant de lui raconter dans les moindres détails ce qu'elle avait fait des siennes, à Hull, en compagnie de ses cousins et cousines.

Richard avait rêvé qu'elle l'embrasserait pour marquer la nouvelle année et sceller leur amour, mais elle ne fit aucun geste dans ce sens. Bref, elle se conduisait comme si elle l'avait vu la veille. Il fut si déçu qu'il lui fallut quelques jours pour s'en remettre et trouver toutes sortes de raisons à un comportement aussi froid.

Le vendredi après-midi suivant, la catastrophe s'abattit sur l'adolescent au moment où il s'y attendait le moins. À peine venait-il d'arriver devant l'église qu'il aperçut Monique venant dans sa direction en compagnie d'une fille qu'il ne connaissait pas.

— Attends-moi au coin de la rue, dit-elle à la fille en manteau vert. Je te rejoins tout de suite.

— Fais ça vite, je suis gelée dit l'inconnue qui jeta un bref regard à Richard avant de poursuivre son chemin.

— Qui c'est, cette fille-là? demanda Richard en désignant l'adolescente du menton.

— Une fille de mon école qui reste proche de chez nous.

— Pourquoi elle t'attend?

— J'ai pas le choix, dit Monique d'une voix changée.

— Comment ça, pas le choix?

— Ma mère a trouvé le cœur que tu m'as donné pour Noël. J'ai été obligée de lui dire que tu me l'avais donné.

— Puis?

— Elle et mon père étaient si enragés qu'ils ont parlé de m'envoyer au couvent. Mon père voulait même venir me chercher après l'école, chaque soir, mais il finit de travailler trop tard. Il voulait absolument que je lui dise ton nom et où tu restes, mais je lui ai rien dit.

— C'est correct, dit son amoureux, vaguement soulagé.

— Ma mère est venue voir la directrice avant le dîner aujourd'hui. C'est elle qui a trouvé Hélène Brassard, une fille de septième année qui reste sur De Montigny. La sœur et ma mère lui ont demandé de m'accompagner quand je viens à l'école et quand je retourne à la maison.

— Mais elles peuvent pas faire ça! s'insurgea Richard. On s'aime tous les deux. Ton père et ta mère peuvent pas nous empêcher de nous voir.

— Comme tu vois, ils peuvent le faire, affirma Monique, la voix apparemment noyée par le chagrin.

— Et si je faisais peur à la grande niaiseuse qui t'attend?

— Fais pas ça, le supplia Monique. Si tu fais ça, c'est sûr qu'ils vont m'envoyer au couvent.

— Ben. Qu'est-ce qu'on va faire pour se voir?

— On va attendre. Hélène Brassard va peut-être se tanner de me surveiller. Je te ferai signe quand ça arrivera.

Sur ce, l'adolescente lui adressa un dernier petit signe de la main et se mit en marche vers sa compagne qui l'attendait en tapant du pied au coin de la rue. Le cœur gros, Richard remit sa tuque qu'il avait enlevée pour attendre son amie de cœur et, les mains enfouies profondément dans les poches de son manteau, il prit la direction de la rue Fullum.

～～～

Ce soir-là, le garçon de Laurette Morin n'eut pas le temps de s'enfoncer davantage dans son chagrin. Après le souper, Gérard s'empressa de syntoniser Radio-Canada pour écouter le reportage en direct de l'arrivée en grande pompe de Paul-Émile Léger à la gare Windsor de Montréal.

Depuis plusieurs jours, les journaux et la radio n'avaient cessé de parler de celui que Pie XII avait sacré cardinal le mois précédent. Les autorités civiles et ecclésiastiques avaient tout mis en œuvre pour que le retour de Rome du premier cardinal canadien français soit mémorable. À en croire Jean-Paul Nolet et Roger Baulu, une foule nombreuse avait bravé le froid sibérien de cette soirée du 11 janvier pour se masser sur les quais et autour de la gare Windsor dans l'intention d'acclamer le nouveau prince de l'Église. Le premier ministre Maurice Duplessis lui-même, entouré de tous ses ministres, ainsi que le maire Camilien Houde et ses échevins s'étaient déplacés pour honorer de leur présence le prélat dès son arrivée.

— Est-ce qu'il est à la veille de débarquer? demanda Laurette, mécontente de rater une émission durant laquelle Willie Lamothe devait interpréter ses derniers succès. On n'est pas pour passer la soirée à attendre.

À l'instant même, Jean-Paul Nolet annonça l'entrée en gare du train tant attendu. Il nomma un certain nombre de dignitaires qui s'approchaient du wagon spécial dans lequel le cardinal prenait place. Puis, il y eut les cris de la foule venue applaudir le nouveau cardinal. Roger Baulu décrivit l'accueil plein d'égards réservé par les supérieurs de plusieurs communautés religieuses et les présidents d'organismes diocésains à l'archevêque de Montréal. Finalement, on tendit un micro à celui qui portait avec majesté le rouge cardinalice, selon le reporter de Radio-Canada.

— Fais-toi belle, ma ville, pour l'arrivée de ton prince, déclara un Paul-Émile Léger d'une voix grandiloquente à sa descente du train.

— Eh ben ! On peut dire qu'il se prend pas pour n'importe qui, lui, ne put s'empêcher de faire remarquer Laurette d'une voix acide. C'est pas mal rare d'être enflé comme ça.

— Laurette ! fit son mari en lui montrant les enfants avec un air désapprobateur.

La sonnerie du téléphone lui évita de prononcer la réplique qu'elle avait sur le bout de la langue. Elle quitta sa chaise berçante pour aller décrocher le récepteur.

— Ça va ben, dit-elle d'une voix neutre. Attends, je vais te passer ton frère s'il veut ben baisser son maudit radio. C'est Colombe, fit-elle en s'adressant à son mari qui venait de diminuer le volume de la radio. Viens lui parler.

Gérard se leva et s'empara de l'appareil que lui tendait sa femme.

— Bonsoir, Colombe. Est-ce que ça va ? T'écoutes pas l'arrivée du cardinal au radio ?

Il écouta sa sœur cadette durant quelques instants avant de répondre :

— Oui, je comprends. Non. Il y a pas de problème. On va vous attendre.

Il raccrocha.

— Puis ? demanda Laurette, curieuse.

— C'est demain avant-midi qu'ils vont nous amener ma mère, dit-il à sa femme, comme si cela n'avait aucune importance.

— Comment ça, demain matin ? protesta Laurette, furieuse. Ils nous avaient dit le 15. Demain, c'est juste le 12. C'était entendu qu'ils l'amèneraient juste mardi.

— Je le sais, reconnut Gérard, mais il paraît que leur propriétaire a promis au nouveau locataire d'entrer dans leur logement samedi après-midi. Ils sont obligés de partir, ils ont pas le choix.

— Maudit verrat! jura Laurette. Il fallait qu'elle nous tombe dessus en plein samedi. Mon samedi! Moi, le samedi, je sors d'habitude, prit-elle le soin de préciser, comme si les siens l'ignoraient.

— Quand ben même tu manquerais un samedi, c'est pas la fin du monde, la réprimanda son mari.

— Je le sais, maudit! Mais ça m'enrage pareil!

— Qu'est-ce que tu veux qu'on y fasse? fit Gérard.

— En tout cas, nous autres, on n'est pas prêts pantoute à avoir ta mère sur les bras aussi vite. As-tu oublié qu'il faut déménager les deux chambres? Pour faire exprès, Gilles et Denise travaillent tous les deux à soir. Ils pourront pas nous aider.

— Ça sert à rien de s'énerver, dit Gérard. Jean-Louis, Richard et Carole vont nous donner un coup de main et ça prendra pas des heures pour tout installer.

— Moi, je suis supposé aller travailler avec Jacques à soir, dit l'étalagiste en s'apprêtant à quitter la cuisine.

— Ben, c'est ben de valeur, mais tu vas lui téléphoner que tu peux pas, lui commanda sèchement son père. Tu étudieras un autre soir. Là, on a besoin de toi.

— Mais, p'pa, c'était entendu et on...

— Laisse faire. Appelle-le et dis-lui que tu peux pas y aller, le coupa son père sur un ton sans appel. À soir, on a de l'ouvrage.

Pour une fois, Laurette n'intervint pas pour venir au secours de son préféré. Tout à sa mauvaise humeur de perdre son samedi de congé, elle houspilla les siens sans ménagement:

— Envoyez! Lâchez le cardinal et venez me donner un coup de main qu'on en finisse au plus sacrant avec tout ce barda!

En quelques instants, l'appartement ressembla à une ruche. La mère de famille aida Carole à transporter dans la chambre de Gilles et de Richard le contenu des tiroirs de la chambre des filles ainsi que les vêtements suspendus dans leur garde-robe. Pendant ce temps, Gérard et Richard procédaient au même travail en transportant dans l'ancienne chambre des filles ce qui appartenait aux deux adolescents. Pour sa part, Jean-Louis, maussade, empilait sur son lit tout ce qui lui appartenait avant de le porter dans sa nouvelle chambre qu'il allait partager avec Gilles.

— C'est ben beau, ça, dit Richard, mais où est-ce que je vais mettre mes affaires, moi ? Le grand prend mes tiroirs.

— Tasse les affaires de Gilles et mets-les dans les mêmes tiroirs, répondit son père.

— Mais il y a pas de place pantoute, p'pa, dit l'adolescent en lui montrant les deux tiroirs de la commode déjà pleins à ras bord.

— Va te chercher une ou deux boîtes de carton dans le hangar et tu mettras tes affaires dedans, intervint sa mère qui passait dans le couloir. Tu laisseras les boîtes dans un coin de leur chambre. Pour deux semaines, t'en mourras pas.

— Non seulement je suis poigné pour coucher dans le couloir sur le petit lit, mais, en plus, mes affaires vont être dans des boîtes, se plaignit Richard. Pourquoi c'est juste moi que la visite de mémère dérange ?

— Arrête de te lamenter pour rien, Richard Morin. Ça va durer juste quinze jours.

— Ça pourrait pas être le stock du grand qu'on mettrait dans des boîtes ?

— Fais ce qu'on te dit, ordonna sèchement son père.

Richard endossa son manteau et alla chercher des boîtes dans le hangar en rechignant. Après les avoir remplies avec ses vêtements et ses affaires, il les déposa dans un coin de la petite chambre que Gilles et Jean-Louis allaient partager.

— Jean-Louis, viens me donner un coup de main, commanda son père. On va aller chercher le lit pliant dans le hangar. J'espère que les rats ont pas mangé le matelas.

— Je le penserais pas, dit Laurette. Je l'ai enveloppé dans un gros plastique épais et j'ai mis des morceaux de vieux prélart dessus.

Quelques minutes plus tard, les deux hommes entrèrent dans la maison en transportant un lit métallique pliant et un vieux matelas dont l'enveloppe rayée laissait voir des taches suspectes.

— Tout ça, c'est gelé à mort, dit Gérard à sa femme en enlevant son manteau. On va monter tout de suite le lit dans le couloir, proche de la fournaise, pour réchauffer au moins le matelas.

Le lit fut déplié et on déposa sur l'armature métallique le mince matelas.

— Simonac! On n'aura jamais assez de place pour passer durant la nuit, fit remarquer le chef de famille en montrant les quelques pouces libres qui restaient entre le mur du couloir et le lit.

— On peut pas le mettre ailleurs, déclara sèchement sa femme. Il y a pas plus de place. T'aurais dû y penser avant d'accepter de garder ta mère.

— C'est le *fun* encore, laissa échapper Richard. Tout le monde va m'accrocher en passant quand je vais être couché.

— T'as le choix. Tu dors là ou avec les rats dans la cave, dit sa mère. À cette heure, il nous reste à nettoyer la chambre de Jean-Louis, ajouta-t-elle. Il faut que tout soit épousseté et que le plancher soit lavé.

— Mais ma chambre est propre, protesta le jeune homme.

— Je le sais ben, mais pas assez pour ta grand-mère, rétorqua sa mère.

— Si ça vous dérange pas, m'man, je vais nettoyer notre nouvelle chambre, fit Carole.

— Aïe ! notre chambre aussi est propre, tu sauras, s'offusqua Richard.

— Peut-être, mais il y a une drôle d'odeur et j'ai vu des moutons en dessous du lit. Mémère est dans la chambre à côté et elle va voir ça tout de suite.

L'adolescent souleva les épaules comme si tout cela ne le concernait plus.

— En tout cas, le temps qu'elle va être ici, j'aurai pas à faire de ménage parce que j'ai plus de chambre, ajouta-t-il sur un ton légèrement triomphant.

— Whow ! fit sa mère. T'oublies que ton lit doit être fait et replié tous les matins en te levant. Il est pas question de l'avoir dans les jambes toute la journée.

— Hein ! Qu'est-ce que vous voulez que j'en fasse, m'man ?

— Tous les matins, tu le pousseras dans la chambre de tes frères et chaque soir, tu le tireras dans le couloir avant de le déplier.

— Ça va être commode encore, se plaignit Jean-Louis en entrant dans la cuisine. Non seulement je vais avoir à endurer Gilles, mais en plus, je vais avoir cette affaire-là dans les jambes en plus de ses boîtes de cochonneries dans le coin.

— Si tu veux, tu peux prendre ma place dans le couloir, lui offrit Richard, sarcastique.

Ce soir-là, quand Gilles et Denise rentrèrent du travail, le déménagement était terminé. Ils retrouvèrent leurs affaires dans une autre pièce.

— J'espère juste que mémère ronfle pas, dit Carole à sa sœur aînée en se mettant au lit. Là, on va avoir de la misère à dormir.

Denise ne répondit rien, trop préoccupée par la visite de Serge à la maison le lendemain soir. Qu'allait-il penser de la famille Morin? Il n'y avait pas assez d'être privé de salon, voilà qu'il allait y avoir maintenant un lit dans le couloir, entre la porte d'entrée et la cuisine. Une vraie maison de fous!

Le lendemain matin, Laurette se leva la première dans un appartement glacial. Il faisait encore noir. Le réveille-matin posé sur la commode marquait six heures trente. Pendant un bref instant, elle eut la tentation de demeurer couchée, au chaud, sous les couvertures. Elle dut se faire violence pour se lever. Il lui fallait voir à ce que Gilles, Denise et Jean-Louis quittent à l'heure pour aller travailler.

Elle réprima difficilement un frisson en endossant sa robe de chambre et se pencha pour chausser ses pantoufles. Elle sortit ensuite sans bruit de sa chambre pour laisser à Gérard la chance de profiter de l'unique matin de la semaine où il pouvait dormir plus longtemps. En ronchonnant, elle se glissa difficilement entre le lit de Richard et le mur pour se rendre jusqu'à la fournaise. Après avoir soulevé le rond, elle se rendit compte qu'il ne restait que quelques braises qui rougeoyaient à peine. Elle saisit le seau de charbon à demi plein et en versa dans la fournaise. Le bruit réveilla Richard qui se souleva sur un coude.

— Sacrifice! Ça fait trois fois que je me fais réveiller! s'insurgea-t-il. Il fait même pas encore clair dehors, ajouta-t-il en jetant un coup d'œil au bout du couloir où il pouvait voir la fenêtre de la cuisine.

— Recouche-toi et parle pas si fort, lui ordonna sa mère à mi-voix. Tu vas finir par réveiller tout le monde.

La mère de famille alluma ensuite le poêle à huile de la cuisine et déposa dessus une bouilloire pleine d'eau dans l'intention de se confectionner une tasse de café. En attendant, elle alluma une cigarette et sortit sur le comptoir ce qui était nécessaire à la préparation du dîner de Jean-Louis, de Gilles et de Denise qui travaillaient le samedi.

Elle étala une demi-douzaine de tranches de pain Weston qu'elle beurra avant de déposer sur chacune une tranche de *baloney*. Elle termina les sandwichs en étendant généreusement de la moutarde sur d'autres tranches de pain. Elle répartit ensuite le repas de chacun en trois paquets de deux sandwichs enveloppé de papier ciré. Puis, elle enfouit chaque paquet dans un sac brun qu'elle laissa sur le comptoir.

Au moment où elle déposait le grille-pain et des ustensiles sur la table, Gilles et Jean-Louis sortirent de la chambre dont la porte s'ouvrait sur la cuisine. Pendant que son aîné se dirigeait vers les toilettes, Gilles s'assit à table et mit deux tranches de pain à griller.

— Grand sans-dessein! s'écria Richard dans le couloir. Tu peux pas regarder où tu marches!

— Ta gueule, toi! répliqua Jean-Louis qui revint dans la cuisine en sautillant sur un pied.

— Qu'est-ce qu'il y a encore? demanda Laurette, sur un ton excédé.

— Ce maudit lit-là est dans le chemin! répondit Jean-Louis qui venait de s'asseoir pour se masser un pied. Je me suis accroché dedans en passant.

Richard entra à son tour dans la cuisine, en affichant une mauvaise humeur évidente.

— Il est ben trop de bonne heure pour te lever, lui fit remarquer sa mère.

— Ça me sert à rien de rester couché, il y a pas moyen de dormir tranquille. Tout le monde arrête pas de me réveiller. Je suis aussi ben de me lever.

— Si c'est comme ça, va faire ton lit et pousse-le dans la chambre de tes frères.

— Ça peut pas attendre après que j'aie mangé ?

— Non. Grouille-toi. De toute façon, les autres doivent partir et il faut qu'ils déjeunent avant toi.

L'adolescent quitta la cuisine au moment même où Denise y entrait. Sans un mot, elle prit une tasse dans l'armoire, y versa une cuillérée de chocolat Fry avant de la remplir d'eau chaude.

— J'ai pas préparé de gruau à matin, dit la mère de famille à ses enfants. Mais si vous en voulez, je peux vous en faire.

Tous les trois refusèrent son offre, prêts à se contenter de rôties qu'ils couvraient de beurre d'arachide ou de marmelade. Richard était parvenu à replier son lit.

— Est-ce que quelqu'un peut m'aider à le pousser dans la chambre ? demanda-t-il en passant la tête dans la cuisine. Si je le tire, je vais grafigner le prélart.

Gilles se leva et l'aida à ranger le lit dans la chambre, entre le pied du lit et le mur.

— C'est fin en tabarnouche cette affaire-là, fit remarquer Jean-Louis en allant chercher ses articles de toilette. Je suis obligé de marcher sur le lit si je veux aller fouiller dans mes tiroirs.

— C'est juste pour deux semaines, lui fit remarquer sa mère.

Quand son frère eut disparu dans les toilettes, Denise déposa sa tasse vide sur la table et demanda à sa mère :

— Avez-vous pensé, m'man, à ce qu'on va faire à soir quand Serge va venir veiller ?

— Tiens! J'y avais pas pensé pantoute, reconnut Laurette, soudain songeuse.

— Non seulement il va y avoir mémère de plus dans la cuisine, mais il va y avoir aussi le lit dans le couloir.

— C'est pourtant vrai.

— Qu'est-ce qu'on va faire?

— Il y a rien à faire, ma fille. On n'est pas pour mettre ta grand-mère sur le balcon en plein hiver parce que ton *chum* vient veiller.

— Je le sais ben, m'man! Mais pour le lit de Richard, qu'est-ce qu'on fait?

— Je le sais pas. Au fond, si nous autres on peut passer entre le mur et le lit, ton Serge peut faire la même chose, non?

— C'est pas ça, m'man, dit la jeune fille sur un ton impatient. On va avoir l'air de quoi, arrangés comme ça?

— On va juste avoir l'air du monde qui manque de place, dit sèchement sa mère qui commençait, elle aussi, à perdre patience.

— Vous pourriez pas au moins donner à Richard la permission de veiller jusqu'à onze heures, le temps que Serge parte? suggéra la jeune fille. Comme ça, son lit serait pas dans les jambes de tout le monde.

— Ça, c'est une bonne idée, approuva l'adolescent en donnant un coup de coude à Gilles qui écoutait sans rien dire.

— Ça le ferait coucher pas mal tard, lui fit remarquer Laurette.

— C'est juste un soir dans la semaine, m'man, plaida Denise. Il a pas d'école demain.

— On va essayer, mais à condition qu'il soit endurable. S'il s'énerve le moindrement, je te passe un papier qu'il va prendre le bord de son lit et il sera pas tard. Laisse rien traîner dans ta chambre avant de partir, ajouta la mère de famille en se levant. Je vais m'organiser pour que Carole fasse le lit comme il faut avant que ta grand-mère arrive. Oublie pas qu'elle peut tout voir dans votre chambre. C'est toujours le problème avec une chambre double.

Pendant que Laurette allait jeter un dernier coup d'œil dans la chambre destinée à sa belle-mère, Richard ne put s'empêcher de narguer son frère Gilles.

— En tout cas, à soir, je vais écouter toute la partie de hockey dans la cuisine. Je manquerai rien. C'est Toronto qui joue contre le Canadien. Il va y avoir de la bataille.

— Ça me dérange pas, répliqua Gilles, insouciant. Je vais tout entendre pareil si je laisse la porte entrouverte. Dans la chambre des filles, je vais être pas mal plus proche du radio. C'est pas mal mieux que notre chambre d'en avant.

— T'oublies que Jean-Louis peut pas sentir le hockey. Il va fermer la porte de la chambre et t'entendras plus rien.

— Pas de danger. Le samedi soir, il sort tout le temps.

⁓

Après le dîner, Laurette s'empressa de voir à ce que tout l'appartement soit dans un ordre impeccable. Elle reprocha même à Gérard de laisser traîner ses gants sur l'armoire.

— Calme-toi un peu, lui conseilla son mari. Comme tu dis, c'est pas la reine d'Angleterre que t'attends.

— Je le sais, bonyeu! Mais tu connais ta mère. J'ai pas l'intention qu'elle aille raconter partout qu'on est des cochons. On n'est peut-être pas riches, mais on est capables de se nettoyer.

Un moment plus tard, elle s'aperçut avec agacement qu'il ne lui restait pratiquement plus de cigarettes.

— Richard, dit-elle à son fils qui se préparait à aller retrouver des copains, va chez Brodeur me chercher une boîte de Sweet Caporal et une boîte de tubes. Fais ça vite que j'aie le temps de me faire des cigarettes avant que ta grand-mère arrive.

L'adolescent revint cinq minutes plus tard avec le tabac et les tubes demandés par sa mère. Cette dernière étendit sur la table de cuisine une feuille de journal sur laquelle elle répandit un peu de tabac et, armée de son tube métallique, entreprit de se confectionner rapidement quelques cigarettes. Elle en était à couper le résidu de tabac qui dépassait à l'extrémité de chacune quand on sonna à la porte.

— Viarge! Pas déjà ta mère! s'écria-t-elle en se tournant vers Gérard. Va lui ouvrir pendant que je ramasse toutes mes affaires.

Le maître de maison déposa *La Patrie* qu'il était en train de lire et se dirigea vers la porte d'entrée. Sa femme entendit la voix de Rosaire Nadeau puis celle de sa belle-mère. Elle s'empressa de ranger dans l'armoire son tabac et ses cigarettes avant d'aller au-devant des nouveaux arrivants.

— Bonjour, madame Morin, bonjour Rosaire, dit-elle aux deux parents qui étaient debout dans l'entrée, près d'une grosse valise en cuir brun.

— Bonjour, Laurette, dit Rosaire en s'efforçant de mettre de l'entrain dans sa voix.

— Bonjour, ma fille, répondit Lucille Morin en train de déboutonner son épais manteau de drap pendant que son fils, un genou par terre devant elle, était occupé à abaisser la fermeture-éclair de ses bottes.

— Restez pas debout dans l'entrée. Venez vous asseoir, offrit Laurette qui semblait avoir déjà oublié de quelle manière elle avait été reçue moins de deux semaines auparavant chez son beau-frère.

— Si ça vous fait rien, je vais m'en aller, dit Rosaire, la main toujours posée sur la poignée de la porte. Je devrais être au garage depuis déjà un bon bout de temps. Le samedi, c'est la meilleure journée de la semaine pour vendre des chars et là, j'ai laissé mon jeune vendeur tout seul pour aller chercher madame Morin à la maison.

— Et Colombe? demanda Gérard en se relevant.

— Elle s'occupe des déménageurs qui vont transporter tous nos meubles dans la cave de notre nouvelle maison. À la fin de l'après-midi, je vais aller la chercher et on va aller s'installer chez les Lacasse. Bon, je vous laisse, j'ai laissé tourner le moteur du char, ajouta Rosaire en embrassant Laurette et sa belle-mère sur une joue après avoir serré la main de Gérard.

Le petit homme ouvrit la porte et sortit de la maison, faisant entrer pendant un bref moment de l'air froid dans les lieux. Dès que la porte fut refermée, Lucille Morin retira son manteau et le tendit à son fils.

— Mets-le sur un support, Gérard. Je veux pas qu'il soit tout froissé.

La vieille dame portait une robe rouge vin toute simple et sentait le muguet. Elle ouvrit son sac à main et en retira ses lunettes qu'elle posa sur son nez.

— Venez boire une tasse de thé, m'man, lui offrit son fils. Ça va vous réchauffer.

— J'aimerais mieux défaire tout de suite ma valise si ça te fait rien, mon garçon. Où est-ce que vous allez m'installer, Laurette? demanda-t-elle en se tournant vers sa bru.

— On vous a préparé la chambre en avant, madame Morin, lui précisa Laurette. Elle est pas ben grande, mais vous allez avoir en masse la place pour mettre vos affaires.

Gérard s'empara de la valise de sa mère et ouvrit la porte à sa gauche, celle de l'ancienne chambre de Jean-Louis. Il déposa la valise sur le lit recouvert d'un couvre-lit vert un peu délavé. Sa mère le suivit et jeta un regard désolé sur la petite pièce encombrée qui ouvrait sur la chambre voisine.

— Est-ce qu'il y a quelqu'un qui couche dans l'autre chambre? demanda-t-elle.

— Ben oui, m'man. D'habitude, c'est la chambre de Richard et de Gilles. On a déménagé là Denise et Carole pendant que vous allez rester ici.

La grand-mère se contenta de hocher la tête en signe d'approbation sans faire de commentaire. Elle se dirigea vers la fenêtre masquée en partie par une toile à demi tirée. Elle la releva et regarda à l'extérieur avant de se tourner vers la commode installée dans un coin. Elle passa doucement le bout des doigts sur le dessus et les regarda, comme pour s'assurer qu'il n'y avait pas de poussière. Ce dernier geste n'échappa pas à Laurette qui n'avait pas ouvert une seule fois la bouche depuis que sa belle-mère avait pénétré dans la chambre.

— Bon, on va vous laisser vous installer, madame Morin, dit-elle, les dents serrées, au moment où son invitée s'assoyait sur le lit comme pour vérifier la qualité du matelas.

Laurette sortit de la chambre sans attendre la réponse de la vieille dame et alla directement dans la cuisine où elle s'alluma fébrilement une cigarette. Gérard la rejoignit presque aussitôt.

— Dis donc, bonyeu! Est-ce que ta mère se pense à l'hôtel? demanda-t-elle à mi-voix à son mari. T'as vu ce qu'elle vient de faire? Elle a passé la main sur la commode pour voir si c'était propre. Est-ce qu'elle me prend pour une cochonne?

— Ben non! Arrête donc de t'énerver pour rien, chuchota Gérard. C'est un tic qu'elle a. Elle est plus tellement jeune et...

— Laisse faire, toi ! Jeune ou pas jeune, si elle m'énerve trop, elle va savoir vite ma façon de penser, ta mère. Ça fait même pas dix minutes qu'elle est dans la maison que déjà elle me tape sur les nerfs avec ses grands airs. Pas un merci pour tout le trouble qu'elle nous donne ! C'est normal qu'on se tasse pour elle et qu'elle mette toute la maison à l'envers ! Ses airs de duchesse m'impressionnent pas pantoute, tu sauras.

— Bon. T'as fini, là ? demanda Gérard sur un ton cassant. Prends un peu sur toi ! Elle est ici juste pour un petit bout de temps.

— Cette maudite manie de me dire «vous» gros comme le bras, comme si j'étais une étrangère. Elle parle pointu juste pour me faire sentir encore plus épaisse, bonyeu !

— Chut ! Tais-toi, lui ordonna son mari, toujours à voix basse. Elle est pas sourde. Elle va finir par t'entendre.

La politesse glacée de sa belle-mère avait toujours mis Laurette mal à l'aise. Sans l'avouer, la vieille dame lui en imposait. En sa présence, elle se sentait inférieure et constamment jugée. Naturellement, elle ne pouvait compter sur l'appui de son mari pour la remettre à sa place quand elle jugeait que la vieille dame dépassait les bornes. C'était sa mère. Par ailleurs, lorsqu'elle essayait de lui faire comprendre que tout prouvait que sa mère lui préférait sa sœur Colombe, Gérard se contentait de lui dire qu'elle «déparlait».

Lucille Morin fit son entrée dans la cuisine près d'une demi-heure plus tard. Laurette, occupée à peler les pommes de terre du souper, se fit violence pour se montrer agréable.

— Assoyez-vous dans ma chaise berçante, madame Morin. Si vous avez le goût de boire une tasse de thé, il y en a sur le poêle. Servez-vous. J'ai aussi de la liqueur dans le frigidaire. Si ça vous tente, gênez-vous pas.

— Merci, Laurette. Peut-être plus tard.

— Vous avez eu assez de place pour mettre tout votre linge ? demanda Gérard en levant le nez de son journal.

— Oui. J'ai mis ma valise vide sous du lit.

Tout en parlant, Lucille Morin promenait un regard attristé sur la pièce encombrée de chaises, de deux chaises berçantes, de la table, du réfrigérateur et du gros poêle à huile.

— Ça fait combien de temps que je suis venue vous voir ? demanda-t-elle à son fils.

— Il me semble que c'est le printemps passé.

— Ah ! si longtemps que ça ? Je me souvenais plus combien c'était petit chez vous. J'ai bien peur que vous me trouviez pas mal encombrante, ajouta-t-elle en faisant un effort évident pour se montrer aimable.

— C'est pas ben grand, madame Morin, intervint Laurette, mais on est capables de se tasser un peu pour recevoir de la parenté.

— Et les enfants ? Où est-ce qu'ils sont passés ? s'informa la grand-mère.

— Jean-Louis, Gilles et Denise travaillent le samedi. Richard est parti jouer dehors avec des amis. Carole est chez son amie Mireille, à côté. Elle est à la veille de revenir.

— Votre Gilles est rendu assez vieux pour travailler ?

— Il a quatorze ans, m'man, répondit Gérard. Il va encore à l'école, mais il porte des commandes la fin de semaine.

— Est-ce qu'il y a un de vos enfants qui va faire des études ?

— C'est mal parti pour ça, reconnut son fils. Jean-Louis a eu toutes les misères du monde à faire sa septième année. Richard et Gilles ont pas l'air de trop aimer l'école. Denise a lâché, elle aussi, en huitième année. Pour Carole, on le sait pas encore.

— On le sait pas encore, madame Morin, intervint Laurette en foudroyant son mari du regard. Même s'ils aiment pas ben gros l'école, Gilles et Richard ont des bonnes notes. Au dernier bulletin, Gilles a eu 76 % dans son bulletin et les notes de Richard sont pas mal non plus, précisa-t-elle avec une fierté non déguisée.

— Vous avez jamais pensé faire apprendre le piano à vos filles ?

— Avec quel argent on aurait pu payer ça ? demanda sa bru que cette enquête commençait à énerver.

— Il aurait aussi fallu être capable de lui trouver une place dans la maison, fit remarquer Gérard sur un ton uni.

— On aurait été obligés de l'attacher au plafond, ajouta Laurette, pince-sans-rire. On n'a pas de place pour rien.

— Je trouve ça bien de valeur, déplora Lucille. Une vraie demoiselle distinguée doit apprendre la musique.

— Ben moi, j'ai jamais appris ça, et ça m'a pas empêché de vivre, déclara tout net Laurette qui avait senti un blâme dans la remarque de sa belle-mère. Je suis peut-être pas ben distinguée, comme vous dites, mais je suis capable de faire l'ouvrage que j'ai à faire.

— Bien sûr, ma fille. Je disais pas ça pour vous faire de la peine… Évidemment, on peut être une très bonne femme sans aimer la musique.

La porte d'entrée claqua soudain et Laurette leva la tête pour voir qui venait d'entrer dans l'appartement.

— Laisse pas traîner tes bottes dans l'entrée, dit-elle à Carole.

— Est-ce que mémère est arrivée ? demanda l'adolescente en train de retirer ses bottes.

— Oui. Elle est dans la cuisine avec nous autres.

Carole enleva son manteau qu'elle suspendit à l'un des crochets installés près de la porte et vint rejoindre ses parents dans la cuisine.

— Mon Dieu! s'exclama Lucille en apercevant sa petite-fille qui se dirigea vers elle pour l'embrasser sur une joue. Mais t'as bien grandi depuis le printemps passé. T'es devenue une grande fille.

— Pour pousser, elle pousse, reconnut Laurette en se levant pour jeter les pelures de pomme de terre dans la poubelle.

— C'est certain, confirma Lucille Morin. Et m'appelle plus « mémère », ma belle fille, ajouta-t-elle à l'intention de sa petite-fille. Ce mot-là, c'est bon pour les gens sans éducation. Appelle-moi « grand-mère ».

À la fin de l'après-midi, Richard rentra à la maison en même temps que Gilles, de retour de son travail. Les deux garçons eurent droit, l'un et l'autre, à la même leçon et se le tinrent pour dit. Par contre, la grand-mère ne témoigna qu'un intérêt poli à Jean-Louis et à Denise lorsqu'ils arrivèrent un peu avant l'heure du repas.

Au souper, on dut s'entasser à huit autour de la table en bois blanc. Il fallut approcher une chaise berçante au bout de la table et l'utiliser comme huitième siège. Au moment de servir le repas, Lucille Morin exigea d'avoir un tablier pour aider sa bru à servir, malgré les protestations de Denise.

— Je suis vieille, protesta la septuagénaire, mais je suis encore capable d'être utile dans une maison.

Laurette ne s'opposa pas à ce que sa belle-mère l'aide. Si elle était pour demeurer à la maison durant les deux prochaines semaines, elle n'avait pas l'intention de lui servir de bonne. Par ailleurs, elle guetta les réactions de la vieille dame devant l'assiette qu'elle lui avait servie : des pommes de terre et deux boulettes de bœuf haché noyées dans une sauce brune. Elle en fut pour ses frais parce que la mère de son mari mangea le contenu de son assiette sans manifester la moindre répugnance. Le repas se prit dans un silence relatif et les langues ne se délièrent qu'au moment du dessert.

— Vous devez trouver ça pas mal plus beau chez mon oncle Rosaire que chez nous, mémère? demanda Richard.

— Grand-mère, le reprit l'aïeule en lui adressant un regard mécontent.

— Grand-mère, répéta docilement l'adolescent.

— C'est juste plus grand, répondit diplomatiquement l'aïeule. Ton oncle et ta tante ont pas d'enfant et, naturellement, il y a plus de place pour bouger. Ça va être encore mieux dans leur maison neuve. Ils vont vivre dans un grand six et demi et, en plus, ils vont avoir un sous-sol fini.

— Ils sont ben chanceux, laissa échapper Denise, l'air rêveur.

Elle se rappelait encore la maison neuve des parents de Serge.

— Comme ça, vous avez vu leur nouvelle maison, madame Morin? demanda Laurette, curieuse. Est-ce qu'elle est si grosse que ça?

— Rosaire et Colombe m'ont emmenée une demi-douzaine de fois la voir pendant la construction. J'y suis encore allée avant-hier. C'est une bien belle maison avec la façade toute en pierre. Rosaire a fait installer de grandes fenêtres dans les chambres et des baies vitrées dans le salon et la cuisine. Ça va leur faire un appartement clair et surtout bien chauffé avec des calorifères à eau chaude. Ils vont avoir trois grandes chambres, un salon, une cuisine et une salle à manger.

Laurette piqua un fard, envieuse de la chance qu'avait sa belle-sœur de s'installer dans une maison neuve luxueuse, dans un beau quartier où il n'y avait pas toutes ces odeurs d'usine.

— Ça doit leur coûter un bras pour faire construire cette maison-là? intervint Gérard.

— Pas loin de quinze mille dollars, confirma sa mère.

— Quinze mille piastres! répéta Laurette, sidérée par l'énormité de la somme.

— Il faut pas oublier non plus que ça va être une maison à revenus. Rosaire s'en vante pas, mais il fait pas mal d'argent, ajouta sa belle-mère en tournant la tête vers elle.

— Bah! Il s'en vante pas, madame Morin, mais il s'en cache pas non plus, lui fit-elle remarquer sur un ton aigre. Il y a juste à le voir avec son gros char en train de fumer son cigare. Il y a personne qui va imaginer en le voyant qu'il attend la Saint-Vincent-de-Paul pour manger.

— Peut-être, Laurette, mais vous saurez qu'il vole pas son argent. Il travaille tard tous les soirs et le téléphone arrête pas de sonner à la maison quand il est là. Rosaire est pas mal ambitieux et je vous garantis qu'il compte pas ses heures d'ouvrage pour avoir une belle vie. Colombe est bien chanceuse d'être tombée sur un aussi bon garçon.

— C'est certain qu'on n'arrive pas là où il est en se contentant d'un petit salaire, dit Laurette en jetant un regard noir à son mari qui fit comme s'il n'avait rien entendu.

— Ça empêche pas que, malgré tout ça, Colombe et Rosaire sont pas tout à fait heureux, reprit la vieille dame sur un ton confidentiel. Ils ont pas d'enfants. C'est la croix qu'ils doivent porter tous les deux. La vie est bien mal faite. S'ils en avaient, ils auraient largement les moyens de les faire vivre et de les faire instruire. Rosaire m'a déjà dit qu'il aurait aimé avoir un garçon pour en faire un avocat. Il aurait été prêt à lui payer un cours classique et l'université.

— C'est sûr que sans enfant... commença à dire Gérard.

— ... sans enfant, le coupa sa mère, tu travailles toute une vie pour rien. À qui vas-tu laisser tout ce que t'as amassé? À des étrangers?

— Déjà six heures et quart! s'exclama Denise en se levant précipitamment. Il faudrait ben faire la vaisselle, m'man, avant que Serge arrive.

— Ben oui. Avec tout ça, j'allais oublier que tu reçois à soir.

— Serge? demanda la grand-mère.

— C'est le cavalier de Denise, m'man, expliqua Gérard. Il vient veiller le samedi soir.

— Où est-ce qu'il veille?

— Dans la cuisine, madame Morin, dit Laurette en déposant sur le poêle une bouilloire d'eau.

Lucille Morin lança un regard interrogateur à sa petite-fille, comme pour vérifier l'exactitude de ce que venait de dire sa bru. Puis elle se leva à son tour.

— Va donc te préparer à recevoir ton ami, lui ordonna-t-elle. Pendant ce temps-là, je vais laver la vaisselle avec ta sœur et ta mère.

Denise la remercia et disparut dans sa chambre pour changer de vêtements, se maquiller et se coiffer. Quelques minutes plus tard, sa grand-mère la vit revenir dans la cuisine alors qu'elle suspendait le linge à vaisselle qu'elle venait d'utiliser derrière le poêle pour le faire sécher. La vieille dame s'approcha de sa petite-fille et la regarda attentivement sans dire un mot.

— Qu'est-ce qu'il y a, grand-mère? demanda Denise, mal à l'aise d'être l'objet d'un tel examen.

— Rien, répondit Lucille Morin après une brève hésitation.

Laurette, qui venait d'allumer une cigarette, leva les yeux au ciel pour signifier son exaspération.

— Tu es une belle fille, Denise, reprit la vieille dame. À ton âge, on a une belle peau. À mon avis, t'as pas besoin de te mettre tant de maquillage dans la figure et, surtout, pas tant de rouge à lèvres. Ça te donne un mauvais genre. Tu serais encore plus belle avec juste un peu de poudre et presque pas de rouge à lèvres.

— Hein! Je te l'avais ben dit! se moqua son frère Richard.

— Toi, le petit drôle, mêle-toi de ce qui te regarde, lui dit Lucille Morin sans élever la voix en se tournant vers lui.

Denise allait répliquer à la remarque que venait de lui faire sa grand-mère quand on sonna à la porte.

— C'est Serge, dit-elle en se dirigeant vers la porte d'entrée.

— Bon, moi, je passe la soirée chez Jacques, annonça Jean-Louis en sortant de la chambre qu'il partageait avec Gilles. C'est la semaine prochaine que je vais passer mon entrevue pour avoir la *job*.

Le jeune homme croisa Serge dans le couloir et le salua avant d'endosser son manteau et de sortir de la maison. Comme Laurette ne faisait pas mine de céder sa chaise berçante à sa belle-mère, Gérard invita sa mère à prendre la sienne.

— Garde ta chaise, Gérard, lui dit-elle en s'assoyant à table. J'ai pas l'intention de rester longtemps dans la cuisine. Je veux me coucher de bonne heure et je vais lire un peu avant de me coucher.

Denise entra dans la cuisine, suivie de Serge qu'elle présenta à sa grand-mère.

— Serge travaille dans une banque, expliqua Laurette à sa belle-mère sans donner plus de détails.

Le jeune homme bien mis répondit poliment aux quelques questions de Lucille Morin après avoir pris place sur la chaise que lui avait désignée Denise. Lorsque Gérard alluma la radio pour écouter la description de la partie de hockey, Gilles et Richard rapprochèrent leur chaise de l'appareil et Carole sortit un cahier de son sac d'école pour terminer un devoir commencé la veille. Laurette s'empara d'une pelote de laine dans l'intention de repriser un chandail de Gilles qu'elle avait déposé dans un sac, près de sa chaise berçante.

— Bon, je vous souhaite bonsoir, dit la grand-mère en se levant.

— Vous allez pas vous coucher à sept heures et demie, m'man ? demanda son fils.

— Non, j'ai envie de lire. Je vais m'installer dans mon lit avec mon livre.

Denise et Serge se parlèrent un bon moment à voix basse pour ne pas déranger les amateurs de hockey avant de se décider de jouer aux cartes. À neuf heures trente, Laurette ordonna à Carole d'aller se coucher, mais elle n'avertit pas ses deux fils d'en faire autant.

— Puis, eux autres, m'man ? protesta l'adolescente en parlant de ses deux frères qui devaient habituellement se mettre au lit à la même heure qu'elle. Ils vont pas se coucher ?

— Ils vont y aller tout à l'heure, lui répondit sèchement sa mère. Va te coucher et surtout, réveille pas ta grand-mère si elle dort déjà.

Carole quitta la cuisine en ronchonnant, persuadée d'être victime d'une grave injustice. Laurette aurait préféré envoyer Richard et Gilles au lit à l'heure habituelle, mais elle avait reconnu la justesse de la remarque faite le matin même par Denise. De quoi les Morin auraient-ils l'air si le cavalier de leur fille devait enjamber le lit pliant dressé dans le couloir au moment de quitter la maison, à onze heures. De plus, Richard ne pourrait sûrement pas fermer l'œil tant qu'il y aurait des gens dans la cuisine. S'il devait demeurer debout aussi tard, il allait de soi que son aîné devait profiter de la même permission… Et tout ça à cause de la belle-mère qui n'avait pas l'air de se rendre compte le moins du monde à quel point elle dérangeait toute la famille de son fils.

Jean-Louis rentra quelques minutes à peine après le départ de Serge Dubuc. À son arrivée, Richard installait son lit dans le couloir pendant que son père alimentait en charbon la fournaise. Au moment où le jeune homme retirait son manteau, il entendit un bruit bizarre qui lui fit suspendre son geste.

— C'est quoi ce bruit-là ? demanda-t-il à son père.

Gérard Morin déposa le seau de charbon et tendit l'oreille.

— Parle pas si fort, tu vas réveiller ta grand-mère, lui commanda son père en lui faisant signe de la main. On dirait un moteur, ajouta-t-il à mi-voix.

— Ça a l'air de venir de chez les Gravel, fit remarquer Richard en se glissant sous ses couvertures.

— Ben non, le corrigea son frère. On dirait que c'est plus proche que ça.

La porte de la chambre des filles s'ouvrit sur Denise qui venait d'endosser sa robe de chambre. Sa mère apparut dans le couloir en même temps qu'elle. La jeune fille s'avança dans le couloir sur la pointe des pieds pour demander tout bas à son père :

— Vous entendez le bruit, p'pa ?

Curieusement, le bruit était beaucoup plus fort depuis qu'elle avait ouvert la porte de sa chambre.

— Ben oui, je suis pas sourd, chuchota son père.

— Qu'est-ce qui fait ça ? demanda sa mère.

Sa fille se contenta de lui montrer la porte voisine du doigt.

— Arrête donc ! C'est pas ta grand-mère qui fait tout ce vacarme-là, fit Laurette, surprise.

— Ben oui, m'man. Elle ronfle, c'est écoeurant. Carole et moi, on sera jamais capables de dormir avec tout ce bruit-là. C'est comme un moteur de char.

— C'est pas si pire que ça, intervint le père de famille pour défendre sa mère.

— C'est pas pire pour vous autres, vous êtes dans la chambre de l'autre côté du couloir, lui fit remarquer son aînée. Mais nous autres, on est dans la chambre à côté et il y a pas de mur entre nos deux chambres.

Laurette poussa un soupir d'exaspération.

— Comme on peut pas mettre dehors ta grand-mère en pleine nuit, tout ce qu'il te reste à faire, ma fille, c'est de te mettre de la ouate dans les oreilles. Apportes-en à ta sœur s'il le faut.

— Aïe ! je vous dis…, commença la jeune fille d'une voix excédée avant de se diriger vers les toilettes où la ouate et les médicaments étaient rangés dans une minuscule pharmacie suspendue au-dessus du lavabo.

Quand Gérard éteignit le plafonnier du couloir, Richard dormait déjà, recroquevillé sur lui-même, sur son étroit lit pliant.

Chapitre 15

Un séjour houleux

Le lendemain matin, la grand-mère apparut dans la cuisine sur le coup de six heures, après s'être glissée tant bien que mal entre le lit de Richard et le mur du couloir. La vieille dame devait être réveillée depuis quelque temps puisqu'elle était déjà toute habillée et soigneusement coiffée. Elle avait passé sur sa robe une épaisse veste de laine noire. Gérard et Laurette n'étaient levés que depuis quelques minutes.

— Mon Dieu qu'on gèle dans la maison! dit Lucille à mi-voix en s'approchant du poêle à huile que son fils venait d'allumer.

— La nuit, on chauffe juste la fournaise du couloir, madame Morin, lui expliqua sa bru. Si on chauffait aussi le poêle, ça nous coûterait une fortune. Une fois bien abriés avec les couvertes, on dort ben, même s'il fait froid.

— Vous êtes bien chanceux de pas tomber malade avec un froid pareil, leur fit remarquer la vieille dame.

— Il faut pas oublier que c'est une vieille maison, m'man, lui expliqua son fils. On a beau ben calfeutrer les fenêtres et les portes chaque automne, l'air trouve le moyen d'entrer pareil.

— Il paraît que je ronfle un petit peu la nuit, dit cette dernière en changeant de sujet. J'espère que j'ai pas dérangé personne.

Gérard lança un regard d'avertissement à sa femme.

— Ben non, m'man. En tout cas, nous autres, on n'a rien entendu.

La grand-mère releva la toile qui masquait l'unique fenêtre de la cuisine. Elle ne vit que la cour encore plongée dans l'obscurité et les marches de l'escalier qui menaient à l'étage couvertes d'une nouvelle couche de neige.

— C'est bien ce que j'avais cru voir de la fenêtre de ma chambre, dit-elle. Il a encore neigé durant la nuit. Ce pauvre Rosaire va encore avoir pas mal d'ouvrage à faire ce matin.

— En plein dimanche ! Pourquoi vous dites ça, m'man ? demanda Gérard.

— Même le dimanche, lui répondit sa mère, quand il neige, ton beau-frère doit aller déneiger toutes les autos à vendre qu'il a sur le terrain de son garage. Il dit que s'il faisait pas ça, pas un client viendrait les examiner et il vendrait rien.

— Il a tout de même pas des centaines de chars à vendre, madame Morin, lui fit remarquer Laurette sur un ton acide.

— Il en a pas mal, ma fille.

— En tout cas, on peut pas dire que cette *job*-là a l'air de le faire mourir, répliqua sa bru, sarcastique. Rosaire fait pas encore pitié à voir. Il est gras à plein lard, comme disait mon pauvre père.

Richard entra dans la cuisine à ce moment-là, clignant des yeux à cause de la lumière du plafonnier.

— Pourquoi est-ce que tu te lèves aussi de bonne heure ? lui demanda sa mère. On est dimanche et t'as pas de messe à aller servir. Tu peux même pas déjeuner.

— Je le sais, m'man. J'ai mal dormi. Je pense que le bonhomme Gravel en haut a laissé marcher le moteur de son maudit taxi toute la nuit devant la porte. J'ai pas arrêté de me réveiller.

En fait, c'était le souvenir de Monique qui l'avait empêché de bien dormir. Depuis que l'adolescente lui avait dit qu'ils ne pourraient plus se voir, il cherchait désespérément un moyen de contourner l'obstacle que les parents de la jeune fille avaient dressé entre eux. Il avait même songé à aller sonner à leur porte pour leur expliquer qu'il aimait leur fille.

— C'est drôle, moi, j'ai rien entendu, dit la grand-mère.

— Ça se peut, fit Laurette en faisant les gros yeux à son fils qui savait fort bien d'où provenait le bruit qui l'avait éveillé à plusieurs reprises durant la nuit.

Cette troisième semaine de janvier marquée par le séjour de Lucille Morin chez son fils ne fut pas ordinaire, loin de là.

Richard ne cessait de penser à sa petite amie et promenait un visage si morose que sa mère avait fini par dire:

— Toi, t'as l'air de me couver quelque chose. À soir, je vais te donner une purgation à l'huile de ricin. Ça va te faire du bien.

— Ben non, m'man, je suis correct, avait protesté son fils qui s'était empressé de s'habiller pour retourner à l'école.

Chaque fois qu'il parcourait la rue Fullum, Richard songeait à Monique et il avait les yeux pleins d'eau. Depuis le lundi précédent, il s'installait devant l'église dès la fin des classes pour l'unique plaisir de voir son amie passer. Il aurait tant aimé la prendre par la main et lui parler, comme il l'avait fait pendant quelques mois; mais c'était maintenant impossible. La jeune fille était toujours accompagnée de la voisine. Elle lui faisait à peine l'aumône d'un sourire au passage. Chaque fois, il retournait à la maison, plus malheureux qu'avant.

Évidemment, son comportement en classe changea. Il devint si distrait que Louis Nantel se mit à le harceler. Un jour, durant un cours d'analyse grammaticale, l'enseignant, à bout de patience, lui demanda sur un ton sarcastique :

— Aïe ! la lune, est-ce qu'on peut savoir pourquoi tu suis pas ?

— Parce que c'est plate, répondit Richard, sans réfléchir.

— Si c'est « plate », comme tu dis, répliqua sèchement l'instituteur, tu vas avoir la chance de continuer à rêver, mais debout dans le couloir, face au mur, devant la porte. Et laisse la porte ouverte.

L'adolescent sortit du local en affichant une mine de condamné. Il savait fort bien qu'il n'échapperait pas au directeur-adjoint. Hervé Magnan faisait plusieurs tournées chaque jour dans les couloirs de l'institution, effectuant une chasse incessante aux indisciplinés. Chaque fois qu'il apercevait un élève en punition dans le couloir, ce dernier avait droit à ce qu'on appelait « la banane », à l'école Champlain.

Lorsque l'adjoint vit Richard Morin debout devant la porte de sa classe, un petit sourire mauvais illumina son visage. Il s'en approcha sans se presser et prit la peine de fermer doucement la porte de la classe avant de se tourner vers l'élève fautif.

— Encore toi, hein ! Ça fait longtemps que t'as pas fait parler de toi et je suppose que ça te fatiguait. Comment tu t'appelles déjà ?

— Richard Morin.

— Monsieur.

— Monsieur, répéta docilement l'adolescent.

— Est-ce que je peux savoir pourquoi monsieur Nantel t'a mis à la porte? demanda Hervé Magnan en tirant de la poche intérieure de son veston l'épaisse bande de caoutchouc noir qu'il utilisait pour punir les élèves indisciplinés.

— Je lui ai dit que son cours était plate, murmura Richard.

— Je suppose que tu trouves ça poli?

— Non, monsieur.

— Tends la main gauche.

Richard tendit la main droite.

— Je t'ai dit la gauche, précisa sèchement l'adjoint. Si tu la retires, je te préviens que ce sera pas cinq coups que tu vas avoir, mais dix.

Richard encaissa sans broncher les cinq coups de courroie administrés de main de maître par Hervé Magnan. La main lui cuisait et il la sentait enfler à chaque coup. Cependant, il se fit un point d'honneur de ne pas broncher, même s'il avait les larmes aux yeux quand la sanction prit fin.

— À cette heure, rentre en classe et tiens-toi comme du monde, lui ordonna Magnan en lui ouvrant la porte.

L'adjoint fit un signe de tête à l'enseignant avant de refermer la porte derrière Richard.

La correction reçue eut au moins l'avantage d'inciter l'adolescent à revenir sur terre et à moins rêver à son amie de cœur, du moins durant les heures de classe.

Si cette semaine ne fut pas facile pour Richard, elle fut encore plus pénible pour sa mère qui devait passer toute la journée en présence de sa belle-mère qui ne faisait guère d'efforts pour être aimable. Dès le mardi après-midi, elle sentit le besoin de se réfugier une heure chez Emma Gravel, la voisine qui demeurait à l'étage, même si cette dernière n'avait jamais été une amie intime. Après trois jours en compagnie de Lucille Morin, elle n'en pouvait plus.

— Si encore elle dormait tard, la vieille maudite ! dit-elle à la femme du chauffeur de taxi. Pas de saint danger ! Elle est debout avant tout le monde le matin, pas un poil de travers, déjà prête à m'écoeurer.

— Voyons donc, madame Morin ! Votre belle-mère peut pas être aussi pire que ça, tentait de la raisonner Emma Gravel.

— Vous pensez, vous ! Après le déjeuner, elle s'écrase dans une chaise berçante tout l'avant-midi avec son tricot et elle me surveille. Si je m'allume une cigarette, ça manque pas. Elle me regarde avec un petit air dégoûté. À matin, par exemple, elle m'a dit avec sa bouche en cul de poule : « Vous pensez pas, Laurette, que c'est pas très beau une femme qui fume ? » J'ai beau lui répéter que je fume depuis des années et qu'on n'arrête pas ça comme on veut, elle comprend rien. Elle trouve que ça fait vulgaire.

— Elle a pas osé vous dire ça en pleine face, j'espère ? demanda la voisine.

— Ben oui, madame chose. Bout de viarge, qu'elle me fatigue ! reprit Laurette en allumant une cigarette. À l'entendre, je fais tout de travers dans la maison. Elle a toujours une petite remarque pour me faire comprendre que mon lit est mal fait, qu'il y a un peu de poussière sous les lits ou encore que je cuis pas assez la viande. Vous pouvez pas savoir à quel point j'ai hâte qu'elle sacre son camp. Je sens que je vais finir par éclater.

— Qu'est-ce qu'elle fait le reste du temps ? demanda la voisine. Elle passe tout de même pas tout son temps à tricoter.

— Moi, je pensais qu'elle irait au moins faire un somme l'après-midi, juste pour me laisser souffler un peu. Ben non, ça aurait été trop beau. Elle passe ses après-midi à lire dans la cuisine ou à faire ses jeux de patience sur la table. Et c'est pas mieux le soir. Si on a le malheur de pas avoir un bon programme au radio, elle se dépêche de nous mettre ça à un poste qui fait jouer juste de la musique plate, celle qui est à dormir debout. Vous savez, le genre de musique où les chanteuses chantent comme des cochons qu'on égorge.

— De l'opéra?

— En plein ça, madame Gravel. Est-ce qu'il y a quelque chose de plus plate que ça, bonyeu?

— Énervez-vous pas comme ça, madame Morin, dit Emma Gravel, compatissante. Quand vous sentez la pression monter, gênez-vous pas, montez me voir.

— Et sa manie de me dire «vous» à tout bout de champ. Moi, je vous le dis, elle va finir par me rendre folle.

Le pire était que Laurette ne pouvait même pas se plaindre à son mari. Elle était persuadée qu'il prendrait systématiquement la défense de sa mère et qu'il dirait qu'elle manquait de patience et de compréhension envers une personne âgée.

Le soir même, la coupe déborda peu après le repas. Tous les Morin avaient mangé une portion fort respectable de pâté chinois que la plupart avaient noyé sous une épaisse couche de ketchup et accompagné de tartines. Laurette n'avait pas été la dernière à dévorer son souper avec un bel appétit.

Quand vint le temps de laver la vaisselle, sa belle-mère s'empara d'un linge pour l'essuyer, comme elle le faisait après tous les repas. Elle se glissa difficilement entre Denise et sa mère pour prendre une assiette fraîchement lavée que Laurette venait de déposer sur l'égouttoir.

— Je pense, Laurette, que vous avez encore engraissé, dit la vieille dame. Il me semble que vous prenez encore plus de place que d'habitude devant l'évier.

En entendant cette remarque, les traits de sa bru se durcirent. S'il y avait un sujet qu'on n'abordait pas dans son foyer, c'était bien son tour de taille imposant. D'ailleurs, Denise et sa sœur Carole s'étaient figées immédiatement, en attente d'une explosion qui n'allait sûrement pas tarder à se produire.

Leur mère lâcha le chiffon avec lequel elle lavait la vaisselle et se tourna tout d'une pièce vers sa belle-mère.

— Qu'est-ce que vous voulez dire par là, madame Morin ? demanda-t-elle sur un ton qui aurait dû prévenir Lucille Morin qu'elle venait de toucher à un sujet tabou.

— Je veux dire que vous devenez de plus en plus grasse, ma fille, s'entêta la belle-mère. C'est vrai qu'à manger autant, vous pouvez pas faire autrement.

— Je mange pas tant que ça ! affirma Laurette d'une voix coupante.

— Allons, Laurette, vous mangez plus qu'un homme, insista Lucille Morin. Je vous ai regardée durant le souper. Vous avez mangé trois grosses tranches de pain en plus de votre pâté chinois et vous avez pris deux fois du pudding chômeur. C'est bien trop.

Le visage de Laurette devint rouge comme une pivoine et ses mains se crispèrent. Elle tourna carrément le dos à sa belle-mère et s'empara d'un chaudron qu'elle se mit à récurer avec une énergie inquiétante.

— Si vous vous surveillez pas, Laurette, vous allez finir par perdre votre mari, la prévint la vieille dame, inconsciente de l'orage qu'elle risquait de provoquer. Oubliez pas qu'un homme aime pas ça une femme pleine de chairs molles. Si encore vous portiez un corset...

— Bout de viarge ! éclata Laurette. Là, ça va faire ! Je le sais que j'ai une couple de livres de trop, mais c'est pas ma faute pantoute, vous saurez ! C'est mes hormones qui me font engraisser. Même quand je me prive, j'engraisse, bonyeu! Je suis tout de même pas pour me laisser mourir de faim pour être maigre à faire peur!

— Oh! Mais je disais pas ça pour vous insulter, ma fille, dit précipitamment sa belle-mère, réalisant brusquement qu'elle venait d'insulter la femme de son fils.

— Ouais, bon. À cette heure, j'ai poigné un bon mal de tête, dit Laurette en lançant son chiffon dans l'évier. Denise, finis de laver la vaisselle à ma place. Je vais aller m'étendre une demi-heure pour le faire passer.

Sur ces mots, elle sortit de la cuisine et entra dans sa chambre en faisant claquer la porte pour montrer sa colère. Gérard s'était bien gardé d'intervenir dans la conversation entre sa mère et sa femme. Il se contenta de dire à sa mère d'une voix excédée:

— Voyons, m'man! Faites-vous exprès de la faire enrager? Moi, après ma journée d'ouvrage, tout ce que je demande, c'est d'avoir la paix dans la maison.

— Mon Dieu! s'exclama sa mère. S'il y a plus moyen de rien dire à cette heure, je dirai plus un mot.

Sur ce, Lucille Morin déposa son linge à vaisselle sur le dossier d'une chaise et prit la direction de sa chambre en arborant une mine offensée.

Gérard laissa passer une dizaine de minutes avant d'aller voir sa femme dans leur chambre à coucher. Laurette ne dormait pas. Elle était étendue dans l'obscurité.

— Là, je t'avertis, lui dit-elle d'une voix sifflante en se soulevant sur un coude. Si ta maudite mère continue à me faire suer, tu vas la retrouver étendue sur la corde à linge, dans la cour.

— Voyons, Laurette. Elle disait pas ça pour être méchante.

— Non. Est-ce que tu me prends pour une folle? Elle disait ça pour me faire plaisir, je suppose!

— Elle est vieille.

— Vieille ou pas, je m'en sacre! Je l'endurerai pas comme ça une deuxième semaine. Tu m'as compris? Ça va faire! Parle-lui avant que je perde patience.

— Je lui ai parlé. Elle voulait pas t'insulter.

Il y eut un bref silence dans la chambre avant que Laurette demande à son mari:

— Est-ce que tu trouves que j'ai tant engraissé que ça?

— Ben non.

— C'est ben ce que je me disais aussi, bâtard! Je me suis pesée tout à l'heure. Je pèse exactement la même chose que cet automne.

— Combien? demanda naïvement Gérard.

— Ça, c'est pas de tes maudites affaires, Gérard Morin! Occupe-toi de ta mère, ça va être ben plus utile.

Gérard quitta la pièce. Sa femme lui avait menti. Elle avait tiré de dessous le lit le pèse-personne qu'elle s'était bien gardée de consulter depuis la diète qu'elle s'était imposée plusieurs mois auparavant. Deux cent seize livres! Deux cent seize livres! Ça n'avait aucun sens. Elle n'avait pourtant pas mangé plus que d'habitude. Elle avait pris onze livres depuis l'automne. Il n'y avait évidemment qu'une seule explication: le pèse-personne était défectueux.

❧

Deux jours plus tard, Jean-Louis rentra du travail avec un visage épanoui. Le jeune homme s'empressa de communiquer la bonne nouvelle à ses parents dès qu'il eut retiré son paletot.

— Je l'ai eu! annonça-t-il sur un ton triomphant.

— De quoi tu parles? lui demanda sa mère, occupée à dresser le couvert avec l'aide de Carole et de sa belle-mère.

— Ma nouvelle *job*, m'man. À partir de demain, je travaille à la comptabilité. Je suis plus étalagiste.

— C'est toute une bonne nouvelle, reconnut sa mère, rayonnante de fierté. T'as tellement travaillé dur pour l'avoir, je suis contente pour toi.

— Moi aussi, dit son père.

— Est-ce que ça va te rapporter un meilleur salaire ? lui demanda sa grand-mère.

— Non, grand-mère. Je vais gagner le même salaire, mais je vais faire moins d'heures. Jacques, le gars qui m'a aidé à avoir cette *job*-là, m'a dit que ça se peut que Dupuis nous donne une petite augmentation le printemps prochain.

— Tant mieux, fit sa mère.

— Ah oui, je voulais vous dire. Demain soir, je viendrai pas souper. Les employés font une fête pour les deux vieux qui partent à la retraite.

Le lendemain, en début de soirée, la neige se mit à tomber. Un peu après neuf heures, Denise rentra à la maison en compagnie de son frère Gilles. Tous les deux étaient couverts de gros flocons.

— Je sais pas pourquoi le bonhomme Beaudry a pas fermé le magasin avant neuf heures, dit la jeune fille en retirant son manteau. On n'a pas eu un chat depuis sept heures.

— Moi, en tout cas, porter des commandes avec un traîneau, j'haïs ça à mort, dit son frère Gilles en tendant sa paie à sa mère. J'aime ben mieux le bicycle.

— Des plans pour te casser la gueule sur la glace, intervint Richard en train d'écouter *Nazaire et Barnabé* à la radio avec ses parents.

— J'ai pas fait vingt-cinq cennes de *tip*. J'ai été porté trois commandes dans des troisièmes étages sur Iberville et sur Frontenac. Tout ce que j'ai eu, c'est un merci.

— Bon. Arrête de te plaindre et mange une couple de biscuits avant d'aller te coucher, dit sa mère. Toi, Richard, va me chercher une chaudière de charbon dans la cave et essaie de pas en échapper dans l'escalier.

Un peu avant onze heures, il y avait longtemps que les jeunes étaient au lit. À entendre les ronflements en provenance de l'ancienne chambre à coucher de Jean-Louis, grand-mère Morin dormait déjà du sommeil du juste, elle aussi. Elle s'était retirée dans sa chambre un peu avant neuf heures quand elle s'était rendu compte que son fils et sa bru s'apprêtaient à écouter du burlesque à la radio. Elle avait horreur de ce genre d'émission. Elle tolérait à peine *Je vous ai tant aimé* et *Rue principale*, émissions que Laurette n'aurait pas ratées pour un empire. Lorsque Carole lui avait vanté *Zézette* qu'on pouvait écouter le samedi avant-midi, sa grand-mère s'était bornée à lui dire que c'étaient des «niaiseries» qui ne rapportaient rien à une jeune fille.

Après avoir mis du charbon dans la fournaise du couloir et éteint les lumières, Laurette et Gérard s'étaient glissés entre le mur et le lit pliant de Richard pour rejoindre leur chambre où ils se préparèrent pour la nuit.

— J'ai assez hâte de plus avoir ce maudit lit-là dans les jambes, déclara Laurette en endossant sa robe de nuit.

— Il reste juste une semaine, répliqua son mari, aussi agacé qu'elle par cet encombrement contre lequel il butait chaque nuit quand il allait ajouter du charbon dans la fournaise ou en se rendant aux toilettes.

Tous les deux se mirent au lit après avoir fait leur courte prière du soir en commun.

Bien après minuit, les habitants de l'appartement du 2318, rue Emmett furent brutalement tirés du sommeil par des cris stridents.

— Au secours! Au secours! Il y a un homme dans mon lit!

D'autres cris de femmes firent écho aux premiers. Laurette, tirée brutalement du sommeil, fut la première à s'asseoir brusquement dans son lit et à secouer son mari qui ronflait à côté d'elle.

— Voyons donc, bonyeu! Qu'est-ce qui se passe encore? Envoye, Gérard! Réveille-toi! On dirait que c'est ta mère et les filles qui crient comme des folles. Lève-toi!

— Il y a un homme dans ma chambre! répéta la voix affolée de Lucille Morin.

Pendant que Gérard tentait de reprendre pied dans la réalité, sa femme s'était jetée sur sa robe de chambre et était déjà rendue à la porte.

— Envoye! Grouille! Qu'est-ce que t'attends?

Son mari, mal réveillé, finit par se lever et se décida à saisir ses lunettes déposées sur sa table de nuit.

— Quelle heure il est?

— Laisse faire l'heure qu'il est et lève-toi! Je te dis qu'il y a quelqu'un dans la chambre de ta mère!

— Qui crie comme ça?

— C'est ta mère et les filles, répéta Laurette en se précipitant hors de la chambre, son mari sur ses talons.

Laurette ouvrit à la volée la porte de la chambre située en face de la sienne et alluma le plafonnier. Tous les deux découvrirent un spectacle qui les laissa sans voix durant un instant. Lucille Morin, sans ses prothèses dentaires et la tête couverte d'une résille, était à genoux dans son lit et frappait à grands coups de livre un Jean-Louis, assis par terre, se protégeant la tête avec les mains du mieux qu'il pouvait. La vieille dame était déchaînée et hurlait autant qu'elle le pouvait. Dans la chambre voisine, Denise et Carole, serrées l'une contre l'autre, étaient debout dans une encoignure de la pièce et criaient elles aussi.

— Arrêtez, madame Morin ! cria Laurette à sa belle-mère qui continuait à frapper son fils. Vous voyez ben que c'est juste Jean-Louis.

— Ça va faire, sacrament ! hurla Gérard en repoussant Laurette de côté. Qu'est-ce qui se passe ici dedans ?

Le silence retomba d'un seul coup dans la pièce. Les filles étaient si peu habituées à entendre leur père élever la voix et jurer qu'elles s'étaient tues d'un seul coup. La grand-mère venait enfin de se rendre compte sur qui elle frappait. Richard et Gilles, alertés aussi par les cris, se tenaient dans l'embrasure de la porte et avaient toutes les peines du monde à se retenir pour ne pas rire de la scène loufoque qu'ils avaient sous les yeux.

— Toi, qu'est-ce que tu fais dans la chambre de ta grand-mère en pleine nuit ? demanda sèchement Gérard à son fils.

Le jeune homme se remit sur ses pieds tant bien que mal en se massant la tête, l'air passablement perdu.

— Ben. C'est ma cham… chambre, dit-il d'une voix pâteuse. Qu'est-ce… Qu'est-ce qu'elle fait, elle, dans mon lit ?

— Tu vois ben que c'est pas ta chambre, innocent ! Ta chambre est en arrière avec Gilles.

— Je m'en sou… souvenais plus pan… pantoute, répondit Jean-Louis en se dirigeant déjà d'un pas mal assuré vers la porte.

— Mais il est soûl comme un cochon ! s'exclama la grand-mère, outrée.

Laurette s'approcha de son fils et le regarda sous le nez en reniflant.

— Mais c'est pourtant vrai. Tu sens la tonne à plein nez ! T'as bu, toi ! T'as même de la misère à te tenir sur tes jambes.

— J'ai bu juste… juste un peu, avoua Jean-Louis d'une voix hésitante.

— Il a failli me faire mourir d'une crise cardiaque ! se plaignit Lucille Morin, assise maintenant sur le bord de son lit. C'est pas des peurs à faire à une femme de mon âge, ajouta-t-elle. Brrr ! on gèle ici dedans, ajouta-t-elle en tirant sur elle une couverture.

— Bon. Il est tard, déclara Gérard. On a dû réveiller toute la rue. Ça me surprendrait pas pantoute que quelqu'un ait appelé la police.

— Il manquerait plus que ça, dit sa femme.

— Toi, marche te coucher, dit le père en se tournant vers son fils. On en reparlera demain matin.

— C'est ça. On va tous se recoucher, reprit Laurette, en réprimant difficilement un frisson.

Jean-Louis sortit de la chambre en titubant légèrement, suivi par un Richard goguenard.

— Envoye, l'ivrogne ! le houspilla-t-il à mi-voix. Avance ! Et essaye de pas te casser la gueule sur mon lit en passant.

— Toi, le comique, ferme-la et couche-toi, lui ordonna sèchement Laurette.

— J'ai mal au cœur, se plaignit Jean-Louis en longeant le couloir, sa mère sur ses talons.

Cette dernière alluma le plafonnier de la cuisine pendant que Gérard ajoutait un peu de charbon dans la fournaise.

— Je t'avertis tout de suite, dit la mère de famille au moment où son fils entrait dans sa chambre à coucher. Si t'es malade, tu nettoieras toi-même tes dégâts.

— C'est le *fun* encore, dit Gilles. C'est moi qui suis poigné pour dormir avec lui.

— T'as juste à lui taper sur la tête avec un livre, lui suggéra son jeune frère qui venait de réintégrer son lit dans le couloir. Ça a l'air d'être une bonne façon de lui faire comprendre quelque chose d'après ce qu'on vient de voir.

— Toi, couche-toi et dors, lui répéta sa mère, parce que c'est sur ta tête que, moi, je vais taper.

Sur ces paroles, elle éteignit la lumière et regagna sa chambre.

Le lendemain matin, Laurette dut aller réveiller son fils pour qu'il aille travailler. La grand-mère était déjà attablée, en train de boire sa première tasse de café de la journée. Elle jeta un regard sans aménité à celui qui lui avait fait une telle peur la nuit précédente. Le jeune homme avait l'air si mal en point qu'elle fit un effort louable pour se retenir de lui faire le sermon qu'elle avait préparé à son intention.

Jean-Louis se laissa tomber sur une chaise et ferma à demi les yeux.

— C'est écœurant ce que j'ai mal à la tête, dit-il à sa mère en se frottant le cuir chevelu.

Laurette venait à peine de déposer une tasse de café devant lui qu'elle vit son mari entrer à son tour dans la cuisine, les bretelles battant sur ses cuisses. Ce lever matinal, un samedi matin, aurait dû faire comprendre au jeune homme que son père avait des choses à lui dire. Gérard s'assit au bout de la table, l'air de mauvaise humeur. Il fit signe à sa femme de lui servir une tasse de café à lui aussi.

— Puis, est-ce qu'on peut savoir ce qui s'est passé hier soir ? demanda-t-il à son fils sur un ton sec.

— Rien, p'pa.

— Comment ça, rien ? Toute la maison s'est fait réveiller passé minuit par les cris de ta grand-mère et de tes sœurs parce que t'étais entré dans la chambre de ta grand-mère et que t'essayais de coucher dans son lit. T'appelles ça rien, toi ?

— Je me souviens pas de ça pantoute, répondit Jean-Louis en esquissant une grimace.

— T'avais l'air paqueté comme un œuf, ajouta sa mère.

— Pourtant, j'ai pas bu tant que ça. En tout cas, je m'en souviens pas. On a fêté les deux gars qui prenaient leur retraite, puis…

— Comment t'as fait pour t'en revenir à cette heure-là si t'avais pas les idées plus claires que ça ? l'interrompit sa mère. Il neigeait à plein temps.

— Je suis pas sûr, mais il me semble que des gars m'ont ramené jusqu'à la porte en char. Maudit que j'ai mal à la tête ! J'ai le dedans de la bouche comme du papier mâché.

— Attends. Je vais te donner des pilules, dit Laurette en se levant.

— En tout cas, excuse-toi à ta grand-mère, dit Gérard en durcissant le ton. Je t'avertis que si tu reviens chaud encore une fois, tu vas coucher dehors. Tu m'entends ?

— Oui, p'pa, répondit son fils, piteux. Excusez-moi, grand-mère, dit-il à la vieille dame qui n'avait pas encore ouvert la bouche.

— Tu m'as fait la peur de ma vie, mon garçon, se limita à dire Lucille. J'espère que tu te rends compte que boire est le pire vice qu'on peut avoir.

Une heure plus tard, Jean-Louis, la mine toujours aussi déconfite, quitta la maison pour aller travailler chez Dupuis.

— J'en connais un qui va trouver la journée longue, fit remarquer Laurette.

— C'est ben bon pour lui, répliqua Gérard. Ça lui apprendra à se conduire comme du monde.

— Bah ! Faut pas en faire un drame non plus, dit sa femme. Ça peut arriver à n'importe qui de pas porter la boisson.

— Ben sûr, dit Gérard, sarcastique. Ton chouchou peut pas rien faire de mal.

— C'est vrai, Laurette. J'ai remarqué que vous avez pas mal tendance à couver votre plus vieux.

Sa bru serra les dents, réprimant difficilement la réplique cinglante qui lui était venue.

⁓

La seconde semaine du séjour de Lucille Morin chez son fils commençait. Après les abondantes averses de neige de la fin de semaine, la température chuta de nouveau, aggravée par un fort vent du nord. Le vieil appartement de la rue Emmett devint encore plus glacial, même si on laissait le poêle à huile fonctionner toute la journée. La fournaise consommait une quantité inquiétante de charbon parce qu'on avait une nette tendance à la suralimenter.

— Mets pas trop de charbon, prévint Gérard, avant d'aller travailler le mercredi matin. Si les tuyaux deviennent rouges, mets tout de suite du gros sel.

— Ben oui, ben oui, répondit Laurette, excédée. Ça fait des années que je chauffe au charbon, je sais quoi faire, bonyeu!

— Il manquerait plus qu'on mette le feu dans la maison, fit remarquer son mari en guise d'explication.

— Inquiète-toi pas.

— C'est quasiment pas humain de rester dans une maison aussi froide, murmura Lucille Morin pour la troisième fois depuis qu'elle était levée ce matin-là.

— Vous avez juste à vous mettre une grosse veste de laine sur le dos et des bons bas dans les pieds, madame Morin, et vous allez voir que ça va être endurable, répliqua sa bru.

La veille, avant de s'endormir, Laurette s'était surprise à compter les heures qui la séparaient de sa libération. Il lui restait un peu plus de soixante-douze heures avant de voir sa belle-mère partir enfin et de pouvoir remettre de l'ordre dans sa maison.

— C'est ben simple, avait-elle chuchoté à son mari avant qu'il ne s'endorme, j'ai plus l'impression d'être chez nous avec elle dans la maison. Elle est là qui surveille tout ce que je fais. Elle trouve que je mange trop, que je parle trop fort, que j'élève mal les enfants et que je fais mal la cuisine.

— Exagère donc pas, la rembarra Gérard. Ma mère t'a jamais dit que tu parlais trop fort, que t'élevais mal les enfants et que tu faisais mal la cuisine.

— C'est ça, traite-moi de menteuse, en plus ! s'emporta Laurette. Il y a juste à voir sa façon de me regarder et de prendre son petit air dédaigneux pour deviner ce qu'elle pense. Cet après-midi encore, elle a même eu le front de me répéter que fumer pour une femme, ça faisait vulgaire. De quoi elle se mêle, bout de viarge ? À l'entendre, je donne le mauvais exemple à nos filles. Maudit que j'ai hâte qu'elle débarrasse le plancher ! Il me semble que je vais me mettre à respirer quand elle va être partie.

— C'est ça, dit Gérard sur un ton sarcastique en se tournant de l'autre côté et en ramenant les couvertures au-dessus de son épaule gauche. À cette heure, dors.

Le lendemain après-midi, la radio jouait en sourdine et les deux femmes, assises dans leur chaise berçante, étaient silencieuses. Laurette était revenue, une demi-heure plus tôt, de sa visite quotidienne chez Emma Gravel et avait entrepris de repriser une chemise de son mari. Sa belle-mère tricotait un châle avec de la laine bleue. Dans quelques minutes, les enfants allaient rentrer de l'école et s'installer à table pour faire leurs devoirs.

Soudain, la septuagénaire perçut un mouvement sous la table de cuisine. Elle pencha la tête et regarda par-dessus ses lunettes. Elle se figea.

— Laurette! Regardez sous la table, dit-elle à mi-voix. Il y a quelque chose de brun. On dirait un…

Sa bru leva la tête de son ouvrage et regarda dans la direction indiquée. Le sang sembla brusquement se retirer de son visage quand elle aperçut l'énorme rat, debout sur ses pattes arrière, qui semblait la dévisager.

— Ah ben, bâtard! s'exclama-t-elle en se levant précipitamment. Il manquait plus que ça! On est deux et ça a même pas l'air de l'énerver.

— Faites attention, ma fille. Ça peut être dangereux ces bêtes-là, la mit en garde sa belle-mère qui avait ramené instinctivement ses jambes sous elle.

Laurette se dirigea vers le placard en ne quittant pas des yeux le rat, pas du tout impressionné. Elle ouvrit la porte et s'empara de son balai. Mais comment frapper l'animal toujours blotti sous la table? Par où était-il entré dans la cuisine? Toutes les portes étaient fermées.

— Ma maudite vermine, tu vas sortir d'ici! s'écria-t-elle en fourrageant sous la table avec son balai tout en se tenant le plus loin possible de la bête au cas où elle l'aurait attaquée.

En posant ce simple geste, Laurette faisait preuve d'un rare courage. Elle avait une peur viscérale des rats. Elle les craignait tellement qu'elle n'avait jamais osé descendre dans la cave et elle évitait, le plus possible, d'aller dans le hangar. Ces deux endroits étaient les repaires préférés de ces rongeurs qui pullulaient dans le voisinage. La proximité du port et la vétusté des habitations du quartier semblaient les attirer. On leur faisait, à juste titre, la réputation d'être féroces et dangereux. Ils étaient si gros que même les chats les plus braves refusaient de leur donner la chasse.

— Attention ! cria Lucille en lâchant son tricot et en se réfugiant derrière sa chaise berçante. Il s'en va.

En effet, la bête venait de filer en direction du couloir et Laurette n'eut pas la témérité de la poursuivre avec son balai. Tremblante, elle tenait son balai à deux mains, cherchant à retrouver le souffle qui lui manquait tant l'émotion était forte. Sa belle-mère s'avança prudemment jusqu'à l'entrée du couloir pour essayer de voir où avait filé le rat, mais elle ne vit rien.

— Il est parti, dit-elle en se laissant tomber sur une chaise.

— Je le sais ben, madame Morin, fit sa bru en s'avançant à son tour. Mais il y a pas moyen pantoute de savoir où il est allé se cacher. Les portes des trois chambres sont ouvertes.

— Moi, je vous avertis, Laurette, reprit Lucille, la voix un peu chevrotante. Il est pas question que j'entre dans ma chambre tant qu'on l'aura pas trouvé.

— Moi non plus, déclara sa bru. Et je me sens pas capable de le chercher toute seule. J'ai trop peur.

— Le mieux est d'attendre Gérard, affirma sagement la vieille dame.

— Il arrive juste à cinq heures et demie, lui fit remarquer sa bru. Mais les garçons vont être là dans pas longtemps. On va leur demander de le trouver. Il peut pas être ben loin.

Moins de dix minutes plus tard, Carole rentra de l'école. Quand sa mère lui eut appris la présence du rat dans l'appartement, elle refusa carrément de mettre les pieds dans sa chambre à coucher. L'adolescente était si énervée qu'elle fut incapable d'ouvrir son sac d'école pour commencer ses devoirs. Gilles et Richard ne revinrent à la maison qu'à quatre heures trente. Mis au courant par leur mère, ils s'armèrent chacun d'un bout de planche trouvé dans le hangar, tout heureux de prouver aux femmes de la maison qu'ils n'avaient pas peur.

— Avant de chercher dans une chambre, fermez ben la porte, leur recommanda leur mère et regardez partout.

— C'est correct, m'man, dit Gilles. On va commencer par votre chambre.

Les deux frères pénétrèrent dans la chambre de leurs parents après avoir allumé le plafonnier. Ils refermèrent la porte derrière eux. Ils commencèrent par secouer les couvertures sur le lit et regardèrent sous tous les meubles et derrière les rideaux. Richard découvrit ainsi où sa mère dissimulait sa boîte de cigarettes et, sans aucune honte, il en préleva quatre ou cinq.

— Qu'est-ce que tu fais là ? lui demanda Gilles.

— Je prends mon salaire, répondit son frère.

— Si elle s'en aperçoit, tu vas en entendre parler.

— Aïe ! Penses-tu qu'elle les compte ? répliqua Richard en affichant un air désinvolte. Bon, le rat a pas l'air d'être ici. On va aller dans les deux chambres à côté.

Les frères sortirent de la pièce en refermant soigneusement la porte derrière eux et ils entrèrent dans la chambre double occupée par leur grand-mère et leurs deux sœurs.

— Fouille la chambre des filles pendant que je regarde ici, ordonna Gilles à son frère. On se nuit en restant ensemble dans la même chambre.

Richard se dirigea vers la chambre voisine et remarqua immédiatement la porte ouverte du placard.

— Dis-moi pas qu'on va être obligés de fouiller là-dedans, dit-il à Gilles. Les deux sans-dessein ont laissé la porte de leur garde-robe ouverte. Il est peut-être là-dedans, le maudit rat. On va avoir du *fun* encore si on doit tout vider ça pour le trouver.

— Ben non. Viens voir, lui ordonna son frère qui avait disparu hors de sa vue.

Richard retrouva Gilles à plat ventre sur le côté gauche du lit de sa grand-mère et il l'imita en le repoussant un peu.

— Qu'est-ce qu'il y a?

— Le rat est entré par le trou que tu vois dans le bas du mur. Il a dû repartir par le même chemin. Dis pas à m'man que la porte du garde-robe était ouverte. Elle va vouloir qu'on le vide au complet pour être sûre que le rat est pas là. On va tirer le lit et lui montrer le trou.

Son frère s'empressa d'aller fermer sans bruit la porte du placard et revint l'aider à écarter le lit du mur contre lequel il était appuyé.

— M'man, venez voir, cria Gilles à sa mère demeurée dans la cuisine avec sa grand-mère et sa sœur.

Laurette entra dans la chambre et ses fils lui montrèrent le trou dans la plinthe, derrière le lit.

— Il est reparti par là, affirma Gilles avec aplomb.

— Vous êtes sûrs qu'il est parti?

— Ben. On a fouillé partout, m'man, intervint Richard. C'est la seule place où il a pu se cacher. En plus, regardez, il est pas resté là, ajouta-t-il en touillant dans le trou avec un bout effilé de sa planche.

— Arrête de faire ça, lui ordonna sa mère, pas très rassurée. À cette heure, bloquez ce trou-là avec quelque chose en attendant que votre père arrive. Lui, il va le boucher en revenant de son ouvrage.

— On peut ben le faire si vous voulez, proposa Gilles.

— Non, laisse faire. Ton père s'en occupera.

Quand le père de famille rentra de son travail à la Dominion Rubber, il dut clouer un bout de planche sur le trou fait par les rats dans la vieille plinthe vermoulue de la chambre occupée par sa mère.

Évidemment, Richard raconta à Denise toute l'histoire durant le repas en s'amusant à amplifier la taille du rat. Il savait fort bien que sa sœur aînée craignait autant les rats que sa mère. Il fallut que son père lui ordonne de se taire et de manger pour le faire cesser. Vers la fin du repas, l'espiègle allongea hypocritement la jambe sous la table pour frôler du bout de son pied la jambe de sa sœur qui sursauta si violemment qu'elle faillit basculer vers l'arrière avec sa chaise. Elle se leva précipitamment.

— Bonyeu, Denise ! Veux-tu ben me dire ce qui te prend ? s'exclama sa mère.

— Il y a quelque chose qui vient de me frôler la jambe, expliqua la jeune fille, blanche comme un linge. Je pensais que c'était le rat.

— Veux-tu ben te calmer ! Il est parti ce rat-là.

— Je vous dis qu'il y a quelque chose qui m'a frôlé la jambe, insista Denise.

Laurette jeta un regard soupçonneux à ses deux fils assis en face de Denise, mais elle ne dit rien.

— Es-tu sûr qu'il reviendra pas ? demanda Lucille à son fils, avant de se mettre au lit ce soir-là.

— Ben oui, m'man. Il y a pas de danger qu'il revienne. Le trou est ben bouché.

— Je sais vraiment pas, mon garçon, comment tu fais pour vivre dans une maison pareille. Je pense que le rat que j'ai vu cet après-midi était presque aussi gros qu'un chat.

— Exagérez pas, m'man. Si je me fie au trou que j'ai bouché avant le souper, il était pas mal moins gros que ça.

Les femmes de la maison allèrent se coucher guère rassurées. Il était bien évident qu'elles éprouvaient une appréhension très vive de se retrouver nez à nez avec un rat.

La nuit se passa sans incident et tous se retrouvèrent autour de la table à l'heure du déjeuner.

— En tout cas, je pense qu'on est mieux de ben secouer nos souliers ou notre linge le matin, avant de nous habiller, dit Richard. Il paraît que les rats aiment ça faire leur nid dans le fond de nos souliers ou dans notre linge.

En guise de réponse, l'adolescent eut droit à une taloche de sa mère.

— As-tu fini de dire des niaiseries pour faire peur au monde, toi? lui cria-t-elle. Décolle, espèce d'insignifiant! Va-t-en à l'école avant que je perde patience!

— Si des rats font leur nid dans tes souliers puants, intervint Carole, ils vont mourir empoisonnés.

— C'est vrai qu'il sent bien mauvais des pieds, votre garçon, Laurette, confirma la grand-mère, en jetant un regard sans douceur à son petit-fils en train d'endosser son manteau. En plus, vous n'avez jamais pensé à lui faire arranger les oreilles? Il me semble qu'il va finir par avoir un complexe, cet enfant-là, avec des grandes oreilles aussi décollées.

Richard blêmit en entendant ces paroles de sa grand-mère. Rien ne pouvait le blesser plus profondément qu'une remarque sur ses oreilles. Il en conçut immédiatement une vive rancœur. Il se retint de justesse d'être impoli à son endroit. Au prix d'un réel effort de volonté, il fit comme s'il n'avait rien entendu et se dirigea vers les toilettes. Dans la pièce exiguë encombrée par une ancienne baignoire montée sur quatre pieds, il se regarda longuement dans le miroir fixé au-dessus du lavabo, allant jusqu'à poser ses deux mains sur ses oreilles pour les aplatir.

— Elles sont pas si pires que ça, se répéta-t-il plusieurs fois à haute voix pour s'en convaincre. Pourquoi elle a dit ça, la vieille? Elle, je l'haïs! ajouta-t-il en serrant les dents avant de tirer la chasse d'eau pour laisser croire qu'il venait de satisfaire un besoin.

Quand il rejoignit ses inséparables copains, au coin de la rue Emmett, leurs blagues ne parvinrent pas à le dérider. L'adolescent n'était pas près d'oublier les paroles blessantes de sa grand-mère paternelle.

Chapitre 16

Un peu plus longtemps

Le vendredi soir, Laurette attendit avec impatience le moment où sa belle-mère se retirerait dans sa chambre pour parler à son mari. Toute la journée, son humeur avait été au beau fixe. Le lendemain, sa visiteuse allait enfin quitter son toit. Bon débarras! À cette seule pensée, son visage s'illuminait. Elle n'aurait plus à supporter les critiques incessantes de la vieille dame et elle n'aurait plus l'impression d'être jugée chaque fois qu'elle poserait un geste. Fini le temps où elle se sentait coupable chaque fois qu'elle allumait une cigarette ou qu'elle mangeait.

Vers neuf heures trente, la mère de Gérard annonça qu'elle allait se coucher et lire quelques minutes avant de dormir. Laurette jeta un coup d'œil vers l'horloge murale avant d'annoncer à ses trois plus jeunes enfants qu'il était l'heure, pour eux aussi, d'aller se coucher.

— Mais m'man, protesta Gilles, je viens juste d'arriver. J'ai travaillé chez Tougas jusqu'à neuf heures moins quart.

— Finis ton lait au chocolat et va te coucher. Tu dois te lever de bonne heure demain matin pour aller travailler. Toi, Richard, sors ton lit de la chambre de tes frères et couche-toi, toi aussi.

Carole quitta la cuisine en même temps que sa grand-mère, laissant ses parents en compagnie de Jean-Louis et Denise qui venaient à peine de revenir de leur travail.

— À quelle heure tu penses que Rosaire va venir chercher ta mère demain? demanda Laurette à voix basse à son mari, en train de replier *La Presse*.

— Je le sais pas.

— D'après toi, elle va partir avant ou après le dîner?

— Comment veux-tu que je le sache? fit son mari en manifestant une certaine impatience.

— Pour le savoir, bonyeu! Il faudrait peut-être que tu te décides à appeler ta sœur pour t'informer, tu penses pas?

— Je peux pas faire ça devant ma mère. Elle va croire qu'on cherche à se débarrasser d'elle.

— Ben, là, t'es pas devant elle. Elle est dans sa chambre. Moi, je veux savoir si on va l'avoir pour dîner ou si elle va partir demain matin.

— Maudit que t'es fatigante! s'exclama Gérard en se levant et en s'approchant à contrecœur du téléphone.

Il composa le numéro de téléphone de sa sœur et une téléphoniste lui répondit qu'il n'y avait plus de service au numéro demandé. Gérard remercia et raccrocha.

— Qu'est-ce qu'il y a? demanda Laurette, intriguée.

— Il y a que j'ai pas leur nouveau numéro de téléphone. Ça fait que je peux pas les rejoindre.

— Ah ben! Celle-là est bonne! s'exclama sa femme, à mi-voix. Nous voilà poignés à attendre que ta sœur et son mari décident quand ça va leur tenter de venir la chercher, à cette heure.

— Qu'est-ce que tu veux qu'on y fasse?

— Bout de viarge! J'en reviens pas. On l'a sur les bras depuis deux semaines. On lui charge pas une maudite cenne de pension pendant que ta sœur, la riche, elle, doit lui prendre une partie de sa pension de vieillesse pour la nourrir. En plus, on doit attendre après eux autres! Nous autres, les quêteux du bas de la ville, on peut se permettre de faire la charité.

— Comme d'habitude, tu t'énerves pour rien, Laurette Brûlé, fit Gérard en lui faisant signe de baisser le ton. Ils vont venir la chercher dans la journée, inquiète-toi pas.

— En tout cas, si elle est pas partie demain après-midi, t'auras juste à aller la reconduire chez ta sœur en petits chars. Si le *chum* de Denise la voit encore ici dedans demain soir, il va finir par croire qu'elle va rester avec nous autres tout le temps.

— Serge viendra pas demain soir, m'man, intervint Denise. Il va aider un de ses cousins qui reste à Saint-Donat toute la fin de semaine.

Ce soir-là, Laurette se coucha en broyant du noir. Elle avait tellement espéré être débarrassée de sa belle-mère dès le début de l'avant-midi, le lendemain, qu'elle avait du mal à accepter la possibilité que Colombe et Rosaire ne viennent la chercher qu'à la fin de la journée. Elle n'était tout de même pas pour renoncer à sa sortie hebdomadaire un troisième samedi de suite.

— Il y a tout de même des limites d'ambitionner sur le monde, bonyeu! murmura-t-elle avant de s'endormir. Demain matin, qu'elle soit là ou pas, je sors. Moi, j'en peux plus.

Le lendemain matin, forte de sa décision de s'offrir sa journée de congé hebdomadaire dont elle s'était volontairement privée depuis l'arrivée de Lucille Morin chez elle, Laurette se leva en affichant une bonne humeur matinale assez rare pour être remarquée par les siens. Richard en profita pour demander une permission pratiquement jamais accordée.

— M'man, vous avez fait de la graisse de rôti hier. Est-ce qu'on peut en manger en se faisant des toasts sur la fournaise?

Toutes les têtes se tournèrent vers la mère de famille. Elle détestait l'odeur du pain que l'on écrasait avec un vieux fer à repasser sur la fournaise pour l'aplatir et le faire griller. De plus, elle trouvait que cela salissait inutilement le dessus de la fournaise.

— C'est correct, accepta-t-elle à contrecœur, mais organisez-vous pas pour manger deux pains en toasts et laissez de la graisse de rôti pour en manger à midi avec la viande. Vous m'entendez ?

— Oui, m'man, s'empressa de répondre Richard pour ses frères et sœurs.

— Il me semble que c'est pas bien hygiénique de faire des toasts là-dessus, fit remarquer la grand-mère qui venait de prendre place à table.

— Ils aiment tous ça, madame Morin, et il y en a pas encore un qui en est mort, répondit sa bru, heureuse de la contrarier.

L'odeur appétissante des premières rôties emplit la maison et incita Gérard à se lever plus tôt en ce samedi matin pour participer à ce festin.

— On pourrait pas avoir une tranche de rôti pour manger avec nos toasts ? osa-t-il demander à sa femme.

— Vous pouvez toujours vous en prendre, répondit sa femme, mais vous aurez rien à manger à midi. Moi, je serai pas là.

— Où est-ce que vous allez être ? demanda sa belle-mère, en feignant la surprise.

— Vous oubliez que c'est samedi aujourd'hui, madame Morin. Vous le savez que, d'habitude, je vais magasiner.

— Je pensais que vous aviez arrêté de faire ça, laissa tomber Lucille avec une nuance de blâme dans la voix. Depuis que je suis ici, vous êtes pas sortie.

— En plein ça, rétorqua Laurette. Et là, je suis tannée d'être enfermée dans la maison à jouer à la servante.

— Vous abandonnez comme ça votre famille ? fit la vieille dame sur un ton réprobateur.

— Ben oui, madame Morin. Si je reste poignée dans la maison une journée de plus, je sens que je vais virer folle! La servante en a assez de servir tout le monde. Elle a besoin de souffler un peu. En plus, j'abandonne pas pantoute ma famille, comme vous dites. Il y a en masse de quoi manger dans le frigidaire. Carole est capable de vous donner un coup de main pour préparer à dîner à Gérard et à Richard. Les autres vont tous être partis travailler.

— Si vous distraire est plus important que votre devoir de mère… fit Lucille Morin en prenant un petit air pincé.

— En plein ça, belle-mère, répliqua sèchement Laurette.

Durant cette passe d'arme, personne n'osa intervenir. Le déjeuner fut expédié dans un silence gênant. Jean-Louis, Denise et Gilles quittèrent tour à tour le toit familial et Carole aida sa mère à ranger la maison. Vers dix heures, au moment où *Zézette* s'écriait à la radio: «C'est le *fun* qui commence», Laurette apparut dans la cuisine, un peu boudinée dans son manteau noir et coiffée de son chapeau de la même couleur.

— Vous avez tout ce qu'il vous faut dans le frigidaire, dit-elle aux siens. Je vais revenir vers quatre heures. Essayez de pas me mettre la maison à l'envers pendant que je vais être partie.

À sa sortie de la maison, elle eut l'agréable surprise de constater qu'elle allait profiter de l'un des rares redoux de cet hiver 1953. En cette dernière journée de janvier, le mercure descendait à peine au-dessous du point de congélation, ce qui donnait l'étrange impression de vivre une journée printanière. Laurette parcourut d'un pied léger la rue Fullum pour aller attendre le tramway sur Sainte-Catherine.

Ce samedi-là, elle fit la tournée des grands magasins, ne s'arrêtant que pour dîner à son restaurant habituel. À la fin de l'après-midi, les pieds meurtris, elle monta dans un tramway qui la ramena dans son quartier. Lorsqu'elle quitta la rue Fullum pour parcourir les quelques centaines de mètres qui la séparaient de son appartement de la rue Emmett, elle fit une courte prière pour que sa belle-mère ait quitté son toit durant son absence.

Malheureusement, ses espoirs furent déçus. En ouvrant la porte, elle aperçut Lucille Morin assise au bout de la table, dans la cuisine, en train de peler les pommes de terre du souper en compagnie de Carole.

— Viarge! elle est encore là! murmura-t-elle en se penchant pour retirer ses bottes.

Sans dire un mot, elle retira ensuite son manteau et son chapeau et chaussa avec plaisir ses vieilles pantoufles éculées avant de se diriger vers la cuisine.

— Mon Dieu, Laurette, dites-moi pas que vous avez passé autant d'heures dans les magasins sans rien acheter! s'exclama sa belle-mère.

— Il faut de l'argent pour acheter quelque chose, madame Morin, répliqua vivement Laurette. Moi, j'en n'ai pas. Où est passé votre garçon?

— Il est allé donner un coup de main à une de vos voisines. Il paraît qu'elle avait un problème de plomberie.

Laurette fut immédiatement en alerte.

— Quelle voisine? demanda-t-elle, s'adressant à sa fille plus qu'à sa belle-mère.

— Madame Paquin, m'man, répondit Carole.

— Est-ce que ça fait longtemps que ton père est parti?

— Au moins une heure.

— Veux-tu ben me dire ce qu'il a à traîner là, lui? Mets ton manteau et va dire à ton père que le souper est presque prêt, ordonna-t-elle à sa fille.

— Voyons, m'man. Les patates sont même pas encore sur le poêle, protesta l'adolescente.

— C'est vrai, Laurette, on n'a pas encore fini de les éplucher, renchérit la vieille dame. En plus, il est même pas quatre heures et demie.

— Ça fait rien, fais ce que je te dis, s'entêta Laurette sur un ton sans appel.

Sa jalousie était si évidente que Lucille Morin eut du mal à réprimer un sourire.

— Vous avez raison de vous méfier, dit-elle à sa bru sans avoir l'air d'y toucher. Cette madame Paquin est une belle femme très soignée de sa personne. Carole m'a dit qu'elle était veuve. Raison de plus de surveiller Gérard de près. Il est comme tous les hommes. Il doit aimer les femmes qui présentent bien.

— Je vois pas pourquoi votre garçon irait courir ailleurs ce qu'il a à la maison, affirma Laurette avec une assurance qu'elle était loin d'éprouver.

— On le sait pas, ma fille. Souvent, les hommes aiment le changement…

Moins de cinq minutes plus tard, Carole revint à la maison en disant que son père en avait encore pour une dizaine de minutes.

— Qu'est-ce qu'il faisait? lui demanda sa mère d'une voix qu'elle voulait neutre.

— Je le sais pas, m'man. Il était dans la cave de madame Paquin avec son garçon.

Un peu rassurée par la présence du fils de la veuve sur les lieux, la maîtresse de maison aida à dresser la table. Quand Gérard rentra, elle attendit qu'il se soit lavé les mains avant de l'apostropher.

— Qu'est-ce que la Paquin te voulait encore?

— Son renvoi d'évier était complètement bouché.

— Pourquoi elle a pas appelé un plombier?

— Parce qu'elle est pas plus riche que nous autres, répliqua Gérard, excédé.

— Dis donc, est-ce qu'elle te prend pour la Saint-Vincent-de-Paul ?

— As-tu fini ton enquête, simonac ! s'emporta son mari. Elle avait besoin d'un coup de main parce que son garçon était pas capable d'arriver à déboucher son évier. Je leur ai donné un coup de main. Un point, c'est tout. Il me semble que c'est pas difficile à comprendre, ça !

Cette mise au point claire eut le don de calmer les inquiétudes de sa femme qui se promit tout de même de garder l'œil ouvert sur la voisine. Même si elle l'avait trouvée bien gentille de lui donner sa recette de pâte dans le temps des fêtes, ce n'était pas une raison pour la laisser trop s'approcher de son mari.

— J'oubliais de te dire, reprit Gérard en s'assoyant dans sa chaise berçante. Colombe a appelé cet après-midi.

Laurette suspendit le geste qu'elle allait poser dans l'attente de l'annonce du départ de sa belle-mère.

— Puis ?

— Rosaire et elle sont enfin entrés dans leur nouvelle maison. Leur déménagement s'est ben passé hier matin.

— À part ça ? demanda-t-elle avec une nuance d'impatience dans la voix.

— Ils ont eu leur ligne de téléphone à matin seulement.

— Tant mieux pour eux autres. Puis ?

— Il paraît que les peintres ont presque fini la peinture. Il reste juste deux chambres à peinturer. Ça fait qu'on va avoir la chance de garder m'man trois ou quatre jours de plus, le temps qu'ils finissent la peinture et que la senteur parte un peu. Colombe m'a dit que l'odeur était pas mal forte.

— Si ça dérange pas ta mère de rester avec nous autres presque une autre semaine de plus, dit Laurette, les dents serrées.

— Mais non, Laurette. Ça me fait plaisir de rester, la rassura sa belle-mère. J'ai si peu l'occasion de venir vous voir.

Quelques minutes avant de passer à table, Laurette suivit son mari dans leur chambre et ferma la porte derrière elle.

— C'est pas vrai! s'exclama-t-elle à mi voix. Dis-moi pas qu'on va être poignés avec ta mère sur les bras presque une semaine de plus.

— Je le sais que ça fait pas ton affaire, dit Gérard d'une voix apaisante. Mais qu'est-ce que tu voulais que je dise à Colombe quand elle m'a demandé ça? Ma mère était à côté de moi. J'étais pas pour lui dire de se grouiller et de venir la chercher au plus sacrant.

— En tout cas, je t'avertis, Gérard Morin. Surprends-toi pas si tu dois aller m'acheter des pilules pour les nerfs avant la fin de la semaine.

Ce soir-là, comme tous les samedis soirs, le souper fut suivi par le bain hebdomadaire. Dès qu'elle eut rempli son plat à vaisselle d'eau chaude pour laver la vaisselle, la mère de famille mit une bouilloire d'eau à chauffer sur le poêle.

— Si ton *chum* vient pas veiller, veux-tu prendre ton bain la première pareil? demanda-t-elle à Denise.

— Ça presse pas, m'man.

— Comme tu voudras, se contenta de dire Laurette. On va faire la vaisselle sans se dépêcher, pour une fois, pendant que l'eau chauffe.

Quand elle eut versé trois bouilloires dans l'antique baignoire de la salle de bain, elle ordonna à Carole d'aller se laver.

— Fais attention, la prévint-elle. L'eau est ben bouillante. Fais couler pas mal d'eau froide dans le bain avant d'embarquer dedans.

Comme on n'avait pas la chance de profiter d'un chauffe-eau chez les Morin, il était entendu que l'eau de la baignoire était successivement utilisée par deux membres de la famille avant d'être changée. Ainsi, de six heures à huit heures, un va-et-vient ininterrompu s'organisait entre les chambres à coucher et la salle de bain.

— Oublie pas de changer de combinaison, ne manquait pas de rappeler Laurette à chacun de ses fils au moment où il allait se laver. Mets ton linge sale dans la laveuse. Laisse rien traîner dans les toilettes.

— Mon Dieu! s'exclama Lucille, la première fois qu'elle eut l'occasion d'assister à cette scène. Pas d'eau chaude! Être obligé de se laver à la travée la plupart du temps! Je me rappelais plus que ça se faisait encore.

— Tout le monde peut pas rester dans une belle maison neuve comme votre fille Colombe, avait répliqué sa bru avec humeur. Vous devriez dire ça à votre garçon. C'est pas ma faute s'il gagne juste un petit salaire.

Lucille Morin se l'était tenu pour dit et n'avait plus fait de remarque sur les usages de la maison de son fils. Elle s'était contentée de s'armer, soir et matin, d'un bol à main rempli d'eau chaude avant d'aller s'enfermer dans les toilettes pour procéder à ses ablutions intimes.

Ce soir-là, après son bain, Denise se retira tôt dans sa chambre pour lire un roman-photo emprunté à Colette Gravel qu'elle avait rencontrée en revenant de son travail. Quand Gilles et Richard s'installèrent près de leur père pour écouter la description de la partie de hockey que le Canadien devait disputer aux Bruins de Boston, la grand-mère alla s'installer dans son lit avec un livre.

En apercevant sa petite-fille en train de feuilleter son roman-photo dans la chambre voisine, la vieille dame ne put s'empêcher de lui dire :

— Tu trouves pas ça bizarre que ton cavalier trouve pas le moyen de venir te voir le soir, même s'il dit qu'il a travaillé toute la journée.

— Il est à Saint-Donat, grand-mère. C'est pas la porte d'à côté, expliqua Denise.

— Je sais bien, ma fille. Mais ordinairement, quand un garçon aime une fille, il s'arrange pour pas manquer un samedi soir. Es-tu bien sûre qu'il ne s'est pas trouvé une autre petite amie ?

— Ça me surprendrait, grand-mère.

Lucille se tut, comme si elle était satisfaite d'avoir semé le doute dans l'esprit de sa petite-fille. Si c'était le but de sa remarque, elle avait parfaitement réussi. La jeune vendeuse de chez Woolworth ne parvint plus à se concentrer suffisamment pour suivre l'histoire d'amour racontée dans sa revue.

Était-il possible que Serge lui ait menti et soit, en ce moment même, en train de veiller avec une autre fille ? Une fille qui aurait un salon et un vrai divan où le faire asseoir. À cette seule pensée, Denise sentait les larmes lui monter aux yeux. Depuis deux mois, ils se rencontraient tous les matins de la semaine devant une tasse de café, au restaurant. Ils étaient devenus des confidents l'un pour l'autre. Ils s'appréciaient. Mieux, ils s'aimaient, c'était du moins ce qu'elle croyait jusqu'à ce que sa grand-mère sème le doute dans son esprit.

Soudain, elle n'avait plus qu'une hâte, être lundi matin pour le revoir et l'interroger sur sa fin de semaine. La jeune fille avait besoin d'être rassurée. Elle sentait déjà que la journée du lendemain serait interminable.

Quelques minutes plus tard, Gilles suivit son frère Richard dans la chambre où ce dernier remisait toujours son lit pliant.

— À cause de la vieille, dit Richard à voix basse, je suis encore poigné pour coucher une semaine dans le corridor.

— Ce serait beau à voir si p'pa t'entendait parler de mémère comme ça.

— Je l'haïs, elle. J'ai hâte qu'elle sacre son camp, ajouta l'adolescent en s'apprêtant à tirer son lit hors de la pièce.

— Attends une seconde, chuchota Gilles. J'ai une nouvelle à t'apprendre.

— Quoi ?

— Je suis sorti avec Nicole.

— Quelle Nicole ?

— Nicole Frappier, cette affaire.

— Quand ?

— À midi. Je revenais de porter une commande sur la rue Dufresne quand je l'ai vue sur le trottoir. Elle s'en allait magasiner. Je lui ai parlé, ajouta Gilles, le visage rayonnant de plaisir. Elle est même venue manger un hot-dog avec moi à la salle de pool. Je vais la voir à la messe demain matin. Elle a dit qu'elle essaierait d'être pas loin de nous autres à l'église.

— T'es ben chanceux, toi, fit Richard, envieux. Moi, je peux même plus parler à Monique. À cette heure, c'est tout juste si elle me regarde quand elle passe à côté de moi en revenant de l'école.

— Tu m'as pas dit que tu lui as fait un cadeau à Noël.

— Oui. Un beau, à part ça. Je me demande si elle rit pas de moi. Je pense que je vais arrêter de l'attendre devant l'église.

— Tu fais ben. Il y a d'autres filles après tout.

— Aïe ! Vous deux ! Ça va faire les messes basses, leur ordonna leur mère, assise dans la cuisine. Le hockey est recommencé et il vous reste juste une heure avant de vous coucher.

Les deux frères sortirent de la chambre, portant chacun une extrémité du lit pliant qu'ils déposèrent dans le couloir, non loin de la fournaise.

~~~

Le lundi matin, Denise fut la première à prendre place sur le siège en moleskine rouge du restaurant Rialto, coin Frontenac et Sainte-Catherine. Après avoir commandé une tasse de café, elle se mit à guetter par la vitrine l'arrivée de son amoureux. Elle avait mal dormi les deux dernières nuits et depuis son lever, ce matin-là, la jeune fille s'exhortait au calme. Elle ne voulait surtout pas que Serge la croie jalouse. Cependant, elle désirait en avoir le cœur net. S'il avait commencé à fréquenter une autre fille qu'elle, il fallait qu'elle le sache. Elle n'accepterait pas qu'il se moque d'elle.

Un tramway s'arrêta et elle vit son amoureux en descendre à la suite d'autres usagers. À sa vue, son cœur cessa de battre un instant. Il était tellement beau. Elle l'aimait et ne voulait pas le perdre. Le jeune caissier se dirigea sans se presser vers le trottoir, la tête baissée pour lutter contre le vent de ce matin de février qui cherchait à lui enlever son chapeau. Quand il passa devant la vitrine, elle frappa doucement contre la vitre pour attirer son attention. Il lui adressa un sourire chaleureux en lui faisant un signe de la main.

Serge entra dans le restaurant et vint s'asseoir à ses côtés après avoir enlevé son paletot. La serveuse déposa une tasse de café devant lui avant même qu'il la commande. Elle était habituée à les servir tous les matins.

Sitôt assis, Serge s'empara de la main de Denise. Il avait l'air heureux de la revoir après deux jours d'absence.

— J'ai eu envie de te téléphoner hier soir quand je suis revenu de chez mon cousin, lui dit-il à voix basse.

— Pourquoi tu l'as pas fait?

— Parce que je me suis rappelé que votre téléphone est dans la cuisine et que tout le monde t'écouterait si je t'appelais. En plus, il était dix heures et demie. Tu devais déjà dormir.

— T'as travaillé toute la fin de semaine? demanda Denise d'une voix qu'elle désirait neutre. Tu dois être fatigué pour commencer ta semaine à la banque.

— On n'a pas arrêté souvent, mais on a presque fini, expliqua Serge. Des armoires, c'est long à faire.

— Tu m'avais pas dit que t'étais bon en menuiserie, lui fit remarquer son amie d'une voix légèrement soup-çonneuse.

— C'est surtout mon père qui est bon là-dedans. Moi, je lui sers d'apprenti, mais ça me dérange pas parce que j'ai toujours aimé travailler le bois. Mon cousin nous a engagés parce qu'on lui coûte pas mal moins cher que de vrais menuisiers.

— Quand est-ce que tu penses avoir fini?

— La fin de semaine prochaine.

— Dis-moi pas qu'on se verra pas encore samedi prochain? demanda Denise, maintenant presque assurée que cette histoire d'aide à un cousin était inventée de toutes pièces.

— Tu peux être certaine que je vais faire mon possible pour finir dans l'après-midi pour être capable de venir veiller avec toi samedi soir.

— Il faudrait pas que tu te sentes obligé de venir chez nous, dit Denise, la voix légèrement altérée.

— Voyons donc, Denise, protesta son ami. Tu sais bien que j'aime ça aller veiller avec toi. Qu'est-ce que tu dirais si on allait aux vues samedi prochain si je reviens à temps du Nord ? On pourrait aller voir un nouveau film de Jean Marais qui passe au Saint-Denis.

— OK, accepta la jeune vendeuse, un peu rassurée.

Les jeunes gens continuèrent à parler durant quelques minutes encore avant de se lever pour aller travailler. Serge lâcha la main de son amie devant la devanture rouge du Woolworth et traversa la rue en diagonale pour entrer dans la succursale de la banque d'Épargne. Avant de frapper à la porte du magasin, Denise regarda son ami marcher sur le trottoir, encore incapable de chasser totalement le doute qui la tourmentait.

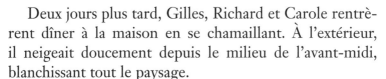

Deux jours plus tard, Gilles, Richard et Carole rentrèrent dîner à la maison en se chamaillant. À l'extérieur, il neigeait doucement depuis le milieu de l'avant-midi, blanchissant tout le paysage.

— Secouez-vous dehors, leur cria Laurette qui venait de finir son repassage. Si vous me mouillez mon plancher, je vous garantis que vous allez l'essuyer.

— Oui, m'man, répondit Carole.

— Gilles, va chercher les poubelles vides en arrière et rapporte-les sur le balcon. J'ai entendu les vidangeurs passer tout à l'heure.

En ronchonnant un peu, l'adolescent sortit de la maison et passa par la rue Archambault pour rejoindre la grande cour où il attrapa les deux grands contenants métalliques cabossés et un peu rouillés dans lesquels on jetait les déchets. Ils les tira jusque dans la cour des Morin et les déposa bruyamment sur le balcon. Après cela, il fit demi-tour pour rentrer dans la maison par la porte avant. Inutile de chercher à pénétrer chez lui par la porte arrière. Le matin même, il n'était pas parvenu à l'ouvrir quand il avait voulu transporter les poubelles. La porte était prisonnière d'une épaisse gangue de glace.

— T'aurais pu passer par en arrière, lui dit sa mère lorsqu'il pénétra dans la cuisine après avoir retiré ses bottes et son manteau. J'ai mis de l'eau bouillante dans le bas de la porte à matin. On peut l'ouvrir à cette heure.

— Vous devriez faire ça pour les fenêtres, m'man, lui suggéra Richard en prenant place à table. C'est rendu qu'il y a tellement de glace dans les vitres qu'on voit presque plus dehors.

— Innocent! Des plans pour péter les vitres.

La grand-mère, aidée par Carole, déposa le dîner sur la table.

— Ah! j'y pense, m'man, fit Gilles. Avez-vous ben regardé mon chandail?

— Quel chandail?

— Celui que j'ai sur le dos. Regardez.

Laurette s'approcha de son fils et examina avec soin le chandail vert qu'il portait.

— Viens pas me dire que t'as encore fait un trou! dit sa mère.

— Ben non, m'man, regardez ce que j'ai accroché, dit fièrement Gilles en relevant du bout des doigts une épinglette représentant des feuilles de laurier en argent.

— C'est pas vrai! s'exclama Laurette en reconnaissant l'épinglette.

— Ben oui. J'ai eu mon bulletin. J'ai quatre-vingts pour cent. Je suis le deuxième de la classe.

— Quatre-vingts pour cent! s'exclama sa mère. Vous entendez ça, madame Morin? Mon gars a eu quatre-vingts pour cent dans son bulletin. C'est la première fois qu'un de mes enfants me fait honneur comme ça. J'ai hâte de dire ça à Gérard quand il va rentrer.

— C'est bien beau, Gilles, l'encouragea sa grand-mère. Tu dois continuer à faire honneur à tes parents.

Gilles, débordant de fierté, se contenta de hocher la tête.

— Moi, j'ai pas apporté mon bulletin pour pas le mouiller avec la neige, intervint Richard, mais j'ai monté à soixante-dix pour cent. Je suis rendu quinzième sur trente-deux.

— Une autre bonne nouvelle, fit sa mère en lui ébouriffant les cheveux au passage.

— Moi aussi, j'ai eu le mien, déclara Carole. J'ai augmenté de deux pour cent.

— Mon Dieu! s'exclama Laurette, heureuse, je suis gâtée aujourd'hui. On dirait qu'ils ont tous ben travaillé.

Ragaillardie par ces bonnes nouvelles, la mère de famille servit des tranches de *baloney* rôties avec des pommes de terre rissolées et on dîna en écoutant *Je vous ai tant aimé* à la radio.

Après le départ des enfants pour l'école, Laurette ne put se retenir de dire à sa belle-mère :

— Avoir des enfants, c'est souvent ben fatigant, mais il y a des fois qu'ils nous font plaisir.

— Ce que vous dites là est bien vrai, approuva Lucille.

— Je pense que c'est la première fois que tous mes enfants réussissent à l'école. Du temps où Jean-Louis et Denise allaient à l'école, il y en avait toujours un des deux qui passait pas et il fallait le chicaner pour le faire étudier.

— Parlant de votre Jean-Louis, Laurette, vous trouvez pas ça bizarre qu'il ait pas encore de petite amie, lui fit remarquer sa belle-mère avec l'air de ne pas y toucher.

— C'est un garçon pas mal sérieux, expliqua la mère. En plus, il aime pas dépenser pour rien.

— Oui, je comprends. Mais à votre place, je m'inquiè-terais tout de même un peu.

— Pourquoi je m'inquièterais? demanda la mère de famille, alertée par les paroles de sa belle-mère.

— Je sais pas. Vous trouvez ça normal, vous, qu'il passe autant de temps avec son ami Jacques?

— Ben, c'est avec lui qu'il a étudié pour avoir sa *job* à la comptabilité. Il s'entend ben avec lui.

— Je sais. Il arrête pas d'en parler, lui fit remarquer Lucille. Il est comme en adoration devant lui. Vous l'avez déjà vu, vous, ce garçon-là? Quel âge a-t-il?

— Non, je l'ai jamais vu, répondit sèchement Laurette, mais je suis certain que c'est du bon monde sinon mon Jean-Louis le fréquenterait pas.

— Si vous le prenez comme ça, conclut sa belle-mère en secouant la tête avec un air sceptique. Si ça vous dérange pas trop, Laurette, je pense qu'au lieu de tricoter, je vais aller faire une petite sieste. J'ai pas l'habitude d'aller me coucher en plein après-midi, mais il me semble qu'aujourd'hui, ça me ferait du bien.

— Faites donc ça, madame Morin, l'invita sa bru en cachant mal son soulagement de ne plus l'avoir dans la même pièce qu'elle.

La vieille dame se leva et disparut dans sa chambre.

— La vieille maudite! dit à mi-voix Laurette en grinçant des dents. Pour baver sur le monde, elle est toujours là, elle!

Si Lucille Morin avait vraiment voulu gâcher la joie de sa bru, elle ne s'y serait pas prise autrement. Même si elle était intimement persuadée qu'elle ne cherchait qu'à la perturber, Laurette se promit tout de même d'ouvrir l'œil et de s'informer le plus tôt possible sur ce Jacques Cormier, l'ami de son fils. On ne savait jamais. Ce serait plus prudent.

Cet après-midi-là réservait à Laurette une bien agréable surprise. Vers deux heures, elle découvrit son beau-frère Rosaire planté devant sa porte. Le petit homme à la silhouette épaissie par son manteau de chat sauvage accepta l'invitation de sa belle-sœur d'entrer boire une tasse de café. Sa Cadillac noire était stationnée devant la porte.

— Je serai pas longtemps, dit le vendeur d'autos en déboutonnant son manteau après avoir retiré ses caoutchoucs. Je suis venu chercher madame Morin.

— Prends au moins le temps de souffler, lui conseilla sa belle-sœur, immédiatement remplie d'une joie intense à la pensée de se débarrasser enfin de sa belle-mère dans quelques minutes.

Au même moment, Lucille Morin sortit de sa chambre. Elle avait reconnu la voix du visiteur.

— Bonjour madame Morin. J'espère que je vous ai pas réveillée? demanda Rosaire en la voyant s'avancer dans le couloir.

— Pas de saint danger, protesta la vieille dame. Je venais à peine de m'étendre pour lire un peu.

— Je suis venu vous chercher si vous voulez toujours rester avec nous autres, bien entendu, lui annonça-t-il.

— T'es bien fin de t'être dérangé pour venir me chercher, dit Lucille. Donne-moi cinq minutes pour faire ma valise et je vais être prête.

— Il y a pas le feu, belle-mère. Prenez tout votre temps, lui conseilla son gendre en s'emparant de la tasse de café que venait de lui tendre Laurette.

Lucille Morin rentra dans sa chambre, laissant largement le temps à Rosaire de raconter comment s'était déroulé son emménagement dans sa nouvelle maison du boulevard Rosemont.

— Si t'es venu chercher madame Morin, est-ce que ça veut dire que la peinture dans ta nouvelle maison est finie? s'enquit sa belle-sœur.

— En plein ça, répondit Rosaire en allumant son cigare qui s'était éteint. Tout est placé dans la maison et ça sent même plus la peinture.

— On peut pas dire que vous avez chômé, toi et Colombe, lui fit remarquer Laurette.

— Non, mais il faut dire qu'on avait trois peintres pour faire l'ouvrage. En plus, Colombe avait engagé une femme de ménage qui l'a aidée à tout remettre en place. Je pense qu'elle est tellement satisfaite de cette femme-là qu'elle va la garder pour venir faire le ménage tous les vendredis.

— Eh ben! Il y en a qui sont chanceuses d'avoir de l'aide comme ça, fit Laurette en cachant mal son envie.

— Pendant que j'y pense, Laurette, on vous remercie d'avoir gardé madame Morin, même si vous aviez pas grand place pour faire ça. Ça nous a pas mal aidés. Colombe aimerait que vous veniez souper dimanche prochain.

— Ben, je sais pas trop, hésita sa belle-soeur.

— Voyons! Fais-toi pas prier. Ça te donnera l'occasion de voir notre nouvelle maison.

— Il va falloir que j'en parle à Gérard, prétexta mollement Laurette.

— Je te connais. Je suis sûr que Gérard va faire ce que tu vas décider. C'est entendu. On va vous attendre. Mieux que ça, je vais passer vous prendre vers trois heures. Comme ça, vous aurez pas à geler sur le coin de la rue pour venir chez nous. OK?

— C'est correct, accepta finalement Laurette.

Lucille apparut à ce moment-là dans la cuisine, déjà vêtue de son manteau et coiffée de son chapeau.

— Vous êtes pas si pressée que ça de partir, madame Morin, lui fit remarquer sa bru. Vous avez ben le temps de boire une tasse de café.

— Merci, Laurette, mais ce sera pour une autre fois. Comme je connais Rosaire, il doit avoir hâte de retourner au garage.

Son gendre ne le nia pas et se leva pour indiquer aux deux femmes qu'il était prêt à partir.

— Ah! j'ai quelque chose pour vous, ajouta la vieille dame.

Lucille Morin ouvrit son sac à main et en tira une petite enveloppe blanche qu'elle lui tendit. Pendant ce temps, Rosaire s'était esquivé discrètement dans le couloir pour chausser ses caoutchoucs.

— Qu'est-ce que c'est? demanda Laurette en relevant le rabat pour voir le contenu de l'enveloppe.

— C'est rien. Un petit cadeau pour m'avoir hébergée, répondit sa belle-mère à mi-voix.

Pendant un court instant, Laurette contempla les trois billets de dix dollars que sa belle-mère avait glissés dans l'enveloppe. Elle la referma et la lui tendit.

— Vous êtes ben fine, madame Morin, mais il est pas question que je prenne ça. Gérard aussi le voudra jamais. On n'est peut-être pas riches, mais on n'est pas pauvres au point d'accepter de l'argent pour recevoir de la parenté.

— Voyons, c'était de bon cœur, insista Lucille en lui tendant toujours l'enveloppe.

— Je le sais, mais c'est pas nécessaire. Gardez votre argent, belle-mère.

— Si c'est comme ça, je vous remercie encore, Laurette. Vous avez été bien gentille de vous tasser pour me faire une petite place chez vous.

Sur ces mots, Lucille Morin remit l'enveloppe dans son sac et se dirigea vers la sortie, suivie de près par Laurette, comme si cette dernière avait craint que sa belle-mère change d'idée et ne fasse demi-tour pour demeurer chez elle quelques jours de plus. Rosaire ouvrit la porte pour laisser sortir la mère de sa femme avant d'empoigner la valise qu'elle avait laissée dans le couloir.

— Oublie pas que je vais venir vous chercher vers trois heures dimanche, dit-il à Laurette en quittant la maison.

— Aie pas peur, j'oublierai pas, dit-elle en refermant la porte derrière lui.

Laurette souleva un coin du rideau qui masquait la vitre de la porte d'entrée et regarda Rosaire Nadeau déposer la valise dans le coffre de sa voiture avant de déverrouiller la portière du côté passager à sa belle-mère. Elle vit le conducteur prendre place derrière le volant et mettre en marche le lourd véhicule qui disparut un instant plus tard sur la rue Archambault enneigée.

— Ouf! Bon débarras, dit-elle à haute voix en se frottant les mains de contentement.

Elle occupa le reste de l'après-midi à déménager les effets de Jean-Louis dans sa chambre redevenue libre et elle fit en sorte que chacun puisse réintégrer sa chambre le soir même. Quand Richard et Gilles revinrent de l'école, elle leur ordonna de rapporter le lit pliant dans le hangar.

— Grand-mère est partie? demanda Gilles. On lui a même pas dit bonjour.

— Ça va faire, le têteux, fit Richard en lui administrant une bourrade. Viens m'aider à déménager le lit. Moi, en tout cas, je suis content de plus coucher dans le corridor. J'étais écœuré de me faire réveiller par tout le monde.

Sa grand-mère était retournée vivre chez son oncle Rosaire et il était le dernier qui s'en plaindrait. Il n'était pas près de lui pardonner d'avoir souligné haut et fort qu'il devrait faire arranger ses oreilles décollées.

À l'heure du souper, l'appartement des Morin avait repris son apparence normale, pour le plus grand plaisir de la maîtresse de maison. À son retour du travail, Gérard accepta sans commentaire le départ de sa mère, heureux au fond de retrouver la routine. Lorsque sa femme lui apprit les bons résultats scolaires des trois écoliers de la famille, le père ne manqua pas de s'en réjouir et de les féliciter. Au moment du dessert, Laurette lui dit :

— Ta mère a voulu absolument me laisser trente piastres avant de partir.

— Puis ?

— J'ai refusé. Je lui ai dit qu'on était pas quêteux au point de la faire payer.

— T'as ben fait.

— Remarque que j'aurais pas haï qu'elle nous fasse un cadeau, par exemple. Elle aurait pu nous acheter un petit quelque chose.

— Tu sais ben qu'elle sort juste pour la messe le dimanche pendant l'hiver. Comment voulais-tu qu'elle nous achète quelque chose ?

— En tout cas, on va la revoir dimanche prochain parce que ta sœur nous invite à souper. Rosaire va même venir nous chercher.

— T'as accepté ?

— Une folle ! Penses-tu que j'allais refuser. En quinze ans, on peut compter sur les doigts d'une main le nombre de fois qu'elle nous a invités.

— Est-ce qu'elle nous a invités avec les enfants ?

— Rosaire l'a pas dit. Je suppose que oui. Elle doit ben savoir qu'on n'est pas pour les laisser à la maison. En plus, ta sœur a pas arrêté de dire comment sa nouvelle maison était grande quand elle est venue au mois de décembre. On va ben le voir dimanche.

Chapitre 17

Entre la honte et l'envie

Le samedi soir, lorsque Laurette parla de la sortie du lendemain chez la tante Colombe, Jean-Louis et Denise s'empressèrent de trouver une excuse pour échapper à cette corvée familiale. Les deux aînés de la famille étaient peu intéressés d'aller admirer la nouvelle maison des Nadeau. Richard chercha bien lui aussi à esquiver cette visite parce qu'il ne tenait pas à revoir si tôt sa grand-mère, mais ce fut en pure perte.

— Toi, t'as pas le choix, lui déclara sa mère sur un ton sans appel. À soir, tu prendras ton bain comme ton frère et ta sœur. Demain, je veux vous voir habillés proprement tous les trois, ajouta-t-elle en se tournant vers Gilles et Carole. Il est pas question que vous nous fassiez honte chez votre tante.

Après avoir aidé à laver la vaisselle, Denise dit à ses parents que Serge l'amènerait voir un film au Saint-Denis dans quelques minutes et elle se retira dans sa chambre pour se préparer. La veille, le jeune caissier lui avait appris que son père et lui reviendraient de Saint-Donat au milieu de l'après-midi parce qu'ils avaient choisi d'aller travailler chez le cousin dès le vendredi soir plutôt que d'attendre le samedi matin.

— Et toi, Jean-Louis, qu'est-ce que tu vas faire à soir ? lui demanda sa mère.

— Je pense que je vais aller faire un tour chez Jacques.

Laurette se rappela brusquement les paroles de sa belle-mère, trois jours plus tôt.

— Sais-tu qu'on n'haïrait pas ça voir ce Jacques-là, ton père et moi, dit-elle à son fils. Invite-le donc à venir faire un tour un soir.

— Je sais pas s'il va avoir le temps, m'man, dit Jean-Louis. Le soir, il fait de la comptabilité pour des petits commerces proches de chez eux. Il est pas mal occupé. Mais je vais lui en parler.

— C'est ça, parle-lui, dit sa mère sur un ton tranchant.

Jean-Louis quitta la maison en même temps que Serge Dubuc et Denise. Quand Laurette eut l'occasion de se retrouver seule dans la cuisine avec son mari, un peu avant la retransmission radiophonique de la partie de hockey du samedi soir, elle ne put s'empêcher de lui demander :

— Ça te fatigue pas, toi, de le voir aller passer un ou deux soirs par semaine avec ce gars-là ?

— De qui tu parles ? fit Gérard.

— De Jean-Louis, cette affaire, pas du voisin !

— Ben, pour moi, l'important est que son *chum* soit pas un *bum* qui passe ses soirées dans les tavernes ou dans des clubs, comme le Mocambo ou le Casa Loma. Ça a l'air d'un gars correct qui travaille. Jean-Louis est aussi ben de se tenir avec lui que de se tenir avec une *gang*.

— Ouais, on sait ben, fit Laurette, tout de même peu convaincue de la justesse du raisonnement de son mari.

Ce soir-là, au moment de se mettre au lit, elle ne put s'empêcher de chuchoter à son mari :

— Je vais chez ta sœur demain surtout pour voir sa maison. Je suis pas mal certaine qu'elle s'est vantée quand elle nous en a parlé. Je suis sûre qu'elle est pas si belle que ça.

— Pourquoi tu dis ça ? demanda Gérard en enlevant ses lunettes pour les déposer sur sa table de nuit.

— Tu connais les Nadeau. Ils ont toujours aimé ça péter plus haut que le trou. Ta mère a beau jurer que par son Rosaire, c'est juste un petit vendeur de chars de seconde main, rien de plus. Lui, il y a rien à son épreuve. On sait qu'il est capable de jeter de la poudre aux yeux. Avec son cigare et son gros corbillard, il essaye de jouer au riche, mais ça poigne pas avec moi.

— Il a tout de même ramassé assez d'argent pour s'acheter un garage et se faire bâtir une maison neuve, lui fit remarquer Gérard, sans la moindre trace d'envie.

— C'est sûr qu'il a été capable de faire ça, fit Laurette, amère. Il a pas d'enfants à nourrir, lui. En plus, qui te dit que ta mère leur a pas donné de l'argent ?

— Ma mère a pas tant d'argent que ça, protesta son mari en éteignant la lumière.

— Elle a quand même l'argent de l'assurance de ton père et ce qu'ils avaient ramassé à la banque.

— Si c'est de cet argent-là que tu parles, elle a le droit de faire ce qu'elle veut avec, conclut son mari en se tournant sur le côté pour faire comprendre à sa femme qu'il avait l'intention de dormir.

Laurette poussa un soupir d'exaspération avant de l'imiter et le silence retomba dans la chambre. À l'extérieur, une voix avinée interpellait quelqu'un. Un cri au loin lui répondit. À travers le rideau jauni qui masquait la fenêtre, elle aperçut une ombre qui se déplaçait sur le trottoir en direction de la rue Fullum.

∼

Le lendemain après-midi, un peu après trois heures, la Cadillac noire de Rosaire Nadeau s'immobilisa devant la porte des Morin. Gilles et Richard furent les premiers sortis de la maison et se tinrent près du véhicule pendant que leur sœur et leurs parents finissaient de s'habiller. Ils étaient conscients qu'il n'était pas courant de voir une aussi belle voiture sur les rues Emmett et Archambault. Fiers de monter dans une voiture aussi luxueuse, ils auraient aimé que cela se produise l'été pour que les voisins puissent les envier et les admirer.

Laurette prit place à l'arrière du véhicule en compagnie de Gilles et de Carole pendant que Richard se glissait entre son père et son oncle sur la banquette avant. Dès que les portières furent refermées, les passagers n'entendirent plus le moteur. Il n'y avait que le léger ronronnement de la chaufferette. L'habitacle baignait dans une agréable chaleur où l'odeur du cigare du propriétaire dominait largement celle des sièges en cuir.

— C'est un vrai salon, dit Gérard en admirant la banquette recouverte de cuir bleu nuit ainsi que les appliques en bois sur le tableau de bord et les portières.

— Il est pas mal, reconnut Rosaire avec une feinte modestie. Tiens, écoute le son du radio, ajouta-t-il en allumant l'appareil.

Aussitôt, la voix de Charles Trenet chantant *La mer* emplit l'habitacle. Le conducteur s'empressa d'éteindre l'appareil.

— On y va, dit-il en embrayant.

La lourde voiture s'écarta lentement du trottoir et s'engagea sur la rue Archambault. Tout au long du trajet qui les mena sur le boulevard Rosemont, à proximité du boulevard Pie IX, Laurette et ses enfants se contentèrent de profiter au maximum du luxe rare d'une balade en voiture pendant que Gérard s'entretenait avec son beau-frère. Comme il n'avait pas neigé depuis une dizaine de jours, les rues de la métropole étaient bien dégagées et la circulation était fluide en ce dimanche après-midi.

Soudain, la voiture ralentit et le conducteur vint l'immobiliser dans une allée située sur le côté d'une imposante maison dont la façade était en pierre.

— On est rendus, déclara Rosaire en ouvrant sa portière. Vous pouvez descendre.

Tous les passagers se retrouvèrent debout dans l'allée couverte de gravier. Ils suivirent le maître des lieux qui les entraîna vers la porte d'entrée pourvue d'une longue vitre givrée. Au rez-de-chaussée comme à l'étage, la façade de la maison des Nadeau présentait deux vastes baies vitrées.

— Puis, qu'est-ce que vous en pensez? demanda le propriétaire en montrant sa maison d'un geste large.

— Elle est pas mal belle, reconnut Laurette en levant la tête pour admirer l'immeuble. Vous avez pas de balcon?

— Ben oui, on en a, dit Rosaire. Il y en a deux grands en arrière qui font toute la longueur de la maison. Un pour mon locataire et un pour nous autres, en bas.

Sur ces mots, il ouvrit la porte et fit signe à ses invités d'entrer.

— C'est nous! cria-t-il à la cantonade en pénétrant derrière Gérard dans une grande entrée éclairée par un beau lustre.

Aussitôt, Colombe et sa mère apparurent pour accueillir les visiteurs. Les deux femmes ouvrirent les portes d'une vaste penderie et leur tendirent des tringles. Chacun put suspendre son manteau avant de retirer ses couvre-chaussures.

— T'as toute une belle maison, dit Laurette à sa belle-sœur en se relevant, un peu essoufflée de s'être penchée pour enlever ses bottes.

— Attends, je vais te faire faire le tour, lui promit Colombe qui entraîna d'abord tout le monde dans un grand salon bien éclairé par une large baie vitrée. La moquette brun foncé mettait en valeur le mobilier recouvert d'un riche velours beige. La bibliothèque en érable qui couvrait presque tout un mur côtoyait une grosse radio RCA Victor qui trônait sur une table basse.

Rosaire et sa femme firent ensuite visiter leur chambre à coucher de la même dimension que le salon. Elle était si vaste qu'elle aurait pu contenir la chambre de Jean-Louis et celle de ses frères sans aucune difficulté. Ensuite, chacun put admirer la chambre de la grand-mère, le bureau de Rosaire, dont l'un des murs était couvert de classeurs métalliques, ainsi que la magnifique salle de bain dotée d'une baignoire moderne et de longues armoires en noyer. Finalement, les propriétaires firent voir à leurs invités la grande salle à manger, voisine d'une cuisine pourvue de toutes les commodités.

Laurette n'avait pas ménagé ses exclamations de ravissement en pénétrant dans chacune des pièces, même si elle mourait de jalousie. La présence d'une salle à manger porta sa frustration à son comble. Que l'on puisse jouir d'une telle pièce en plus d'une cuisine lui sembla le comble du luxe. À son avis, il y avait là un gaspillage d'espace absolument extravagant. À quoi pouvait bien servir une cuisine, si ce n'était pas pour y manger. De plus, les Nadeau avaient meublé cette pièce avec un nouveau mobilier chromé rouge vin dont les chaises coussinées et largement capitonnées auraient fait l'envie de toute ménagère. Grâce à ses tournées hebdomadaires des grands magasins, Laurette connaissait bien le prix de toutes ces belles choses qui appartenaient au couple.

— Mon Dieu! Il y a pas à dire, s'exclama-t-elle, vous auriez en masse de la place pour élever une grosse famille dans un appartement aussi grand.

— C'est vrai, reconnut Colombe, un peu pincée.

— Tout est tellement moderne que, moi, j'aurais peur de casser quelque chose, ajouta Laurette, se réjouissant secrètement d'avoir vu le sourire de contentement s'effacer du visage de ses hôtes au rappel de leur stérilité.

— On s'habitue vite, répliqua Colombe, un rien acide. Nos meubles sont pas tous neufs, loin de là, précisa-t-elle.

— La plupart étaient déjà dans notre appartement du boulevard Saint-Joseph, expliqua Rosaire. On en avait presque assez pour meubler les six pièces.

— On va aller s'asseoir dans le salon, reprit sa femme. Pendant que le souper achève de cuire, les jeunes peuvent s'installer dans la salle à manger pour jouer aux cartes s'ils le veulent. Maman m'a dit qu'ils aimaient ça. Ça dérangera rien. De toute façon, la table est pas encore mise.

— Et moi, je vais vous servir de la liqueur. J'ai de la bière, du Coke et du *cream soda*, annonça Rosaire.

Quelques instants plus tard, le petit homme rondelet apporta de grands verres de boisson gazeuse posés sur un plateau. Il en laissa aux jeunes dans la salle à manger avant de poursuivre son chemin jusqu'au salon où les adultes l'attendaient. En voyant Laurette déposer son verre sur une table en acajou, Colombe s'empressa de distribuer des sous-verres. Sans dire un mot, elle en glissa un sous le verre de son invitée.

Après avoir abondamment parlé de tous les tracas causés par la construction et l'aménagement de leur nouvelle maison, Colombe et son mari abordèrent le problème de se trouver un locataire acceptable.

— En haut, c'est aussi un beau grand six et demi, précisa Rosaire. Il est chauffé avec des calorifères à l'eau chaude, comme ici.

— Combien tu demandes de loyer ? fit Gérard.

— Cinquante piastres par mois.

— Ayoye ! fit Laurette, estomaquée. C'est cher en pas pour rire.

— C'est sûr que c'est pas donné, lui expliqua son beau-frère, mais oublie pas que c'est une maison neuve, que c'est chauffé et que l'eau chaude est fournie. En plus...

Laurette ne se préoccupa plus d'écouter les autres explications de Rosaire. Cinquante piastres par mois! Est-ce que c'était possible que du monde ordinaire aie autant d'argent à dépenser pour un loyer? C'était plus que deux fois ce qu'elle payait chaque mois pour leur appartement de la rue Emmett. Elle jeta un coup d'œil à son mari qui semblait boire chaque parole de son beau-frère et elle éprouva soudain une vague rancœur à son égard. S'il ne s'était pas toujours contenté de son petit emploi mal payé de magasinier à la Dominion Rubber, peut-être serait-elle aujourd'hui la maîtresse d'une maison aussi luxueuse. S'il avait occupé ses loisirs à faire autre chose qu'à lire ses maudits journaux, ils auraient aujourd'hui un peu d'argent de côté et n'auraient pas l'air d'être les quêteux de la famille Morin.

— Non. On veut pas d'une famille nombreuse qui va nous courir sur la tête du matin au soir, entendit-elle préciser sa belle-sœur.

— Qu'est-ce que vous avez contre les grosses familles? demanda Laurette avec une agressivité évidente.

— On n'a rien contre, lui expliqua Colombe, mais on pense qu'elles sont mieux au premier étage d'une maison. Qu'on le veuille ou pas, elles font pas mal plus de bruit qu'un couple seul. En tout cas, moi, je suis pas prête à en endurer une au-dessus de ma tête.

— Sans parler qu'on n'est jamais sûr d'être payé au début du mois, ajouta Rosaire.

En entendant ces mots, Laurette se sentit directement visée et elle monta sur ses grands chevaux.

— Rosaire Nadeau! s'exclama-t-elle comme si le vendeur de voitures l'avait insultée. Tu sauras que c'est pas parce que du monde a une grosse famille qu'ils sont malhonnêtes.

— Fâche-toi pas, Laurette, temporisa son beau-frère, mal à l'aise. C'est pas ce que j'ai voulu dire. Je veux dire qu'une grosse famille coûte cher à élever et à nourrir et que c'est plus difficile de payer un gros loyer chaque mois.

Lucille Morin, qui n'avait pratiquement pas parlé depuis l'arrivée des invités, se chargea de dissiper le léger malaise suscité par les paroles de Laurette.

— Vous devinerez jamais qui Rosaire nous a amené comme visite hier soir ? demanda-t-elle.

— Qui, m'man ? demanda Gérard, heureux de la diversion.

— Ton oncle Paul.

— Mon oncle Paul ! Ça fait ben cinq ans qu'on l'a pas vu. D'où est-ce qu'il sortait ? Je le pensais mort.

— Pantoute, répondit Rosaire en retrouvant sa bonne humeur. Il m'est arrivé au garage au moment où je fermais, hier soir.

— Est-ce que ça faisait longtemps que vous l'aviez vu ? demanda Gérard.

— À peu près cinq ans, comme vous autres.

— Est-ce qu'il était tout seul ? fit Laurette.

— Oui, répondit Colombe. Ma tante Françoise était restée à la maison, à Joliette. Pour ça, il a pas changé, il aime ça voyager tout seul. Pauvre ma tante ! Avec un numéro pareil, je pense qu'elle est mieux de pas le suivre.

— Naturellement, je l'ai ramené à la maison pour souper, reprit Rosaire.

— S'il a pas changé, fit remarquer Laurette, avec un sourire en coin, il a pas dû refuser.

— Pour ça, j'ai pas eu à lui tordre un bras.

— En tout cas, t'as pris là toute une chance, lui fit remarquer son beau-frère en riant. Tu risques de le retrouver pas mal souvent dans ton salon à cette heure qu'il sait où vous restez.

Paul Morin, l'unique oncle de Gérard, était reconnu dans la famille autant pour son sens un peu trop poussé de l'économie que pour sa manie d'adopter une maison et de s'y incruster.

— Je le sais pas trop, dit Rosaire. Si j'ai ben compris, il est devenu témoin de Jéhovah et il a pas arrêté de nous parler de la Bible.

— J'ai même été obligée de lui dire d'arrêter de nous ennuyer avec ça, intervint Lucille Morin en se gourmant.

— Mon oncle est pas mal plus brave que je pensais, fit remarquer Gérard. Duplessis est pas tendre avec les témoins de Jéhovah. S'il se fait prendre à faire du porte à porte, il va y goûter.

— Ça a pas l'air de le déranger ben gros, reprit Rosaire. Même s'il est rendu à soixante…

— Soixante-huit ans, précisa sa belle-mère.

— Soixante-huit ans, poursuivit l'hôte. Il paraît que le frère de ta mère est tellement occupé qu'il a presque plus le temps de visiter la famille.

— C'est notre chance, conclut Laurette sans se préoccuper de savoir si cette remarque allait peiner sa belle-mère.

— Oui, *cry* de *cry*! se moqua Gérard en imitant son oncle dont c'était le juron préféré.

Colombe servit un véritable festin à ses hôtes. Ils eurent droit à un rôti de bœuf et à des pommes de terre en robe des champs. Pour dessert, elle leur servit de la tarte au sucre et de la crème glacée en précisant que la tarte avait été confectionnée par sa mère.

À la fin du repas, les hommes se retirèrent dans le salon pendant que les femmes lavaient la vaisselle et rangeaient la cuisine et la salle à manger.

Étonnamment, Richard semblait être le membre de la famille Morin le plus touché par le luxe de la maison des Nadeau. Il n'en revenait pas qu'on puisse avoir la chance de vivre dans un cadre pareil. Dans une telle maison, il n'y avait pas de rats et on n'avait pas à se soucier du chauffage. Il faisait clair dans toutes les pièces. Les meubles étaient tellement beaux qu'on avait peine à croire qu'on pouvait s'en servir. Avant la fin de la visite chez son oncle, il avait décidé que c'était dans une maison semblable qu'il voulait vivre et qu'il prendrait tous les moyens nécessaires pour y parvenir.

Quand il entendit son oncle se plaindre de ce que ses voitures usagées stationnées à l'extérieur n'attiraient pas beaucoup d'achalandage parce qu'il aurait fallu les déneiger après chaque chute de neige et dégager un chemin entre chacune, l'adolescent vit là une brèche dans laquelle il se jeta tête baissée.

— Vous avez pas un employé qui fait ça, mon oncle? demanda-t-il.

— Non, j'ai juste un vendeur et, tu peux me croire, pelleter, c'est pas son fort.

— Ça vous tenterait pas de m'engager au moins les fins de semaine? demanda Richard. Moi, je suis capable de pelleter. Puis, quand il va faire beau, je serais capable de laver tous vos chars.

— Ben là, je sais pas trop, fit son oncle d'une voix hésitante.

— Je suis sûr, mon oncle, qu'un char ben propre est plus facile à vendre qu'un char sale, dit Richard avec assurance.

— Qu'est-ce que t'en dis, toi, Gérard? demanda Rosaire en se tournant vers son beau-frère.

— Tu fais ce que tu veux. Si t'as besoin d'un gars pour faire ça, Richard est celui qu'il te faut. Il a du cœur au ventre. Tu peux te fier à lui.

— C'est correct, je t'engage pour la journée de samedi, décida l'oncle après une brève hésitation. Combien tu vas me demander ?

— Qu'est-ce que vous diriez de deux piastres et de deux billets de petits chars ?

— Ah, cré maudit ! Tu charges cher ! s'exclama Rosaire Nadeau en retirant de sa bouche le cigare qu'il venait d'allumer.

— Oui, mais je travaille ben, mon oncle.

— Peut-être, mais je te garantis que tu vas les gagner, tes deux piastres, l'avertit son oncle, mi-sérieux.

— Et vous me payez aussi les p'tits chars, précisa son neveu avec aplomb.

Satisfait de s'être trouvé un emploi, l'adolescent fit un clin d'œil à son frère Gilles et demeura dans le salon à écouter son oncle parler de ce qu'il appelait sa *business* avec un air important.

— Tu sais, mon Gérard, il est pas nécessaire pantoute d'avoir des diplômes longs comme le bras pour réussir en affaires. Il faut foncer et pas avoir peur de prendre des risques. Regarde-moi. J'ai juste une cinquième année et ça m'a pas empêché de faire mon trou. Et je peux te garantir que c'est pas fini.

Pour Richard, il était bien évident que l'oncle Rosaire avait raison. Il était le modèle à suivre. Il n'y avait qu'à regarder ce qu'il possédait pour voir à quel point il avait bien réussi. Il se promit de l'imiter. Il ne voyait pas pourquoi il ne serait pas capable d'en faire autant. Lui non plus, il ne traînerait pas sur les bancs d'école. Après sa septième année, il allait se lancer en affaires. Il ne passerait pas sa vie dans un trou comme l'appartement de la rue Emmett et à se promener en tramway.

Vers neuf heures, Laurette donna le signal du départ en prétextant que les enfants devaient aller à l'école le lendemain. En réalité, elle était excédée de devoir écouter les Nadeau se vanter de ce qu'ils possédaient et s'enorgueillir de fréquenter des gens à l'aise. À les entendre, tous leurs amis avaient un chalet et même un bateau.

— Vous devez vous sentir pas mal pauvres à côté d'eux autres, finit-elle par faire remarquer à ses hôtes.

— Pourquoi tu dis ça ? lui demanda son beau-frère.

— Ben. Vous avez pas de chalet ni de bateau, vous autres.

— Inquiète-toi pas pour ça, la rassura Rosaire avec suffisance. Donne-moi encore un an ou deux et on va en avoir, nous autres aussi.

Sur ce, Rosaire alla endosser son manteau et sortit faire démarrer sa voiture pour qu'elle soit chaude et confortable lorsque ses invités y monteraient.

Après avoir remercié Colombe et embrassé la grand-mère, Laurette, Gérard et leurs enfants s'engouffrèrent dans la Cadillac où Rosaire les attendait depuis un petit moment.

En ce dimanche soir de février, il faisait un froid mordant. Les lampadaires n'éclairaient que de rares passants se déplaçant d'un pas pressé, frileusement engoncés dans d'épais manteaux. Sur la rue Sainte-Catherine, à l'est de Frontenac, les rares commerces étaient tous fermés et les passagers de la Cadillac ne virent qu'un ou deux tramways que contournaient précautionneusement les voitures.

Quelques minutes plus tard, Rosaire Nadeau déposa les Morin devant leur porte, sur la rue Emmett, en rappelant à Richard qu'il l'attendait à son garage de la rue Beaubien le samedi suivant. Après avoir salué et remercié le conducteur, toute la famille se précipita à l'intérieur de l'appartement, impatiente de retrouver un peu de chaleur.

À leur entrée dans la maison, Denise était en train de préparer son repas du midi pour le lendemain. Jean-Louis n'était pas encore rentré.

— Déshabillez-vous pas tout de suite, les garçons, ordonna Laurette en enlevant son manteau. Allez sortir les vidanges avant de vous coucher.

— On pourrait pas attendre demain matin ? demanda Gilles.

— Non. Tout de suite. Quand vous attendez le lundi matin, c'est le bout du monde pour vous les faire sortir.

Les deux adolescents tentèrent d'ouvrir la porte de la cuisine, mais elle était encore prise dans un carcan de glace. Il durent donc sortir de l'appartement par la porte d'entrée et faire le tour par la rue Archambault pour aller chercher sur le balcon arrière les deux lourdes poubelles métalliques qu'ils tirèrent jusqu'au coin de la grande cour. À leur retour, leur père leur demanda d'aller chercher un seau de charbon dans la cave.

Depuis qu'il avait remis les pieds chez lui, Richard demeurait étrangement silencieux, il voyait l'appartement avec des yeux différents. Sa pauvreté lui sautait au visage. Elle lui faisait soudainement honte. S'il le comparait à celui où vivaient son oncle, sa tante et sa grand-mère, tout lui paraissait vieux et miteux. Ce soir-là, il s'endormit rapidement et rêva qu'il faisait fortune en vendant des voitures, comme son oncle.

Moins d'une heure plus tard, tous les Morin étaient au lit. Gérard fut le dernier à pénétrer dans sa chambre après avoir gorgé de charbon la fournaise du couloir.

— Il y a juste Jean-Louis qui est pas rentré, fit remarquer Laurette en s'agenouillant près du lit pour la prière commune.

— Il est même pas encore onze heures, lui fit remarquer son mari.

— J'espère que t'as pensé à vider les cendres de la fournaise, dit Laurette en changeant de sujet de conversation. Il me semble que la boîte était pas mal pleine quand j'ai regardé avant de partir cet après-midi.

— Inquiète-toi donc pas pour rien. J'ai regardé. Il reste en masse de la place jusqu'à demain matin. Ça fait vingt ans que je chauffe cette fournaise-là, je sais quoi faire, fit remarquer Gérard en se signant après s'être agenouillé à son tour.

Les deux époux se mirent au lit et éteignirent la lumière. Pendant un moment, ils n'entendirent que les pas des Gravel à l'étage au-dessus. Le chauffeur de taxi et sa femme devaient se préparer, eux aussi, à se mettre au lit.

— Avec la maison qu'ils ont, ma sœur et Rosaire sont pas dans la rue, chuchota Gérard.

— Commence pas à me parler de ça, lui ordonna Laurette. J'en ai assez entendu parler pour aujourd'hui de leur maudite cabane. J'ai jamais vu du monde aussi frais chié.

— Ils sont juste fiers de ce qu'ils ont, dit Gérard sur un ton raisonnable.

— Fais-moi pas rire, Gérard Morin, s'emporta sa femme à voix basse. Ils ont pas arrêté de se vanter tout le temps qu'on a été là, juste pour nous écraser, nous autres, les pauvres de la famille. T'as remarqué? Eux autres, ils servent pas la liqueur dans des verres à moutarde. Non. Ils ont des beaux grands verres. Tu manges dans un beau *set* de vaisselle, assis dans une salle à manger, ma chère! Viarge que ça me fait suer, du monde comme ça! Puis, comme si c'était pas assez, il faut qu'ils nous mettent sur le nez qu'ils fréquentent juste du monde qui ont les moyens. Ta sœur m'a même dit qu'ils sont souvent invités à des « coquetels », comme elle dit. Pour pas passer pour une épaisse, j'ai même pas osé lui demander ce que c'était ses maudits «coquetels». Le sais-tu, toi, ce que c'est?

— Pantoute, reconnut son mari.

— Ben, moi non plus, tu sauras. En tout cas, tout ce que je peux te dire, c'est que je me sens pas à l'aise pantoute quand je vais là. Remarque que c'est pas ben grave. Si ça se trouve, ils vont pas nous réinviter avant quatre ou cinq ans. Mais ça va devenir gênant en maudit de les inviter pour un repas. Moi, j'ai juste de la vaisselle dépareillée et j'ai pas les moyens de leur servir du rôti de bœuf.

— Énerve-toi pas avec ça, répliqua Gérard. Ils savent qu'on a une grosse famille à faire vivre et qu'on n'a pas autant d'argent qu'eux autres. De toute façon, c'est pas demain matin qu'on va avoir à les recevoir.

— Ce qui me fatigue le plus, c'est ta mère, reprit Laurette.

— Comment ça? Elle a presque pas parlé de la soirée.

— C'est pas ça qui m'achale. Ta mère est restée avec nous autres pendant presque trois semaines. Elle, elle sait comment on vit et je suis certaine qu'elle a dû le raconter en long et en large à ta sœur et à son mari.

Étendue dans le noir aux côtés de son mari, Laurette était déchirée entre la honte et l'envie. Au retour de cette visite, elle se sentait subitement honteuse des conditions de vie qu'elle et les siens avaient en partage. Par ailleurs, elle enviait furieusement sa belle-sœur Colombe.

«Pourquoi est-ce qu'elle a tout, et moi, rien? se demandait-elle pour la centième fois depuis qu'elle avait mis les pieds chez Colombe Nadeau. Pendant qu'elle prenait soin de sa ligne et sortait avec ses amies de la haute, moi, j'avais cinq enfants que je torchais. Bonyeu qu'il y a pas de justice! Quand je me regarde dans le miroir, j'ai l'air d'avoir vingt ans de plus qu'elle. Demain matin, je vais me lever comme tous les maudits lundis matin et je vais faire à déjeuner avant de tendre les cordes à travers la cuisine et commencer mon lavage que je vais étendre dans la maison. Moi, la folle, j'aurai pas une bonne qui va venir épousseter et faire mon ouvrage. Est-ce qu'il y a quelqu'un qui va venir me dire ce que j'ai fait au bon Dieu pour mériter ça ? »

Au premier ronflement de Gérard, elle se tourna de l'autre côté et remonta les couvertures à la hauteur de son oreille pour moins l'entendre. Pour la seconde fois de la soirée, elle en voulut à son compagnon qui n'avait jamais fait le moindre effort pour la tirer de la misère dans laquelle elle s'enlisait. Elle finit par s'endormir en remâchant sa rancœur sur le sort injuste qui lui était fait.

Chapitre 18

La main dans le sac

Une semaine plus tard, l'abbé Laverdière demanda à Richard de remplir le rôle de servant de messe aux funérailles d'un paroissien, le lendemain matin, à huit heures trente. L'adolescent se dépêcha d'accepter avec autant plus d'empressement qu'on lui donnerait vingt-cinq cents pour sa prestation et qu'il aurait la chance de rater la moitié de l'avant-midi d'école avec la bénédiction du directeur, ce qui n'était pas à dédaigner.

Ce matin-là, il arriva dans la sacristie avec vingt minutes d'avance, revêtit sa soutane noire et son surplis avant d'aider l'officiant à revêtir ses vêtements sacerdotaux pour la cérémonie.

— Est-ce que c'est le premier service que tu sers? lui demanda le vicaire.

— Oui, monsieur l'abbé.

— Dis-toi que c'est la même chose qu'une messe ordinaire. Les seules différences sont que tu passes devant moi en portant la croix. Nous suivrons le cercueil jusqu'en avant. Tu planteras la croix dans le repose-croix à l'avant du chœur avant de venir tenir le bénitier pendant que j'aspergerai le cercueil avec le goupillon. Avant l'offertoire, c'est toi qui passes l'assiette pour la quête parce que, pendant la semaine, il y a pas de marguilliers pour le faire. T'as bien compris ce que tu as à faire?

— Oui, monsieur l'abbé.

Le défunt devait sûrement appartenir à une grande famille ou avoir eu de nombreux amis parce que l'église était remplie aux deux tiers quand, porteur de la croix, Richard Morin précéda l'abbé Laverdière à l'arrière du temple pour accueillir la dépouille. Quatre employés de la maison funéraire Godin déposèrent le cercueil sur le chariot et le couvrirent d'un drap noir avant de le pousser lentement vers l'avant en empruntant l'allée centrale. Après la bénédiction du corps, l'adolescent accompagna le célébrant à l'autel pour la célébration de la messe.

Avant l'offertoire, Richard quitta discrètement le pied de l'autel et traversa le chœur. Un peu intimidé d'être l'objet de l'attention d'une assistance aussi nombreuse, il s'empressa d'ouvrir le portillon de la sainte table après avoir pris l'assiette déposée sur cette dernière. Il entreprit ensuite de la tendre aux fidèles occupant chaque banc. S'il y eut beaucoup de vingt-cinq cents jetés dans la sébile, il y eut aussi plusieurs billets de banque, à la plus grande stupéfaction de l'adolescent. Le servant de messe n'avait jamais vu tant d'argent entassé devant lui. Après avoir passé dans toutes les allées, il revint lentement vers le chœur, attentif à ne pas laisser échapper de billets, tant l'assiette débordait.

Pendant tout le trajet de retour vers l'avant de l'église, les idées se bousculèrent dans sa tête. Pourquoi ne pourrait-il pas s'approprier quelques billets? Qui s'en apercevrait? Personne ne les avait comptés. Plus il approchait du chœur, plus il devenait fébrile. La crainte de ne pouvoir rien avoir de cette manne qu'il transportait le faisait presque trembler. Ce n'est qu'en arrivant dans le chœur que l'idée lui vint qu'il ne pouvait décemment laisser l'assiette remplie de tant d'argent à l'endroit où il l'avait prise. Dans quelques minutes, les fidèles allaient venir s'agenouiller devant la sainte table pour communier.

Alors, sans perdre un instant, Richard se dirigea vers la gauche de l'autel et poussa la porte de communication qui donnait accès à la sacristie. Après avoir jeté un bref coup d'œil autour de lui pour s'assurer que le bedeau n'était pas dans les parages, il prit une poignée de billets de banque qu'il fourra précipitamment dans l'une des poches de son pantalon. Il déposa ensuite l'assiette à l'endroit où l'abbé Laverdière s'était habillé pour la cérémonie quelques minutes auparavant.

À son retour au pied de l'autel, le célébrant se tourna à demi vers lui pour lui signifier qu'il était temps de lui apporter les burettes. Le reste de la cérémonie se déroula comme dans un rêve pour l'adolescent. Il ne cessa de penser à l'argent qu'il avait dérobé et il tentait d'imaginer le montant de la somme qu'il s'était appropriée. Il n'avait pas le moindre remords. S'il avait un peu plus chaud que d'habitude, ce n'était qu'en songeant à ce qui lui serait arrivé si on l'avait pris à voler… Mais ce n'était pas arrivé et il n'avait qu'une hâte, c'était que le service funèbre prenne fin.

Lorsque le vicaire eut béni une dernière fois le défunt après avoir recommandé son âme à Dieu, Richard fit une génuflexion en même temps que le prêtre et il le précéda dans la sacristie.

— Qu'est-ce que t'as fait de la quête ? demanda l'abbé Laverdière en retirant la chape noire qui lui recouvrait les épaules.

— Elle est devant vous, monsieur l'abbé, répondit le servant d'une voix un peu chevrotante.

Le vicaire n'eut qu'un bref regard pour l'assiette déposée sur le coin de la longue table sur laquelle il déposait ses vêtements sacerdotaux.

— T'as bien fait de l'apporter dans la sacristie, dit le prêtre, mais la prochaine fois, fais comme les marguilliers. Vide l'assiette dans la poche de velours mauve qui est là, ajouta-t-il en lui montrant un guéridon dans un coin de la pièce.

— Oui, monsieur l'abbé.

— Avant de partir, prends le billet que j'ai signé pour l'école et traîne pas trop en chemin.

Heureux de ne pas être suspecté, l'adolescent se dépêcha d'enlever surplis et soutane et endossa son manteau. Il salua le vicaire et quitta les lieux, le cœur battant, impatient de compter l'argent qu'il avait enfoui dans l'une de ses poches.

Il sortit de l'église, traversa la rue Sainte-Catherine et attendit d'être rendu devant la maison-mère des sœurs de la Providence pour s'arrêter. Il déposa entre ses pieds son sac d'école et, après avoir jeté un regard circulaire pour s'assurer de ne pas être épié, il extirpa les dollars volés de la poche de son pantalon. Il était sûr d'avoir pris au moins l'un des dix dollars qu'il avait vus dans l'assiette et peut-être même un ou deux cinq dollars. Il exhuma d'abord trois billets de un dollar tout froissés qu'il prit la peine de lisser avant de replonger la main dans ses goussets. Il sortit ensuite deux billets de cinq dollars, puis deux de deux dollars. Il eut beau replonger la main pour explorer le fond de sa poche, cette dernière était désespérément vide.

— Bâtard! jura-t-il, mécontent. J'ai même pas pris un des dix piastres.

Il compta et recompta le fruit de son larcin, il arrivait toujours au total peu impressionnant de dix-sept dollars. Au lieu de se réjouir de posséder une telle somme, il se sentait frustré et se disait qu'il aurait pu facilement en prendre presque le double sans que personne ne s'en rende compte. Finalement, un peu dépité, il roula les billets de banque et les remit dans sa poche, cherchant déjà l'endroit où il pourrait bien les cacher en attendant d'avoir l'occasion de les dépenser.

Il entra dans l'école en empruntant l'escalier de la façade. Comme la porte d'entrée était verrouillée, il dut sonner pour se faire ouvrir. L'adjoint le fit entrer. Il lui présenta son billet. Ce dernier le regarda à peine avant de lui ordonner :

— Dépêche-toi de rejoindre ta classe. La récréation est finie depuis dix minutes. À l'heure qu'il est, t'as pas dû courir bien fort pour t'en venir à l'école.

Richard ne répondit rien et se dépêcha de quitter le hall d'entrée pour rejoindre son local de classe. Un peu avant midi, il retourna à la maison pour dîner. Avant le repas, il se glissa dans sa chambre pendant que son frère Gilles était allé chercher du charbon dans la cave et il dissimula son argent dans une paire de vieilles chaussettes, dans l'un des deux tiroirs où ses vêtements étaient rangés. Il ne garda qu'un dollar dans ses poches dans l'intention d'acheter un paquet de cigarettes Player's à la fin de l'après-midi. Il se réjouissait d'avance de pouvoir enfin fumer sans avoir à quêter une cigarette à Gilles ou à guetter le moment où il pourrait en voler une à sa mère.

Cet après-midi-là, après la classe, il fit un large détour pour se procurer ses cigarettes et se donner le temps d'en savourer une sans craindre de rencontrer une connaissance.

À son retour à la maison, il eut la surprise d'y voir son père, assis dans sa chaise berçante. Il avait le visage blême et buvait une boisson chaude en grimaçant.

— Bonjour p'pa, dit l'adolescent en enlevant son manteau. Vous avez fini pas mal de bonne heure aujourd'hui.

— Achale pas ton père, lui ordonna Laurette. Il file pas ben. Toi, comment ça se fait que t'arrives aussi tard de l'école? Il est passé quatre heures et demie.

— Il a fallu que je reste un peu après les autres. Nantel voulait que j'écrive tout ce que j'ai manqué à matin, mentit aisément Richard.

— Monsieur Nantel, effronté! Bon. À cette heure, grouille-toi. Installe-toi à côté de Carole et commence tout de suite tes devoirs. T'as le temps avant de souper.

— Moi, je pense que je vais aller m'étendre une heure, annonça le père de famille en se levant péniblement de sa chaise. J'ai le frisson.

Laurette jeta un regard inquiet à son mari avant de se remettre à préparer le souper. Elle allait servir de la fricassée de porc confectionnée avec les restes d'un rôti.

Lorsque Denise et Jean-Louis rentrèrent du travail, les trois écoliers rangèrent leur matériel scolaire et on mit la table. La mère de famille quitta la cuisine un moment et entra dans la chambre à coucher plongée dans l'obscurité dans l'intention de réveiller son mari.

— Gérard, viens-tu souper? demanda-t-elle à mi-voix. C'est prêt.

Son mari se souleva sur un coude, dans le noir, l'air un peu perdu.

— Quelle heure il est?

— Six heures. Si tu continues à dormir, tu vas avoir de la misère à t'endormir à soir, le prévint-elle.

— Laisse faire. J'ai mal à la tête et j'ai pas le goût de manger, dit-il, secoué par une quinte de toux sèche.

— Bon, c'était trop beau pour que ça dure. Un hiver sans grippe dans la maison, ça aurait été trop demander, je suppose, déclara sa femme sur un ton fataliste. Recouche-toi pas tout de suite. Je vais aller te chercher des pilules pour le mal de tête et du sirop.

Elle revint dans la chambre quelques minutes plus tard avec un verre d'eau, deux aspirines et la bouteille de sirop Lambert.

— Tiens, prends ça, commanda-t-elle à son mari en lui tendant les pilules et le verre d'eau.

Elle versa ensuite dans le verre vide le contenu de deux cuillères à soupe de sirop qu'elle le força aussi à avaler.

— Tu sais ben que l'aspirine, c'est pas assez fort pour moi, se plaignit son mari, encore secoué par une quinte de toux.

— Je vais envoyer quelqu'un chercher des 222 à la pharmacie après le souper. Tu pourras en prendre tout à l'heure.

Sur ce, sa femme quitta la pièce en refermant la porte derrière elle. Il lui semblait étrange d'avoir à soigner son mari qui n'était pratiquement jamais malade. Sa dernière grippe devait remonter à près de cinq ans. Elle se souvenait encore à quel point il avait été un patient récalcitrant et insupportable les quelques jours où il avait été aux prises avec le virus. En pénétrant dans la cuisine, elle demanda à ses enfants de faire le moins de bruit possible pour permettre à leur père de se reposer.

Après le repas, Richard se proposa pour aller chercher les pilules à la pharmacie Charland. C'était moins pour rendre service que pour avoir la chance de fumer une cigarette en toute quiétude. Quand il sortit à l'extérieur, l'adolescent se rendit compte qu'il faisait passablement plus froid que durant l'après-midi à cause du vent qui s'était levé. Il eut du mal à allumer sa cigarette, même en cachant une allumette derrière sa main repliée. De plus, il avait les doigts gourds en arrivant devant la pharmacie.

Même s'il était gelé, Richard s'arrêta brusquement devant l'une des vitrines de la pharmacie. Le propriétaire avait étalé une large banderole rouge sur laquelle était écrit « Bonne Saint-Valentin ». Il avait disposé dessous une dizaine de boîtes de chocolat de toutes les tailles en forme de cœur. Une grande photo d'un couple d'amoureux arborant un air extatique complétait le décor.

L'adolescent entra dans la pharmacie, en proie à une vague mélancolie. Il songeait à Monique en se disant que si ses parents ne s'étaient pas mis en travers de leur chemin, ils fileraient encore tous les deux le parfait amour. Pendant un instant, il caressa l'idée de lui acheter une boîte de chocolats, mais il n'avait pas assez d'argent dans les poches et ne saurait pas comment dissimuler ce cadeau jusqu'au moment de le remettre à l'élue de son cœur. Durant le trajet de retour à la maison, il s'efforça d'imaginer un stratagème pour lui offrir tout de même des chocolats le lendemain.

Gérard Morin se leva en frissonnant après une nuit de sommeil agitée. Une mauvaise toux l'avait empêché de dormir une bonne partie de la nuit.

— On gèle dans la maison, dit-il en allant étendre les mains au-dessus du poêle pour les réchauffer.

— Pas plus que d'habitude, lui fit remarquer sa femme, qui l'avait précédé de quelques minutes dans la cuisine. Je viens d'allumer le poêle. Ça va se réchauffer.

Elle s'approcha de son mari et posa une main sur son front.

— Tu ferais ben mieux de rester couché aujourd'hui, lui dit-elle en serrant contre elle les pans de son épaisse robe de chambre. T'as l'air de faire pas mal de fièvre.

— Laisse faire. Je suis pas pour me faire couper une journée d'ouvrage pour une petite grippe, répliqua Gérard d'une voix éteinte. Fais-moi juste un café à matin pendant que je me rase. J'ai pas le goût de manger.

— Il faut que tu manges quelque chose avant de partir, dit sa femme sur un ton sans appel. T'as même pas soupé hier soir.

Gérard ne se donna pas la peine de répliquer. Il remplit un bol à main avec la bouilloire remplie d'eau chaude et disparut dans la salle de bain. Quand il revint dans la pièce après avoir fait sa toilette, il s'assit à table et mangea deux rôties sans aucun appétit. Au moment où le père de famille quittait la maison, les premières lueurs de l'aube apparaissaient dans le ciel.

À huit heures, Laurette se retrouva seule dans l'appartement, comme tous les matins de la semaine. Elle entreprit alors de remettre la maison en ordre, mais sans beaucoup d'entrain. Elle aussi avait mal dormi parce que Gérard n'avait pas cessé de bouger et de tousser à ses côtés durant toute la nuit. Une heure plus tard, elle sortit son panier de vêtements à repriser en poussant un soupir excédé.

— Regarde-moi ça, dit-elle à haute voix en tendant devant elle le vieux chandail de laine brune de Gilles maintes fois reprisé. C'est juste bon à faire des guenilles.

Elle s'assit lourdement dans sa chaise berçante et entreprit de repriser le trou qu'elle avait repéré à un coude du vêtement. Elle tira ensuite deux chaussettes de laine grise de son panier. Elles appartenaient à Richard.

— Veux-tu ben me dire ce qu'il fait avec ses bas, lui, pour les user aussi vite? demanda la mère de famille, toujours à haute voix.

L'une des chaussettes était si usée qu'elle renonça à la réparer. Elle se rappela soudain que son fils en possédait une paire identique qu'elle avait maintes fois reprisée depuis le début de l'hiver. Elle se leva et se dirigea vers la chambre des garçons dans l'intention de trouver l'autre paire de chaussettes grises dans l'un des tiroirs de Richard. Elle désirait ne garder que les deux meilleures chaussettes. Les deux autres, trop souvent reprisées, seraient conservées pour faire reluire le linoléum de la cuisine après l'avoir ciré.

La mère de famille trouva immédiatement la paire recherchée. Lorsqu'elle sépara les deux chaussettes roulées ensemble, elle eut la surprise de découvrir une petite liasse de dollars.

— Qu'est-ce que c'est que cette affaire-là? s'exclama Laurette en se mettant à compter la somme qu'elle étala sur le bureau. Seize piastres! D'où est-ce que ça vient, cet argent-là?

Pendant un moment, la mère de famille se demanda si son fils ne l'avait pas pris dans son porte-monnaie. Puis, à l'instant où elle esquissait le geste d'aller vérifier, elle s'arrêta brusquement. Cela n'avait aucun sens. Elle ne possédait même pas une telle somme au milieu du mois. Elle avait dû payer le loyer et le charbon dont il avait fallu commander une autre tonne pour finir l'hiver. Il lui restait moins de cinq dollars pour le reste de la semaine.

Laurette, pensive, mit l'argent dans la poche de son tablier, referma le tiroir et revint poursuivre son travail dans la cuisine. Durant tout l'avant-midi, elle se tortura l'esprit à essayer de deviner où son garçon avait bien pu se procurer une telle somme.

Cet argent ne pouvait pas provenir de ses économies de servant de messe; il dépensait pratiquement tout en articles scolaires et en cochonneries, comme elle lui disait souvent. De son travail à la pharmacie durant le mois de décembre? Non. Elle lui avait pris alors la plus grande partie de ses gains pour l'achat de vêtements et le reste avait servi aux étrennes de Noël qu'il avait offertes à ses parents. L'avait-il volé à Jean-Louis? Impossible. Ce dernier surveillait de trop près son bas de laine pour se laisser voler le moindre dollar. À Denise? L'argent qu'elle

lui laissait après avoir payé sa pension servait intégra-
lement à s'offrir des produits de beauté, le cinéma et des
romans-photos. Non, franchement, elle ne voyait pas d'où
venait cette somme. Mais elle allait le savoir… et pas plus
tard que le midi même.

Lorsque les enfants revinrent de l'école pour dîner,
la mère de famille se retint pour ne pas s'en prendre
immédiatement à Richard. Elle laissa ses deux fils et sa
fille retirer leur manteau.

— Qu'est-ce qu'on mange à midi, m'man? demanda
Gilles.

— Vous allez vous faire des sandwichs au Paris-pâté et
je vais vous servir un bol de soupe aux pois.

Du coin de l'œil, elle vit Richard se diriger vers sa
chambre, mais elle ne dit rien. L'adolescent sortit de la pièce
moins d'une minute plus tard et s'assit à table en adressant
à son frère un regard furieux. Laurette en devina la raison,
mais se garda bien de dire un mot. Dès que Carole eut
disposé les couverts sur la table, la mère servit la soupe et
mangea en compagnie de ses enfants. La dernière bouchée
avalée, ces derniers s'empressèrent de laisser leur vaisselle
sale dans l'évier et se préparèrent à partir pour l'école.

Quand Richard fit mine de se précipiter vers son
manteau, sa mère l'arrêta.

— Toi, attends une minute, lui ordonna-t-elle sur un
ton sans appel, j'ai à te parler.

— Je vais être en retard à l'école, plaida l'adolescent,
surtout impatient d'interroger son frère sur ce qu'il avait
fait de son magot.

— Je t'ai dit d'attendre! répéta-t-elle en élevant la
voix.

L'air sévère de sa mère alerta suffisamment Richard
pour qu'il cessât d'insister. Il regarda Gilles quitter
l'appartement, suivi de près par Carole qu'une amie

attendait déjà devant la porte. L'adolescent, debout devant la table de cuisine, était fébrile. Il se mit à pianoter sur le meuble en poussant des soupirs d'exaspération. Sa mère s'avança vers lui et tira de sa poche les billets de banque froissés qu'elle jeta sur la table.

— D'où est-ce que ça vient, cet argent-là ?

— Vous avez pas le droit de fouiller dans mes affaires ! protesta-t-il, rouge d'indignation.

— Je t'ai demandé d'où ça venait ? insista Laurette d'une voix dure.

— Ben, je l'ai gagné.

— Où ça ? Quand ?

— Ben, chez Charland, cette affaire.

— Richard Morin, prends-moi pas pour une valise ! L'argent de la pharmacie a servi aux cadeaux de Noël. Toi-même, tu nous as dit que t'avais plus une cenne au mois de janvier.

— Il y a aussi l'argent des messes.

— C'est pas vrai, maudit menteur ! s'emporta sa mère. Tu sers la messe une semaine sur trois. C'est pas ça qui t'a donné seize piastres. D'où est-ce que ça sort ?

— Ben…

— Tu l'as volé quelque part ! Ça, c'est sûr, dit sa mère d'une voix tonnante. Où ça ?

— Je l'ai pas volé, m'man !

— Où est-ce que tu l'as pris ? Grouille-toi de me répondre. Si tu me dis pas la vérité tout de suite, c'est ton père qui va s'occuper de toi à soir et je te garantis que tu t'en sortiras pas facilement. Tu le connais. Quand il se fâche, c'est pas beau à voir.

Il y eut un bref silence dans la cuisine des Morin, silence à peine troublé par le bruit des tisons de charbon qui tombaient dans le bac de récupération placé sous la grille de la fournaise. L'adolescent, le visage soudain très pâle, semblait soupeser le pour et le contre d'un aveu. Son père n'était pas violent, mais si sa mère lui disait que son fils méritait une correction, il en aurait une dont il se souviendrait longtemps.

— Puis ? demanda sa mère sur un ton hargneux.

Richard finit par se décider. Il recula d'abord d'un pas de l'autre côté de la table pour se mettre hors de portée de la main de sa mère.

— Je l'ai pris à l'église, balbutia-t-il.

— Hein ? Où ça, à l'église ?

— Dans l'assiette de la quête.

— Quand ?

— Hier matin. Il y avait plein de piastres dans l'assiette. J'en ai pris juste un peu pour que ça paraisse pas, expliqua Richard. Personne s'en est aperçu, osa-t-il ajouter.

Le visage de Laurette rougit de fureur en entendant ces mots. L'adolescent ne fut pas assez rapide pour éviter sa mère. Cette dernière contourna la table, l'attrapa par une épaule, le fit pivoter sur lui-même et lui assena une gifle si puissante qu'il en vit des étoiles.

— Maudit voleur ! J'ai élevé un maudit voleur ! s'écria Laurette hors d'elle-même, en lui décochant une seconde gifle aussi violente qui fit pratiquement plier les genoux au coupable et lui mit les larmes aux yeux.

— Ayoye ! cria ce dernier en portant les mains à son visage sur lequel se dessinait clairement l'empreinte des cinq doigts de la main maternelle.

— Si je m'écoutais, je t'étranglerais sur place, mon maudit *bum !* s'écria Laurette en faisant un effort surhumain pour reprendre le contrôle d'elle-même. Combien t'as volé ?

— Ce qui est sur la table, mentit l'adolescent en s'éloignant prudemment de sa mère.

— Il manque rien ?

— Non. Rien, mentit encore Richard en taisant le fait qu'il manquait un dollar.

Sa mère scruta son visage pour s'assurer qu'il lui disait bien la vérité.

— Bon. Est-ce que je peux m'en aller à l'école à cette heure ? Je vais être en retard et le bonhomme Nantel va me mettre en retenue.

— MONSIEUR Nantel, petit baveux ! le corrigea hargneusement sa mère. Je te le répèterai pas une autre fois. Laisse faire l'école. Tu t'en viens avec moi au presbytère.

— Hein ? Pour faire quoi ? demanda Richard en blêmissant soudain.

— Tu penses tout de même pas que tu vas garder cet argent volé là ! s'écria Laurette, toujours aussi enragée. Non, monsieur ! Tu t'en viens avec moi le remettre à monsieur le curé et tu vas t'excuser, je t'en passe un papier !

— Je peux pas faire ça, m'man ! la supplia son fils. Il voudra plus jamais que je serve la messe. Il va penser que je suis un maudit voleur.

— C'est en plein ce que t'es, rétorqua sa mère. Et surtout, va pas t'imaginer que ça me fait plaisir d'aller me traîner au presbytère pour dire au curé Perreault que mon garçon a volé de l'argent de la quête. On est pauvres, mais on n'est pas des voleurs, tu sauras.

— Je veux pas y aller ! déclara tout net l'adolescent en se réfugiant prudemment dans l'entrée du couloir.

— Comme tu voudras, dit sèchement sa mère en allumant une cigarette d'une main tremblante. Quand ton père arrivera de l'ouvrage, on va faire venir la police. Tu vas aller à l'école de réforme jusqu'à vingt et un ans. C'est ça que tu veux ? Parfait ! C'est là que tu vas aller ! Là, les *bums* comme toi, ils savent quoi faire avec.

Elle laissa son fils disparaître dans sa chambre durant un long moment. Ce dernier était fou de rage et surtout humilié. Il s'assit sur son lit, incapable de prendre une décision. Sa mère n'avait pas le droit de venir fouiller dans ses affaires. Elle n'avait pas le droit non plus de le frapper comme elle venait de le faire et, par-dessus tout, de l'obliger à aller restituer l'argent au presbytère. Pourquoi pas le garder, cet argent-là ? Il manquerait pas à personne. Puis il caressa durant de longues minutes l'idée de fuir la maison, d'aller vivre ailleurs. Mais où aller ? Aucun de ses oncles n'accepterait de l'héberger. Pire, ils s'empresseraient d'alerter ses parents qui seraient plus fâchés encore contre lui.

Il n'y avait pas à dire, l'après-midi ne risquait pas de ressembler à ce qu'il avait planifié depuis le matin. Il avait projeté d'aller acheter après le dîner l'un des cœurs en chocolat aperçu la veille dans la vitrine de chez Charland, de le dissimuler sous son manteau jusqu'en classe où il l'aurait glissé subrepticement dans son sac d'école. À la fin des classes, il voulait se dépêcher d'aller se poster devant l'église pour remettre cette boîte de chocolats à Monique, accompagnée ou pas par sa voisine. Ce cadeau de la Saint-Valentin devait lui faire comprendre clairement qu'il ne l'oubliait pas et qu'il l'aimait toujours.

— Maudit que je suis pas chanceux ! se lamenta-t-il, les larmes aux yeux. Il y a jamais rien qui marche !

Finalement, ne voyant aucune issue possible à la situation dans laquelle son geste l'avait placé, l'adolescent se leva et, la mort dans l'âme, quitta sa chambre pour aller rejoindre sa mère qu'il retrouva, assise dans sa chaise berçante, en train de fumer paisiblement, du moins en apparence.

— Quand est-ce qu'on y va ? demanda-t-il d'une voix blanche.

— Tout de suite, répondit-elle en se levant après avoir éteint son mégot dans le cendrier.

Elle se dirigea vers le couloir où étaient suspendus les manteaux et entreprit d'endosser le sien.

— Prends l'argent sur la table, lui ordonna-t-elle avant de déposer son chapeau sur sa tête.

Durant le court trajet qui mena la mère et le fils au presbytère de la paroisse Saint-Vincent-de-Paul, coin Fullum et Sainte-Catherine, aucune parole ne fut échangée. Légèrement essoufflée d'avoir dû escalader la dizaine de marches qui conduisaient au palier, Laurette attendit un court moment pour retrouver son souffle avant de sonner et de pousser la porte. À la vue du guichet à la vitre givrée, la mère de famille esquissa une grimace en se rappelant sa dernière visite orageuse au presbytère l'année précédente, quand elle était venue chercher le baptistère de Jean-Louis. En attendant que la servante vienne répondre, Laurette fit une courte prière pour ne pas être reçue par le curé Damien Perreault. À son avis, l'aveu à l'un ou l'autre des vicaires serait mille fois moins pénible.

La porte du guichet s'ouvrit et la vieille bonne au chignon blanc ne prit même pas la peine de lui demander si elle voulait rencontrer un prêtre en particulier. Elle se contenta de déclencher l'ouverture automatique de la porte de la petite salle d'attente après avoir commandé à la visiteuse :

— Enlevez vos bottes et assoyez-vous dans la salle d'attente. On va vous répondre dans un instant, madame.

Laurette n'eut même pas le temps de la remercier. La porte du guichet claqua et elle suivit Richard dans la salle dont il venait de pousser la porte. Elle s'assit lourdement sur une chaise après avoir déboutonné son épais manteau de drap noir.

La mère de famille, nerveuse, se mit à triturer son sac à main, sans remarquer les traits altérés de son fils qui s'était assis deux chaises plus loin.

La porte s'ouvrit enfin sur un Damien Perreault dont le sourire sans chaleur s'effaça quand il reconnut la visiteuse.

— Si vous voulez me suivre, madame, dit-il d'une voix unie en lui tournant déjà le dos pour aller s'asseoir derrière le bureau de la petite pièce où les paroissiens étaient reçus.

Laurette avait juré intérieurement en apercevant le visage du curé de la paroisse. Pour un peu, elle aurait tourné les talons et serait revenue à la maison avec son fils pour ne pas avoir à affronter celui qu'elle avait surnommé « le maudit air bête ». Elle aurait pu exiger que Richard dépose l'argent dans l'un des troncs de l'église, mais la leçon n'aurait pas eu la même portée. Il fallait qu'il paie pour le geste qu'il avait posé. Il n'était pas question de reculer, qu'elle apprécie le curé Perreault ou non. D'ailleurs, il était trop tard maintenant. Après un bref moment de flottement, elle fit signe à son fils d'entrer dans le bureau où le prêtre les attendait déjà et elle le suivit.

— Vous pouvez fermer la porte derrière vous, madame, dit Damien Perreault d'une voix sans chaleur.

Laurette s'exécuta avant de s'asseoir et de faire signe à Richard de prendre place sur la chaise voisine. Rien dans le comportement du prêtre n'indiquait qu'il avait reconnu l'adolescent qu'il avait fait monter à bord de sa voiture quelques semaines auparavant.

— Qu'est-ce que je peux faire pour vous ? demanda le curé en fixant sa paroissienne sans ciller.

— Mon garçon a quelque chose à vous dire, fit la mère en se tournant vers son fils dont le visage était devenu écarlate.

— Bon, je t'écoute, fit le prêtre en se tournant lui aussi vers l'adolescent.

Ce dernier se leva et déposa sur le bureau, devant lui, une poignée de billets de banque froissés en affichant un air coupable.

— Qu'est-ce que c'est? demanda le prêtre, interloqué.

— J'ai pris cet argent-là dans l'assiette de la quête hier matin, balbutia un Richard Morin au visage d'une pâleur inquiétante.

Il aurait tout donné pour pouvoir disparaître sous le plancher.

Laurette se leva à son tour.

— Je vais attendre dans la salle à côté, annonça-t-elle simplement. Je pense, monsieur le curé, que vous avez des choses à lui dire.

Là-dessus, elle ouvrit la porte, sortit et referma sans bruit derrière elle. La mère de famille patienta une dizaine de minutes dans la salle d'attente. De temps à autre, elle entendait la voix tonnante de Damien Perreault en contrepoint aux murmures de son fils. Finalement, Richard sortit de la pièce, le visage décomposé, mais tentant, tant bien que mal, de faire bonne figure.

— Monsieur le curé veut vous parler, dit-il à sa mère. Je vous attends dehors.

Laurette entra dans le bureau. Le prêtre n'avait pas bougé. En la voyant, ce dernier se leva, l'air impénétrable.

— Madame Morin, je peux pas dire que ce que je viens d'apprendre me fait plaisir, loin de là.

— À moi non plus, monsieur le curé, ça m'a pas fait plaisir, lui fit remarquer Laurette, un ton plus bas.

— Mais je tiens tout de même à vous féliciter pour votre geste. Vous venez de servir à votre garçon une leçon dont il va se souvenir toute sa vie. Je me doute que cela a pas dû être facile pour vous de le traîner jusqu'ici pour le faire avouer. Je vous souhaite de ne plus jamais avoir à faire ce genre de démarche.

— Moi aussi, monsieur le curé.

— Vous venez de me prouver que vous êtes une excellente mère de famille.

— Merci, monsieur le curé, balbutia Laurette, émue.

Damien Perreault l'accompagna jusqu'à la porte du bureau et la regarda partir, la tête basse, boutonnant son manteau noir. Laurette retrouva Richard dehors, debout au pied de l'escalier. L'adolescent, les mains enfouies au fond de ses poches, avait déjà retrouvé son petit air frondeur. Il faisait froid. Laurette porta une main à son front. Cette visite au presbytère lui avait causé une pénible migraine. Après avoir refermé le portillon en fer forgé qui donnait accès à l'allée du presbytère, la mère de famille s'arrêta brusquement.

— À cette heure, écoute-moi ben, toi, ordonna-t-elle à son fils en le retenant par une manche de son manteau. Pendant que t'étais dans le bureau avec monsieur le curé, j'ai décidé qu'on parlerait pas de cette affaire-là à ton père. Il a la grippe et il est pas d'humeur à endurer d'autres troubles. En plus, je veux pas que tu dises un mot de toute ça à personne dans la famille, tu m'entends?

— Ben oui, m'man, répondit Richard d'une voix excédée.

— Jusqu'à la fin du mois, tu vas aller te coucher tous les soirs à huit heures, pas une minute plus tard.

— Aïe! voulut protester l'adolescent.

— T'as pas le choix, Richard Morin. C'est ça ou ton père va s'occuper de toi à soir, en rentrant.

— C'est correct, accepta-t-il à contrecœur.

— Va-t-en à l'école à cette heure.

— Il va me falloir un billet de retard.

— Pas de billet de retard, déclara sa mère d'une voix tranchante.

— Mais ils vont me donner trois soirs de retenue et...

— Tant mieux! le coupa sa mère. Décolle. Je t'ai assez vu.

Laurette le planta là et tourna les talons. Pendant que l'adolescent se dirigeait vers l'école Champlain en traînant les pieds, elle descendit la rue Fullum en direction de la rue Emmett. En cette journée humide de février, les odeurs répandues par la Dominion Oilcloth étaient à la limite du supportable. Elle rentra à la maison, la tête toujours aussi taraudée par une pénible migraine.

— Il manquerait plus que j'aie poigné la grippe de Gérard, dit-elle à haute voix en retirant son manteau... Le petit maudit! Lui, il pourra se vanter de m'en avoir fait voir de toutes les couleurs, ajouta-t-elle en songeant à son fils qu'elle venait de renvoyer à l'école.

***

Ce soir-là, sur le coup de six heures, le presbytère sembla reprendre vie quand la servante annonça que le souper était servi. Le curé Perreault quitta son bureau et pénétra dans la salle à manger un moment à peine après l'abbé Dufour.

— Bonsoir, monsieur le curé, le salua le jeune prêtre à son entrée dans la pièce. J'espère que ça s'est bien passé à l'archevêché cet après-midi.

— Ça se serait mieux passé si le président de la fabrique ne perdait pas son temps à aller se lamenter là-bas.

— Encore!

— Oui, encore, reconnut son supérieur. Et vous? Vous êtes rentré tard du couvent des filles, à ce que j'ai cru remarquer.

— Oui, monsieur le curé. La supérieure voulait me parler d'une élève plutôt difficile.

Damien Perreault jeta un coup d'œil à l'horloge murale. Six heures cinq.

— Vous avez vu votre confrère ?

— Oui. Il est dans sa chambre. Je l'ai entendu bouger avant de descendre.

Au moment où le jeune vicaire allait ajouter quelque chose, des pas précipités se firent entendre dans l'escalier et l'abbé Laverdière entra en coup de vent dans la pièce.

— Eh bien, l'abbé ! Toujours aussi ponctuel à ce que je vois ! lui fit remarquer le curé Perreault d'une voix acide.

Le vicaire lança un coup d'œil à l'horloge.

— Je m'améliore, monsieur le curé, répliqua l'abbé Laverdière sur un ton léger. J'ai juste cinq minutes de retard.

— À votre place, je passerais moins de temps à placer les quatre ou cinq cheveux qui vous restent, rétorqua méchamment son supérieur. Ça nous éviterait de vous attendre à chacun des repas.

L'abbé Dufour toussota pour dissimuler un petit sourire. Le curé de la paroisse venait de toucher au vif René Laverdière dont la calvitie de plus en plus évidente était le point sensible.

Ce dernier, mis de mauvaise humeur par la remarque de son curé, passa derrière la table, le visage subitement fermé. On récita le bénédicité dans un climat assez tendu et on se signa avant de s'asseoir. Chacun se servit un bol de soupe et seul le tic-tac de l'horloge accompagnait le bruit des cuillères heurtant les bols. Quelques instants plus tard, la servante entra dans la pièce et déposa devant chacun une assiette sur laquelle reposait une épaisse tranche de jambon accompagnée de purée de pommes de terre.

— Dites donc, monsieur Laverdière. Si je me trompe pas, c'est vous qui avez chanté un service hier matin? demanda le curé Perreault d'une voix doucereuse.

— Oui, monsieur le curé, répondit le vicaire soudain sur ses gardes.

— Dormiez-vous pendant la cérémonie? lui demanda sèchement son supérieur.

— Pourquoi me demandez-vous ça, monsieur le curé?

— Parce que votre servant de messe est venu au presbytère cet après-midi pour avouer qu'il a volé une bonne partie de la quête sous votre nez. À ce que je vois, vous vous êtes rendu compte de rien.

— Voyons donc! protesta le vicaire, incrédule. C'était le petit Morin et...

— Sa mère est passée cet après-midi avec lui, le coupa Damien Perreault. Elle l'a forcé à remettre l'argent.

— J'en reviens pas! s'exclama l'abbé.

— C'est vous qui lui avez montré à servir la messe, non?

— Oui. L'automne passé.

— On peut pas dire que vous avez eu la main bien heureuse, lui fit remarquer le curé avec une certaine joie mauvaise.

— Comment vouliez-vous que je devine qu'il nous volerait? répliqua René Laverdière sur un ton sec. C'était pas écrit dans son visage qu'il était malhonnête.

Soudain, le vicaire en avait plus qu'assez des piques de son supérieur.

— En tout cas, l'abbé, vous verrez dorénavant à ce que la quête soit passée par le bedeau quand il y aura un service ou une messe de mariage. Notre nouveau cardinal exige de recevoir plus de chaque paroisse du diocèse pour financer ses œuvres de charité. On n'a pas les moyens de perdre un seul dollar. Naturellement, vous enlèverez le nom du jeune Morin de votre liste de servants de messe.

— Ça va être fait, se contenta d'affirmer le vicaire.

Après le repas, Damien Perreault s'esquiva immédiatement dans son bureau tandis que les deux vicaires de la paroisse buvaient sans se presser une seconde tasse de thé.

— Veux-tu bien me dire ce qu'il a pas digéré à midi pour être bête comme ses pieds comme ça? demanda René Laverdière à l'abbé Dufour.

— Si j'ai bien compris ce qu'il m'a dit avant le souper, répondit son jeune confrère, il a pas l'air d'avoir avalé les remontrances de l'archevêché. Il paraît que le président de la fabrique se serait encore plaint.

— Ben bon pour lui, conclut René Laverdière en se levant. Il est temps qu'il se fasse taper sur les doigts de temps en temps. Ça va peut-être finir par le rendre plus facile à vivre.

Au même moment, Gérard Morin rentrait du travail, fiévreux et toussant à fendre l'âme. Cependant, contrairement à la veille, il soupa. Un peu avant huit heures, le père de famille s'étonna de voir son fils venir si tôt souhaiter bonne nuit à ses parents après avoir rangé ses cahiers. Lorsqu'il le vit se diriger vers sa chambre, il demanda à sa femme:

— Pourquoi il se couche de bonne heure comme ça? Est-ce qu'il est malade, lui aussi?

— Laisse faire. Il a encore fait sa tête croche. Je l'ai puni. Il va se coucher tous les soirs à huit heures jusqu'à la fin du mois.

— Qu'est-ce qu'il a fait de travers encore?

— C'est pas grave. C'est réglé, éluda Laurette. Je pense que toi aussi, tu ferais mieux d'aller te coucher, t'arrêtes pas de frissonner.

— Je pense que t'as raison, reconnut Gérard, je suis aussi ben d'aller me coucher.

De l'autre côté du couloir, Richard venait de se mettre au lit. Il voyait Jean-Louis de dos dans la pièce voisine.

— T'es encore en train de compter ton argent, le gratteux? demanda-t-il à son aîné, qui venait d'esquisser un geste comme pour cacher ce qu'il manipulait.

— Mêle-toi de tes affaires, morveux, et dors, répondit le jeune homme.

— Ta lumière m'empêche de dormir, se plaignit son jeune frère.

— Ferme tes yeux et ferme aussi ta gueule, lui ordonna Jean-Louis sur un ton sans réplique.

L'adolescent choisit de ne pas poursuivre la dispute. Il venait d'entendre les pas de son père dans le couloir et la journée avait été assez chargée comme ça.

Il s'en voulait depuis le moment où il avait bêtement avoué à sa mère avoir volé l'argent. Il aurait pu dire qu'il avait trouvé un porte-monnaie sans nom et sans adresse et le pire qui lui serait arrivé aurait été de remettre tout l'argent à sa mère. Bien non! Comme un imbécile, il était allé dire qu'il l'avait volé. Il avait non seulement perdu son argent, mais il avait été obligé d'aller tout raconter au curé qui l'avait engueulé et traité de voyou. Pour lui, c'était fini le travail de servant de messe et le plaisir d'arriver en retard à l'école sans se faire disputer.

— Maudit que j'ai été niaiseux! se reprocha-t-il à voix basse.

Par stupidité, il avait perdu tout son argent et tous ses plans étaient tombés à l'eau. S'il avait été assez intelligent pour aller cacher son argent dans la cave en allant chercher du charbon, personne ne l'aurait jamais trouvé et il aurait pu acheter le cadeau destiné à Monique et se payer des cigarettes pendant au moins trois mois… Là, il était bien avancé : il ne lui restait presque plus rien.

Lorsque Gilles vint se mettre au lit une heure plus tard, il fit semblant de dormir.

— Pourquoi m'man t'a puni pour un mois ? lui demanda son frère, certain qu'il feignait le sommeil.

— …

— Aïe, Richard Morin ! Fais pas semblant de dormir. Je le sais que tu dors pas, ajouta Gilles en se glissant sous les couvertures.

— C'est pas de tes maudites affaires, murmura le puni. Si tu veux absolument le savoir, va le demander à m'man.

⁓

Deux jours plus tard, durant la nuit, le mercure chuta si bas que Laurette découvrit à son lever que l'épaisse couche de glace avait refait son apparition sur les plinthes au bas des murs de la cuisine. Les vitres des fenêtres étaient opaques. On grelottait dans l'appartement, même si elle s'était levée en deux occasions durant la nuit pour ajouter du charbon dans la fournaise.

— Bonyeu ! On est presque au mois de mars et on gèle autant qu'au mois de janvier, se dit-elle à mi-voix. Pour être ben, il faudrait chauffer le poêle de la cuisine toute la nuit, mais ça aurait pas de bon sens, ça nous coûterait ben trop cher de chauffage.

Par conséquent, elle attendit la dernière minute pour réveiller les siens et donner ainsi le temps au poêle de réchauffer la pièce. Avant de quitter la maison, ce matin-là, chacun s'emmitoufla soigneusement. Richard avait purgé sa dernière retenue la veille et il se proposait d'aller attendre Monique à la fin des classes pour lui parler, qu'elle ait un chaperon à ses côtés ou pas. Il avait longuement songé à lui remettre un petit billet doux depuis la Saint-Valentin, mais les mots pour exprimer ce qu'il voulait lui dire ne lui venaient pas. Il avait finalement jugé préférable d'aller l'attendre devant l'église, près de l'école Sainte-Catherine, comme il l'avait fait chaque jour avant les vacances des fêtes.

Cet après-midi-là, il n'attendit pas ses copains et se dépêcha de remonter la rue Fullum jusqu'au coin de Sainte-Catherine où il prit sa faction devant l'église, malgré le froid mordant qui lui pinçait les oreilles. Une centaine de pieds plus loin, un grand, vêtu d'un manteau bleu, était appuyé contre la clôture du couvent et semblait attendre une fille, en fumant une cigarette.

Après avoir brièvement hésité, Richard décida de conserver sa tuque et ses moufles pour attendre celle qu'il aimait. Le vent qui venait de se lever rendait le froid encore plus insupportable. La tête enfoncée entre les épaules, l'adolescent frappait ses pieds l'un contre l'autre pour les réchauffer. Déjà, les écolières avaient commencé à envahir le trottoir et leurs cris excités s'entendaient de loin. Le visage de la plupart d'entre elles était dissimulé derrière une écharpe épaisse qui ne laissait voir que leurs yeux.

Soudain, Richard vit le grand abandonner son poste d'observation et s'avancer vers deux filles. La plus grande des deux laissa sa compagne et traversa la rue avant l'intersection sans plus s'occuper d'elle. L'autre accéléra le pas et s'empara de la main du garçon qui se pencha sur elle pour déposer sur ses lèvres un rapide baiser. Le couple se remit en marche et traversa à son tour la rue Sainte-Catherine, une trentaine de pieds avant l'église.

À cet instant précis, Richard Morin reconnut sa Monique. C'était elle que le garçon attendait et qu'il venait d'embrasser. Son cœur se serra douloureusement dans sa poitrine et il se sentit soudain profondément malheureux. La fille qu'il aimait le trompait avec un autre, un garçon de huitième, peut-être même de neuvième année. Si ce dernier avait été moins grand, il se serait précipité sur lui pour lui casser la figure et il aurait demandé des comptes à celle dont il rêvait depuis des mois.

Comment était-il possible qu'elle permette à ce gars-là de la raccompagner chez elle? À l'entendre, ses parents l'avaient menacée de l'envoyer au couvent si elle ne se laissait pas accompagner par la voisine... Elle lui avait menti. Elle avait ri de lui. Il avait du mal à croire à une telle trahison de la part de celle qu'il aimait.

— Elle a dû avoir ben du *fun* de me voir geler à l'attendre devant l'église quand elle passait devant moi avec la grande niaiseuse, se dit-il, fou de rage. Je devais avoir l'air d'un beau nono!

Malgré tout, il avait de la peine à croire ce qu'il venait de voir quand l'infidèle passa devant lui, de l'autre côté de la rue. Elle dut le voir, seul, planté devant l'église, mais elle ne lui adressa même pas un regard.

Malheureux comme les pierres, Richard enfonça profondément les mains dans les poches de son manteau et prit le chemin de la maison, en ruminant toutes sortes de vengeances plus cruelles les unes que les autres. Elle allait lui payer ça.

Ce soir-là, sa mère se demanda s'il ne couvait pas quelque chose quand elle se rendit compte qu'il ne mangeait pratiquement rien au souper. Après ses devoirs, l'adolescent prit la direction de sa chambre et alla se coucher sans attendre qu'il soit huit heures.

Ses scénarios de vengeance le tinrent éveillé bien après que tous les membres de la famille se furent endormis. Il songea à aller dénoncer l'infidèle à la mère de cette dernière. Il l'imagina avec plaisir recevant une raclée bien méritée. Puis, il eut l'idée d'envoyer une lettre anonyme à la directrice de l'école Sainte-Catherine et il s'amusa à la pensée des conséquences prévisibles de son geste. Le père de Monique irait sûrement brasser l'amoureux, peut-être même le frapper avant de placer sa fille en pension au couvent. Il la voyait presque venant le supplier de la protéger encore, mais cette fois de ses parents et de son nouvel amoureux qu'elle n'aimait plus parce qu'il n'avait rien fait pour la défendre. Il finit par s'endormir au moment où il la repoussait avec mépris.

Les jours suivants, ses scénarios de vengeance se firent de plus en plus flous. La douleur devint moins vive. Pour tout dire, avec le temps, toute cette aventure ne laissa en lui qu'un vague regret et le souvenir de l'humiliation d'avoir été trahi.

Chapitre 19

Des sacrifices

Le mercredi suivant, Richard rentra à la maison pour dîner, tout excité. Il venait à peine de mettre les pieds dans la maison qu'il se chamaillait déjà avec son frère Gilles.

— Toi, tu te calmes ! lui ordonna sa mère en déposant un bol de soupe devant Carole, déjà attablée. C'est la neige qui tombe qui t'énerve comme ça ?

— Non, m'man. Mais cet après-midi, on va finir l'école plus de bonne heure.

— Qu'est-ce qui se passe encore ? demanda Laurette. Pas encore une visite de l'inspecteur ?

— Ben non, m'man. Vous vous souvenez pas ? intervint Gilles. C'est mercredi des Cendres. On va à l'église à deux heures.

— Et après, on va pas retourner à l'école, précisa Richard, enthousiaste.

Laurette jeta un coup d'œil à l'extérieur par la fenêtre de la cuisine. Une petite neige folle tombait depuis le milieu de la matinée et le ciel était uniformément gris, l'obligeant à garder le plafonnier de la cuisine allumé.

— Vous savez ce que ça veut dire le mercredi des Cendres ? demanda-t-elle en s'assoyant.

Aucun de ses trois enfants ne répondit.

— Ça veut dire que le carême commence aujourd'hui, précisa-t-elle. Vous devez tous prendre au moins une résolution que vous allez tenir jusqu'à Pâques.

— Moi, j'ai déjà promis que j'irais à la messe tous les matins durant le carême, s'empressa de dire Carole en s'emparant d'une tranche de pain pour la beurrer.

— Et toi, Gilles? demanda sa mère.

L'adolescent fronça les sourcils, apparemment à la recherche d'une résolution qu'il serait capable de tenir.

— Ben, je pourrais peut-être acheter un petit Chinois toutes les semaines.

— Comment ça, «acheter un Chinois»? demanda Laurette.

— Ben oui, m'man. À l'école, ils ont commencé à vendre des Chinois. Ils coûtent vingt-cinq cennes chacun et ils nous donnent une image quand on en achète un.

— Bout de viarge! s'emporta la mère. Ils arrêtent jamais de quêter, eux autres! Il me semble que ça fait pas longtemps qu'ils vous demandaient de l'argent pour faire péter un thermomètre, non?

— C'était avant Noël, m'man, l'informa Carole.

— Ouais. Puis, après ça, ils vous ont demandé d'apporter des cannages à l'école pour les pauvres. Bonyeu! Ils sont pas capables de voir que c'est nous autres, les pauvres.

— Ma résolution est bonne, non? demanda Gilles.

— Pantoute. Garde ton argent pour payer des choses utiles. Laisse faire les Chinois, lui ordonna sa mère.

— D'abord, je pourrais promettre d'aller faire toutes vos commissions sans jamais chialer.

— Aïe! c'était pour être ma résolution! protesta Richard.

— Il est trop tard, décréta sa mère.

— Si c'est comme ça, je promets de sortir les poubelles toutes les semaines, suggéra l'adolescent.

— Tu le fais pareil, lui fit remarquer sa mère. C'est pas une résolution.

— Si j'arrêtais de le faire, est-ce que ça serait correct ?

— Richard ! le menaça sa mère.

— OK. Tiens ! je mangerai pas de dessert du carême.

— Ça, ça a du bon sens, consentit sa mère avec un léger sourire.

— Et vous, m'man, c'est quoi votre résolution ? demanda son plus jeune fils.

— Ben, vous endurer.

— C'est comme pour moi avec les poubelles, vous le faites déjà, triompha Richard. Vous pourriez peut-être vous priver de dessert comme moi, suggéra-t-il.

— Non. Je vais faire quelque chose de plus dur encore, dit la mère sur un ton décidé. Je fumerai pas durant tout le carême.

— Ayoye ! ça, ça va être dur, dit l'adolescent sur un ton admiratif.

— Qu'est-ce que t'en sais, toi ? répliqua sa mère qui regrettait déjà de s'être laissée entraîner à promettre une telle chose. T'as jamais fumé.

Un coup de pied de Gilles prévint l'adolescent de changer de sujet de conversation.

— J'ai ben hâte de voir ce que Jean-Louis va promettre, lui, dit Carole en se levant pour aller porter son bol de soupe vide dans l'évier.

— Il va peut-être promettre de plus dépenser en fou pour rien, se moqua Richard.

Sa mère lui jeta un regard mauvais qui l'incita à ne pas poursuivre. Avant de retourner à l'école, les deux frères se retrouvèrent un moment dans leur chambre.

— Tu vas trouver ça long jusqu'à Pâques de pas manger de dessert, fit remarquer Gilles à son jeune frère.

— Es-tu malade, toi ? Je peux me passer facilement de manger des maudits biscuits Village qui goûtent rien. En tout cas, je pense que m'man va avoir pas mal plus de misère de pas fumer. Tu te rappelles pas d'il y a deux ans ? Elle a pas tenu trois jours. Une chance ! Elle était pas endurable. Elle était toujours sur notre dos.

— On verra ben, répondit Gilles, philosophe. En tout cas, toi aussi, tu vas trouver ça dur qu'elle fume plus.

— Pourquoi ?

— Aïe ! T'es pas brillant, toi ! se moqua son frère. Si elle fume plus, elle se fera plus de cigarettes et toi, où est-ce que tu vas en trouver ? Tu pourras plus lui en voler.

— Ah ben, maudit ! J'y avais pas pensé pantoute ! admit son frère, l'air songeur. Il va rester juste toi pour m'en fournir.

Gilles eut une grimace à la pensée des conséquences possibles qu'allait entraîner la promesse de sa mère.

À la fin de l'après-midi, les garçons achevaient de déneiger le balcon quand leur père revint de son travail. Denise et Jean-Louis le suivirent de peu. Tous les Morin se retrouvèrent dans la cuisine et Laurette se mit à servir à chacun une assiettée de pommes de terre accompagnée de ce qu'elle appelait de la sauce aux œufs.

— On n'a pas de viande à soir ? demanda Gérard, étonné.

— Au cas où tu l'aurais oublié, rétorqua sa femme, c'est mercredi des Cendres aujourd'hui. C'est une journée maigre, comme un vendredi.

— Sacrifice ! s'exclama Jean-Louis. Je viens de comprendre pourquoi j'avais juste des sandwichs au beurre de *peanut* dans mon lunch.

— Au cas où vous l'auriez oublié, dit la mère de famille, je vous rappelle que le carême est commencé. Carole, Gilles, Richard et moi, on a déjà pris nos résolutions. Je voudrais ben savoir ce que vous avez décidé de faire, vous autres, pendant le carême, ajouta-t-elle en regardant tour à tour son mari et ses deux aînés.

Il y eut dans la cuisine un moment de flottement.

— Moi… commença à dire Gérard.

— Je vais la prendre pour toi, ta résolution, le coupa sa femme. Tu vas promettre de te forcer à manger comme du monde à tous les repas. Ça a pas d'allure, tu manges presque rien depuis que t'as eu la grippe.

Gérard ne protesta pas et prit encore deux ou trois bouchées dans l'assiette qu'il venait de repousser pour indiquer qu'il n'avait plus faim.

— Moi, m'man, je boirai pas de liqueur du carême, annonça Denise sur un ton décidé.

— Et toi, Jean-Louis?

— Est-ce qu'on est obligé de prendre une résolution?

— On en prend toujours une pour le carême, lui fit remarquer sa mère sans le brusquer.

— Promets que tu vas me donner vingt-cinq cennes par jour pour t'endurer, lui suggéra Richard pour se moquer de l'avarice de son frère.

Jean-Louis fit comme s'il ne l'avait pas entendu. Après un court moment de réflexion, le jeune homme déclara:

— Je vais aller à la messe une fois par semaine en dehors du dimanche.

— Toute une promesse! se moqua Richard. Il y a personne qui va être capable de contrôler ça.

— Richard Morin, mêle-toi de tes maudites affaires! lui ordonna sèchement sa mère.

Satisfaite d'avoir bien rempli son rôle de mère chrétienne en ce mercredi des Cendres, Laurette se leva et entreprit, avec l'aide de Denise et de Carole, d'enlever les assiettes et d'apporter le dessert. Richard se retira alors de table sans manifester la moindre réticence.

Après avoir lavé la vaisselle, la mère de famille demanda si quelqu'un avait l'intention de l'accompagner à l'église pour la cérémonie d'imposition des Cendres.

— Moi, je file pas assez ben pour sortir, déclara Gérard dont le visage disait assez l'épuisement.

— J'y serais ben allé, m'man, intervint Jean-Louis en feignant le regret, mais Jacques Cormier est supposé venir me chercher. On doit aller voir un gars qui travaille avec nous autres. Il est malade. Il reste sur la rue Ontario, proche de Parthenais.

— C'est vrai que c'est pas une obligation d'aller à cette cérémonie-là, dit immédiatement Laurette. En plus, on dirait qu'il neige à plein ciel. Je pense que j'irai pas.

Jean-Louis disparut dans sa chambre.

— Si vous voulez, m'man, je peux y aller avec vous, proposa Denise.

— Laisse faire, lui répondit sa mère à mi-voix. Ça fait assez longtemps que j'attends pour voir ce Jacques Cormier-là. Je suis pas pour sortir quand on va lui voir enfin la face.

Un coup de sonnette impératif fit sursauter la mère de famille. Avant même qu'elle ait pu dire à l'un des siens d'aller ouvrir, la porte de la chambre de Jean-Louis s'ouvrit et le jeune homme alla répondre à la porte. Laurette attendit un moment que son fils vienne lui présenter le visiteur. Elle n'entendait que des chuchotements dans l'entrée.

— Jean-Louis, viens donc nous présenter ton ami! cria-t-elle du fond de la cuisine.

Il y eut d'autres chuchotements dans le couloir et son fils finit par apparaître dans la pièce, suivi par un jeune homme âgé d'une trentaine d'années à la mise irréprochable. De taille moyenne, Jacques Cormier avait un visage ouvert aux traits fins éclairé par des yeux bruns assez expressifs. Il arborait une mince moustache blonde. Il était habillé avec une certaine recherche.

— M'man, p'pa, je vous présente Jacques Cormier.

— Bonjour, dit le visiteur en s'empressant de tendre une main soignée au père et à la mère de son ami. Jean-Louis m'a beaucoup parlé de vous.

— Assoyez-vous, lui offrit Gérard qui avait hésité entre le tutoiement et le vouvoiement.

L'invité, à l'aise malgré tous ces regards qui le fixaient, s'assit.

— Je finis de me préparer et on y va, dit Jean-Louis en plantant là son ami pour retourner dans sa chambre.

Il y eut un bref silence dans la cuisine avant que Gérard Morin reprenne la parole.

— Comme ça, vous travaillez avec mon garçon? demanda Gérard, curieux de mieux connaître celui qui avait aidé Jean-Louis à obtenir un poste à la comptabilité chez Dupuis frères.

— Oui, monsieur.

— Est-ce que ça fait longtemps que vous travaillez là? demanda Laurette à son tour, adoptant, comme son mari, le vouvoiement.

— Onze ans, madame Morin. Chez Dupuis, c'est une bonne place.

— Vous êtes pas marié? demanda-t-elle, curieuse.

— Non. Il faut croire que j'ai pas encore trouvé la fille qu'il me faut.

— Ah! vous restez chez vos parents, poursuivit Laurette.

— Non, madame. Mes parents restent en Gaspésie. J'ai un appartement.

— Vous devez trouver ça dur de vous faire à manger tout seul et de faire votre ménage?

— Je me débrouille, madame Morin. C'est sûr que mon appartement est pas aussi bien tenu que si j'avais une femme, mais je pense que c'est pas trop malpropre.

Sur ce, Jean-Louis revint dans la pièce en endossant son paletot.

— Je pense qu'on est mieux d'y aller, fit-il remarquer à son ami qui s'était levé. Si on arrive trop tard chez Chicoine, on va le déranger.

Tous les deux quittèrent l'appartement après avoir salué les parents.

— Il est pas laid, ce gars-là, fit remarquer Denise. S'il était pas si vieux, il pourrait m'intéresser.

— En plus, il est ben habillé et il parle ben, ajouta son père.

— Moi, j'aime pas son genre, décréta Laurette. Comme disait mon père, il est trop poli pour être honnête. En tout cas, on sait à cette heure de quoi il a l'air le fameux Jacques Cormier.

En se mettant au lit ce soir-là, Laurette ne put s'empêcher de dire à son mari :

— Il y a personne qui va me faire croire que c'est normal qu'un homme dans la trentaine soit pas marié. Je trouve ça bizarre que cet homme-là aime mieux se tenir avec un jeune de dix-huit ans plutôt que de se chercher une femme.

— Arrête donc de t'en faire pour rien, lui ordonna Gérard en retirant son pantalon. Moi, je trouve que c'est un gars pas mal intelligent. La meilleure preuve c'est qu'il a pas l'air pressé pantoute de se mettre la corde au cou.

Cette réplique lui attira un coup de coude de sa femme quand il s'étendit dans le lit à ses côtés.

Le lendemain matin, Laurette était debout à cinq heures quinze. L'appartement était plongé dans le noir et il y faisait froid et humide. Elle réprima difficilement un frisson.

— Bonyeu! jura-t-elle en serrant contre elle les pans de sa vieille robe de chambre, la fournaise doit s'être éteinte.

Elle avait raison. La fournaise, faute de charbon, avait fini par s'éteindre durant la nuit. Depuis qu'il avait souffert de la grippe, Gérard dormait mal, secoué plusieurs fois par nuit par des quintes interminables de toux. Épuisé, il avait oublié de se lever au milieu de la nuit pour alimenter la fournaise, comme il le faisait toujours durant la saison froide.

Laurette s'empara du journal de la veille, en bouchonna quelques feuilles qu'elle jeta dans la fournaise avant d'y déposer des éclats de bois et d'y jeter une allumette enflammée. Quand le feu se mit à ronfler, elle ajouta quelques morceaux de charbon. Elle reviendrait dans quelques minutes jeter un peu plus de charbon sur les tisons rougis. Elle se dirigea ensuite vers la cuisine pour allumer le poêle à huile.

La mère de famille avait mal dormi, réveillée à plusieurs reprises par la toux de son mari. La dernière quinte de toux s'était produite à quatre heures et elle avait été incapable de se rendormir. C'était pourquoi elle s'était levée si tôt.

En attendant l'eau chaude pour se faire une tasse de café, elle s'empara, par automatisme, de son étui à cigarettes laissé, comme chaque soir, sur le réfrigérateur. La première cigarette de la journée en buvant une tasse de café était, et de loin, la meilleure de la journée. Elle ouvrit l'étui, prit une cigarette et la mit entre ses lèvres. Au moment où elle actionnait la molette de son briquet, Gérard apparut dans la cuisine.

— T'avais pas promis de pas fumer du carême? lui demanda-t-il en se grattant le cuir chevelu.

— C'est pourtant vrai, reconnut sa femme en enlevant précipitamment d'entre ses lèvres la cigarette qu'elle s'apprêtait à fumer.

— Pour moi, tu vas trouver ça ben trop dur, lui fit remarquer Gérard, narquois.

— Tu sauras, Gérard Morin, que j'ai en masse de volonté et qu'une promesse, je suis capable de la tenir.

— On verra ben, conclut son mari, sceptique. S'il reste de l'eau chaude après avoir fait ton café, je vais m'en servir pour me raser.

Dès que l'eau fut chaude, Gérard disparut dans les toilettes et Laurette demeura seule dans la cuisine, ne sachant pas trop quoi faire de ses dix doigts. Habituellement, c'était le temps de la journée où elle sirotait son café en fumant une ou deux cigarettes. Elle profitait alors au maximum du calme de la maison. Elle se secoua. Elle se mit à dresser le couvert du déjeuner et à préparer le repas du midi de Gérard et des deux aînés. À six heures, elle avait fini. Gérard, déjà habillé, fumait sa première cigarette avant de s'attabler pour déjeuner.

— Bâtard, Gérard, fais pas exprès de me fumer au nez! explosa-t-elle.

— Aïe! Tu penses tout de même pas que je vais aller fumer dehors parce que t'as promis de pas fumer du carême, protesta son mari. Si t'es pas capable de la tenir, cette résolution-là, prends-en une autre.

Il s'éloigna tout de même de la table pour savourer sa première cigarette avant de venir s'attabler en face de sa femme. Après le départ du père de famille pour aller travailler, Jean-Louis et Denise se levèrent. À leur entrée dans la cuisine, leur mère se contenta de leur dire:

— Votre lunch est sur le comptoir. Quand les autres se lèveront, demandez-leur de pas faire trop de bruit. J'ai mal dormi parce que votre père a pas arrêté de tousser de la nuit. Je vais essayer de dormir un peu.

Sur ces mots, elle se dirigea vers sa chambre dont elle ferma la porte derrière elle. Elle ne s'endormait pas. Elle était fébrile et nerveuse. Elle était déjà manifestement en manque de nicotine, même si sa dernière cigarette datait de moins de douze heures. Elle s'étendit sur son lit, en proie à des idées noires et finit par sombrer dans le sommeil.

Lorsqu'elle s'éveilla, la maison était plongée dans un calme inhabituel. Il était près de neuf heures et les plus jeunes étaient partis pour l'école.

Même si le manque de tabac l'énervait, la mère de famille se mit à ranger sa maison. Elle repassa ensuite des vêtements jusqu'à l'heure du dîner. À leur retour à la maison, les enfants durent sentir leur mère à bout de nerfs parce qu'ils furent singulièrement sages durant le repas, ce midi-là.

— Je pense qu'on est mieux de pas trop traîner dans la maison, chuchota Richard à son frère pendant que sa mère était aux toilettes. Je le savais qu'elle serait comme ça en arrêtant de fumer. Elle était pareille il y a deux ans.

— Je pense que t'as raison, reconnut Gilles en s'emparant de son manteau.

Les deux frères s'habillèrent rapidement et souhaitèrent un bon après-midi à leur mère, toujours dans les toilettes. Les adolescents filèrent sans demander leur reste. Carole s'empressa de les imiter après avoir aidé à laver la vaisselle.

Une fois les enfants partis, Laurette alla passer le début de l'après-midi avec Emma Gravel. Elle revint chez elle peu avant le retour des écoliers pour préparer ce qu'elle appelait son pâté au saumon, un plat qu'elle servait traditionnellement les jours maigres, soit le vendredi. En fait, il s'agissait d'une appellation plutôt prétentieuse pour un plein chaudron de pommes de terre en purée auxquelles elle mêlait quelques grammes de saumon en boîte.

— Simonac! s'exclama Gérard en apercevant l'assiette que sa femme venait de déposer devant lui. On est rendus qu'on mange du pâté au saumon, même le jeudi, à cette heure ?

Sa femme demeura interloquée pendant un bref instant.

— Ben, c'est pourtant vrai ! reconnut-elle. Je sais pas pourquoi, mais toute la sainte journée, j'ai pensé qu'on était vendredi.

— Il est bon pareil, la rassura Gilles qui venait de goûter au contenu de son assiette.

— C'est vrai, renchérit Richard, mais je trouve ça ben de valeur pour le pauvre poisson.

— Pourquoi tu dis ça, toi ? l'apostropha son père.

— Ben, p'pa, il doit se trouver pas mal perdu dans tout ce tas-là de patates.

L'adolescent ne fut pas assez rapide pour esquiver la taloche que lui envoya sa mère qui passait justement derrière lui pour servir l'assiette de Carole.

— Mange, niaiseux ! Laisse faire tes commentaires.

En cette fin d'hiver 1953, Laurette Morin tint sa promesse de cesser de fumer durant le carême… du moins officiellement. En fait, elle ne dépassa pas deux journées de privation, ce qui la mortifia grandement parce qu'elle avait toujours cru posséder une volonté de fer.

Cet abandon aussi rapide de sa résolution l'humilia passablement, même si elle trouva toutes sortes d'excuses pour motiver sa capitulation. Par conséquent, l'image déjà assez peu reluisante qu'elle avait d'elle-même en prit un sérieux coup et son caractère ne s'en trouva pas amélioré, loin de là. Cependant, les siens excusèrent ses nombreuses sautes d'humeur durant cette période en les mettant sur le compte de sa privation de tabac.

La mère de famille avait jugé sa première journée sans tabac quasi insupportable. Elle avait tourné en rond dans la maison, incapable de se concentrer sur la moindre tâche. Ce soir-là, le manque de nicotine la tint même éveillée beaucoup plus que la toux grasse de son mari et c'est de fort mauvaise humeur qu'elle se leva le lendemain matin. Uniquement à sa façon de « brasser ses chaudrons », comme disait Gérard, les siens surent tout de suite qu'il ne fallait surtout pas lui marcher sur les pieds ce matin-là. Cette seconde journée de carême passa, elle aussi, cahin-caha.

À l'heure du souper, Gérard, excédé par la nervosité et les éclats de voix de sa femme à propos de tout et de rien, n'y tint plus.

— Christ! ça va faire! explosa-t-il. Si t'es pas capable de vivre sans fumer, fume! On n'est pas pour t'endurer comme ça pendant tout le carême.

Devant cet éclat de son mari habituellement si calme, Laurette fit un effort surhumain pour se contrôler. La soirée se passa sans trop de heurts, même si la tension était parfois palpable. Vers onze heures, Laurette fut la dernière à se mettre au lit, en même temps que Denise qui avait passé la soirée dans la cuisine à feuilleter de vieux romans-photos prêtés par Colette Gravel. Gérard était couché depuis près d'une heure et ronflait déjà quand elle pénétra dans sa chambre à coucher. Elle se prépara pour la nuit dans le noir, fit une rapide prière et se glissa sous les couvertures.

Pendant près d'une heure, elle chercha vainement le sommeil. Son besoin de fumer la rendait fébrile et semblait encore plus intense quand elle n'avait rien pour s'occuper. Soudain, elle ouvrit les yeux dans l'obscurité.

Pourquoi se privait-elle comme ça? se demanda-t-elle insidieusement. C'était inutile. Cela l'empêchait de fonctionner normalement. Elle avait l'air d'énerver tout le monde autour d'elle. Elle ne tiendrait jamais quarante jours. Pas même une semaine! Bien sûr, il y avait la promesse formulée devant tous ses enfants. Quelle idée allaient-ils se faire de leur mère incapable de tenir une résolution? Ils allaient même peut-être en profiter pour abandonner leur promesse en se disant qu'ils n'y étaient plus tenus puisque leur mère ne respectait pas la sienne.

Tourmentée par toutes ces pensées, Laurette secoua sa tête en signe de dénégation, comme si quelqu'un pouvait la voir dans le noir. Pourquoi ne fumerait-elle pas en cachette? Après tout, ce ne serait pas un péché mortel! se dit-elle. Personne ne le saurait et cela lui éviterait d'en vouloir à tout le monde et d'être malendurante. Bien sûr, elle fumerait beaucoup moins. Après tout, c'était le carême. Peut-être deux cigarettes par jour, trois au grand maximum...

Elle se vit allumer une cigarette et il lui sembla même respirer l'arôme du tabac en train de griller. Que ça sentait bon! Soudain, la tentation devint trop forte. La grosse femme repoussa ses couvertures et se leva sur la pointe des pieds. Elle sortit de la chambre et referma doucement la porte derrière elle.

Rendue dans la cuisine, elle ouvrit l'une des portes d'armoire et pêcha sur la dernière tablette son étui à cigarettes et son briquet qu'elle avait cachés là pour ne plus être tentée en les voyant sur le réfrigérateur. Elle se dépêcha ensuite d'aller s'enfermer dans les toilettes. Elle eut à peine un moment d'hésitation avant d'ouvrir son étui et d'y prendre une cigarette qu'elle ficha entre ses lèvres presque en tremblant. D'un geste impatient, elle actionna la molette de son briquet et présenta la flamme à sa cigarette. Fermant à demi les yeux, elle inhala alors la fumée avec une rare délectation.

— Maudit que ça fait du bien, murmura-t-elle avant d'inhaler une seconde bouffée tout en s'assoyant sur le siège des toilettes.

Quand elle eut fumé sa cigarette, elle n'éprouva pas le moindre remords. Mieux, elle sortit immédiatement une seconde cigarette qu'elle alluma.

— J'ai dit deux ou trois par jour. Avec celle-là, ça en fait juste deux, précisa-t-elle pour se donner bonne conscience.

Après avoir fumé, elle évacua la cendre et les mégots dans le bol des toilettes et retourna se coucher, satisfaite et enfin sereine. Elle dormit si bien cette nuit-là que la toux persistante de Gérard ne parvint pas à la réveiller.

Les jours suivants, son mari et ses enfants se rendirent rapidement compte qu'elle avait retrouvé son caractère habituel. Si certains d'entre eux eurent la naïveté de croire que son organisme s'habituait peu à peu à la privation de nicotine, Richard n'était pas de ceux-là. Il avait remarqué la disparition intermittente de l'étui de cigarettes de sa mère sur la dernière tablette de l'armoire et cela l'intriguait.

Une semaine plus tard, il eut l'occasion de voler une cigarette dans cet étui qui n'en contenait que sept ou huit pendant que sa mère faisait la sieste. Deux jours plus tard, profitant d'une courte visite de sa mère chez une voisine, il découvrit avec étonnement un étui à cigarettes plein. Il en compta vingt. Donc, il était impossible d'en prendre une sans qu'elle s'en rende compte. Il reposa l'étui à sa place, mais ce mystère l'intrigua passablement. Comment expliquer que quelqu'un qui ne fumait pas ait rempli son étui? La lumière se fit jour brusquement dans son esprit. Sa mère fumait hors de la présence des siens.

Il attendit le lendemain après-midi pour s'assurer de ne pas s'être trompé. Quand sa mère quitta la cuisine pour aller chercher un objet dans sa chambre, il se précipita dans l'armoire et ouvrit l'étui. Il ne contenait plus que dix cigarettes. Il en prit une et s'empressa de remettre l'étui en place au moment où sa mère revenait.

Évidemment, Laurette n'avait pas tenu parole de se satisfaire de deux ou trois cigarettes quotidiennes. Dès le lendemain, elle passa à quatre, puis à cinq, trouvant toujours une bonne raison pour en griller une de plus. Finalement, au bout d'une semaine, elle ne se préoccupa plus de les compter et devait faire un effort pour se rappeler de ne pas fumer quand ses enfants ou son mari étaient dans la maison.

— J'ai besoin de fumer, se répétait-elle parfois pour se donner bonne conscience. Pas fumer me rend malade.

De temps à autre, Richard prenait un air dégoûté en sortant des toilettes.

— Je sais pas ce qu'il y a dans les toilettes depuis un bout de temps, mais ça sent pas mal drôle, disait-il en surveillant du coin de l'œil la réaction de sa mère.

— Ça sent quoi? demandait cette dernière en adoptant un ton neutre.

— Ça sent comme de la fumée. C'est comme s'il y avait quelque chose qui avait brûlé là.

— Arrête donc de dire des niaiseries, le rabrouait sa mère en lui jetant un regard mauvais. Il y a rien qui brûle là-dedans.

⁓

Deux jours plus tard, Gilles rentra à la maison avec un sac d'école étrangement gonflé et se précipita dans sa chambre dès qu'il eut franchi la porte de l'appartement. Richard était déjà dans la pièce en train de chercher quelque chose dans l'un des tiroirs de la commode qu'il partageait avec son frère aîné.

— Qu'est-ce que tu cherches? lui demanda Gilles en laissant tomber son sac sur leur lit.

— Une plume. Celle que j'ai est épointée. Je peux pas faire mon devoir avec. Je suis sûr d'en avoir une autre.

Même si les plumes que l'on insérait dans un porte-plume ne valaient qu'un cent, il fallait aller les acheter sur la rue Sainte-Catherine et l'adolescent n'avait aucune envie de s'imposer le trajet encore une fois dans la journée.

— J'espère que c'est pas toi qui me l'as volée, reprit Richard sur un ton accusateur.

— Es-tu malade, toi? J'en ai trois dans mon coffre à crayons.

— Ça tombe ben en maudit, lui dit son frère, content de sa ruse. Comme ça, t'es ben capable de m'en passer une neuve.

Gilles lui jeta un regard suspicieux, se demandant si son frère ne l'avait pas piégé pour lui arracher l'une de ses plumes.

— Tu vas attendre une couple de minutes, se résolut-il à dire après une brève hésitation. Là, j'ai quelque chose de plus important à faire que de fouiller dans mon coffre.

Richard se laissa tomber sur le lit et regarda son frère ouvrir son sac d'école et en tirer quelque chose avec une minutie exagérée. Gilles déposa délicatement deux objets en bois sur la commode. Il prit ensuite l'un d'eux pour le déposer sur l'autre avant de reculer de quelques pas, comme pour mieux juger de l'effet que l'ensemble produisait.

— Puis, qu'est-ce que t'en penses? demanda-t-il à Richard en lui désignant l'objet de la main.

— C'est quoi, cette affaire-là? fit l'autre, manifestement intrigué.

— Ça se voit, non? C'est un coffre à bijoux, affirma Gilles, plein de fierté. J'ai fait ça tout seul, en menuiserie, à l'école. Je viens de le finir. Je vais le donner à m'man comme cadeau.

— Tabarnouche! il faut le savoir que c'est un coffre, dit son frère, moqueur, en s'approchant de l'objet et en l'examinant sous tous les angles.

— Comment ça? demanda Gilles, désarçonné par la remarque et, surtout, par le manque d'enthousiasme de son cadet.

Richard s'avança et esquissa le geste de s'emparer de l'objet.

— Fais-y attention, lui ordonna son frère.

— Maudit! Je le mangerai pas, protesta Richard.

— Pourquoi t'as dit qu'il faut le savoir?

— Parce que ta patente a pas l'air d'un coffre pantoute, laissa tomber Richard, en soulevant le couvercle. Il est pas égal. Le couvercle ferme mal. En plus, il est mal sablé. Il y a même un bout de clou qui dépasse, ajouta-t-il en lui montrant la tête d'un petit clou.

— Tu dis ça parce que t'es jaloux, répliqua sèchement Gilles en reprenant son coffret. T'es même pas capable d'en faire un pareil.

— C'est sûr que je suis pas capable de faire une affaire de même, reprit Richard sur un ton sarcastique, heureux de faire sortir son aîné de ses gonds. Étais-tu obligé de faire un coffre?

— On pouvait faire une planche à pain si on voulait.

— Pour moi, t'as pas dû faire ce que le bonhomme Bédard te montrait, s'entêta Richard en parlant de l'instituteur chargé d'enseigner la menuiserie à l'école Champlain.

— On verra ben, finfin, si tu vas faire mieux que moi l'année prochaine quand tu vas être en septième année… à moins que tu redoubles ta sixième, ajouta Gilles pour se venger.

— Je pense que j'aime mieux doubler plutôt que de faire rire de moi avec une affaire comme ça, fit son jeune frère en faisant un bond en arrière pour échapper à la taloche que Gilles lui destinait.

— En attendant, tu peux toujours courir chercher une plume au magasin, dit ce dernier. Je t'en passe pas.

À l'heure du repas, Laurette trouva à la place qu'elle occupait à table un paquet mal ficelé dans du papier brun au moment où elle commençait à servir le repas avec l'aide de Denise.

— C'est quoi, cette affaire-là? demanda-t-elle en soulevant le paquet.

— C'est un cadeau pour vous, m'man, dit Gilles en lançant un regard d'avertissement à son frère cadet.

— En quel honneur? fit sa mère, surprise. C'est pas ma fête.

— Je viens de le finir. Je me suis dit que ce serait une bonne idée de vous le donner tout de suite plutôt que d'attendre à Pâques.

— On va pas commencer en plus à se donner des cadeaux à Pâques! s'exclama Jean-Louis en fixant lui aussi le cadeau que sa mère tenait dans ses mains.

— Ben non, Séraphin! Poigne pas une crise cardiaque! se moqua Richard. T'auras pas une cenne à dépenser, inquiète-toi pas. À moins que t'aies envie de me donner du chocolat. Dans ce cas-là, je dirais pas non.

— Richard, ferme ta boîte, lui ordonna son père.

— Mais c'est pas mal pesant, fit remarquer la mère en soupesant l'objet qu'elle tenait.

— Qu'est-ce que tu dirais de l'ouvrir tout de suite? lui suggéra son mari. Après, on pourrait peut-être manger.

— Ah oui, m'man, ouvrez-le, fit Carole, curieuse.

Laurette déposa le paquet sur la table, s'empara d'un couteau et coupa la ficelle qui retenait tant bien que mal l'emballage. Elle développa l'objet et découvrit, un peu surprise, le grossier coffret en bois fabriqué par son fils. Feignant le ravissement, elle le tourna dans tous les sens.

— Mais c'est ben beau, cette affaire-là! s'exclama-t-elle.

— Je l'ai fait en menuiserie, à l'école, expliqua inutilement Gilles.

— C'est un coffre à bijoux, non?

— Aïe! Elle est bonne, m'man, elle l'a deviné, dit Richard à son frère pour le faire enrager. Moi, j'aurais pas su ce que c'était.

En guise de réponse, Gilles lui adressa un solide coup de pied sous la table.

— Merci, Gilles, dit la mère en embrassant son fils sur une joue. Tu peux être certain que je vais m'en servir.

Chapitre 20

Des lunettes

La seconde semaine de mars fut marquée par la pire tempête de neige de l'hiver. Le mercredi matin, les enfants se dirigèrent vers leur école sous un ciel couleur d'encre au point qu'on aurait juré que le jour refusait de se lever. Puis, vers dix heures, le vent se leva et de gros flocons se mirent à tomber si serrés qu'on avait peine à voir à quelques pieds devant soi. En quelques minutes, la rue Emmett et les trottoirs disparurent sous une épaisse parure blanche.

Quand les jeunes, couverts de neige, rentrèrent dîner, il suffisait de jeter un coup d'œil par la fenêtre de la cuisine pour se rendre compte à quel point le paysage avait changé. La neige grisâtre qui couvrait tout depuis quelques semaines avait cédé sa place à une blancheur extraordinaire. Plusieurs pouces de neige s'étaient déjà déposés sur le balcon et sur le toit du hangar.

— Maudit hiver, il finira donc jamais! se plaignit Laurette en s'assurant du coin de l'œil qu'aucun de ses enfants ne mettait de la neige sur le linoléum du couloir. On dirait la fin du monde, bonyeu! Si ça a de l'allure de neiger comme ça! On est obligé de garder les lumières allumées toute la journée.

La tempête en cours n'était pas la seule responsable des idées noires de la mère de famille. Gérard n'était pas

475

encore parvenu à vaincre sa grippe et cela l'inquiétait. Il toussait encore à fendre l'âme et il avait souvent des poussées de fièvre inexplicables. Il semblait même perdre du poids, lui qui n'en avait pas en trop.

— Il va finir par avoir l'air d'une vraie chenille à poil s'il continue à fondre de même, s'était-elle dit le matin même en le voyant partir au travail.

Son mari avait de moins en moins d'appétit et ce n'était pas bon signe. Il fallait vraiment qu'elle trouve un moyen de le décider à aller voir le médecin, même si, comme beaucoup d'hommes, Gérard croyait que les médecins n'existaient que pour les femmes et qu'aller les consulter était une dépense inutile.

Ce matin-là, Richard et Gilles se levèrent quelques minutes à peine après le départ de leur père pour son travail. Les deux adolescents vinrent s'attabler, déjà prêts à déjeuner.

— Vous êtes ben de bonne heure, vous deux, leur reprocha leur mère.

— P'pa arrête pas de tousser, ça nous a réveillés, expliqua Gilles en plaçant deux tranches de pain dans le grille-pain.

— Comment ça se fait que le sirop l'empêche pas de tousser? demanda Richard, qui avait du mal à dissimuler une certaine inquiétude.

— Comment veux-tu que je le sache? rétorqua sa mère en déposant sur la table deux bols du gruau qu'elle avait inutilement préparé pour son mari.

— Laurier, dans ma classe, m'a dit que son père arrêtait pas pantoute de tousser l'année passée, reprit Richard.

— Puis?

— Ben, son père a été obligé d'arrêter de travailler et il m'a dit qu'il est dans un hôpital spécial où il a même pas le droit d'aller le voir, ajouta l'adolescent.

— Énerve-toi pas avec ça, lui ordonna sa mère. Ton père est pas malade à ce point-là. Lui, c'est juste une mauvaise grippe qu'il a. Aussitôt qu'il va se mettre à faire chaud, ça va s'arranger.

Pendant que ses fils mangeaient, Laurette ne put s'empêcher de se sentir submergée par une profonde inquiétude. Elle ne croyait guère aux paroles rassurantes qu'elle venait de prononcer.

«Il manquerait plus que ce soit pire qu'une grippe, pensa-t-elle.»

Une heure plus tard, au moment de quitter la maison, Gilles annonça à sa mère :

— On va avoir nos bulletins cet après-midi.

— J'ai ben hâte de voir ça, dit sa mère sans grand enthousiasme, trop préoccupée par la santé de Gérard pour s'intéresser à autre chose.

À la fin de l'avant-midi, les écoliers rentrèrent à l'appartement.

Contrairement à son habitude, Richard se taisait, la mine sombre. Il mangeait ses sandwichs au *baloney* sans taquiner personne. Cette humeur n'était pas le résultat de sa récente peine d'amour. Pas du tout. Il avait même totalement oublié ses projets de vengeance. Quelques jours plus tard, son amour transi s'était transformé en un autre sentiment ressemblant passablement à une indifférence légèrement teintée de mépris à l'égard de celle qui l'avait trahi. Non, la raison était tout autre.

Louis Nantel avait remis les relevés de notes au début de l'avant-midi et la moyenne générale de Richard avait glissé à cinquante et un pour cent. Ce soir, il n'aurait pas le choix. Il allait devoir affronter la tempête. Comme si ce n'était pas suffisant, l'adolescent était tiraillé depuis le matin par une folle envie de fumer. Il avait été incapable de se procurer la moindre cigarette auprès de ses copains.

477

Gilles lui-même n'en avait plus. Pour son plus grand dépit, son frère lui avait avoué en acheter de moins en moins pour avoir un peu plus d'argent de poche quand il amenait son amie Nicole boire une boisson gazeuse au restaurant.

Pour tout arranger, sa mère n'avait pas eu le temps de confectionner ses cigarettes pour la semaine et elle traînait son étui contenant ses dernières cigarettes dans la poche de son tablier. Comment lui en « emprunter » une ou deux dans ces conditions. Si encore il avait eu un peu d'argent, il aurait pu en acheter quelques-unes à des grands de l'école, mais son oncle Rosaire avait décidé de ne lui verser son salaire qu'une fois par mois pour d'obscures raisons de trésorerie. Il ne toucherait donc sa première paye que quelques jours plus tard.

— Qu'est-ce que t'as à avoir une tête de chien battu, toi ? lui demanda sa mère qui avait remarqué son silence inhabituel.

— J'ai rien. Il y a des gars à l'école qui disent qu'on n'aura pas d'école cet après-midi à cause de la tempête, ajouta-t-il pour détourner la conversation.

— Arrête donc, Richard Morin, lui ordonna sa mère. Depuis quand l'école ferme quand il tombe un peu de neige. C'est jamais arrivé.

— Ben, ça pourrait arriver, rétorqua son fils. C'est dangereux de traverser Sainte-Catherine et De Montigny quand il neige comme ça. On voit pas les chars arriver.

— Ce qui est dangereux, c'est de se laisser tirer par un char, intervint sa sœur. J'en ai vu faire ça sur la rue Fullum, après l'école.

Richard jeta un regard noir à sa sœur pour l'inciter à se taire, croyant qu'elle l'avait vu poser ce geste dangereux dénoncé et puni sévèrement à de multiples reprises depuis le début de l'hiver par la direction de l'école Champlain.

— Ça prend des maudits innocents de faire une affaire comme ça, décréta sa mère. Que j'en voie jamais un de vous autres faire ça, les menaça-t-elle.

— Voyons, m'man, protesta Richard. On n'est pas niaiseux à ce point-là.

~~~

À la fin de l'après-midi, la neige n'avait toujours pas cessé. Le chasse-neige était déjà passé dans un bruit assourdissant en deux occasions sur les rues Emmett et Archambault, laissant derrière lui deux épaisses bordures qui s'arrêtaient à peine à quelques pouces de la porte d'entrée de l'appartement des Morin.

Vers deux heures, Laurette eut la tentation de s'armer d'une pelle pour dégager le devant de la porte d'entrée, mais elle y renonça autant parce que la neige semblait avoir redoublé de violence que parce qu'elle avait préféré aller « jaser » avec Emma Gravel, à l'étage. Le mari de cette dernière venait de partir à bord de sa voiture taxi et avait raconté à sa femme que la circulation au centre-ville était devenue cauchemardesque depuis le milieu de l'avant-midi.

Laurette ne revint chez elle qu'un peu avant quatre heures. L'obscurité tombait déjà et elle dut allumer le plafonnier de la cuisine avant de se mettre à préparer le souper.

À leur arrivée à la maison, Gilles et Richard furent chargés de déneiger le balcon et l'avant de la porte d'entrée, même s'il neigeait encore abondamment. Les deux jeunes venaient à peine de commencer leurs devoirs sur la table de cuisine quand leur père rentra du travail, quelques minutes avant Jean-Louis et Denise.

Au moment de retirer son manteau, l'homme de quarante et un ans fut secoué par une quinte de toux irrépressible si violente qu'elle le fit presque plier en deux. En l'entendant, sa femme, en train de transformer les pommes de terre en purée, leva la tête, et un pli d'inquiétude lui barra le front.

Quand Gérard s'assit dans sa chaise berçante, l'air épuisé, Laurette revint à la charge encore une fois.

— Ça a pas d'allure de tousser comme ça. Tu devrais aller voir le docteur Miron.

— Laisse-moi tranquille avec ça. Je suis pas malade, répliqua Gérard. C'est juste ma maudite grippe qui veut pas finir.

— T'as l'air au bout du rouleau, Gérard, reprit Laurette sur un ton raisonnable. Le docteur Miron te mangera pas. Il va juste te donner un tonique pour te remonter.

— C'est ça, fit son mari, sarcastique. Comme si on avait de l'argent à garrocher par les fenêtres. Ça va se replacer, je te dis.

— C'est ça, tout seul, sans rien faire, ajouta sa femme.

— Si je pouvais au moins dormir une nuit complète sans me réveiller dix fois en toussant, se plaignit Gérard. Le beau temps va revenir. Il va finir par faire plus chaud. Ça va partir, conclut son mari en laissant percer un peu d'espoir dans sa voix, comme s'il cherchait à se persuader.

— Ben, on le dirait pas à regarder ce qui tombe dehors.

Laurette secoua la tête, renonçant momentanément à le convaincre de consulter leur médecin de famille. Elle finit d'écraser ses pommes de terre avec son pilon et sortit une poêle dans laquelle elle mit à cuire du bœuf haché mêlé à des oignons. Aussitôt, une odeur appétissante envahit la pièce.

— Bon. Ramassez vos affaires, on va souper dans cinq minutes, dit-elle aux trois écoliers en train de faire leurs devoirs.

Puis, elle se rappela soudain leurs paroles prononcées durant le dîner.

— Pendant qu'on y est, Richard et Gilles, venez donc me montrer votre bulletin. J'ai vu celui de votre sœur, mais pas les vôtres.

Gérard leva les yeux au-dessus de *La Presse* qu'il venait d'ouvrir devant lui.

— Puis? demanda-t-il.

— Carole est pas trop pire ce mois-ci. Ses notes ont augmenté un peu.

— Parfait.

Gilles tira son bulletin des pages d'un cahier et le tendit à sa mère. Laurette consulta la note.

— Quatre-vingt-deux! s'exclama-t-elle. Mais c'est encore mieux que le dernier, fit-elle remarquer, fière de son fils. T'as vu ça, Gérard? Il est encore en haut de quatre-vingts.

— Oui, mais je suis juste troisième de la classe, dit l'adolescent. J'ai juste le petit bouton rond ce mois-ci, ajouta-t-il en montrant l'épinglette qu'on remettait au troisième de chaque classe à l'école Champlain.

— C'est pas important, ça, lui dit son père. L'important, c'est d'avoir des bonnes notes.

Pendant qu'il parlait, il vit sa femme se lever avec le bulletin de son fils dans les mains et se placer directement sous le plafonnier, les sourcils froncés.

— Qu'est-ce qu'il y a? lui demanda Gérard.

— Il y a quelque chose d'écrit sur la ligne des commentaires, mais son maître écrit tellement petit que j'arrive pas à lire ce qui est écrit.

Gérard tendit la main pour prendre le bulletin.

— C'est écrit: «Félicitations! J'espère que tu continueras en huitième année. Tu as du talent.» Mais c'est pas écrit si petit que ça, lui fit remarquer Gérard.

Laurette ne releva pas le commentaire de son mari et se tourna vers Richard.

— Et le tien?

Il y eut un instant de flottement.

— Viens surtout pas me raconter que tu l'as oublié à l'école, dit sa mère sur un ton menaçant.

Un ricanement sarcastique de Jean-Louis lui valut un regard sévère de son père. Richard sortit son bulletin de son sac d'école et le tendit à sa mère. Il y eut un moment de silence dans la pièce, silence à peine brisé par Denise qui avait commencé à sortir la vaisselle de l'armoire pour l'apporter sur la table.

— Mais c'est pas vrai! s'écria Laurette. C'est quoi ce bulletin-là?

— Qu'est-ce qu'il y a? demanda Gérard, surpris par l'éclat de sa femme.

— Sais-tu quelle note ton gars a pour ce mois-ci? lui demanda-t-elle.

— Non.

— Cinquante et un! Cinquante et un! Il avait soixante-dix dans son dernier bulletin!

— Comment ça se fait que tes notes ont baissé comme ça? demanda le père à l'adolescent dont les oreilles avaient violemment rougi.

— J'en ai arraché, p'pa. C'était plus dur que d'habitude, mentit Richard.

— Moi, je pense surtout que t'es un maudit paresseux et je te garantis que tu vas te grouiller à partir d'à soir. Tu m'entends? intervint sa mère, rouge de colère.

Richard se contenta de hocher la tête.

— Verrat! On dirait qu'ils font exprès à cette école-là pour écrire le plus petit possible. J'arrive pas non plus à lire ce que son maître a écrit.

— Voulez-vous que je vous le lise, m'man? offrit Jean-Louis en tendant la main.

Laurette lui remit la double page cartonnée jaune pâle.

— «Dérange souvent en classe et travaille mal», lut le frère aîné en adressant un sourire ironique au coupable.

— Tiens! On vient de comprendre pourquoi tes notes sont aussi basses, dit sa mère d'une voix coupante. Tu déranges les autres et tu travailles mal. C'est peut-être pour ça que t'en arraches, non? demanda-t-elle, légèrement menaçante.

Richard se contenta de regarder ses pieds pendant que tous les regards étaient tournés vers lui et que sa mère faisait signe à son mari d'intervenir.

— Écoute-moi ben, ma tête croche, l'apostropha son père, mécontent. Tu vas faire ta septième année comme tous les autres dans la famille. S'il faut que tu recommences ta sixième année parce que tu niaises à l'école, tu vas la recommencer aussi souvent qu'il va le falloir.

— En plus, ajouta sa mère, si ta *job* de fin de semaine te dérange trop dans tes études, tu vas la lâcher et tu resteras dans la maison le samedi pour étudier et faire tes devoirs. Est-ce que c'est clair? demanda-t-elle après avoir signé le bulletin.

— Oui, m'man.

— À cette heure, ramasse ton bulletin et va porter ton sac dans ta chambre, lui ordonna-t-elle sèchement.

Pendant que l'adolescent s'exécutait, Gérard s'approcha de la table et dit à sa femme avec l'air de ne pas y toucher:

— Je pense que t'es rendue que t'as besoin de lunettes pour lire.

— Il manquerait plus que ça, répliqua Laurette en commençant à servir une assiette.

— Ben. C'est pas une disgrâce de porter des lunettes, fit son mari. J'en ai depuis six ans, moi, et je suis pas mort.

— Laisse faire, Gérard. Tu l'as dit toi-même tout à l'heure qu'on n'avait pas d'argent à gaspiller chez les docteurs. On a ben autre chose à faire avec notre argent que d'acheter des lunettes.

Richard revint dans la cuisine, soulagé d'avoir aussi facilement traversé la tempête qu'il avait redoutée toute la journée. Avant de regagner la cuisine, il s'était même fait le plaisir de projeter d'un coup de pied les pantoufles de Jean-Louis profondément sous son lit en faisant un détour par sa chambre. Cela lui apprendrait à se réjouir un peu trop ouvertement de ses malheurs.

La neige cessa durant la nuit. Selon le lecteur des nouvelles de Radio-Canada, la tempête avait laissé derrière elle plus de dix-huit pouces de neige. Les employés municipaux avaient travaillé sans relâche toute la nuit pour que la circulation reprenne rapidement son cours normal dans la métropole.

Après le départ des enfants pour l'école, Laurette ramassa le journal que son mari avait laissé sur le siège de sa chaise berçante. Elle allait le déposer dans la boîte placée près du poêle quand elle aperçut une photo de la jeune reine d'Angleterre. Elle suspendit son geste et s'assit à table dans l'intention de lire l'article consacré à celle qu'elle admirait tant. Qu'est-ce qu'il était arrivé à Élisabeth II qui était montée sur le trône en février 1952, après la mort de son père, George VI ? Tout ce qu'elle put déchiffrer fut le titre écrit en caractères gras, soit « Couronnement le 2 juin prochain ». Elle eut beau rapprocher le journal de ses yeux, elle voyait tout embrouillé.

— Bout de viarge! jura-t-elle à voix haute. Il manquait plus que ça. Ça a pas un maudit bon sens! On dirait qu'ils font exprès pour écrire de plus en plus petit dans leur maudit journal. Si je veux le lire, je vais être poignée pour porter des barniques à cette heure. Je vois plus clair pantoute.

Cette constatation lui mit le moral à zéro et la rage au cœur.

— Je vais avoir l'air fin, là! marmonna-t-elle, plantée debout devant le miroir des toilettes. Toute une *pin-up!* Une grosse mal habillée avec des lunettes épaisses sur le nez! À part ça, ça va me coûter combien, cette affaire-là?

Ce qui la faisait le plus rager était le côté inéluctable de l'affaire. Pour elle, le port de lunettes était associé à la vieillesse, malgré tout ce qu'en avait dit Gérard, la veille. Elle ne comprenait pas pourquoi elle allait être astreinte à en porter alors que ses parents n'en avaient jamais eu besoin. Après s'être longuement plaint du mauvais sort qui semblait s'acharner sur elle, elle finit tout de même par se calmer en se disant qu'après tout, ce ne serait pas la fin du monde. Elle n'aurait peut-être à les chausser que pour lire et raccommoder.

Une heure plus tard, la maîtresse de maison était penchée sur la boîte dans laquelle elle empilait les factures et les papiers importants du ménage qu'elle rangeait habituellement sous son lit. Après quelques minutes de recherche, elle parvint à mettre la main sur la facture de l'optométriste Talbot de la rue Saint-Hubert. Elle voulait avoir une idée de la somme exigée par le spécialiste, six ans auparavant, quand il avait prescrit de nouvelles lunettes à Gérard.

— Trente-cinq piastres! s'exclama-t-elle. Mais c'est écœurant comme c'est cher. Où est-ce que je vais trouver cet argent-là? se demanda-t-elle à voix haute.

Sur ces mots, elle alla chercher sa bourse et en tira son second porte-monnaie dans lequel elle dissimulait les maigres économies du ménage.

— J'ai juste douze piastres! J'irai pas ben loin avec ça.

Malgré tout, elle s'astreignit à téléphoner au bureau de l'optométriste qui lui fixa rendez-vous à deux heures, le samedi après-midi suivant.

— En plus, il vient gaspiller mon samedi, fit Laurette, de mauvaise humeur, après avoir raccroché l'appareil d'un geste brusque.

Lorsqu'elle parla de son rendez-vous à son mari ce soir-là en s'inquiétant de la somme qu'elle aurait probablement à débourser pour des lunettes, ce dernier la calma.

— Énerve-toi donc pas tant avec le prix. Commence par aller passer ton examen de la vue. Après, tu verras ben ce qu'il va te charger pour des lunettes. Si t'as pas assez d'argent, tu pourras toujours en emprunter à Jean-Louis.

— Il a pas tant d'argent que ça, répliqua Laurette.

— Il en a plus que nous autres en tout cas, rétorqua Gérard qui dut s'arrêter de parler pour tousser. Il dépense jamais rien. Il m'a dit dimanche passé qu'il s'était ouvert un compte à la banque d'Épargne, au coin de Dufresne, la semaine passée.

— Première nouvelle! fit sa femme, un peu ulcérée de constater que son préféré ne lui avait rien dit.

Un compte de banque! Son Jean-Louis avait un compte de banque! Laurette n'en revenait pas. Elle et son mari n'avaient jamais eu assez d'argent pour en posséder un. Depuis leur mariage, leur vie n'avait été qu'une lutte sans fin pour joindre les deux bouts à la fin de chaque mois. Sans l'avouer ouvertement, la mère de famille éprouvait un profond respect pour l'argent et, par contre-coup, pour ceux qui en avaient ou qui le manipulaient. Serge Dubuc, l'ami de Denise, était de ceux-là.

Ce samedi-là, Laurette prit le tramway et se rendit au bureau de l'optométriste, en proie à une vague inquiétude. Elle avait toujours ressenti un certain malaise à rencontrer des personnes qui s'occupaient de la santé des autres. «On sait jamais ce qu'ils vont découvrir en nous examinant», se disait-elle parfois.

Le bureau d'Émilien Talbot était situé au rez-de-chaussée d'une vieille maison en pierre grise. La vitrine assez discrète se limitait à donner le nom du spécialiste au-dessus d'une énorme paire de lunettes.

Laurette poussa la porte et se présenta à la secrétaire qui la pria de s'asseoir dans la petite salle d'attente où trois clients attendaient déjà. Elle prit la peine de lui préciser qu'elle serait la prochaine à être examinée.

Laurette la remercia et alla s'asseoir face à une dame dont le visage disparaissait derrière une vieille revue qu'elle avait prise sur la table qui les séparait.

Quelques instants plus tard, la dame déposa la revue. Après un moment d'hésitation, Laurette, stupéfaite, reconnut l'inconnue qui l'avait ramenée chez elle avec l'aide de son fils et aidée à accoucher de Richard, treize ans auparavant. La dame sembla l'identifier au même moment et sa figure ridée s'éclaira d'un large sourire.

— Tiens! Si c'est pas la petite madame trop pressée d'accoucher pour attendre son docteur! dit-elle à mi-voix.

— Bonjour, madame. Vous pouvez pas savoir comment ça me fait plaisir de vous revoir! s'exclama Laurette, radieuse. Je vous ai tellement cherchée pour vous remercier pour tout ce que vous avez fait pour moi. Sans vous, je sais pas ce que j'aurais fait!

— Voyons donc! protesta la sexagénaire. C'était pas la fin du monde, ma fille, protesta la femme au visage énergique. J'ai juste fait ce que n'importe quelle femme aurait fait à ma place.

— Je vous ai plus jamais revue dans le quartier, lui fit remarquer Laurette.

— C'est normal. Je suis déménagée sur la rue Montcalm, chez un de mes garçons, une couple de semaines après ton accouchement… Puis, comment va le bébé? demanda-t-elle, apparemment impatiente de mettre fin aux remerciements de Laurette.

— Le bébé a treize ans et c'est, de loin, mon plus haïssable à la maison.

— Inquiète-toi pas trop avec ça, ma fille, reprit l'autre, c'est souvent notre plus bougeant qui nous donne le plus de joie en vieillissant. Je sais de quoi je parle, j'ai eu six gars.

— Ah ben! J'ai ben hâte de voir ça, fit Laurette, incrédule… Pendant que j'y pense, voulez-vous passer à ma place. Je suis la prochaine, offrit-elle à sa bienfaitrice.

— T'es ben fine, mais je suis pas venue pour moi. J'accompagne ma bru qui est à la veille de sortir du bureau.

À peine l'inconnue venait-elle de prononcer ces paroles que la secrétaire appela Laurette au moment où une petite femme toute menue quittait le bureau d'Émilien Talbot. Laurette se leva et se précipita vers le bureau de crainte qu'une autre cliente ne s'avance à sa place.

Son examen de la vue ne prit que quelques minutes. Après lui avoir scruté les yeux à l'aide d'une petite lampe de poche, l'optométriste, un grand homme maigre âgé d'une cinquantaine d'années, lui demanda de lire des rangées de lettres de diverses grosseurs sur fond vert et sur fond rouge. Finalement, il lui prescrivit des lunettes.

— Vous n'aurez qu'à vous entendre avec mon assistante pour le type de monture que vous désirez, dit-il en lui ouvrant la porte de la salle d'examen. Vos verres devraient être prêts à la fin de la semaine prochaine.

Laurette le remercia et alla s'asseoir devant le bureau de la jeune femme accorte qui l'avait reçue. Elle songea soudain à l'inconnue qu'elle venait de retrouver par le plus grand des hasards. Elle se retourna brusquement pour tenter de l'apercevoir dans la salle d'attente. Il n'y avait plus dans la pièce qu'une seule cliente.

— Ah ben ! Tu parles d'une maudite niaiseuse ! dit-elle à mi-voix. J'ai même pas pensé à lui demander son nom !

— Pardon, madame ! fit la secrétaire, offusquée, qui venait de prendre place en face d'elle, de l'autre côté du bureau.

Laurette sursauta. Elle ne l'avait pas entendue revenir.

— Excusez-moi, fit-elle. Je me parlais toute seule. Je viens de retrouver une femme que j'ai cherchée pendant des années et j'ai complètement oublié de lui demander son nom et où elle reste.

Rassurée, la réceptionniste déposa devant elle un plein coffret de diverses montures disposées sur un présentoir en velours. Elle déplaça un petit miroir grâce auquel la cliente pourrait vérifier si une monture lui allait bien. Laurette fit un effort pour oublier sa déconvenue et s'occuper de ses lunettes.

— Montrez-moi les moins chères, dit Laurette à voix basse, en esquissant un sourire gêné.

La jeune femme ne sourcilla pas et tendit à Laurette une monture en fil de fer. Laurette la posa sur son nez et se regarda dans le miroir. Elle sursauta et s'empressa de la retirer.

— Ouache ! ne put-elle s'empêcher de dire avec une grimace.

— Je crois que celle-là devrait mieux vous convenir, dit l'adjointe de l'optométriste avec un sourire. Elle est à peine plus cher que l'autre, ajouta-t-elle à voix basse pour ne pas être entendue par la cliente qui attendait.

Laurette prit la monture en corne assez fine pour être féminine. Elle l'essaya et se regarda dans le miroir. Elle jugea qu'elle était moins laide que la précédente et décida de l'adopter. La jeune femme prépara la facture en notant le numéro de la monture. Elle additionna quelques chiffres avant de s'adresser à Laurette.

— Combien pouvez-vous me laisser comme acompte, madame ? demanda-t-elle.

— Je sais pas, répondit Laurette. Combien ça va me coûter ?

— Quarante-cinq dollars, madame.

— Si cher que ça ?

— Ce prix inclut l'examen de la vue et vos lunettes, expliqua la réceptionniste.

— Je pensais jamais payer aussi cher, reconnut Laurette, toujours à voix basse. Est-ce que je vais être obligée de payer ça tout d'un coup quand je vais venir les chercher la semaine prochaine ?

— Normalement, oui, madame, répondit la jeune femme.

— C'est que je pense pas avoir autant d'argent aussi vite que ça, expliqua Laurette, gênée. Si je revenais juste dans un mois ou un mois et demi, peut-être que j'aurais assez pour vous payer.

— Attendez-moi une minute, madame, lui dit l'employée en se levant. Je vais demander à monsieur Talbot ce qu'il peut faire pour vous accommoder.

Sur ces mots, elle alla frapper discrètement à la porte de la salle d'examen et chuchota quelques mots à l'optométriste venu lui répondre. Le spécialiste de la vue jeta un regard inquisiteur à la dame qui lui tournait le dos avant d'acquiescer à ce que lui disait son assistante. Celle-ci vint reprendre place devant Laurette.

— Monsieur Talbot vous propose de laisser cinq dollars à titre d'acompte, de payer vingt dollars la semaine prochaine et les vingt derniers dollars à la fin du mois d'avril. Est-ce que ça vous convient?

— C'est correct, accepta Laurette, en tirant son porte-monnaie de sa bourse. Vous êtes ben fine.

— C'est rien, madame Morin. Vous aurez qu'à passer jeudi après-midi prochain. Vos lunettes devraient être prêtes.

À son retour à la maison, Laurette raconta à Gérard sa rencontre dans la salle d'attente de l'optométriste et lui avoua piteusement avoir oublié de lui demander son nom et son adresse.

— C'est peut-être aussi ben comme ça, conclut-il. C'est du passé, cette affaire-là.

Ce samedi-là, la mère de famille aurait bien voulu parler à Jean-Louis dès son retour à la maison pour lui emprunter une dizaine de dollars afin de payer ses lunettes, mais le jeune homme ne revint à la maison qu'au milieu de la soirée et l'ami de Denise était présent dans la cuisine. Quand elle put enfin lui parler après le départ de Serge, il était trop tard, son fils dormait déjà. Elle attendit donc le dimanche matin lorsqu'il se leva pour accompagner son père à la basse-messe dominicale.

— Je me suis fait faire des lunettes hier, annonça-t-elle à son fils au moment où il sortait des toilettes après s'être rasé.

— Vous en aviez besoin, m'man, dit-il sans manifester grand intérêt.

— Le problème, c'est que j'aurai même pas assez d'argent pour en payer la moitié jeudi, quand je vais aller les chercher chez Talbot, lui expliqua-t-elle.

— Comment ça ?

— Parce que ça coûte quarante-cinq piastres et que j'ai pas tout cet argent-là.

— Qu'est-ce que vous allez faire ?

— J'ai pensé que je pourrais peut-être t'emprunter un vingt piastres que je te remettrai plus tard.

— Vingt piastres ! s'exclama le jeune homme. Mais j'ai pas autant d'argent sur moi.

— Je le sais, dit sa mère avec une certaine impatience. Mais t'en as à la banque et...

— À la banque, ils me donnent de l'intérêt sur cet argent-là, expliqua Jean-Louis. Si je vous le passe, ça me rapportera rien pantoute.

— Ah ben Christ, par exemple ! jura son père qui venait de l'entendre. Est-ce que j'ai ben entendu ce que tu viens de dire ? Tu serais prêt à charger de l'intérêt à ta mère qui a passé sa vie à se désâmer pour toi !

— Ben...

— Laisse faire les « ben », répliqua son père en combattant une quinte de toux. Ta mère a besoin de ces lunettes-là et tu vas lui prêter l'argent.

— C'est correct, accepta Jean-Louis du bout des lèvres.

À l'évidence, il n'acceptait pas de prêter cet argent de gaieté de cœur. Sa mère pouvait s'attendre à ce qu'il la talonne jusqu'à un remboursement complet. Comme le jeune homme travaillait durant la journée, il ne put retirer la somme que le jeudi soir à la succursale de la banque d'Épargne. Il eut alors une grimace de mécontentement en s'apercevant que l'unique caisse en opération était tenue par Serge Dubuc. Il aurait préféré que ce dernier ne soit pas au courant du total de ses économies.

Par conséquent, Laurette ne put aller chercher ses lunettes que le vendredi après-midi. L'assistante de l'optométriste les lui fit essayer et procéda aux derniers ajustements de la monture avant de les lui remettre dans un étui en cuir noir. La mère de famille les déposa avec précaution au fond de son sac à main et quitta les lieux après avoir versé vingt dollars.

De retour à la maison, elle chaussa ce qu'elle appelait ses « barniques » et se planta devant le miroir de la salle de bain.

— Maudit que je suis laide avec cette affaire-là dans le visage ! J'ai l'air d'une vraie folle ! s'exclama-t-elle en se voyant. J'ai pas assez à cette heure de m'arracher des cheveux gris deux ou trois fois par semaine, me voilà poignée à porter ça.

Elle prit immédiatement la résolution de ne les utiliser que pour lire.

Quand Gérard rentra, elle attendit qu'il lui demande de les lui montrer pour consentir à les sortir de son sac laissé dans la chambre à coucher.

— Qu'est-ce que t'en penses ? lui demanda-t-elle après les avoir déposées sur son nez.

Elle guettait sa réaction avec avidité.

— Elles te font ben, répondit-il sans marquer la moindre hésitation. Elles te donnent un air sérieux, ajouta-t-il.

— En tout cas, je vais les mettre juste pour lire. J'en ai pas besoin tout le temps.

— Tu pourrais les garder tout le temps si tu le veux. Ça les usera pas plus vite, plaisanta-t-il.

Sa femme ne tint aucun compte de son avis et s'empressa de les retirer et de les glisser dans leur étui. Elle venait de décider de les laisser à portée de main, sur le réfrigérateur. Quand Richard aperçut sa mère chausser ses lunettes pour lire les questions du catéchisme auxquelles il devait répondre, l'adolescent ne put s'empêcher de s'écrier :

— Ayoye! Avec vos lunettes, m'man, vous ressemblez à la bonne femme Racette.

— Toi, l'insignifiant, laisse faire tes remarques et apprends ton catéchisme comme du monde si tu veux pas que je t'allonge une claque derrière la tête.

La remarque de son fils lui fit piquer un fard. Émilia Racette était une quinquagénaire énorme demeurant sur la rue Archambault. La ménagère au visage ingrat orné de deux ou trois verrues portait des lunettes aux verres épais comme des culs de bouteille.

~~~

Ce soir-là, la mère de famille oublia rapidement l'apparence que lui donnait le port de ses nouvelles lunettes quand elle vit Denise, la mine basse, rentrer seule à la maison, quelques minutes après neuf heures. Lorsque la jeune fille pénétra dans la cuisine après avoir retiré son manteau, sa mère s'empressa de lui demander:

— T'as pas attendu Gilles pour revenir? lui demanda-t-elle.

— Il était pas devant la porte du magasin quand j'ai fini de travailler. J'avais pas le goût de l'attendre, expliqua la jeune fille en se dirigeant vers l'armoire où sa mère rangeait la boîte de chocolat en poudre Fry.

— Je t'ai demandé de l'attendre parce que c'est dangereux de marcher toute seule sur la rue quand il fait noir, lui dit sa mère en haussant la voix. Attends-tu qu'il t'arrive quelque chose?

— Ben non, m'man, répondit Denise d'une voix excédée. Mais à soir, j'étais trop fatiguée pour l'attendre. Là, je me fais une tasse de chocolat chaud et je m'en vais me coucher, ajouta-t-elle en déposant devant sa mère sa paie de la semaine.

En fait, la jeune fille n'avait pas du tout songé à attendre son frère pour rentrer. Depuis l'heure du souper, elle était dans une sorte d'état second, partagée entre la peine et l'espoir.

Un peu après cinq heures, au moment où Antoine Beaudry venait de lui signifier qu'il lui donnait ses trente minutes pour aller manger ses sandwichs dans la petite pièce qu'il appelait pompeusement la salle de repos, elle avait vu Serge Dubuc pousser la porte du magasin et se diriger vers elle. Le gérant, debout derrière la caisse, avait jeté un regard dépourvu d'aménité à l'ami de cœur de sa vendeuse, mais il s'était bien gardé de dire un mot.

— Es-tu dans ta demi-heure de souper ? lui avait demandé Serge.

— Oui. Je m'en allais manger en arrière.

Soudain, Denise avait été frappée par le fait qu'il soit venu la relancer au magasin, chose qu'il ne faisait plus depuis plusieurs mois. Habituellement, ils ne se voyaient que le matin, au restaurant, pendant quelques minutes. Si leur heure de repas coïncidait, il pouvait arriver qu'il la guette à l'extérieur pour lui faire signe de venir manger avec lui à la salle de billard voisine, mais c'était extrêmement rare.

— Qu'est-ce qu'il y a ? lui avait-elle demandé à voix basse.

— Laisse tes sandwichs et viens manger une patate frite avec moi à côté, avait répondu le jeune caissier en arborant une mine mystérieuse. J'ai quelque chose à te dire.

Intriguée, Denise s'était empressée d'aller chercher son manteau à l'arrière du magasin et de suivre son ami. Ce dernier avait poussé la porte de la salle de billard. L'endroit était chaud et l'espace réservé à la restauration était étroit et dépourvu de banquettes. Si on voulait manger, il fallait se contenter de consommer debout devant le comptoir ou, si l'on était chanceux, assis sur l'un des six tabourets fixes installés devant une étroite tablette, face au mur opposé au comptoir. Les deux jeunes gens avaient eu la chance de pouvoir s'asseoir.

— Puis, qu'est-ce qu'il y a? avait demandé Denise, tout de même un peu inquiète, en se tournant vers Serge qui venait de déposer devant elle des frites et un Coke.

— J'ai une bonne nouvelle à t'annoncer, avait dit ce dernier, un rien cérémonieux.

— Laquelle?

— Je suis transféré au bureau-chef, avait dit le caissier sur un ton triomphal.

En entendant ces paroles, le cœur de Denise avait eu un raté.

— Où est-ce que c'est?

— Dans l'ouest de la ville, coin Saint-Jacques et Saint-Pierre.

— Et t'appelles ça un bonne nouvelle, toi?

— Non, la bonne nouvelle, c'est que j'ai été nommé moniteur, avait précisé le jeune homme, tout fier de sa promotion.

— Ça veut dire quoi?

— Ça veut dire que je vais avoir un meilleur salaire et que mon travail, à partir de lundi, ça va être d'entraîner les commis et d'être responsable des caissiers de la succursale. Je suis sûr que dans un an, ils vont me nommer assistant-comptable.

— Je suis ben contente pour toi, s'était contentée de dire Denise d'une voix éteinte.

— On le dirait pas à t'entendre, lui avait fait remarquer Serge, un peu dépité par son manque évident d'enthousiasme.

— Ça veut dire qu'on se verra plus le matin, avait murmuré Denise, les larmes aux yeux.

— C'est vrai, avait reconnu Serge. On va se voir moins souvent, mais on va continuer à sortir ensemble.

— C'est plate pareil, avait conclu la jeune fille, malheureuse.

Serge avait laissé passer un long moment de silence, comme s'il avait cherché un moyen de consoler son amie. Finalement, il s'était tourné vers elle pour lui dire :

— Écoute, si ça fait ton affaire, je peux demander à tes parents de venir te voir aussi le dimanche quand il va faire plus chaud. Comme ça, on va pouvoir veiller dehors, en tout cas ailleurs que dans la cuisine avec tout le monde.

Denise s'était limitée à hocher la tête en signe d'acceptation. Elle avait bu le contenu de la bouteille de Coke, mais elle n'avait pas touché à ses frites tant la nouvelle lui avait coupé l'appétit. Les deux jeunes gens s'étaient quittés quelques instants plus tard pour retourner au travail. Après le choc de cette nouvelle qui allait bouleverser sa vie quotidienne, la jeune fille avait commencé à éprouver la première morsure de la jalousie.

Elle connaissait de vue tout le personnel féminin de la succursale de la rue Dufresne. Toutes étaient des vieilles de plus de trente ans dont elle n'avait rien à craindre. Mais qu'en était-il au bureau-chef ? Serge allait sûrement y découvrir deux ou trois filles agréables à regarder et bien décidées à séduire un jeune moniteur plein d'avenir. Dès le départ, elles allaient jouir de deux avantages sur elle. Ces filles allaient le côtoyer tous les jours et, de plus, elle vivaient certainement dans des maisons normales disposant d'un salon.

Ce soir-là, tout en préparant sa tasse de chocolat chaud, elle se promit de demander à son amoureux de lui téléphoner de temps à autre le soir. Jusqu'à présent, ils n'avaient pas éprouvé le besoin de le faire puisqu'ils se voyaient chaque matin. Maintenant, les choses allaient changer. Même si se parler dans la cuisine au milieu de tant de personnes aux écoutes n'avait rien d'attirant, elle devait s'y résigner si elle ne voulait pas que son Serge lui échappe.

Denise venait à peine de disparaître dans sa chambre que Gilles entrait dans l'appartement.

— T'arrive donc ben tard, lui fit remarquer sa mère. Il est proche neuf heures et demie.

— Oui, je le sais. Tougas m'a demandé de l'aider à nettoyer le plancher avant de partir, il y a quelqu'un qui a brisé deux bouteilles de liqueur. Le plancher était tout collant.

— Tu ferais ben mieux de te trouver une *job* comme la mienne, le nargua Richard. Moi, je travaille juste le samedi et je gagne presque autant d'argent que toi et tu travailles le jeudi soir, le vendredi soir et le samedi toute la journée.

— Laisse faire, le fin finaud, le réprimanda sa mère. Tu sais même pas combien de temps tu vas la garder, cette *job*-là.

— J'ai pas vu Denise, reprit Gilles. Elle est pas venue me chercher à la *grocery* et elle m'a pas attendu.

— Non. Elle est déjà arrivée. Elle était trop fatiguée pour t'attendre, se contenta de lui dire sa mère.

Chapitre 21

Un malheur

L'hiver 1953 ne se décida à desserrer son étau sur la métropole qu'au début de la première semaine d'avril, quelques jours à peine avant Pâques. Après de lourdes giboulées qui avaient permis aux enfants du quartier de se livrer à de violentes batailles de boules de neige, le soleil avait enfin dardé quelques chauds rayons certains après-midi. La neige prit bientôt une teinte grisâtre et les déchets qu'elle avait si adroitement dissimulés durant tout l'hiver refirent surface en dégageant bien souvent des odeurs désagréables.

Ce réchauffement progressif de la température incita les jeunes à envahir les rues Emmett et Archambault après les heures de classe. Armés de pics et de pelles, ils s'acharnèrent à creuser des rigoles jusqu'aux caniveaux pour mieux permettre l'écoulement de l'eau. Ensuite, entraînés par leur désir de voir disparaître toute la glace accumulée sur les trottoirs et la chaussée, ils entreprirent de la casser pour en hâter la fonte. Maintenant, les plus jeunes devaient se dépêcher de quitter la maison tôt le matin pour avoir le plaisir de briser à coups de talon la mince pellicule qui s'était formée sur la moindre flaque durant la nuit.

Ce matin-là, au moment où son mari s'apprêtait à partir pour la Dominion Rubber, Laurette lui tendit un sac brun contenant son repas du midi. Ce dernier avait le visage blafard et de larges cernes sous les yeux. Il avait l'air épuisé avant même de commencer sa journée de travail. En le voyant dans cet état, un éclair d'inquiétude traversa le regard de la femme qui s'efforça de mettre une joyeuse animation dans sa voix, comme si cela avait pu donner du tonus à son mari.

— J'ai ouvert la porte tout à l'heure pendant que tu t'habillais. Je crois ben que le printemps est presque arrivé. Si ça continue à fondre comme ça, on va pouvoir faire le grand ménage et ôter enfin les châssis doubles. Je commence à avoir hâte de respirer un peu d'air, moi.

— Il est encore pas mal de bonne heure, lui fit remarquer Gérard en boutonnant son manteau. On peut encore avoir de la neige.

Sur ces mots, l'homme l'embrassa distraitement sur une joue et sortit de l'appartement. Laurette le regarda aller par la fenêtre de la porte. Encore une fois, elle eut un pincement au cœur. Il lui semblait encore plus voûté et plus mince que la semaine précédente, dans son paletot d'hiver élimé.

— Pauvre vieux! le plaignit-elle à haute voix. Sa grippe l'a pas mal magané. Il est temps que l'hiver finisse pour qu'il puisse se raplomber.

Jean-Louis apparut dans la cuisine, l'air mal réveillé et assez bougon.

— Est-ce que c'est p'pa qui vient de partir? demanda-t-il à sa mère.

— Qui veux-tu que ce soit?

— M'man, il va falloir faire quelque chose, se plaignit le jeune homme en s'emparant de la bouilloire dans l'intention d'aller faire sa toilette dans la salle de bain.

— De quoi tu parles? lui demanda sa mère, intriguée.

— Je parle de p'pa. C'est rendu que ça a pas d'allure. Il tousse tellement la nuit que je l'entends dans ma chambre. Il m'a encore réveillé deux ou trois fois la nuit passée.

— Et moi ? Tu penses peut-être qu'il me réveille pas, lui fit remarquer sèchement sa mère. Je dors à côté de lui. Ton père est pas encore revenu de sa grippe, mais il va aller mieux avec le beau temps qui s'en vient.

— Si encore il prenait quelque chose pour se soigner.

— Tu connais ton père. Il a une tête de cochon. Il pense que ça va guérir tout seul.

— Vous pensez pas qu'il serait temps qu'il se décide à aller voir un docteur ?

— J'arrête pas de lui dire de le faire, admit sa mère.

— Je le sais pas, m'man, mais j'ai ben l'impression que c'est pas juste une grippe qu'il a. C'est pas normal pantoute de tousser comme ça tout le temps.

— Je le sais, mais il y a pas moyen de le décider à se soigner comme du monde, dit Laurette, dont l'inquiétude était ravivée par cette conversation avec son fils. Je peux tout de même pas le traîner de force chez le docteur, bonyeu !

Jean-Louis eut un soupir d'exaspération et disparut dans les toilettes sans rien ajouter.

⁓

Le lundi suivant, Laurette se prépara, comme tous les lundis matin, à faire son lavage. Pour la première fois depuis la fin de l'automne précédent, elle allait pouvoir étendre son linge sur la corde à l'extérieur. Enfin ! Il était terminé le temps où elle devait supporter un appartement humide aux vitres embuées parce qu'elle devait étendre les vêtements mouillés dans la cuisine pour les faire sécher.

— Sors-moi le *boiler* et la cuvette du hangar, demanda-t-elle à Gilles au moment où il s'apprêtait à quitter la maison. Richard, toi, tu vas aller porter les poubelles au coin de la cour pour que les vidangeurs les prennent.

Les deux adolescents rechignèrent un peu, mais obéirent.

Dès le départ de ses enfants, la mère de famille tira la laveuse remplie de vêtements souillés dans la cuisine et commença à les répartir selon leur couleur. La radio jouait en sourdine. Il régnait une chaleur agréable dans la pièce. Soudain, son regard fut attiré par une tache rouge. Elle se pencha et tira un mouchoir taché de sang du tas de vêtements.

— Bon. Il y en a un qui a saigné du nez, dit-elle à haute voix.

Puis, elle en trouva deux autres maculés de sang lors de son triage.

— On dirait ben que je vais être obligée de passer ça à l'eau de Javel pour les ramener, murmura-t-elle. Je voudrais ben savoir qui a saigné comme ça.

Elle poursuivit sa tâche et parvint à laver tout son linge avant la fin de l'avant-midi. Quand les écoliers revinrent à la maison pour dîner, ils la trouvèrent vêtue d'un épais lainage, en train de rentrer à l'intérieur le contenu de sa première cordée de vêtements secs. Pendant que Carole s'activait à mettre le couvert, Laurette pensa soudain aux mouchoirs.

— Qui est-ce qui a saigné du nez la semaine passée ?

— Pas moi, répondirent-ils tous les trois en même temps.

— Pourquoi vous nous demandez ça, m'man ? demanda Richard.

— Laisse faire, c'est pas important, répondit sa mère en déposant un plat de spaghettis réchauffés sur la table.

Ce midi-là, Laurette mangea peu, contrairement à son habitude. Un doute s'était mis à la tarauder. Était-il possible que son mari se soit mis à cracher du sang ? Si Denise ou Jean-Louis avait saigné, il ou elle aurait taché un mouchoir, pas trois.

Brusquement, un souvenir lui revint en mémoire. Elle revit Antoine Migneault, un voisin de ses parents sur la rue Champagne à l'époque où elle était adolescente. L'homme, plus jeune que son père, était un ouvrier robuste et fort en gueule à qui une bagarre ne faisait pas peur. Or, après un long hiver, Laurette l'avait revu. L'homme était méconnaissable. Il avait l'air d'un vieillard, assis frileusement sur son balcon, enveloppé dans une épaisse couverture de laine, même durant les grandes chaleurs de l'été. Il avait les yeux enfoncés au fond des orbites et était d'une maigreur qui faisait peur aux enfants du voisinage. Même plus de vingt-cinq ans plus tard, il lui semblait entendre sa mère déclarer :

— Il en a plus pour ben longtemps. Il crache le sang, le pauvre homme. Il est pris des poumons, et ça, ma petite fille, ça pardonne pas.

En fait, le voisin était mort au début de l'automne suivant. Laurette avait gardé une peur profonde de cette maladie, une peur telle que rien n'avait pu l'effacer au cours des années. Elle se promit de surveiller de près Gérard, ne serait-ce que pour se rassurer.

Le soir même, elle ne remarqua rien. Pendant que son mari lisait son journal après le souper, elle supervisa les devoirs et les leçons de ses enfants et vit à ce qu'ils se mettent au lit à l'heure habituelle. À neuf heures pile, Serge Dubuc téléphona à Denise, comme il le faisait maintenant deux fois par semaine, et Jean-Louis se retira dans sa chambre avec deux X-13 prêtés par son ami Jacques Cormier, qui n'était jamais revenu chez les Morin.

— Je pense ben qu'on va pouvoir diminuer un peu le charbon qu'on met dans la fournaise le soir avant de nous coucher, déclara Laurette en s'installant debout près de la table pour plier des vêtements qui avaient séché à l'extérieur durant la journée.

— Oui, mais pas trop. On n'est pas encore en été, expliqua Gérard qui venait de syntoniser une émission radiophonique dans laquelle Robert L'Herbier et son épouse, Rolande Desormeaux, chantaient des ballades.

Sa femme lui lança un regard aigu, mais ne dit rien. Quelques minutes plus tard, Gérard commença à tousser et il tira un mouchoir de l'une des poches de son pantalon pour s'essuyer la bouche. Laurette crut discerner une tache rouge et elle suspendit le geste qu'elle s'apprêtait à faire.

— Montre-moi donc ton mouchoir, demanda-t-elle à son mari.

— Pourquoi?

— Je veux le voir.

— Il est sale, mon mouchoir.

— Je le sais, mais je veux le voir pareil, s'entêta sa femme en s'approchant de lui.

À contrecœur, Gérard lui montra rapidement son mouchoir qu'il serrait en boule au creux de sa main. Avant qu'il ait pu l'enfouir à nouveau au fond de sa poche, sa femme s'en empara et le défroissa un peu. Il y avait une tache de sang. À la vue de ce sang, elle pâlit brusquement et sentit ses jambes faiblir. Elle dut même se retenir un peu à la table.

— Mais c'est du sang, ça! s'exclama-t-elle à mi-voix. Depuis quand tu saignes quand tu tousses?

— Comment tu veux que je le sache? dit Gérard en prenant un faux ton désinvolte.

— Mais c'est pas normal, ça! C'est pas normal pantoute, Gérard Morin! lui dit sa femme en élevant la voix.

— Commence pas à t'énerver et à m'énerver pour rien, rétorqua son mari sur le même ton.

— Je poigne pas les nerfs pour rien, mais j'attendrai pas que tu sois mort pour aller voir le docteur avec toi.

— Tiens! Tu trouves qu'on n'a pas assez de misère à arriver comme ça! Tu veux garrocher notre argent au docteur qui va me faire acheter toutes sortes de maudits remèdes pour rien. C'est juste ma grippe, plaida son mari. Elle achève.

— Laisse faire ta grippe. Ça fait deux mois que tu la traînes et c'est pas normal pantoute. Ouvre les yeux, bonyeu! ajouta-t-elle en s'emportant. Tu vois pas que t'arrêtes pas de maigrir et que tu fais des poussées de fièvre presque tous les jours. Ça fait un mois que je te dis d'aller voir le docteur Miron.

— Achale-moi pas avec ça! dit sèchement Gérard, à bout de patience.

— Bout de viarge! As-tu si peur que ça?

— Ben non, répondit son mari d'une voix soudainement très lasse.

— C'est correct. Je l'appelle demain matin et je te prends un rendez-vous. Si t'as rien, il va te le dire.

— Fais donc à ta tête, dit Gérard en abandonnant la lutte.

Laurette le regarda. Gérard avait le front moite et une rougeur était soudainement apparue sur ses joues. De toute évidence, il était encore victime d'une poussée de fièvre.

～～

Le lendemain matin, Laurette téléphona dès neuf heures au bureau du docteur Albert Miron, rue Papineau. La secrétaire du médecin lui fixa un rendez-vous pour sept heures trente, le soir même.

Ce soir-là, le souper était déjà prêt quand Gérard rentra à la maison.

— J'ai fait le souper de bonne heure, lui annonça sa femme parce que ton rendez-vous est à sept heures et demie. Approche, je vais te servir tout de suite.

— Ça me tente pas pantoute d'aller traîner là, déclara Gérard avec mauvaise humeur en s'assoyant au bout de la table. J'ai ma journée dans le corps et…

— Aïe! J'ai pas pris ce rendez-vous-là pour rien, protesta Laurette. On va y aller ensemble, à part ça.

— Je suis pas un enfant, protesta son mari. T'as pas besoin de venir me reconduire là. Je connais le chemin.

— Je le sais, mais je suis ta femme et je veux savoir ce que le docteur va dire.

— Je suis capable de te le répéter, si c'est tout ce que tu veux.

— Non, j'aime mieux être là, dit-elle d'une voix décidée en déposant devant lui une assiette sur laquelle elle venait de déposer deux saucisses et un morceau de boudin avec des pommes de terre.

Les cinq enfants du couple, assis autour de la table, se taisaient. Ils écoutaient l'échange entre leur père et leur mère. Ils devinaient que leur père devait vraiment ne pas se sentir très bien pour ne pas opposer une plus grande résistance à une visite chez le médecin de la famille. À leur connaissance, ils ne se souvenaient pas avoir vu leur père aller chez le vieux docteur Miron. Il les avait bien accompagnés, l'un après l'autre, pour leur faire enlever leurs amygdales avant de commencer l'école, mais ils ne l'avaient jamais vu malade.

Après le repas, Gérard alla changer de vêtements. Laurette le suivit presque immédiatement après avoir confié à Denise et Carole le soin de remettre de l'ordre dans la cuisine. Lorsque son mari et elle furent prêts à partir, elle laissa Gérard sortir le premier de l'appartement pour avoir le temps de chuchoter à ses enfants :

— Faites une prière pour que tout se passe ben, leur commanda-t-elle sans plus s'expliquer.

Le bureau du docteur Miron était situé coin De Montigny et Papineau, au rez-de-chaussée d'un vieil immeuble en brique rouge. Une plaque en cuivre était fixée à droite d'une porte à la peinture verte écaillée. En poussant cette dernière, le visiteur était obligé de convenir que la salle d'attente aux murs craquelés meublée d'une douzaine de chaises en bois inconfortables aurait eu grandement besoin des soins d'un décorateur. Une secrétaire à la figure peu avenante officiait derrière un bureau qui avait connu de meilleurs jours.

— Assoyez-vous, ordonna-t-elle aux Morin. Le docteur va vous recevoir tout à l'heure.

Gérard et Laurette enlevèrent leur manteau et prirent place à l'autre extrémité de la petite salle où trois autres personnes patientaient déjà. Puis, les minutes s'égrenèrent lentement. Une grosse dame sortit du bureau du médecin, aussitôt remplacée par un vieillard, et l'attente se poursuivit. Le silence des lieux n'était rompu que par la sonnerie du téléphone et la voix feutrée de la secrétaire.

Finalement, un peu après huit heures, cette dernière appela Gérard Morin qui disparut derrière la porte du bureau du médecin. Et l'attente de Laurette reprit. Elle avait entrepris de réciter des *Ave* depuis son arrivée dans la place et elle continua de plus belle dès que son mari eut disparu derrière la porte du médecin.

Après une vingtaine de minutes, la porte du bureau s'ouvrit sur Albert Miron.

— Madame Morin, l'appela-t-il. Voulez-vous entrer une minute ?

Les jambes un peu molles, Laurette se leva, prit son manteau et celui de son mari et pénétra dans la pièce.

Gérard, le visage défait, était assis devant le bureau du praticien.

— Assoyez-vous, madame, dit Albert Miron, un mince sexagénaire à qui il ne restait qu'une étroite couronne de cheveux gris.

Laurette lança un regard interrogateur à son mari qui ne broncha pas.

— Je vous ai fait entrer parce que votre mari m'a dit que vous vouliez absolument savoir de dont il souffrait. C'est normal. Je l'ai examiné et, comme je le lui ai dit, ce n'est pas très brillant. À mon avis, il a trop attendu avant de venir me voir et j'aime pas beaucoup ce que j'entends quand je l'ausculte.

Gérard se contenta de fixer la pointe de ses souliers sans rien dire.

— Là, je l'envoie passer une radiographie des poumons à l'Institut Bruchési demain avant-midi parce qu'il y a quelque chose de pas normal de ce côté-là. Je veux qu'il rencontre le docteur Laramée au dispensaire de l'institut. Je lui ai écrit un mot d'introduction.

— C'est correct, docteur.

— À ce que j'ai cru comprendre, votre mari fait des poussées de fièvre de temps à autre ?

— Presque tous les soirs, précisa Laurette.

— Ah bon ! dit le médecin comme s'il venait d'apprendre un nouveau fait.

— Il a pas mal maigri cet hiver et il crache le sang, ajouta Laurette.

— Pourquoi vous me l'avez pas dit ? reprocha le médecin à Gérard, qui prit un air coupable. Si ce que vous dites est vrai, madame, il y a pas de temps à perdre. C'est urgent. Il faut absolument que votre mari aille passer cette radiographie demain.

— On va y aller, docteur, assura Laurette.

— Vous pouvez avoir confiance en mon confrère Laramée, affirma le praticien à Gérard, sur un ton rassurant. S'il détecte la moindre anomalie dans les radiographies de vos poumons, il va vous le dire et vous expliquer le traitement à suivre. Aujourd'hui, il y a tellement de médicaments sur le marché qu'on parvient à guérir presque tout.

— Merci, docteur, dirent le mari et la femme en se levant, prêts à quitter le bureau du vieux médecin.

Gérard et Laurette réglèrent le prix de la consultation à la secrétaire et rentrèrent à la maison dans un silence presque total. La femme en voulait un peu à son mari d'avoir cherché à cacher au médecin son véritable état de santé, mais elle se retenait de lui faire le moindre reproche à ce sujet pour ne pas le braquer. Par ailleurs, elle sentait qu'il était rongé par l'inquiétude et elle ne savait pas trop comment le rassurer.

À leur entrée dans l'appartement, ils trouvèrent tous leurs enfants dans la cuisine.

— Comment ça se fait que vous êtes pas couchés, vous autres ? demanda Laurette aux plus jeunes. Votre heure est passée depuis longtemps.

— On voulait savoir ce que p'pa avait, répondit Richard pour les autres.

Comme Gérard ne semblait pas disposé à expliquer son état de santé, Laurette répondit à sa place.

— On le sait pas encore. Votre père doit aller passer une radiographie des poumons demain. À cette heure, allez vous coucher.

Avant de se diriger vers sa chambre, Carole s'empressa d'aller embrasser son père et sa mère sur une joue, puis Gilles et Richard embrassèrent leur mère et souhaitèrent une bonne nuit à leur père. Pour leur part, Jean-Louis et Denise demeurèrent un bon moment dans la cuisine avec leurs parents avant d'aller se mettre au lit à leur tour. De tous les enfants, Richard semblait le plus inquiet de l'état de santé de son père.

Ce soir-là, au moment d'éteindre sa lampe de chevet, Gérard dit à voix basse à sa femme :

— Va pas penser que je vais perdre une journée de salaire demain pour aller là-bas. Il en est pas question.

— Le docteur t'a dit que c'était urgent, répliqua Laurette, dans le noir.

— Je m'en sacre. Les docteurs sont tous pareils. Ils cherchent juste à nous faire peur.

— Parfait, Gérard Morin ! Si t'as décidé de crever comme un chien, t'es libre de le faire, lui dit sa femme dans une flambée de colère. Je m'en mêle plus. Tu tousses comme un déchaîné et tu craches le sang, c'est normal. Tu penses que t'es pas malade ? C'est correct, t'es pas malade. Mais que je t'entende pas te plaindre, par exemple.

Sur ces mots bien sentis, elle lui tourna le dos. Cependant, l'angoisse la garda éveillée durant de longues minutes. Les yeux ouverts dans l'obscurité, elle se demanda comment elle allait bien pouvoir s'y prendre pour décider son mari à se rendre à l'Institut Bruchési le lendemain. Si elle s'était écoutée, elle se serait levée et serait allée fumer dans la cuisine. Pendant un bref moment, la pensée que ce malheur pouvait être le résultat du bris de sa promesse de carême l'effleura. Puis la crainte de réveiller son mari la tint clouée dans son lit jusqu'à ce que la fatigue ait raison d'elle.

～⌣

Cependant, toute cette angoisse était bien inutile. Le lendemain matin, Gérard se leva à la même heure que d'habitude, mais il ne fit pas un geste pour se hâter de faire sa toilette. Laurette l'épiait depuis son entrée dans la cuisine. Elle fit comme si elle ne remarquait rien d'anormal. Elle se borna à lui servir une tasse de café. Lorsqu'elle le vit ne manger qu'une moitié de rôtie et repousser son assiette, elle ne put s'empêcher de lui dire :

— Voyons, Gérard. Force-toi pour manger plus que ça.

— J'ai pas faim, répliqua son mari en s'écartant de la table pour s'allumer une cigarette, ce qui le fit tousser dès qu'il inhala.

À huit heures, le magasinier de la Dominion Rubber appela son patron pour lui signifier qu'il serait absent pour cause de maladie ce jour-là et il raccrocha.

— Mon *boss* a pas l'air content pantoute, dit-il à Laurette.

— Que le diable l'emporte, se contenta de dire cette dernière. C'est pas lui qui est malade. Il peut tout de même pas dire que t'exagères. Ça fait une éternité que t'as pas manqué une journée d'ouvrage.

Après que tous les enfants eurent quitté le nid, Gérard consulta le bottin téléphonique pour connaître l'adresse exacte de l'Institut Bruchési avant d'aller faire sa toilette. Quand sa femme se rendit compte qu'il avait déjà endossé son manteau et s'apprêtait à sortir, elle lui demanda :

— Veux-tu que j'y aille avec toi ?

— C'est pas nécessaire, répondit-il d'une voix légèrement agacée. Je serai pas longtemps parti.

Elle aurait préféré l'accompagner, ne serait-ce que pour s'assurer qu'il se rendait bien à l'institut mais elle voyait bien que Gérard n'était pas d'humeur à supporter quelqu'un à ses côtés ce matin-là.

Un soleil radieux accueillit Gérard Morin quand il posa les pieds à l'extérieur. Il faisait doux et un petit vent d'ouest répandait dans le quartier des odeurs en provenance de la compagnie Molson mêlées à celles de la Dominion

Rubber. Au coin de la rue Archambault, devant la porte de l'épicerie Brodeur, un enfant faisait une crise à sa mère parce qu'elle avait refusé de lui acheter une friandise. Gérard releva le col de son manteau et se dirigea vers la rue Sainte-Catherine pour prendre le tramway.

Quand il arriva devant l'Institut Bruchési, coin Rachel et Parthenais, il était presque dix heures. Gérard s'empressa de s'allumer une cigarette et la fuma, debout sur le trottoir. Après avoir écrasé son mégot du bout du pied, il hésita longuement avant de se décider à pousser la porte où était inscrit le mot *Dispensaire*.

L'endroit sentait un peu l'éther et il dut s'arrêter un bref moment pour permettre à sa vue de s'habituer au changement brusque de luminosité. Il finit par distinguer une douzaine de personnes assises qui attendaient. Il se présenta à l'infirmière installée derrière un vieux bureau en bois et lui tendit le mot écrit la veille par le docteur Miron.

— Vous pouvez vous asseoir, monsieur, lui dit-elle avec un mince sourire. Je vous appellerai quand ce sera votre tour.

Gérard alla prendre place sur une chaise libre et son attente commença. Une trentaine de minutes plus tard, on l'appela. Une infirmière le fit entrer dans une pièce et lui demanda de dénuder son torse. Un radiologiste prit des radiographies de ses poumons. Ensuite, on l'invita à se rhabiller et à retourner attendre les résultats dans la salle voisine.

Au moment où il commençait à s'impatienter, une infirmière l'appela et le conduisit dans une petite pièce où un homme d'âge mûr à l'épaisse chevelure grise et vêtu d'une blouse était occupé à écrire, assis derrière un bureau.

— Monsieur Morin? demanda-t-il en levant la tête.

— Oui, monsieur.

— Paul-André Laramée, se présenta l'homme en retirant ses épaisses lunettes à monture de corne. Assoyez-vous, monsieur. J'ai ici les résultats de vos radiographies et je dois vous dire qu'elles ne sont pas très encourageantes.

Le visage de Gérard pâlit en entendant ces paroles. Il se laissa tomber sur l'une des deux chaises disposées devant le bureau du médecin.

— Je pense que vous êtes assez vieux pour entendre la vérité sur votre état de santé sans qu'on prenne des détours, commença le spécialiste.

— Oui, docteur, dit le malade d'une voix mal assurée.

— Bon, j'irai pas par quatre chemins. Monsieur Morin, vous souffrez de tuberculose.

— Moi ? demanda Gérard, horrifié.

— Oui, vous. Vos deux poumons sont sérieusement attaqués. De plus, si je me fie à ce que m'écrit mon confrère Miron, vous présentez tous les symptômes de la tuberculose infectieuse. Toux grasse, perte de poids et suées abondantes. Je suis certain que vous mangez avec de moins en moins d'appétit et que vous crachez parfois du sang. Est-ce que je me trompe ?

— Ben…

— Oui ou non, monsieur Morin.

— Ça m'arrive.

— Je vois que vous avez un paquet de cigarettes. Fumez-vous ?

— Pas beaucoup, admit Gérard.

— C'est fini, cette affaire-là. Vous pouvez plus fumer, et ça, sous aucun prétexte, vous m'entendez ?

— Oui, docteur.

— Vous avez sûrement entendu parler de la tuberculose. Rassurez-vous, c'est plus une maladie mortelle comme il y a dix ou vingt ans. Aujourd'hui, il y a des antibiotiques pour traiter ça. Ça prend du temps pour s'en débarrasser, mais on y arrive. Vous avez des enfants ?

— Oui, cinq.

— Vous devez donc savoir qu'on a commencé à les piquer avec le nouveau vaccin BCG dans les écoles.

— Non, je savais pas, reconnut Gérard.

— Écoutez-moi bien, monsieur Morin. La tuberculose prend pas mal de temps à guérir. Pour la vaincre, il faut être patient et discipliné. On doit surtout être prêt à faire de grands sacrifices.

Gérard hocha la tête, ne sachant pas trop où le spécialiste voulait en venir.

— Vous êtes devenu extrêmement contagieux. Chaque fois que vous toussez ou que vous éternuez, vous risquez de transmettre la tuberculose à votre femme et à vos enfants. C'est pourquoi le traitement se donne dans un sanatorium. En plus, il exige que le patient se repose beaucoup. Il faut qu'il ait une alimentation saine et qu'il respire du bon air.

— Combien de temps ça dure, ce traitement-là ? demanda Gérard dont la panique était évidente.

— Dans le meilleur des cas, un an. Parfois, il en faut deux ou trois pour arriver à remettre sur pied un patient. Ça dépend souvent de sa volonté de guérir.

— Mais je peux pas aller dans un sanatorium aussi longtemps que ça, plaida Gérard, la voix éteinte. Ma famille a besoin de mon salaire.

— Si vous y allez pas, dans quelques mois, vous allez être six pieds sous terre, monsieur Morin. Votre famille pourra jamais plus compter sur vous.

— Et ma *job* ?

— De toute façon, vous ne pourrez pas la conserver parce que la loi m'oblige à aviser votre employeur de votre maladie parce que vous êtes contagieux.

Le silence tomba dans le bureau. Le médecin était habitué à ce genre de scène parce que la tuberculose frappait le plus souvent des ouvriers pauvres, victimes de leurs conditions de vie précaires. Il laissa donc à son patient le temps de se faire à l'idée de ce qui lui arrivait. Finalement, le père de famille, demanda d'une voix brisée :

— Qu'est-ce qui va m'arriver ?

— Vous allez retourner à la maison et demander à votre femme de vous préparer une valise. Dès que vous aurez quitté mon bureau, je vais appeler les sœurs de la Miséricorde qui dirigent le sanatorium Saint-Joseph, sur le boulevard Rosemont, dans l'est. Je vais m'organiser pour qu'elles vous trouvent une place. Elles vont vous attendre cet après-midi. Demain matin, vous commencerez votre traitement.

— S'il y a pas d'autre moyen, dit Gérard d'une voix misérable.

— Ayez confiance, monsieur Morin, l'encouragea le médecin en se levant pour lui signifier la fin de l'entrevue. Dites-vous que les gens qui vont s'occuper de vous ne chercheront que votre bien.

Gérard se retrouva à l'extérieur de l'institut tout étourdi. Les choses allaient trop vite pour lui. Hier, il avait encore un emploi, une famille et un chez-soi. Maintenant, il n'avait plus rien. Il allait être un malade inutile, un poids mort. Pendant tout le trajet de retour en tramway, il se tourmenta pour savoir comment les siens allaient bien pouvoir survivre sans son salaire. Quand il rentra chez lui, un peu après une heure et demie, il se retrouva devant une Laurette passablement inquiète.

— Mon Dieu ! Ils t'ont ben gardé longtemps, dit-elle pendant qu'il retirait son manteau.

Son mari ne répondit rien. Elle remarqua alors ses traits tirés et son air épuisé.

— Approche. Je vais te faire réchauffer un peu de fricassée, lui offrit-elle.

— J'ai pas faim. Fais-moi juste une tasse de café.

— Puis? demanda-t-elle en déposant la bouilloire sur le poêle.

— Je dois me faire soigner, laissa tomber Gérard.

— Qu'est-ce que t'as exactement? insista sa femme.

— D'après Laramée, j'ai la tuberculose.

— Pas ça! s'exclama Laurette dont le visage était devenu subitement blanc.

— J'entre au sanatorium tout à l'heure.

— Au sanatorium! Mais pour combien de temps?

— Il dit que c'est pour au moins un an, dit Gérard dans un souffle.

— Mon Dieu! ne put s'empêcher de dire Laurette qui, les jambes coupées par la nouvelle, s'assit lourdement en face de son mari. Pourquoi est-ce que ça nous arrive à nous autres une affaire comme ça?

— Es-tu capable de me préparer une valise? demanda Gérard. Le docteur m'a demandé d'entrer au sanatorium Saint-Joseph cet après-midi.

— Où est-ce que c'est, ce sanatorium-là? fit Laurette en faisant un effort surhumain pour contrôler son désarroi.

— À Montréal. Sur le boulevard Rosemont, dans l'Est. Il paraît qu'on peut y aller en autobus.

— Laisse faire l'autobus, dit sa femme, qui venait de tirer un mouchoir de la poche de son tablier pour essuyer ses larmes qui s'étaient mises à couler. J'ai téléphoné à Pauline avant le dîner. Elle m'a dit qu'Armand travaillait de nuit chez Molson depuis un mois. Je peux ben demander à mon frère un petit service.

Laurette composa le numéro de téléphone de son frère. C'est ce dernier qui répondit.

— Armand, j'espère que je t'ai pas réveillé? Pauline m'a dit que tu travaillais de nuit.

— Non, je viens de me lever.

— Serais-tu capable de venir conduire Gérard à l'hôpital cet après-midi?

— Pas de problème.

— T'es ben fin. On va t'attendre.

Sur ces mots, Laurette raccrocha.

— Pourquoi tu lui as pas dit que tu voulais qu'il m'amène au sanatorium? lui demanda Gérard.

— Aïe! Tu connais Pauline. Si elle avait su que c'était pour aller te mener là, elle aurait jamais voulu qu'il vienne parce qu'elle aurait eu peur qu'il rapporte tes microbes à la maison.

— As-tu l'intention de venir avec moi?

— C'est sûr. Je vais appeler Marie-Ange pour qu'elle vienne faire à souper aux enfants.

— Tu vas probablement être revenue à temps pour ça, lui fit remarquer son mari.

— Oui, mais il faut tout de même quelqu'un dans la maison quand ils vont revenir de l'école. De toute façon, ça devrait pas trop la déranger: elle a pas d'enfant.

La femme de Bernard Brûlé répondit au téléphone dès la première sonnerie. Sa belle-sœur lui apprit la terrible nouvelle et lui demanda si elle acceptait de venir s'occuper de la maison, le temps qu'elle aille conduire Gérard au sanatorium.

— T'es pas sérieuse, Laurette? fit l'autre d'une voix un peu gênée. Ça m'aurait fait ben plaisir d'y aller, mais tu me connais. Maladive comme je suis, j'attrape tout ce qui passe. Si je mets les pieds chez vous, je suis ben capable d'attraper la tuberculose et...

— Bon, c'est correct, la coupa Laurette. Ce sera pour une autre fois.

Elle raccrocha, furieuse.

— Ah! C'est beau la famille! Quand t'as besoin de quelqu'un, il y a plus personne. Je vais m'en souvenir longtemps de la Marie-Ange, je t'en passe un papier.

Elle disparut dans la chambre à coucher. Elle tira du placard une vieille valise en cuir bouilli et se mit à empiler à l'intérieur tout ce dont son mari risquait d'avoir besoin, du moins durant les premiers jours de son séjour. Elle quitta la pièce en portant la valise qu'elle déposa près de la porte d'entrée. Gérard était debout devant la fenêtre de la cuisine et fixait les derniers amas de neige grise qui avaient survécu aux assauts du soleil en ce début d'avril.

— Je monte en haut une minute, lui annonça-t-elle avant de quitter l'appartement. Si Armand arrive avant que je revienne, offre-lui une tasse de café.

Son mari fit un signe de tête comme quoi il l'avait bien entendue. Laurette alla frapper chez les Gravel, à l'étage. La petite femme du chauffeur de taxi vint lui ouvrir et la fit entrer.

— Je m'en venais vous demander un service, madame Gravel, fit-elle. Mais si vous voulez pas, soyez pas gênée pour refuser.

Emma Gravel, étonnée par l'embarras inhabituel manifesté par sa voisine, prit une seconde avant de réagir.

— Qu'est-ce qu'il y a, madame Morin?

— Ben. Mon mari doit entrer au sanatorium tout à l'heure. Je voudrais ben y aller avec lui. Le problème, c'est que je sais pas si je vais être revenue quand les enfants vont rentrer de l'école. Je me demandais si vous pourriez pas venir leur ouvrir la porte quand ils vont arriver.

— C'est sûr que je vais descendre, madame Morin, répondit Emma Gravel sans la moindre hésitation. Je vais y aller tout de suite, à part ça. Donnez-moi une minute pour enfiler ma veste de laine et je vous suis.

— Et votre mari ? Vos enfants ? demanda Laurette.

— Inquiétez-vous pas pour eux autres, ils sont assez vieux pour se débrouiller. Je leur laisse un petit mot sur la table. En plus, ils ont tous la clé de la porte d'entrée.

Laurette revint chez elle en se disant que, parfois, on pouvait compter bien plus sur les étrangers que sur les membres de sa propre famille.

Dix minutes plus tard, Armand Brûlé se présenta à la porte des Morin en même temps que la voisine. Ce dernier refusa la tasse de café offerte et s'empara de la valise de son beau-frère qu'il alla déposer dans le coffre de sa vieille Dodge stationnée devant la maison. Gérard et Laurette montèrent à bord du véhicule après avoir remercié Emma Gravel.

— Bon. Où est-ce qu'on va ? demanda Armand sans s'adresser à l'un ou à l'autre en particulier.

— Au sanatorium Saint-Joseph, sur le boulevard Rosemont. Il paraît que c'est passé Viau, dans l'Est, répondit Gérard, un peu gêné du subterfuge utilisé par sa femme pour obtenir l'aide de son frère.

— On y va, se contenta de dire l'employé de Molson.

Durant tout le trajet, le beau-frère se garda de poser des questions sur l'état de santé de Gérard. Il fit même des efforts méritoires pour parler de n'importe quoi d'autre. Lorsqu'il immobilisa son vieux véhicule dans le stationnement du sanatorium, il descendit de voiture, ouvrit le coffre et empoigna la valise.

— Je suis ben capable de la porter, dit Gérard en avançant la main.

— Je le sais, rétorqua Armand sur un ton plaisant, mais je m'en occupe pareil parce que je veux entrer pour voir comment ils vont t'installer.

Laurette accompagna son mari jusque dans l'entrée où la réceptionniste alerta par téléphone une religieuse répondant au nom de sœur Émilienne. Moins de deux minutes plus tard, une petite femme aux gestes vifs se dirigea vers eux dans un froufroutement de jupes après avoir adressé un signe de tête à la jeune femme qui l'avait appelée.

— Bonjour. Monsieur et madame Morin, je suppose ? demanda-t-elle avec une joyeuse animation.

— En plein ça, ma sœur, répondit Laurette, un peu intimidée par l'endroit inconnu où elle venait de pénétrer.

Gérard ne dit rien, mais hocha la tête pour saluer la religieuse. Pendant ce temps, Armand Brûlé, demeuré à l'écart, avait l'air de garder la valise de son beau-frère comme si elle contenait des biens précieux.

— Bon. C'est parfait, dit sœur Émilienne en souriant chaleureusement. Pendant que je vais installer votre mari, vous, madame Morin, vous pouvez aller rencontrer notre sœur économe. Vous allez trouver la comptabilité à cet étage, la dernière porte, au bout du couloir. Vous n'avez pas de valise, monsieur Morin ? demanda-t-elle en se tournant vers Gérard.

— Oui, ma sœur. C'est mon beau-frère qui l'a transportée. Elle est là, précisa-t-il en désignant son maigre bagage à l'autre bout du hall.

Sans perdre un instant, sœur Émilienne s'approcha d'Armand et s'empara de la valise.

— Je suppose que vous voulez ramener madame Morin chez elle ? demanda-t-elle au frère de Laurette.

— Oui, ma sœur.

— Dans ce cas, vous pouvez vous asseoir. Dans une dizaine de minutes, vous devriez être en mesure de repartir. Suivez-moi, monsieur Morin, ordonna-t-elle à Gérard en tournant la tête vers lui.

Pendant que Gérard et la religieuse disparaissaient derrière une porte battante, Laurette s'engagea dans le couloir au bout duquel elle trouva la porte marquée *Comptabilité*. Elle frappa. On la pria d'entrer. Elle découvrit une sœur de la Miséricorde grande et sèche assise derrière un bureau. La religieuse la scruta soigneusement dès qu'elle posa le pied dans la petite pièce encombrée de classeurs. Elle indiqua à la visiteuse une chaise placée devant son bureau, sortit un dossier d'un tiroir et se mit à lui poser des questions précises autant sur les membres de sa famille que sur l'état des finances familiales. Pour terminer, l'économe du sanatorium demanda à Laurette de signer divers documents.

— Quelle somme êtes-vous en mesure de nous verser chaque mois pour l'entretien de votre mari? demanda-t-elle après avoir refermé le dossier devant elle.

Le visage de Laurette rougit avant d'admettre que la famille vivait grâce au salaire de son mari et qu'elle ne savait même pas encore comment elle allait nourrir les siens durant le séjour de ce dernier au sanatorium.

— Vous n'avez pas personne dans votre famille capable de vous aider? demanda la religieuse d'une voix sèche en la scrutant.

— Ils sont pas plus riches que nous autres, répondit Laurette, mal à l'aise.

— Bon, nous allons voir ce que nous pouvons faire, dit la religieuse sur un ton désabusé. Évidemment, nous ne pourrons installer votre mari dans une chambre privée ou semi-privée si vous n'êtes pas en mesure de payer. Sœur Émilienne est en train de le conduire dans une chambre de transition où il va demeurer deux ou trois jours sous observation, le temps de compléter des examens médicaux. Ensuite, on lui trouvera une place dans l'une de nos salles communes.

— C'est correct, accepta Laurette.

Puis, prise d'un doute soudain au moment où elle allait se lever pour quitter la pièce, elle demanda à l'économe de l'institution :

— Est-ce qu'il va avoir les mêmes soins que les autres, même si on n'a pas d'argent ?

— Votre question est insultante, madame, répondit durement la religieuse dont les yeux flamboyèrent de colère derrière les verres de ses lunettes. Ici, nous soignons tous nos patients du mieux que nous pouvons, qu'ils soient riches ou pauvres.

— Je disais pas ça pour vous critiquer, expliqua piteusement Laurette, qui n'avait pas voulu indisposer celle qui lui faisait face.

L'économe sembla reprendre immédiatement son calme. D'une voix un peu adoucie, elle tint à donner à la visiteuse quelques informations supplémentaires.

— Vous savez, madame, que vous pourrez peut-être avoir droit à la pension des mères nécessiteuses créée il y a une quinzaine d'années par notre bon monsieur Duplessis.

Laurette dressa l'oreille.

— Si vous êtes bien mariée et avez à votre charge deux enfants de moins de seize ans, vous pouvez faire la demande. Si je me souviens bien, le gouvernement accorde une aide de quatre cents dollars pour l'année.

— Merci, ma sœur.

— Je pense que nous avons terminé, déclara la religieuse en mettant de côté le dossier fermé devant elle. Vous pouvez retourner dans le hall d'entrée, madame. Sœur Émilienne devrait être en mesure de vous expliquer quelques règlements de notre sanatorium.

Après avoir remercié encore une fois, Laurette quitta la pièce et retourna auprès de son frère qui semblait ne pas avoir bougé depuis qu'elle l'avait laissé. Au même moment, sœur Émilienne les rejoignit et les entraîna tous les deux dans une petite chambre du rez-de-chaussée où il n'y avait qu'un lit, une chaise et une table de chevet. Gérard était en train de vider sa valise, ouverte sur son lit.

— Je vous laisse vous dire au revoir, dit la religieuse avec un bon sourire. Je vous attends dans le couloir.

Armand serra la main de son beau-frère en lui souhaitant bonne chance et il s'empressa, lui aussi, de se retirer dans le couloir pour laisser Laurette seule avec son mari.

— Est-ce que tu vas venir me voir? demanda Gérard, l'air fragile, dès que la porte de la pièce se fut refermée derrière son beau-frère.

— Certain, dit Laurette, réprimant difficilement ses larmes.

— Comment tu vas faire avec les enfants?

— Inquiète-toi pas pour ça, on va se débrouiller. Toi, occupe-toi juste de guérir le plus vite possible, répondit-elle en se mouchant bruyamment dans un mouchoir qu'elle venait de tirer de l'une des poches de son manteau.

— Tu diras bonjour aux enfants pour moi.

— C'est sûr, le rassura sa femme. Je vais revenir dès que je vais pouvoir. As-tu tout ce qu'il faut?

— La sœur m'a dit qu'il me faudrait un pyjama, une robe de chambre et des pantoufles. C'est toutes des affaires que j'ai jamais eues, à part les pantoufles.

— Je vais t'en trouver, promit Laurette en l'embrassant.

Sur ces mots, elle le serra dans ses bras, les larmes aux yeux, et se dépêcha de quitter la chambre avant de fondre en larmes. Sœur Émilienne l'attendait près de la porte. Elle lui tapota affectueusement l'épaule en lui disant à mi-voix:

— Ayez du courage, madame Morin. Votre mari va s'en sortir.

Laurette utilisa encore une fois son mouchoir pour s'essuyer les yeux. Elle regarda autour d'elle. Le couloir peint en vert et sentant vaguement l'eau javellisée était désert.

— Est-ce que mon frère est déjà parti ? demanda-t-elle d'une voix un peu chevrotante.

— Non, je lui ai demandé d'aller vous attendre dans le hall, répondit la religieuse en l'entraînant avec elle, loin de la porte de la chambre de Gérard. Tout d'abord, pour le pyjama, la robe de chambre et les pantoufles, ce n'est pas une urgence. J'en trouverai sûrement à sa taille en attendant.

Laurette comprit qu'il s'agirait probablement d'effets laissés par d'anciens patients guéris ou décédés et elle réprima difficilement un frisson.

— Je dois vous expliquer certains règlements du sanatorium, madame Morin, poursuivit sœur Émilienne. Les visites ne sont permises que le dimanche après-midi et aucun enfant n'est admis. Durant les premiers mois de traitement, les patients n'ont pas le droit de sortir du sanatorium. Nous n'acceptons pas qu'on leur apporte du tabac, des cigarettes ou de l'alcool.

— C'est correct, ma sœur.

— Je ne sais pas si votre médecin vous l'a dit, madame, mais je vous le rappelle quand même. La tuberculose est une maladie infectieuse. Elle est très contagieuse. Si vous remarquez qu'un de vos enfants tousse, perd l'appétit ou fait des poussées de fièvre dans les prochaines semaines, n'hésitez pas. Amenez-le immédiatement à l'Institut Bruchési pour une radiographie des poumons.

— Vous pouvez être certaine que je vais surveiller, promit Laurette.

— Je vais prier pour la guérison de votre mari, promit la religieuse. Ayez confiance et priez, vous aussi, ajouta-t-elle en la guidant jusqu'à la porte d'entrée de l'institution.

— Merci, ma sœur.

Laurette sortit du sanatorium et retrouva son frère qui l'attendait à l'extérieur en fumant. Tous les deux montèrent à bord de la Dodge sans dire un mot. Ils ne remarquèrent pas Gérard, debout devant l'une des fenêtres, leur faisant un signe de la main.

La mère de famille ne rentra à la maison qu'un peu après cinq heures. Le soleil commençait à se coucher et la température s'était refroidie. Jean-Louis et Denise n'étaient pas encore revenus de leur travail. Elle trouva les trois plus jeunes en train de faire leurs devoirs dans la cuisine sous la surveillance d'Emma Gravel. À la vue de leur mère, tous les trois se précipitèrent vers elle pour avoir des nouvelles de leur père. La voisine n'avait pas voulu leur en parler.

— Tout à l'heure, leur dit-elle. Laissez-moi ôter mon manteau et souffler un peu.

Pendant que les enfants attendaient avec impatience, Laurette remercia sa voisine avec effusion et l'accompagna jusqu'à la porte.

— Puis, m'man, où est-ce qu'il est, p'pa? demanda Richard.

La mère de famille s'assit à un bout de la table et fit signe à ses enfants de l'imiter. Devant sa mine grave, les trois jeunes se turent, attendant des nouvelles de leur père.

— Votre père a été placé dans un sanatorium parce qu'il a la tuberculose et que c'est contagieux.

— Est-ce qu'il va être là longtemps? s'informa Richard, secoué par la nouvelle.

— Au moins un an.

— Un an ! s'écria Carole, les larmes aux yeux.

— Oui. Au moins, répéta sa mère.

— Quand est-ce qu'on va pouvoir aller le voir ? demanda Gilles.

— Il a droit à des visites juste le dimanche après-midi et les enfants peuvent pas y aller.

— Mais on n'est pas des enfants ! protesta Richard.

— Je sais pas à partir de quel âge les enfants peuvent entrer, lui dit sa mère d'une voix lasse. Je le demanderai quand j'irai voir votre père la prochaine fois. L'important, c'est que vous devez pas parler de ça à personne, vous m'entendez ?

— Pourquoi ? demanda Carole.

— Parce que le monde a peur de cette maladie-là. Si vous en parlez, vous allez voir que vos amis viendront plus vous voir parce que leurs parents vont leur défendre de le faire.

— Qu'est-ce qu'on va dire d'abord ? fit Richard.

— Vous avez juste à dire que votre père est à l'hôpital Notre-Dame et qu'il a une maladie de cœur, par exemple, suggéra Laurette. Bon, ça va faire, il faut souper, reprit-elle après un bref moment de silence.

— J'ai épluché des patates avec madame Gravel, dit Carole. Elles devraient être presque cuites.

— Il reste du steak haché. On va manger des boulettes de steak haché avec des patates, annonça Laurette aux siens. Enlevez vos affaires sur la table. Carole, commence à mettre la table. Jean-Louis et Denise sont à la veille d'arriver.

Lorsque les deux aînés arrivèrent, Laurette ne leur laissa pas le temps de s'étonner de l'absence de leur père. Elle leur fournit les mêmes explications qu'aux autres et leur fit les mêmes recommandations. Le repas se prit dans un silence relatif et plus d'un jeta un regard inquiet vers la chaise vide au bout de la table.

Après la vaisselle, Laurette appela sa belle-sœur Colombe. La sœur de Gérard recevait une amie à souper et parlait à mi-voix, comme si elle avait craint que cette dernière devine ce qu'il se passait. Plus probablement, ne voulait-elle pas affoler sa mère présente dans la pièce. Avant de raccrocher, elle lui promit de la rappeler avant la fin de la soirée. Ensuite, la mère de famille s'adressa surtout à ses deux aînés qui étaient demeurés attablés dans la cuisine pendant que les jeunes avaient repris leurs travaux scolaires.

— Bon. Il va falloir s'organiser à cette heure que votre père est plus là, leur annonça-t-elle sans préambule. Je pourrai pas payer le manger, le loyer et tous les autres comptes avec des prières. En plus, les sœurs du sanatorium veulent que je paye quelque chose. On n'a plus la paye de votre père.

— Moi, en tout cas, je peux pas donner plus que je donne là, déclara tout net Jean-Louis. Je vous paye déjà une grosse pension et vous me devez déjà de l'argent pour vos lunettes.

— Maudit que t'es cochon, Jean-Louis Morin! s'emporta son jeune frère Richard. T'as de l'argent à la banque!

— Toi, mêle-toi de tes affaires, le rabroua sa mère, que le manque de solidarité de son préféré n'était pas encore parvenu à indigner.

— Vous pouvez garder toute ma paye, m'man, offrit généreusement Denise. Laissez-moi juste deux piastres par semaine pour mes petites dépenses. Ça va être correct.

— Vous garderez toute ma paye de Tougas, m'man. Laissez-moi juste cinquante cennes, intervint Gilles à son tour.

— La même chose pour moi, m'man, offrit à son tour Richard.

— Vous êtes ben fins, leur dit leur mère, les larmes aux yeux.

— Vous pouvez toujours demander quelque chose à la Saint-Vincent-de-Paul, dit Jean-Louis, comme si cette suggestion pouvait faire oublier son égoïsme.

— Jamais de ma chienne de vie! Tu m'entends? s'emporta sa mère. J'ai ma fierté, mon garçon! J'irai pas quêter quand j'ai mes deux bras et mes deux jambes pour travailler. Déjà que je vais essayer d'avoir la pension des mères nécessiteuses. As-tu pensé à ce que les voisins diraient s'ils voyaient le monde de la Saint-Vincent-de-Paul nous apporter une boîte de manger? On nous montrerait du doigt. On serait les quêteux de la rue Emmett. Jamais! J'aimerais mieux mourir.

— Moi, je disais ça...

— Comme tu veux rien donner pour nous aider, tu ferais ben mieux de fermer ta gueule, lui ordonna son frère Gilles.

Quand l'aîné se rendit compte que ses frères et sœurs étaient ouvertement contre lui, il préféra s'esquiver dans sa chambre et le silence retomba dans la pièce.

Deux heures plus tard, la sonnerie du téléphone fit sursauter Laurette occupée à repriser un accroc sur la manche d'une chemise de Gilles. Colombe rappelait pour offrir son aide et celle de son mari.

— Vous êtes ben fins, tous les deux, mais je pense qu'on est capables de se débrouiller tout seuls un bout de temps, lui déclara Laurette.

Lucille Morin vint ensuite dire quelques mots d'encouragement à sa bru. La vieille dame lui proposa, elle aussi, de la soutenir avec ses maigres moyens. Ce bref échange avec sa belle-mère surprit la mère de famille et lui donna du courage. Pas une plainte sur le mauvais sort qui s'acharnait sur son fils. Elle tenta même de persuader sa bru que le séjour au sanatorium serait bref et bénéfique.

Ce soir-là, au moment de se mettre au lit, Laurette s'aperçut que Richard était allé chercher un seau de charbon dans la cave et qu'il avait alimenté la fournaise du couloir pour la nuit. Elle éteignit sa lampe de chevet après avoir fait sa prière. La femme de quarante ans se sentait brusquement perdue dans ce grand lit où elle n'avait couché seule qu'à une seule occasion en plus de vingt ans. Gérard lui manquait déjà et il venait à peine de partir. Dans le noir, elle pleura doucement pendant de longues minutes en maudissant la malchance qui s'acharnait sur sa famille.

À l'extérieur, un passant heurta volontairement les contre-fenêtres en marchant sur le trottoir, ce qui la fit sursauter violemment. Bien réveillée, elle finit par se lever et retourner dans la cuisine pour fumer une cigarette en cachette des siens. Devant une tasse de café, elle réfléchit longuement aux différents moyens de nourrir les siens durant ce qui s'annonçait devoir être une bien longue absence de Gérard. Peu à peu, elle renouait avec sa vraie nature, une femme énergique peu portée sur les attendrissements. Quand elle retourna se mettre au lit un peu après minuit, sa décision était prise. Elle ne demanderait l'aide de personne. Elle allait faire face et se débrouiller seule.

Chapitre 22

Les temps durs

Il ne restait que deux jours de classe aux enfants avant les vacances de Pâques et Laurette décida de profiter de leur absence de la maison durant le jour pour faire les courses les plus pressées. Avant même le départ des jeunes pour l'école, son frère Bernard avait téléphoné pour s'informer de la santé de Gérard et lui offrir son aide. Elle l'avait remercié et lui avait assuré qu'elle ne manquait de rien. Comment accepter l'aide de personnes qui n'étaient pas plus riches qu'elle?

Sa première démarche, elle la réservait au bureau du personnel de la Dominion Rubber où son mari travaillait depuis vingt-deux ans. Elle aurait pu téléphoner, mais elle n'avait pas confiance en cet appareil qu'elle ne possédait à la maison que depuis un an. C'était bien utile pour prendre des nouvelles de la famille, mais pour régler les choses importantes, il valait mieux se déplacer.

En ce mercredi saint, un soleil radieux était à l'œuvre, en train de faire fondre les derniers amoncellements de neige le long des trottoirs. Déjà, la glace avait totalement disparu du côté sud de la rue Emmett. Une poubelle avait été renversée au coin de la rue, en face de l'épicerie Brodeur, et deux mouettes s'empiffraient en criant au milieu des déchets dispersés sur le trottoir.

— Il faut que je lave les châssis doubles pour Pâques, se dit Laurette à mi-voix en se dirigeant vers la rue Fullum, vêtue de son manteau noir et coiffée de son petit chapeau de la même couleur.

À la porte de la Dominion Rubber, un employé orienta la mère de famille vers le bureau du personnel. Après avoir frappé, elle entra dans une grande pièce où un petit homme à demi chauve trônait derrière un long comptoir.

— Qu'est-ce que je peux faire pour vous, madame? demanda l'employé.

— Je suis la femme de Gérard Morin.

— Vous parlez du magasinier.

— C'est ça, monsieur. Je suis venue vous dire qu'il est malade et qu'il peut pas venir travailler.

— Qu'est-ce qu'il a?

— Il souffre du cœur, mentit Laurette. Il est à l'hôpital.

— Bon. Est-ce que vous avez une idée de combien de temps il va être absent? demanda l'homme en s'emparant d'un registre sous le comptoir.

— Pas mal longtemps, dit la visiteuse dans un souffle.

— À peu près, madame?

— Le docteur a parlé d'environ un an, dit-elle d'une voix éteinte.

— Un an! s'exclama l'employé. Là, je suis pas sûr que mon *boss* va lui garder sa *job* aussi longtemps.

— Mais il travaille pour votre compagnie depuis vingt-deux ans! s'exclama Laurette, indignée.

— Je le sais bien, madame, mais ici, c'est encore le *boss* qui décide, pas le syndicat. On fait pas ce qu'on veut. Cette année, ça va être la première année qu'on va avoir une semaine de vacances payées. C'est quelque chose.

— Est-ce que vous pensez que la compagnie va m'aider pendant que mon mari va être à l'hôpital? finit par demander Laurette, humiliée d'avoir à quémander. J'ai tout de même cinq enfants à faire manger.

— Ça me surprendrait bien gros, madame Morin, répondit l'autre en lui manifestant ouvertement sa sympathie. Ici, il y a pas de fonds spécial pour aider. Il y a même pas de fonds de pension et d'assurances. Ça fait que quand quelqu'un tombe malade, il doit se débrouiller.

— Mais comment je vais faire pour faire vivre mes enfants?

— Attendez, lui dit l'employé. Je vais aller voir mon *boss* au cas où il pourrait faire quelque chose. Assoyez-vous, j'en ai pour une minute.

Sur ces mots, l'homme alla frapper à une porte à la vitre givrée, au fond de la pièce. Une voix l'invita à entrer. Laurette eut à peine le temps d'apercevoir le directeur du personnel retranché derrière son bureau avant que la porte ne se referme. L'employé ne demeura pas absent plus de deux minutes. À la vue de son visage à sa sortie de la pièce, la mère de famille comprit qu'il ne rapportait pas de très bonnes nouvelles. Elle se leva et s'approcha à nouveau du comptoir.

— Je suis désolé, madame Morin. Monsieur Gordon vous fait dire qu'il souhaite bonne chance à votre mari, mais il peut rien faire. Tout ce qu'il peut vous promettre, c'est qu'il va essayer de lui garder sa *job* s'il reste pas trop longtemps absent.

En entendant ces paroles, Laurette blêmit de rage et il s'en fallut de peu pour qu'elle ne crie ce qu'elle pensait de la Dominion Rubber.

— Ça prend une belle bande d'écœurants pour traiter le monde comme ça! dit-elle entre ses dents.

— Chut! madame, la pria tout bas l'employé en jetant un regard craintif vers la porte à la vitre dépolie.

— Merci d'avoir fait votre possible, monsieur, dit sèchement Laurette avant de quitter la place en faisant claquer la porte du bureau derrière elle.

Elle reprit le chemin de la maison d'un pas rageur en se traitant de «maudite folle» pour avoir cru un seul moment qu'elle obtiendrait de l'aide de la Dominion Rubber. Mais elle n'avait pas eu le choix. Elle devait tout de même prévenir le patron de son mari de son absence prolongée. Elle remâcha sa rancœur pendant tout le temps qu'elle prépara le dîner des écoliers.

À leur arrivée à la maison, les enfants s'empressèrent de demander à leur mère si elle était allée à la Dominion Rubber. À la vue de son visage préoccupé, Richard devina immédiatement que les nouvelles n'étaient pas très bonnes.

— Est-ce qu'ils vont garder la *job* pour p'pa? demanda-t-il à sa mère.

— Non, ils disent qu'ils peuvent pas.

— Qu'est-ce que p'pa va faire quand il va revenir? fit Gilles, aussi soucieux que sa mère.

— Je le sais pas. Cette maudite compagnie-là veut même pas nous donner une cenne pendant tout le temps que votre père va être malade, finit-elle par avouer à ses enfants.

— Qu'est-ce que vous allez faire, m'man? demanda Carole.

— On va essayer de se débrouiller, lui répondit sa mère, soudainement désireuse de ne pas alarmer inutilement ses enfants.

— Si vous voulez, m'man, je peux arrêter tout de suite d'aller à l'école pour me trouver une *job*, proposa Richard.

— Ce sera pas nécessaire. Je vais trouver le moyen d'arranger ça, répliqua sa mère en affichant une confiance qu'elle était bien loin d'éprouver.

Après le départ de ses enfants pour l'école, la mère de famille s'assit à table et calcula longuement la somme hebdomadaire qui lui était nécessaire pour subvenir aux besoins des siens. Elle avait beau couper les frais au maximum, elle ne parviendrait jamais à boucler son budget, loin de là.

— Même en se serrant la ceinture encore plus, on n'arrivera pas, dit-elle à voix haute en passant une main sur son front, comme pour en chasser la migraine qu'elle sentait venir.

Elle se voyait déjà expulsée de son appartement avec les siens, au milieu de ses meubles entassés sur le trottoir.

— Il y a pas d'autre moyen. Il va falloir que je demande la pension des mères nécessiteuses.

Après une longue hésitation, Laurette prit l'annuaire et trouva le numéro du député du comté. Une secrétaire aimable lui communiqua l'endroit où elle devait se présenter pour formuler sa demande. Elle décida de prendre le tramway et de se débarrasser de cette corvée l'après-midi même.

Au bureau de l'Assistance publique, un fonctionnaire soupçonneux scruta à la loupe sa vie privée et celle de son mari et la soumit à un long questionnaire avant de refermer devant elle le dossier.

— Est-ce que vous pensez que je vais avoir droit à cette pension-là ? demanda Laurette, angoissée.

— Je pense que oui, madame, répondit l'homme, comme à contrecœur. Évidemment, nous allons enquêter pour vérifier. Vous savez que vous êtes chanceuse. La pension vient d'être augmentée à quatre cent cinquante dollars par année.

— C'est tout de même pas ben gros pour faire vivre une famille de cinq enfants, lui fit remarquer la visiteuse.

— Peut-être, dit sèchement le fonctionnaire, mais c'est pas mal mieux que rien.

Le lendemain matin, une surprise désagréable attendait Laurette Morin. Elle était en train de laver les fenêtres à l'arrière de l'appartement quand on sonna à sa porte. Elle laissa tomber son chiffon dans son seau d'eau et rentra dans la maison pour aller ouvrir. En soulevant le rideau qui masquait la vitre de la porte d'entrée, elle reconnut Armand Tremblay, le fondé de pouvoir de la Dominion Oilcloth, qui passait chaque année pour le renouvellement du bail.

— Ah ben, bonyeu! Il manquait plus que lui! Je l'avais complètement oublié, celui-là, jura-t-elle avec humeur.

Elle lui ouvrit en affichant un mince sourire de bienvenue.

— Bonjour, monsieur Tremblay. Entrez donc, lui dit-elle avec toute l'amabilité dont elle était capable.

Le petit homme la salua en enlevant son chapeau et passa devant elle. Il enleva ses couvre-chaussures et attendit dans le couloir qu'elle le précède dans la cuisine où elle l'invita à s'asseoir à table. Ce dernier ouvrit son mince porte-documents et en tira une feuille.

— Vous vous doutez sûrement de ce qui m'amène aujourd'hui, madame Morin?

— Le nouveau bail, se contenta de dire Laurette dont le sourire s'était un peu figé.

— En plein ça, madame.

— J'espère que vous nous augmentez pas encore? demanda la femme de Gérard Morin.

— Pas encore? répéta l'homme en levant un sourcil. Vous oubliez, madame, que ça fait trois ans que la compagnie a pas augmenté votre loyer. Cette année, elle est encore pas mal généreuse. Votre loyer monte seulement de deux dollars par mois. C'est raisonnable, non?

— Êtes-vous en train de me dire qu'à partir du mois de mai, on va être obligés de payer vingt piastres par mois pour rester ici! s'emporta Laurette. Aïe! Vous oubliez qu'on payait neuf piastres par mois quand on est arrivés.

— Ça fait plus que vingt ans de ça, madame Morin.

— Mais on n'a pas les moyens de payer autant. Mon mari vient d'entrer à l'hôpital et il travaillera pas pendant au moins un an. On a de la misère à arriver, ajouta-t-elle sans entrer dans les détails.

— Je comprends tout ça, reconnut Armand Tremblay, l'air un peu malheureux, mais je peux pas faire grand-chose pour vous. Ça dépend pas de moi, vous comprenez. C'est la compagnie qui décide.

— Ça a pas d'allure de manger la laine sur le dos du pauvre monde comme ça, se plaignit Laurette, toute retournée par ce nouveau coup du sort.

— Écoutez, madame, dit le fondé de pouvoir. Si vous pouvez vraiment pas payer vingt dollars par mois, il me reste un quatre et demi sur la rue Notre-Dame, proche de Dufresne. C'est plus petit qu'ici et vous auriez un bon ménage à faire, mais le loyer est un peu moins cher.

Laurette demeura un instant silencieuse avant de déclarer sur un ton décidé:

— Non. Laissez faire. Je veux pas être poignée à nettoyer la crasse des autres pendant des semaines. On va garder notre logement. On va essayer de trouver les deux piastres que ça va nous coûter de plus.

— Bon, je vous laisse le bail. Faites-le signer par votre mari. Je passerai le reprendre demain avant-midi.

— Il est à l'hôpital et je peux pas aller le voir avant une semaine, expliqua Laurette. Je peux signer à sa place, proposa-t-elle.

Armand Tremblay hésita un court moment avant d'accepter son offre.

— Si c'est comme ça, signez ici, dit-il en lui montrant la ligne au bas du document. Qu'est-ce qu'il a, votre mari? demanda le fondé de pouvoir pendant qu'elle signait.

— Il souffre du cœur, mentit encore une fois Laurette. On sait pas encore quand il va sortir de l'hôpital.

— J'espère qu'il va guérir vite, fit le petit homme en se levant après avoir rangé le bail dûment signé dans sa serviette.

Laurette le reconduisit jusqu'à la porte de l'appartement.

— Tous des maudits voleurs! s'emporta-t-elle après avoir refermé la porte derrière lui. Ils sont capables de venir nous arracher le pain de la bouche pour s'emplir les poches. Ça a quasiment pas d'allure, j'arriverai jamais! Au fond, il faudrait presque que je me trouve une *job*.

Pendant plusieurs minutes, elle chercha à se familiariser avec l'idée de quitter le foyer chaque matin pour aller travailler à l'extérieur, chose qu'elle n'avait jamais fait. Elle avait été gâtée jusqu'à un certain point en demeurant avec sa mère à la maison jusqu'au jour où elle avait épousé Gérard. Évidemment, après son mariage, il n'avait jamais été question qu'elle se trouve un emploi. La fierté d'un homme était de gagner suffisamment pour faire vivre sa femme et sa famille. Oui, à la limite, elle pourrait se chercher un emploi. Où? Comment? Quel travail pourrait-elle bien faire? Toutes ces questions, elle en ignorait les réponses. La migraine intermittente dont elle souffrait depuis la veille revint plus forte que jamais.

À midi, les enfants, excités, rentrèrent de l'école. Ils étaient officiellement en vacances pour quatre jours. Pour tout arranger, une petite pluie fine se mit à tomber durant le repas, condamnant la mère à supporter leur présence dans la maison et l'empêchant de finir de laver ses fenêtres.

Laurette achevait de ranger la cuisine avec l'aide de Carole quand on sonna à la porte.

— Bon, qui est-ce qui vient encore m'achaler? s'exclama-t-elle. Gilles, va donc ouvrir, ordonna-t-elle à son fils.

L'adolescent alla ouvrir et fit entrer un homme âgé d'une soixantaine d'années dont la longue figure était surmontée par une chevelure grise abondante coiffée sur le côté.

— Est-ce que ta mère est là? demanda le visiteur d'une voix forte.

En entendant cette voix, Laurette s'essuya les mains et se dirigea vers le couloir au bout duquel elle découvrit le visiteur.

— Bonjour, mon oncle Paul, le salua-t-elle en feignant avoir plaisir à revoir le frère de sa belle-mère, un homme qu'elle n'avait pas vu depuis plusieurs années. Mon Dieu! Le plafond va ben me tomber sur la tête pour que vous arrêtiez nous voir. Venez vous asseoir. Je vais vous faire une bonne tasse de café, offrit-elle.

— *Cry* de *cry*, c'est pas de refus, dit le parent avec bonne humeur en déboutonnant son léger manteau de printemps et en le tendant à Carole qui s'était approchée.

— C'est ta dernière, celle-là, non?

— Oui, mon oncle.

— Elle est devenue une belle grande fille. Il me semble que la dernière fois que je l'ai vue, elle commençait à aller à l'école.

— Vous avez de la mémoire, mon oncle. C'est en plein ça, admit Laurette.

Le frère de sa belle-mère s'assit à table pendant qu'elle déposait devant lui une tasse de café.

— Aie pas peur, je viens pas te parler des Témoins de Jéhovah, dit le visiteur à sa nièce par alliance avec un rire bon enfant. J'ai entendu dire que t'avais bien d'autres chats à fouetter ces temps-ci.

Gilles et Richard pénétrèrent à leur tour dans la cuisine. Ils se souvenaient vaguement d'avoir rencontré cet oncle de leur père à deux ou trois reprises dans le passé.

— T'as de beaux enfants, dit Paul Bouchard en regardant les trois jeunes autour de lui après avoir pris une première gorgée de café. Et ça a grandi tout ce monde-là depuis la dernière fois que je les ai vus.

— Mes deux plus vieux sont à l'ouvrage, précisa Laurette en prenant place à son tour à table.

— T'es bien chanceuse, ma fille, d'avoir des enfants. Ma femme et moi, on n'a pas eu cette chance-là. Je te garantis que la vie est pas mal plate sans enfant.

Laurette ne dit rien.

— Je suis passé à matin voir Colombe et ma sœur. Toutes les deux m'ont dit que ton mari est rendu au sanatorium. Tu dois pas trouver ça facile pantoute ?

— On va se débrouiller, affirma Laurette avec une confiance feinte.

— *Cry* de *cry*, es-tu sûre que t'as pas besoin d'aide ?

— La seule aide que j'aimerais avoir, c'est que quelqu'un m'offre une *job*, mon oncle, dit-elle pour mettre fin à son insistance.

— Là, ma nièce, on peut dire que tu tombes peut-être bien. Je pourrais peut-être t'en trouver une.

— Comment ça ? demanda Laurette, surprise.

— Le frère de ma femme est *foreman* chez Viau. Je vais essayer de le rejoindre à soir. Je vais lui demander s'il pourrait pas te trouver quelque chose. Tout ce que je sais, *cry* de *cry*, c'est qu'il a une quarantaine de femmes qui travaillent pour lui. Il devrait avoir le bras assez long pour faire quelque chose.

Pendant plus d'une heure, l'oncle fut intarissable sur sa vie à Joliette et les petits ennuis de santé de sa Françoise, à qui il était uni depuis plus de quarante ans. Au milieu de l'après-midi, le sexagénaire finit par se lever en annonçant qu'il devait rentrer à Joliette, sinon sa femme allait s'inquiéter.

Après son départ, Carole eut la permission de sa mère d'aller rejoindre son amie Mireille.

— Vous autres, les garçons, vous allez sortir les jalousies du hangar, les mettre sur le balcon et les nettoyer. Il mouille plus.

— Mais m'man, il fait pas encore assez chaud pour les installer à la place des châssis doubles, protesta Gilles.

— Pas encore, mais ça s'en vient. Je veux pas attendre les fins de semaine pour tout faire. Tu travailles chez Tougas tous les samedis et ton frère est au garage de ton oncle Rosaire. Aujourd'hui, on va s'avancer.

Les deux adolescents ne rechignèrent pas trop et sortirent les lourdes persiennes vertes à la peinture tout écaillée qu'il faudrait bientôt installer aux quatre fenêtres de l'appartement. Ils eurent même le temps de les nettoyer avant l'heure du souper. Pendant ce temps, leur mère était allée laver les fenêtres des deux chambres donnant sur le trottoir de la rue Emmett.

— On va aller à la cérémonie du jeudi saint à l'église après le souper, annonça Laurette à ses fils quand ils vinrent lui dire que les persiennes étaient propres.

— Ah non! On va pas être poignés pour aller passer la soirée là, regimba Gilles. Il y a une partie de hockey à soir au radio. C'est les éliminatoires, m'man. C'est une partie entre Toronto et les Canadiens. On n'est pas pour manquer ça.

— Je pense que ta partie de hockey est pas mal moins importante que d'aller prier pour que ton père guérisse au plus vite et pour que je trouve une *job*, surtout si tu veux qu'on ait les moyens de te laisser faire ta huitième année l'année prochaine. Si j'ai pas d'ouvrage, je sais même pas si tu vas avoir la chance de finir ta septième.

— OK, j'ai compris, accepta Gilles sans trop de gaieté de cœur.

— Moi, m'man, je suis prêt à lâcher l'école tout de suite, offrit encore une fois Richard avec enthousiasme. De toute façon, c'est plate à mort. Je suis sûr que mon oncle Rosaire m'engagerait.

— Non, il en est pas question, dit sa mère sur un ton définitif. Ta meilleure façon de m'aider, c'est de réussir ta sixième.

Un peu plus tard, Laurette demanda à Carole, revenue à la maison depuis quelques minutes :

— Veux-tu ben me dire ce que Denise a à traîner à soir ? Il est passé cinq heures et demie.

— Elle est arrivée depuis un bout de temps, m'man, répondit sa fille. Elle est arrivée pendant que vous étiez aux toilettes. Elle est dans notre chambre.

— Dis-lui donc de venir nous donner un coup de main à mettre la table, lui ordonna sa mère.

L'adolescente poussa la porte de la chambre qui s'ouvrait sur la cuisine, resta à peine un instant dans la pièce et en sortit rapidement.

— M'man, Denise pleure, chuchota-t-elle à sa mère.

— Bon, qu'est-ce qui se passe encore ? fit Laurette d'une voix excédée en déposant le couteau avec lequel elle était en train de couper des oignons.

La mère de famille entra dans la chambre et ferma la porte derrière elle de manière à ce que ses fils, présents dans la cuisine, n'entendent pas ce qui allait être dit. Elle trouva son aînée étendue sur son lit, le visage enfoui dans son oreiller.

— Qu'est-ce que t'as à brailler comme un veau ? demanda Laurette à sa fille.

— Rien, répondit Denise en reniflant.

— Dis-moi pas rien. On pleure pas pour rien. Qu'est-ce qu'il y a ? C'est ton Serge ?

— Il veut plus sortir avec moi, dit Denise en éclatant en sanglots.

— Comment ça ?

— Ben. Il est venu faire un remplacement à la succursale au coin de Dufresne aujourd'hui. Il est venu me voir au magasin. Je lui ai dit que p'pa était au sanatorium et...

— Je t'avais dit de pas le dire ! la coupa sèchement sa mère.

— Je le sais ben, mais quand je lui ai dit qu'il était à l'hôpital, il voulait absolument aller le voir à soir ! s'emporta la jeune fille. Qu'est-ce que vous vouliez que je lui dise ?

— OK. Bon. Qu'est-ce qui s'est passé ?

— Il m'a dit que cette maladie-là lui faisait peur parce qu'elle était pas mal contagieuse. Puis, il m'a demandé si ça me dérangerait qu'on arrête de se voir pendant un bout de temps, le temps d'être sûr que je l'avais pas.

— Tu parles d'un maudit gnochon ! s'emporta Laurette. Il est pas capable de voir que t'es en pleine santé ! Et c'est pour un gars comme ça que tu pleures ? Réveille-toi, ma fille ! Il en vaut pas la peine. D'après moi, ça prouve qu'il t'aime pas ben gros.

— Mais moi, je l'aime, m'man, dit la jeune fille sur un ton misérable.

— Dans ce cas-là, pends-toi pas après lui. Montre-toi indépendante, lui conseilla sa mère. S'il t'aime le moindrement, il va revenir. À cette heure, grouille-toi. Viens souper. C'est prêt.

La mère de famille quitta la pièce en laissant la porte de la chambre volontairement ouverte derrière elle. Deux minutes plus tard, Denise, les yeux encore gonflés, sortit de sa chambre et vint prendre place à table.

— On soupe tout de suite, même si Jean-Louis est pas encore arrivé. On n'est pas pour se mettre en retard à l'église à cause de lui, dit la mère de famille sans s'adresser à l'un de ses enfants en particulier. Ça commence à sept heures.

— Vous allez à l'église ? s'étonna Denise en chipotant dans son assiette.

— Oui, pour prier pour la guérison de ton père et pour demander au bon Dieu que je trouve une *job*, ajouta sa mère en s'assoyant au bout de la table.

— Mais m'man, vous avez ben assez d'ouvrage dans la maison sans aller travailler dehors, protesta la jeune fille.

— Peut-être, fit sa mère, mais on a besoin de plus d'argent pour arriver. La Dominion Oilcloth a augmenté notre loyer et la Dominion Rubber veut pas nous donner une maudite cenne pendant la maladie de ton père.

Denise ne dit rien. Après le lavage de la vaisselle, elle endossa son manteau comme les autres et prit le chemin de l'église Saint-Vincent-de-Paul pour assister à la cérémonie religieuse.

À leur retour à la maison, un peu après huit heures, les Morin trouvèrent Jean-Louis en train de lire le journal, confortablement assis dans la chaise berçante de son père.

— Ôte-toi de là ! lui ordonna sèchement sa mère en pénétrant dans la cuisine. Ça, c'est la chaise de ton père, et je veux pas en voir un s'en servir tant qu'il sera pas revenu.

— C'est correct. Fâchez-vous pas pour ça, dit son fils aîné en se levant. Vous m'avez rien laissé pour souper, ajouta-t-il sur un ton accusateur.

— Ici, c'est pas un restaurant, tu sauras, répliqua durement sa mère. Si t'es pas capable d'arriver à l'heure des repas, tu te débrouilleras ou t'iras manger ailleurs.

Le jeune homme sembla sidéré de se faire répondre sur ce ton par celle qui l'avait toujours protégé dans le passé. Levant la tête, il aperçut ses frères et sœurs qui semblaient le considérer sans aucune sympathie. Sans dire un mot, il replia le journal qu'il venait de déposer sur la table et alla se réfugier dans sa chambre. Pendant ce temps, Gilles avait allumé la radio et syntonisé Radio-Canada pour obtenir la retransmission de ce qui restait de la partie de hockey. Richard vint le rejoindre et les deux frères s'assirent près de l'appareil pour mieux entendre la description du match.

Quelques minutes plus tard, le téléphone sonna.

— Baissez le radio, leur ordonna leur mère.

Denise se précipita sur l'appareil, croyant que Serge Dubuc lui téléphonait pour s'excuser. Le léger sourire qui était apparu dans son visage disparut presque immédiatement.

— Bonsoir, mon oncle. Oui, je vous la passe.

— M'man, dit-elle à sa mère. C'est l'oncle de p'pa. Il veut vous parler.

Le cœur de Laurette eut un raté. Elle se leva et saisit l'écouteur en formulant une prière muette.

— Bonsoir, mon oncle.

— Bonsoir, Laurette. J'ai parlé à mon beau-frère tout à l'heure. *Cry* de *cry*, on peut dire que t'es chanceuse, toi. Il y a justement une fille de son équipe qui se marie samedi et qui reviendra pas travailler. T'as la *job*. T'as juste à te présenter chez Viau lundi matin avant sept heures et demie et demander Georges-Étienne Bilodeau. C'est mon beau-frère. Il va t'expliquer la *job* que tu vas avoir à faire. Il paraît que c'est pas bien compliqué. Tu vas voir, c'est un bon diable.

— Je vous remercierai jamais assez, mon oncle, pour ce que vous venez de faire, dit Laurette, soulagée au-delà de toute expression.

— C'est pas grand-chose, ma nièce. Si jamais t'as besoin d'autre chose, téléphone-moi.

Après avoir raccroché l'écouteur, Laurette s'assit lourdement dans sa chaise berçante. Pendant un bref moment, elle croisa et décroisa ses mains, incapable de retrouver son calme. Jean-Louis n'était pas sorti de sa chambre pour s'informer. Ses quatre autres enfants étaient demeurés dans la cuisine, impatients de connaître la teneur de la communication que leur mère venait de recevoir.

— Puis, m'man? Est-ce qu'il vous a trouvé une *job*? lui demanda Richard.

— Oui, dit la mère de famille sur un ton triomphal. Je commence lundi matin à la biscuiterie Viau. Enfin une bonne nouvelle.

Tous les enfants se réjouirent bruyamment pour leur mère.

— On va tous faire des sacrifices tant que votre père sera pas revenu avec nous autres, déclara Laurette pour mettre un frein à l'enthousiasme des siens. Par exemple, il va falloir s'organiser autrement pour le lavage, le ménage et les repas parce que je serai pas là durant la journée, mais on va y arriver. Chacun va être obligé de faire sa part.

Tous promirent.

— Ça va être une ben bonne nouvelle à apprendre à votre père quand je vais aller le voir à Pâques. Il va arrêter de s'inquiéter pour nous autres.

Soudain, le visage rond de Laurette changea d'expression:

— Est-ce que ça vous scandaliserait si j'arrêtais mon carême aujourd'hui plutôt que samedi midi? demanda-t-elle aux siens. J'ai tellement envie de fumer que j'en peux plus.

— Mais non, m'man, la rassura Denise. Fumez. Ça nous dérange pas. Le carême est presque fini.

Ses frères et sa sœur l'approuvèrent. Laurette se leva et s'empara fébrilement de son étui à cigarettes déposé sur la dernière tablette de l'armoire. Elle en tira une cigarette qu'elle tapota doucement sur le couvercle avant de l'allumer avec son vieux briquet Ronson.

— Pour moi, ça va sentir pas mal meilleur à cette heure dans les toilettes, dit Richard en s'éloignant prudemment de sa mère.

Quelques jours plus tard, Laurette se présenta seule au sanatorium du boulevard Rosemont pris d'assaut par une vingtaine de visiteurs en cette belle journée de Pâques. Elle avait refusé d'être accompagnée par l'un ou l'autre de ses enfants, ignorant encore lesquels auraient la permission des religieuses pour visiter leur père.

Avec un serrement de cœur, elle retrouva Gérard alité dans une salle commune du second étage qu'il partageait avec cinq autres patients. À son entrée dans la pièce, son mari somnolait et elle dut poser doucement la main sur son épaule pour le réveiller.

— À ce que je vois, tu fais pas trop de misère ici dedans, lui dit-elle en feignant une joyeuse animation.

— C'est pas si pire, admit-il en lui adressant un pâle sourire. Toi, ça a pas été trop difficile pour venir ?

— Ben non, l'autobus m'a débarquée presque à la porte.

— Comment vont les enfants ? demanda-t-il.

— Ils sont corrects. Ils s'ennuient de toi et ils m'ont fait promettre de demander aux sœurs qui je pourrais amener avec moi quand je vais revenir te voir.

— Es-tu allée à la compagnie pour voir ce qu'ils peuvent faire pour nous aider ? fit Gérard en changeant de sujet.

— Ils nous donneront pas d'argent, avoua Laurette. Mais ils ont promis qu'ils allaient te garder ta *job*, mentit-elle pour lui conserver un bon moral.

— Mais comment tu vas faire pour faire vivre les enfants? fit-il en s'assoyant brusquement dans son lit.

— Énerve-toi pas avec ça, répondit-elle d'une voix rassurante. Je vais avoir une ben bonne *job* chez Viau.

— Comment ça? s'étonna-t-il.

— C'est ton oncle qui me l'a trouvée. Je commence demain matin.

— Comment tu vas faire avec les enfants?

— Il y aura pas de problème. Ils sont tous ben fins. Ils m'aident. Toi, t'as pas à t'en faire pendant que t'es ici dedans. T'as juste à guérir. Dis-toi qu'on manquera pas de rien.

L'intense soulagement qui se peignit sur les traits émaciés de son mari récompensa amplement Laurette des efforts qu'elle venait de déployer pour le rassurer. L'avenir n'était peut-être pas aussi rose qu'elle venait de le laisser croire, mais elle avait l'espoir d'être capable de surmonter l'épreuve qui l'attendait.

À suivre…

Sainte-Brigitte-des-Saults
juin 2008

Table des matières